ジェーン・ホーキング
堀川志野舞＝訳

Travelling to Infinity

無限の宇宙

ホーキング博士とわたしの旅

静山社

無限の宇宙

ホーキング博士とわたしの旅

家族に捧げる

目次

人間の言葉はひび割れた鍋みたいなもので、これをたたいて星を感動させようと思っても、熊を踊らすメロディーしか出せないものだのに。

——ギュスターヴ・フローベール

新潮文庫『ボヴァリー夫人』芳川泰久訳（平成27年6月1日発行）より引用

第一部

1 空飛ぶ翼

　スティーヴン・ホーキングとわたしの人生の物語は、一九六二年の夏に始まった。じつはその十年ほど前から、気づかないうちに始まっていたのかもしれないけれど。一九五〇年代初め、七歳だったわたしがセント・オールバンズ女子中等学校の一年生として入学したとき、短い期間ではあったけど、柔らかそうな黄褐色の髪をした男の子が隣のクラスの壁際によく座っていた。この学校は男子も受け入れていて、わたしの弟のクリストファーも児童部にいた。あの柔らかそうな髪の男の子を見かけるのは、わたしたちの担任が不在で一年生が年長の生徒たちといっしょくたにひとつの教室に押し込められるときだけだった。口をきいたことはなかったものの、幼い頃のこの記憶はきっと正しい。スティーヴンは数キロ離れたところにあるプレパラトリー・スクール[*1]に通う前の一学期間、この学校の生徒だったのだから。

　スティーヴンのふたりの妹たちはもっと長い期間この学校に通っていたので、はっきり見覚えがあった。スティーヴンより十八か月だけ年下の長女メアリーは、人目を引く変わった風貌だった――丸々太っていて、身なりはいつもだらしなく、ぼんやりした様子で、ひとりで何かをしていることが多かった。チャームポイントである透き通るような肌は、分厚くて似合わない眼鏡に覆い隠されていた。スティーヴンの五歳下の次女フィリッパは、明るい色の目に、血色の良い丸顔で、金髪を短いおさげに編んであり、神経質で興奮しやすい性質だった。この学校では、学問に励み、規律を守ることが厳しく求められたが、生徒たちはどこにでもいる子どもと変わらず、人と違うことに対して残酷なまでに不寛容になり得た。ロールスロイスと田舎の家を所有するのは良くても、わたしのように移動手段となる車が戦前に生産されたスタンダード・テンとなると――あるいは、なお悪いことに、ホーキング家のように旧式のロンドン・タクシーとなると――物笑いの種になるか、見下した哀れみの目を向けられるかのどちらかだった。ホーキング家の子どもたちは、ほかの子たちに見られないようにと、よくタクシーの床に伏せていたものだ。あいにくスタンダード・テンの車内には、そんなふうに身を隠せるほどのスペースはなかった。ホーキング家の娘はふたりとも、上級学年になる前にこの学校を去った。

　ホーキング家の母親の姿は昔からよく見かけていた。小柄な痩せた身体に毛皮のコートをまとって、わたしの学校の近くにある横断歩道の角に立ち、養子であるいちばん下の息子のエドワードが、郊外のプレパラトリー・スクールからバスで帰ってくるのを待っていた。わたしの弟もセント・オールバンズ中等学校の幼稚園を出たあと、同じ学校に通っていた。この学校はアイルズフォード・ハウスと呼ばれていて、男の子たちはピンク色の制服――ピンク色のブレザーにピンク色の帽子を身に着けていた。その一点さえ目をつぶれば、この学校は幼い少年たちにとって天国だった。勉強が好きじゃない子にとっては特に。わたしがホーキング一家を知ったばかり

＊1：パブリック・スクール入学準備のための私立小学校

の頃、とてもハンサムでチャーミングな八歳のエドワードは、養子縁組に入ったこの家族にうまくなじめずにいた――ホーキング家の人たちは食卓にも本を持ち込んでいて、本の虫じゃない者の存在は無視するところがあったせいかもしれない。

わたしの学友のダイアナ・キングは、ホーキング一家の独特なこの習性を体験していた――のちにわたしがスティーヴンと婚約したことを知ったとき、「まあ、ジェーン！　あなた、とんでもなくいかれた家族のもとに嫁ぐ気なのね！」と彼女が言ったのは、きっとそのせいだ。スティーヴンのことをわたしに最初に教えてくれたのは、ダイアナだった。一九六二年の夏、わたしと親友のジリアンとダイアナは、学期末の試験を終えて、いくらかのんびり過ごせる時期を楽しんでいた。父が上級公務員という立場にあったおかげで、わたしは学校や宿題、試験といった世界から、大人の世界にもう足を踏み入れていた。下院での晩餐会や、晴れわたった暑い日にバッキンガム宮殿で開かれるガーデンパーティーといったものへと。ダイアナとジリアンは夏まででで学校を去ることになっていたけれど、わたしは女子の生徒総代として秋学期も残り、大学に出願する予定だった。その金曜日の午後、わたしたちは鞄を抱え、カンカン帽をかぶり直して、ぶらぶら町にお茶を飲みに行くことにした。百メートル行くか行かないうちに、道の向かい側の奇妙な光景が目に飛び込んできた。うつむき、垂れ落ちるまとまりのない豊かな茶色の髪でこの世界から顔を覆い隠しながら、ひとりの青年がぎこちない足取りでよたよたと反対方向をめざして歩いている。考え事に没頭していて、右にも左にも目をくれず、向かいの道にいる女学生たちに気づきもしない。退屈であくびの出そうなセント・オールバンズという町にあって、彼は一風変わった不思議な存在だった。ジリアンとわたしはあっけにとられてしまい、無作法にじろじろ見つめていたけれど、ダイアナは平然としていた。

「あの人、スティーヴン・ホーキングよ。じつはデートしたことがあるの」唖然としているわたしたちに向かって、ダイアナはそう言ってのけた。

「まさか！　嘘でしょ！」わたしたちは怪しんで笑った。

「ううん、本当。彼はバジル（ダイアナの兄）の友だちで、変わってるけど、すごく頭がいいのよ。一度、劇場に連れていってくれて、家にお邪魔したこともあるの。彼、〝核兵器廃止〟のデモにも参加してるわ」

わたしたちは疑うようにダイアナを見て、そのまま町へと歩きつづけた。けれど、わたしはお出かけを楽しめなかった。理由は説明できないが、さっき見かけた青年のことが気になって、そわそわしていた。自分自身がいたって平凡な存在だから、彼のひどく変わっているところに惹かれるものがあったのかもしれない。彼とまた会うことになるだろうという不思議な予感もあった。何にせよ、その場面はわたしの心に深く刻み込まれた。

その年の夏休みは、自立を目前にしたティーンエイジャーにとって夢のような日々だった。とはいえ、親にしてみれば、悪夢のようなものだっただろう。わたしが行こうとしているサマースクールのあるスペインは、一九六二年当時は、たとえば今日のティーンエイジャーにとってのネパールみたいに、かなり遠く、謎に包まれていて、危険に満ちた場所だったのだ。わたしは十八年間で培った自信から、自分の面倒ぐらい自分で見られると思っていたし、実際そうだった。この夏期講座はしっかり準備が整えられていて、生徒はいくつかのグループに分かれてホームステイしていた。週末には、ガイド付きで観光名所をひととおり案内してもらった。通りを雄牛が駆けていくパンプローナ、獰猛(どうもう)で残酷でありながらも息を呑み心を奪われた初めて見る闘牛、聖イグナチオの生まれたロヨラ城。

観光のほかは、午後はビーチで過ごし、夜になれば港町のレストランやバーにくりだして、お祭り(フィエスタ)やダンスを楽しんだり、騒々しいバンドの演奏に耳を傾けたり、打ち上げ花火を目を丸くして眺めたりした。

イギリスに帰国すると、娘が無事に帰ってきたことに安堵(あんど)した両親に、すぐさま北海沿岸の低地帯諸国とルクセンブルクへの家族旅行に連れていかれた。これはこれで見聞を広める旅だった。父の熱意のおかげで、わたしたち家族はいち早く、戦争から復興しつつあったヨーロッパの曲がりくねった田舎道を何百キロも旅し、両親も行ったことのない町や大聖堂、美術館を訪れた。つまりは、フランドル地域の墓地や戦争記念碑を巡りつつ、芸術と歴史を通じた教育と、人生の素晴らしさ——ワインに食事、夏の日差し——を楽しむことを両立させてしまおうというわけだった。

秋学期が始まったとき、その夏の経験のおかげか、わたしはかつてないほど自信に満ちあふれていた。サナギから羽化してみると、旅を通して身につけた自信や自覚を学校では存分に発揮できなかった。女子の生徒総代であるわたしは、テレビで観た皮肉の表現からヒントを得て、第六学年[*2]の催し物としてファッションショーを思いついた。普通と違うのは、すべてのファッションに制服のアイテムが奇妙に取り入れられているところだ。学校じゅうの生徒たちが入場しようとホールの外の階段にどっと押し寄せて、規律も何もあったものじゃない大騒ぎになった。日焼けしてがっしりした体格の体育教師であるミス・ミクルジョン（別称ミック）は、いつもは男勝りの迫力ある怒鳴り声で学校の運営を円滑に保っていたが、このときばかりは騒ぎがひどすぎて生徒たちに言うことを聞かせられず、卒中を起こしそうになっていた。ミックはどうにかしようと切羽詰まって、メガホンを使って呼びかけた。普段メガホンを使うのは、体育祭で声を張り上げるときと、学期ごとのウェストミンスター寺院への礼拝のため、セント・オールバンズのありとあらゆる裏通りを行進する生徒たちのどこまでも続く長い列を仕切るときだけだった。

いまでは遠い昔となった一九六二年のその秋学期、本来ならばショーを開催する予定ではなかった。大学入試を考えるはずの時期だったのだ。しかし、どんなにケネディ大統領を讃（たた）えていても、十月に起こったキューバのミサイル危機は、わたしたちの世代の安全に対する信頼感を大きく揺るがし、未来への希望を打ち砕いた。超大国がわたしたちの命をもてあそぶ危険なゲームに興じているというのに、未来に確かな期待など持てるはずもない。学部長の指導のもと、学校

＊２：大学進学に向けたAレベル受験のための特別進学学年

集会で平和への祈りを捧げながら、一九五〇年代末にモントゴメリー陸軍元帥が予言した、十年以内に核戦争が勃発するだろうという言葉をわたしは思いだしていた。核攻撃の警告からわずか四分ですべての文明が壊滅することを、老いも若きも誰もが知っていた。

国際舞台の大いなる脅威とはまったく別の話になるけれど、わたしはAレベル試験ですっかり燃え尽きてしまい、夏に自由を謳歌したあとで、学校の勉強に身が入らなかった。大学進学という大一番があったが、オックスフォード大学からもケンブリッジ大学からもお呼びがかからず、屈辱を味わうばかりだった。

わたしの敗北感に気づいていた校長のミス・ジェントは、たとえケンブリッジ大学に入れなくても、それは不名誉なことでもなんでもない、と丁寧に言いきかせてくれた。あの大学に在籍している男性の多くが、入学を許されなかった女性たちよりも、知力の面でずっと劣っているのだから、と。当時、オックスフォードとケンブリッジの男女比は、おおよそ10対1だった。校長はわたしに、ロンドンのウェストフィールド・カレッジから話が来ているので面接を受けるよう勧めた。そんなわけで、冷たい雨の降る十二月のある日、わたしはセント・オールバンズからバスに乗り、約二十五キロ先のハムステッドへと向かった。

その日は散々だったので、すべてが終わってバスに乗り込み、相変わらずみぞれまじりの雪の降る寒々しい灰色の景色を眺めながら帰路につくとホッとした。わたしがろくに知識を持ち合わせていない詩人、T・S・エリオットが重要なポイントになっているらしいスペイン語学科の面接をしどろもどろでどうにか切り抜けたあとは、校長室の外の列に並ばされた。わたしの順番が回ってきたとき、校長は在りし日の役人のやり方を面接に取り入れて、べっこう縁の眼鏡越しに見つめている書類からほとんど顔を上げなかった。わたしはさっきの面接の大失敗にいらついていて、たとえチャンスをぶち壊すことになったとしても、校長の注意を引いたほうがいいと判断した。というわけで、校長がつまらなそうな素っ気ない口調で「では、フランス語ではなくスペイン語を専攻する理由は？」と質問すると、わたしは同じぐらいつまらなそうな素っ気ない口調で「フランスよりスペインのほうがイケてるからです」と答えた。校長は書類を取り落とし、確かに顔を上げた。

驚いたことに、わたしはウェストフィールド・カレッジから入学を許可された。けれど、その年のクリスマスが来る頃には、スペインで見いだした楽観的な考えや熱意の大部分が薄れてしまっていた。一九六三年一月一日、ダイアナとお兄さんが開いた新年のパーティーに招かれて、わたしはダークグリーンのシルク風のドレス――本当はもちろん合成繊維――でおめかしして、逆毛を立ててボリュームのあるふんわりした巻き髪にまとめて出かけていったものの、本当は恥ずかしくてまったく自信が持てずにいた。パーティーにはスティーヴン・ホーキングも来ていた。夏に通りをよたよた歩いているのを見かけたあの青年だ。灰色がかった黒いビロードのジャケットに赤いビロードの蝶ネクタイといういでたちで、髪の毛が眼鏡の上から顔に垂れている。

スティーヴンはほかのグループから離れたところでオックスフォード大学時代の友だちを相手

に立ち話をし、ケンブリッジ大学で宇宙論の研究を始めたが、指導教官は希望していたテレビでも有名な科学者のフレッド・ホイル教授ではなく、デニス・サイアマという変わった名前の教授になったことを説明していた。昨年の夏――わたしがAレベル試験に取り組んでいた頃――、スティーヴンはオックスフォード大学で最優秀の成績を修めることができて正直ホッとしたと言っていた。これは口頭試問の幸運な結果だった。非常に不器用だが論文には光るものがある学生に対して、最優秀の成績を与えるべきか、それとも最優秀に次ぐ成績か、普通学位という落第にも等しい成績を与えるべきか、審査官たちは決めかねて、口頭試問を行ったのだ。スティーヴンは審査官たちに向かって、もし最優秀がもらえたら博士号を取るためケンブリッジ大学に行くので、敵陣にトロイの木馬を送り込むチャンスになるが、最優秀に次ぐ成績をもらった場合（それでも研究はできる）、オックスフォード大学に留まるつもりです、と平然と通告した。審査官たちは安全策を取り、スティーヴンに最優秀を与えた。

わたしは彼のユーモアのセンスと人に流されない際立った個性に惹きつけられ、夢中になって話に聞き入った。間違いなくスティーヴンはわたしと同じで、人生につまずきやすく、それでもその状況を笑い飛ばしてしまおうとする人だ。わたしと同じで、かなり内気な性格だけど、自分の意見をはっきり言うことは厭（いと）わない。わたしとは違って、自分自身の価値を確かに自覚し、それを人に知らしめるだけの厚かましさもある。パーティーが終わる頃には、わたしたちは名前と住所を交換していたけれど、通りすがりにばったり顔を合わせるぐらいはあっても、自発的にまた会うことはないだろうと思っていた。ぼさぼさの髪と蝶ネクタイという姿は、自分をしっかり持っていることの表れだった。今度また通りで彼と行き合ったときには、前みたいに呆然と見つめるのではなく、ダイアナと同じように、わたしも平然としていられるはずだ。

2 オン・ステージ

それからたった二日後に、スティーヴンから一月八日に開かれるパーティーの招待状が届いた。招待状の文字は、わたしが憧れてどんなに頑張って練習しても上手くならなかった美しいカッパープレート書体で書かれていた。出席するべきかダイアナに相談すると、彼女も招待状を受け取っていた。招待状には書かれていないけれど、スティーヴンの二十一歳の誕生パーティーなのだとダイアナは説明し、家まで迎えに来ると約束してくれた。知り合ったばかりの人へのプレゼント選びは難しかったので、レコード券にした。

セント・オールバンズのヒルサイド・ロードに立つ家は、質素と倹約を象徴するものだった。とはいえ、当時は珍しいことではなかった。戦後の時代にあっては、お金を大切にし、無駄遣いをせず、上手い買い物をするよう教え込まれていたのだから。二十世紀初めに建てられたヒルサイド・ロード十四番地の大きな家は、赤レンガ造りの三階建てで、ある種の魅力があった。というのも、セントラルヒーティングや床一面に絨毯（じゅうたん）を敷き詰めるといった現代風の流行に邪魔されることもなく、建築当初の状態から少しも手を加えられていなかったのだ。荒れ果てた生け垣の奥に隠れたみすぼらしい建物の正面に、大自然と風雨、そして四人の子どもがいる家族が、それぞれの爪痕を残していた。ガラス製の古びたポーチにフジが吊され、玄関扉上部に取りつけられた鉛枠の菱形窓にはまっていたはずの色ガラスは、その大半がなくなっていた。呼び鈴を鳴らしてもすぐには誰も出てこず、しばらくしてあの横断歩道のそばで毛皮のコートに身を包み息子の帰りを待っていた女性がドアをあけた。スティーヴンの母親、イゾベル・ホーキングだ。そのかたわらには、黒い巻き毛に輝く青い目のチャーミングな幼い少年が寄り添っている。ふたりの背後で、たったひとつの白熱電球が、黄色いタイル張りの長い廊下、どっしりした家具――大きな振り子時計もある――、いまでは黒ずんでしまったウィリアム・モリスのオリジナルの壁紙を照らしている。

招待客を出迎えるため、ほかの家族も居間のドアから姿を見せはじめると、わたしは全員を知っていることに気づいた。スティーヴンの母親は、横断歩道のそばでじっと待ちつづけていたからよく知っている。スティーヴンの弟のエドワードは、ピンク色の帽子をかぶっていたあの小さな男の子に間違いない。妹のメアリーとフィリッパは、学校で見かけた覚えがある。長身で白髪頭、高名な父親であるフランク・ホーキングは、一度わが家の裏庭に蜂の群れを採集しにきたことがあった。弟のクリスとわたしは、その様子を眺めていたかったのに、言葉少なくぶっきらぼうな態度でシッシッと追い払われて、がっかりした。フランク・ホーキングはセント・オールバンズでただひとりの養蜂家というだけじゃなく、この町でスキーを持っている数少ないひとりだった。冬になると、よく彼はゴルフコースへ向かう途中、スキーで丘を滑り降りてわが家のわきを通り過ぎていった。そのゴルフコースでわたしたちは、春と夏にはピクニックをしてブルーベルの花を摘み、冬にはブリキの盆に乗ってそり遊びをしたものだ。まるでジグソーパズルのピースがぴたりとはまるみたいだった。それぞれが見覚えのある相手だったのに、そこに家族というつながりがあることにはまったく気づかずにいたのだ。ホーキング家にはさらにもうひとり、わたしが知っている家族の一員がいた。彼女は屋根裏の独立した造りになっている部屋で暮らしていたが、こういう家族のお祝いごとのときには降りてきて集まりに加わった。スティーヴンのスコットランド人の祖母、アグネス・ウォーカーは、セント・オールバンズでは見事なピアノの腕前で有名だった。月に一回、わが町が誇る陽気でハイテンションなフォークダンスのリーダー、モリー・デュ・ケインの仲間に加わって、タウンホールでピアノの演奏を披露していた。

ティーンエイジャーだった頃、わたしにとって唯一とも言うべき社交的な活動がダンスとテニスだった。これらの活動を通して、さまざまな学校や異なる背景を持つ男女の友人ができた。学校の外で、わたしたちは集まってどこへでも出かけた——土曜の朝にコーヒーを飲みにいったり、夕方にテニスをしたり、夏にテニスクラブの親睦会に出席したり、冬に社交ダンスの教室やフォークダンスに参加したり。セント・オールバンズのよぼよぼのお年寄に混じって、わたしたちの母親もフォークダンスの夕べに参加していたけれど、気まずさを感じることは少しもなかった。わたしたちは離れた片隅に集まり、年配者たちの邪魔にならないようにして、仲間同士で踊った。ときには仲間内でロマンスが花開くこともあり、たくさんの噂話とちょっとした口論が持ち上がり、たいていは花開くのと同じ早さでしぼんでいった。わたしたちは仲良しでのんきなティーンエイジャーの集まりで、いまの若者たちよりもシンプルな暮らしを送っていた。

パーティーにはさまざまな友人や親族が集まっていた。スティーヴンのオックスフォード大学時代の友人も何人かは来ていたが、ほとんどはセント・オールバンズ校の同期生と少しだけ年上か年下の先輩後輩で、一九五九年にこの学校からオックスブリッジの入学試験に見事合格した学生たちだった。スティーヴンは十七歳で同期生たちより年下だったので、その秋に大学に入学した学生の中でもかなりの年少者ということになった。しかもほかの学生たちは、一九六〇年に徴兵制度が廃止されるまで、兵役を務めてからオックスフォード大学に入学していたため、ひとつどころか何歳も年上だった。のちにスティーヴンは、周りの学生たちと年齢差があったために、オックスフォードではめいっぱい楽しめなかったと認めている。

スティーヴンがオックスフォード大学の知人よりも、セント・オールバンズ校の友だちと親密なつき合いを続けているのは確かだった。ダイアナの兄であるバジル・キング以外、わたしはその人たちのことをセント・オールバンズの社交界における若きエリートとしての評判しか知らなかった。彼らはわたしたちの世代の知的な野心家だと言われ、どんな自明の理も批判して受け入れず、言い古された陳腐な所見を嘲笑し、独自の意見を主張し、知性の限界を探求することに情熱を傾けていた。地元紙の《ハーツ・アドバタイザー》は四年前からセント・オールバンズ校の成功を喧伝(けんでん)し、彼らの名前と顔を大々的に紙面に掲載していた。当然のごとく、この人たちはわたしの友だちとは全然違っていて、頭が悪いわけではなくても平凡な十八歳のわたしは、気後れしてしまった。ここに集まっている人たちの誰ひとりとして、フォークダンスを踊って夜を過ごすことなんてないのだろう。洗練さを欠いていることを痛いほど自覚しながら、わたしはできるだけストーブの近くの隅っこに陣取り、エドワードを膝に乗せてみんなの聞き役に徹し、口を挟もうとはしなかった。冷え冷えする広いダイニングルームの暖房といえば、前面がガラス張りになったストーブだけで、招待客は着席するか壁にもたれて立っているかしていた。会話は途切れがちで、ほとんどがジョークで成り立っていたが、そのどれもが予想に反して少しもインテリっぽくなかった。

そのパーティーのあと、スティーヴンの噂を聞いたり再会したりするまでには、しばらく間があった。わたしはロンドンの秘書科に通い、画期的な速記のタイピングを習得するのに忙しかった。この速記法は、象形文字のかわりにアルファベットを用い、母音をすべて省いたものだ。短い昼休み以外は、ずらりと並んだ旧式のタイプライターがカタカタいう音と、社交界デビューを果たした少女たちのおしゃべりに囲まれて、わたしは教室にこもりきりだった。彼女たちにとっては、バッキンガム宮殿にケンジントン宮殿、クラレンスハウスに招待された回数で自らの価値が決まるらしかった。

この画期的な速記法は簡単に習得できたものの、ブラインドタッチは悪夢だった。大学でノートを取るのに役立つだろうから、速記のほうには意義を見いだせたけれど、タイピングにはほとほとうんざりしていて、上達する見込みもなかった。クラスのみんながそのほかの秘書技能もすべて習得してコースを終えていたというのに、わたしはといえば、一分間に四十語をタイプできるようになろうとまだ必死に頑張っているところだった。実際には、速記が役立ったのは短期間のことで、タイピングのほうがのちのちまで役立つことになった。

週末になると、タイピングの恐怖は忘れて、昔からの友だちづき合いを続けることができた。二月のある土曜日の朝、わたしはセント・オールバンズ唯一のデパート〈グリーンズ〉にある行きつけのコーヒーバーで、ダイアナとエリザベス・チャントと会った。ダイアナはいまでは聖トーマス病院の看護実習生で、もうひとりの学友のエリザベスは初等学校の教育実習中だった。わたしたちは互いの近況を報告し合ったあと、友人や知人のことを話しはじめた。

「スティーヴンのこと、聞いた？」ふいにダイアナが口にした。

「うん、知ってる。そんなのって、あんまりよね」とエリザベスが言った。

わたしはふたりがスティーヴン・ホーキングのことを話しているのだと気づいた。

「なんのこと？　わたしは何も聞いてないんだけど」

「それがね、どうも彼は二週間ほど入院してるらしいの――聖バーソロミュー病院だと思う。彼のお父さんはあの病院で実習を受けたし、いまはメアリーが実習中だから。スティーヴンはつまずいてばかりいて、靴紐を結ぶこともできないのよ」ダイアナは説明し、そこで口をつぐんだ。

「ぞっとする検査をいくつも重ねて、スティーヴンは身体が麻痺する恐ろしい不治の病にかかっているとことがわかったんですって。多発性硬化症にちょっと似てるけど、それとは別の病気で、たぶん余命は二、三年だろうって」

わたしは呆然とした。スティーヴンとは知り合ったばかりで、人とは違う風変わりなところが好きだった。わたしも彼も人前だと内気に見えて、心の中では自信を持っていた。わたしよりふたつか三つ年上というだけの人が自分の死を覚悟しなければならないなんて、想像もできない。死すべき運命というものは、わたしたちには無縁の概念だ。わたしたちはまだ若く、死とは無縁なのだから。

「彼はどんな様子?」このニュースに動揺しながら、わたしは尋ねた。

「バジルがお見舞いに行ったけど、スティーヴンはかなり落ち込んでるって。検査はひどく不快だし、向かいのベッドに入院してたセント・オールバンズの男の子が先日亡くなったらしくて」

ダイアナはため息をついた。「スティーヴンは社会主義の理念から大部屋に入ると言い張って、ご両親が希望する個室には入ろうとしなかったのよ」

「病気の原因はわかってるの?」わたしは呆然としたまま問いかけた。

「よくわからないみたい。二、三年前にイランを訪れたとき、殺菌してない天然痘のワクチン接種を受けて、そのせいで脊椎にウイルスが侵入したんじゃないかって——でも、それも憶測に過ぎなくて、はっきりしたことはわからないの」

わたしはスティーヴンのことを考えながら、無言で帰宅した。母はわたしが気もそぞろなのに気づいた。母はスティーヴンに会ったことはなかったが、彼のことを知っていたし、わたしが彼を好きなことも知っていた。とつぜん彼に出くわしたときに備えて、スティーヴンという人はすごく変わっているのだということも、あらかじめ話してあった。母は戦時中も、愛する父親が手の施しようのない病気を患っているときも、夫が長らく抑うつ症に苦しんでいるあいだも心の支えとなった、深く根ざした信仰心に基づく確かな自信を持って、落ち着いた静かな口調で言った。

「彼のために祈りましょう。救いになるかもしれないわ」

そんなわけで、それから一週間ほどが過ぎ、午前九時の電車を待っていたとき、スティーヴンが茶色いキャンバス地のスーツケースを抱えてホームをのんびり歩いてくるのを見て、啞然としてしまった。彼はどこからどう見ても元気そうで、わたしに会えたことを喜んでいた。外見は前より普通っぽくなっていて、これまでに会ったときよりもずっと魅力的だった。オックスフォードで磨かれたらしいかつての姿は――蝶ネクタイ、黒いビロードのジャケット、それにあの長かった髪まで――、赤いネクタイ、ベージュのレインコート、短くこざっぱりした髪型へと変貌を遂げていた。前に二度会ったときは夜で、弱い光の下だった。朝の光に照らされていると、愛嬌のある満面の笑みと澄んだグレーの瞳が素敵に見えた。フクロウのような眼鏡に隠された顔立ちには、どこか心を惹かれるところがあった。なんとなく、わたしのノーフォークの英雄、ネルソン提督を思わせる顔だった。わたしたちは彼の病気のことにはほとんど触れずに、ロンドン行きの電車の中で楽しくおしゃべりをした。入院していたなんてお気の毒だったわね、とわたしが言うと、彼は無言で鼻にしわを寄せただけだった。スティーヴンがいかにもなんの問題もなさそうにふるまっているので、これ以上追及するのは残酷に思えた。ぼくはケンブリッジに戻るところなんだ、と彼は話し、セントパンクラス駅が近づくと、週末はちょくちょく帰ってきてると言った。いつか舞台でも見に行かないか？　もちろんわたしはイエスと答えた。

ある金曜の夜に、わたしたちはソーホーのイタリアンレストランに行った。それだけでも、じゅうぶん贅沢なデートだった。けれどスティーヴンは舞台のチケットを取っていて、川の南にあるオールド・ヴィック・シアターで上演される『ヴォルポーネ』*1の開幕時間に間に合わせるには、困惑するほど高い食事をあわただしく済ませるしかなかった。ばたばたと劇場に駆けつけると、一階正面の後方に位置する座席の下に荷物を放り込んだとたんに舞台の幕が開いた。両親がかなりの観劇好きだったので、わたしはジョンソンが書いた別の素晴らしい作品『錬金術師』の舞台をもう観ていて、大満足していた。『ヴォルポーネ』も同じく面白い作品で、相続人の誠実さを試すつもりがあらぬ方向に事が運んでしまう古狐の企みに、わたしはたちまち引き込まれてしまった。

舞台の興奮冷めやらず、わたしたちはバス停に立ちながら感想を話し合っていた。ホームレスがひとり近づいてきて、小銭があまってないかとスティーヴンに礼儀正しく尋ねた。スティーヴンはポケットに手をやり、恥ずかしそうに言った。

「悪いけど、すっからかんだ！」

ホームレスはにやりとして、わたしのほうを見た。

「いいんだよ、旦那」そう言って、わたしに向かってウインクしてみせた。「仕方ないさ」

と、ちょうどそこへバスがやってきて、わたしたちは急いで乗り込んだ。席に座ると、スティーヴンはすまなそうな顔をこっちに向けた。

「本当に申し訳ないけど、バス代もないんだ。きみ、だしてくれる？」

今夜のためにどれほどお金を使わせてしまったか、後ろめたさを感じていたので、わたしは喜んでバス代を払うつもりだった。車掌が近づいてきて立ち止まると、わたしは財布をだそうとハンドバッグの奥を探った。財布がないことに気づき、わたしもスティーヴンと同じ気まずさを味わった。次の信号でバスから飛び降り、オールド・ヴィック・シアターまでずっと走って引き返した。劇場の正面口は閉まっていたけれど、スティーヴンは次々ドアを押していき、やがて脇にある楽屋口のドアまでたどり着いた。そのドアは開いていて、中の廊下は電気が点いていた。おっかなびっくり中に入ってみると、どこにも人の姿は見当たらない。廊下の突き当たりから出たとたん、わたしたちは煌々（こうこう）と明かりのともったままの誰もいないステージに立っていた。畏れおおい気持ちで、つま先立ちでステージを歩いていき、暗い客席へと階段を降りた。わたしが座っていた座席の下から、グリーンの革の財布がすぐに見つかって、ふたりともホッとした。ステージに戻ろうとしたとき、電気が消えて、わたしたちは真っ暗闇の中に取り残された。

「ぼくの手につかまって」スティーヴンが有無を言わさぬ口調で言った。導かれるまま再び階段

＊1：ベン・ジョンソンの喜劇

をのぼり、ステージを横切って廊下に出るまで、わたしは彼の手を握り、息を殺して密かに感心していた。幸い楽屋のドアは開いたままで、わたしたちは転がるように通りに出て噴きだした。

わたしたち、オールド・ヴィック・シアターのステージに立ったのよ！

3 ガラスの馬車

オールド・ヴィック・シアターでの一件から数週間が過ぎ、速記法のコースがいよいよ終わりに近づいたある日の夕方、家に帰ると、母が興奮した様子でスティーヴンからの伝言メモを振りながら出迎えた。彼はわたしをケンブリッジのメイボール[*1]に誘おうと電話してきたのだ。考えるだけでも胸が躍った。第六学年の一年目[*2]の頃、ある女子がメイボールの誘いを受けて、残されたわたしたちは羨ましさでいっぱいになりながら、まるでおとぎ話の出来事みたいに華やかな祭典の詳細を根掘り葉掘り聞いたものだ。それがいま、信じられないことに、わたしの順番が回ってきた。スティーヴンから返事を確認する電話がかかってきたとき、わたしは喜んで行くと答えた。何を着ていけばいいのかという問題は、速記法の学校の近くにあるオックスフォード通りの店を訪れたとき、予算の範囲内で買える白と紺のシルクのドレスが見つかったおかげで、すぐに解決した。

五月の舞踏会(メイボール)と言いつつ、いかにもケンブリッジらしい強情さで六月に催されるパーティーは、まだ何か月も先のことだった。それまでのあいだ、わたしは夏に計画しているスペイン旅行のために、ドレスを買ったせいですっかり減ってしまった貯金をまた増やそうと、セント・オールバ

＊1：ケンブリッジ大学で伝統的に催される大がかりなパーティー
＊2：第六学年は下級第六学年と上級第六学年の二年から成る

ンズの人材派遣会社に登録した。最初に与えられたのは、ハットフィールドにあるウェストミンスター銀行の仕事で、木曜の午後と金曜の丸一日という、一日半の勤務だった。忍耐強く親切な支店長のミスター・アバークロンビーは、わたしの父の友人だった。わたしはまず電話交換の仕事を命じられたけれど、どうすればいいのかさっぱりわからず、点滅する光にパニックになり、必死になって交換台の線を抜いたり、あいている穴に差し込んだりしようとした。結局、わたしがしたことは、外からかかってきた電話をすべて切り、銀行で働く人同士の電話を繋いだだけだった。そのあとは、多種多様な臨時雇いの仕事を少しずつこなし、そうこうするうちに春から初夏になり、メイボールの夜が近づいてきた。

　六月初旬の暑い日の午後、スティーヴンが迎えに来たとき、オールド・ヴィック・シアターで大冒険したあの夜に比べて、彼の症状が悪化していることにショックを受けた。この状態で、お父さんの車、大型の古いフォード・ゼファーを運転できるのだろうか？　まるで戦車のような車で、数年前、イングランドの学校に残ったスティーヴンをのぞいて、ホーキング一家がインドに住んでいた頃には、この車でカシミールの川の浅瀬も渡っていたらしい。ダッシュボードの向こうをのぞき込もうとして、身体を引っ張り上げるのにハンドルを使っているような、か細く弱々しい運転手にとっては、鼻息荒いこの車ではスピードが出すぎるのではないかと不安になった。わたしは母にスティーヴンを紹介した。母は驚いた様子も動揺したそぶりも見せず、プリンス・チャーミングとわたしを暴走するガラスの馬車に乗せて送りだすフェアリー・ゴッドマザーみたいに、ただ手を振って見送った。

恐ろしいドライブだった。スティーヴンが運転のお手本としているのはお父さんだとわかった。彼の父親は、スピードをだして荒っぽい運転をする人で、坂道やカーブでも追い越しをしていた。中央分離帯のある道路を逆走したことさえあった。離陸しそうな速度でハートフォードシャーの野原や木々を通り過ぎ、遮るもののないケンブリッジシャーの風景の中へと入っていくあいだ、会話しようにも開いた窓から吹きすさぶ風が声をかき消してしまった。わたしは前を向いて道路を見る勇気がなかった。いっぽうスティーヴンはといえば、道路以外のすべてを見ているようだった。運命が既に無慈悲な一撃を加えていたから、彼としては危険な生き方をしてもかまわないと思っていたのかもしれない。でも、そんな理由では安心できるはずもなく、帰りは電車にしようとわたしは密かに誓っていた。おとぎ話のような経験になるはずのメイボールが、すっかり怪しくなってきた。

あらゆる交通事故の統計をものともせず、わたしたちは無傷でスティーヴンの寮にたどり着いた。学生寮は三〇年代の洗練された建築様式で建てられていて、日陰になった中庭では、お祭り騒ぎの準備が土壇場までせわしなく行われていた。わたしは家政婦さんに割り当てられた上階の部屋で着替えを済ませると、スティーヴンから同じ寮の人たちや研究生たちを紹介してもらった。見たところ、彼らがスティーヴンに対して相反する二種類の態度を取っていることに、わたしはとまどってしまった。彼らはスティーヴンと知的な関係として向き合う際には、ときに辛辣に皮肉っぽく、ときに痛烈に批判的に、そして常にユーモラスに話した。でも、個人的な関係として向き合う際には、愛情深いと言っていいほど優しい思いやりをもって接した。わたしはこの両極端な態度をすぐには受け入れることができなかった。一貫した態度や接し方というものに慣れていたので、この人たちが誰かを――スティーヴンを――相手に、さっきまでは自信たっぷりにあえて反対意見を述べて激しく論議していたかと思えば、次の瞬間には彼は少しも悪くないというみたいに接するばかりか、彼の命令を待っているかのように個人的な要求に対してかいがいしく世話をすることに、ついていけなかったのだ。わたしは理性と感性を、知性と感情を区別することを身につけていなかった。純真だったわたしは、厳しい教訓を学ぶことになった。こうした純真さは、ケンブリッジの基準からすると、ありきたりで面白みがないものだった。

　みんなでキングス・パレードの角の二階にあるレストランへ行き、遅い夕飯を食べた。わたしの席からは、イーストアングリアの輝く夕焼けの広大なパノラマを背に黒いシルエットとなった、キングス・カレッジとチャペルとゲートハウスの尖塔が見渡せた。それだけでも魔法のようなうっとりする経験だった。寮に戻って最後の支度を整えると、バックス[*3]のみずみずしい草地を十分ほど歩いて、スティーヴンのカレッジであるトリニティ・ホールの古びた中庭へと向かった。スティーヴンは、テープレコーダーとカセットテープのコレクションを友だちの部屋に持っていき、お祭り騒ぎにひと息つきたくなったらいつでも使えるようにしておこうと言い張ったが、自分で運ぶことはできなかった。

「やれやれ、まったく。きみのかわりにぼくが運ぶしかなさそうだな」スティーヴンの友人のひとりが情け深い口調でぼやき、かわりに運んだ。

比較的小さくて飾り気がなく、人目につきにくい場所にあるトリニティ・ホールは、芝生に花壇、川を見下ろすテラスを囲んで、さまざまなタイプの建物——ものすごく古い建物、まあ古い建物、ヴィクトリア朝様式の建物、ごく最近建てられたモダンな建物——が集まっている。わたしたちはカム川の反対側からカレッジに近づいていき、新しくできた橋の高いアーチの上でしばし立ち止まった。この橋は、デザインを完成させた直後の一九六〇年に痛ましい死を遂げた、ティモシー・モーガンという学生を追悼して建造されたばかりだ、とスティーヴンが真剣な顔で話してくれたのが印象に残っている。わたしたちはこの橋からおとぎ話さながらの光景を大いに楽しんだ。わたしは大好きなフランスの小説、アラン・フルニエの『ル・グラン・モーヌ』に出てくる謎めいたカントリーハウスを連想した。主人公のオーギュスタン・モーヌは、田園地方の暗い奥深くに明るく照らされた城のような邸宅を偶然見つけ、呆然と眺めているうちに、どんなことが待ち受けているかも知らぬまま、気づけば音楽とダンスのお祭り騒ぎに引き寄せられていくのだ。ここトリニティ・ホールでは、楽隊が夜風に乗せて音楽を届け、川へとくだる芝生はきらめく明かりに彩られ、中央にそびえる銅色の立派なブナの木も同じくイルミネーションに輝き、木の下の一段高くなったテラスでは、カップルがもうダンスをしている。芝生のいちばん高いところにあるテントの中で、わたしはさらにスティーヴンの友だちに紹介され、まずは浴槽に入れ

＊3：ケンブリッジ大学の裏手にある川沿いの庭園

られているシャンパンをもらいに行ってから、ビュッフェ式の料理やさまざまな余興を楽しんだ。ぎゅうぎゅう詰めになったホールでは、遠く離れたステージで台詞の聞き取れない寸劇が行われ、鏡板で装飾された優雅な部屋では、外の芝生で演奏しているジャマイカン・スティール・バンドに負けじと弦楽四重奏団が演奏していて、オールド・ライブラリーのそばの一角では、赤々と燃える火鉢で栗が焼かれていた。いっしょにいた友人たちはいつしか減っていき、やがてわたしはスティーヴンとふたりで川辺のテラスに座り、スティール・バンドの催眠術にかけるようなリズムに合わせて身体をくねらせ踊る人々を眺めていた。

「踊れなくてごめん」とスティーヴンは謝った。

「そんなこと気にしないで——別にいいの」わたしは嘘をついた。

とはいえ、ダンスは完全に諦めなければいけないわけではなかった。さらにビュッフェとシャンパンを楽しんだあと、ひっそりと地下室でジャズバンドが演奏しているのを見つけたのだ。不思議な青みを帯びた光に照らされているだけで、地下室は暗かった。男の人たちは袖とシャツの前の部分だけが明るい紫色に光っていて、女の子たちはほとんど姿が見て取れない。わたしはすっかり心を奪われた。スティーヴンが、あのライトは粉末洗剤に含まれる蛍光物質を光らせるから、男性のシャツははっきり見えるけど、女の子たちが着ている新品のドレスは〈タイド〉や〈ダズ〉といった洗剤の成分を含んでいないから、幽霊みたいにぼうっと光っていないんだ、と説明した。地下室の暗闇の中で、わたしはスティーヴンに頼んでダンスフロアに連れだしてもらった。わたしたちは紫色の光の踊る模様に笑いながら、ゆっくりと身体を揺らしていたけれど、残念ながらやがてバンドは演奏を終えていなくなってしまった。

早朝になると、メイボールを開催する各カレッジは伝統として、すべての参加者に扉を開くことになっている。夜明けを迎え、わたしたちはふらつく足取りでトリニティ・ストリートを歩いてトリニティ・カレッジを目指した。このカレッジには広々した部屋が並び、誰かの気の利くガールフレンドが朝食を用意してくれていたが、わたしは肘掛け椅子に沈み込んで眠りに落ちてしまった。親切な誰かがわたしを眠ったまま歩かせてアダムズ・ロードの学生寮に連れ戻してくれたらしく、そこで午前半ばまでぐっすり眠っていた。

当時のツアー・オペレーターは、メイボールのパートナーのために一日のプログラムを効率的に組み立てていて、とても興味深い内容となっていた。スティーヴンの友人のニック・ヒューズとトム・ウェスリーは、科学の博士号のための研究だけじゃなく、ケンブリッジの戦後の建築物を解説した本、『ケンブリッジ・ニュー・アーキテクチャー』の制作に編集者として深く関わっていて、この本は一九六四年に刊行されることとなった。スティーヴンも関心を持っていて、臨時でこの企画のコンサルタントを務めていた。そんなわけで、興味を持ってくれる相手なら誰でも、彼らはそういった建築物を熱心に見せたがっていた。今日(こんにち)となっては懐疑的な目を向けられるかもしれないが、六〇年代にはこれらの建築物に大いに胸躍らされたものだ。道路や建物、大学開発という新しい波の妨げともなる古い不動産、草地や林にはおかまいなしで、戦後の発展と拡張にばかり大騒ぎしていたのだ。古いものを保存することは、まだ一般的な関心事ではなかった。

昼食を済ますと、みんなでパント船に乗りに行き、この小さな平底の船でのんびり川下りをした。そのあとで、どうやって家に帰るかという問題が、のしかかるように迫ってきた。

「帰りは電車に乗ったほうが良さそう」おずおずとスティーヴンにそう言ってみたけれど、彼は聞き入れようとしなかった。気を悪くさせたくなくて、わたしは恐怖のフォード・ゼファーの助手席にまたも乗り込んだ。復路も往路とまったく変わらず恐ろしいドライブになり、セント・オールバンズに到着する頃には、確かにメイボールは素晴らしかったけど、遊園地の乗り物のような運転をする車にはもう二度と乗らないと心に決めていた。車が門に近づいたとき、母が前庭にいるのが見えた。

「ありがとう、さようなら」わたしはスティーヴンに短く挨拶をして、一度も振り返らず家に入った。母が家の中に追いかけてきて、厳しく叱りつけた。

「まさか彼にお茶の一杯も飲ませないで、このまま帰らせるつもりじゃないでしょうね？」

母はわたしの冷たい態度に驚いていた。その言葉に良心がチクリと痛んだ。わたしはスティーヴンを引き留めようと、家から飛びだした。車はまだ門のところに止まっていて、彼はエンジンをかけようとしているところだった。エンジンをかける前にブレーキを解除したせいで、車はゆっくりと急な坂をバックでくだりはじめた。彼はブレーキをぐっと踏み込むと、お茶を飲むためいそいそと家に入ってきた。わたしたちは庭の扉のそばで日射しを浴びながら座った。メイボールでの出来事をふたりで興奮気味に母に話しきかせているあいだ、彼は優しくてチャーミングだった。わたしはやっぱり彼のことが好きだし、しょっちゅう乗らずにすむなら荒っぽい運転も許してあげようと思った。

4 見えざる真実

二週間後、わが家には一時的に家族がひとり増えていた。両親がホストファミリーとしてフランスの留学生を受け入れることを決め、十六歳の女の子の面倒を見ていたのだ。不思議な偶然もあったもので、彼女の親友はホーキング家に宿泊していた。メイボールからそれほど日も経っていない六月のある土曜日、イゾベル・ホーキングはふたりのフランス娘とわたしを誘ってケンブリッジを訪れた。イゾベルの運転は危なげがなく、ホッとした。彼女は素敵なピクニックの食事を用意していて――本人は「冷めた軽食」と呼んでいた――、わたしたちはそれをアダムズ・ロードの一階にあるスティーヴンの部屋のベランダで食べた。こうしてわたしたち家族はホーキング家と親しくなって、折に触れて交流するようになり、週末にスティーヴンがセント・オールバンズに帰ってくると、両親は彼を夕食に招いた。ふたりはスティーヴンの外見に動揺するようなそぶりは少しも見せず、完璧にもてなした。彼はオックスフォード時代のスタイルに逆戻りしていた。まっすぐな細い髪の毛をかつてないほど長く伸ばし、黒いビロードのスモーキング・ジャケットと赤い蝶ネクタイがユニフォームになり、わたしの親が典型を示している調和というものに真っ向から反抗していた。両親としては、これを最後に彼とはしばらく会わずにすむと思って、ホッとしていたのかもしれない。もうすぐ、わたしがまたスペインに行くことになっていたから。

一九六三年七月のある早朝、父はわたしをロンドン・ガトウィック空港まで車で送ってくれた。学生たちが乗る便は、午前九時に出発して午後一時にマドリードに着く予定だったが、エンジンの修理が行われたため離陸が遅れた。出発が遅れることも、修理が必要だということも、離陸後に飛行機の天井から水滴がしたたり落ちて、やがてつららになったことも、わたしは少しも気にしていなかった。学生たちがコックピットを見学させてもらえることになったとき、機長と副機長がおいしそうにビールを飲んでいることに気づいても、心配していなかった。いっぽう、わたしたちの地元の開業医の知り合いで、マドリードでわたしを出迎えてくれたビル・ルイスは、気を揉んで待っていた。ビルの家に連れていってもらい、奥さんに挨拶すると、夕方六時以降ならいつでもアパートメントに来てくれたら歓迎するわ、と言われた。そのあと、ビルはわたしのために見つけておいてくれた下宿先へと送り届けてくれた。ピラールという名の家主は、黒髪に尖った鼻をした小柄で陽気な独身女性で、ルイス家のすぐ近くにある設備の整った広いアパートに住んでいた。ほかにもシルヴィアという名のイギリス人の下宿人がいて、イギリス大使館で働いていた。シルヴィアはピラールの男友だちが昼夜を問わずしょっちゅう訪ねてくることに不満を抱いていた。その話を聞いて、なるべく早いうちにマドリードを離れようと決めたけれど、せっかくだから首都の町と近郊を観光できる貴重な時間を利用して、プラド美術館に行ったり、アランフェスやエスコリアルの王宮を訪れるバスツアーに参加したりすることにした。もちろんトレドも訪れた。この中世の町はタホ川に囲まれた岩山の上に建ち、十三世紀にはユダヤ教徒とイスラム教徒、それにキリスト教徒が協力して学問を追究し、十七世紀にはエル・グレコがいくつもの傑作を描き上げた。わたしは学生のグループに混じって、戦没者の谷（ヴァジェ・デ・ロス・カイードス）への巡礼の旅をした。この地はスペイン内戦で戦死した両軍の兵士のためのモニュメントということになっているが、実際にはファシスト——後々にはフランコ自身も——だけの埋葬地であり、共和国派の戦争捕虜によって建設された。わたしはマドリードの通りで見かける手足を失った大勢の物乞いが内戦の悲劇の生き残りであり、スペインに入った醜い亀裂を示していることに気づきはじめた。この国は二十世紀半ばになってもまだ、プラド美術館で見た十八世紀から十九世紀初頭のゴヤの絵みたいに、人の心をかき乱す明暗の対比がくっきり残っていた。

下宿屋では、シルヴィアとわたしは家主のピラールと揉めていて、いよいよまずいことになりそうな気がしていた。シルヴィアを置き去りにすることをちょっと後ろめたく思いながらも、わたしは危機を逃れるため、エアコン付きの電車に乗ってグラナダへと出発した。グラナダでは国際学生寮に長期滞在したが、そこには意外性に満ちた刺激的な人々が集まっていた。中でもスペイン人が際立っていて、ほんのひと息つくあいだに話題が政治から詩へと転じることもあった。わたしは冷静になるため、ときには激しい議論から逃れて暑い昼日中のグラナダの町を散策し、ロマの子どもたちが洞穴の前で遊ぶ様子を眺め、ムーアの宮殿であるアルハンブラやヘネラリフェの庭をそぞろ歩き、その圧倒的な美しさに驚嘆した。

ヘネラリフェの水の流れる中庭で、アーチの下に何時間もひとりで座り、アルハンブラ宮殿の中庭の複雑なクリーム色のレース細工を隠している、人を寄せつけないような壁を見やって過ごしたものだ。まばゆい太陽に目をくらませ、足元に広がる町を眺める。美しい町であると同時に、ひどく残酷な町でもあった。自らが生んだ誰よりも有名な息子を殺したなどと公言できる町が、ほかにあるだろうか？　二十世紀最高のスペインの詩人、フェデリコ・ガルシア・ロルカは、スペイン内戦が勃発した際に、反体制のフランコ主義の右翼勢力によって、グラナダで殺害された。彼はその詩に描いた情景やリズム、色を通して、わたしがこの地を踏むずっと前に、アンダルシアへと誘ってくれた。

これほどドラマチックでいつまでも心に残る美しさの中に身を置いて、長いことひとりで物思いにふけっていると、いつしか波のように押し寄せる孤独に襲われた。いまやその理由ははっきりしていて、当然のことだと思えた。わたしはこの経験を分かち合う相手を求めていたのだ。さらに言えば、誰よりも分かち合いたいと思っている相手は、スティーヴンなのだと気づいた。出会ってすぐの頃のふたりの関係は、相性が良く上手くやっていけそうだった。でも、彼の病気によって、わたしたちがどんな関係を築くとしても、それは不確かで一時的なものとなり、たぶん辛い思いをするはずだった。わたしは彼が自身の能力をじゅうぶんに発揮し、短い幸せをも見つけることの助けになれるだろうか？　できるかどうか自信がなかったものの、国籍のさまざまな新しい友だちに相談すると、やってみるべきだと力説された。

「彼があなたを必要としているなら、突き進むべきよ」とみんなは言った。

シルヴィアの話によると、わたしの留守中にマドリードの下宿では、家主のピラールが荒れくるっていたらしい。ピラールは下宿人のわたしたちに対して、ある期待を抱いていて、思惑どおりに事が運ばないことにますます不満を募らせていた。シルヴィアは部屋から追いだされてしまい、わたしとふたりでひと部屋を使うことになった。数の上ではふたりいっしょにいたほうが安心だった。けれど長期的に見ると、今後シルヴィアは困ったことになる。わたしはじきに出ていくし、彼女ひとりでこの家に残ることはできないだろう。わたしはルイス夫妻の親切なもてなしに感謝していないと思われたくなくて、せっかく見つけてくれた下宿先に関する真実をあえて黙っていた。でも、ピラール家で起きている出来事について、いまこそ知らせるときだ。シルヴィアとふたりで、六時のカクテルアワーにルイス家を訪れ、不快でたまらない男たちが入れ替わり立ち替わりピラールのアパートにやってくることを打ち明けた。規模こそ小さいが、ピラールは売春宿を運営していたのだ。アパートの別室でひと晩じゅう続く行為や、施錠した寝室のドアノブを不気味にガタガタいわせる音については、さらっと触れる程度にしておいた。

マドリードで過ごす最後の晩に、その場に居合わせた国外在住のイギリス人たちの前で、わたしとシルヴィアは事情を話しきかせた。ミセス・ルイスはむせてジントニックを噴きだし、ほかのお客たちは面白がってニヤニヤしていた。この緊急事態に対処すべく、すぐに地元の情報を網羅して、シルヴィアの新しい下宿先探しが始まった。ルイス家の常客の人半は、シルヴィアと同じくイギリス大使館に勤めていたが、彼女はそれまで誰とも会ったことがなかった。楽しいけれど慎ましい人ばかりで、大使館員の良い宣伝になっていた。おかげで、外交官というのはやりがいのある有望な仕事かもしれない、と思いはじめた。翌日、わたしは学生の乗る便でイギリスに戻った。数々の経験、景色、音、知人、陰謀をあとに残してきたことが悲しかったとはいえ、目の前に広がっている対照的な、あるいは相反するかもしれない無数の可能性にめまいを覚えていた。

5 不確定性原理

スペインから帰国すると、わたしはスティーヴンと連絡を取ろうとしたけれど、うまくいかなかった。お母さんの話によると、彼はもうケンブリッジに戻っていて、調子が良くないということだった。わたしはロンドンでの新しい門出の準備で忙しく、その秋の数週間は、大きく言えばロンドンの、とりわけウェストフィールドでの、勉強と人間関係のめまぐるしさにすっかり気を取られていた。友人たちとロンドンの地下鉄に乗っているときに、ケネディ大統領が暗殺されたという新聞記事の見出しを目にした。一九六三年一一月のことで、ちょうどその頃、スティーヴンから連絡をもらった。歯の治療を受けるためロンドンに来るので、オペラに行かないかというお誘いだった。幼い頃から音楽は大好きだったものの、正式に教わったことはほとんどなく、オペラには一度しか行ったことがない――学校行事でサドラーズ・ウェルズ劇場に『フィガロの結婚』を観にいったきりだ。一度だけ楽器を習おうとフルートを始めたのだが、十三歳のときにヴェルラミウム公園の凍った池でアイススケートをしようとして両腕を骨折したため、すぐやめるはめになった。このヴェルラミウム公園は、かつてローマの都市があった場所で、そこにセント・オールバンズの町の基礎が築かれている。

十一月のある金曜日の午後、わたしはハーレー・ストリートでスティーヴンに会った。彼のオーストラリア人の義理の叔父が、ここで歯科医院を開業していた。スティーヴンは足を引きずって身体を左右にふらふらさせながら歩き、距離のある場所への移動には、高くついてもタクシーが欠かせなかった。不思議なもので、足取りが不安定になるにつれ、彼の意見はより力強く挑戦的なものになった。ハーレー・ストリートからすぐ近くにある美術館、ウォレス・コレクションへ向かう道すがら、世間では暗殺された大統領を英雄視しているが、ぼくは共感できないときっぱり言い張った。彼の考えでは、ケネディのキューバミサイル危機への対応は、無謀としか言いようのないやり方だった。世界を核戦争の瀬戸際に立たせ、軍事衝突をほのめかしたのもロシアではなくケネディだ。それだけじゃない、アメリカが勝利を収めたなんて論外だ、ケネディはフルシチョフをなだめるためにトルコから米軍のミサイルを撤去することに同意したんだから、とスティーヴンは断言した。自らの見解を熱っぽく語り、歩くのに苦労を強いられていたにもかかわらず、スティーヴンは疲れた様子を見せなかったので、ウォレス・コレクションを見たあとは、レストランを探そうとリージェント・ストリートを歩いた。ロウワー・リージェント・ストリートを渡りかけて、信号が点滅しはじめたとき、道路の真ん中でスティーヴンはつまずいて転んだ。通りかかった人に助けてもらい、わたしは彼を引っ張り起こして、そのあとは腕を貸して寄りかからせた。わたしたちは動揺し、タクシーを呼んでサドラーズ・ウェルズ劇場へ向かった。

スティーヴンがチケットを取ってくれたオペラは、『さまよえるオランダ人』だった。壮大な素晴らしいオペラで、観客はドラマチックな伝説を描いた物語と音楽の力強さに圧倒された。身を捧げて愛してくれる娘を見つけるまで嵐の海を漂う呪いをかけられたオランダ人は、狂気じみた苦悩を露わにし、波に揺さぶられる船上から声高に己の運命を嘆く。彼に想いを寄せるゼンタは、汚れのない純真な乙女だ。しかし、ワーグナー作品のソプラノのご多分に漏れず、彼女は大きな影響力を持つ者として運命の糸車にがっちりからめとられている。スティーヴンは主人公と自分を重ね合わせているようで、わたしは彼があんな恐ろしい運転をする理由がわかるような気がしてきた。スティーヴンは運命のいたずらに対する激しい怒りをお父さんの車にぶつけているのだ。彼もまた、救いを求めてさまよっている——向こう見ずとしか言いようのないやり方で。

その夜のあと、わたしはスティーヴンの病状について、自分でもっと調べてみようと思った。何度かロンドンに出かけていって、医学生になった古い知り合いを捜しだし、神経疾患を扱うくつかの慈善団体の狭苦しいオフィスを訪ねた。どこへ行っても収穫はなかった。知らないほうがいいのかもしれない。果たして、わたしたちみんなの前に立ちはだかっている運命よりも、スティーヴンの運命のほうが辛いものだろうか？　わたしたちは原子雲が落とす影の中に暮らしていて、誰もが寿命を全うできる保証など、どこにもないのだ。

クリスマスから新年にかけての厳しい冬の中休みに、わたしはセント・オールバンズの実家にスティーヴンを訪ねていった。彼は父親と妹たちと連れだってロンドンにオペラを観にいくところだった。それでもスティーヴンは、会えたことを明らかに喜んでくれていたので、わたしは彼のとっさの誘いを即座に受けた――その週に彼と父親が観にいく別のオペラ、シュトラウスの『ばらの騎士』に同行することを。ホーキング家ではオペラは家族の娯楽として確立しているようだが、新参者のわたしはまだ、異なる要素の混成したこの芸術形式をすんなり受け入れられずにいた。音楽と劇が組み合わさることで大きな感動が生まれるのは間違いないけれど、一瞬でも集中力が途切れてしまうと、滑稽にも思えてしまう。次の学期中、スティーヴンはとどまるところを知らないようにオペラのチケットを取りつづけ、しょっちゅうロンドンにやってきては、わたしをコヴェント・ガーデンやサドラーズ・ウェルズへ連れていった。わたしは一度だけ、どちらかというとバレエを観にいきたいんだけど、と思い切って言ってみた。四歳の頃からバレエに夢中だったのだ。けれど、そんな提案は、身のすくむような軽蔑の表情であえなく却下された。バレエなんて時間の無駄だ、音楽はありふれていてつまらないし、耳を傾ける価値もない、と言われてしまった。

相変わらずスティーヴンはセミナーや歯科治療のためロンドンにたびたび来ていて、いつしかわたしも土日にケンブリッジへ彼を訪ねていくことがだんだん増えていった。こうして会えるのを指折り数えて待っていながらも、会ってみるとお互いがっかりする結果になることが多かった。電車賃――往復十シリング――は、自由に遣えるお金が月十ポンドという身には大きな出費だったし、彼との恋はちっともスムーズにいかなかった。治る見込みのない病気のせいで、スティーヴンが女性と長く安定した関係を築く気になれずにいることは、さほど想像力を働かせなくてもわかった。彼としては、思い描けたとしても、ひとときの情事がせいぜいだったのかもしれないけれど、こっちはそんなことは想像もできなかった。わたしは純真だったし、六〇年代初めは禁欲的な風潮があり、望まない妊娠への恐怖がストップをかけていた。こうした考え方の違いから激しくぶつかり合い、わたしは涙に暮れながらロンドンに戻ることもよくあり、スティーヴンにしてみれば、わたしの存在が心の傷に塩を塗るようなものだと感じていたのかもしれない。彼は感情的な問題についてはほとんど明かそうとしなかったし、病気のことは話したがらなかった。彼を傷つけるのが怖くて、わたしは無理に話させようとはせずに、相手の気持ちを汲み取ろうとした。こうして無意識のうちに、コミュニケーションを取らないというスタイルが確立され、ついにはそれが耐えられなくなった。その冬、彼がハーレー・ストリートで顧問医の診療を受けたあと、わたしたちはまた会った。

「調子はどう?」と尋ねると、スティーヴンは顔をしかめた。

「医者にもう来なくていいって言われたよ、できることは何もないからって」

ウェストフィールドで、わたしはルームメイトのマーガレット・スミッソンといっしょに、クリスチャン・ユニオンの会合に出席した。深入りすればするほどどうすればいいのかわからなくなってきた状況に対して、支えになるような見識が得られないものかと期待していたのだ。ヨークシャーの熱心なメソジスト教徒の祖父母を持ちながらも、スティーヴンは両親と同じく無神論を公言していた。宇宙を支配する法則を研究する宇宙学者としては、病気のせいで内心はどれだけ狼狽（ろうばい）していても、創造主たる神の存在を信じていると認めて計算を狂わせるわけにはいかないのだろう。わたしだって、毎週日曜の退屈な礼拝に行かずにすむようになったのは確かに嬉しかったけど、だからといって信仰を完全に捨てるつもりはなかった。母の影響かもしれないが、わたしは当時でさえも、天と地にはスティーヴンの冷ややかで非情な見解を超える何かがきっとあるはずだと信じていた。この頃には、スティーヴンのブルーグレーの瞳とえくぼのできる満面の笑みに魅せられて、すっかり彼に夢中になっていたとはいえ、無神論まで認めるわけにはいかなかった。人間が生きるうえでなんの慰めも励ましも希望も与えてくれない、こうしたネガティブな影響を受けてはならないと、本能的にわかっていたのだ。神の存在を否定したら、わたしもスティーヴンも壊れてしまう。

　カレッジのクリスチャン・ユニオンの会合は出席者が少なく、ほどなくさらに減ることになった。今学期の議題は、神の恵みの本質とは何かということだった。わたしたちが不敬にもP・スーパー牧師と呼んで馬鹿にしていた、若き牧師を含む指導者の一団は、洗礼を受け、懺悔（ざんげ）し、教会員として活動しているキリスト教徒だけが、神の恵みだか救いだかを受けられると決めつけていることが、すぐに明らかになった。天国に行く正当な資格を与えられるのは、基準を満たしているキリスト教徒だけだというのだ。マーガレットとわたしは憤慨し、その正しい基準とやらを満たしていない愛する人々――親切な人たちや友人、親類――のリストを頭の中で作成しながら、猛然とその場を立ち去った。これらのテーマについて、わたしたちは長い議論を交わし、ヨークシャーに住むマーガレットの家族のもとを休暇中に訪ねたときにも、話し合いを続けた。

言語を学ぶ最近の学生は、一年間の留学をするのが普通になっている。六〇年代には、専攻の言語を母国語とする国で一学期を過ごせるだけでも贅沢だった。わたしたちウェストフィールド・カレッジの生徒は、バレンシアの大学で夏期講座を受けるため、四月下旬に列車と船で旅立った。ところが着いてみると、大学側が事前に定めたコースなどなく、出席できるのはスペイン語で学ぶシェイクスピアの授業ぐらいだった。講義に出ようと出まいと関係なく、わたしたちに課せられた義務は、学期の終わりに出席証明書をもらうことだけ。試しに講義に出てみたが、マクベスを曲解していて、一度で見切りをつけた。

それから二週間後、みんなは相変わらずビーチに行っていたけど、わたしはめまいを起こすほどの頭痛のせいで、アパートメントの七階にある部屋にじっとこもっているしかなかった。初めは日射病かと思ったが、症状の重い水疱瘡だとわかった。みじめで悲しくてしょうがなかった。スティーヴンに会いたくてたまらなかった。当時は電話で話すこともできず、こっちは何通も手紙をだしていたのに、彼からは一通も届かなかった。唯一の慰めは、ウェストフィールド・カレッジの仲間たちがお見舞いに来てくれることで、おかげで外の世界とのつながりを絶たれずにすんだ。このアパートメントの家主であるドニャ・ピラール・デ・ウベダと、中年の娘のマリベルも、親切な人たちだった。少しずつ体力が回復してきて、わたしがキッチンに入っていくと、ドニャ・ピラールはスペイン料理のレッスンをしてくれた。スペイン語でシェイクスピアを学ぶよりも、こっちのほうがずっと役に立った。オレンジの皮を綺麗に四つに剝く方法や、ガスパチョやパエリアの作り方を教えてもらった。

ついに待ち望んでいたときが訪れた。帰路につくため、まずは列車でバルセロナに向かいながら、わたしはバレンシアを離れられることを喜んでいた。いくらオレンジが果汁たっぷりでも、柑橘(かんきつ)類の果樹園の香りが至るところに漂っていても、抑圧的な政権による（頻繁なセクハラと苦々しさの）いやな味が残っていた。この国の政府は、平気で学生をひと晩留置場にぶち込んで、輸入された《タイムズ》から不適切なページを切り取ることをなんとも思わなかった。

両親はわたしに会わせようとスティーヴンを連れてきてくれて、再会できて最初は嬉しかったが、喜びは長くは続かなかった。わたしの不在中に彼の様子が変わっていたことに、すぐに気づいたのだ。歩くのにいつも杖を使うようになったことをのぞけば、肉体的には大きく変化していなかったものの、深い絶望が心に影を落としていた。この徴候は、音量を最大にして長時間にわたって流されるワーグナーのオペラに煽動(せんどう)された、とげとげしい皮肉な態度として表れた。彼は前にも増してそっけなく無口になっていた。つき合うのをわざとやめさせようとしているみたいに、不満と敵意を隠そうともしなかった。でも、もう遅い。わたしと彼との仲はすっかり深まっていて、いまさらあっさり別れられるはずもなかった。

ふたりがまたすぐ離ればなれになるのは、つらくてもお互いのためには良かったのかもしれない。スティーヴンは、ワーグナーの聖地であるバイロイト祝祭劇場を巡礼するため、『ニーベルングの指輪』の通しチケットを携えて、妹のフィリッパといっしょにドイツへ旅立つことになっていた。そこからは、列車で鉄のカーテンの後ろを通ってプラハに向かう。その頃、わたしはフランスのディジョンで開かれる政府間会議のため、父のお供をする予定だった。

わたしと父はディジョンからジュネーブ空港へ車で行き、母と落ち合ってから、ベルナー・オーバーラントの高地、ホーフルーという小さな村にあるお気に入りの山荘で二日間を過ごした。スイスのあとはイタリアを訪れ、心も感覚も楽しませてもらい、すっかり魅了された。わたしたちは芸術、歴史、音楽、光と色に迎えられ、それらはどこへ行っても――コモ、フィレンツェ、サンジミニャーノ、ピサ、シエナ、ヴェローナ、パドゥア――くらくらするほど華やかな豊かさで表れていた。フィレンツェで、ミケランジェロ、ボッティチェリ、ベッリーニ、レオナルド・ダ・ヴィンチと一日を過ごしたあと、夜にわたしは母とホテルの窓から身を乗りだして、アルノ川の向こう、音楽会に行くことになっているピッティ宮殿を眺めていた。ゆったりした時間が流れる中、母は戦争が始まったばかりの頃に父と結婚した理由を教えてくれた。もしもお父さんが怪我をしたら、この手で看病してあげたいと思ったの、と母は話した。この言葉はのちに起きることを予見していた。ほんの数日後、同名の教会の裏にあり、人目につかない運河のほとりに建っているヴェニスのデッラ・サルーテというホテルに到着したとき、支配人がわたし宛の絵はがきを差しだした。ザルツブルクのお城の絵はがきで、差出人はスティーヴンだった。

わたしは有頂天になった。わたしがスティーヴンのことを想っているときに、本当に彼もわたしを想ってくれていたのだろうか？　このおかげで、スティーヴンは夏の終わりにわたしに会うことを楽しみにしているのだという希望が持てた。その絵はがきには、彼にしては珍しく近況がびっしり書き連ねられていた。音楽祭の最後の最後になってザルツブルクに到着したが、こちらはバイロイト音楽祭とは極めて対照的だったこと。チェコスロバキアは素晴らしい国で物価が非常に安く、共産主義の好例だということ。ドイツの列車に乗っているときに派手に転んで前歯を折ったため、ハーレー・ストリートの叔父さんの歯科医院で何時間もかけて入念に治療してもらう必要があることについては、書かれていなかった。ふたりのあいだに距離はあっても、恋の喜びに包まれていると、ヴェニスの運河、ラグーン、宮殿、教会、美術館、島々といったものが、より一層まばゆく輝いて見えた。とはいえ、人生の新しい幕が開こうとしていることに心がはやっていたので、ここを離れてスイスに戻ることに未練はなかった。

わたしが帰ると、スティーヴンは会えたことを喜んでくれた。彼がふたりの関係をもっと肯定的にとらえはじめて、すべてを失ったわけじゃなく、未来は最悪の予想図のように黒く塗りつぶす必要はないのだと思い直したことが、直感的にわかった。ケンブリッジに戻ってから、十月のある土曜日、どんよりと雨が降っている夕暮れに、スティーヴンは口ごもりながらプロポーズの言葉をささやいた。その瞬間、わたしたちの人生に変化が訪れ、外交官という思い描いていたキャリアは忘れ去られた。

6 バックグラウンド

重大なことがひとたび決まると、万事が落ち着くべきところに落ち着きはじめた。自然の成り行きで運ばないときは、努力と決断を伴って。わたしたちは来たるべき年を船で漕ぎ進み、幸福の波に高くさらわれた。スティーヴンの健康状態についてどんな懸念を抱いていたとしても、わたしの家族も友だちもそれを口にはださず、ホーキング一家の風変わりな点に関することぐらいしか言わなかった。

そうした意見をわたしは大して気にも留めなかった。ホーキング家の人たちが好きだったし、風変わりなところも魅力として尊重していたのだ。彼らは形あるものについては節約し、新しいものよりも古くて信頼できるものを好んでいた。暖房は確かにけちっていて、寒ければフランク・ホーキングをお手本にしてもっと服を、たとえば日中でもガウンを着込めばいいとそっけなく言われた。おまけに、もうわかっていたことだが、家の中には控えめに言ってもみすぼらしいとしか表現できない箇所があった。そうはいっても、どれもとりたてて珍しい話ではない。この家には物事の優先順位があるというだけのことで、わたしが慣れ親しんでいることとさほど違いはない。うちの親も長年にわたって節約し、コツコツお金を貯めてきた。わが家は裕福ではなく、父の稼ぎの大半が子どもの教育と素晴らしい夏休みに充てられていたので、手持ちのものを修理してその場をしのぐこともしばしばだった。家にはセントラルヒーティングがなかったから、うなじに冷たい隙間風を浴びながら、火のそばに座って顔と足の指を温めることにも慣れっこだった。

ホーキング家の人々は食卓に本を持ち込む習慣があると噂されていたが、わたしがいるときに噂を実証してみせたことはほとんどなかった。食事の時間はたいてい社交の場となっていて、スティーヴンの母親のイゾベルがなごやかに主人役を務めていた。彼女は夫がたびたび怒りを露わにしても、常に涼しい顔を崩さなかった。フランク・ホーキングは厳しく口うるさいものの、思いやりのない人ではなかった。実際、幼いエドワードが寝る前になるとよくかんしゃくを起こすのに対して、フランクは忍耐と寛容のかがみとなっていた。スティーヴンはといえば、以前のように荒れて不機嫌になることはなくなったようで、穏やかで冷静な本来の性質は静かな暮らしを約束してくれた。

食事時の会話は予想どおり知的な内容で、話題は政治から国際問題にまで及んだ。次女のフィリッパが中国語を学ぶためオックスフォード大学に進学していたので、文化大革命がしばしば話題にのぼっていた。わたしは東洋の歴史や政治に関する知識がほとんどなく、無知をさらすより黙っていたほうが良さそうだと思った。東洋と比較すると、スペインやフランスは実に偏狭で魅力に欠けるらしく、誰ひとりとしてこれらの国にも文化にも少しも興味を示さなかった。いずれにしても、イザベルにはフランス人の親類がいたので、ホーキング一家はフランスについて知るべきことは知り尽くしていた。一九五〇年の冬、フランクが熱帯医学の研究のためアフリカに赴任中、イゾベルと子どもたちはマヨルカ島のデイヤにあるロバート・グレーヴス[*1]の家のすぐ近所に三か月間住んでいたので、スペインについても知るべきことは知り尽くしていた。ロバートの妻のベリル・グレーヴスはイゾベルのオックスフォード時代からの友人で、ロバート・グレーヴスは家族の中で偶像視されていた。

食卓が片付いたあとは、わたしたち若い世代はボードゲームを始めることが多かった。幼い頃からゲームに熱狂していたスティーヴンは、親友のジョン・マクレナハンといっしょになって、家系図や地主階級、広大な地所、子息の監督、相続税などを盛り込んだ、長くて複雑な王朝ゲームを考案した。残念ながらこのゲームは残っていなかったので、わたしたちは《クルード》や《スクラブル》、ときには繊細な彫刻が施された象牙の牌(ぱい)を使って、難しいことで有名な中国のゲーム、麻雀(マージャン)などのゲームに興じた。

ボードゲームの人数が足りないときには、夕食のあとスティーヴンとわたしは火のそばに座って、イゾベルが話しきかせてくれる家族の歴史に残る逸話に耳を傾けた。わたしは話を楽しみ、お手本になる女性としてイゾベルを尊敬していた。オックスフォード大学を卒業し、結婚する前は税務調査官として働いていて、機知に富んだ聡明な女性でありながら、ひたすら家族のために身を捧げ、自分自身の野望は二の次にしていた。当時はセント・オールバンズにある私立の全寮制女子校で歴史を教えていたが、あれほどの高い知性には物足りない仕事だった。彼女は淡々とした態度で、自身の過去とホーキング家の歴史についてわたしに教えるという役目を買って出た。イゾベルは七人きょうだいの二番目としてスコットランドのグラスゴーで生まれた。裕福なボイラー製造者の息子である父親は医者だった。イゾベルがまだ幼かった頃に一家は船でイングランド南西部のプリマスに移住したが、グラスゴーの飾り気のない祖父の家の様子は鮮明に記憶していた。この家に住む全員が客間に勢揃いして、家族の祈りを捧げることが、唯一の娯楽だった。

スティーヴンの父方の家族は、信心深いヨークシャーの農場主だった。彼らの名誉は、十九世紀初めにデヴォンシャー公の執事をしていた先祖から受け継がれてきた。一家の財産はその頃からいくらか変動し、結果的には二十世紀になってからスティーヴンの祖父の農業投機が経済的破綻へと導き、五人の子ども——男の子四人と女の子ひとり——を抱えた家族を赤貧から救う役割は、祖母にゆだねられた。祖母は家に学校を開くことで家計を支えた。この成功が祖母のたくましさを評価する基準とされている。富と財産、そこから生まれたものと失われたものは、イゾベルの物語における重要な要素になっていて、同じく彼女は人を誠実さや優しさよりも知性で判断する独特の傾向があった。人間的な魅力などは深刻な欠点とみなされ、不幸にも魅力的な人物は疑いの目を向けられることになった。

母親が七人きょうだいで父親が五人きょうだいということで、当然のごとくスティーヴンには大勢のいとこやはとこがいた。いっぽう、わたしの両親はどちらもひとりっ子だったので、わた

＊1：イギリスの詩人、文学者

しにはいとこがひとりもいなかった。はとこが数人いるだけで、ひとりはオーストラリアに、残りはノーフォークの田舎に暮らしていた。そんなわけで、とても親しい間柄で、驚くほどそっくりな顔立ちをした人たちがうじゃうじゃ集まっているのを見たときは、かなりの衝撃だった。スティーヴンの母方の親類は、高い頬骨に青い寄り目、ウェーブした栗色の髪が特徴的で、父方の親類は、みんな顔が長くたっぷりした二重顎だった。わたしの場合、少しでも似ているところがあるのは、弟だけだ。

一族のかなりの人数が海外に住んだり離婚したりして、それが流行みたいになっていたものの、その年の冬に次々と開かれた家族のパーティーを通じて、わたしはスティーヴンの親類やその友人、妻や夫、元妻や元夫まで大勢に会った。みんなから快く親切に受け入れてもらい、大家族というものにはどれほどの強みがあるのかわかってきた。家族のネットワークがもたらす安心感は、外見的な個性が失われることを補ってあまりあった。

スティーヴンは非常に近しい親類以外の相手に対して、かなり批判的になることがあった。彼は自信を取り戻し、どんな会話にも意気揚々とオックスフォード流のやり方を持ち込んで、わざと挑発的な意見を表明して相手にショックを与えようとした。わたしの祖母のところで週末を過ごしたとき、ノリッジ大聖堂は実にありきたりの建築物だ、とスティーヴンは言って、温厚な祖母を大いに狼狽(ろうばい)させた。わたしの友だちのことは格好の餌食だと思っていて、パーティーでは物議をかもす意見を平気で一方的にまくしたて、しつこく続く騒々しい議論でしばしば社交の場を支配した。

　彼はわたしを相手にしても、造花のほうが本物よりもあらゆる面で好ましいとか、わたしの大好きな作曲家ブラームスは編曲の才能に乏しいから二流だとか主張した。ラフマニノフは音楽のごみ箱に放り込むのが妥当で、チャイコフスキーは主としてバレエ音楽の作曲家だ、とも。作曲家に関するわたしの知識は未熟なものだった。ラフマニノフやチャイコフスキーについて知っているのは、彼らの音楽にはわたしを深く感動させる力があるということだけで、ブラームスの編曲法については何も知らなかった。あとになって、ワーグナーはブラームスを見下していたが、それはお互い様だったことを知って、わたしはほくそ笑んだ。

　世間話を拒むスティーヴンの姿勢は認めても、尊大な態度を取るのは悪趣味だし、そのせいでわたしは親類までは失わないにしても、友だちを失うことになりかねないと不安だった。ついには、わたしの今後の学業に関するチャンスまで危うくされるのではないかと、心配になってきた。大使館で働くという芽生えかけた希望を彼のために諦めることは甘んじて受け入れても、なんらかの研究を進めるチャンスを潰されるのはお断りだ。わたしの指導教官のアラン・デイヤーモンドは、中世文学の研究で博士号を取ってはどうかと勧めてくれていた。デイヤーモンドを紹介すると、スティーヴンはこれまで以上の活躍を見せた。絶好のチャンスが巡ってきたことに喜び、自分の言おうとしていることは明白な事実であり、反対するのは愚か者だけだというようにシェリーグラスを振り回しながら、アラン・デイヤーモンドとわたしの同期生みんなを相手取って、中世文学の研究は浜辺の小石を研究するのと同程度に役立つ趣味だと言ってのけた。幸い、アラン・デイヤーモンドもオックスフォードの卒業生で、この挑戦を喜んで受けて立ち、スティーヴンと互角の勝負をした。この議論は決着がつかず、両者は和やかに言葉を交わし合って別れた。帰りの車の中でわたしが文句を言うと、スティーヴンは肩をすくめて言った。「そんなにむきになるほどのことじゃないだろう」

その年、知的な議論は個人的な問題とは別物だというスティーヴンの信念が試される出来事が起きた。スティーヴンの大学院の研究申請を退けたフレッド・ホイル教授は当時、科学を大衆化するために、率先してテレビを最大限に利用していた。ホイルは有名人になり、その成功を盾に政府に圧力をかけ、ケンブリッジ大学天文学研究所の設立を認めさせた。もしも要求が通らなければ、ほかの多くのイギリス人科学者と同様に、アメリカ合衆国への頭脳流出にホイルも加わることは避けられなかった。ホイルには能力も人気もあり、彼が唱える最新の理論はマスコミに熱心に取り上げられ、特にインド人の門下生であるジャヤント・ナーリカーと共同研究している理論は注目を集めていた。移転前のケンブリッジ大学キャヴェンディッシュ研究所で、ナーリカーとスティーヴンの研究室は近くにあった。

ホイルがヘルマン・ボンディとトーマス・ゴールドと共に概念を発展させた、定常宇宙論に関する最新の論文が出版されるのに先立って、王立協会に集まった高名な科学者たちを前に講演が行われた。講演のあとには質疑応答があったが、こういう場ではそれなりに敬意を表するのが普通である。スティーヴンも出席していて、チャンスをうかがっていた。ついに彼の挙げた手が司会者の目にとまった。まだ学術研究でなんの功績も挙げたことのない、若き研究生に過ぎなかったスティーヴンは、苦労しながら立ちあがると、ホイルと研究生および聴講者一同に向かって、発表された計算は間違っていると言った。聴衆は唖然とし、ホイルはこの厚かましい発言に激怒した。

「なぜそう言えるのかね？」

ホイルには、自分の新しい研究に異議を唱えるこの若者の根拠など、簡単に覆せるはずだという自信があった。しかし、スティーヴンの返事は思いがけないものだった。

「自分で計算したからですよ」スティーヴンはそう答え、さらにつけ加えた。「頭の中で」

この発言をきっかけに、科学界でスティーヴンの名が知られはじめ、こうして彼は学位研究のテーマを見つけた。膨張する宇宙の特性について。その一件のあと、スティーヴンとフレッド・ホイルの関係に進展は見られなかった。

いくつか意見の衝突があったとはいえ――科学に関することでも、一般的なことでも、それ以外でも――その学年度にわたしたちがしたことのすべては、一九六五年七月に予定されている結婚という共通の目的に捧げられていた。既婚の学部学生としてウェストフィールド・カレッジに残ることが許可されるのか知る由もなかったので、わたしの最優先事項は大学当局の承諾を得ることだった。承諾してもらえなければ、結婚を一年延期しなければならないかもしれなかった。

わたしたちの婚約にあたって、父と交わした約束――わたしがカレッジを卒業すること――を軽視するわけにはいかないと、ふたりともわかっていた。スティーヴンのような病気を抱える者にとって、一年間というのは長い時間であり、彼のお父さんがしきりとわたしに言いきかせたように、それだけの期間を生き延びられる保証はなかった。未来について考えるとき、わたしは常にこの受け入れがたい事実を心にとどめておかなければならなかった。とりあえず、スペイン語学部長のジョン・ヴァレー教授と学長のミセス・マシューズに、差し迫った状況だとわかってもらえるかどうかは、わたしにかかっている。わたしがおずおずと話を切りだすと、きわめて異例の事態ではあるが、学長の承認が得られれば反対するつもりはない、とヴァレー教授は答えた。

前に――そして、ただ一度――ミセス・マシューズと対面したのは、一九六二年の面接のときだったので、良い結果は期待できそうになかった。一九六四年、秋学期が終わりに近づいたある日の午後六時、わたしは秘書に指定された時間どおりに、カレッジの管理区域から離れたリージェンシー・ハウスにある学長の家を訪ね、緑色のラシャ張りのドアを震える手でノックした。ドアをくぐった瞬間に、ミセス・マシューズはわたしの不安を感じ取ったようだ。椅子を勧め、片手に煙草(たばこ)を、反対の手にシェリーを押しつけてきた。

「どうしたと言うんです?」ミセス・マシューズは口を開き、気遣うように顔をしかめてわたしの目をまっすぐ見つめた。「心配しないで、取って食いはしないから」

わたしは大きく深呼吸したあとで、スティーヴンとの関係、彼の病気と予後、残された時間がどれだけあるかわからないけれど、ふたりで有意義に過ごすつもりでいることを、必死に説明した。ミセス・マシューズは一度も目をそらさず、ほとんど表情を崩さなかった。口を挟まず話を聞き終えると、単刀直入に切りだした。

「当然だけど、結婚するならカレッジ内に住みつづけるわけにはいきませんよ、わかってるわね？」

わたしたちの計画を完全に否定されなかったことで、少し元気が湧いてきた。質問された点については下調べをすませてあったので、自信を持ってうなずくことができた。

「はい、承知しています。プラッツ・レーンに下宿できる部屋を見つけてあります」

「そう、それなら結構」ミセス・マシューズは暖炉の残り火をじっと見つめながら答えた。「やりたいようにして、チャンスを最大限に活用しなさい」

ミセス・マシューズはそこで口をつぐみ、彼女らしくもない心ここにあらずといった様子になり、自分も似たような状況を経験したことがあると打ち明けた。ミセス・マシューズの夫も重い障害を抱えていたのだ。正しいと信じることならなんでもやってみることの大切さが、彼女には嫌というほどわかっていた。それと同時に、学業を修めるべきだというわたしの父の考えにも賛成だった。そして、わたしが直面しようとしている未来は楽なものではないと警告した。ミセス・マシューズは、自分にできることなら力になると約束してくれた——まずは、ヴァレー教授に承認を伝えることで。

大きな障害を乗り越え、あとはプラッツ・レーンの下宿を契約するだけだったが、こちらはあっさり決まった。家主であるミセス・ダナムは、四階の屋根裏部屋を快く貸してくれ、彼女もご主人も下宿人に対して忍耐強く親切に接してくれた。〝忍耐強く〟というのは、階下の書斎に置かれた電話をわたしが独占しても、ふたりは一度も文句を言わなかったのだ。スティーヴンはケンブリッジとロンドンのあらゆる中継点を経由して、市内通話料金の四ペンスでわたしに電話をかける方法を編みだした。つまり、毎晩わたしたちは時間を気にせずおしゃべりできるというわけだ。日々の報告をしたり、愛をささやき合ったりといった浮かれた楽しい会話はさておき、ふたりの未来の計画を立てるうえで話し合わなければならないことが山ほどあった。病気のために多少の問題が起きることを想定しながら、就職、新居、結婚式の手配、それにニューヨーク州北部のコーネル大学で結婚式の十日後に始まる予定のサマースクールに参加するため、初めてアメリカに旅行することについて話し合った。

7 誠意を持って

　こうして目下の問題が速やかに解決したおかげで、最終学年は週末だけケンブリッジで過ごし、平日はロンドンに戻って通学するというやり方をすれば、学位を取得できるはずだという自信が持てた。なんといっても、最新の社会調査によると、結婚している学生は独身で欲求不満の学生よりも、全般的に優秀な成績を修めているらしいのだ。父は寛大にも鉄道運賃の足しにと仕送りを続けてくれていたが、夫婦の暮らしを支えるために仕事と収入を得るという責任は、スティーヴンにゆだねられている。彼はといえば、いまでは本格的に研究に取り組んでいて、特別研究員（フェロー）に応募するには、出版とまではいかなくても、価値ある研究を記録に残す必要があることに気づいた。そのため、王立協会で行われたホイルの講演でひどく物議を醸すことになった考えを発展させることにした。苦労しながら取り組んでみると、研究が面白いことも発見した。

　その結果、スティーヴンがわたしに対して抱く喜びにあふれた期待は、愛する人の到着を待つ若き婚約者としての期待にとどまらなくなった。一九六五年二月のある寒い朝、彼はいまではトリニティ・ホールの本館にある自室にわたしを迎え入れた。わたしが部屋に入ると、コートの下の左腕が白いギプスで膨らんでいるのを見て、スティーヴンはひどくがっかりした顔になった。

ほんの少しでも同情を示してくれるかもしれないというわたしの期待は、粉々に打ち砕かれた。わずかな同情以上のことは何も求めていなかった。というのも、骨折した経緯があまりにも情けなくて、電話では打ち明けられなかったぐらいなのだ。

真相はこうだ。ウェストフィールド・カレッジのダンスパーティーは、前年に男子学生をカレッジに受け入れるようになったことと、活発な実行委員が選任されたおかげで、大いに活気づいた。いまでは、ビートルズやツイスト音楽といったシックスティーズの、バンドの生演奏もあった。わたしはツイストを踊るのが大好きで、週半ばに開かれたダンスパーティーでは、誰かのボーイフレンドとひとしきり無邪気にツイストを踊るのに熱中した。ダンスフロアはピカピカに磨き上げられていて、つるつるした床でハイヒールが滑り、わたしは伸ばした左手を下敷きにして派手に転んだ。焼けつくような痛みが走り、また手首の骨が折れたのだとはっきりわかった。今回はアイススケートではなく、ツイストのせいで。

この苦難にまだ打ちのめされていて、スティーヴンの顔に浮かんだ恐怖の理由をすぐには理解できなかった――テーブルにきちんと置かれた真っ白な紙の山と、借り物のタイプライターを示されるまでは。ゴンヴィル・アンド・キーズ・カレッジの特別研究員に応募するため、来週初めまでに提出しなきゃいけない申請書をタイプしてもらいたかったんだ、とスティーヴンは悲しそうに説明した。ツイストを踊った罪悪感から、わたしは怪我をしていない右手を使って、申請書をせっせと手書きしはじめた。週末の時間は、この作業にすべて費やすことになった。

スティーヴンの部屋でひと晩過ごすなんて、考えられないことだった。彼の話によると、この部屋を担当するカレッジの道徳の守護者であり無愛想なベッド係のサムは、鋭い監視の目を光らせていて、わたしがスティーヴンの書斎の椅子にうっかりかけたまま置き忘れたスカーフやカーディガンに、一度ならず気づいたはずだった。サムはスキャンダルと格好の獲物の匂いを嗅ぎつけて——彼は若い女性の訪問客の味方ではなかった——、わたしが規則を破ってスティーヴンの狭いシングルベッドで寝ている現場を押さえたくて、よく深夜にスティーヴンの寝室を覗き込んでいた。だが、面白いスキャンダルをつかんで大学当局に報告するという彼の期待は、常に裏切られた。スティーヴンのたくさんの立派な友だちが、いつも週末にわたしをもてなしてくれていたのだ。この人たちの多くはもう家も車も持っていて、子作りのさなかにあった。わたしたちの世代にとっては、それが自然な流れだった。わたしたちは、主な目標が単純でわかりやすい最後の世代だった。ロマンチックな恋愛、結婚、マイホームと家族という典型的な目標があった。スティーヴンとわたしにとって違っていたのは、これらの目標を達成するのに、限られた時間しかないと知っていたことだ。

厳しい状況ではあったが、特別研究員の申請書は期限までに無事に提出することができ、あとは面接に呼ばれるのを待つばかりだった。が、そう簡単には運ばなかった。ホイルの講演で度肝を抜く発言をしたことから名前が広まったのを強みにして、スティーヴンはロンドンのキングス・カレッジで隔週で開かれているセミナーの終わりにヘルマン・ボンディ教授に近づくと、特別研究員に応募するための推薦者になってもらえないかと頼んだ。ヘルマン・ボンディはハンプシャーに住んでいて、スティーヴンの叔母のロレインと、ハーレー・ストリートで歯科医をしている夫のルスの隣人だったので、正式な書面を送る必要はなさそうだった。ところが数週間が過ぎて、スティーヴンはゴンヴィル・アンド・キーズ・カレッジから困った連絡を受けた。カレッジがスティーヴン・ホーキングへの推薦状を求めると、ボンディ教授はそんな名前の志願者にはまったく心当たりがないと返事したのだ。スティーヴンのカジュアルな頼み方を考えれば、忘れられてしまったのも無理もないかもしれない。慌てて電話をかけて話を通すと、スティーヴンは無事に面接に呼ばれ、雄弁をふるって評議会のメンバーを大いに感心させた。ほかの学問分野ではどんなに高名であっても、宇宙学を専門とする評議員はいなかったので、なおさらだった。

スティーヴンは特別研究員に選ばれ、わたしたちは大喜びで祝った。すべてが希望どおりに運び、結婚式の日取りは予定していた七月半ばで確定した。病気が今後どう進行するかという暗い話は忘れて、わたしたちは愛の喜びと成功の見込みに舞い上がっていた。その夏はお祝いの連続で過ぎていき、わたしの二年生の試験や、どこに住むかという問題、なじみのない厄介な所得税といった迫り来る暗雲は、まだ小さな塊に過ぎなかった。

腹立たしいことに、悪意を持った現実という季節外れの冷たい風が、あまりにも唐突にこの小さな雲をわたしたちの歩む道に吹き散らし、高揚した気分をいっとき湿らせた。スティーヴンは晴れて特別研究員に選ばれたことで意気揚々として——せっかちな若者が妥当だと思う程度、つまり二週間ほどの間を置いてから――、ゴンヴィル・アンド・キーズ・カレッジの会計担当責任者を訪ねた。会計担当責任者は新任の特別研究員に向かって冷ややかに通告した。特別研究員のポストに就くのは十月からだというのに、半年も前に相談に来るなど厚かましいにもほどがある、と。わたしたちにとっていちばん重要な問題、特別研究員の給料はどれぐらいもらえるのかというスティーヴンの質問に対しては、決して答えようとしなかった。おまけに会計担当責任者は、カレッジが特別研究員のために住居を探す義務はない、と言い放った。このような高圧的な対応に気分を害しながら、わたしたちはスティーヴンの給料をざっくり推測したうえで住むところを探すしかなかった。ケンブリッジの特別研究員には既婚者が大勢いたから、なんとかやっていけるだろうと思った。住まいについては、市場のそばに建設中の新しいアパートが良さそうだったので、入居の申し込みをしておいた。

わたしたちは自信に満ちていて、未来を早くスタートさせたくてうずうずしていたので、こんなありふれた問題のことでいつまでもくよくよ思い悩みはしなかった。ふたりの思い描く大きな計画を邪魔させたり、狭量な役人に信念を傷つけさせたりするつもりはなかった。こういう官僚主義との無益な戦いは、いつしかわたしたちなりの六〇年代の反乱になった。そのいっぽうで、最大の敵は運命だった。わたしたちは運命を相手にした気高い大仕事に取り組んでいたので、融通の利かない会計担当責任者という些細な障害をあざ笑うことができた。

運命と戦う者にとっては、重大な問題――命、生と死――だけが真の意味を持つ。いまのところ、運命は休止状態にあるか、わたしたちの味方をしているようだった。障害があるにもかかわらず、六〇年代半ばの冷戦の空気の中、ふたりの未来はほかの誰とも変わらず安全なものに思われはじめていた。スティーヴンにとって、これから結婚するということは、本腰入れて仕事に取りかかり、物理学で自分の真価を証明してみせなければならないということだ。わたしは無邪気にも、進むべき道を決めるうえで、信仰も関与するはずだと信じていた。ある意味では、わたしたちはふたりとも、選んだ道に対するひとつの信仰、存在するものへの信仰を共有していたけれど、わたしは母親や友人の勧めを受けて、勇気や決断を後押しして救いの手を差し伸べてくれる、より大きな力――あるいは神――を信じていた。他方で、ホーキング一家が伝統的なメソジスト教徒という背景を持ちながら、無神論者とまではいかなくても不可知論者であることを公言していることは重々承知していたものの、彼らが信仰をあざ笑う傾向にあることは不快に感じていた。スティーヴンとわたしは、婚約した二か月後に初めてのクリスマスをいっしょに過ごした。スティーヴンがわたしの家族と共に朝の礼拝に参加したという事実に、ヒルサイド・ロード十四番地の面々は眉を吊り上げ、遠回しに批判した。

「で、いまは清らかな気分なわけ?」妹のフィリッパはスティーヴンに皮肉のこもった口調で静かに問い、わたしは不可解な敵意らしきものが自分に向けられているのを感じ取った。スティーヴンが返事のかわりに笑ってみせると、今度は母親のイゾベルが言った。

「あなたより清らかなのは間違いないでしょうね、いまではスティーヴンは善良な女性に感化されているんだから」

　こうした皮肉は、さまざまな結婚の誓約を調べているときに、わたしも心底おかしいと思って笑い飛ばした内容とは種類がまったく異なる。一六六二年版の聖公会祈禱書の結婚の誓約によると、新婦は〝敬虔な慎み深い夫人を見習うこと〟と書かれていて、ぞっとした。だから、わたしはこの忌まわしい文言が見当たらない一九二八年版を採用した。

　成功は成功を生むコツを心得ているもので、わたしたちはまたお祝いすることになった。ある土曜日、わたしはスティーヴンの部屋で別の申請書を清書していた。今回はグラヴィティ・プライズという賞のためだ。これは、反重力の発見によって自らの通風が治るはずだと信じている、あるアメリカ人の紳士が資金を提供している賞だ。これまでのところ提出されたどの論文も、この哀れな男性の苦痛を和らげてはいないようだが、気前の良い賞金のおかげで、苦労している大勢の若き物理学者が金銭的に大いに助けられていた。数年かけて、スティーヴンはグラヴィティ・プライズのあらゆる賞を受賞し、一九七一年にはついに一等賞を勝ち取ることになる。残念ながら、一九六五年の土曜日に仕上げたスティーヴンの最初の応募論文は、一等賞こそ逃したものの、非常にタイムリーな成功となって苦労が報われた。清書をした数週間後、ハムステッドの屋根裏部屋にいたわたしは、スティーヴンから電話なので急いで降りてくるようにと、家主から呼びかけられた。彼はケンブリッジからかけていて——いつものように通話料は四ペンスだ——、グラヴィティ・プライズの奨励賞を受賞したので賞金として百ポンドもらえると話した。

わたしは有頂天になって、ミセス・ダナムのキッチンで小躍りした。父がコツコツ貯めてきて、わたしの二十一歳の誕生日に贈ると約束してくれている郵便貯金の二百五十ポンドと、スティーヴンの百ポンドをあわせれば、彼の借金を完済して、車を買うことができるはずだ。その夏、結婚式を目前に控えた頃、スティーヴンのトリニティ・ホールの親しい友人であるロブ・ドノヴァンが、チェシャー州で車のディーラーをしている父親と交渉して、とても条件の良い話を取りつけてくれた。車の選択肢は二種類。一台は一九二四年式ロールスロイスの赤いピカピカのオープンカーで、興味はそそられたけど、実用的とは言えず、わたしたちには分不相応だった。もう片方の秤にかけられているのは、特価で売りにだされている赤いミニだった。わたしたちの財布と必要条件にはミニのほうが適していることを、スティーヴンはしぶしぶながら認めざるを得なかった。なんといっても、わたしの向から先にぼんやり浮かんでいる小さな雲のひとつには、〝運転免許試験〟という不吉な言葉が記されているのだから。

これまで何度も不合格になっているというのに、次の試験に一九二四年式のロールスロイスなんかに乗って行こうものなら、気難しくて無愛想な試験官に良い印象を与えないだろう。前回、その試験官は心臓を押さえながら、皮肉っぽくこう言った。きみの運転は初心者じゃなくて筋金入りのドライバーがするような運転だよ。恐ろしいほど無警戒で、制限速度すれすれだ。スティーヴンの車に乗った経験から言わせてもらうと、わたしが制限速度をオーバーせず、カーブや坂道で追い越しもせず、中央分離帯のある道路を逆走もしなかったことに対して、この試験官は感謝するべきだ。皮肉にも、スティーヴンはもう自らハンドルを握ることはできなくなっているものの、あんな運転テクニックでもまだ有効な免許を持っているので、彼を助手席に乗せていればわたしが仮免許で運転することは法律で認められた。一九六五年の秋、わたしはとうとう恐るべき試験に合格したが、天敵である主任試験官が入院していたおかげかもしれない。

一九六五年前半のこうした成功やお祝いによって、わたしたちは確かに進むべき道を踏みだした。わたしはケンブリッジと結婚式に、より意識を向けるようになった。わたしの友人や同級生、ウェストフィールドの同期生ともセント・オールバンズにいる古くからのダンスやテニス仲間とも、離れればなれになってしまうことは避けられなかった。多くの昔なじみの友人たちと最後に会ったのは、一九六四年のクリスマス前に郵便局の仕分けの仕事をいっしょにしたときか、わたしの二十一歳の誕生パーティーのときだった。このパーティーは、スティーヴンの両親のご厚意により、わたしの両親が住むメゾネットよりずっと広々しているホーキング家で開かれた。

スティーヴンからのバースデープレゼントは、ベートーヴェンの弦楽四重奏曲が収録された最新のレコードで、お互いに対する深い愛情を究極的に表現しているのだと解釈するしかなかった。幸い、その年の誕生日は、前年とはまったく違ったものになった。前の年、スティーヴンからはヴェーベルン全集のレコードをプレゼントされて、そのあとアメリカにおける電気椅子の使用をテーマにした芝居に連れていかれた。その日の午後は、祖母も含めた家族全員がわが家の居間に輪になって座り、黙ってヴェーベルンの全作品に耳を傾けた。スティーヴンは真面目くさった顔をして肘掛け椅子に腰かけ、父は本に顔を埋め、母は編み物に没頭し、祖母はうとうとしていた。家族は落ち着き払った態度で、抑揚のない雑多な金属音や無駄に長い小休止、耳障りな不協和音に動じるそぶりを微塵も見せなかった。

それに対して、一九六五年の二十一歳の誕生パーティーは、暖かい春のそよ風を感じながら、カラフルなライトが灯されたテラスでスムーズに進行していた。まるでおとぎ話の魔法がかかったようだった。おとぎ話の世界と同じく、明らかな敵意というものも隠れていたけれど。またもや、わたしに対する次女のフィリッパの態度に隠しきれない憤りを感じ取り、訳がわからず当惑した。たったひと晩、彼女の家を貸してもらってパーティーを開いているから？ それとも、わたしの知力が劣っていて、おまけに〝フェミニン〟――ホーキング家の辞書では悪口とされる言葉だ――だと思っているから？ フィリッパがわたしの信仰をばかにしているのは明らかだ。わたしがその不安を打ち明けると、「そんなに深刻に考えるなよ」とスティーヴンは返してきたが、もっともらしい返事だけでは心が安まらなかった。

長女のメアリーのほうはといえば、もっと愛想良くふるまってくれた。母親のイゾベルの話だと、スティーヴンは自分が生まれたわずか十七か月後に、この世界に妹が現れたのが許せなかったらしい。生まれつき温和で内気な性格のメアリーは、スティーヴンとフィリッパという、飛び抜けて賢く意志の強いふたりの兄妹のあいだに挟まれて、家族の中でつらい立場にあった。自己防衛のため、彼女は無理に競争心の激しい知識人という型に自分をはめていたけれど、本当は創造力や実際的な能力のほうがずっと優れていた。父親に対する強い忠誠心から、メアリーは医学を学び、家族の中でいちばん正直に話し合える相手も父親だった。ミル・ヒルの医学研究所のスタッフに対するフランク・ホーキングの無愛想でつっけんどんな態度について、わたしの両親はセント・オールバンズの大勢の友人から直接話を聞いていたが、わたしに対する態度は礼儀正しく親切で思慮深かった。フランクは実際には寛容で高潔な資質を持つ繊細な人なのに、周りに対して自分をもっと良く見せられなかったのは残念だ。彼はヨークシャー人に特有の愛ある率直さで、わたしとスティーヴンの婚約を自分も家族も本当に喜んでいることをくり返し伝えようとして、できる限り力になると誠意を込めて約束してくれた。わたしたちの結婚を喜びながらも、無理もないことだが息子の病気に打ちのめされていて、医学に関する知識があるだけに、極めて保守的で悲観的な考えにならざるを得なかった。わたしの父が、コントロール食によって神経疾患を治療できると主張しているスイス人医師の情報を手に入れて、スティーヴンがスイスで治療を受けられるよう費用を払うと申し出た。真偽は不明だが、フランク・ホーキングは豊富な医学知識を盾にして、スイス人医師の主張には根拠がないと言ってしりぞけた。フランクとしては、スティーヴンの人生は短く、夫としての役目を果たせる時間も短いだろう、とわたしに警告することしかできなかった。さらに、スティーヴンの病気は遺伝ではないことを保証したうえで、子どもが欲しければぐずぐずするなとアドバイスをくれた。

スティーヴンの母親は、息子の症状が最初に徴候を現したのは、十三歳で原因不明の病気にかかったときに違いない、とわたしに打ち明けた。それに、スティーヴンの症状の悪化に伴って想定される恐ろしい進行についても、わたしに残さず話しておくべきだと考えていた。でも、事の是非はさておき、唯一試してみることのできる治療法が怪しいインチキ療法として片付けられてしまうのなら、気持ちを楽にしてくれる助言もなしに、不吉な予言をくどくどと聞かされたところで、楽観的に考えようとする気力をそがれるだけで意味がないと思った。わたしはスティーヴンを心から愛していて、何があっても彼との結婚を思いとどまることはないので、病気の進行について詳細は知りたくないと答えた。以前に抱いていた野望は、いま目の前にある挑戦に比べればちっぽけなことだと捨て去って、スティーヴンのために家庭を築くつもりだった。二十一歳の純真さから、かわりにスティーヴンはわたしのために尽くし、励まし、大切にしてくれるはずだと信じていた。彼がわたしに結婚を申し込んだとき、父に約束してくれたことも信じていた。わたしに無理なことは求めないし、重荷になるつもりもない、と彼は約束したのだ。わたしが学位課程を修了することも、ふたりで父に約束した。

セント・オールバンズとケンブリッジを何度も行ったり来たりしながら、結婚式の準備は着々と進んでいった。どんな結婚式にもありがちな意見の衝突を交えて。わたしの父や弟はきちんとした形式に則るべきだと主張したが、スティーヴンは自分の父親を味方につけて、昼間の礼装（モーニング・ドレス）の着用をいやがった。同じく、スティーヴンはボタンホールにカーネーションの飾り花をさすのも、安っぽくて悪趣味だという理由でいやがった。わたしにとってカーネーションは、その色と香りからスペインを思わせてくれる花だったのだけれど。結局、お互いに納得できる折衷案として、バラの花をさすことになった。わたしの父は、結婚式には形式的な挨拶が不可欠だという考えだったが、スティーヴンはそれも渋って、一切のスピーチを拒否した。新婦付添人の問題は堂々巡りをくり返し、決まらないまま当日を迎え、九歳のエドワードが即席の花嫁付添の少年として見事に穴を埋めてくれた。挙式はトリニティ・ホールのチャペルで、牧師のポール・ルーカス立ち会いのもと執り行うという点については、幸い意見が一致した。七月十五日の木曜日の挙式に先立って、前日にケンブリッジのシャイア・ホールでささやかな民事婚を行うことになっていた。カレッジには婚姻を許可する資格がなく、カンタベリー大主教の結婚特別許可証を得るために二十五ポンド払うのは無駄な出費だと思ったのだ。小さな会場しか選べず、当日はすべての招待客を四苦八苦して押し込んだ。友だちや親戚の中には招待リストから削除せざるを得ない人もいたし、何人かはオルガンのある上階に行ってもらうことになった。

てんやわんやの結婚準備のさなかに、わたしはナポレオン三世や一八七一年のパリ・コミューン、フランス語の最終試験と格闘していた。結婚式の少し前、その年は都合良くロンドンで開催された一般相対性理論の会議にスティーヴンは初めて出席した。わたしもカールトン・ハウス・テラスで開かれた政府の公式レセプションにお供して、スティーヴンのその後のキャリアにおいて重要な役割を果たすことになる大勢の物理学者たちと出会った——キップ・ソーン、ジョン・ホイーラー、チャールズ・ミズナー、ジョージ・エリス、ふたりのロシア人科学者。彼らの多くが、わたしとスティーヴンにとって生涯の友となった。スティーヴンも含めた世界じゅうの相対性理論信奉者が一堂に会し、その後何十年も彼らの興味の対象となるブラックホールの研究(この時点ではまだ、はっきりとは理解されておらず、崩壊する星という月並みな描写がされているだけだった)について、興奮して熱に浮かされるように話し合ったのは、この会議が最初だった。

七月十四日、書類整理棚と造花の置かれたシャイア・ホールで、戸籍係の言葉によって民事婚の式が済むと、義理の母となったイゾベルが近づいてきて、独特のゆがめたようなほほえみを浮かべて言った。

「ようこそミセス・ホーキング、これからはそう呼ばれるようになるんですものね」

聖スウィジンの祝日である七月十五日、スティーヴンの新郎付添人を務めるロブ・ドノヴァンは見事な手腕を発揮して、結婚式のあいだトリニティ・ホールの構内で、わたしたちと大切な人たちをつつがなく導いてみせた。参列しているかなり年配の親戚の数と、フィリッパの帽子のとんでもない幅の広さを考えただけでも、ロブのしたことは驚くべき偉業だった。フィリッパはこの帽子にキツネノテブクロ、デルフィニウム、ケシの花などを有り余るほど飾りつけていて、草が豊かに生い茂ったカレッジの庭にも負けないぐらいだった。空は曇り、ときには霧雨が降ってきたが、幸せな一日だった。夕方になり、わたしを自分の手から引き取ってくれたことに対して、父がみんなの前でスティーヴンに感謝の言葉を述べて式を締めくくったあと、ロブ・ドノヴァンがケンブリッジ郊外までわたしたちを車に乗せていってくれた。ロブはわたしたちが手に入れたばかりの赤いミニを脇道に駐車していた。弟の悪だくみによって、車にはLプレート[*1]が仕上げに取りつけられていた。スティーヴンを助手席に座らせ、わたしは運転席に収まると、恐る恐る車を発進させて、サフォーク州のロング・メルフォードにあるザ・ブル・インを目指した。

＊1：英国で仮免許運転練習中の車に表示するL字のプレート

8　物理学との対峙

のんびり過ごせた新婚の最初の一週間はあっという間だったものの、穏やかで幸せな思い出ばかりだ――サフォーク州の曲がりくねった小道、青草の生い茂った庭、田舎のかび臭い教会、ハーフティンバード様式の建物が並ぶ村。サフォークの旅が終わり、わたしたちはほかの乗客よりずっと早く搭乗させてもらい、ニューヨーク行きの飛行機が離陸するのを待っていた。のどかな村やカントリーハウス、海岸を昼間に散歩して過ごすという喜びに満ちた一週間は、非情なまでの科学の進歩、ごたまぜの伝統、新世界のペースにたちまち取って代わられた。

初めて目にしたニューヨークは、気の滅入るような眺めだった。濃いスモッグを通り抜けて摩天楼の上空を飛行していくと、霞の中から巨大な兵士みたいなビル群がぼうっと現れ、槍の先端でわたしたちを突き刺そうと身構えているみたいだった。あの地獄のような地上で人間が暮らし、働いているなんて、とても信じられなかった。『ガリヴァー旅行記』の巨人の国にでも降り立ってしまったのではないだろうか。そんなわたしの疑念は、コーネル大学までわたしたちを送り届けるためイサカ空港に迎えに来ていたリムジンへ案内されると、確信に変わった。何もかもが――車、道路、建物――、わたしがこれまで見てきたものの十倍ぐらい大きいのだ。青々とした美しい田園までもが、どこまでも果てしなく続いているようだった。そのうえ、イギリス海峡を渡ったほんの三十七キロ先で外国語を習得しようと挑戦していたわたしのような語学学習者にとって、何よりも不可解だったのは、何千キロも離れたところへ旅をしてきたのに、周りにいるのは自分たちと同じ言葉をしゃべる人たちだということだ。この国のほかのものと同様に、言語も途中で膨張する発作を患っていたとはいえ。

わたしたちはコーネル大学に新しくできた学生寮の三階、ツインベッドの置かれた部屋に宿泊することになった。ふたりとも学生の暮らしには慣れっこだったから、その点は問題なかった。どうにも困ってしまったのは、サマースクールの期間中は三階フロアが家族向けの住居となっていたことだ。ひと晩じゅう泣き叫んだり、両親がラウンジでパーティー中に廊下で反抗しつづけていたりする幼い子どもや赤ん坊のあいだに放り込まれて、なんとか耐えるしかなかった。この予想外の環境によって、わたしたちが大西洋のアメリカ側で再開するつもりだったハネムーンは、唐突な終わりを迎えることになった。

キャンパスの構造上、問題はほかにもあった。健康な人にとってはなんの問題もないだろうけど、学生寮は講堂から一・六キロほど離れていて、輸送機関もなかったので、スティーヴンは講義の時間に遅刻しないよう苦労した。ひとりでも歩けたが、ゆっくりとしか進めない。人の腕に寄りかかって支えてもらえば、ずっと早く移動することができるので、わたしは自分に与えられた新しい役目を喜んで果たし、彼の行くところはどこでもついていった。

わたしはスティーヴンといっしょに講堂を往復し、大学構内の店で買い物をすることで、一日の大半を過ごした。どこかへ行けるほどではなくても、短い空き時間はあったので、しょっちゅう図書館に勉強しに行った。やがて、スペイン語の勉強だけでは飽きてしまうので、事務室の机とタイプライターを借りることを思いつき、スティーヴンが書いている博士論文の草案の最初の章をタイプしはじめた。そこで論じられている宇宙は膨張しているのかもしれないが、草案にはただの数字や普通の数学記号だけじゃなく、理解不能で判読しにくい数式が山ほど散らばり、線の上下に文字が躍っていて、悪夢のタイピング作業になることはすぐにわかった。

ハネムーン二週目にして、物理学者と結婚することの厳しい現実をこんなふうに突きつけられるとは思ってもみなかったけれど、時間を有効に使うことができたのは良かった。科学界で既に名前の売れはじめていたスティーヴンが、国際的な科学者たちの輪に加わって嬉しそうに興奮している様子を見られるのも、わたしは嬉しかった。重力崩壊あるいは特異点理論として知られる数学的研究について、少し年上のイギリス人の物理学者、ロジャー・ペンローズとの共同作業が増えていくことを、彼は特に喜んでいた。この理論は、重力崩壊を起こしているどんな物体も特異点を形成すると提唱している。特異点とは、時空のゆがみが無限になることが原因と考えられる、相対性の法則が成り立たなくなる時空の領域のことだ。ひとつの星が自らの重力の影響を受けて崩壊し、表面積と体積がゼロまで縮小された場合、その特異点はのちにブラックホールと呼ばれるものの中に隠れる、というのがロジャーの予想だ。ロジャーの仮説と、リフシッツとハラトニコフというふたりのロシア人の研究に刺激を受けて、スティーヴンは時間を逆戻りさせてこれらの等式を当てはめれば、膨張する宇宙はどれもひとつの特異点から始まっていて、つまりビッグバン宇宙論の基礎を成すことを証明できるはずだと確信した。この等式は彼の論文に重大な結論をもたらすことにもなった。

ロジャー・ペンローズの妻であるジョーンは、幼子のひとりを抱っこひもでかかえ、もうひとりの手を握り、デトロイトにある実家から総帆を揚げた船みたいにやってきて、その後ろには年輩の母親が控えていた。ジョーンは学生寮の三階の退屈な暮らしに変化を与えてくれた。弁論術を専攻していたため、男の子のいる家族の扱いはお手の物だった。次第にわかりはじめたことだが、それ以上に彼女がすごかったのは、子どもを連れた妻たちの多くが存在を無視される物理学者の世界で、自分の存在を認めさせたことだ。中には数学や物理学の学歴を持つ妻もいて、彼女たちは競争心が強く男まさりになりがちだったが、別の分野に眠っている才能や半ば忘れ去られた才能を持つ妻たちは、怒りっぽくて疑い深かった。みんなにひとつ共通して言えることがある。事実上、物理学者の妻は既に寡婦だった——物理に夫を奪われた寡婦だ。

サマースクールも最後の週になって、初めて誰か——カリフォルニア出身の社交的な物理学者で、四人の娘を持つ父親でもあるレイ・サックスだったと思う——が、家族のために交流会を催すという名案を思いつき、野原でピクニックをすることになった。その会のおかげで、さらに多くの奥さんや子どもたちと知り合うことができた。誰よりも強い印象を残したのは、テキサス出身の物静かなアメリカ人、ロバート・ボイヤーだ。スティーヴンと彼はもう、専門家としての信頼関係を築いていた。ロバートは飾らず気さくにわたしも会話に混ぜてくれて、物理以外のことを話題にした。そう、ひとりひとりと向き合えば、物理学者の多くはとても魅力的で、親切で気取らない人たちだと言える。ところが集団になると、生まれ持った性質が否応なく呼び覚まされ、ほぼ決まって物理学についての長ったらしい討論や言い争いが始まってしまうのだ。けれど、物理と肩を並べる話題がひとつあり、いよいよみんなの心を悩ませていた。その話題とはベトナムのことで、ピクニックでも自由に意見が飛び交っていた。高まる戦争の脅威は、恐怖と嫌悪の対象だった。軍と凝り固まった考えを持つ人々だけが支持する大義のために、この国の若者が滅ぼされようとしていた。

サマースクールが終わる最後の夜、学生寮の上がり段に腰かけて透き通るような空に浮かんだ満月を眺めていたとき、まるで叔父さんのように親切なサマースクールの指導者であるエイブ・タウブ教授に紹介された。エイブと奥さんのシスも、外の空気を吸いながら夜空をうっとりと眺めていた。ふたりがカリフォルニアでの暮らしや、ゴールデン・ゲート・ブリッジを見晴らす家からの眺め、サンフランシスコのこと、エイブが指導者を務める相対性理論研究室があるバークレー校と理学部について話すのを、わたしたちは興味深く聞いていた。エイブがスティーヴンを研究室に招こうとしていて、スティーヴンも行きたそうにしていたが、正式な提案はなされなかった。

屋内に戻って話を再開しようとしたとき、夜の空気が冷たかったせいか、急にスティーヴンが喉を詰まらせ、ひどい発作を起こした。わたしが発作を目の当たりにするのは、そのときが初めてだった。長いこと治まっていると思われた病気が、突如として本性を現し、恐ろしい猛威をふるいはじめたのだ。潜んでいた亡霊が影から飛びだし、スティーヴンの喉首をつかみ、人形みたいに激しく揺さぶり回し、踏みにじり、恐怖に捕らわれた大きな喘鳴（ぜんめい）に空気をも共鳴させ、かすれた咳を部屋じゅうに響き渡らせた。スティーヴンはわたしの手の届かないところにいた。敵に捕まってなすすべもない。わたしたちの結婚のもうひとりのパートナー、これまで姿を見せていなかった運動ニューロン疾患という恐ろしい力に不意に遭遇して、わたしは呆然（ぼうぜん）と立ち尽くしていた。やがてスティーヴンは、背中を叩いてくれと合図してきた。見えないモンスターを追いだしてやろうと、わたしは力いっぱい背中を叩いた。始まったときと同じく、あっという間に発作は鎮まった。わたしとスティーヴンはへとへとで、見ている人たちは礼儀を保ちながらも唖然としていた。この猛攻は誰にとっても大変なショックで、危険な未来を警告する凶兆だった。カリフォルニア・ドリームは、現れたのと同じ空想の霧の中へと消えていった。

ニューヨークに戻る頃には、コーネル大学での経験によって、急速にわたしは——二十一歳という年齢で——敬虔（けいけん）かどうかは別として、慎み深く困惑した夫人に変貌を遂げていた。この病気の悪魔のような性質が、足を引きずることや、動作困難や、筋肉運動の協調の欠落よりも、ずっとドラマチックなやり方でその存在をアピールしてきたのだ。それだけでは足りないとでもいうのか、とっくに定員オーバーになっているわたしたちの結婚には、もうひとり別のパートナーが潜んでいることに、わたしは感づいていた。その相手は、初めは信用できる穏やかな姿で現れ、ついてくる者が成功と達成感を得られる道を示してみせる。ところが、実は彼女は冷酷なライバルで、厳しい女主人で、無情なセイレーンで、自分に熱を上げる者を執着という深い水の中へと誘い込むのだ。アインシュタインの最初の妻は、離婚手続きにおいて情婦を文通相手と言及したが、ここで言う彼女とは、ほかならぬ物理学のことだ。

ニューヨークの街は、そんな憂鬱な考えを忘れさせてくれて、ほかの物理学者たちから離れたことで、夫婦関係のバランスも修復できた。フランク・ホーキングの医学仲間が、寛大にも週末のあいだマンハッタンのアパートメントに泊めてくれた。メトロポリタン美術館、エンパイア・ステート・ビル、タイムズ・スクエア、ブロードウェイに観光に出かけるには申し分ない立地だった。ニューヨークに別れを告げるとき、ほとんど悔いはなかった。ケネディ空港に乗り入れるバスの中で、わたしは地平線の灰色の塊に混じって直立不動の姿勢を取っている、鮮明に描かれた摩天楼の輪郭をふり返り、あんな怪物みたいに残忍な幻影は見たことがないと思った。小人の国みたいに窮屈でも扱いやすい広さで、古くさくても落ち着きのある自分の居場所に帰りたくてたまらなかった。わたしの居場所は、歴史と詩的な価値観が豊潤で、ありがたいことにずっと安定していて、人々がもっとお互いのために時間を使えるところなのだ。

9 ザ・レーン

大西洋のヨーロッパ側には安定した暮らしがあるという感傷的な幻想は、イギリスに帰国した途端に消え失せた。両親はわたしが六歳の頃から住んでいた家のたった三十軒先に引っ越そうとしていた。過去との決別はもはや取り返しがつかず、レンガとモルタルに成り果てた。

最後に聞いた話によると、スティーヴンとわたしが登録しておいたケンブリッジの市場近くに建設中のアパートは、まだ完成していないということだったが、せめて結婚祝いの品々をしまうためにも、急いで住まいを見つける必要があった。赤いミニに荷物とプレゼントを積み込んで、わたしたちはケンブリッジに向かって出発し、不動産業者のもとへ直行した。すると、アパートはもう完成しているけれど、わたしたちの名前は登録されていないしどこにも記録がなく、すべての部屋の入居者がもう決まっていると言われた。

わたしたちはがっかりしながらランチを食べ、これからどうするか話し合った。思い切ってキーズ・カレッジの会計担当責任者をもう一度訪ね、一時的にでも助けてくれないか頼んでみることにした。わたしとスティーヴンは虎穴ならぬ人食い鬼の穴に入っていった。驚いたことに、この半年のあいだに担当者が替わっていて、新任の会計担当責任者はチベット語の講師でもあった。チベット語の講師は閑職で、受講する生徒がひとりもいなかったので、持て余した時間でカレッジの財務を監督することができたのだ。前任者とは違って、彼は怒って食ってかかることはなく、スティーヴンの頼みに対して、同情さえ示しながら真剣に耳を傾けた。会計担当責任者は素晴らしい解決策を思いつき、険しい顔にかすかなほほえみを浮かべ、しばし考え込んでから言った。

「そうだな。力になれるかもしれない——もちろん、ごく短期間だけだが。特別研究員のために住居を用意するのは、カレッジの方針に反することはわかっているだろう?」

わたしたちがうなずき、固唾をのんで待っていると、会計担当責任者はリストを調べた。

「ハーヴェイ・ロードの寄宿寮にひとつ空き部屋がある。ひとりあたり、一泊で十二シリング六ペンスだから、ベッドを一台追加するとして、きみたちふたりで一泊につき二十五シリングだ」

寄宿寮の宿泊費は予算の範囲を超えていたものの、ほかに行くあてがなかったので、ひどく狡猾な取引に対する怒りを抑えるしかなく、この寄宿寮からできるだけ早く出ていこうと心に誓った。

大学当局はケチで不親切だったが、スタッフ、特に寄宿寮のハウスキーパーは、親切このうえなかった。カレッジの使用人たちは、清掃員であれ、職人であれ、庭師であれ、ポーターやウェイターであれ、誰もが親切だった。上層部の高尚な雰囲気には明らかに欠けている、優しさや温かさを彼らは常に示してくれた。ハウスキーパーはわたしたちの部屋を暖め、ベッドを乾かし、最初の夜にはお茶とビスケットを、翌朝には朝食を運んできてくれた。

その日のうちに、スティーヴンの指導教官であるデニス・サイアマが働きかけて、ピーターハウス・カレッジの特別研究員に連絡を取らせてくれた。この研究員はカレッジから借りている家を又貸ししたがっていた。家具は備えつけられていなかったが、即入居可能で、おまけにわたしたちには理想的な場所にあった。リトル・セント・メアリーズ・レーンという、ケンブリッジで最も古く絵に描いたような美しい通りで、最近ミル・レーンの旧大学出版局印刷所の建物に移転したスティーヴンの学部から、距離にして百メートル足らずのところだったのだ。

リトル・セント・メアリーズ・レーン十一番地の家には家具がひとつもなかったので、わたしたちは歯を食いしばって手持ちの現金や貯金、結婚祝い金をはたくしかなく、ベッドや電気コンロといった基本的な家財に散在した。ベッドが届くのを待つあいだ、椅子がないのでスティーヴンをむきだしの壁にもたれさせて、わたしは食料を買いに出かけた。帰宅したとき、驚いたことにスティーヴンは青いキッチンチェアに心地よさそうに腰かけていた。通りの先に住む女性が挨拶に来て、壁にもたれているスティーヴンを見つけると、親切に自宅から椅子を運んできて、家具が揃うまで貸してくれるとのことだった。その女性はセルマ・サッチャーといって、フィッツウィリアム・カレッジの元学生監で学寮長を務めた夫を持ち、リトル・セント・メアリーズ・レーン九番地に住んでいた。向こう十年、セルマ・サッチャーはわたしたちの人生に誰よりも情け深く接し、明るい影響を及ぼすことになった。その日の夕飯は、コーネル大学で使っていた片手鍋をひと口の電気コンロにかけて調理し、クリスタルのグラスでシェリー酒を飲み、箱をテーブル代わりにして、食器はボーン・チャイナとピカピカのステンレス・スチール製のカトラリー・セットを使った。スティーヴンはサッチャー家から借りたキッチンチェアに腰かけ、わたしは何も敷いていない白いタイル張りの床にひざまずいていた。すべて間に合わせではあったけれど、わたしたちはこれから三か月間、屋根の下で暮らせる幸運をお祝いした。

直立した衛兵のようなふたつの教会に入り口を護られて――右にヴィクトリア朝様式の合同改革派教会、左に中世のリトル・セント・メアリーズ・レーン教会――、この通りは人目につきにくかった。観光客は偶然通りかからなければ見つけられない。スティーヴンとわたしも参加した住民運動のおかげで、今日ではリトル・セント・メアリーズ・レーンは車の通り抜け禁止になっている。通りの右手に三階建ての小さな家が建ち並び、中にはおそらく十六世紀まで遡る歴史を持つものもあり、十一番地はその突き当たりにあった。一九六五年にわたしたちが入居したときには、その家はカレッジのひとつであるピーターハウスが改装したばかりだった。

通りの南側には鉄柵で囲われたセント・メアリー墓地があり、九月には草の生い茂った庭園に野バラとサンザシが赤く色づき、秋のバラの香りが強く漂っていた。高くそびえるセイヨウカジカエデの木々が枝を広げ、節くれだった藤の幹が自然の猛威からかばっていたが、いまも残るいくつかの墓石はすっかり風雨にさらされて、墓碑銘が読めなくなっていた。こうして大自然は何世紀も前の死者を胸の中にそっと吸い込み、豊かに咲き誇る花として甦らせていた。花は鉄柵を越えて手を伸ばし、硫黄色の光で夜の通りを照らす古いガス灯を愛撫しようとしていた。

セルマ・サッチャーは、この通りの監督者としての役割を買って出ていた。教会の墓地にたくさんのバラの木を植えて、マッティという名のキング・チャールズ・スパニエル犬を庭園で運動させ、雨の日にはその足にビニール袋を履かせていた。当たり前のように、年齢も境遇も関係なく、近所のみんなが困っていないか目を配っていた。一週間と経たずに、セルマはさらに何脚かの椅子とテーブル、鍋とフライパンを貸してくれて、ガスレンジも貸してくれる人を見つけてきて——ピーターハウスの看護師で、カレッジが所有する家具完備のフラットに引っ越すというシスター・チャルマーズだ——、いまの家の賃貸期限が切れる前にどこか住む家を探そうとしてくれた。白しっくい塗りの素敵な古い家にわたしたちを招き、アンティークで埋め尽くされてピカピカに磨き上げられたエレガントなリビングルームで、何杯もシェリー酒を勧めてくれた。

一九六五年にセルマはもう七十代だったはずだが、まっすぐ伸びた背筋と黒髪、堂々としたその姿から、優に十歳は若く見えた。話し上手な才能と、非常に現実的な部分を兼ね備えている女性だった。まるでジョイス・グレンフェル[*1]のようなやり方で、大勢のケンブリッジの研究者たちのもったいぶった自尊心をぺしゃんこにへこませて楽しんでいた。その流儀は貴族的で強引だったが、心の奥底に根付いたキリスト教徒の価値観に常に支えられていた。彼女はスティーヴンが嫌悪するすべてを象徴していて、この町内の中心人物を自認し、寝惚けたリベラリストを格好の標的にしていた。スティーヴンにとってセルマは好敵手であり、政治的には正反対であっても、

＊1：イギリスの女優で歌手、コメディアン

彼女の優しさと寛大さを尊敬せずにはいられなかった。

それから数か月間、セルマ・サッチャーは面倒見よくわたしたちの世話をしてくれた。かなり年配の夫――セルマによると、揺り籠からご主人に連れ去られたとのこと――と、インドに住むイギリス人の日常生活を収めたフィルム記録をまとめようとしている独立した快活な娘さんの面倒を見ながら、わたしがロンドンに行っていて留守のときは、親切にスティーヴンのことも気にかけてくれた。

あっという間に、わたしは最終学年のためウェストフィールド・カレッジに戻ることになった。毎週月曜日にスティーヴンと別れるのは胸が苦しくてたまらず、お互いにとってつらい状況だった。スティーヴンは家の中で過ごす分には自分で自分の面倒を見ることができたけれど、どこかにお呼ばれされないかぎりは夜になるといつも、カレッジで食事を取るためキングス・パレードをのろのろ歩き、長く危険な道のりをひとりで進まなければならなかった。わたしたちのオーストラリア人の友人のアン・ヤングが、スティーヴンが通りの反対側にある家の前を通り過ぎるのを窓から常に見守ってくれたし、食事のあとはたいてい若手の特別研究員が家まで送ってくれて、それからスティーヴンはその日の出来事を電話でわたしに報告してくるのだった。

疲れる生活パターンだった。わたしは月曜日の朝にロンドンへと出発し、週末までウェストフィールドで過ごし、金曜の午後になると電車で帰宅した。ケンブリッジへ、スティーヴンのもとへ帰るのが――そして金曜の夕方にふたりで参加している、ニコラウス・ペヴズナーのルネサンス建築講座に出るのが――待ちきれなくて、地下鉄の中で時計の針とにらめっこしていた。この電車はいつまでトンネルの中にいるんだろう、リバプール・ストリート駅で乗り継ぎ電車を逃してしまうかもしれない、と不安になりながら。それから何年かのあいだ、地下鉄に乗ってトンネルから出られないというのが、わたしにとって最も恐ろしい悪夢になった。

平日はプレッシャーとの戦いだった。英語からスペイン語、あるいはスペイン語から英語に翻訳し、締め切りに間に合うよう小論文やゼミのレポートを提出しなければならないのに、課題に充てられる時間は夜しかない。週末は買い物、洗濯、家事と、スティーヴンの論文のタイピングで手いっぱいだった。論文は、彼が平日のあいだにほとんど判読できない文字で殴り書きした分をタイプすることもあれば、がらんとしたリビングルームに唯一置かれたピカピカの新しいダイニングテーブルに腰を据え、彼が口述するのを聞き取ってタイプすることもあった。大学入学前に秘書コースに通ったことが、いまになって実を結んでいた。講義ノートを取るのに速記はまあまあ役に立ったけれど、恐るべきタイピングは創造の法則を記すうえで天の恵みとなった。人を雇わずに済んだおかげで、かなりの金額を節約できたから。コーネル大学で初めて目にしたこの論文は――等式や記号、シンボルに係数、ギリシャ文字、線の上下に躍っている数字、無限の宇宙と無限じゃない宇宙――、集中して読むことができなかった。とはいえ、これは科学論文なので、幸い短かった。さらに、自分の指が宇宙の始まりを紙に写し取っているのだと思うと、ささやかな満足感も得られた。これらの不思議な符号化された数字、文字、記号のすべてが、黒く深い無限の秘密を見抜こうとしているのだと考えると、畏怖を感じた。かといって、この論題となっている創造的な無限の広がりについてつくづく考え込んでしまうと、小さなドットや線の上下にある読みにくい字から意識がそれてしまい、望ましくない結果になった。記号や数字のどれかひとつでも位置を間違えれば、宇宙の始まりをとてつもない混乱に陥れ、創造の秩序をすべてひっくり返すことになりかねないのだ。

ただ機械的にタイプするだけではなく、自分なりに貢献できていることも、少なからず誇らしかった。スティーヴンの言葉の遣い方には残念な点が多かった。彼の文章には「わかりきったことだが」とか「つまり」といった言い回しが散乱していて、文体にはほとんど気を遣っていなかった。わたしは仕事熱心な公務員の娘として、幼い頃から言葉の豊かさと明快さを正しく認識し、言葉遣いに気をつけるようしつけられていた。この分野に関しては、スティーヴンと協力して、物理的にだけではなく頭も使って彼を支え、文系と理系の隙間を埋める架け橋となることができた。

週末は、さらに家具や備品を買いそろえたり、ケンブリッジシャーを散策したり、友だちに会ったりする時間でもあった。ある土曜日の午後は家電販売店にずっといて、大きな冷蔵庫を買うために予算を五ポンド増やせるか頭を悩ませた。スティーヴンのお給料は、年収一一〇〇ポンドだとようやく判明していて、ふたり揃って家にいるときの一週間の賃料と家計費は——その他諸々の出費は計算に入れずに——一〇ポンドだったので、何を買うにしても五ポンドオーバーというのは大きな出費だった。

ある日曜の午後、わたしたちはガレージからミニをだして、ナショナル・トラストが管理しているケンブリッジのアングルシー・アビー[*2]を訪れようとした。駐車場からアングルシー・アビーの邸宅まで、一キロメートル近い距離があったので、身体の不自由な同乗者を思いやり深く迎えてもらえることを期待して、緑豊かな並木道を進んで正面玄関に乗りつけた。ところが現実には、狭量でぶしつけな態度で追い払われてしまった。わたしたちはまっすぐ家に帰ると、ここは英国なのに障害者のための施設が整っていないばかりか、わずかな敬意さえも示してもらえないことに憤慨し、そのことを訴える手紙を初めて書いた。こうしてわたしは、身体の不自由な人々のための運動を始めることになった。

日曜の午後に外出して、結婚している友人の家の近所をティータイムにたまたま通りかかることがあった。そんなときは、成り行き任せで行動する学生生活の幻想にしがみつき、ふらりと立ち寄ることも多かった。この友人たちはわたしたちより少しだけ年上で、多くは第一子を授かっていた。そんなわけで、わたしたちはおのずと彼らの生活パターンに合わせるようになった。わたしが赤ちゃんふたりの名付け親になって、少しとまどいながらも赤ちゃんに夢中になってしまってからは、なおのこと。スティーヴンは、ゴンヴィル・アンド・キーズ・カレッジの特別研究員たちの輪にも加わり、絆を強めていた。十月初頭のある土曜日の夜、新しい特別研究員の就任式が行われるため、わたしはカレッジ・チャペルまでスティーヴンのお供をした。牧師の提案

＊2：広大な庭園のある元修道院の邸宅

で、わたしはオルガンの備えつけられた二階から式を見守った。式が終わると、牧師は掃除用の服装をした一介の妻であるわたしを、ハイ・テーブル[*3]の食事に招いた。こんなことは過去に前例がなかった。ケンブリッジのカレッジで昔から確立されているルールとして、妻は――特に妻だけは――ハイ・テーブルに着くことを禁じられていたのだ。退屈で鈍感な妻よりは、愛人のほうが良しとされた。実際、特別研究員は妻でなければどんな女性でも食事に招くことができた。言うまでもないことだが、妻と同じく学生もハイ・テーブルに着くのは禁止だった。カレッジ当局に気づかれずに、裏切り者の牧師は神聖なルールを両方とも破ったのだ。

＊3：ケンブリッジ大学のカレッジの食堂で、学生より一段高くなった教職員用の長テーブルのこと

10 冬休み

論文の内容が認められ、スティーヴンは物理学の天才として名声を高めつつあった。その冬、「特異点と時空の幾何学」と題する数学の小論で、夫はロジャー・ペンローズと共に切望していたアダムズ賞を受賞した。指導教官のデニス・サイアマは、スティーヴンが自分を超えてニュートン並みのキャリアを築くはずであり、前に進むために力になれることがあればなんでもするつもりだ、とわたしに請け合ってくれた。サイアマは必ず約束を守る人だった。あふれんばかりの情熱を持って、無私無欲で自分よりも教え子のキャリアを後押しした。個人的な野心よりも、宇宙の仕組みを理解したいという思いのほうがずっと強かったのだ。ロンドンであれ海外であれ、学会があれば学生たちを送りだし、関連のある研究発表について精査・報告させることで、学生のみならず自らの知識も大幅に増やし、並外れて優秀な宇宙論学者、相対主義者、天体物理学者、応用数学者、理論物理学者の一世代を養成することに成功していた。これらのさまざまな肩書きにどんな違いがあるのか、わたしはいまだによくわかっていない。ひとつ言えるのは、出席する学会の名前に合わせて、肩書きも変化するということだ。次の学会が天体物理学連合学会であれば全員が天体物理学者になるし、一般相対性理論学会であれば相対主義者になる、といった具合である。ロンドンで開催された七月の学会で相対主義者だった研究者たちは、十二月にマイアミ・ビーチで開かれる次の学会に向けて、カメレオンみたいに天体物理学者を装いはじめていた。

学期もずいぶん過ぎてから、わたしの旅費も賄われることがわかり、いっしょにマイアミに行くことになった。どんより曇った十二月の午後、ロンドン空港の霧が晴れるまで長らく待たされたあとで、わたしたちの飛行機は離陸した。フロリダに到着した頃にはすっかり暗くなっていたから、翌朝になって初めて、ホテルの目の前にビーチがあり、ターコイズブルーのカリブ海を見晴らせることに気づいた。スティーヴンの咳の発作はますます頻繁になっていて、冬のあいだはどこか暖かいところへ連れていったほうが良いと彼の妹のメアリーから熱心に勧められていたこともあり、青い空と日射しは本当にありがたかった。

学会初日を迎え、スティーヴンは普段着の同僚たちと共に予備会合に出かけていった。ビシッとした服装をしたホテルのスタッフたちは、開襟シャツにショートパンツ、サンダルといういでたちで上品とはほど遠い参加者に、見るからにとまどっている様子だった。ある日、わたしはしばらく講義を聴いてみるつもりで、思い切って会議場の一室に入った。まず、聴講者の中に誰ひとり見知った顔がないことに困惑し、次に参加者たちの服装が朝食の席で会った物理学者たちとは似ても似つかないことに気づいた。ここにいる人たちは、そろいもそろって黒いスーツとネクタイを着用し、髪の毛はポマードをつけてきっちり撫でつけ、髭の一本も生やしていない。講演者の話を聴くとすぐに、これはユダヤ系葬儀社による生分解性プラスチック棺の販売促進会議だと気づいた。

学会が終わると、わたしたちはエキゾチックな色と夏の日射しにあふれたマイアミから飛び立ち、秋の中に降り立った。テキサス州オースティンは小さな学園都市で、一九六〇年代半ばにはどこよりも宇宙論の研究が進んでいると盛んに報道されていた。わたしたちといっしょにマイアミから出発したジョージ・エリスは、わたしも結婚式で面識があった奥さんのスーと、オースティンで一年間暮らしていた。わたしたちは一週間エリス家に滞在し、これを機にふたりの人となりをもっとよく知り、今後の人生で訪れるさまざまな激動の変化にも揺らがない、生涯の友情を育むことになった。思慮深く控えめなジョージは、南アフリカのアパルトヘイトに反対したことで称賛された日刊紙《ランド・デイリー・メール》の名高い元編集者の息子だ。ローデシアで代々農業を営んできた家族のもとに生まれたスーは、ケープタウン大学でジョージと出会った。ジョージもスーもアパルトヘイトに断固反対していて、南アフリカの政治亡命者となることを自ら課した。内向的で思慮深いジョージに対し、スーは威圧的ではないけれど社交的で、陽気でありながら人が何かを求めていればすぐに気づく繊細さもあった。才能豊かなアーティストで彫刻家であり、思いやりと創造性に満ちあふれ、オースティン近郊にある恵まれない子どもたちの学校でその資質を存分に活かしていた。生徒たちは崩壊した家庭や身体的虐待の被害者で、中にはシカゴのスラム街で売春していたのを救出されて、更生のためテキサスに連れてこられた幼い黒人の子どももいた。

テキサスで人生を築くにあたって、スーの場合、ほかの科学者の妻たちの常例からは外れているようだった。ほかの科学者の妻たちが興味を向けられるものといったら、大学図書館に収蔵されたマックス・ビアボウム[*1]の原稿と漫画、頭を上下させて黄色い大地から黄金色の液体を吸い上げている、くちばしの黒い鶴みたいなオイルポンプに支配された景色、格子状の通りとそこに立ち並ぶ立派な邸宅ぐらいしかなかった。ラジオさえまともに受信できない環境の中で、文明から切り離されている感覚は圧倒的なものだった。

ある日曜の午後、エリス夫妻の友人のもとを訪ねたとき、スティーヴンがひどい転び方をして、咳き込んで吐血してしまった。脳の損傷という最悪の事態を恐れて、スティーヴンは家主に医師を呼んでくれと頼んだ。相手は驚くほど狼狽(ろうばい)していた。彼らは自分たちの客が転倒したことに当惑していたが、訪問看護を、しかも日曜日の午後に引き受けてくれる医師は見つからなかった。ひたすら電話をかけつづけて、ようやく特別に訪問してスティーヴンの診療をしてくれるという一般医と連絡が取れた。医師が到着すると、スティーヴンはしっかりした適切な処置を受けることができた。検査の結果、異常は見つからなかった。アメリカという国は、健康で成功した人たちにとっては素晴らしいところだけれど、もがき苦しんでいる人や虚弱な人、自らにはなんの過失もなくても生まれ合わせによって障害や疾患を抱えて自立するのが厳しい人々にとっては、適者生存の過酷な社会なのだろうと思った。

＊1：英国の批評家・作家・風刺画家

11 学習曲線

クリスマスイブにテキサスからイギリスに帰国すると、わたしたちの人生に新たな変化が訪れようとしていた。セント・オールバンズでクリスマスを過ごしたあと、わたしたちはケンブリッジの住まいでの暮らしに戻ったが、リトル・セント・メアリーズ・レーン十一番地ではなく、六番地での暮らしだった。疲れを知らないわたしたちの援助者であるセルマ・サッチャーが、空き家となっている六番地の所有者、ミセス・トゥーロン＝ポーター（セルマいわく「ねえ、本当に変わり者の女性なのよ」）に電話をかけて、〝若い人たちが住むところを見つけられずに途方に暮れている〟というのに、家を空き家にしておくなんて不名誉極まりないことだと言い聞かせてくれたのだ。ミセス・トゥーロン＝ポーターはこの緊急連絡に応えて、シャフツベリーの自宅からケンブリッジ行きの最初のバスに乗って来てくれた。

ミセス・トゥーロン＝ポーターは小柄でか細く、白髪頭のお年寄りだった。フロイライン・トゥーロンとして一九二〇年にイングランドにやってきて、リトル・セント・メアリーズ・レーン六番地の家を買い、隣人だった故ミスター・ポーターと結婚した。夫婦そろって熱心な民俗学の歴史家で、ケンブリッジ民俗博物館と密接に関わっていたので、セルマ・サッチャーはふたりがオカルトに手を染めているのだと思い込んだのかもしれない。家の中にあるさまざまな品々が、夫妻の共通の関心事を証明していた。暖炉の一部には、おそらく教会墓地にあったものか、アングロサクソン人のルーン文字が刻まれた石碑が組み込まれていた。

九番地の女主人、セルマにきっちり指導されたおかげか、わたしたちにはミセス・トゥーロン＝ポーターは無害な女性に思えた。ただし、家のほうはというと、古風な趣のある増築部分と理想的な立地は良いとしても、ディケンズ風の薄汚さで、狭苦しく陰気で、かび臭くじめじめしていた。赤レンガとしっくい塗りのファサードから、エドワード朝時代に改修されたのだと思われるが、三階建ての表に面したすべての部屋が十八世紀からのもので、埃にさえ目をつぶれば魅力的だった。ふたつある階段は狭く急だったけれど、その時点では克服できない障害ではなかった。ほかの家や高塀で囲まれたみすぼらしい庭を見晴らす家の裏側は、いまにも崩壊しそうに見えた。家の土台がひどく沈下していて、キッチンの床と、付随してキッチンの天井と上階にあるバスルームの床が、恐ろしい角度に傾いていたのだ。ミセス・トゥーロン＝ポーターは、この奇妙な状態をちっとも危険だと思っていないようだった。外壁の銘板によると、一七七〇年にジョン・クラークがこの模範的な工事の指導をしたらしい。

これがわたしたちにとって夢の家だと納得するには、想像力とセルマ・サッチャーの強引な押しが必要だった。確かに立地としては最高だった。古いガス灯の真向かいに位置する表側の部屋は、教会の庭の全景が見晴らせて、冬でさえも物憂げでロマンチックな景色だった。

こうして説き伏せられて、わたしたちは家主と交渉に入った。スティーヴンは大胆にも二千ポンドという金額を提示した。当然ながら相手は却下して、おずおずとセルマ・サッチャーを片目で見ながら、公開市場で売れれば少なくとも四千ポンドにはなるはずだと主張した。それでも彼女は、購入に必要な四千ポンドに到達するまで、週四ポンドでこの家に住まわせてくれると言った。そのあいだ、わたしたちは実質的に自分たちの家として好きなように改装できることになった。これでみんなが満足して合意に至った。

家はもうからっぽだったので、わたしたちが引っ越す前に室内の改装を始めることに、ミセス・トゥーロン＝ポーターは賛成してくれた。スティーヴンの論文は製本に回っていたから、わたしがそれまでタイピングに費やしていた週末の時間を、これからはペンキ塗りという新たな作業に使うことができた。やるだけの価値のある作業だったが、期末試験のために復習しておかなければならないスペイン語の勉強とは、困ったことにほとんど関係がなかった。とはいえ、この家はどうにも気の滅入る状態にあり、プロに改装を頼むだけのお金もなかったので、自分でやるしかなかった。刷毛の山と大量の白いエマルション塗料を用意して、まずはリビングルームの薄汚れた壁から取りかかった。引っ越してくる前に、いちばん大事なふたつの部屋、リビングルームと主寝室の壁を塗って、残りの場所——屋根裏、ふたつの階段、キッチンとバスルーム——は、そのあと数か月をかけて少しずつ取り組むつもりだった。

ペンキの匂いが苦手なので、いつも玄関のドアを大きくあけっぱなしにして作業した。サッチャー家の人たちはたびたび訪ねてきては称賛し、お茶を勧めて励ましの言葉をかけてくれた。ある日、ミスター・サッチャーが通りすがりに足を止め、軍人らしい体つきの背中を少し曲げて、開いたドアから中を覗き込んだ。

「きみはとても小柄で華奢に見えるが、とんでもない、強くたくましいようだな！」とミスター・サッチャーは言ってくれた。

わたしは脚立のてっぺんでほほえんだ。痩せた顔に戦闘の傷跡がまだ残っている第一次世界大戦の退役軍人から褒められて、舞い上がっていた。数日後、サッチャー家の人たちが便利屋にお金を払ってくれて、わが家のリビングルームの天井のペンキを塗ってもらえることになった。サッチャー家の便利屋は、ジョン・ギールグッド[*1]を太らせた感じの男性だった。暇な時間に大規模な塗装をしている引退した芸術家で、奥さんはキングス・パレードで印刷所を営んでいた。彼は親切な人で、初めてペンキ刷毛を振るったわたしの仕事ぶりを見て、密かに面白がっていたのではないだろうか。彼が善意から指導してくれたおかげで、たくさんのコツを習得することができた。壁を塗るときはてっぺんから始めることとか、でこぼこした壁を塗るときは円を描くように刷毛を動かすこととか、窓枠を塗るときは刷毛の硬い縁の部分を使うこととか。

特異点の研究によって、相対主義の研究者たちのあいだでスティーヴンの名声は急激に高まっていき、わたしの勉強の進み具合も同じくめまぐるしい変化を見せていたが、こちらは乱高下が激しかった。平日は中世と現代の言葉、言語学、文学を集中的に学ぶことで上昇し、土曜日は内装技術の短期集中コースで現実に引き戻された。結局、塗らなければならない壁や天井がまだまだ残っていて、これは思っていたより気が遠くなりそうな作業だと気づきはじめ、計算したところ費用をなんとか捻出できそうなので、キッチンのペンキ塗りは業者に頼むことにした。キッチンには、家と同じぐらい古そうな油汚れとすす汚れがこびりついていて、特に気の滅入る作業だったのだ。

やがてセルマ・サッチャーの確信していたとおり、荒れ果てた十八世紀の小さな家は魔法のように魅力的な住宅に生まれ変わり、この変化に伴って床や天井の傾斜はただ風変わりで珍しいものにしか見えなくなった。五軒先の家へとスティーヴンの同僚たちが運んでくれたわずかな家具は、見事に収まった——もちろん、買ったときにはのちに収まることになる家の広さなんて、少しも考えていなかったというのに。

この小さな家の修復に満足し、スティーヴンとわたしはそろそろキーズ・カレッジの新しい会計担当責任者を訪ねてみる頃合いだと判断した。なんといっても、いまやスティーヴンはカレッジのヒエラルキーにおいて、自分の居場所を確立しはじめていたのだ。

キーズは最も裕福でしっかりした基礎を持つカレッジのひとつだから、わたしたちに二千ポンドほど貸し付けたところで、その預金高にはさして影響がないはずだった。スティーヴンが会計担当責任者と話をするあいだ、わたしは外のオフィスで座って待ち、会計担当責任者よりもずっと話のわかる白髪頭の助手、ミスター・クラークを相手に、慎重に扱うべき問題について話を切

＊1：英国の映画・舞台俳優。『ミスター・アーサー』でアカデミー助演男優賞を受賞

りだした。議論は苦情の性質を帯びて始まった。わたしはミスター・クラークにこう尋ねた。スティーヴンの生涯が極めて短くなるだろうということは周知の事実で、ほぼ確実に審査は通らないはずなのに、どうして数週間前に大学年金の申請用紙を送ってきたんですか？　あんな書類を送りつけるなんて、ちょっと残酷じゃないでしょうか？　スティーヴンは書類を一瞥（いちべつ）すると、うんざりした様子で脇に押しやりました。ほかのみんなは楽しみに待てるかもしれないけど、彼には訪れることのない未来への準備について、考えたくなくて。

ミスター・クラークは無神経な行為に対して謝罪しなかった。それどころか、何が問題なのか理解できないみたいに首を振った。

「いいかね、お嬢さん、私は指示に従ったまでだよ」せわしなく動く白い眉の下から輝く青い目をこちらに向けて、そう言った。「私のすべきことは、新しく入った特別研究員全員に申請用紙を送付することだ。新人の特別研究員みんなに大学年金を受け取る正当な資格があるからね。きみのご主人は新人の特別研究員だから、ほかのみんなと同じく、大学年金を受給する権利がある。あとはその権利を確立するために、申請書にサインするだけでいい」そのあとミスター・クラークが思いついたようにさらっと付け足した言葉が、いまでも耳の中に響いている。「医学検査や何かのことを気にしているなら、そんなものは必要ないよ」

彼の言葉が信じられなかった。何も知らないわたしたちは、年金なんて受け取れるはずがないと暗黙のうちに諦めてしまっていた。それがいま、サインひとつで片付く問題だと知らされ、そのうえ、わたしもスティーヴンもこれまで考えたこともなかった価値あるもの——すなわち、保証というものを確約されたのだ。一日の午後の仕事だけで、わたしたちは素晴らしい成功を収めた。そしてこの成功を通じて、重大な励みとなる保証という人生の新たな目的地を突如として発見した。スティーヴンは会計担当責任者を説得して、ローン返済を保証するためカレッジの土地管理人に家を見せる手はずを整え、わたしはスティーヴンが年金を受給する権利を確保した。家を買うためのローンと年金が認められれば、ほかのすべての点で不確かな世界において、福利面ではふたつの堅固な錨を降ろすことができるはずだ。

ある晴れた春の朝、カレッジの土地管理人が家の鑑定にやってきた。教会の庭にはたくさんの黄色い花が咲き乱れていた。土地管理人のにこりともしない冷たい顔を見て、わたしたちの楽観的な考えはみるみるしぼんでいき、口頭で査定の概要を告げられると、希望は見る影もなく打ち砕かれた。こんな馬鹿げた使い走りのために呼びだされて時間を無駄にした、と相手が思っているのがありありと伝わってきた。家の裏手が沈下しているのが見えないのか？　そればかりか、三階の屋根裏部屋は明らかに火災の危険がある。自分ならあそこで寝るという危険は犯さないし、書斎としても使うつもりはないし、人にも勧められない。築二百年の家は、賢い買い物とは思えない。いずれにしても、近い将来に数々の道路建設計画が持ち上がり、西側から街の中心へと通じる新しい連絡道路を造るため、このあたり一帯の家が取り壊しになってもおかしくないだろう。この家をカレッジの投資対象として推薦することは到底できない。

スティーヴンは先見の明のないこの判断に激怒したが、声高に異議を申し立てても無駄で、会計担当責任者は土地管理人の査定を受け入れた。この問題をすぐに解決する手立てはなく、なるべく倹約して新しい家のローンを組むため預金額を増やすことぐらいしか、できることはなかった。スティーヴンはお給料と講師料、小論コンテストでお金を稼ぎ、わたしはマクミラン政権が推進する無謀な浪費という全国的な傾向に反して、家計を管理し、請求書の支払いをし、出費を抑えてできるだけ節約するという生活を始めた。大理石のカウンターにどこまでも行列が続くおなじみのスーパーマーケット、セインズベリーズでは、すじの入った美味しいベーコンの切れ端が約四五〇グラムあたり一シリング六ペンスで買えた。鶏肉店のセニッツで売っている鴨のレバーは安くて栄養満点だ。市場は新鮮な野菜と果物の宝庫だった。町の精肉店はお買い得な肉——豚足と子羊の肩肉は五シリングもしない——を教えてくれて、カレッジや学部で新しくできた友人たちをもてなすのに、これらの肉は食卓にだしても少しも恥ずかしくなかった。

わたしがロンドンで最終学年を過ごしているあいだに、ハーレー・ストリートで精神科医をしていたスティーヴンの義理の叔父、ヘルマン・ハルデンベルクが心臓病を患い、ウェストフィールドから歩いてすぐのセント・ジョンズ・ウッドにある病院に長期入院した。わたしは一日の講義やセミナーが終わると、午後にときどきお見舞いに行っていた。ヘルマンはスティーヴンの叔母で自身も医師のジャネットの夫だ。チャーミングで温和な教養人で、わたしが興味ある話題、とりわけ期末試験の特別論文のテーマにもしている、プロヴァンスの抒情詩人（トルバドゥール）の詩について話すのが好きだった。ヘルマンはC・S・ルイスの『愛とアレゴリー』を読んでいて、詩人の精神的な緊張状態——詩人である恋人が、実らぬ想いを寄せる最愛の人に思い焦がれる部分——について、精神科医らしく心理学的な角度から考察した。それから会話は家族の話題へと移り、わたしはケンブリッジでの生活や家の改修について話した。

「ホーキング家の人たちが、きみに良くしてくれているといいんだが」

一度、ヘルマンは言葉を選びながらそう言って、一家に対する不信をこっそり表した。わたしはその気遣いに対して、心配いらないと自信を持って答えた。ホーキング家の人たちが普通じゃなくて、風変わりでさえあることは有名だ。お高くとまっていて、ほかの人類より知力で勝っていると確信していることも、セント・オールバンズではよく知られた話で、町の人たちからは疑念と畏怖の入り交じった目を向けられている。感情を爆発させたり動揺したりすることはあったし、わたしとスティーヴンが婚約して結婚したときには、ピリピリしたムードが漂っていたものの、家族が生きていくうえではよくある流れだろう。ホーキング家の人たちの接し方には、不満を抱く理由もない。ヘルマンにも話したけれど、彼らはスティーヴンとわたしに会うことをいつも喜んでいるようだし、ヒルサイド・ロードの家にいつでも暖かく迎え入れてくれた。

12 あっけない幕切れ

夏が近づくと、教会の庭に生えた木々や植物は競って住民や通行人の目を引こうと、色と香りをあふれさせた。観光客のグループが、特にアメリカ人が続々とやってきて、通りをぶらぶら散策した。古風な趣のある内装を見ようと、観光客の多くがわが家の窓に鼻を押しつけて、レースカーテン越しに覗き込んできた。

その頃、ホーキング家はあることで苦しんでいた。スティーヴンの妹のフィリッパが、わたしには知らされていない理由から、オックスフォードの病院に入院したのだ。わたしもスティーヴンと同じ気持ちで彼女のことを心配していたし、お見舞いに行きたかった。われながら単純だけど、義理の姉妹としてふたりのあいだにあるもやもやを、ようやく解消できるかもしれないと期待していた。ところが、約束していた面会の当日、フィリッパはわたしではなくスティーヴンだけに会いたがっている、と義母のイゾベルからはっきり言われた。家族の誰も、そして誰よりもフィリッパが、「スティーヴンとあなたのこれ（たぶんわたしたちの結婚のこと）」を壊すことを望んでいないから、と。スティーヴンは何も言わず、母親の無遠慮な態度をなだめようとしなかったので、わたしは泣きながら両親の元へ帰ろうとした。その矢先、あの旧式のフォード・ゼファーが動かなくなった。不測の事態に、わたしはイゾベルとスティーヴンをミニに乗せてオックスフォードに向かうことになった。

　オックスフォードからの帰り道、今朝の一件についてそれ以上触れられることはなかった。ホーキング家の伝統として、この出来事もほかのたくさんの精神的・感情的な塵芥（じんかい）と共に箒（ほうき）で掃いて絨毯（じゅうたん）の下に隠された。感情的な問題は知性を脅かしかねないので、いっさい話し合わないという高尚な空気のもと、この件は考えるにも値しない取るに足らない些細（ささい）なこととみなされたのだ。そのため、期末試験が始まる直前になって、フィリッパからわたし宛に小さな文字で書かれた手紙が届いたときは驚いた。フィリッパは手紙の中で、わたしとのあいだに考え方のずれがあることは残念だけど、今後はもっと良い関係を築いていけることを期待しているし、「スティーヴンを愛したい」というわたしの願いには敬意を払っていると断言していた。わたしはこの和解の申し出に誠意を持って応じたものの、手紙の内容には当惑していた。ホーキング一家がケンブリッジに引っ越して、スティーヴンのために家を建てることを検討中だという噂がある、と数か月前に母から聞かされたときもそうだ。あの人たちは結婚生活が続かないと思っているのかしら、と母は憤慨していた。わたしはこうした目に見えない出来事に動揺し、他人ならともかく、なぜほかならぬスティーヴンの家族がわたしたちの関係と幸福を傷つけようとするのか、不思議だった。しかも、日々の暮らしにおいて、スティーヴンがあらゆることでわたしを頼りにしているというときに。

わたしとスティーヴンの結婚に懐疑的な人たちの予想を裏切るように、期末試験の週にわたしたちはかつてないほど親密になった。スティーヴンはロンドンに来て心の支えになってくれて、毎朝わたしが試験会場に出かけて留守のあいだは、最上階にある部屋で特異点定理の研究に励み、ときにはスペインの素晴らしい文学作品の翻訳物を読んで過ごしていた。それらの作品の中には、フェルナンド・デ・ロハスの『ラ・セレスティーナ』もあった。この作品は『ロミオとジュリエット』の大衆向けの原型であり、売春宿を営む老婆セレスティーナという、中世スペイン文学きっての興味深いキャラクターが登場する。午後の授業が終わると、スティーヴンとわたしは書痙(しょけい)や心の便秘を解消しようと、ハムステッド・ヒースやケンウッド・ハウスの庭園を訪れたものだ。わたしの大好きな大叔母さんのエフィーに会いに行くこともあった。七十代後半になってもなお活発な人で、タフネル・パークにある大きな家にいまでもひとりで住んでいた。一週間が過ぎる頃、やっと調子が出てきたのに、もう試験は終わりに近づいていた。ホッとするよりもあっけないという感覚が大きかった。

　期末試験の最終ページに最後のひと筆を走らせると、わたしはもう戻れない学生としての日々を譲り渡した。スティーヴンがバースデープレゼントにくれたビートルズのレコード『リボルバー』は、悲しいほどこの状況にそぐわないようだった。パーティーもお祝いもなく、慌ただしく別れを告げただけで、わたしはきっぱりと別の生き方を歩みはじめ、スティーヴンと車に乗ってロジャー・ペンローズに会いに行った。ロジャーはスタンモアにある自宅までわたしたちを案内し、家族と共に夕飯に招いてくれることになっていた。わたしたちは、ロジャーが年代物の青いフォルクスワーゲンを停めてある、スタンモアの駐車場に車を乗り入れた。ロジャーはすべてのタイヤの空気が抜けていることに気づいても平気で、角を曲がったところにある自動車修理工場まで行き、タイヤに空気を入れた。株式仲買人の豪邸から奥まった袋小路の端にある平屋に到着すると、ロジャーの妻ジョーンとふたりの幼い息子、前年の夏にコーネル大学で会ったときには腕に抱かれた赤ちゃんだったトビーとクリストファーから熱烈な歓迎を受けた。いまやトビーは生後十八か月で、自由に動き回れるようになっていた。ビスケットを手に持ちながらリビングルームを全力で駆け回り、濃紺の絨毯にビスケットのくずをまき散らしながら、見ているこちらまで嬉しくなるほど生の喜びを表現している。そんな大騒ぎもおかまいなしに、ロジャーとスティーヴンはいつの間にか、数理物理学についてお定まりの議論を始めていた。

期末試験の結果はだいたい予想どおりで、素晴らしいとは言えなくても、博士号の取得をめざせる程度の出来ではあった。これまで観察してきたケンブリッジにおける生活の力学から、妻という役割――あるいは母親――は蚊帳(かや)の外への片道切符で、アイデンティティを保つことがきわめて重要だとわかっていた。男性しか受け入れてこなかったカレッジの門戸を開き、女性の入学を認めようという動きは起きていたものの、妻や母親がひとりの知的な存在になり得ることを認めようとしない体制にはねつけられて、自身の能力をすっかりないがしろにされている高学歴でも不幸な妻たちがケンブリッジには大勢いた。

毎週のことだったロンドンへの通学は、終わらせる潮時だった。スティーヴンがますますわたしの支えを必要としていたのだ。どこへ行くにもわたしの腕にもたれないとだめで、毎朝わたしは研究室まで送っていき、昼食——ほかの食事と同様、スティーヴンの旺盛な食欲を満たすため、肉と野菜二種類——のため連れて帰り、夕方にまた迎えに行った。外務省で働くという夢はとっくの昔に諦めていたとはいえ、応用数学科、リトル・セント・メアリーズ・レーン、そしてキッチンという小さな世界でわたしの存在は絶えず必要とされていたので、単純な仕事をすることも教職課程を受けることさえも不可能だった。その点、博士号の取得は理想的な解決策に思えた。家事と大学図書館での勉強なら、スティーヴンの予定に時間をうまく合わせることができる。おまけに、わたしには学生奨学金を受ける資格があり、これはありがたいボーナスだった。

中世の文学は研究分野として魅力的だが、遠く離れた図書館へ埃をかぶった原稿を探しに行くことは、わたしたちの置かれている状況では許されないので、未発見の原稿を編集するということは望めそうになかった。研究するなら、既に出版されている原稿を元にして、批評するという形を取るしかない。ケンブリッジで利用できる施設を思えば、これなら難しいことではないだろう。それでもわたしは、さまざまな利点から、ロンドン大学の生徒として学籍簿に名前を登録したままでいた。最大の理由は、ケンブリッジ大学の博士号は三年以内というかなり厳しい期限が設けられているのに対し、ロンドン大学の学位にはそうした期限はなく、わたしの場合は中断せずに論文に取り組みつづけることが難しそうに思えたからだ。

イベリア半島の中世叙情詩という研究分野を選択したが、すぐには取りかからなかった。スティーヴンのおかげで、予備の研究論文として別のテーマが浮上してきたのだ。わたしの試験中に『ラ・セレスティーナ』を読んだとき、スティーヴンは素晴らしい考えを思いつき、期末試験の週の終わりに車でケンブリッジへ戻るあいだに話してくれた。あの戯曲の死と破壊、絶望という究極の悲劇は、売春宿の女主人であるセレスティーナが、彼女にマザーコンプレックスを抱いているパルメノという胁役を拒絶したことによるものだと気づかなかったかい？　とスティーヴンは尋ねた。これは興味をそそるアイデアで、わたしの指導教授も驚きながら認めてくれた。実はスティーヴンが思いついたことなのだと話すと、教授はさらに驚いていた。わたしも夫の理解力と発想に驚かされた。わたしの専門分野も含め、スティーヴンはどんな分野でも問題の核心に迫ることができるのだ。わたしの課題は、このアイデアを突き詰めて発展させ、一四九九年に書かれた原稿にフロイトの概念が適用できると立証すること。この課題の何よりも嬉しい点は、わたしたちの夫婦関係がうまくいっている証だということだ。わたしたちは仲良く暮らし、働き、お互いを支え合い、興味を分かち合っている。選んだ専門分野の違いも、ふたりの仲を裂こうとする試みも、悪化していくスティーヴンの障害がもたらす避けがたい困難も、ものともせずに。わたしたちはとても幸せだった。お互いに対する信頼と同じ決意の固さから、共に勇気と自信を得ていた。秋が訪れる頃、わたしは妊娠していることがわかった。

13 ライフサイクル

妊娠が判明したあと、免れがたい自然界の法則に従った悲しい出来事が続いた。スティーヴンの両親が文化大革命のまっただ中にある中国を訪問中に、父方の祖母であるミセス・ホーキング・シニアが九十六歳で亡くなった。わたしはほんのひと月前に初めて会ったばかりだった。その年の八月、スティーヴンと母親のイゾベル、弟のエドワードといっしょに、高齢の親戚を訪ねて北へ旅行したのだ。エディンバラに住むイゾベルの未婚の叔母たちに紹介され、旅の帰路にはヨークシャーのバラブリッジにあるホーキング家の先祖伝来の屋敷に一泊した。

十九世紀初頭、デボンシャー公爵の執事を務めて一代で大邸宅を建てた先祖は、庶民的なオーキンズという姓を改め、より上流のホーキングを名乗るようになった。弧を描く階段に高い天井、張り出し窓のあるホーキング・チャッツワースは、全盛期を過ぎて古びていた。哀れなミュリエル叔母さんはこの広い屋敷をひとりで管理する傍ら、身体は不自由だけどいまも傲慢な母親の世話もしていた。家と同じく、ミセス・ホーキング・シニアも以前の彼女の幻影と成り果てていたが、しわの刻まれたその顔に、五人の子どもを育てて一家を破産から救った女性の決意と不屈の精神を見て取るのは、難しいことではなかった。彼女はこの屋敷で唯一いまでも暖かく住むのに適した客間で暮らしていた。それ以外の部屋は、居心地良くしようとするミュリエル叔母さんの努力も虚しく、わたしたちが泊めてもらった四柱式ベッドの置かれた部屋も含め、暗くて寒く、じめじめしていて、かなり不気味だった。

両親の留守中、スティーヴンの弟のエドワードは、わたしの両親が預かっていた。わたしたちの家で週末を過ごすためケンブリッジを訪ねてきたとき、エドワードはまだ十歳だというのに、兄の指導のもと日曜日の昼食を自分で作らなければならなかった。わたしが突然のつわりに襲われて寝込んでしまったからだ。つわりは一日じゅう続き、翌日も、その翌日も治まらず、何週間も続いた。経験のある友人の話によると、起きあがる前に朝一番でお茶を一杯飲むのが、つわりには最も効果的だということだった。理屈では問題なくても、実践するとなると、自分で起きあがって淹れなければお茶を飲むことはできない。両親が救いの手を差し伸べて、ティーメーカーをプレゼントしてくれた。それからは、妊娠の影響で苦しむこともほとんどなくなり、元気を取り戻して勉強と論文の執筆という日課をまた続けられるようになった。

スティーヴンと比べると、わたし自身の健康状態はどうということもなかったが、彼のほうは健康管理が必要になってきていた。中国へ旅立つ前に、フランク・ホーキングはある医学雑誌で、ビタミンBの錠剤を定期的に摂取することは神経系への効果が期待でき、ヒドロキソコバラミンという調合薬を週に一回注射するとさらに効果が高められるとの記事を読んでいた。スティーヴンの父親と同じく聖バーソロミュー病院出身で、ケンブリッジでの主治医を務めるドクター・スワンの処方箋によってビタミン剤は手に入っても、毎週の注射となると簡単にはいかない。診療所はケンブリッジの反対側にあり、スティーヴンの考えでは、診療所で注射を待って朝を過ごすのは時間の無駄だった。何度かやってみたものの、スティーヴンのいらだちは募るばかりだった。ある朝、診療所に出かけて、正午近くに帰ってくると、いつものように道路と歩道を箒がけしているセルマ・サッチャーに出くわした。彼女はわたしたちの落ち込んだ顔に気づき、声をかけてきた。

「あらあら、いったいどうしたの?」

事情を説明すると、セルマはすぐに解決策を思いついた。

「まあ、それなら簡単に解決できるわ! シスター・チャルマーズに頼んで、ピーターハウスから来るときに寄ってもらえばいいのよ!」

セルマはわたしとスティーヴンをハグすると、わたしたちがリトル・セント・メアリーズ・レーンに引っ越してきたとき親切にガスレンジを貸してくれた、あのシスター・チャルマーズに連絡を取りに行った。セルマ・サッチャーにお尻を叩かれて、シスター・チャルマーズは週に一度、カレッジでの診療を終えてからわが家に来て、スティーヴンに注射を打ってくれることになった。その時間は、だいたいわたしたちの朝食の時間と重なっていた。

スティーヴンの関節を伸ばし、筋肉を動かすために、定期的に理学療法を受けることを医療関係者に勧められたときにも、同じ問題が生じた。スティーヴンの指は既に曲がりはじめ、署名する以外は字が書けなくなっていた。ケンブリッジ郊外に新しくできたアデンブルック病院の理学療法を一度だけ受けに行ってみたが、終わる頃にはスティーヴンは怒りくるい、診療を待たされて貴重な時間をこれ以上浪費するつもりはないと宣言した。今回、救いの手を差し伸べてくれたのは、デニス・サイアマだった。理学療法士の訪問看護を週に二回受けられるよう、共済基金で費用を負担するべきだと英国物理学会を説得してくれたのだ。こうしてわたしたちの人生にコンスタンス・ウィリスが登場した。

コンスタンスはイギリスの頑健な独身女性のひとりで、セント・オールバンズのフォークダンスと歌の会のリーダーだった、あの陽気でハイテンションなモリー・デュ・ケインとよく似ていた。率直で快活、まっすぐなタイプだ。火曜と木曜の午前十時にスティーヴンの筋肉を伸ばす前に、コンスタンスはトリニティ・カレッジの八十代の患者ふたりを訪ねていた。著名な古典学者のミスター・ガウと、カレッジの元学部長のシンプソン牧師で、主に彼らが靴下を履けるよう手助けをしていた。

シスター・チャルマーズとコンスタンスはふたりで取り決め、スティーヴンが同僚たちとほぼ同じ時間だけ働けるよう、日常生活の不便さを最小限に抑えた。実際には、朝はみんなより研究室に着くのが遅くなっても、その分スティーヴンは夜遅くまで残って研究していた。長時間、考え事に没頭し、週末にはじっと座って宇宙の始まりを支配する方程式を頭の中で戦わせ、ペンや紙を使わずに長く複雑な定理を記憶できるよう脳のトレーニングをしていた。ミスター・サッチャーはふざけてその様子を〝天体力学〟と呼んでいた。

「お宅の若者は天体力学で忙しそうだね？」

スティーヴンが通りで会っても挨拶せずに行ってしまうとき、ミスター・サッチャーはそんなふうに言っていた。これは日常茶飯事であり、スティーヴンが礼儀正しく世間話をすることがないのと相まって、繊細な性格の近所の人たちや知人、親類を傷つけてしまいがちだった。わたしはしょっちゅう謝らなければならず、スティーヴンはまっすぐ立っていることに全意識を集中しているのだと説明した。

つわりのせいで、わたしはヨークシャーで執り行われたミセス・ホーキング・シニアの葬儀に出席できなかった。実はまだ葬儀というものに一度も出たことがなかった。悲しいことに、じきに経験することになったのだが。わたしたちの隣人のひとり娘であるメアリー・サッチャーは、中東での長期留学を計画していて、イスラエルとヨルダンで数か月間を過ごすつもりだった。秋に出発する直前、わたしは彼女が父親と手をつないで通りを歩いているところを見かけた。ミスター・サッチャーの歩調はゆっくりになり、前よりも足を引きずっていた。ふたりは教会の庭へと姿を消した。父と娘のこうした様子に、わたしは強く心を打たれた。この貴い瞬間を過ごしながら、ふたりが最後の別れを予期しているように思えたのだ。メアリーが旅立ってほどなく、父親は病に倒れ、介護施設に入って数週間後に亡くなった。

身を切るような十二月の風に吹かれて通りに枯れ葉が舞う中、スティーヴンとわたしは手を取り合って、ホーリー・トリニティの寒々しい教会の後方に立っていた。ウィリアム・サッチャーは、高教会主義[*1]のリトル・セント・メアリーズ教会よりも、こちらの低教会主義[*2]を好んで通っていた。葬儀の感動的な言葉が唱えられ、教会に棺が運び込まれると、わたしは背筋がぞくりとした。死は瞬く間に人間が学んだこと、経験、勇敢さ、善意、功績、立ち去ろうとしている人生の思い出をすべて消し去ってしまう。いっぽう、わたしは奇跡的な始まりを迎えている新しい命を抱え、学習、経験、功績、思い出が、そのまっさらなページにこれから書き込まれようとしている。葬儀の様子を眺め、耳を傾けながら、そんなパラドックスに頭を悩まされていた。わたしの隣には、赤ん坊の父親が立っている。身体は不自由になってきていても、若くて生気にあふれている。全体的には健康で、心ゆくまで人生を楽しみ、物理学で成功を収めようという決意は、日ごとに強くなっていた。歩くのは困難で、ボタンを留めるのに苦労し、食事の時間は長くなり、脳が紙とペンの代わりをしていても、これらは物理的な問題であり、忍耐と工夫で乗り越えることができる。スティーヴンがこの日に参列した悲しい儀式の候補者になるなんて、到底考えられなかった。死は老年に訪れる悲劇であり、若者のものではないのだ。

中世の建築物があっても、埃っぽい部屋の片隅で床に就く時代遅れの特別研究員がいても、ケンブリッジにおいて、若さは欠くことができない。この大学の磁力に引きつけられた若者が波のように押し寄せ、三年間あるいは運が良ければ六年間を過ごしたあとで、魔法から覚めるように現実社会に送りだされていく。古くからの友人の多くが既に世界じゅうの大学で地位を確立しているが、

＊1：英国国教会の一派でカトリックの伝統を強調する
＊2：英国国教会の一派で儀式や聖職位よりも福音を強調する

彼らのいた場所は新しくやってきた人々に一時的に、あるいは半永久的に埋められていく。そんな友人のひとりで、その秋に訪ねてきたのは、コーネル大学で知り合った物静かなアメリカ人、ロバート・ボイヤーだった。彼はケンブリッジ大学には少し立ち寄っただけで、学部の会議のあと、わたしたちに会いに来て夕飯を共にした。ロバートは特異点と物理学の話はもちろん、イギリス人の妻と幼い娘のこと、当時アメリカ人の最大の関心事だったベトナムのことを話した。

ロバートの訪問からさほど経たないある日、昼食の支度をしながらスティーヴンの帰宅を待っていると、ラジオから大音量でトップニュースが流れてきた。テキサス州オースティンで狙撃事件があったという内容で、わたしは熱心に耳を傾けた。正気をなくした男が大学の塔のてっぺんに登り、下の広場を横切っている講師や学生を狙撃したのだ。撃たれた被害者のひとりは亡くなった。なじみのある風景のため、その報道はなおさら恐ろしかった。その日の遅くに、狙撃犯の銃弾の犠牲になったのがロバート・ボイヤーだと知らされた。これは老いがもたらす死ではなく、最近ウェールズで起きたアベルヴァンの悲劇[*3]のような自然災害によるものでもなく、若くして病気を患ったせいでもなく、人間の残忍な手がもたらした死だ。「……死がひとりの人を通して来た……」という、葬儀で述べられる言葉の中には、ありのままの真実があった。運命のひどく残酷ないたずらに混乱し、ショックを受けながら、わたしたちはロバートへの悲しみと称賛を永久に表す方法を考えようとした。

＊3：一九六六年にボタ山が崩壊して下にあった小学校を含む一帯が埋まり、百四十四人の死者が出た

14 不完全な世界

一九六七年五月二十八日、日曜日の夜十時、体重二八六三グラムでロバート・ジョージが誕生した。フランシス・チチェスターがヨットの単独航海で世界一周を成し遂げ、プリマスに帰港するのを大観衆に迎えられたのと同じ日だった。スティーヴンはロバートの誕生に大喜びして、翌朝この嬉しいニュースを知らせようと、わたしたちのあとに十一番地に越してきたシンガポール人の夫婦、ペックとハウ・ギー・アンのもとを訪れた。そのあまりの興奮ぶりに、ペックはわたしが分娩(ぶんべん)中に死んだのではないかと心配になったという。

ロバートはこの世界に出てきたくてうずうずしていたようで、二週間早く生まれて、わたしに不意打ちを食らわせた。三月に、スティーヴンの妹のメアリーといとこのジュリアンとわたしは、ロイヤル・アルバート・ホールで行われたロンドン大学の大規模な学位授与式に出席し、何千人というほかの卒業生たちと共に文学士号を受け取った。ひとつだけ残念だったのは、大学総長であるエリザベス皇太后が病気で欠席だったことだ。わたしたちの両親は式のあと、義父が借りてくれた王立熱帯医学会の華やかな会場で忘れられないパーティーを開いてくれた。

学年の初めの頃に、キーズ・カレッジ学寮長の名高い妻、ドロシー・ニーダム博士がわたしの面倒を見てくれて、アナ・ビダー博士とケイト・バートラム博士というふたりの科学者が創設したばかりのルーシー・キャベンディッシュ・カレッジを紹介してくれていた。このふたりの創設者の目的は、成人した女学生がケンブリッジで学ぶのを奨励することだった。ルーシー・キャベンディッシュ・カレッジと連携することで、わたしは同大学の文学修士号を取得でき、これによって何よりも重要なことに、大学図書館から本を借りられるようになった。春が終わる頃には、スティーヴンに着想を与えられたセレスティーナの論文、「マードレ・セレスティーナ」は印刷に回っていて、母親であることと研究を両立できない理由はひとつもなさそうだった。五月最後の金曜日、わたしはいつもどおり一日の大半を大学図書館で過ごし、論文のための資料を黙々と集めていた。これを最後に、しばらく図書館に行けなくなるなんて、思いもしなかった。

その晩、腿を締めつけられるような奇妙な感覚を無視して、同じく妊娠中のスー・エリスといっしょに、学部長の妻であるウィルマ・バチェラーが研究員の妻たちのために主催したパーティーに出かけた。落ち着かない夜を過ごし、土曜日の朝になると、締めつけるような感覚はいっそう強く頻繁に訪れるようになっていた。動けなくなる前にと急いで街へ出かけ、スティーヴンのために大量の買い物を済ませておくことにした。かなり具合が悪くなりながら、すべての荷物を家に運び、最後の買い物のため精肉店に行った。店員のクリスは、わたしの様子をひと目見ると、行列に並ばせず最初に買わせてくれた。

「ジェーン、まっすぐ家に帰ったほうがいいぞ！」

わたしはありがたくアドバイスに従った。

その日の遅く、雷雨のまっただ中に、ふたりの幼い娘を持つ父親であるハウ・ギーがスティーヴンとわたしを車で私立病院に連れていってくれたが、家にとどまるか、産院のベッドを申し込んでおけたら良かったのにと思った。当時の産院は、貧しい女性か複雑な事情を抱える女性しか受け入れていなかった。年配の助産婦は、わたしがティーンエイジャーだった頃の独身女教師とそっくりで、気難しく怒りっぽかった。わたしの腕にもたれたスティーヴンと廊下を歩いていると、まるで蛸の触手にお腹をきりきりと締めつけられているような、強い陣痛に襲われた。まだ取り入れられはじめたばかりの出産前講習で教わった方法にひたすら従って、わたしはドアの側柱に寄りかかりながら、たっぷり練習した呼吸法に意識を集中した。

「いったい何のまねなの?」

冷たい目つきの看護師が、きつい口調で尋ねた。彼女はほかのスタッフに比べるとずっと若く、呼吸法のことも知っているはずだったのに。それから二十四時間、処置が行われないまま過ぎたあと、助産婦ではなくわたしのかかりつけ医の若くて陽気なドクター、ジョン・オーウェンズの手で、ようやく赤ん坊が取りあげられた。そのあいだ、スティーヴンは誠実な夫として、長時間わたしのベッドの横に寄り添っていてくれて、翌朝の六時には母親の腕につかまって庭の入り口からこっそり忍び込みさえした。

わたしは退屈でイライラしながらベッドに横たわっていた。痛みから気を紛らわすためのマントラとして覚えていた、壮大で圧倒的なブラームスのヴァイオリンとチェロのための二重協奏曲だけが、ここ以外の場所にいるような気持ちにさせてくれた。頭の中の音楽は、出産の二か月前、イースターに両親がわたしたちのために手配してくれた一週間の休暇旅行の記憶を呼び起こした。両親が借りてくれたコテージは、ケンブリッジから遠く離れたコーンウォール州にあるポート・アイザックの入り江の縁に立っていた。ふたりはわたしがこれを最後にしばらく旅行もできないだろうと思ったのかもしれない。実際には、そうはならなかったのだが。その週、スティーヴンはわたしの好みに譲歩して、誕生日プレゼントにブラームスの協奏曲のレコードをくれた。

スティーヴンの自信が深まっていくにつれ、その意志も非常に強くなっていった。ポート・アイザックに滞在中、わたしたちは車でティンタジェルの村を訪れた。ここはアーサー王伝説の地と言われていて、コーンウォールの北の沿岸のへんぴな場所にあった。残念ながら、村からは城跡が見えず、女性の郵便局長の話によると、近づくには、険しい岩の峡谷、アヴァロンの谷を下るしかないとのことだった。スティーヴンは城跡を見ると言い張り——彼の人生は短いだろうということを強く意識しているため、わたしたちは彼のどんな要求も拒むことはできなかった——、わたしと母は彼の両側につき、吹きつける海風を顔に浴びて、通り道に転がっている石につまずきながら、彼を導き、抱きあげ、荒れたでこぼこの下り坂をかかえて降りていった。道の端までたどり着くと、サファイア色の帯となった海は遠ざかったように見え、城跡はよく見えなかった。苦労しながら四十五分ほど歩きつづけると、母は息を切らしはじめ、妊娠後期であるわたしの身体を心配していたが、スティーヴンは諦めようとしなかった。幸運にも、どこからともなく一台のランドローバーが現れ、ごつごつした道を登って村へと戻ろうとしていたので、わたしたちは運転手に呼びかけた。運転手はしぶしぶながら車を止めると、城跡まではまだまだ遠く、岬を回ったところにあると話した。どう考えても城跡にたどり着けそうにはなく、わたしたちは運転手に村まで乗せていってほしいと頼んだ。とうとう、彼はぶすっとしていらだった態度で、ひとりだけなら乗せていくと言った。乗せてもらうのは問答無用でスティーヴンに決まっていた。このときと同じく目的に向かってまっしぐらに、スティーヴンは同年の七月にシアトルを訪れ、バテル記念研究所のサマースクールに出席する計画を立てていた。わたしは少しも躊躇せず、その計画に賛成した。スティーヴンとわたし、そして赤ちゃんの三人が、太平洋岸で七週間を楽しく過ごしてはいけない理由が見当たらなかった。なんといっても、赤ちゃんというものは、食べて寝るだけなのだから。

　赤ちゃんはうっとりするような喜びを与えてくれた。生まれてまもなく、わたしの腕に収まり、少し紫がかった顔をして、前にも全部見たことがあるとでもいうように、まったく不安げな様子もなくあたりを眺めていた。義母は初孫を「未来の教授」と予言した。次に連れてこられたとき、赤ちゃんは分娩による経験から回復し、健康的な肌色になっていた。尖った耳とバラ色の頬という小妖精のような整った顔に、どこまでも深く澄んだ青い目をしている。髪の毛はなく、つむじと耳の先にうっすらブロンドの産毛が生えているだけだ。それぞれちっちゃな爪が生えた小さな指で、わたしの伸ばした指を握りしめていた。

完璧さを奇跡的に具現化したこの美しい小さな生き物は、うんざりするほど不完全な世界にやってきた。生まれてすぐの週に、中東で六日戦争が勃発し、生まれた赤ちゃんが成長して大人になるまで長々と、激しい対立が続いた。産後のわたしの単純な考え方だと、もしも向こう見ずな若者を煽動（せんどう）して暴力に駆り立てる冷淡な年配男性ではなく、新生児の母親がこの世界の指揮を執っていたら、戦争は一夜のうちに終わるはずだった。

ロバートの誕生から日が経つにつれ、わたしたちは新たな現実に順応していった。最初の二週間は両親の助けを借り、そのあとは自分たちだけでやっていくことになり、暮らしは劇的に変化した。研究室や街に出かけるときは、三人プラス乳母車とステッキだ。幸い、ジョージ・エリスが救いの手を差し伸べてくれた。昼食の時間にスティーヴンを家まで連れ帰ってくれるだけではなく、昼食後には迎えに来て、夕方になるとまた家に連れ帰ってくれることになったのだ。二週間ほどが過ぎ、わたしたちの生活は普通の状態にわずかに近づきはじめていた。そんなある日の午後、わたしはそろそろイベリア半島で中世に書かれた愛の詩の言葉について、増えてきたカード索引と書籍に戻る頃合いだと思った。赤ちゃんに授乳しておしめを替え、青空の下の裏庭に置いた乳母車に寝かせた。暖かい午後の風がそよぎ、赤ちゃんは居心地が良く眠そうだ。短くても一時間は眠っていてくれるだろうと期待していた。こっちもあくびが出そうになるのをかみ殺して、そっと屋根裏に上がると、テーブルの上に書籍とカードを広げた。読みさしの箇所を見つけるやいなや、下から激しい泣き声が聞こえてきた。あわてて駆け下りてロバートを抱きあげ、またお乳をあげておしめを交換した。大してお腹はすいてなさそうだった。持ち運び用ベッド兼乳母車にロバートをそっと寝かせて、屋根裏に戻ると、またもや同じ泣き声が響いた。午後のあいだに、このちょっとした場面が何度もくり返され、ついにわたしは赤ちゃんが空腹でも眠いのでもないことに気づいた。この子は人といっしょにいたいだけなのだ。そんなわけで、ロバートは生後一か月から博士号の論文に取り組みはじめ、わたしが執筆しようとするあいだ、膝の上でもがいたり、むにゃむにゃ言ったりして手伝っていた。その一日の午後の経験だけで、母親業と研究を両立させることについてわたしが抱いていた幻想は、完全に打ち砕かれた。出産の影響で身体がどうなるかも、ちっともわかっていなかった。一週間以内に元気に動き回って日課をこなせるようになるものとすっかり思い込み、九か月という妊娠期間と長いお産によるショックで体力が奪われることなど、少しも気づいていなかった。赤ちゃんにお乳をあげるのが、こんなに疲れて時間のかかることだなんて、想像もしてみなかった。

七月が近づくにつれ、わたしはシアトル行きが不安でたまらなくなってきた。計画がますます込み入ってきたので、なおのこと。アメリカ人のチャーリー・ミズナーは、スティーヴンの研究室を訪ねてきて、六月にキーズ・チャペルで洗礼式が行われたとき、ロバートの教父になってくれた。彼は、シアトルのサマースクールが終わったら、特異点について話し合うためメリーランド大学の研究室に来ないかとスティーヴンを誘った。チャーリーもデンマーク人の妻のスーザンも、四人の子どもたちと住んでいるワシントンＤＣ郊外の大きな家にぜひ泊まってほしいと言ってくれた。気乗りしない様子を見せるわけにはいかなかったが、わたしにはシアトルに無事にたどり着く自信もなく、さらに遠くへ行くなんてもってのほかだった。それでも、心配そうな両家の親たち、特にわたしの母に支えられ、一九六七年七月十七日の朝、わたしたちはどうにか予定どおりロンドン空港でチェックインを済ませた。お別れはあわただしいものになった。航空会社はスティーヴンのためにすぐに車椅子を用意して、有無を言わせず座らせると、税関とパスポート検査をまっすぐ通り抜けて出発ロビーへと押していってしまったのだ。わたしはロバートと、フライト中の必需品を詰めたいくつものバッグを抱えて、後ろから急いでついていった。その日は第三ターミナルの換気装置が壊れていて、夏の暑い盛りに、熱い空気が建物の中に吸い込まれるばかりで吐きだされず、出発ロビーは文字どおり地獄と化していた。出発ロビーに着いたとたん、わたしたちの乗る便が遅延するというアナウンスが流れた。

むっとする暑さの中で座って待っているあいだに、シアトルに着くまで保たせるはずだった水で薄めたローズヒップシロップを、ロバートはごくごくとひと瓶飲み干してしまった。最初のアナウンスからほどなく、パン・アメリカン航空の乗客のために無料の軽食を用意してあるのでどうぞ取りに来てください、という別のアナウンスがあった。わたしはロバートをスティーヴンの膝に乗せ、無料のサンドイッチをもらうため列に並んだ。戻ってくると、目に飛び込んできた光景にぞっとして凍りついた。ロバートは相変わらず父親の膝の上に無事に座っていて、嬉しそうに顔を輝かせてほほえみ、スティーヴンの腕に抱きとめられながら心地良さそうに胸にもたれていた。スティーヴンの顔には苦悶の表情が浮かんでいた。新品のズボンを広大な黄色い川が流れ落ちている。黄色い液体は靴の中まで流れ込んでいくのに、彼はどうすることもできずじっと座っているしかなかった。人生でこの一度だけ、わたしは叫んだ——サンドイッチを落っことし、悲鳴をあげた。

悲鳴をあげるなんて分別のない反応に思えるだろうが、おかしなことにこの状況では何よりも分別ある行為だった。悲鳴のおかげで、必要な助けが驚くほど迅速に得られたのだ。緑の服を着た恰幅（かっぷく）のいい看護師がどこからともなく現れて、世話をしてくれた。看護師は厳しく批評するように一瞥（いちべつ）すると、返す言葉もないが、この状況はわたしの手に負えないと判断した。そして車椅子をつかんで、父と息子を乗せたまま押していき、職員を無視してパスポート検査と税関を引き返した。看護師は託児室でロバートの身体を洗い、スティーヴンの汚れをこすり落とすのはわたしに任せた。託児室にいるあいだに、スピーカーからわたしたちの便の最終搭乗案内が流れてきた。看護師は動じず、コントロールセンターへの電話を通じて、わたしたちが乗るまで出発を待つようにと指示した。こうして、ロバートは生後七週間にして、国際便の出発を遅らせるという栄誉を手にしたのだ。

第二部

1 めぐり逢えたら（スリープレス・イン・シアトル）

一九六七年のシアトルで、バテル記念研究所はわたしたちのために気前よく準備を整えてくれた。広々とした平屋、ふんだんに備えられたあらゆる最新設備――食洗機と回転式乾燥機も含む――、大型のオートマチック車に加えて、おむつ交換サービスというアメリカ独自のシステムによって週に二回、清潔なおむつが届くのと交換に汚れたおむつを回収してもらえるよう手配してあった。至れり尽くせりで、もちろん感謝はしていたものの、わたしはすっかり弱気になっていた。産後まだ間もないうちに故郷の母や家族や友人たちの支えや助力を失って、贅沢（ぜいたく）な孤立とはいえ、なじみのない岸辺に打ちあげられたことに押しつぶされそうになっていたせいだ。ここではたったひとりで、障害を抱えた夫と生まれたばかりの赤ちゃんの責任を負わなければならず、スティーヴンに手を貸してくれるジョージ・エリスもそばにいないのだ。

バテル記念研究所は家からすぐ近くで、距離にしてほんの三キロほどですよ、と言って秘書はわたしを安心させようとしたけれど、三キロでも三十キロでも、大して違いはなかった。研究所までスティーヴンを車で送っていかなければならず、そのためには、ロバートも連れていかなければならない。つまり、早朝からスティーヴンの着替えと食事を手伝い、ロバートにお乳をあげてお風呂に入れるということだ。どちらが急いでいるかによって、この順番だったり、順番を逆にしたり。それからあのばかでかい車――フォード・マーキュリー・コメット――を家の玄関前にバックでつけて、わたしが責任を負っているふたりの人間、持ち運び用ベッドに寝かせた小さいけれど食欲旺盛なロバートと、わたしの腕にもたれたスティーヴンを、長い階段をひとりずつ連れて降り、ひとりは後部座席に、もうひとりは助手席に座らせる。手順どおりに手際よく行えば、この習慣のくり返しはまあ我慢できる。ところが実際には、なるべくスティーヴンが午前中から出席できるようにと懸命にがんばっても、このやり方には限界があった。わたしたちのかわいい赤ちゃんは、イングランドで夜に眠ることを覚えたばかりだったのに、時差が八時間あるシアトルに来たことで、いまでは日中はすやすや眠りつづけ、夜になるとひと晩じゅう遊ぶ気満々で目をぱっちりさせているのだ。おまけに、シアトルはかつてない猛暑に見舞われていた。

しばらくのあいだ、神経質な自己防衛本能の働きから、わたしは行動範囲を制限し、バテル記念研究所と街角の店――特にドライクリーニング店――にしか行かないようにしていた。初めはおっかなびっくり大きな車を運転していたのだが、やがてこの暑さにもかかわらず、アメリカ人の母親なら誰もやってみようとは夢にも思わない行動を取りはじめた。店までベビーカーを押して歩いて行き、買い物した品を赤ちゃんの横に積んで帰ることにしたのだ。

ペンローズ一家がシアトルにやってくると、わたしは難破船の船員が救命ボートを見つけたような喜び方で歓迎した。ペンローズ家の一員に加わったばかりのエリックは、うちのロバートよりもいくらか自由に動きまわれたけれど、たいていは寝ころんでいた。それぞれのベビーカーを並べたり、ふたりの赤ちゃんが揃って絨毯の上で寝ころがっていたりすると、あの子たちったらホーキングーペンローズ対談を続けているわよ、とジョーンはよく言っていたものだ。ジョーンのおかげで、わたしの社交関係は華やいだ。彼女はサマースクールのほかの参加者の妻たちにわたしを紹介して、シアトルの繁華街のあちこちへ連れていってくれた。

ある日曜日にはもっと冒険して、スティーヴンのナビでフェリー埠頭に行き、ピュージェット湾をわたってオリンピック半島に上陸した。わたしはロバートを水際に抱えていくと、きらきら光る太平洋の冷たい水につま先を浸した。別の週末には、ロバートを車の前のベンチシートに乗せて、スティーヴンとわたしのあいだに挟んで寝かせておき、北へ二百四十キロほど走り、国境を越えてバンクーバーを訪れた。ケンブリッジで友だちになったオーストラリア人で、いまはブリティッシュコロンビア大学に在籍しているヤング一家に会いに行ったのだ。シアトルが暑くて乾燥しているのに張り合うように、バンクーバーは寒くて靄が立ち込めていて、隣接したアメリカの都市よりものどかなカナダ特有の魅力があった。

ほかにもあちこち楽しい遠出をしたが、長距離を運転しなければならなかったので、すっかり身体がこわばって、学生時代の友人のジリアンがシアトルを訪ねてきた頃には、疲労でヘトヘトになっていた。ジリアンはバンクーバー島に住んでいた。夫でエンジニアのジェフリーが二年間、バンクーバー島で仕事をすることになっていたのだ。ジリアンと、週末しかいっしょに過ごせなかったがジェフリーは、わたしの救世主だった。ジェフリーは運転を引き受け、長旅——特にレーニア山への日帰り旅はかなりの遠出だった——に連れていってくれて、買い物の品を取りに行き、スティーヴンの車の乗り降りを手伝ってくれた。ジリアンのほうは、台所仕事に進んで手を貸してくれた。この一週間、わたしは少し骨を休めることができた。

ジリアンの滞在中に、いま思いだしても不愉快な出来事があった。一九六二年の万国博覧会に建設されたシアトルの記念建造物といえば、スペースニードルだ。高さ一八四メートルほどのコンクリート製の塔で、頂上には空飛ぶ円盤の形をした展望台がある。ジリアンと過ごす最後の土曜日に、わたしたちは急行エレベーターに乗ってスペースニードルにのぼり、見事な景色を楽しんだ。ピュージェット湾のきらめく緑の海を越えて、西にはオリンピック半島の白い山脈、東には起伏の激しいカスケード山脈、そして南には巨大な休火山のレーニア山。荘厳な景色だったけれど、ジリアンはロバートを抱え、スティーヴンはわたしの腕にもたれている。炎天下にいるとすぐにぐったりしてしまい、エレベーターのところに戻って下りを待つ列に並んだ。わたしたちのそばに、たぶんティーンエイジャーだろう、わたしとジリアンとそこまで年齢の変わらなそうなふたりの女の子が立っていた。彼女たちはこっちをじろじろ見ながら、お互いを肘でつつき合っている。その後、わたしたちといっしょにエレベーターに乗ると、ふたりはスティーヴンの外見について失礼で意地悪なことを言いはじめた。誰でもよれよれに見えるような気温の中、彼はだるそうにエレベーターの壁にもたれている。ふたりの女の子がクスクス笑うのを聞いて、胸が押しつぶされそうだった。彼女たちの顔をひっぱたいて、謝らせたかった。この人はわたしの愛する勇敢な夫で、この美しい赤ん坊の父親で、偉大な科学者なのよ、と怒鳴りつけてやりたかった。けれど、遠慮がちなイギリス人気質が邪魔をして、ひっぱたくことも怒鳴ることもできない。ただ目をそらしてロバートをあやし、彼女たちはそこにいないものとした。毎秒約四メートルのスピードで進む急行エレベーターが地上に着くまで、これほど長く感じられたことはなかった。エレベーターを降りるとき、女の子の一人がジリアンの肩越しにロバートを覗き込み、とまどいながらも感心した様子で、わたしに尋ねた。

「あなたの赤ちゃんなの？」

「もちろんよ！」

わたしはぴしゃりと言った。自分が恥ずかしくなったのか、彼女は友だちとそそくさと行ってしまった。

「おかしな子たちね！」

ジリアンは控えめな表現でわたしの分まで気持ちを口にした。幸いジリアンとわたしは、スティーヴンと女の子たちを隔てる形で立っていたので、彼は何が起きたのか気づいていなかった。

この一件のあと、わたしはすぐにでもイギリスに帰る気になっていた。ところが、サマースクールが終わりに近づいたある日の夕べ、バテル記念研究所のカクテルアワーの席で、スティーヴンはカリフォルニア大学バークレー校に二週間滞在するという魅力的な話を持ちかけられた。

サマースクールに参加していたブラジル人のひとりが、家を空けている友人のアパートがあるので、そこに泊まればいいとすぐに提案した。懐事情を考えると、ありがたい申し出だ。どうせここまで来たんだから、さらに二週間を西海岸で、しかもカリフォルニアで過ごせるのであれば、そんなに悪くもなさそうだった。学生時代にスペイン南部を旅して回った冒険心を、わたしは完全になくしてはいなかったし、一九六五年にもコーネル大学でエイブとシスのタウブ夫妻に誘われたユートピアを、この目で確かめるチャンスだった。

大量の身の回り品――ベビーカーと尋常じゃない量の手荷物――を持てあましながら、わたしたちはサンフランシスコへと飛行機で南下した。到着すると、また別の大型車の運転を覚え、また別の迷路のようなフリーウェイを上手く通り抜けなければならなかった。そうやって、どうにかたどり着いた家主不在の宿泊先は、古い木造家屋の中の、飾り気のないふた間のアパートで、薄霧と靄を通して遠くにゴールデン・ゲート・ブリッジが見えた。この家は、シアトルで滞在していた中流階級の中年向けの豪華な家よりも、わたしたちの暮らしにはずっとしっくりきたけれど、構造に恐ろしい問題があった。アパートは三階建ての最上階にあったのだ。シアトルに置いてきたはずの日課が再びくり返されることになり、しかも今回は出かけるたびに二往復ではなく三往復、階段をひとつではなくふたつ、のぼりおりしなればならないのだ。生後十四週間のロバートは、持ち運び用ベッドに乗せたまま運ぶにはもう重すぎる。そんなわけで、まずは持ち運び用ベッドだけを車に運び、ロバートは床の絨毯の上に残したまま今度はスティーヴンを車に乗せ、最後にロバートを抱えていくというやり方になった。こうした不便さと引き換えに、わたしたちは車を最大限に活用し、しばしば夕方や、たまには夕方より前に、バークレーの裏の乾いた丘に登ったり、時にはもっと冒険して、サンアンドレアス断層沿いに北へ向かった——地面の下に強大な自然の力が秘められ、その証となる亀裂が道路に入っている、さびれた湿地帯へ。

バークレー校の相対性理論研究室長であるエイブ・タウブの計らいで、スティーヴンはこの研究室に臨時で籍を置いた。ある日、サンフランシスコ湾を望む小高い丘の上にあるタウブ家でのディナーに招かれた。ふたりの家は思っていたよりも遠く、到着する頃にはすっかり日も暮れかけていた。どこに駐車すればいいかわからず、わたしは道路脇の溝に車を突っ込んでしまった。タイヤがはまって、車は動かなくなった。自力で車を側溝からだそうとしたがうまくいかず、わたしはタウブ夫妻と高名な招待客に助けを求めに行った。招待客の中には、ひときわ洗練されていて大きな影響力を持つパリ市民の数学者、リシュネロヴィッチ教授もいた。彼らは洒落たジャケットを脱ぐと、袖まくりをして、騎士道精神に則り勇ましく作業に取りかかった。とうとう側溝から解放されて、家の中に案内されたとき——気まずいほど遅刻して、ひどくだらしない身なりだった——、ロバートがぐずりはじめた。ロバートはシアトルでもこういうことをやりがちだった。すやすや眠っていたかと思うと、暗い脇の部屋に持ち運び用ベッドをそっと降ろしたとたん、突如として異議を申し立てはじめるのだ。自分が締めだされたパーティーがどこかで開かれているのを感じ取ったみたいに。おとなしくさせるには、ほかの招待客みんなと並んで、ロバートをわたしの膝に乗せてテーブルの前で夜を過ごさせるしかなかった。上品な集いでこれだけの混乱が引き起こされても、シス・タウブは少しも騒がず、わたしのやつれた様子を気の毒に思ったのか、翌日マダム・リシュネロヴィッチといっしょにバークレー・ローズ・ガーデンに誘ってくれた。

このバラ園はわたしにとって、ベイエリアの喧噪から逃れる孤独と平穏の避難所となった。わたしたちの暮らしに求められる、困難を伴った日々の仕事からひと息つける場所でもあった。ここにいるとロバートも落ち着くらしく、つる棚の下に置いたベビーカーの中から、バラや葉っぱを照らす光の模様をじっと見あげていた。わたしはロバートの隣で日陰に座り、バラの香りを吸い込みながら、読書に没頭した。スタンダールの『パルムの僧院』を読みふけり、時折、湾の先を眺めわたした。わたしの思いはスペインへと引き戻された――グラナダ北部のヘネラリフェの庭園へと。ほんの数年前、わたしはあそこでスティーヴンと共に過ごす未来を思い描こうとしていた。その未来は現実になり、わたしたちの途方もない希望を超えるものとなった。わたしは疲れていたが立ち直りは早く、幸福は疲労を遥かにしのいだ。スティーヴンは難解な概念の直感的な理解力と、多次元の数学的構造を思い描く能力、驚異的な記憶力が既に評価され、科学界で必要とされていた。わたしたちの目の前に広がる未来は、すくすく成長しているこの小さな息子の姿で表されていた。

未来が確実なものとして心強く感じられるようになったのは、現在を生きることが鍵だった。

遠い未来の夢のような幻影を映しだす代わりに、あるがままに日々を過ごすのだ。そうすれば、未来の全体的な輪郭がはっきり浮かびあがって見える。短期的に見れば、わたしたちは日の出の勢いだ。長期的に見れば、全人類の頭上にぶら下がっている大きな疑問符が、わたしたちを跡形もなく消し去ってもおかしくない。ベトナム戦争はエスカレートして、どこまでも醜い争いに成り果てていた。やりたい放題の東と西の軍事産業の複合体に駆り立てられ、最新の化学がもたらす恐怖が、皮肉にもごく普通の農民に向けられている。問題を抱えたこの惑星のどこかで、たったひとつの火花が世界戦争に着火しかねなかった。

わたしたちはいまを生きていたが、見えない障害はそれでもなお厄介な方法で人をつまずかせようとする。たとえば、善意からわたしたちにアパートを見つけてくれたあのブラジル人の夫婦が、サンフランシスコの観光に連れていくと申し出てくれたときのことだ。今度ばかりは、わたしも後部座席に座って、一日お出かけを楽しめるものと期待していた。そしてある土曜日の早朝、彼らは英語をしゃべれないブラジル人の友人をひとり連れてきた。わたしはスティーヴンが階段を降りるのを手伝い、ブラジル人の車にまず彼を乗せてからロバートを連れにいき、車内では息子をわたしの膝に乗せるつもりだった。うきうきしながら通りに出ていき、車はどこかと見回した。わたしたちのプリマスのほかには、家の前にオンボロのグレーのフォルクスワーゲンが一台停まっているだけだ。

「あなたたちの車は？」

今日の案内役であるブラジル人に尋ねた。すると、彼は驚いた顔でわたしを見た。

「ちがう、ちがう、ぼくたちの車じゃ行かない、みんな乗るには小さすぎるから。きみたちの車で行くんだ」

わたしはがっかりしながら車のドアをあけた。スティーヴンはブラジル人の女性ふたりと後部座席に座り、〝案内役〟は助手席に収まり、ロバートを膝に乗せて、運転手を務めるわたしに指示をだした。彼をひと目見たとたん、ロバートはこれまでにない泣き叫び方をしはじめた。ひどく興奮して不安そうに取り乱している息子をあやしてあげたいのに、わたしは自分で選んだわけではない不本意な状況に置かれて、運転席で身動きできずにいた。

やっとゴールデン・ゲート・パークに着くと、少しは落ち着いた。わたしたちはブラジル人から離れて、大規模なヒッピーの平和集会に加わり、音楽のビートに合わせて身体を揺らしているフラワーパワーの人々と草の上に座った。芝生の周りに集まっているのは同世代の人たちだったが、なぜかわたしはずっと老け込んでいた。スティーヴンとわたしは、彼らの理想主義と暴力に対する嫌悪の念を分かち合った。わたしたちも官僚制度と偏狭さと闘い、融通の利かない社会を相手に同じ自由を主張してきた――けれど、わたしたちが困難な道を進みつづけるためには、彼らが反発している社会によって課せられるどんなこととも同様に、決まり切った手順に従うことを余儀なくさせられている。彼らの抵抗に賛同していても、わたしたちの主な標的はベトナム戦争ではない。わたしたちは病気と無知を相手に奮闘していた。

その日以来、わたしは二度と他人に頼らないことを心に決めた。けれど、その決意を実践するのは、言うほど簡単なことではなかった。というのも、スティーヴンはチャーリー・ミズナーの熱心な誘いを受けて、メリーランド大学で彼の研究室に参加することをもう決めていたから。ワシントンDCはイギリスへの帰り道の途中にあることだし、あと何週間か帰りが遅くなっても大して変わらないだろうとわたしたちは判断した。

東へ向かう飛行機の中で、わたしたちはフライト中ずっと泣きじゃくっている中年女性と同じ列の席に座っていた。この女性はときどきロバートに愛おしそうなまなざしを向けてきたので、しばらく抱っこしてもらった。鈴の音のようなロバートの笑い声に慰められて、女性の顔にうっすら笑みが浮かんだ。連れの人が通路から身を乗りだして、彼女はベトナムから帰るところなのだと教えてくれた。ひとり息子が戦死したのだ、と。当時の成人年齢はまだ二十一歳だったため、兵士の多くは選挙権もなく、自分でお酒を買うことさえできないというのに、砲弾の餌食にされている。ヒッピーの抗議は正しかった。運良く、学生であるために軍の召集が先送りにされ、その後もカレッジの教授の尽力によって徴兵を免れた者や、カナダあたりの外国に逃げた者も大勢いた。だが、飛行機に乗っていたこの女性の息子は、そんな幸運に恵まれなかった。

メリーランドのミズナー家への訪問は、最高のタイミングではなかったようだ。チャーリーの妻スーザンは、軽度の自閉症を理由に長男のフランシスを受け入れようとしない学校当局を相手に、ストレスの多い闘いを日々くり返していたのだ。わたしたちはスティーヴンの妹のメアリーに会ったり、マクレナハン一家と週末を過ごしたりもした。その時期、わたしは疲れて落ち込んでいた。これからはロバートに調合乳を飲ませることになったのが、大きな理由だった。シルバースプリングのミズナー家で、豪華な家の地下にあるゲストルームのベッドに腰かけながら、わたしは赤ちゃんとの最初の絆が断ち切られることに涙を流した。

2

乾いた大地（テラ・フィルマ）

シアトルとその先への旅は、わたしたちの人生をある意味では良く、ある意味では悪く変えた。大西洋の向こう側で何か月も過ごすあいだにスティーヴンが稼いだ講演料は、銀行の預金残高に良い影響を与えた。おかげで、ぜひとも必要な全自動洗濯機と、良きアメリカの流儀に習って回転式乾燥機も購入することができた。六〇年代のイギリスの家庭では、これらの家電を所有するのは極めて珍しいことだったが、家庭の現実を痛感させられる出来事があり、スティーヴンはわが家の暮らしにはもっと家電の助けが必要だと判断することになる。この家庭の現実は、一九六七年の冬に露見した。ある金曜日の夜、わたしたちはケンブリッジに三か月滞在することになっているモスクワから来た著名なロシア人の科学者、ヴィタリー・ギンツブルクのために、盛大なディナーパーティーを開いた。冷戦の弾圧的な風潮において、この滞在期間は異例の長さだが、そればかりか彼はブロンドの魅力的な妻までいっしょに連れてくることを認められていた。あとでキッチンに山積みになった食器とカトラリーの数は、ディナーパーティーの成功を表していた。スティーヴンはキッチンの壁にもたれて、ふきんを手に取ったけれど、大量の皿洗いのせいで時間を無駄にすることにすっかりうんざりしてしまい、翌日にはジョージ・エリスの助けを借りて、食洗機を買いに街へ出かけていった。

ほかにも、アメリカを旅したことで、はっきりとは目に見えない影響も受けた。スティーヴンが研究している特異点定理の計算に基づいて予想された事象は、〝質量のある星の重力崩壊〟と呼ぶよりもずっとすっきりした〝ブラックホール〟という簡単で覚えやすい素晴らしい名前がついて、広く認められるようになり、科学的研究に統一感をもたらした。これはマスコミの興味をかきたてる名前でもあった。シアトルでのサマースクールを終えて、スティーヴンはこの研究分野の先駆者として国際的な地位を確立し、友人の輪も大きく広がった。ロバートはあの年齢でこれだけの長距離を飛行機で移動したのだから、十月にイングランドに戻る頃には、眠っているあいださえも理論上では動いていることになるだろう、とスティーヴンは計算していた。幸い、ロバート自身は初めてのアメリカ訪問で経験したことに、悪影響は受けていないようだった。わたしも長距離を移動したが、ロバートとは違って、これらの旅による影響で長く苦しむことになった。こうした経験が、空を飛ぶことに対して身のすくむような恐怖の種を植えつけ、帰ってきてから何か月、何年とかけて、巨大な種のようにわたしの中で大きく育っていったのだ。学生だったほんの二年前は、なんの苦もなく飛行機に乗っていたことを思うと、飛ぶことへの恐怖はもどかしくもあり、不可解でもあった。この恐怖症の理由は、ずっとあとになってから明らかになった。アメリカで過ごしたこの四か月間の出来事をふり返ったとき、問題は空を飛ぶことではなく――さまざまな航空会社の飛行機で、膨大な距離を事故にも遭わず飛行したのだから――、産後たったの七週間で、か弱く手のかかるふたりの人間に対する責任を一手に担ったため、その緊張と重圧という、旅に付随する状況が原因だったのだと気づいた。負担も疲労もあまりに大きく、感情のはけ口を求めた結果が、飛ぶことへの恐怖という形で少しずつ結晶していったのだ。恐怖の理由を合理的に説明できたからといって、簡単に対処できることにはならない。わたしはそんな自分の弱さを恥ずかしくて認められなかった。わたしたちの人生が、スティーヴンの称賛に値する勇気ある金言——家庭内に肉体的な疾患が存在するなら、精神的な問題の入り込む余地はない——によって厳しく支配されていては、なおさらだ。

スティーヴンは研究が著しい成功を収めていることに興奮し、世界じゅうで開かれるどんな会議、セミナー、講演の機会も逃さず利用しようと決意していたが、ありがたいことにその年の冬はもう旅をせずに済んだ。冬のあいだ、わたしたちはどこにも行かずに落ち着いて過ごし、研究生活のおなじみの日常に立ち戻った。スティーヴンの特別研究員の契約は二年延長され、結婚式で新郎付き添い役を務めてくれたロブ・ドノヴァンも、いまではゴンヴィル・アンド・キーズ・カレッジの特別研究員になっていたので、スティーヴンは週に一度カレッジでの食事に行くのに、いつもロブを頼ることができた。わたしの日々の仕事は予定どおりには進まず、赤ちゃんの世話と論文の執筆を両立させようと絶えずもがいていた。ロバートと遊んでいるときには、論文に取り組むべきだと良心がとがめた。論文に取り組んでいるときは、生まれながらの本能が働いて赤ちゃんと遊びたくなった。満足とは言えない状況だった——それでも、赤ちゃんがいるのは当然のこととされ、子育てが軽視される環境において、自らの知性にかかわる自尊心を維持するには、ほかに方法がなかった。育児が軽んじられる反面、論文は重んじられた。六〇年代後半には、大学に託児施設などはなかった。男性優越主義の傾向そのままに、何年も前から射撃場はあったというのに。

粘り強く自分の研究を続けられたのは、主にわたしの母と、同じ通りに住む隣人の赤ちゃん、イニゴ・シャファーという男の子の世話をするため雇われた乳母たちのおかげだ。母はしょっちゅう金曜日の朝早くから電車でケンブリッジにやってきて、ちょうどわたしがスティーヴンを職場に連れていく頃に到着し、ロバートの面倒を見てくれた。おかげで、わたしは一日の大半を大学図書館で過ごし、翌週に家で勉強するのに必要な本や資料を集めることができた。スティーヴンのことはジョージ・エリスが助けてくれていたので、わたしは新しく開設されたユニバーシティ・センターの相対論研究室のみんなと、気兼ねなくランチを取ることもできた。

こうしてわたしは自分の研究を続けることができ、中世スペインにおける有名な愛の詩について、三つの主要な時代と地域を取りあげ、言語と主題の類似点と相違点を調査した。スティーヴンが心の中で宇宙をさまよっているあいだ、わたしは時間旅行をしていた――ロマンス語で書かれた最も古い大衆的な詩、ハルチャの時代まで。わたしはハルチャに使われているモサラベの語彙――イスラム時代のスペインで使用されていた初期のスペイン語――を記録するところから研究を始めた。ハルチャは、ヘブライ語と古典アラビア語の長い頌詩（しょうし）や哀歌に反復句として組み込まれた、詩の断片だ。そこからさらに、ガルシア・ポルトガル語で十三世紀に書かれた『カンティーガス・デ・アミーゴ』、そして最後に十五世紀にカスティーリャ語で書かれた民衆的な叙事詩やビリャンシーコへと、研究を広げていくつもりだった。叙事詩が開花したこれら三つの区分は、時代も場所も異なるが、多くの共通点がある。愛の詩はどれも女の子によって詠まれ、夜明けに恋人に会うのを心待ちにしているか、恋人の不在や病気を嘆き悲しむものだった。

　これらの叙事詩の起源と解釈には、特にハルチャについては、論争とまでは言わなくても相反する学説が多数ある。わたしは未熟な研究生として、大学図書館でこの迷宮を通り抜けようと奮闘していた。ハルチャは、一九四八年にカイロで発見された見たところ意味を成さないアラビア語かヘブライ語の手書き文字による骨子を、オックスフォード大学の学者であるサミュエル・スターンが、初めて翻訳、編集、出版した。スターンは、そこに書かれた断片をローマ字で書き表し、母音を加えることによって、アラビア語とヘブライ語の不可解な文が、胸震わせる人生を表すロマンス語で書かれた愛の詩の短い断片に早変わりすることに気づいた。たとえば、ヘブライ文字のある一群を、下記のようなローマ字の子音に置き換えた——

gryd bs’ y yrmnl’s km kntnyr’ mw m’ ly sn’ lhbyb nn bbr’ yw’ dbl’ ry dmnd’ ry.

母音を加えることで、この文は次のように読める。

Garid vos ay yermanellas com contenir a meu male Sin al-habib non vivireyu advolarey demandare.

こうなると、〝アル・ハビブ（愛する人）〟というアラビア語の表現と、古い形式を別にすれば、この詩はスペイン語を話す現代人にも完璧に理解できる。

妹たちよ教えて
どうすれば悲しみを抑えられるのか
愛する人がいなければ生きていけない
わたしはあの人に会いに飛んでいこう

わたしにとって、何よりも胸に刺さったのは、少女が泣きながら愛する人の病を嘆く悲痛な詩だ――

Vaisse meu corajon de mib
ya rabbi si se me tornerad

Tan mal me doled li' l-habib
enfermo yed cuand sanarad

心が身体を離れている
いつか戻ってくることはあるの？
愛する人への悲しみはあまりに大きい
あの人は病に伏せている——いつになったら元気を取り戻すのだろう？

3
天体

ロンドン大学の学生として籍を置くのは、戦術としては合理的でも、現実にはケンブリッジでひどく孤立するということだった。ロンドン大学のセミナーや、担当教官であるアラン・ディヤーモンドの後援のもとで指導を受けるのは、常に刺激的だったが、ロンドンを訪れる機会は滅多になかった。ケンブリッジでは、図書館で読書して家で執筆するばかりで、討論の場が与えられなかった。

たったひとりで研究することの問題は、まったく予期せぬ形で解決した。ロバートと近所に住むイニゴ・シャファーとのあいだに育まれている友情を通じて。イニゴの一歳の誕生日パーティーに招かれたお客のひとりに、鳶(とび)色の髪をした活発な六歳の女の子、クレシダ・ドロンケがいた。クレシダは悪趣味なマルチカラーのレンズがついたサングラスをかけていた。ピカピカ反射するレンズ越しにみんなを見つめながら、両親に連れていってもらったばかりの『ロミオとジュリエット』の上演について長々と魅力的に話してきかせ、幼い男の子たちと、びっくりしているその母親や乳母たちを大いに楽しませた。こんなに早くからシェイクスピア作品に触れるのは、少しも不思議なことではないらしい。というのも、クレシダは幼少時から観劇の常連だったのだ。

中世ラテン語で講義をしているピーター・ドロンケは、ケンブリッジ大学でも傑出した知性の持ち主だと評判だった。彼は中世ラテン語だけにとどまらず、ありとあらゆる中世文学を研究しており、わたしの研究分野も含まれていた。ドロンケ一家と知り合うという運に恵まれたおかげで、わたしはケンブリッジに非公式の指導教官代理を見つけることができた。ピーターはいつでも豊富な知識を惜しみなく分け与え、有用な提案や建設的な批評、参考になる意見をくれた。自身も古代スカンディナビアとアイスランドのサーガの学者である妻のアースラは、絶えず親切に励ましてくれた。ピーターとアースラと知り合ったおかげで、もうひとつ重要な変化が訪れた。ふたりは学期中の木曜日の夜に自宅で主催している、誰もが参加したがる非公式のセミナーに、わたしを招待してくれたのだ。当時の最も偉大な学者たちのもとで、生徒たちは芥子（からし）色の絨毯（じゅうたん）の上に礼儀正しく座り、文字どおり低頭して学んだ。

　これらのセミナーによって、思いがけず哲学的な言葉で宇宙学を学ぶことができ、驚くと同時に楽しかった。ここで学んだのは、中世の宇宙学ではあったが。パリから始まった十二世紀の知性の拡大については、さまざまな議論が続けられている。特にシャルトルのカテドラルスクールでは、神や宇宙、人類が、数や重さ、幾何学記号で把握・考察され、神学が数学へと有効に転じたとされている。パリとオックスフォードの両方にできた新しい大学は、延々続く激しい知的な論争の中心となり、その論議の中で、学者や神学者たちは、第一に神の本質、創造、宇宙の起源について頭を働かせていた。十二世紀に起きた活発な復興は、スペインからもたらされた革新的な観念によるところが大きかった。スペインでは、一〇八五年にキリスト教の軍勢がムーア人からトレドを奪い返した。その結果、文化が入り交じり多種の言語が用いられるこの町は、アラビア文学と失われたとされる古代の作品を受け継いだことによって、活気ある翻訳学校で有名になり、ヨーロッパで最も豊かな文化的中心地のひとつとなった。

十三世紀になると、カスティーリャ王国のアルフォンソ十世が自ら活動に従事することによって、翻訳と学問の中心地としてトレドの役割を拡大した。すべての文書についてラテン語ではなくスペイン語を用いることを率先し、多種多様な歴史的事業をスペイン語で試みたのだ。アルフォンソ十世の宮廷で成された翻訳は、そのほかの事業よりもさらに意義深いものとなった。翻訳されたものの中には、チェスの本や、十一世紀アラブの一流の科学者であるアルハーゼンが著した、光の性質に関する科学的論文――十五世紀の北イタリアでレオナルド・ダ・ヴィンチが築いた観点は、これが土台となっている――、そして何よりも重要な、紀元二世紀のアレクサンドリアの数学者で天文学者のプトレマイオスによる偉大な書、『アルマゲスト』も含まれた。『アルマゲスト』はもとはギリシャ語で書かれたものだが、アルフォンソ十世がその翻訳をトレドに任じるまで、アラビア語の版しか存在しなかった。プトレマイオスによる宇宙論では、宇宙のモデルは、静止した地球の周囲を太陽、月、惑星と恒星が軌道を描いて回っているという、アリストテレスの概念に基づいている。プトレマイオスのモデル、すなわち地球を中心としたモデルでは、地球は宇宙の中心に固定され、天体、太陽、月、惑星は、それぞれ一定の軌道に沿って地球の周りを回っているとされた。天体の動きに均差が見られることとの説明として、より小さな円運動、つまり周転円の仕組みが紹介されている。土星の同心円球の外側には円球があり、固着した恒星が空を運ばれていき、さらにその外側には天球の循環運動の背後にある神秘的な神の力、第十天がある。惑星に軌道を回らせるこの完璧な円運動は、天球層のハーモニー、天上の音楽を創りだした。プトレマイオスのモデルは、天国と平らな地球があり、その下に地獄がある、聖書に描かれた宇宙の見方とは一致していなかった。とはいえ、神の居場所である天と、地の奥底にある地獄という、それまでの見方を大きく覆すことはなかったので、十六世紀にポーランドの天文学者、コペルニクスが疑義を唱えるまで、キリスト教世界では宗教上の定説たる教義とされた。キリスト教会にとって、地球を中心としたこのモデルが意味する何よりも重要な点は、地球の住人である人類が宇宙の中心にいることであり、神の目が人間とその行いだけに向けられているということだった。

ドロンケ家で行われているこうした初期の宇宙論に関するセミナーに、スティーヴンも研究室の同僚であるナイジェル・ワイスといっしょに参加したことがある。ナイジェルの妻であるジュディも、セミナーのメンバーだった。スティーヴンとナイジェルというふたりの科学者も、十二世紀の哲学者であるシャルトル学派のティエリーや、リールのアラン、十三世紀のロバート・グロステストやロジャー・ベーコンなどの思考は並外れて鋭く的確で、先見の明があったことを認めざるを得なかった。哲学者たちの中には女性もいて、ドイツの女子修道院長だったビンゲンのヒルデガルトは、宇宙を卵形とする独自の宇宙論を考案した。強い意志を持つビンゲンのヒルデガルトは、時代のずっと先を行っていた。早期の宇宙論学者だったというだけではなく、男性の弱さがもたらした社会的・宗教的な間違いを女性たちが正すべきだと考えていた。そのためにライン川沿いに伝道の旅をして、お説教をし、異端者を咎め、社会の過ちを正すという自らの行いに倣うべきだと提案している。

これらのセミナーを通して、皮肉だと感じることがいくつかあり、中でもスティーヴンとナイジェル・ワイスが参加したときの話には大きな皮肉を感じた。何よりも際立っていたのは、十二世紀にヒルデガルトが女性の強さと栄誉を盛んに訴えていたにもかかわらず、二十世紀後半になっても、特に科学の世界では、女性の地位はひどくゆっくりとしか向上していないということだ。宇宙論について言えば、二十世紀になってから科学は革命的に進歩を遂げているが、それでも古い理論と一定の概念とのつながりは絶えないことを思うと興味深かった。プトレマイオスの考えた宇宙の仕組みは、十三世紀にはすぐに受け入れられたものの、のちにコペルニクスの太陽系に取って代わられることになった。しかし、どんなに信じがたくても、プトレマイオスの宇宙には、二十世紀の重要な宇宙論の原理との接点がある。〝人間原理〟だ。

これは六〇年代終盤から七〇年代初頭にかけての時期、スティーヴンがブランドン・カーターと長時間にわたって集中して議論していたテーマのひとつだった。たいてい土曜日の午後だったが、スティーヴンとわたしは車でケンブリッジを離れ、新婚のブランドンとベルギー人の妻リュセットがリフォームしたコテージのある、天国のようにのどかな田園地帯を訪れた。リュセットとわたしは好きな作家や画家、作曲者についてフランス語でおしゃべりをしながら、ロバートを連れて野原をのんびり散歩し、お茶や夕食の支度をした。ブランドンとスティーヴンは、そのあいだずっとこの原理の詳細について頭脳を競い合っていて、どちらも負けを認めようとしなかった。

スティーヴンと珍しく彼の研究について話し合ったとき、その説明から理解した限りだと、人間原理というものが中世の宇宙と哲学的にとても密接な関わりがあることに、わたしは驚いた。中世のプトレマイオスの宇宙と同じく、人間原理によって人類は再び宇宙の中心に据えられている。正確に言えば、〝強い〟人間原理として知られるほうによって。〝強い〟人間原理の支持者は、わたしたちが存在する宇宙はわたしたちが存在できる唯一無二の宇宙であると主張している。その理由は、約一五〇億年前にビッグバンが起きてから、宇宙は精密な条件に従って膨張しており、多くの場合は偶然による化学的一致と微妙な物理的同調が関わっていて、それらは知的生命体の進化に必要なものだからだ。そのとき知的生命体は、なぜ宇宙は観測されている状態にあるのか問いかけることができるが、これは鶏が先か卵が先かという問題と同じで、答えはこうだ――もしもこの宇宙がどこか違っていたら、こんな問いかけを発する知的生命体は存在しないだろう。そのため事実上、プトレマイオスの宇宙でそうだったように、人類はいまでもこの宇宙の中心の特別な位置を占めていると言うことができる。ところが中世の人にとっては、この特別な位置は人類と創造主との無類の関係を強く表明するものだったのに対し、現代の科学者たちは、人間原理からこうした推論が引きだされることに苛立つか、ただ面白がるか、どちらかのようだった。

　現代の宇宙が天国や地獄といった中世の概念に縛られていないのは確かだが、人類が孤立して暮らしているらしい広大な時間と空間、極端な気温だけを考えても、整然とした中世の宇宙に比べると多くの点で厳しい環境にある。一九六八年には、ほんの一瞬のことだが、この広大な暗い宇宙に存在するのは、わたしたちだけではないのかもしれないと思われた。その年の二月のある午後、わたしが研究室を訪ねると、ティールームが興奮でざわついていた。電波天文学の研究生であるジョスリン・ベルと、担当教授のアントニー・ヒューイッシュが、ケンブリッジからオックスフォードへの廃線になった線路上に並べた電波望遠鏡で、ケンブリッジから五キロほど先にあるローズ・ブリッジ駅にて、大気圏外空間から規則的に脈動する電波信号を受信したのだ。この信号は、地球外生物——宇宙人（リトル・グリーン・メン）との初めての交信なのだろうか？　彼らはふざけて、最初に受信したこの電波をLGMと名付けた。けれど、電波の発信源が小さな星屑（ほしくず）、おそらく直径三十キロほどで、一立方センチあたり数億トンの高密度の中性子星だと判明すると、興奮は鎮まった。中性子星に生命体が存在するはずはないからだ。

　二十世紀の宇宙論学者はいまも、人間原理を通じてプトレマイオスの宇宙とわずかではあるが概念の共通基盤を保持し、十二世紀という昔のシャルトルやオックスフォード、さらにはビンゲンやラインの哲学者たちの知性に敬意を払っているかもしれないが、ドロンケ家の中世学セミナーでは、創造という主題に対する現代の大きく異なるアプローチを明確に提示していた。十二世紀の哲学者の主な目的は、神の存在と科学の法則の厳密さを両立させることで、創造主像とその創造物の科学的な複雑さを一体化することに向けられていた。このために、リールのアランは神学を数理科学として再建しようと試み、シャルトル学派のもうひとりの研究者、アミアンのニコラスは三位一体を説明するのに幾何学記号を用い、ユークリッド幾何学に適合させようとした。今日(こんにち)ではこうした概念が常軌を逸していると思われても、神学の教えに科学的な客観性を導入し、数字と数学的構造を通じて神の神秘を探求し説明しようとした、誠実な試みであったことは間違いない。

反対に、それから八百年ほどを経たいまでは、彼らの知性の後継者たちは、天地創造の役割から神を完全に排除し、可能な限り科学と宗教を遠ざけることに余念がなさそうだ。宇宙の起源を等式と記号で表される科学の法則に一括しようとする無神論の科学者にとって、創造主たる神の存在は、厄介な障害だった。初心者からすると、これらの等式や記号を創造の原動力とするのは、神を主導者とする概念よりもずっと難解だった。不思議なことに、最初に取り組みはじめた幸福な一団にとって、等式とは、奇跡的な驚くべき数学の美を明かすものとされていた。宇宙に秘められた驚異を表すこの啓示は、プラトンのイデア論で説かれている天界の現代版のようなものだ。紀元前五世紀、アリストテレスの師であり中世思想に大きな影響を与えたプラトンは、感覚を超越し心だけが認識できる完全な天のイデア、イデア論を説いた。各々の完全なイデアには、地上に明示された不完全で堕落しやすい触知できる似像がある。現代の科学者が宇宙の数学を論ずるうえで抱いている畏敬の念は、同様の完全無欠さをほのめかしているが、残念ながらこれらの完全さの暗示は、数学の専門用語に詳しくない者や等式の意味がわからない者にとっては、簡単に理解できるものではない。科学者たちはなぜ数学にとりつかれているのか、もうひとつの問題点は、個人が抱く神の概念に対して、彼らが見当違いをしていることだ。創造主が存在するあらゆる可能性を減じる計算を通せば、科学者たちが物理的宇宙に神の居場所や役割を認識できないのは、もっともな話である。

理性にもとづいた独断的な議論に対して、精神性や宗教的信仰の問題、魂の問題や、人類のために苦しむ覚悟をしている神の問題——遺伝子理論の自愛的な現実に真っ向から反する問題——を提起しても無駄だ。道徳、良心、芸術の評価などの問題は、実証主義の捉え方の犠牲にしないためにも、この分野では論じないほうが良い。子ども時代の堅苦しい信仰生活への反発から、わたしは通りの端にあるふたつの教会のどちらにも定期的には参列していなかったけれど、リトル・セント・メアリーズ・レーンの教会墓地の庭では、神聖な感情に浸ることができた。わが家の反対側にある柵のそばに、わたしが手入れできるようセルマ・サッチャーが割り当てた小さな一区画がある。蔓を伸ばしたバラの下で、雑草をむしったり、熊手で土を掻いたり、鍬を入れたり、春に向けて球根を植えたり、夏に向けてバラを植えたりしながら、さまざまな謎や理論、現実について熟考することができる。わたしが庭仕事をしているあいだ、ロバートとイニゴは曲がりくねった小道を走ったり、苔むしたお墓によじ登ったりして遊んでいた。神聖な古い庭園は、子どもたちの明るい声という音楽によって活気づき、わたしたちに割り当てられた細長い土地には、スティーヴンが誕生日に贈ってくれたピンクと白の縞模様のバラが花を咲かせた。このバラは有名なロサ・ガリカで、ヘンリー二世の寵妃(ちょうひ)、麗しのロザムンドにちなんでロサ・ムンディとも呼ばれている。

4 危険な力学

教会墓地の庭は柵で囲われているので、ロバートとイニゴはそこでなら膨大なエネルギーを発散し、危険を気にせず安心して遊ぶことができた。ロバートが普通の男の子の少なくとも二倍のエネルギーを蓄えていることは、かなり幼い頃からはっきりわかっていた。あの子はじっと座ろうとはせずに、わたしの膝の上にまっすぐ立たせてもらいたがった。

生後七か月になる頃には、創意に富んだこの子どもはベビーベッドを解体する方法を発見していたので、ベッドから転がり落ちるのを防ぐため、あらゆる接合部、留め金、蝶番（ちょうつがい）を紐で固く結んでおかなければならなかった。それでも毎晩、『きかんしゃトーマス』を何度も読みきかせて、ようやく息子を穏やかな眠りの世界へ誘（いざな）ったと甘い考えを抱き、あくびをしながらスティーヴンとわたしが背を向けて階下にそっと降りるとすぐに、わたしたちの夜食やラジオから流れているコンサートに参加しようと、階段をトコトコと降りてくる小さな足音が聞こえてくるのだった。ベビーベッドを解体できなくなったものだから、ロバートは柵を跳び越えて床に着地することを覚えたのだ。おかげで、十一時頃にみんなでベッドに入ったりしたものだ。

ロバートは機敏に行動できるようになる前からエネルギッシュに動き回り、わたしたちはずいぶん肝を冷やした。一九六八年の春、今回はわたしの弟のクリスもいっしょに、両親がまたコーンウォールに連れていってくれた。どれほど長旅になっても、ロバートはシートに固定されながらご機嫌で車に乗っていた。けれど、夕方になって、大人たちが貸しコテージの肘掛け椅子にゆったり座ってうとうとしていたときのことだ。生後十か月でもう歩きだしていたロバートは、家具のあいだをちょこまかと歩き、一階の部屋を見て回りはじめた。突然、背後からかん高い悲鳴が聞こえてきて、わたしたちはハッと目を覚ました。ロバートが身体を支えようとして、小さな右手を電気蓄熱ヒーターに当てていた。わたしたちが知らないうちにヒーターは最高温にセットされていて、その熱でロバートは手のひらを火傷し、皮膚が剝けてしまっていた。弟が医学研修を受けていたおかげで、ほんの少しのアスピリン――痛み止めはそれしかなかった――で痛みを和らげ、手のひらを丁寧に手当てして清潔なハンカチで包帯をした。みんなショックを受けてはいたが、なんとかその夜は眠りに就いた。翌日になると、一日の大半を費やして医師を探すことになった。ひと晩のうちにロバートの手は、水ぶくれで大きく膨れあがっていたのだ。医師は歯科学生に過ぎない弟の施した応急処置の適切さに感心し、小児用の鎮痛処方薬と包帯をくれただけで、あとは引き続きクリスにこの小さな患者の世話を任せた。

その夏の後半に、スティーヴンとわたしはロバートに初めて海辺の砂遊びをさせようと、ノーフォーク北部の海岸に連れていき、わたしは一度にふたつの場所にいなければならないという思わぬ難題と直面することになった。スティーヴンの動作がだんだん遅くなるいっぽうで、ロバートの動作はどんどん速くなっている。スティーヴンはさらさら崩れる柔らかい砂の上をうまく歩けず、わたしは片手で夫を支えて、もう片方の手でバッグやバケツ、スコップ、タオル、折りたたみ椅子を抱えているので、やはり思うように歩けなかった。そうこうするうちに、ロバートは大海原をめざして走っていってしまう。幸い、その週の昼は干潮で、海岸は見渡す限り潮が干いていたので、大惨事は免れた。

旅行の最終日、わたしはコテージの表に面した一階の居間にスティーヴンとロバートを残して、荷造りをするため二階にあがった。コテージの裏手には、ぐらぐらするはしごを使って囲いのない中二階のロフトにあがれるサンルームがあった。当然、わたしたちはこの部屋を使わず、ドアをしっかり閉ざしてあった。三十分ほどで荷造りを済ませて一階に降りると、居間にはスティーヴンがひとりで座っていた。

「ロバートはどこ?」うろたえながら尋ねた。

すると、スティーヴンは奥の部屋を示した。

「ロバートはあのドアをあけて、中に入ってドアをしめた。ぼくにはどうすることもできなかったし、きみに呼びかけたのに、聞こえてなかったみたいだから」

わたしはぞっとしながらドアをちらりと見やると、奥の部屋に駆け込んだ。ロバートの姿はどこにもない。視線をあげると、そこにいた。驚いたことに、青いTシャツにチェック柄のズボンという服装の小さな息子は、はしごをのぼりきった柵のない中二階に、幼いブッダよろしくあぐらをかいて座っていた。落ちるかもしれないなんて少しも気にせず、のほほんとしている。わたしはロバートに動く暇を与えず、はしごを駆けあがってつかまえた。

　初めて海岸を訪れたそのときに、ロバートが海に飛び込めなかったのは、まだ脚が短すぎて、水際にたどり着く前に止められていたからだ。砂丘と海辺の中程の砂が固くなっているところに折りたたみ椅子を設置し、スティーヴンを座らせたあと、わたしはオリンピックでメダルを取ってもおかしくないほどのスピードで砂浜を走った。それから二、三年間は、わたしがちょっと目を離した隙に、海でも池でもプールでも、ロバートは水とみればすぐに真っ逆さまに飛び込んだ。スティーヴンの学友だったビルの両親で、郊外に住んでいるクレッグホーン夫妻のもとを訪ねたとき、ロバートはまっしぐらに池へと走り、泥と草とカエルの中に飛び込んだ。一九六九年の夏、ウォーリック大学で開かれていたカタストロフィー理論[*1]にふさわしいサマースクールで七月を過ごしたときは、ロバートは新境地に達して、ことあるごとに近くにあるプールの深くなっているほうから飛び込んでみせた。幸いこれらの機会には、スティーヴンが講義に出ていてわたしの支えを必要としていなかったので、ロバートは母親の注意を独占できた。

　このサマースクールは、あの〝人類にとっての偉大な飛躍〟、最初の月面歩行と時を同じくしていて、わたしたちはその様子を学生の談話室に置かれたテレビで観ていた。偉大な飛躍、小さな一歩、かろうじて避けられた現実に起こりうる大惨事、こうした仰々（ぎょうぎょう）しい言葉はわたしたちの日々の暮らしの本質を要約しているように思えた。ロバートの活発な行動に追いつくには偉大な飛躍が必要だったが、スティーヴンの一歩はより小さく、より遅く、より不安定になってきている。毎朝、わたしは宿泊している大学寄宿寮から新しいキャンパスの反対側にある講堂へ、スティーヴンを車で送っていった。スティーヴンのペースだと駐車場から講堂までは、中庭を横切って迷路のような通路を通り抜けるのに、歩いて五分ほどかかった。満二歳のロバートは、車が止まると同時に飛びだして、スティーヴンとわたしをあとに残して走っていった。唯一の救いは、ロバートが優れた方向感覚を持っていることで、講堂までのややこしい道順を無事にたどり、最前列に座って待っていた。サマースクールのほかの参加者のあいだでは、早朝にロバートが姿を見せると五分後にスティーヴンが到着するのがわかる、というのがお決まりのジョークになった。講演者は講義内容の順番を調整して、重要な結果についての報告はスティーヴンがやってくるまで後回しにした。

わたしは何年も教育を受けてきたけれど、子育てに関しては小さなアドバイスも受けたことがなく、当然ながら中世文学のどのページにも書かれていなかった。遥か昔から、子どもはひょっこり授かるものとされ、どうやって面倒をみるのか、親たちに教える必要があるとは思われてこなかったらしい。これが遺伝学者の言う利己的な遺伝子の働きの一例だとすれば、利己的な遺伝子は自己破壊に余念がないということだ。朝六時から夜十一時まで、ロバートは輝く笑顔――ご機嫌で、愛にあふれ、可愛くてたまらない――を絶やさなかったが、尽きることのないエネルギーにわたしは屈服させられた。

＊1：連続する事象から不連続な変化が起こるのを説明しようとする理論

一九六九年九月のある早朝、音でも光でもなく、ある匂いに気づいて目を覚ました。べたつく甘い匂いで、無意識のうちに何かおかしいと気づいた。目をあけると、ベッドの傍らに満面の笑みを浮かべたロバートが立っている。わたしはベッドから飛び起きて、転げ落ちそうになりながら階段を駆けおり、キッチンに向かった。冷蔵庫のそばに椅子が置かれ、床には空になった瓶が散らばっている。すべて薬瓶だ。二歳のロバートは、キッチンまで椅子を押していき、冷蔵庫によじ登って、薬棚代わりの棚にしまっておいた瓶を取りだしたのだ。そして中身を飲み干していた。

スティーヴンには、自分のことは自分でなんとかしてもらうことにして、わたしは急いで服を着てロバートをベビーカーに乗せると、医師の診療所に走った。二百メートル足らずの距離にある診療所はちょうど開くところで、ロバートを優先して看てもらえた。もう息子は眠そうな様子になってきていたので、ドクター・ウィルソンはすぐにタクシーで町の反対側へ一キロほど行った病院へ向かうようにと指示した。どれほど深刻な状況かはっきりしてきて、そこから本当の悪夢が始まった。ロバートは手足を痙攣させてばたつかせ、わたしの手から看護師たちの手に引き取られ、身体を押さえつけられながら胃の中身をポンプで汲み上げられた。初めのうち、看護師たちはそっけない口調でロバートが飲んだ薬の種類を訊くだけだったけれど、混合した有毒な薬物を子どもの器官から取り除くため、できる限りの処置を尽くすと、ひとりがわたしのほうを向いて言った。

「おわかりでしょうが、お子さんはとても危険な状態です――できるだけのことはしました。あとは様子を見るしかありません」

看護師はロバートを小児病棟の間仕切りのある部屋に連れていき、ベッドに寝かせて身体を縛ると、片隅に置かれた椅子をわたしに手ぶりで示した。自分を傷つけることがないようにと拘束具でベッドに固定されながらも、ロバートは激しくもがいている。わたしは言われるままに椅子に座った。呆然とするあまり、話すことも考えることも泣くこともできない。わたし自身の身体からも生気が失われていくようだった。愛する可愛いわが子が、何にも代えがたい宝物が、深い昏睡状態に陥っている。この子は美しく、元気いっぱいで、いつも幸せそうで、みんなを驚かせてきた。この世界と家族の中で、ロバートはあらゆる善いことと前向きさを具現化した存在だった。わたしもスティーヴンも、何よりもこの子を愛している。ふたりの愛が実を結び、わたしはこの子を生んで、スティーヴンとたくさんの愛を注いで育ててきた。それがいま、いくつかの事情――わたしの疲労、ロバートの活発さ、わが子の身を守るための予防策が不十分だったこと――が重なって、わたしたちはこの子を失いそうになっている。もしもロバートが死んでしまったら、わたしも生きていけない。わたしの頭はひとつのことしか考えられなくなっていた。同じ言葉ばかりが頭の中をぐるぐる回りつづけ、ほかの考えは入り込む余地もない。

「神様お願いです、あの子を死なせないで。神様お願いです、あの子を死なせないで。神様お願いです……」

時々、看護師がやってきて、ロバートの呼吸と脈を確かめた。看護師は唇をすぼめ、またそそくさと行ってしまう。そのあいだ、わたしは寒々しい虚空をぼんやり見つめながら、病室の片隅にとどまったまま同じ言葉にすがりつき、頭の中でひたすら何度もくり返していた。何時間か過ぎた頃、病棟看護師がやってきた。彼女はお決まりの処置をひととおり済ませると、そそくさと行ってしまう代わりに、まだ予断を許さない状況ではあるけれど、ロバートの容態はいくらか安定してきたと言った。楽観できる状態ではなくても、これ以上悪化しないことだけは確かだった。わたしはわずかながら状況が変わったことで我に返り、自分だけではほとんど何もできないスティーヴンをひとり家に残してきたことを思いだし、愕然とした。わたしはどこにいるべきなのだろう――昏睡状態の幼い息子がいるこの病院か、それとも、わたしの助けがなければ転倒するか自分を傷つけるか窒息するかもしれない、障害を抱えた夫のいる家か？　わたしは病棟看護師に向かってもごもごと、でも理解してもらえる言葉をつぶやいたらしい。夫の様子を見てくるようにと送りだされ、わたしはスティーヴンのもとへと、こぬか雨の降る道を走った。

ありがたいことに、わたしが帰宅したときには、ジョージが手助けに来て、スティーヴンを起こして仕事に連れていってくれていた。わたしが帰宅したときには、ジョージが手助けに来て、スティーヴンはユニバーシティ・センターでランチを取っていて、状況を知りたいのにわたしとロバートの居場所がわからず、じりじりしていた。少しのあいだ、わたしは座って夫と話をした。お互いに慰めの言葉もかけられなかった。ふたりとも完全に打ちひしがれて、どこまでも暗く沈んだ同じ気持ちを共有していること以外、この状況には慰めなんてどこにもなかったから。わたしはスティーヴンが昼食を取るのを見守っていたけれど、自分は水の一杯も飲む気になれなかった。飲んでも意味がない気がした。生きていても仕方がない。こんな悲しみを抱えながら、どうして生きていられるだろう？　わたしたちは、すべての希望が失われた黒い穴に足を踏み入れかけていた。

病院に戻るのは怖かったが、スティーヴンの世話をジョージに頼んで別れた。何が待ち受けているのかおびえながら、わたしは病棟に戻った。あたりはしんと静まり返っている。足音を忍ばせてロバートの病室に入ると、若い看護師があとに続いた。ロバートはベッドの中にいた。ちゃんと生きている。仰向けで静かに眠っていて、ベッリーニの絵画に描かれている幼子みたいに、幸福そうな顔をしている。意外にも、看護師はほほえみを浮かべて顔を輝かせながら、眠っている子どもを指さした。

「ほら、いまでは呼吸が安定しているでしょう。眠ることで回復して、じきに昏睡から覚めるはずですよ。峠は越しました」看護師はそう言った。

言葉が出ず、涙でしか気持ちを伝えられなかった。感謝と安堵の涙。

「息子さんが目を覚ましたら、連れて帰ってかまいません」看護師はそう続けた――事務的な口調で淡々と。こんなことは忙しい日常業務の危機のひとつに過ぎず、それが無事に解決したとでもいうように。わたしはスティーヴンに電話して、良い知らせを伝えた。三時半に、ロバートは目を覚ましはじめた。

「もう連れて帰っていいですよ」と看護師たちに言われた。

それから十分足らずでロバートは退院し、わたしたちは鮮やかないつもの暮らしに踏みだした。帰宅すると、お祝いをするので来てほしいと近所の人たちに声をかけた。みんなが来てくれて、劇的なその日の出来事をものともせず無邪気におもちゃの車を押しているロバートとイニゴを、わたしたちはまるで夢うつつの状態で静かに見守っていた。

その日ロバートは生き延びたけれど、わたしの中の小さな一部が死んだ。情熱で心を燃え立たせていた若さゆえの過度の楽観は、すべてとは言わないまでも、ある程度が不安という重責の下に葬られてしまった。不安は解消したとはいえ、ひとたび心に植えつけられた悩みの種は、決して消え去らないものだ。母親にとって最悪の惨事――わが子を亡くすこと――をあわや経験するところだったため、わたしは過保護になってしまった。子どもたちの無事を気にしすぎて、ロバートと下の子たちには、うっとうしいと思われていただろう。

幸い、ロバートにこの経験の後遺症は残らなかったようだ。相変わらず元気いっぱいで、そのことは次の春に会議のためスイスを訪れたときに、はっきり証明された。トゥーン湖のほとりにあるグヴァットの会議場で、スティーヴンが宇宙の暗い過去に没頭して日々を過ごすあいだ、ロバートとわたしは散歩に出かけた。ここでロバートは、登ろうとする本能の真のはけ口、山への情熱を発見した。まだ三歳にもならないのに、一度ならずロバートは雪線まで登ると言い張り、また妊娠していたわたしは、後ろからゆっくりとついていった。

5 宇宙の拡張

ロバートの不幸な薬の一件ほどの大ごとではないにしても、一九六〇年代が終わりに近づくと、わたしたちは重大な局面を迎えることになった。スティーヴンの特別研究員資格――一九六七年に既に二年の契約更新をしてあった――が、一九六九年に満期になるのだ。再度更新することはできないが、スティーヴンは講義を行えないので、たいていの特別研究員たちのように大学教授の職に就くという通常の過程をたどれるわけでもない。

一九六八年に、スティーヴンは新設された天文学研究所の研究員になっていた。天文学研究所は、ケンブリッジ郊外のマディングリー・ロードにあり、ケンブリッジ天文台の敷地内の緑豊かな木々に囲まれた、一階建ての横長の建物だ。スティーヴンはこの研究所に、ブランドンと共有のオフィスと自分のデスクを与えられていた――とはいえ、お給料が支払われるわけではなく、フレッド・ホイルが理事を務める限り、それは望めそうになかった。ホイルは数年前に王立協会で講演に異議を唱えられた例の一件について、決してスティーヴンを許そうとしなかったのだ。アメリカとは違って、イギリスでは研究員に給与が支払われるということは極めてまれだった。

この四年間、ブラックホール研究は人々を熱狂の渦に巻き込んでいて、スティーヴンは強力な支持者に事欠かなかった。デニス・サイアマは意欲的にこの挑戦に取り組み、ヘルマン・ボンディも、わたしたちに代わって父が賛助を取りつけてくれた。キングス・カレッジには有給の上級特別研究員の職があり、理事会がスティーヴンを招聘（しょうへい）しようとしているという噂があった。ゴンヴィル・アンド・キーズ・カレッジ当局はこの噂を一蹴（いっしゅう）し、キングス・カレッジがスティーヴンに話を持ちかける間も与えず、科学名誉特別研究員という任期六年の特別な待遇を用意した。

確実な職と安定した収入を得て、そろそろ住居環境を見直すときだった。進取的な友人のジョージとスー・エリス夫妻は、コッテンハムというケンブリッジ郊外にある沼沢地の村に家を買ってリフォームしていたし、ブランドンとリュセットも一九六九年に結婚した直後、奥まった田舎に理想のコテージを買って改修していた。リトル・セント・メアリーズ・レーンでさえも、たくさんのご近所さんたちが、ガタの来ていた家を賢く増築・リフォームして、広々した魅力的な家屋に造り替えていた。家がそんなにも変われるものなのかと、ちょっとばかり羨望のまなざしを向けていたのだが、わたしたちの家も例外ではないことに気づいた。ところが、わたしたちはいわゆる八方塞（キャッチ）がり[22]の状況に置かれていた。家を広げるうえで、新たな土地の抵当権の保証金に充分なだけの貯金はあったし、古い家のリフォームには評議会から補助金が出るというのに、わが家は古すぎることを理由に抵当として認められなかったのだ。当然のごとく、カレッジは土地管理人の助言に従って、この土地は投資の対象に値しないとして退けた。

けれど、わたしたちがこの窮地に頭を悩ませているうちに、住宅金融組合の方針が変わって、問題はすっかり解決した。抵当は――高い利率で――古い地所にも適用されるようになったのだ。住宅金融組合の合意した住宅ローン契約のおかげで、わたしたちは大学から追加の融資――低い利率で――が認められることになった。唐突に、すべてが落ち着くべきところに落ち着きはじめた。引退した測量士のミスター・スリフトは、親切で確かな腕の持ち主だった。彼は空間を余さず活用し、限界を超えそうなほど家を広くする詳細な図面を引いてみせた。

彼とわたしで助成金――不動産の価値向上助成金と障害者のための助成金の両方――を見積もり、計画案の準備をすると、すぐに住宅金融組合に住宅ローンの申請をした。憎らしいカレッジの土地管理人とは違って、住宅金融組合の土地鑑定士は楽しそうに家を視察して、提出案をざっと見ると、うんうんとうなずいた。

「なかなか素敵な家になりそうですね」と土地鑑定士は言い、すぐにでも抵当権を承認することを示唆した。

これで家主の女性に現実的な購入価格を提示することができ、今回は受け入れられた。どんなことでも叶いそうな気がした。とはいえ、自分たちの家を手に入れたことを楽しんでいる暇はあまりなかった。契約書にサインをするとすぐに、建築業者が工事に入るため、家にある家具をすべて主寝室に片付け、わたしたち自身も出て行かなければならなかったのだ。

ジョージとスーのエリス夫妻、ふたりの子どものマギーと一歳のアンディは、インド人の高名な理論物理学者でノーベル賞受賞者のスブラマニアン・チャンドラセカール教授を訪ね、シカゴに行っていて、向こうで半年間を過ごすことになっていた。そのあいだわたしたちは、リトル・セント・メアリーズ・レーン六番地のリフォームが終わるまで、エリス一家の田舎のコテージにありがたく住ませてもらうことになった。田舎で暮らしてみると、町で暮らすことの便利さを初めて痛感した。コッテンハムにある子どもを中心に考えて使いやすく改修された家は、とても快適だったが、孤立していることに気が滅入った。わたしは妊娠中、ずっと吐き気を催していたこともあって、なおさらに。コッテンハムから通勤している近所の人の車にタイミングよく乗せてもらえるとき以外は、毎朝スティーヴンを研究所まで車で送っていき、夕方には迎えに行かなければならなかった。ロバートはイニゴや遊び友だちに会えないのを寂しがって落ち着かず、わたしはわたしでリトル・セント・メアリーズ・レーンの友だち、特にサッチャー家のみんなが恋しくてたまらなかったし、論文を書き進めようとしてもうまくいかなかった。さらに、エジプト人とイスラエル人の――それに伴う超大国の――対立が切迫しているという中東からの報道に、わたしは絶えずショックを受けて、気分が沈むいっぽうだった。ふたつの国が定期的に互いの領土に侵入しているだけではなく、民間航空機のハイジャックという戦争の新たな局面が顕在化していた。わたしはピリピリして怒りっぽくなり、認めるのも恥ずかしいけれど、誰よりもそばにいる愛する人たちに対して、気が短くなっていた。

金属製の柱だけで残された部分が支えられていて、何か月も被爆区域のような有様だったわが家は、ついに住むことのできる状態になり、わたしたちは十月半ばに家に戻った。まだ完成はしておらず、さまざまな職人、配管工、左官、塗装工、電気技師が日替わりで続々とやってきた。

二週間後の十月三十一日、職人たちが仕事を終えていなくなると、わたしたちはパーティーを開いた。四十人の友人を招き、表側は古いままで裏側は新しくなった、愉快なわが家に押し込んだ。パーティーを開くことの興奮と奮闘の結果、翌日わたしは痛みを感じて、布を張ったばかりの長椅子にぐったりと倒れ込んだ。その夜、わたしは病院を訪れた。二度と自分と赤ちゃんを私立病院の意地悪な年配助産師の手に委ねないと心に決めて、今回はほほえみを絶やさない穏やかな地元の助産師に、産院で赤ちゃんを取りあげてもらうつもりだった。

異例の早朝の出産で、わたしは十一月二日の午前八時に娘のルーシーを産んだ。助産師はどこまでも献身的に対処してくれたけれど、ひと晩かけて仕事をしたのだから当然のことだが、生まれたあとは病院の看護師に赤ちゃんとわたしの世話を任せて帰っていった。でも、月曜の午前八時というのは、生まれてくるにはタイミングが悪かった。出産に立ち会っていた看護師たちは、赤ちゃんの身体を洗って服を着せると、わたしを分娩(ぶんべん)台に残して、勤務を終えてしまった。横のベッドに寝ているのに、手の届かないかわいそうな小さな赤ちゃんは、顔が真っ赤になるまで泣きわめいていた。赤ちゃんをあやしてあげたくても、動かないよう命じられていたし、いずれにしても出産直後でぼんやりしている状態では、抱っこしても落としてしまう危険があった。わたしは寒さと無力さを味わいながら固い分娩台に横たわり、ベッドの中で赤い顔をした小さな赤ちゃんが、生まれて早々こんな乱暴な扱いを受けていることに心を痛めていた。

入院してから二日が経つと、家に帰りたくてたまらなくなり、その準備もできていた。もうすっかり帰る気になって、わたしは上着をはおり、いままではずっと落ち着いた様子のピンク色の顔をした小さな可愛い赤ちゃんを暖かいレースのショールでくるんだ。と、そこへ医師がやってきて、ベッドに戻るよう命じた。家に帰る前に、不足する栄養を補うため、点滴しておく必要があるらしい。わたしはがっかりしながら指示に従い、スティーヴンとロバートの待つ家に帰る代わりに、十九世紀末のプロイセンの一家を描いたトーマス・マンの歴史物語、『ブッデンブローク家の人々』に慰めを求めた。産院での我慢は翌日報われ、点滴で栄養を摂ったおかげで、前よりずいぶん身体の調子が良くなって、わたしは赤ちゃんのルーシーと家に帰った。リトル・セント・メアリーズ・レーンに帰れてホッとした。十一月初めで、庭には夏よりも甘い香りを漂わせた、色鮮やかな最後のバラが咲き誇っている。正午過ぎに、イニゴといっしょにロバートが保育園から帰ってきた。ロバートは郵便受けのふたをあけて、わくわくした様子で中を覗いたあと、家に駆け込んで、せっついた。

「ねえ、赤ちゃんはどこ、赤ちゃんは？」

床の絨毯（じゅうたん）に寝かされた小さな妹を見たとたん、ロバートはまっすぐ近づいていってキスをした。ルーシーはおしゃべりできるようになってからは、ロバートにほとんど口を挟む隙を与えないけれど、この最初の出会いからずっと、ロバートは妹と少しも張り合おうとはしなかったので、兄妹の仲についてはスポック博士の育児アドバイスは必要なかった。

スティーヴンの父親と弟のエドワードは、今年度の熱帯医学研究のためルイジアナを訪問中だったが、母親はイングランドに残り、ルーシーが生まれて間もない頃はケンブリッジにいてくれた。スティーヴンが日常的に助けを必要とすることが増えてきていたからだ。いまでも自力で階段をあがることはできたけれど、歩くのはひどく時間がかかってふらふらしているので、いやいやながらも最近ついに車椅子を使いはじめていた。入院のため家を空ける四日間、わたしの代わりに留守を守るのは、忍耐強く、話を理解し、体力があり、スタミナを持ち合わせていて、スティーヴンが全幅の信頼を置ける相手でなければならなかった。研究所ではジョージが頼もしいヘルパーでいてくれたが、夕方になれば若い家族のもとへ帰らなければならなかったので、当然の成り行きとして、スティーヴンはわたしの不在中に母親から世話されることを望んだ。義母はわたしが帰宅してからも数日間いてくれた。超然とした態度ではあったものの、親切で気さくでエネルギッシュだった。わが家の日課は骨の折れるものだ。買い物に洗濯を済ませ、掃除をして、食事の用意をし、ひとりでロバートとスティーヴンの世話をしなければならない。スティーヴンがふきんを手に取ってお皿拭きを手伝ってくれたあの日々は、とうの昔に過ぎ去っていた。病気のせいで実際的な行動が不可能となっていたので、もう家事を手伝うことはできなかった。日常の雑事ができないことには利点もあって、おかげでスティーヴンは時間を気にせず物理学に情熱の限りを注ぐことができた。

わたしは、ふたりの子どもがすくすく育っていることを、とても幸せだと思っていた。ところがスティーヴンは、ルーシーのことを心配していた。ルーシーは昼も夜も長いこと天使のように眠ってばかりいるので、スティーヴンは娘がどこかおかしいのではないかと疑っていた。赤ちゃんはみんなロバートみたいなものだと思い込んでいたのだ。昼夜を問わず活動的でエネルギッシュなはずだと。わたしはそんなふうには心配していなかった。ルーシーを産んだあとの、喜びに満ちた穏やかな時間をすっかり満喫していた。わたしたちの人生において、この頃がいちばん安定していて満ち足りた時間を過ごせた。家の改修工事のあとだったので、なおさら幸せだった。

家は前よりも広くなって、明るく綺麗で快適だったし、赤ちゃんは大きな喜びをもたらしてくれた。片手でも抱けるほど小さくて、あまりにも静かな赤ちゃんなので、訪問看護師はわたしの横のベッドに寝ていることにも気づかなかったぐらいだ。小さなルーシーは決まった時間に眠ってくれて、おかげでわたしはきちんと家事を切り盛りし、スティーヴンとロバートの世話をして、規則正しく眠ることができた。夜には、スティーヴンが寝る支度をするあいだ、読書の習慣を再開させることもできた。病気のことを口にするとスティーヴンはいやがるので、暗黙のうちではあったが、たとえ時間がかかっても、彼が自分でやれることはなるべくそのまま続けるのが大切だということで意見が一致していた。わたしが靴紐をほどいてボタンをはずしてあげれば、スティーヴンは自分で服を脱ぐことができた。夫がどうにか服を脱いでパジャマを着るあいだ、わたしはベッドに横になって本を読んでいた。長い一日をしめくくる、贅沢(ぜいたく)で貴重な時間だった。スティーヴンの夜の日課は時間がかかったけれど、それは身体が不自由なせいだけではなく、しょっちゅう意識がよそに向いていたからだ。たいていは一般相対性理論の問題に。ある晩、夫はいつも以上にベッドに入るまで時間がかかっていたのだが、翌朝になってその理由がやっとわかった。その夜スティーヴンは、パジャマを着ながらブラックホールの形状を頭の中に思い描いているうちに、ブラックホール研究の重大な問題のひとつを解決したのだ。その答えとは、もしもふたつのブラックホールが衝突してひとつになったら、合体したブラックホールの表面積は、最初にあったふたつのブラックホールの表面積の合計よりも小さくなることはあり得ず、必ずと言っていいほど大きくなるはずだ、というものだった。もっと簡潔に言えば、ブラックホールに何が起きても、表面積は決して減少しないということだ。この答えによって、スティーヴンは二十八歳にして、ブラックホール理論の第一人者となった。ブラックホールが一般の人々のあいだでも話題になると、スティーヴンも人気が出て、広く知られるようになった。わたしたちはシアトルで、ブラックホールという新たに名付けられた事象の周りを回っていた。それがいまでは、決して逃れられない境界線、事象の地平線を確かに横切っていた。この理論に基づいた推測によると、事象の地平線にひとたび吸い込まれてしまったら、不運な旅人はスパゲッティみたいに引き伸ばされて、抜けだすことも、死を表すどんなしるしも残すことは望めなかった。

6 キャンペーン活動

ルーシーが誕生した一九七〇年は、慢性疾患および障害者法が可決された年だった。障害者の権利を擁護する歴史的な進歩だと世界じゅうで称賛されたものの、政府はそれから何年も、この法を完全には履行しようとしなかった。そのため、既に困窮していた個々人が、自分の住む地域で法の実施を求める運動をすることになった。とはいえ、この法のおかげで、障害者が出入りしづらい建物を持つさまざまな公共団体が、わたしたちの苦情の数々をおざなりにできなくなったのは間違いない。

小さな赤ちゃんを抱っこひもで前に抱え、スティーヴンを乗せた車椅子を押し、小走りで横を歩く三歳のロバートと手をつなぎながら、わたしは抗議者の先頭に立ち、障害者と介助者を代表して活動していた。階段は言うまでもなく、高い縁石や厄介な段差といったものは、楽しいはずの家族のお出かけを台無しにしかねない障害物になる。わたしは体重が四十八キロほどしかなかったので、助けを借りないと障害を乗り越えることができなくて、手伝いを頼めそうな男性が近くを通りかからないかと期待してじっと待っていたものだ。そんな男性を見つけたら、今度はたまたまそばにいた親切な女性に赤ちゃんを抱っこしておいてもらう。それから、手伝いを頼んだ男性とロバートとわたしで、スティーヴンを乗せた車椅子を抱えて障害物を越えるのだ。手伝ってくれる人が、車椅子の肘掛けや足置きといった、はずれてしまうかもしれない不適切な場所をつかんで持ちあげないよう、常に気をつけながら。最後に、わたしは手伝ってくれた人たちに心からの感謝を伝えて、また歩きはじめる。たいていは、ありがたいことに、わたしがしつこく頼まなくても、誰かが手を貸そうと自ら申し出てくれた。多くの場合、スティーヴンを乗せた車椅子を持ちあげたとき、彼らは驚いてこう尋ねてきた。

「彼に何を食べさせてるんだい？　こんなに痩せてるのに、すごい重さだ」

「脳がたっぷり詰まってるのよ」とわたしは答えていた。

都市評価鑑定士に宛てた抗議の手紙は鼻であしらわれ、前にスティーヴンがゴンヴィル・アンド・キーズ・カレッジの会計担当責任者とやりあったときのことが思いだされた。都市評価鑑定士にとっては、障害を持つ人たちが、下着を買うマークス＆スペンサーより遠くまで行きたがっているなんて初耳で、そんなに遠出することの必要性が理解できずにいた。障害者とその家族には、それほど遠くまで出かける権利がないとでもいうように。不当な扱いを受けて、わたしたちは立ちあがった。容赦ない自然の力に苦しめられるのはさておき、どうしてスティーヴンが生き方を制限されなければならないのだろう？　七〇年代ブリテンの災いである独善的な役人たちとは違って、スティーヴンは限りある命を日々せいいっぱい生きようとしているのに、どうして短絡的な官僚主義者は彼の人生をますます困難なものにしようというのか？

数々の戦いの末、わたしたちはアーツ・シアターに車椅子専用エリアを設置させるという成果をあげた。大学は少しずつ設備を見直しはじめ、いくつかのリベラルなカレッジも行動に移した。わたしたちはキャンペーン活動の場をさらに広げた。ロンドン・コロシアム劇場のイングリッシュ・ナショナル・オペラは、要望をすぐに聞き入れてくれた。コヴェント・ガーデンのロイヤル・オペラ・ハウスでは、ふたりのかなり年配の客席案内係に車椅子の誘導をしてもらうことになり、気の毒になるほど苦労しながら階段をあがって車椅子を客席へ運ぶ途中で、ふたりはスティーヴンを落としてしまった。おかしなことに、バリアフリー化に対する市議会の姿勢は、スティーヴンの名声が高まるにつれて急速に軟化していったが、それはまだ先の話で、わたしはふたりの幼い子どもの手を引きながら車椅子を押すという苦労を何年も強いられた。

階段や縁石とはまた別に、日常の中には数々の予期せぬ危険が潜んでいた。スティーヴンの膝にルーシーを乗せて沼沢地の散歩に出かけたときのことだが、車椅子の前輪が溝にはまり、ふたりは恐怖におののきながら椅子から振り落とされ、泥道に放りだされた。

わたしたちは新聞を読む時間がなかったので、両親が役立ちそうな情報を選んで切り抜いてくれた記事を頼りにしていた。両親はたびたび切り抜きの束を送ってきてくれたが、天体物理学における新発見に関する記事もあれば、障害者支援に関する記事もあった。後者の記事のひとつに、障害者用の自動車を使用する費用が援助されるという内容があったので、わたしたちはスティーヴンの医師に話を聞きにいった。けれど、この記事の内容が実施されるのはまだ先のことだとわかった。一九七一年には、自動車使用料の援助が受けられるという体制はまだ整っていなかった――実施されるのは何年も先になる――が、ドクター・スワンは、障害者用の自動車の使用を申請してみても良いのではないかと、スティーヴンに勧めた。

この驚くべき可能性から、心躍る新たな展望が切り開かれた。もしも電気自動車を操作できれば、スティーヴンは身体の不自由さを、機械の力で補うことができるのだ。申請は承認され、お役所手続きも完了したが、ひとつだけ引っかかっている問題があった。電気自動車は、夜のあいだに充電しておくため、コンセントがそばにある屋根の下に駐車しておかなければならない。よくあることだが、今回も解決策はまるで思いがけないところからやってきた。ユニバーシティ・センターの学寮長であるヒュー・コーベットが、わたしたちの求めに応じて、コンセントがそばにある屋根の下の駐車スペースを、スティーヴンに快く提供してくれたのだ。

障害者用の乗り物は不安定だと非難されていたものの、この電気自動車――スピードの出る自転車ほどの速さで走る――のおかげで、スティーヴンはまた日常業務を自由にこなせるようになった。行きたいところに車を走らせ、午前中は研究室、午後は天文学研究所というように、就業時間を区切ることができた。夕方になって帰宅すると、スティーヴンは家の前に車を寄せてクラクションを鳴らした。ロバートが興奮して家から飛びだしていき、車の突起した部分によじ登り、ユニバーシティ・センターまで残りの五十メートルほどを車に乗って進む。わたしはスティーヴンを家へ連れて帰るため、車椅子を運んであとからついていくのだった。例のとおり、まったく問題を起こさない装置というものはない。この車は故障しやすく、ほかの車に囲まれて駐車スペースから出られないこともしょっちゅうあった。一度は車がひっくり返って、スティーヴンは恐ろしい目に遭ったけれど、幸いどこにも怪我はなかった。

夏になると、わたしは子どもたちを連れて天文台までピクニックに出かけ、天文学研究所のオフィスにスティーヴンを訪ねていくこともあった。フラシ天の絨毯（じゅうたん）が敷かれた廊下の先まで子どもたちのかん高い声が響き、爽やかな春の風みたいに、子どもたちの到着を告げ、父親を喜ばせた。スティーヴンの顔に浮かぶ表情は、いつも言葉よりずっと雄弁に気持ちを語っている。こういう機会には、子どもたちと過ごせるのを心から喜んでいることが、その笑顔から伝わってきた。この天文台は、一八二三年に特設された。中央がドームになっていて、天文学者の居住棟も備えている。風変わりながら立派なカントリーハウスのような外観で、その周りには手入れの行き届いた果樹園と庭園がある。わたしたちも小さな一区画を分けてもらい、農作物を育てていた。教会墓地の庭はバラやユリを育てるのには理想的でも、墓地の土で野菜を育てる気にはなれなかった。天文台で子どもたちは、絶え間なくおしゃべりをしながら土を掘り、せっせと種を植えて植物の成長を見守っていた。一日の終わりには、誇らしげに両手いっぱいの豆やにんじんやレタスを抱えて、研究所のスティーヴンに見せに行ったあと、わたしたちはひと足先に家に帰るのだった。

こうして田舎のはずれでのんびり午後を過ごしていると、厄介な問題の増えてきたリトル・セント・メアリーズ・レーンでの生活からひと息つくことができた。一九六五年に住みはじめた頃は、この町は穏やかな安息の地だった。それが七〇年代初めには、ユニバーシティ・センターとピーターハウス・カレッジ、川べりに立つガーデン・ハウス・ホテルへの往来が激しく、危険な通行路になってきていた。ユニバーシティ・センターやホテルへの積み荷を届けようと、十トントラックが道を誤ってこの通りに入ってきて、途中の道幅が狭くなったところで先に進めなくなることも珍しくはなかった。そんなとき、トラックはトランピントン・ストリートまで引き返すしかなく、わが家の前すれすれのところをかすめて、居間に排気ガスを充満させていくのだった。

三輪車に乗って近所の家を行き来するのが好きなロバート、ルーシー、イニゴという三人の幼い子どもにとって、この車の往来は本当に危険だった。解決が難しい問題で、集会やもっとたくさんの手紙を送る組織化されたキャンペーン活動を必要としたが、色よい反応はほとんど返ってこなかった。しかしながら、ガーデン・ハウス・ホテルで大きな被害をもたらす火事が起こると、状況は劇的に変わった。このホテルがギリシャの軍事政権を支持しているらしいという理由で、学生たちの抗議運動の標的にされてから二年後の、一九七二年のことだった。

火事が起きた日の終わりには、幸せな家族の集いに利用されていた場は、黒焦げで煙っている骨組みだけになっていたけれど、すぐに大幅な建物の拡張計画が持ちあがった。建築上の問題はさておき、結果として交通量が膨大に増えるのは間違いなく、この通りの住人であるわたしたちは、満場一致で計画に反対した。しかし、両者が対立しかけたとき、見たところ相反するこのふたつの目的は、実は相容れないわけではないことに気づいた。経営者側は新しいホテルを建てることを望み、わたしたちは通りの往来をなくし、平穏と安全を取り戻すことを望んでいる。敵対するのではなく協力することで、どちらの目的も達成することは可能だ。九番地のサッチャー家の人々が見事に議長役を務め、住民と経営者とのあいだで開かれた緊張感漂う会合は、最終的に両者の合意を得ることになった。

ケンブリッジでは、スティーヴンとわたしは周囲の環境を適応させることに成功しはじめていたものの、ほかの場所ではそううまくはいかなかった。スティーヴンの両親は、一九七〇年の後半にルイジアナから帰ってくると、田舎のコテージを買うことにした。わたしたち家族にとっては、東海岸のコテージだとありがたいと思い、期待を込めて提案した。ノーフォークやサフォークなら、砂は柔らかくても地形がフラットなので歩きやすく、子どもたちが遊ぶ様子をスティーヴンが眺められるよう、車椅子を海辺まで押していける。けれど、わたしの意見はすげなく却下された。

「東海岸はお父さんには寒すぎるでしょう。あの人は東海岸なんかにコテージを買いたがりませんよ」と義母のイゾベルは言った。

イゾベルは、二年間の日本への留学を終えて帰ってきていた、次女のフィリッパとコテージを探しに行き、見つけた家にすっかり夢中になって戻ってきた。子どもたちが遊んだり探検したりできる森や小川があり、散歩と景色が楽しめる、モンマスシャーにあるスランドゴという村からワイ川の湾曲部を見おろす石造りのコテージだ。わたしはウェールズには行ったことがなく、ふたりの熱狂ぶりにあっさり感化されてしまった。おまけに一九七一年の四月には、すっかりくたびれてしまったミニに代わって、大きなピカピカの新車を購入していたから、なおさらだった。この車は、スティーヴンがクリスマスのすぐあとに書きあげた小論が、年に一度のグラヴィティ・プライズで一等賞を受賞し、その賞金で買ったものだ。

一九七一年の秋、ウェールズへの旅行のためにあれこれ試してみたけれど、新車はミニの三倍ぐらいの大きさがあるというのに、荷物をすべては積みきれなかった。車椅子、ベビーカー、携帯用ベビーベッドを広々した後部の荷台に載せると、スーツケースを積み込む余地はほとんど残らない。次の手段はルーフラックだが、それはそれで問題があった。四人分の荷造りを済ませ、家の鍵を閉め、スティーヴンを車の助手席に座らせて、車椅子をたたんで後ろの荷台に載せる。次に子どもたちを座らせてシートベルトを着用させ、携帯用ベビーベッドとベビーカーを含めた荷物を積む。そのあと、四つの重いスーツケースを持ちあげてルーフラックに載せた頃には、わたしは疲れ切ってしまって、サフォークやノーフォークまでの道のりの三倍である約三百五十キロも運転するのは、冒険というより苦しい試練になっていた。最初の旅行のあと、ほどなく高速幹線道路4号線が開通してからも、この距離にはやっぱり辟易(へきえき)させられた。

それでも、ウェールズに入ったところで車を停めてお茶の休憩を取り、見慣れない言語の道路標識を目にしたり、身を刺すような湿った風の匂いをかいだりしていると、わくわくする感じが甦（よみがえ）ってきた。とうとう、ケンブリッジを出発してからというもの、あとどれぐらいで着くのかと尋ねてばかりいたロバートに、もう少しよと嘘偽りなく答えることができた。広々した山道を何キロか走ったあと、曲がりくねった緑豊かな小道を進むと、ようやく目的地にたどり着いた。話に聞いていたとおりのコテージだ。ワイ川を見おろす景色は息をのむほど美しかった。川と谷、対岸に位置する木々の生い茂った丘の眺めをさえぎるものは何もなく、秋の美しさに染まって光り輝いている。家の横の斜面には小川が流れ、裏手にあるブナの森を通り抜ける小道は、湿った泥炭質の下生えをのぼってクレドンの滝へと通じている。それほど遠くないところにあるブラック・マウンテンズとブレコン・ビーコンズの丘では、冷たい風が絶えず吹きすさび、山歩きに慣れた屈強な人たちでさえもスタミナを試された。コテージそのものは、まさに絵のように美しく——白しっくい塗りにスレート屋根、緑豊かな丘陵に立ち、煙突からは薪の青い煙が渦を描いて静かに立ちのぼっている——、魅力的なのは間違いなかった。

とはいえ、この正確な描写からは、重要な点がいくつか割愛されている。たとえば、この丘陵は平らな地面がほとんどなく、のぼるかくだるかするしかない。車椅子で進むのに適した平地は、森のはずれにあるブラックベリーの茂みへ続く、ほんの百メートルほどの小道だけだ。そのうえ、家に入るのにも、苔で覆われて滑りやすい、石造りの険しい階段を十数段のぼらなければならない。家の中でも、寝室とひとつしかないバスルームに行くには、急な階段をあがる必要があった。スティーヴンには、このうえなく不適当だった。父親がそばについていても、バスルームへの階段ののぼりおりには十分ほどかかり、家の外へ向かう危険な階段ののぼりおりにも十分以上かかった。スティーヴンが車椅子で行ける場所はなく、どこへ行くにも車に乗るしかない。

ロバートを連れて散歩や山登りに出かけるとき、悲しそうに家の中やテラスに座っているスティーヴンを置いていくのが、わたしはとてもつらかった。これほどまでに強烈に、あるいは残酷に、スティーヴンの身体の不自由さを思い知らせる場所はほかにないだろう。わたしは動揺し、困惑した。ホーキング家の人たちは、自分たちにはスティーヴンに対する基本的な責任がないと思っているようだった。わたしたちが訪ねていくと、いつでも手を貸そうとはしてくれるけど、ただそれだけで、運動ニューロン疾患の不自由さを気にかけていないように思われた。

7 上昇

一九七一年に障害物だらけのスランドゴで過ごしたことは、翌年の夏の旅行に向けたリハーサルとして役立った。毎年恒例となった物理学のサマースクールだが、その年はセシル・デウィットとアメリカ人の夫ブライスの思いつきで、フランスアルプスのモンブラン山麓の村、レ・ズッシュを訪れることになった。女性の物理学者が稀有だった時代に、セシルは傑出した存在だった。四人の娘を持つ母親でもあり、ルーシー・キャベンディッシュ・カレッジの何人かの特別研究員とは違って、わたしが畏敬の念を抱く有能な女性のひとりだった。彼女はアメリカに住みながら、出身国であるフランスでの会合の準備を整え、自ら厳選した参加者を招いた。レ・ズッシュではすべての手配を取り仕切り、会議の指揮を執り、山にも登った。スティーヴンのために、セシルは人を雇ってブルドーザーを運ばせ、わたしたちが六週間滞在する予定のシャレーまでスロープを造らせて、快適に過ごせるよう細かなところまで設備を整えてくれた。その夏のアルプスの悪天候については、彼女にはなんの責任もない。

スティーヴンは同僚たちといっしょにジュネーヴまで飛行機で行き、わたしと両親は子どもたちを乗せて車でまずはパリへ行った。そこから夜行列車のモートレール[*1]に乗って、レ・ズッシュから三十二キロほどのサン＝ジェルヴェへ向かうことになっていた。悪夢のような旅を終え、次の日の朝、わたしたちはサン＝ジェルヴェの駅の外で太陽に照らされながら、のんびりコーヒーとクロワッサンの朝食をとり、わくわくと車に乗り込んで曲がりくねった道を走った。シャモニー谷から山脈の中心部へ向かうあいだも、太陽はまだ照りつけていて、白い山頂を壮麗に輝かせていた。

　マツの木に囲まれた草地にシャレーと講堂が集まっているサマースクールを目指して、車が山道を登りはじめたとたん、太陽が顔を隠し、霧がおりてきたかと思うと、雨が降りだした。雨は激しく降りつづき、寒くなった。あらん限りの屋根、樋（とい）、枝、草の葉から雨がしたたり、セシルがわざわざ造ってくれたスロープは、ほどなく泥となって崩れ落ちた。シャレーを暖かく保ち、そこらじゅうに干しているオムツを乾かすため、七月の半ばだというのに、父とわたしは薪（まき）ストーブにせっせと薪をくべつづけるはめになった。ちっちゃな可愛いルーシーは、せいいっぱい協力して、生後二十か月にして自発的にトイレトレーニングを始めた。

　高所でどこへ行くにも坂がつきもののこうした環境にあっても、スティーヴンは楽しんでいた。ブラックホールの研究に情熱を注いでいる、世界じゅうから集まった仲間たちに、朝から晩まで囲まれて。天気さえ許せば、何人かのグループで一日かけてモンブランに登ることもあり、興奮は高まるばかりで、彼らはますます偉大なオーラを漂わせた。宇宙の秘密を支配し、地上での肉体的な挑戦も克服してみせるこの超人的な集団にとって、困難なことなど何もないのだ。もちろ

＊1：自動車と乗客をいっしょに運ぶ鉄道

んスティーヴンも例外ではない。鍛えた登山者の強い勇気を持って、自らに課せられた肉体的な挑戦と格闘しているのだから。

雨が弱まったときには、わたしたちは散歩に出かけた。雨粒をしたたらせる枝の下を歩き、シャレーの裏手の山腹をあがり、講堂を通り過ぎ、森に入って野生のラズベリーやブルーベリーを探した。そこで、わたしたちはまた思わぬ挑戦を突きつけられた。いつものように、ロバートは突っ走っていくのに、ルーシーは二メートルと進まないうちに頑として歩くのを拒み、両手をあげて抱っこをせがむのだ。ロバートの尽きることのないエネルギーがいまでは普通に思えていたので、ルーシーが動きたがらないことにわたしは困惑した。生まれたての頃、ルーシーが眠ってばかりいることに、スティーヴンが困惑していたのと同じように。わたしたちは山道をゆっくりとしか進めず、ラズベリーとブルーベリーが生息している空き地まで、また雨が降りだす前にたどり着くことは滅多になかった。

思いつく限り、誰よりも控えめで物静かな物理学者のジム・バーディーンは、スティーヴンとブランドン・カーターと密接に連携し、アインシュタインの一般相対性理論の方程式を基盤にして、ブラックホールの構造の法則を組み立てるという困難な課題に取り組んでいた。ブラックホールの物理的現象を詳述するこの新たな法則は、熱力学の第二法則に類似していると判明し、大騒ぎになった。この類似によって、宇宙論学者たちはブラックホール理論を熱力学の言語に置き換えることで、熱力学とブラックホールの隙間を狭めようとした。熱力学の法則は、小宇宙の作用を支配している。この法則は原子と分子の働きを定めているが、やがて熱を放射して周囲の物体とやりとりするということも含まれる。しかしながら、いま物理学者たちが直面している難題は、熱力学の法則がいくら類似していても、ブラックホールには働かないということだ。何物も、熱でさえも、ブラックホールからは逃げだせないと予想されていたのだ。

レ・ズッシュでのある雨の午後、スティーヴンの新しい研究生であるバーナード・カーが、わたしたちの人生に飛び込んできた。バーナードは、一般的に想像する普通の研究生とは、まったく違っていた。よくしゃべり、社交的で、気取りがなかった。六歳にして寄宿学校に入れられた結果かもしれない。彼の話題は多岐にわたり、大きな関心を寄せている超心理学の話になることが多かった。スティーヴンも含め、物理学者たちが嘲笑しがちな話題だ。だけどバーナードにとって、偶然の一致やテレパシーによる交信は、重大な意味を持っていた。幼い頃のバーナードの野望は、宇宙飛行士になることだった。子どもの頃、彼は訓練と称して、宇宙管制センター代わりに弟をドアの外に立たせておき、階段下の物置の中で逆立ちをして丸一日を過ごし、お母さんを仰天させたことがあった。彼の知性が宇宙探検ではなく理論のほうへ向けられたことを、お母さんは喜んでいたことだろう。

ようやく太陽がスイスだけではなくフランスでも輝く気になり、雲の後ろから山々が姿を見せると、モンブランの西側に位置するビオナセ氷河まで、キップとリンダがロバートとわたしを山歩きに連れていってくれることになった。ルーシーとスティーヴンを両親のもとに残して、わたしたちはレ・ズッシュからケーブルカーに乗って、谷に点在するおもちゃのようなシャレーや村を見おろす尾根へと登った。真っ青な空を背景にした山のまぶしいほどの白さに夢中になるうちに、わたしたちは上へ上へとどんどん登りつづけ、午後の日射しの下で花を咲かせるさまざまな高山植物を見つけるたびに、リンダといっしょに足を止めてうっとり眺めた。わたしたちはさらに上へと登り、リンダのためにもっと植物を探しながら、青灰色の巨大な氷河が広がっているほうへ線路の先まで進みつづけた。

ドーム・デュ・グーテの風下にある最初の山小屋に到着する頃になってようやく、山には自分たちしかいないことに、はたと気づいた。ずっと下を見おろすと、太陽はまだ高いのに、ほかの登山者たちはいつの間にかいなくなっていて、列車は運行を終えていた。頭上ではワシが静かに旋回し、岩場を流れ落ちる水の音が遠くから聞こえてきている。それ以外、ほとんど動きはない。不気味な静けさが広がっている。村へ降りる最終のケーブルカーの時間を確認しておくことに、誰ひとり思い至らなかった。わたしたちは走っているのも同然のせかせかした足取りで、ケーブルカーの停車場まで引き返した。いやな予感に反し、停車場にはケーブルカーが一台止まっていて、その横には係員がひとり立っていた。わたしたちはホッとしてほほえみながら駆け寄ったけれど、係員はむっつりした顔を向けてきて、行く手を遮った。取りつく島もない冷淡さで、最終のケーブルカーは五時半に出発し、いまはもう六時近いと言った。わたしたちは、今度ばかりは疲れを見せはじめている五歳のロバートを指さしながら、息を荒らげて訴えた。係員は顔色ひとつ変えず、超然としていた。わたしたちは不安と怒りを覚えながら立ち去った。

できるだけ急いで山腹をまっすぐくだるしかなかった。道があれば道を歩き、道がなければワラビの茂みや背の高い草のあいだをもがきながら進んだ。中世の絵画に描かれたイエスをかつぐ聖クリストファーみたいに、キップがロバートを抱えてくれた。ロバートは四時間以上もしっかり歩いていたが、いまでは疲れて足が痛くなっていた。下生えをかき分けて進んでいると、信じられないものが見えた。あの不親切な係員を乗せたケーブルカーが、わたしたちの頭上を通り過ぎてレ・ズッシュへと戻っていったのだ。太陽が山の後ろに沈み、風が冷たくなり、空は暗くなってきている。山を登っているのではなく、くだっていることがまだ救いだと思いながら、わたしたちは黙々と歩きつづけた。

レ・ズッシュの村はゴールでもなんでもなかった。サマースクールの場所までは、さらに西へと丘をのぼって四十五分ほどかかった。煌々と明かりのともった食堂にふらつきながら転がり込んだときには、もう九時を過ぎていたはずだ。そこではみんなが心配しながら、わたしたちからの連絡を待っていた。ホステルからはなんの連絡も来ておらず、心配する家族――わたしの両親とスティーヴン――、同僚、生徒たちは、最悪の事態を恐れていた。疲労と安堵で涙ぐみながら、わたしたちは抱き合った。

八月の終わりに、わたしたちは雨を避けてサマースクールの最後の親睦会を開き、子羊を丸一頭焼くバーベキューをした。そのとき、キップがスティーヴンに、モスクワに行かないかと提案した。厳しい制限があって自由に旅行できない、大勢のロシア人科学者たちと話をするためだ。一九七三年の夏にポーランドで開かれるコペルニクス会議のあと、そのまま個人的にモスクワを訪問するための手はずはすべて整えておくとキップは約束した。善意からのこの提案に、わたしは震えあがった。ルーシーが赤ちゃんのうちは、スティーヴンは海外で開かれる会議にジョージ・エリスか、最初の研究生のゲイリー・ギボンズか、母親を同伴していた。ロバートが五歳、ルーシーが一歳半になったいま、わたしの海外旅行の休止期間はそろそろ終わりに近づいているようだった。遠く離れた場所で開かれる会議にいっしょに行かないかと、スティーヴンはしょっちゅう訊いてきた。わたしは同じぐらいしょっちゅう、子どもたちを置いていくのは忍びないと答えていた。

引き裂かれた忠誠心が平穏をかき乱しはじめた。スティーヴンは鉄の意志で研究に従事していて、会議は国際舞台で自説を主張するチャンスだった。夫があらゆるチャンスをものにできるよう尽力することは、妻としての嘘偽りない目標だった。とはいえ、その目標を立てたあと、わたしは彼の子どもを産んでおり、母親としても同じだけの責任があった。スティーヴンが数々の個人的な要求のためにわたしの助けを求めているのに対して、子どもたちはすべてにおいてわたしの助けを求めていた。子どもたちはまだ幼く、いつもそばにいてあげる必要があった。父親の健康状態が理由で、子どもたちの未来が不安定になるのなら、母親であるわたしがなるべくそばにいることで補うしかない。

堂々巡りのつらい議論のくり返しだった。スティーヴンは、たとえばニューヨークの会議にいっしょに行かないかと言い、わたしは慎重にそれを断る。わたしがいやがっているのを無視して、スティーヴンは毎週のように同じ問いかけをくり返した。わたしは取り乱し、夫を失望させてしまうことへの罪悪感に打ちのめされながらも、自分の気持ちを理解してもらえないのが悲しかった。一九六七年にアメリカへ旅して以来、飛行機旅行と聞いただけでも、空を舞う大きな黒い鳥のような恐怖が心にのしかかったけれど、この飛行機恐怖症はスティーヴンからのプレッシャーによってますます悪化した。

相容れないプレッシャーが積み重なり、わたしは長年にわたって苦痛を味わい、とんでもない遠回りをして長距離を旅することになった。一九七一年にイタリアのトリエステで開かれる会議に招かれたとき、スティーヴンは飛行機で向かったが、わたしは生後七か月だったルーシーを両親に預けて、ロバートとふたりで列車に乗って目的地を目指した。ヨーロッパを横断する暑い長旅のあと、わたしたちはヴェニスに寄った。ロバートはサンマルコ広場の大鐘楼からの眺めに魅了され、降りるのをいやがっていたけれど、正午を告げる重い鐘の音がとつぜん響くと、あわててエレベーターへと走っていった。

それから二年後の、ワルシャワを経由してモスクワを訪れる旅は、条件がまったく違っていた。飛行機での移動は避けられず、何か月も前にビザを申請しておかなければならない。選択の余地はなかった。フルシチョフが死去したあとの抑圧的な時代で、スティーヴンの同伴者としてビザがおりるのはわたしだけだったのだ。一か月近くも子どもたちと離ればなれになってしまう。考えるのもつらかったが、計画は立てられ、航空券は予約され、いつものようにどこかの科学協会によって代金が支払われ、ロシア大使館からどうにかビザが発行された。一九七三年の八月、楽しそうに遊ぶ子どもたちをセント・オールバンズの両親の家に残し、わたしは不安に青ざめながら、ワルシャワとモスクワへ向けて出発した。

8
知性と無知

一九七三年、ニコラウス・コペルニクスの生誕五百周年を祝うため、天文学者たちがポーランドに集まった。コペルニクスはポーランドの天文学者で、地球を宇宙の中心に据えたプトレマイオスの説による惑星の動きをもとにすると、数学的にうまくいかないことに納得できず、一五一四年に宇宙の新しい理論を発展させた。わたしはいまでも中世研究家の端くれを自認しているけれど、宇宙論については一過性で終わらない関心を寄せていて、コペルニクスの地動説が与えた偶像破壊の影響に興味をそそられていた。コペルニクスの地動説は、地球とほかの惑星が太陽の周りを回っていると仮定し、それまで科学的にも宗教的にも同等に信じられていたプトレマイオスの天動説に取って代わった。天動説は実際には、平らな地球の上に天国があり、下には地獄があるという聖書に描かれた概念とは、ほとんど関連がなかったのだが。鉄のカーテンの裏側を初めて訪れて――一九七一年にトリエステからユーゴスラビアへ日帰り旅行したのは別にして――、わたしはポーランドで悲劇の本質についても教訓を得た。弾圧と分断という傷を負った国の歴史的悲劇、コペルニクスの地動説によって宗教のあいだで分裂した人類の哲学的悲劇、そして天才の悲劇について。

十七世紀にガリレオによって自説がどんなふうに発展したのか、コペルニクスは生きて見届けたわけではないが、論争の的になる危険があることはじゅうぶん承知していたはずだ。彼は人間の知識を進歩させると同時に、人間の道徳的な誠実さが試される厄介なジレンマを引き起こすというふたつの可能性をはらんだ、科学におけるパンドラの箱を開いた最初の科学者と言って良いかもしれない。この仮説は、のちに知られるようになった〝コペルニクス的転回〟という言葉にふさわしい。コペルニクスによると、地球はもはや宇宙の中心ではなく、人間は創造の中心にはいないのだ。そのため、人間が創造主と特別な関係を築いているとはもう言えない。この根本的な観点の変化は、神の姿に取りつかれていた中世の抑圧から人類を解放することとなり、自らの知力を高め肉体の特性を尊重することを可能にした。この説はヨーロッパ・ルネサンスの哲学に大きな影響を与え、建築家は大聖堂ではなく宮殿を建造し、画家や彫刻家は作品に描くものを宗教的な像から人間の姿に置き換え、その美しさと強さを表現した。科学の世界では、コペルニクスの説は、熱狂的な清教徒主義の肯定的な影響によって、宗教的な迷信から理性的な思想を解放された十七世紀のイングランドにおけるニュートンの発見への道を開いた。しかしカトリック主義にあっては、コペルニクスの説は反発を受け、反科学の醜い反応を引き起こすことになった。

その結果を警戒していたのか、コペルニクスは死ぬ直前まで著作である『天球の回転について』の出版を認めなかった。印刷された本は一五四三年五月二十四日に、死の床に届けられたと言われている。とはいえ、コペルニクスはその内容について隠そうとしていたわけではない。地動説は長い歳月をかけて広く周知され、一五三三年にはコペルニクス自らローマ教皇クレメンス七世に地動説の講義をしている。単に煩雑なプトレマイオスの計算を単純化したものとして提示されたため、ローマ教皇はこの講義が意味することを完全には理解していなかったのかもしれない。あるいは、真剣に受け止めていなかったのか。この新しい宇宙を支持し、公に広めたことで、ガリレオ・ガリレイが教会の怒りの矢面に立つのは、もっとあと——十七世紀——になってからのことだった。

　ガリレオは信心深いローマカトリック教徒だったが、ヴァチカンと争うことになった。いつまでも決着がつかない悲劇的で混乱した分裂、科学と宗教の長期戦が根底にあり、不幸にも両者の言い分がどちらも認められるということはなかったのだ。今日（こんにち）ではますます、科学的な理論によって啓示的真実が脅かされている。宗教が守りに入っているのに対して、科学者たちは、宇宙の仕組みを理解するには理にかなった論証だけが確固たる基準だと主張して、攻撃している。どちらも、お互いの役割の本質を誤解してきたのかもしれない。科学者というものは、宇宙と、生命を含めそこに存在するすべてが、どうやって生じたのか、物理学的な問題に対する答えを用意している。けれど、彼らの考え方は、合理的で唯物論的な基準だけに定められているので、なぜ宇宙が存在するのか、なぜ人類がここに存在してそれを眺めているのか、物理学者はその問いに答えられるとは言えない。わたしたちの行動が利己的な遺伝暗号の働きによって決定されているのだとしたら、なぜわたしたちは良心の声に耳を傾けたり、利他的な行いをしたり、同情したり、寛容な行動を取ったりするのか、その理由を分子生物学者がじゅうぶんに説明できないのと同じことだ。こうした人間の性質さえもが、未熟な遺伝子理論で利他主義を片付けてしまう進化心理学者の攻撃の的にされてきた。その理論では、家族が協力し合うのは、種の生存に好都合だからだとされている。同じように、音楽や芸術、詩的な活動といった精神的な洗練は、原始的に備わっていたものが高度に進化したというだけで片付けられてしまう。

長年にわたる結婚生活の中で、科学的な記事やテレビ番組に刺激され、わたしはこの自然の理法についての問いに頭を悩ませ、スティーヴンと話し合おうとすることがしばしばあった。初めの頃は、上述の話題に関する彼との議論は、気楽で楽しいものだった。それが歳月を経るにつれ、より個人的で対立したきつい言い合いになっていった。傷つけ合う宗教と科学の対立は、わたしたちの人生にまでその影響を及ぼしているようだった。スティーヴンは遠慮のない実証主義者の姿勢を断固として貫いており、わたしの世界の見方からすると、それはあまりにも窮屈で気が滅入るものだった。物理学の法則と生存をかけた日々の苦闘よりも大事なものが人生にはあると、わたしはどうしても信じたかった。けれどスティーヴンは、妥協を忌み嫌った。数学の確実性だけを論じているのに、妥協すれば、容認できないほどの不確実性を認めることになるからだ。

ガリレオは一六四二年一月八日に亡くなった。同じ年にニュートンが生まれ、三百年後の同じ日にスティーヴンが生まれている。そのため、スティーヴンがガリレオを英雄視しているのは、意外なことではない。一九七五年にローマ教皇からメダルを授与されたとき、スティーヴンはこの機会を利用してガリレオの名誉を回復すべく、個人的なキャンペーン運動を始めた。この運動は最終的には成功を収めたものの、やはり科学と宗教の折り合いがついたというよりは、神学の降伏、狭量で古くさい宗教の信仰者に対して、科学の理性的な進歩が勝利したとみなされた。

十六世紀にニコラウス・コペルニクスは真のルネサンスを生き、次の世紀にガリレオが味わう苦しみに心乱されることはなかった。コペルニクスは学習の寛容さや、知識が拡大していった時代を経験するなど、あらゆる利点を享受し、ボローニャ、パドヴァ、ローマといった遠くまで旅をした。数学と天文学に加えて医学も学んでいる。ギリシャ語からラテン語への翻訳に携わり、数々の外交機能を果たし、ポーランドのさまざまな通貨の改正について提案した。皮肉なことに、それから歳月を経て、コペルニクスの生誕五百周年を祝っている現代の同国人たちには、そんな幅広い可能性は与えられていなかった。

科学的な観点から言うと、記念会議をポーランドで開催する最大の利点は、東西どちら側からも優秀な人々がそろって集まる場を提供できることだ。ロシア人の物理学者は、それ以上遠くは無理でも、ポーランドなら比較的自由に旅行できた。西側の人間にとっても、ポーランドのほうがロシアより訪れやすいことは確かだった。わたしたちのポーランドのビザはすんなりおりたが、ロシアへの入国はそう簡単にはいかなかった。

一九七三年に目の当たりにしたポーランドは、ドイツに破壊されロシアに支配された悲しい国だった。ポーランド人が、わたしたちを含め外国人に例外なく疑いの目を向けてくるのは、驚くようなことではなかった。わたしたちはみんな同類だった。ドイツ人じゃなければ、ロシア人に違いなかった。イギリス人だと言い張ったところで無駄だった。イギリス人とアメリカ人は、ポーランド人がそこにいたいと願っても許されない、憧れの裕福な社会からやってきているのだから。板ガラスの店先には西欧志向がこれでもかというほど表れていたが、店の中に入ってみると、棚は空っぽか、陳列されているのはひどく高値で売られている粗悪品かのどちらかだった。

古いものと新しいもの、東側と西側のジレンマに陥り、自国に不安を抱えているしるしが、ポーランドの至るところに見て取れた。歴史を通してふたつの隣国、ロシアとドイツによってかき乱され、第二次世界大戦で失ったものを——とりわけ、ワルシャワの旧市街を細部に至るまで——苦心しながら再建していた。対照的に、スターリンからポーランドの人々へ戦後の贈り物として市内に建てられた高層建築物[*1]は嫌悪され、ワルシャワの絶景はその建物から見ることができると言われていた——つまり、このスターリンのモニュメントからワルシャワの景色を眺めたときだけ、モニュメント自体を見ずにすむというわけだ。コペルニクス会議はこの建物で開催された。建物に入るには、長い階段をのぼるしかなかった。中に入ったら入ったで、ロビーから会議場へは、また長い階段をおりなければならない。毎朝、わたしはスティーヴンの研究生のバーナード・カーとふたりで、まずスティーヴンを階段の上まで抱えていき、椅子に座らせてから、今度は車椅子を運んだ。中に入ると、エレベーターが不足していたため、車椅子を運んで同じような長い階段をおりたあと、スティーヴンを抱えておりて車椅子に座らせた。一日の終わりにはこの逆のことがくり返され、プログラムと会場の変更によっては、一日に何往復もすることもあった。この階段から、ポーランド国民に対するスターリンの寛大さを印象付けられはしなかった。印象に残ったのは、スターリンの権力欲だけだ。

ロシアから強いられた抑圧的な共産主義は、人々の反発を招いた。田舎道を連れていかれる痩せ衰えた雌牛の群れや、農場を追い立てられている骨ばった雄牛たちに負けず劣らず、農家の人々は痩せ細っていた。ヨーロッパの中で、ポーランドは特に信心深いカトリックの国だ。ポーランド・カトリック教会は国家の独立の象徴になり、聖職者たちの中から殉教者をだしながら、自由の擁護者としての役割を立派に果たしていた。それでも、ポーランドの教会からスペインの教会を強く想起させられ、わたしはとまどった。ヨハネ二十三世がローマ教皇として卓越した手腕を発揮して改革を行ったことで、すがすがしいほど簡素になった英国カトリック教会とは似ても似つかない。スペインと同様に、ポーランドの教会も凝った装飾が施され、ぼんやりと明かりが灯され、お香が充満し、飾り立てた聖人や聖母の石膏像がいっぱいで、迷信じみた悪趣味な雰囲気が染み込んでいた。フランコ主義のスペインと同じく、黒衣をまとった小柄な老婦人の集団が入り口に押し寄せ、祭壇に向かってひざまずいていた。カトリック教会が明示するポーランドの独立はひどく保守的で、敵対的な政治体制を旧来のやり方で抑制しようとしているのに対して、スペインではカトリック教会の姿勢はやはり保守的ではあったものの、概して抑圧的な政権に従順だった。

＊1：一九五五年に完成したワルシャワの文化科学宮殿

会議の場所を移したクラクフは、ヴァヴェル城と聖マリア教会という建造物が戦争を経ても無傷のまま残存していたので、ワルシャワよりは独自性を確立していたものの、クラクフ付近はアウシュヴィッツの恐ろしい悪評に汚されていた。アウシュヴィッツの公式な見学は予定されていなかったが、会議に出席していたユダヤ人の中には自主的に訪れる者もいて、戻ってくるとそこで目にした惨状をわたしたちに伝えた。

悲劇の経験はポーランド滞在を象徴するようだった。ここではさまざまな思いがなじみある感情に触れて共鳴し、わたしたち自身の人生との類似点を明らかにした。そして、最後の最後まで悲劇の経験につきまとわれた。科学者仲間のひとりで、会議に参加していた若いチリ人、クラウディオ・タイテルバウムとその妻のおかげで、わたしは過去の出来事から、詩にまつわるつかの間の不思議な思い出を心に甦(よみがえ)らせた。タイテルバウム夫妻はプリンストンに住んでいたのだが、クラウディオの父親がチリで新たに選出されたアジェンデ大統領の大使を務めていたため、この社会主義政府と親密な関係にあった。夫妻は熱心な左派の改革者の輪に加わっていて、パブロ・ネルーダもその一員だった。ネルーダは才能あふれる詩人で、大学生の頃わたしは彼に心酔していた。一九六四年にネルーダはロンドンのキングス・カレッジの集会にやってきて、詩を朗読した。わたしはいまでも、ネルーダが自然なイメージの中の艶めかしい緊張感を強調し、まるで愛撫するように、愛の詩に官能的な響きを与えていたのを覚えている。それはショパンの音楽みたいに豊かで、感情に訴えかけてきた。ネルーダは共産党員としてチリの政治に深く関わり、大統領候補にまでなったが、友であるサルバドール・アジェンデのために自らの野心を棄てた。どうやらCIAの支援を受けて、右派の軍勢がチリ政府に対しクーデターを起こしたというニュースが飛び込んできたのは、クラクフでのコペルニクス会議の最終日、がらんとしたホテルのラウンジにいるときのことだった。アジェンデは大統領官邸の防衛中に死亡した。尊敬してやまない大統領が死んだだけではなく、チリの虐げられた農民の貧しい暮らしを改善するという夢まで死んだことに、タイテルバウム夫妻は呆然としていた。彼らは何千人という人々と共に、何年も亡命生活を送ることになった。右派のピノチェト政権による残忍な報復から逃れられなかった人々に比べれば、彼らはまだ幸運だった。二週間後、かつてのガルシア・ロルカのようなスペイン語を話す天才詩人、パブロ・ネルーダは、右派のクーデターの余波を受けて亡くなった。

9
チェーホフの足音

ポーランドから受けた印象が混乱だとすれば、モスクワはむしろ心強いほど、市民が自分たちの政治的な帰属意識、あるいはわたしたちのそれについて、少しも疑っていなかった。ソ連が全体主義の警察国家であり、自由民主主義に憧れたところで得るものはほとんどないことを、わたしたちは——そして誰もが——知っていた。モスクワ市民は、わたしたちが恵まれた社会からやってきたことを承知しながらも、そのことで恨んだりはしなかった。ワルシャワからモスクワへ向かう飛行機の中で、わたしたち自身の安全のためだけではなく、これから会う科学者仲間みんなのためにも、ホテルの部屋は盗聴されているというつもりでふるまうように、とキップに警告された。スティーヴンは学生の頃、バプテスト派の信徒のグループ——神の存在を断固として否定している人がつき合うにはおかしな仲間だ——といっしょに、前にも一度モスクワを訪れたことがあった。さらにおかしいのは、スティーヴンが聖書を靴に隠して、ロシアにこっそり持ち込むのに協力したことだ。

そんな思い出話は、高級官僚並みの重要人物としてVIP待遇を受けているこの場面には、ふさわしくない。赤の広場とモスクワ川のあいだに立つ正方形の巨大なブロック、ホテル・ロシアに到着すると、ひょっとしたら個人的な会話を録音するべく巧妙に設置されたマイクロホンを発見するのではないかと思いながら、わたしたちはサモワールと冷蔵庫が備えつけられたスイートルームを見回した。

ホテルのエレベーターが二階に止まらないことには、もう気づいていた。このフロアは立ち入り禁止で、四辺の長さが各四百メートルあるホテルのワンフロア全体が〝管理〟に使われているという話だったが、つまり〝盗聴〟のことだろうとわたしたちは理解した。さらに、バラやカーネーションの歓迎の花束を抱えて空港でわたしたちを出迎えてくれたロシア人の多くは、ホテルのロビーより奥には入りたがらなかった。みんなが遠慮していることを考えると意味深だが、ささやかな評価を受けている年配の科学者、イワネンコ博士だけは、キップの部屋に喜んで何時間も居座りつづけた。そして、まるで聞き耳を立てている相手に知らせるように、はきはきしたしゃべり方で、自分がどれだけソビエトの科学に貢献してきたかを語りきかせるのだ。西欧で会議が開かれるとき、イワネンコは若いロシア人の天体物理学者たちにいつも付き添っていた。若い天体物理学者たちが彼をまく方法をしょっちゅう考えていたので、イワネンコは彼らの監視人なのだろうとわたしたちは見当をつけていた。

スティーヴンがモスクワを訪れたのには、ふたつの目的があった。何よりもまず理論家である夫は、ブラックホール発見の実際的な問題に取り組みはじめていた。それにあたって、アメリカ人の物理学者、ジョセフ・ウェーバーの例にならっていた。ウェーバーはひとりで奮闘し、星が崩壊してブラックホールになるときに発生すると予想される、重力波のごく小さな振動を検出する装置を組み立てた。わたしたちはいくつもの午後を費やして、ケンブリッジの使われていない真空室を研究に利用するため、散らかった部屋をゴシゴシ磨いた。どことなくヒース・ロビンソンの描く絵に出てきそうな、手が込んでいながら単純なことしかできない装置を思わせたが、欧州大陸でウェーバーが造りあげたものを補完するべく、重力波検出装置を液体窒素に沈めて設置した。こうしたブラックホール研究はモスクワの大学でも、実験物理学者のウラジーミル・ブラギンスキーによって始められていた。ブラギンスキーは、実験室を案内してくれて、実験で使った合成ルビーの残ったかけらを気前よくわたしにくれた。科学に関する優れた先見の明は、社交的な性格の影に隠れていて、半公共の場でさえも政治的なきわどい冗談を飛ばすのが好きだった。ある日のディナーの席で、ウォッカとグルジア(現ジョージア)のスパークリングワインでの度重なる乾杯を挟みながら、ブラギンスキーはジョークを連発してみんなの心をつかんでいた。全部が全部、おかしくてたまらなかったわけではない。彼のジョークの大半は、政治的な鋭さがあった。たとえば、移動手段に関するこんなジョークとか。

アメリカ人、イギリス人、ロシア人が移動手段について比べていた。

アメリカ人が言った。「当然、車は三台必要だよ。一台は自分用、一台は妻用、一台は休暇用のキャンピングカーだ」

イギリス人が控えめに言った。「ぼくらには、町中で運転する小型自動車が一台と、休暇用のファミリーカーが一台ある」

ロシア人が言った。「いやあ、モスクワは公共輸送機関が実に便利だからね、町で車は必要ないんだ。休暇に出かけるときは、戦車に乗って行くよ……」

スティーヴンがモスクワに来たのは、ロシア人の科学者たちと話をするためでもあった。彼らの多くはユダヤ人で、旅をする自由が厳しく制限されていた。気性の激しいヤーコフ・ボリソヴィチ・ゼルドヴィチは、四〇年代と五〇年代にソビエトの核兵器開発の先頭に立った人物だ。五〇年代後半から六〇年代初めに、同じような立場のアメリカ人、ジョン・ホイーラーみたいに、ゼルドヴィチは興味の対象を天体物理学に移した。重力崩壊して爆発する星の内部の状態は、水素爆弾の内部の状態に酷似していた。その結果、ゼルドヴィチはブラックホール研究のいちばんの権威者になった。しかし、それまで従事してきた研究の秘密を守るため、鉄のカーテンの裏から出てきて西欧を訪れ、ブラックホールが引き起こした国際的な興奮を存分に分かち合うことは望むべくもなかった。ゼルドヴィチのチームが生みだした、重力崩壊して爆発する星の独創的な研究は、彼に代わって内気で神経質な若い同僚、イーゴリ・ノヴィコフが外の世界に広めた。ノヴィコフとスティーヴンは、研究における関係を深めていった。

ゼルドヴィチと同様に、研究チームの一員であるユダヤ人の物理学者、エフゲニー・リフシッツも旅を制限されていた。才能ある大勢の学生たちも、切望する初めての旅行の許可がおりるまで、まだ何年も待たなければならないと知っていた。初めての許可がおりれば、それ自体が今後のさらなる旅を認められるパスポートになった。

キップはロシア人の友人たちとこの話題について何度も話し合い、スティーヴンとわたしは交流の隠れ蓑(みの)になった。ある晩、それまで成功していた作戦は、思わぬ失敗に終わった。滞在中、わたしたちはボリショイ劇場の切符を山のようにもらっていた。オペラの『ボリス・ゴドゥノフ』、『イーゴリ公』、バレエの『眠れる森の美女』、『くるみ割り人形』。スティーヴンはオペラはぜひとも観に行きたがったけれど、バレエはまったく気が進まない様子だった。確かに、ケンブリッジのアーツ・シアターで『ジゼル』が上演されたとき、スティーヴンと一度だけいっしょにバレエを観に行ったが、彼は第一幕の上演中に頭痛を訴えて、幕間に家に連れて帰るしかなかった。帰ったとたん、頭痛は奇跡的に治まった。モスクワでは、オペラのときはいつも余裕のある時間に着席していたのだが、『くるみ割り人形』を観るためボリショイ劇場に到着したときには、扉がもう閉まりかけていた。大急ぎで横の通路に誘導され、背後で扉がさっと閉まった。キップはバレエを隠れ蓑にして、研究者仲間のウラジーミル・ベリンスキーとモスクワの町に抜けだし、科学のみならず政治についても内密に話し合うつもりでいたのに、出るに出られなくなってしまった。キップはわたしたちが席に着くのを手伝うため、いっしょに劇場に入ったのだ。扉を閉められてしまったので、キップは『くるみ割り人形』の第一幕から幕間までじっと座っているしかなく、そのあいだベリンスキーは、外のロビーで彼が出てくるのを待っていた。ともかくも、スティーヴンには不幸の道連れができた。

裏でこうしたスパイのような作戦がこっそり進行していることは承知していたけれど、スティーヴンの科学者仲間たちは、ほかの人たちには認められていない自由、思考の自由というものを、限られた方法の中で楽しんでいるようだった。共産党の官僚は無知ゆえに、難解な科学研究の重要性を推し測ることができずにいた。その結果、科学者たちは慎重にふるまってはいたが、共産党の政策に従っていれば、邪魔をされずに研究が続けられた。アンドレイ・サハロフのように、政治的に公然と体制批判をしない限りは。

物理学に対する取り組み方が同じだったので、スティーヴンはロシア人の科学者たちと上手くやっていた。スティーヴンと同じく、彼らはどんなことでも核心だけを問題にし、些末なことには興味がなかった。すべての理論が頭の中に入っているスティーヴンにとって、些末なことは明快な思考の妨げになった。スティーヴンと同じく効率的に、彼らは森をはっきり見るために枯れ枝を取り除いていた。物理学であれ文学であれ、どんな話題について議論していても、このやり方を取っていた。彼らはツルゲーネフやトルストイ、チェーホフの作品に描かれている、過去の世界から飛びだしてきたような印象を与えた。彼らは芸術や文学について話した――ロシアの巨匠やシェイクスピア、モリエール、セルバンテスやロルカについても。フランコ政権のスペインにいた学生時代の知人たちのように、どんなときでも詩を暗唱し、自ら詩を作った――スティーヴンに捧げる詩を含めて。彼らにしてみれば、また抑圧的な支配体制になったところで、どうでもよさそうだった。この国はずっと全体主義体制で治められてきていて、民主主義を経験したことがないので、前の世代のロシア人たちと同じく、彼らも芸術や音楽、文学に慰めを求めてきた。ソビエトの唯物論に支配された社会にあって、文化が心のよりどころになっていたのだ。わたしは彼らを通して、この国の魂に触れられる気がした。川と樺の森の広がる寂しい景色に、追放されたわが子を引き戻してばかりいる、母なるロシアの悲しみに沈んだ魂に。厳しい人生を背景にして、彼らの個性は光を放っていた。近代的なモスクワの、もの寂しいコンクリートブロックの影から、もはや機能を果たしていないけれど保存状態が良い教会の金色のドームがひょっこり現れて、灰色のわびしさを輝く光で照らすみたいに。

このロシアの科学者たちは、科学について話し合うだけじゃなく、文化の見学にも喜んで案内してくれた。たいていは、このふたつの組み合わせで日々を過ごすことになり、観光と同時に科学に関する議論をするのだった。わたしたちはクレムリンの金色のドーム屋根を持つ大聖堂を見学した。余計な世話を焼く共産主義は、この大聖堂から宗教的な機能を取りのぞいていたが、神聖な雰囲気まで奪うことはできなかった。わたしたちは祭壇の壁に並んだ肖像に見とれ、準宝石の床をまじまじと眺めた。トレチャコフ美術館やプーシキン美術館をのんびり回り、トルストイの素朴な木造の家を訪れた。きしむ階段の踊り場では名刺を受け取ろうとぬいぐるみのクマが待ち構え、奥には小さな部屋があった。その部屋で偉大な作家は、情熱を燃やしていたもうひとつのこと、靴作りにいそしんだ。わたしはトルストイの庭で、鮮やかな黄色や茶色、オレンジに色づいたカエデの落ち葉を拾った。

わたしはいまも機能している教会を見せてほしいと頼み、赤、緑、白と華やかに飾り立てられたモスクワの聖ニコラス教会と、郊外にあるノヴォデヴィチ女子修道院に連れていってもらった。嘆き叫ぶような聖歌や、偶像に口づけを捧げる年配の信者のくぐもった呟きにもかかわらず、どちらの場所からもあまり神聖さが伝わってこなかった。わたしたちの滞在する部屋の窓から見えて、巨大なホテルの影で縮こまっている、打ち棄てられた空っぽの小さなふたつの教会ほどには。ふたつの教会のひとつはレンガ造りで、頂部に金の十字架がついている。もうひとつは金色のドームに過ぎない。共産主義体制が組織化された宗教を禁じたことで、人々の内なる霊性がかえって高められたようだった。内なる霊性は受け入れる者にとっては常に存在し、受け入れない者にとっては無縁なものである。

この宇宙旅行の時代に、わたしたちは創造的で威厳ある仲間たちひとりひとりの暮らしを通じて、過去へと引き戻された。道路を走る車はまばらで、人々の所有する物は少なく、着ている服はパッとしなかった。医療費が無料だとはいっても、ソビエトの病院や医師は、なるべくコストをかけないようにしているらしかった。滞在二週目にスティーヴンは、ヒドロキソコバラミンの注射を打つ必要があった。ビタミンを補う注射で、ケンブリッジではシスター・チャルマーズが二週間おきに注射しに来てくれている。科学者仲間が苦労しながらホテルに医師を呼び寄せてくれた。部屋に入ってきた相手をひと目見たとたん、セント・オールバンズ中等学校の恐るべき勇猛な体育教師、ミス・ミクルジョンかと思った。医師は黒い鞄の中から道具を取りだした。腎臓形をしたスチール製のボウル、金属製の注射器、ひと揃いの再生可能な針。スティーヴンもわたしもたじろいだ。それでも、いつものように冷静に、スティーヴンは痩せた身体にとりわけ先端の丸くなった針を刺されるあいだも、おとなしく座っていた。いつものようにびくびくして、わたしは顔をそむけた。

ロシア人の友人たちが食料を買っている店の、灰色のレインコート姿の果てしない行列は、幼い頃に見た戦後のロンドンの記憶を甦(よみがえ)らせた。赤の広場にある国営百貨店のグムであれ、近所の店であれ、お客がどんな品物でも買う気をなくすような仕組みがわざわざ考えられているようだった。お客はまず、欲しい品物が棚にあるかを確かめるために列に並び、次にレジで前もって代金を支払うために列に並び、最後にレシートを持って最初の列に並んで品物を受け取らなければならない。優遇された外国人として、わたしたちは旅行者向けの店、ポンドやドルを落とさせたがっているベリョースカ・ショップで買い物をすることができた。この店では、木のおもちゃや色鮮やかなショール、琥珀(こはく)のネックレス、絵付けのトレーなどが豊富に揃っていた。

別のベリョースカ・ショップでは、外国人旅行者はブドウやオレンジ、トマトといった、平均的なロシア人にとっては贅沢(ぜいたく)品の、輸入物の生鮮食品を購入できた。おそらく一流であるはずのホテルで提供される食事を判断基準とするならば、普通のロシア人はヨーグルト、アイスクリーム、固ゆで卵、黒パン、キュウリといった、いつも手に入るとは限らない必要最低限の食事を頼りに生きていた。ホテルがどうにか用意した肉でも、粉まみれのリッソウル[*1]の中にほんのちょろっと隠れているか、靴用の革にするしかないほど味がせず嚙み切れないものだった。

ロシア人の科学者たちが、わたしたちを自宅に自由に招くことができないのは、意外ではなかったけれど、注目すべき例外がひとつだけあった。モスクワで過ごす最後の夜、わたしたちはイサーク・ハラトニコフ教授の家に夕食に招かれた。ハラトニコフはにこやかでおおらかな性格で、わたしたちは一九六五年に結婚する直前にロンドンで開かれた一般相対性理論会議で知り合った。タクシーで着いた先は、モスクワ中心部の川のそばにある立派なアパートメントだった。

モスクワで家庭生活を営むことの大変さは、同世代の人たちから聞き及んでいる。アパートメントは不足していた。住居の権利は共産党内の地位によって決められた。新婚の夫婦が、ふたつしか寝室のないアパートで、両親たちといっしょに住むこともしばしばあった。その後、家族はさらに上の世代で存命の家族、特におばあさん(バブーシュカ)を家に迎えることになった。娘や義理の娘が仕事に出ているあいだ、家事と子どもの世話をしてくれるので、これほど窮屈な環境でも、おばあさんの存在は欠かせないと言っても過言ではなかった。そんなわけで、ハラトニコフのアパートメントがとても大きく、広々としたいくつかの部屋にたくさんの家具が置かれ、テレビとハイファイまで完備されていることに、わたしたちはびっくりしてしまった。そのうえ、テーブルに並んだ料理は、西側のディナーパーティーでだされてもおかしくない、正真正銘のごちそうだった。キャビア、肉、野菜、サラダに果物は、贅沢で美味しかった。スティーヴンとわたしは感謝しながらも不思議だった。平等であることを喧伝(けんでん)している社会で、なぜこの家族はこんな派手で気ま

＊1：パイ皮に肉や魚を包んで揚げるか焼くかした料理

まな暮らしを謳歌しているのだろう？　いつものように、キップが答えをくれた。それはイサーク・ハラトニコフの名高い科学者としての身分とは、なんの関係もなかった。彼の妻のコネがもたらした結果だった。わたしが贈った繊細なコスチューム・ジュエリーなどミスマッチな、体格の良いブロンドのワレンティナ・ニコラエヴナは、ほかならぬ革命の英雄の娘だった。すべてが公平だと言われるこの国では、ほかの人々よりもさらに公平な扱いを受けられる者もいた。ワレンティナ・ニコラエヴナはその出自のおかげで、優先的な住居やベリョースカ・ショップで食料を買う権利を含め、新しい貴族のあらゆる特権を受ける資格を与えられていた。

トルストイの庭で拾い集めたカエデの葉は、数週間の滞在中に目にしたモスクワを見事に象徴するものだった。九月の半ばに、渦を描く吹雪の中をロンドン行きの飛行機が飛び立ったとき、ほかの乗客たちといっしょに喝采しながら、わたしは心からホッとしていた。雪と同じく秋の葉は、わたしたちが当たり前だと思っている言葉、表現、思考、活動の自由がすべて永久に凍りついた国に、冬の到来を告げていた。それでも落ち葉の鮮やかな色は、抑圧に屈しない友人たち、政治の荒廃した地に打ちあげられた勇敢な人たちを讃えていた。ケンブリッジに冬が近づいた頃、わたしたちは落ち葉やお土産、木彫りの踊っているクマや手塗りの磁器といっしょに、ソビエトの圧制という嬉しくない遺産を持ち帰ってきたことに気づいた。帰国してから数週間、わたしたちは壁に耳ありを恐れて、自宅で気兼ねなく会話することができずにいたのだ。ロシア人の友人たちが四六時中こんな精神的プレッシャーのもとで暮らしているのだとすれば、ますます彼らに感嘆するばかりだ。わたしは子どもたちとまたいっしょに過ごせることに心が浮き立っていたけれど、そんなロシアの実情を思うと、身の引き締まる思いがした。彼らの置かれている状況の中で、どうすればまともに生きていけるのだろう?

その年のクリスマスの時期、わたしと母はロイヤル・フェスティバル・ホールで催されるロンドン版の『くるみ割り人形』のバレエに子どもたちを連れていった。ルーシーはこの演目にすっかり魅了されて、それからというもの、自分をバレエのヒロインである少女のようにクララと呼ばせたがった。ルーシーは暇さえあればすり切れたレコードに合わせて踊り、リビングルームの端から端まで走り、小さな足を片方蹴りあげると、向きを変えて反対の壁まで走るという、独自のコサックダンスを編みだした。父親が父親なら息子も息子で、ロバートはバレエにあまり夢中にならず、父親の好きなクリスマスのお楽しみ、パントマイムのほうが良かったようだ。バレエの前半のあいだじゅう、ロバートはそわそわしていて、後半が始まるとすぐに、幕間にオレンジスカッシュを飲み過ぎたという反論の余地のない口実をつけて、おばあちゃんを観客席から引っ張っていった。席に戻ることを許されなかったので、母は公演の残りをロビーにある画面越しに観るしかなく、そのあいだロバートはテムズ川を往復する遊覧船を満足そうに眺めていた。

10
冷たい風

ケンブリッジで迎えたその年の冬、政治的な類いではないが、自分たちなりにプレッシャーのかかる事態に直面した。ポーランドでの会議とモスクワ訪問、加えて前年にレ・ズッシュで発見した事柄から、ブラックホール研究には新たな可能性と問題が生じていた。物理学者は誰もが皆、賢者の石を発見したいと密かに狙っている。これまでのところはまだ公式化されていない統一場理論、それを完成させればすべての物理現象を統一することができるのだ。統一場理論は宇宙の大域的構造——スティーヴンがジョージ・エリスと共著した本のテーマだ——を素粒子物理学や量子力学の小規模な構造、電磁力学理論と調和させることになった。一般相対性理論と熱力学の法則の不思議な類似から、ブラックホールは皆が追い求めているこの目標の、第一段階への鍵となるかもしれないという期待を抱かせた。

これほどまでに魅力的な目標だったので、スティーヴンは出席できる会議があるたびに、世界じゅうの科学者たちを相手にモスクワでの議論を熱心に続け、起きている時間はずっと考え事に没頭するようになった。懸念する海外旅行の問題も定期的に持ちあがった。わたしは自分の言い分をくり返していたものの、物理学の未来がかかっているというときに、子どもを置いていくのがつらくてたまらないという理由は、説得力に欠けるようだった。

それに加えて、スティーヴンが夜も週末も長いこと、ロダンの『考える人』みたいに低く垂れた頭を右手で支え、別の次元に運ばれて、わたしにも周りで遊んでいる子どもたちにも手の届かない場所へ行ってしまうことに、わたしはとまどっていた。いくらブラックホールの物理学がひどく頭を使う難題だといっても、そこまで深く自分の考えに没頭することが、理解できなかったのだ。初めのうちは、スティーヴンが数学の問題に夢中になっているのだと思い、何を考えているのかと明るく尋ねてみたけれど、彼はたいてい返事もせず、わたしはすぐ不安になった。車椅子の座り心地が悪いのか、具合が悪いのかもしれない。今度の会議に同行するのを断ったせいで、気を悪くさせたのだろうか？　尋ねてもやっぱり返事はないか、いいかげんに首を振るだけなので、わたしの想像力は手がつけられなくなり、こうしたすべての要素とほかのさまざまな理由、とりわけ体調の悪化に対する失意が、耐えがたいほど夫の心に重くのしかかっているのではないかと思いはじめた。なんといっても、スティーヴンの態度は、昔から芸術家が憂鬱を描いたときの姿そのものだった。

間違いなく、スティーヴンの話す言葉は不明瞭になってきていて、ろれつの回らない発音を正そうとするには、言語療法士のうんざりするような指導が必要だった。夫の話をまったく理解できない人もいて、そういう相手のことは、耳が遠いか頭が悪いのだと思うようにしていた。スティーヴンは大がかりな行動に加えて、服を着たり入浴したりといった細々した用事についても、わたしの助けを必要とした。車椅子や車の乗り降り、お風呂やベッドに入るのも身体ごと抱えなければならない。食べ物はスプーン一本で食べられるよう小さく切る必要があり、食事の時間は長くかかった。わが家の階段は、いまでは大きな障害になっていた。スティーヴンはいまも、自分の身体を引っぱりあげて階段をあがることはできるし、そうすること自体が運動として勧められていたが、念のため誰かが後ろに立っていないといけなかった。夫が家を離れるとき、わたしにずっと付き添っていてほしいと願うのは、当然のことだった。世界を旅するチャンスなのに乗り気じゃないことへの鬱積した罪悪感と、コミュニケーション不足に対するイライラのせいで、わたしは不安と絶望に陥った。まるでブラックホールに落っこちた旅人の気分だ――どうにもできない力によって、スパゲッティみたいにぐいぐい引き延ばされている。

二、三日が過ぎると、スティーヴンはひとりの世界から抜け出てきた。そして勝ち誇った笑みを浮かべて、物理学の重大な問題をまたひとつ解き明かしたと知らせるのだ。無事に落着するまで、こうしたエピソードを笑い話にはできなかった。新たにこういう状況が訪れるたびに、前回とはちょっとずつ様子が違っているため、いつまでたってもその徴候を見分けることができなかったのだ。あの頃のわたしは、スティーヴンが本当に具合が悪いのではないかと、いつも心配していた。毎回、夫の成功を称賛していたけれど、子どもたちとわたしがあの抗しがたい女神と戦っていることに、内心では気づいていた。一九六五年のアメリカで初めて遭遇した、子どもたちから父親を奪い、妻から夫を奪う、物理学の女神と。アインシュタイン夫人が離婚手続きの際に、第三当事者として物理学を挙げたことを思いだした。

スティーヴンにとって、ひとつのことだけに集中しているこの期間は、十一次元で物を考えることを可能にする、内なる静かな強さを養うのに有効な修練なのかもしれない。わたしが話をしたがっていることに気づいていないのか、それとも関心がないのか、理由はどちらかわからないが、そんなとき夫は自分の殻にすっかり閉じこもってしまう。わたしにはその期間が苦痛でたまらず、特にラジオやレコードプレーヤーでワーグナーのオペラ、中でも『ニーベルングの指輪』を最大音量で長々と流されるときがつらかった。自らの声を押し殺し、わきあがる思いを抑え込んでいたけれど、その頃にわたしはワーグナーが大嫌いになった。音楽は力強く、そのあまりの力強さに、催眠術をかけるようなコードと感情を揺さぶる抑揚の官能的な享楽に、否応なく引き込まれてしまう。だけど、わたしには日々やることがあり、買い物、料理、家事、子どもの世話、スティーヴンの世話という、終わりのない仕事を休む時間は少しもない。キッチンやバスルーム、最上階の子ども部屋にいるときでさえも、心を奪うハーモニーと不協和音で巧みに取り入り、誘い込もうとする音楽の力を、意識せずにはいられなかった。その誘いと漠然とした緊張感を無視しようとしたものの、頭が混乱した状態では、抵抗するのも無理がある。わたしの根本にあるのは、地中海の文化の明瞭さだ。どの英雄も早死にして、混沌と悪が勝利を収めるよう運命づけられた、北欧神話の暗い脅威ではなかった。スティーヴンは物理学に魅せられるように、ワーグナーの音楽の持つ力に魅せられていたのかもしれない。どちらも彼にとっての宗教になっていたのだから。でも、わたしは地に足をつけたままでいなければならなかった。あの音楽の暗い圧制に屈することを自分に許してしまえば、これまで周りに築きあげてきたものが崩壊し、粉塵（ふんじん）に成り果ててしまうだろう。わたしの中でワーグナーは、邪悪な天才、支配者民族の哲学者、アウシュヴィッツの陰の悪魔、そして潜在的に疎外する力を象徴する存在になった。とにかく、わたしは若すぎて、これほど大きな精神的プレッシャーにうまく対処できなかったのだ。

ありがたいことに、わたしたちが日常的に楽しむ音楽はワーグナーに限定されてはいなかった。スティーヴンは本当に趣味が広く、ワーグナーの崇拝者でありながら、ギルバート・アンド・サリヴァンのファンでもあった。

スティーヴンが考え事に没頭しているけど幸いワーグナーが流れておらず、一日を彩るすべてのことが片付いて子どもたちがようやく眠ったとき、自宅で過ごす孤独な夜を埋めるため、わたしはとても小さなピアノを買った。ロバートにレッスンを受けさせるべきだと口実をつけて。誰もが当然のようにピアノを弾ける環境にあって、わたし自身が本気でレッスンを受けたいのだと認めるのは恥ずかしかった。わたしは退職した学校教師から何度かレッスンを受けた。その先生はわたしの野望に同情して、もうピアノを覚えるには年を取りすぎていることを、気を遣って黙っていてくれた。先生はこの困難にうまく対処して、セオリーとハーモニーの基礎を教えて、嬉しいことに、弾く曲を自分で選ばせてくれた。ロバートもレッスンを受けていた——ト音記号になって踊っている妖精たちと、へ音記号になって足を踏みならしている巨人たちの絵を描いてくれる、若い先生のもとで。

前はあんなに楽しそうで活発だったのに、学校が始まってからというもの、ロバートはずっとおとなしくなり、内気になっていた。地域の教育政策に従って、ロバートはたった四歳三か月で、学校に通いはじめることを強いられた。どう考えても早すぎる。あとになって何かで読んだが、四歳の子と五歳の子の精神の差は、七歳の子と十一歳の子と同等の差があるらしく、そんなに幼い頃から学校に通わせはじめると、子どもの発達に悪影響を及ぼすということだった。ロバートは恥ずかしがり屋の小さな男の子だ。お昼休みに何をしていたのかという質問に対し、息子が何気なく口にした答えを聞いて、わたしは悲しくてたまらなくなった。

「えっとね、階段にただ座ってた」ロバートは肩をすくめてそう答えたのだ。

ロバートの通う初等学校は、アカデミックな背景を持つ覚えの早い生徒の能力を最大限に引きだすことで評判が高く、早く読める子が早く向上するという、本質的に文学を専門とする学校だった。数年後に、創造力と文学の才能にあふれたルーシーは、この学校で見事に花開いた。けれどロバートは、読むのがとても苦手だった。赤ちゃんの頃に大量の薬を飲んでしまったときの後遺症が遅れて出たのかもしれない、と心配していたが、義母の言葉に慰められた。ロバートは父親にそっくりよ、スティーヴンは七歳か八歳になるまで読めなかったんですからね、と義母は言ったのだ。ロバートが読めるようになるなら何を読もうとかまわない、とスティーヴンは賢明な主張をしたので、わたしたちは息子に『ビーノ』[*1]や、思いつく限りのジョーク集をしきりに勧

＊１：英国の子ども向け漫画週刊誌

めた。おかげで食事のたびに「コン、コン」、「どちらさま?」で始まる色々なジョークが果てしなく続き、ロバートの読書能力は劇的に進歩した。

七〇年代初め、失読症は教育現場で周知されていない症状だった。今日(こんにち)では、レオナルド・ダ・ヴィンチもアインシュタインもおそらく失読症だったとされている。もしかしたらスティーヴンは失読症で、ロバートもそうらしいと思っていたけれど、学校では読書の補習授業があるだけで、国の教育制度には失読症に対する特定の支援がなかった。良くて怠け者、悪ければ知的発達障害と分類され、五歳にして平凡な将来に委ねられることになった。ロバートが知的発達障害のはずはなかった。ある日の午後、庭いじりをしているときに、四歳の息子は真剣な顔で「ママ、神様は誰の身体に生まれたの?」と質問したのだ。五歳のとき、この子はピアノの前に座って、マイナスの数字の概念をわたしに説明してくれたのだ。「ほら、ママ、ドの音からあがっていくのは、全部プラスの数字で、ドからさがっていくのは、全部マイナスの数字なんだよ」

学校が計算能力よりも文学を重視していることは、ロバートにとって思わしくなかった。息子がちょうど六歳になったとき、新任の女教師が上級数学のグループを作ると発表した。わたしはロバートをそのグループに入れてほしいと頼んだ。先生は明らかに笑いをこらえていた。

「ですけど、ロバートは読めないんですよ! それで数学ができるとでも?」先生はそう異議を唱えた。

わたしは譲らなかった。「お願いですから、あの子にやらせてみてください」

先生は懐疑的ではあったものの、三週間はロバートを授業に参加させてくれることになった。その期間、ロバートは上級数学で何か困っている様子もなく、前よりずっと肩の力が抜けているようだった。三週間が終わる頃、息子は先生からの伝言を持ち帰った。放課後、わたしと話がしたいとのことだった。先生はわたしに会いに校門まで出てきた。

「ミセス・ホーキング、あなたに謝らなければなりません」先生はおもねるように言った。「息子さんを上級数学のグループに入れてほしいと頼まれたときは、まさかロバートが授業についていけるとは思っていませんでしたが、わたしは間違っていました。ロバートは数学が並外れて得意で、どの生徒よりもずっと進んでいます」

けれど、この数学のグループは、先生が出産のため辞めてしまったので、たったの二期で早すぎる終わりを迎え、ロバートはふりだしに戻った。スティーヴンとわたしは社会主義的な方針に従って、子どもたちは公立学校に通わせようとのんきに決め込んでいたのだが、ロバートに必要なものはわたしたちの政治的方針とは折り合わず、忠誠心が真っ向から対立することになった。公立学校の制度は、これまでのところロバートに合っていなかった。息子は得意な教科、特に数学については褒められ、苦手な教科、特に読み書きについては酷評ではなく励ましを必要としていた。ひとりひとりに目が行き届く少人数制の授業を受けるには、私立学校に行くしかない。とはいえ、科学名誉特別研究員という聞こえの良い肩書きがあっても、私立学校に通わせられるほどのお給料はもらっていなかった。一九七二年にフレッド・ホイルが辞めたあとの天文学研究所と、一九七三年には応用数理学科でも研究助手職に任命されていたが、こちらも同様だった。ところが、例のごとく運命の皮肉な展開があり、学費が払えることになった――悲しい理由によって。

一九七〇年、ルーシーが生まれて間もない頃、スティーヴンの孤独な叔母のミュリエルが亡くなった。母親を亡くしたあと、新しく手に入れた自由を謳歌する代わりに、ミュリエル叔母さんはただ衰弱していった。たとえば世界一周旅行をするとか、自分のために遣えたはずのお金を、叔母さんはあてにならない未来に備えて慎重に貯めていた。未来は訪れることがなく、遺産は甥や姪の子どもたちが受け取ることになり、その中には叔母さんが特に溺愛していたロバートも含まれていた。遺産だけでは、長年にわたって教育費を払いつづけるには足りなかったけれど、スティーヴンの父親に同額をだしてもらうと、かなりの家賃収益をあげられそうな小さな家を一軒買えるだけの金額になった。収入の半分をスティーヴンの両親が受け取り、残り半分でロバートの学費がじゅうぶんまかなえた。ケンブリッジはこういう投機をするのに向いている町だった。土地はまだそこそこ安く、流動的に科学者たちが訪れていたので、賃貸物件には一定の需要があったのだ。わが家をリフォームした経験から、わたしがこのプロジェクトを任されることになった。既に手いっぱいで時間が足りないのに、新たに家を購入して改修し、貸しだすことになり、わたしの負担はさらに増えた。他人が部屋を汚して暮らしているのを見るとげんなりしてしまったが、高くなるいっぽうの学費を貯める必要があることは重々承知していたので、年に一、二度は刷毛を手に取り、一週間ほど集中してひとりでペンキ塗りにいそしむよりほかに選択の余地はなかった。ときには、夏の滞在者を満足させるため、もっと頻繁にペンキを塗り直すはめになった。

こうした厄介で疲れる仕事のせいで、論文に取り組むエネルギーも時間もますます減っていった。初めの章を書くための資料は集めてあり、独自の新たなアイデアもいくつか思いついていた。ハルチャと雅歌の言葉に似通ったところがあることに気づき、ムーア人の支配下にあったキリスト教徒の先住民の賛美歌であるモサラベの賛美歌とハルチャに、著しい類似性を見つけていた。不測の事態が起こらなければ、スティーヴンを研究室に連れていったあと、ルーシーが保育園にいるあいだ、午前中に一時間ほど論文のための時間を確保できるかもしれなかった。自分の研究が遅れないよう進めていこうとすると、それだけでいっぱいいっぱいだった。中世研究のほかの分野まで理解を広げるなんてもう無理で、ましてやルーシー・キャベンディッシュ・カレッジのディナーの席で議題にのぼる畑違いのテーマについて調べるなんて、できるはずもなかった。わたしは政治や世界情勢に疎くなり、読書をする時間もほとんどなかった。

ルーシー・キャベンディッシュで気安くつき合える相手は、ハンナ・スコルニコフだけだった。エルサレム出身でエリザベス朝の学者であるハンナは、戦争で荒廃した祖国の緊張状態から離れて、ケンブリッジでつかの間の休息を楽しんでいた。ハンナとわたしには、たくさんの共通点があった。置かれている状況は確かに違っていたが、ふたりとも頑張って普通の暮らしを送ろうとしていて、緊張した不安定な背景に屈することなく、わたしはロバート、ハンナはアナットという、どちらも三歳の子どもを育てていた。知り合ったとき、わたしはルーシーを産んだばかりで、ハンナは二人目の子どもを妊娠中だった。次の夏にハンナの娘のアリエルが生まれた頃には、わたしたちは一生の友だちになっていた。そのうえ、ハンナの夫で古典哲学者のシュムエルは、スティーヴンが知的な議論をするのにぴったりの相手だった。もっと長いつき合いで、わたしたちを前からよく知っているはずの多くの人たちよりも、ハンナとシュムエルのほうが直感的にずっとよく理解してくれた。シュムエルのサバティカル[*2]が終わり、夫婦が幼い子どもたちを連れて不安そうにイスラエルへ帰ってしまうと、ルーシー・キャベンディッシュ・カレッジに出席しようという意欲がさらに低下してしまい、わたしはますます孤立して取り残されていった。

そんなことは大した問題じゃなかった。スティーヴンのキャリアのほうが、わたしのキャリアよりずっと大事なのは明らかだ。夫は物理学という池に大きな飛沫(しぶき)をあげる運命だが、わたしは言語の研究で水面にほんの小さなさざ波でも起こせればいいほうだ。それに、自分にしょっちゅう思いださせているように、子どもたちの存在には心を慰められている。ふたりとも元気で面白く、可愛い大切な子たちだ。障害による人との違いに気を取られ、スティーヴンを意地悪な目でじろじろ見ていたはずの大勢の人たち――彼を不具などと呼ぶような人たち――は、重度の障害を持つ父親が、どちらも輝く完璧な奇跡としか言いようのない、素晴らしく美しい子どもたちといっしょにいる光景に、見るからに困惑していた。スティーヴンは子どもたちを自慢に思うことで自信を得ていた。「この子たちはぼくの子どもだ」と言うことで、疑うような顔つきの傍観者たちに恥ずかしい思いをさせることができた。子どもたちの純粋さと無邪気さ、ユニークな物言いと物事に驚く気持ちに、わたしたちは大きな喜びを分かち合い、心からお互いを思いやる瞬間が次々と訪れた。そうした瞬間にわたしたちの絆は強まり、自分たちだけではなく家や家族、さらには大切に思うすべての人たちとの絆が深まっていった。家族が、わたしたちのこの家族が、わたしの存在理由になっていた。

＊2：大学教授などが旅行や休養、研究のため、通例七年ごとに半年または一年間取得できる有給休暇

11 綱渡り

社交の場から親しい友人たちが徐々にいなくなっていくことは、弱っている心の慰めになるはずもなかった。中等学校やカレッジでできた友だちとは、滅多に会わなくなっていた。彼女たちは海外に移住したか、よその町で家族を育んでいるかのどちらかだった。ここ数年でできた友人はそれぞれの道を進み、どこで仕事をするのであれ、昇進の階段をあがるためにケンブリッジを去っていた。わたしたちの結婚式でスティーヴンの新郎付き添い役を務めてくれたロブ・ドノヴァンは、妻のマリアンと幼い娘のジェーンを連れてケンブリッジを離れ、エディンバラに行ってしまった。それ以来、たまにしか連絡を取り合わなくなっていたけれど、いざ会えるときには、強い絆で前と変わらずにぎやかに旧交を温めた。

ブランドンとリュセットのカーター夫妻とも、いくつもの週末の午後をいっしょに過ごしてきたが、まだ赤ちゃんの娘のキャサリンを連れて、フランスに移ってしまった。ブランドンがムードンにあるパリ天文台の観測所で研究職に就くことになったのだ。この天文台はケンブリッジの天文台に似ていて、お城の敷地にあり、パリの素晴らしい景色を見渡せた。ケンブリッジの知り合いの中で、唯一フランス語で話ができる相手だったこと以外にも、リュセットがいないのをひどく寂しく思う理由はたくさんあった。彼女は尊敬すべき数学者で、賢くてはっきり物を言うけれど、決してうぬぼれることがなかった。心から人に興味を持ち、熱心に家族を理解しようとする姿は、彼女が交わっていたケンブリッジの学者らしくなかった。音楽の才能や想像力に富み、繊細な詩心に恵まれていた。教会の庭の木や花、色や香りへの叙情的な喜びを通して、わたしにプルーストを紹介してくれたのはリュセットだった。

いちばんショックが大きかったのは、エリス家との別れだ。彼らはただ別の仕事のためにケンブリッジを去るのではなく、結婚生活にピリオドを打つためだったので、特に胸が痛んだ。わたしたちはエリス夫妻に自分たちをすっかり重ね合わせていたため、ジョージとスーが離婚したとき、わたしたちの家族まで危機にさらされているような気がした。それぞれふたりの幼い子どもがいるふたつの家族は、多くのことを共有し、お互いを支え合っていた。スーはルーシーの教母だった。わたしたちは歩調を合わせるようにして、家を買ってリフォームし、赤ちゃんを産み、休暇に出かけ、会議に出席した。ジョージとスティーヴンが『時空の大域的構造』を共著したいっぽうで、スーとわたしは母親であることのさまざまな危機や、物理学という女神と競い合う苦しさについて打ち明け合い、相談してきた。理論に基づいた宇宙の領域に深く没頭して、家族の手が届かないところに行ってしまい、外の世界の現実から自らを切り離してしまうという点で、ジョージとスティーヴンはよく似ていた。共に分かち合った同じような経験の数々は、ふた組の結婚生活に相互依存の関係を築きあげ、エリス夫妻の結婚が破綻を来したとき、わたしたちの結婚生活の堅実性も揺らいだ。

いまではケンブリッジを去ったカップルたちとの友情は、どれも特殊な状況で育まれていた。彼らはみんな、研究室やどこか別のカレッジでスティーヴンが知り合い、それがきっかけで友だちになった人たちだ。スティーヴンは夫たちと科学的な興味を分かち合い、わたしは妻たちと共通の関心を見つけていた。エリス一家が去ってしまい、とても親しかった四人の友情は尽きてしまった。わたしはお互いに深く共感し合える相手と友だちになろうとする傾向があった。自らも人生に悲しみの理由を抱えているか、障害者にとって必要なことの特別な知識を有しているか、そのどちらかの相手と。こうした代えがたい友情の中でも、特に誠実で誰よりも友情が長続きしたふたりの人物は、スティーヴンと直接的に関わる接点があった。

理学療法士であるコンスタンス・ウィリスのチーム——「パパを運動させる人たち」とロバートは呼んでいた——の中に、わたしと同世代でほっそりした金髪の女性、キャロライン・チェンバレンがいた。一九七〇年の夏、わたしがルーシーを妊娠しているのと同じ頃に、キャロラインも妊娠していたため、彼女は理学療法の施術をやめてしまった。リーズ校——彼女の夫が地理の教師をしていたケンブリッジのパブリックスクール——の近くに住んでいたので、わたしたちは連絡を取り合い、お互いに娘が生まれたあとは、さらに親しくつき合うようになった。わたしはますます障害に関わる問題のことばかり考えるようになっていた。時々、スティーヴンのみならず、子どもたちとわたしまで、家族みんなが罠で捕らえられそうになっている気がした。情報はないに等しく、わたしはキャロラインの豊富な専門知識を指針として頼りはじめた。彼女は実際的で陽気でありながら、同時にとても繊細だった。わたしたちがことあるごとに直面する数々の困難をよくわかってくれていて、舎監の妻として多忙を極めているにもかかわらず、たとえばより楽な姿勢や装備――車椅子用のクッションや、カリパス副木といったもの――について真剣に考えて答えてくれて、有益だと思われる先駆的な団体についても教えてくれた。

母親たちの伝統的な待ち合わせ場所である校門で、わたしはもうひとりのたくましい友人を見つけた。ジョイ・カドベリーの子どもたち、トマスとルーシーは、うちのロバートとルーシーと同い年だった。ジョイの控えめな優しさは、わたしが抱いているオックスフォードの卒業生のイメージを覆した。他人を顧みず高学歴を鼻にかけるようなことはまったくなく、いまの暮らしにはなんの関係もないことだというみたいに、学歴についてあまりしゃべろうとしなかった。ジョイはデヴォンの医者の娘で、オックスフォード大学を卒業後、心からの望み――小児科の看護師になること――をかなえた。わたしたちの置かれている状況に対して親身になってくれて、緊急事態にはいつでも子どもたちを預かろうとしてくれた。わたしが精神的な負担に耐えられなくなると、いつでもそっと手を差し伸べようとしてくれた。わかっていることが非常に少ない不治の変性疾患である運動ニューロン疾患に、ジョイはなじみがあった。四百キロ離れたところに住む高齢の父親が、同じ病気の末期にあったのだ。

デヴォンには、ジョイの実家からそう遠くない場所に、わたしの弟のクリスと奥さんのペネロぺという味方もいた。ブライトンで最初の一時的な仕事を勤めたあと、クリスはティヴァートンにある歯科医院で働くことになり、夫婦でデヴォンに引っ越したのだ。ペネロペは芸術家肌で、人柄や人間関係に興味があり、人の個性や影響力、感情、コミュニケーション方法――ホーキング家では禁止されているも同然の話題――について話したいというわたしの気持ちを理解してくれた。クリスとペネロペは、理解とサポートのわき出る泉みたいだった。問題は、ふたりがあまりにも遠くに住んでいることだ。

新しくできた知り合いのみんながみんな、キャロラインやジョイ、わたしの親類のように励ましてくれるわけではなかった。新しい友だちの中には、角度こそ違えど、わたしと同じく社会から取り残されている人がいた。たいていは彼女たち自身もサポートを必要としていて、わたしに助けを求めてきた。わたしは、明確に定義されている身体的疾患という、人生を支配する問題と向き合っていたが、それ以外の悲劇的な出来事については、時々ちらりと目にするだけだった。苦痛をもたらすさまざまな原因や複雑な状況に気づきはじめたのは、精神的にもっと成長してからだ。離婚して深く傷つき、感情的な問題や貧困に苦しんでいる人もいれば、家族から疎外されている人もいて、家から遠く離れているという人もいた。こうした境遇については客観的に見ることができたので、わたしは苦しんでいる人たちの助けになれるよう励ました。皮肉なもので、置かれている状況が自分と似ているほど、どうすればいいのかわからなくなった。

ある友だちが善意から、夫が多発性硬化症を患っているという看護師の女性に紹介すると約束してくれた。同じ経験をしている相手と慰め合えるかもしれないと思い、わたしは会えるのを楽しみにしていた。自分の抱えている問題——責任に押しつぶされそうになり、神経が張りつめ、ひとりで幼いふたりの子どもを育てるのと同時に、目の前で衰弱していく重度の障害を持つ夫の世話で疲れきっていること——については、口にするだけでも不誠実だと気が咎め、人にはなかなか話せなかった。スティーヴンは病気のことを決して話そうとしなかったが、文句も言わなかった。夫が高潔なまでに冷静でいることによって、わたしはほんの小さな不安を口にだすだけでも、罪悪感がますます大きくなった。でも、何より耐えがたいのは、コミュニケーションが不足していることだ。ときには、肉体的な負担や緊張をすべて合わせたよりも、つらく感じるほどだった。当初わたしは、同じひとつの目的に向かい、重くのしかかる苦難にあらがって共に戦うことで、達成感が得られるのではないかと期待していた。なのに、いまのわたしはただあくせく働いているだけで、ケンブリッジの学者たちが考える女性の典型に成り果てているようだった。愛する家族を守りつづけていくには、物理的な助けと精神的な支えが必要だとわかっていた。

　一度だけ、細心の注意を払いながら、思い切ってセルマ・サッチャーに苦悩を打ちあけたことがある。彼女の返事は、はねつけるわけではなくても、断固とした厳しいものだった。

「ジェーン、物事を変えられないときにわたしがいつも言っていることを、あなたにも言うわ。幸運を数えて、恵まれていることに感謝しなさい」

　誠実な返事だった。彼女の言うとおりだ。わたしには感謝すべきことがたくさんある——とりわけ、家族とスティーヴンのひたむきな努力と勇気に。わたしは困窮しているわけでもないのだから、神に選ばれた運命を受け入れ、信義を守り、懸命に働き、最善を尽くすよりほかに道はない。セルマ自身も、ふたりの幼い息子を亡くすという経験に向き合っていた。なんだかんだいっても、わたしは不幸ではない。誰もが望むような美しいふたりの子どもから、大きな喜びを得ている。銀色がかったブロンドの髪に、整った丸顔、好奇心あふれる大きな目をしたロバートと、鳶色の髪に、白鳥の羽毛みたいに柔らかい白とピンクの肌をしたルーシー。わたしはただ、くじけそうな夜や、身体的な負担、絶えずつきまとう不安と責任に、疲れているだけなのだ。悩みを打ちあけて楽になろうとしたことさえ恥ずかしくなり、今後は良いことだけを数えることにした。

例のごとく実際的に、翌日セルマは電話をかけてきた。

「ずっと考えてたんだけど、あなたにはもっと助けが必要だわ。これからコンスタンス・バビントン＝スミスに電話をするから、彼女の家で雇っているお掃除の女性を、あなたのところにも寄越すよう頼んでみましょうか？」

コンスタンス・バビントン＝スミスが雇っているお掃除の女性、にぎやかなミセス・テヴァーシャムは、至宝の存在だった。一年ほどして彼女の後任を務めることになった、長身で骨張ったウィニー・ブラウンも。週に一度、わが家は綺麗に片付けられ、整理整頓された状態を取り戻した。とはいえ、家事は問題の一部に過ぎない。思いやりを持って話を聞いてくれる相手がやっぱり欲しかった。咎めず、理解を示して、わたしの心に秘めた不安にじっと耳を傾けてくれる話し相手が。魔法の杖でパッとすべてを解決してもらえるなんて思っているわけではないが、今度紹介してもらえることになっている障害者の夫を持つ女性なら、誰よりもわたしの気持ちを理解しながら話を聞いて、重度の障害者をひとりでケアすることの難しさに対処する方法も提案してくれるかもしれない、と希望を抱いているのは確かだった。だけど、そうはならなかった。会えることになったとき、彼女は身体障害者の介護施設に夫を残して、新しいパートナーとアメリカに出発しようとしていた。

わたしの前に開けた確かな道は、幸運を数えて、恵まれていることに感謝する、というセルマ・サッチャーの明確な哲学だけだった。わたしはスティーヴンにこの身を捧げると誓った。そうする中で、夫が普通の暮らしを送れるよう努力してきた。けれど、その誓いは、いつの間にか残りの家族がどんなに普通じゃない暮らしを送るようになっていても、普通だというわべを取り繕うことを意味するように思われはじめた。誓いに背くつもりはなくても、他人の人生を——前述の女性の人生のような——それぞれ垣間見ると、激しい孤独感は和らぐどころか、ますます強まった。見識あるアドバイスや支援を受けられる医療機関も組織もないことは、ずっと前に調べてわかっていた。問題だらけの迷路を通り抜ける道を探すのに、誰からも個人的なサポートを受けられないとなれば、自分の考えを信じるしかない。心を乱す人や状況には近づかず、つきまとう困難を隠しながら、なおもわたしたちは普通の家族だというふりをするのだ。

12 事象の地平線

ある暗くて風の強い夜——一九七四年二月十四日——、わたしはスティーヴンを車に乗せて、ハーウェル原子力研究所の敷地にあるラザフォード研究所で開かれる会議のため、オックスフォードへ向かっていた。その冬は洪水になっていたテムズ川の岸に立つ、アビンドンのコズナーズ・ハウスという古いカントリーハウスに、わたしたちは滞在した。どんよりした空から降り注ぐ雨も、わたしたちの心まで湿らせることはできなかった。スティーヴンとわたし、それと数人の研究生は、来たるべき大舞台を前に、興奮で胸がいっぱいだったから。スティーヴンは新たな学説を発表しようとしていた。ついに夫は、レ・ズッシュのサマースクール以来ずっと頭を悩ませてきた、ブラックホール力学対熱力学のパラドックスの答えにたどり着いたのだ。プリンストン大学のジョン・ホイーラーの研究生が、スティーヴンが前にだしていた結論に疑問を投げかけたため、夫はいらいらしながら取りつかれたように計算に没頭していた。ホイーラーの研究生は、熱力学の法則とスティーヴンが一九七一年に発表したブラックホールに関する結論の類似性に大きな衝撃を受け、熱力学の法則とブラックホールの法則は実のところ同じ法則なのだと主張した。スティーヴンの見解では、この主張はばかげていた。熱力学の法則に従うのなら、ブラックホールは有限温度を持ち、放射を行うことになる。つまり、ひとつだけではなく、あらゆる面でふた組の法則が一致しなくてはならないのだ。この疑問を解決するにあたって、スティーヴンが入念に導きだした答えは、予想を遥かに超えた革新的なものだった。

子どもたちとわたしは、スティーヴンが一心不乱に集中している姿を見てきたが、やがて夫はブラックホールに関するこれまでの学説をすべて覆して、ブラックホールはエネルギーを放射しうるという結論に到達した。ブラックホールは放射を行いながら、質量とエネルギーを失い、蒸発する。千トンから一億トンのあいだの重さを保ちつつ核の大きさまで縮み、比例して温度と表面重力は増大する。最終的には、想像を絶する温度になって、ブラックホールは大爆発を起こして消えるのだ。というわけで、ブラックホールはもはや真っ黒だとはみなされず、その活動は熱力学の法則に矛盾するのではなく、従うのだと考えられた。スティーヴンは、自分の中に宿した特別な子どもとも言える仮説を、時間をかけて育み、秘密として隠し通してきた。わたしとしては、スティーヴンの注目を競い合って、ずいぶん思い悩まされてきた相手なので、その誕生の場に立ち会うことに個人的な関心があった。バーナード・カーが補助助産師の役割を担い、聴衆のためスティーヴンの講演原稿の写しをスライドで投影することになっていた。

講演の日の朝、スティーヴンの発表が始まる午前十一時まで時間をつぶそうと、わたしは講堂の外にあるティールームでぼんやりと新聞をめくっていた。ティールームの片隅に陣取っている清掃作業員の女性たちの騒々しいおしゃべりの声が、意識に割り込んできた。彼女たちは、コーヒーを混ぜながらスプーンをカップの縁に当ててカチャカチャいわせ、煙草の煙を室内に充満させている。腹立たしいことに、煙草の煙と同じくおしゃべりの声もどこまでも届き、彼女たちが会議とその出席者について話し合っているのに気づいて、思わず耳をそばだてた。ひとりが連れのふたりにこう言うのが聞こえ、わたしは驚いた。

「それにあの若い男がいるじゃない、彼に残された時間はもうわずかでしょ」

誰のことを言っているのか、すぐには思いつかなかった。連れのひとりがうなずいている。

「ああ、ほんとにね。普通にしてても、継ぎ目から裂けてきそうにボロボロで、頭もまっすぐ支えられないいんだから」

彼女は面白おかしく描写して、無神経にちょっと笑った。わたしはフランク・ホーキングの言葉を思いだした。白髪頭でもう七十歳の義父は、一度わたしに向かって、息子はおそらく自分より先に死ぬだろうという趣旨の話をした。その言葉に、わたしの自信はぐらついた。そしていま、スティーヴンのいないところで不用意に不治の宣告が為され、未来への見通しを却下されて、わたしは無言のまま痛みを味わっていた。

車椅子に乗ったスティーヴンが講堂から出てきて、自分の発表を始める前に急いでコーヒーを飲もうとしている。わたしは夫を頭のてっぺんからつま先までまじまじと見つめた。スティーヴンは確かに生き生きしている――興奮と期待で生き生きしている――けれど、本当に残された時間はもうわずかに見えるのか、継ぎ目から裂けてきそうにボロボロなのか、自分に問いかけてみずにはいられなかった。良く知らない人には、確かにそう見えるかもしれない。外見的にはそうだと譲歩することで、わたしはひどく悲しくなった。外からはそんなふうに見えたとしても、スティーヴンの精神はまったくの別物だ。夫は物理学の世界にしっかり根を下ろし、ドン・キホーテみたいにその外見や目的に懐疑的な厳しい目を向けられても気にせず、忠実なサンチョ・パンサ、夫にとってはバーナード・カーをお供に、戦いに突撃しようとしている。まだ動揺しながら、わたしはスティーヴンたちのあとを追って講堂に入った。あの清掃員の女性たちは、弱々しい身体という不憫な姿しか見ていなくて、あの堂々たる頭や知的で繊細な目にありありと映しだされた知力や精神力については、何もわかっていないのだと考えて、自分を慰めた。それでもやっぱり、スティーヴンは死なないというわたしの確信は、この新たな打撃に揺らいでいた。

まったく皮肉なことに、スティーヴンはそのあとの講演で、自分が死なないことを再び肯定してみせた。そのとき、会議の議長と何人かの出席者は、スティーヴンが正気を失ったものと思っていたようだった。わたしは身を乗りだして夫の講演を聞いていた。スティーヴンはステージのライトに照らされながら、背中を丸めて椅子に座り、ささやくような弱々しい声で話した。話している内容を明確に伝えるため、バーナードが頭上のプロジェクターで原稿のスライドを映写した。実質的に、講演は二回くり返されていた。一回目はスティーヴン自身によって、二回目はスライドによって。だから、彼が伝えようとしている内容を疑う余地はなかった。ブラックホールは、思っていたほど黒くない。

発表内容は明快だったにもかかわらず、講演が終わったとき、あたりは静まり返っていた。聴衆はこのシンプルなメッセージを消化しきれずにいるようだった。けれど、ロンドンのキングス・カレッジの教授で、会議の議長を務めるジョン・G・テイラーは、いつまでも黙ったままではいなかった。ブラックホールの絶対的真実を襲った異説に仰天して、さっと立ちあがると、怒鳴り散らした。

「非常識にもほどがある！　こんなばかげた話は聞いたことがない。この講演はいますぐ打ち切らねばなるまい！」

テイラーの態度は、一九三三年にエディントンがチャンドラセカールを攻撃したことを連想させ、それこそわたしには非常識に見えた。ただし、エディントンはチャンドラセカールの学説を評するのに〝非常識〟ではなく、〝ばかばかしい〟という言葉を使っていたが。通常だと、議長は講演のあとに質疑応答の時間を設けるだけではなく、講演者が〝極めて刺激的な話〟をしてくれたことに対して感謝を述べるのも慣例になっている。J・G・テイラー（粒子物理学者のJ・C・テイラー教授と混同なきよう。彼は数年後に奥さんのメアリーと共に、わたしたちの親しい友人となった）はスティーヴンに対し、このどちらの礼儀も尽くさなかった。それどころか、異端の罪でスティーヴンを火あぶりの刑に処するのもいとわないという感じだった。夫に対することの意図的な侮辱は、清掃員の女性たちが口にした心ない言葉と同じぐらい耐えがたかった。夫を故意に軽視する意図の表れであり、スティーヴンは身体的な能力に加えて精神的な能力も失ったことを自ら証明したのだと、テイラーはほのめかそうとしていた。

講堂の中は針が一本落ちる音も聞こえそうなほど静まり返っていたが、講義のあとの食堂では大騒ぎになった。まるでブラックホールから放射された粒子が四方八方に回転して、参加者たちをボウリングみたいにバタバタとなぎ倒していくようだった。バーナードがスティーヴンを隅のテーブル席にそっと座らせ、わたしは料理を受け取るためカウンターの列に並んだ。指導している学生を相手にまだブツブツとわめき散らしているJ・G・テイラーが、わたしが誰なのか気づかずに、列の後ろに並んだ。スティーヴンをかばうため、痛烈なコメントを言い返してやろうと頭の中でリハーサルをしていると、テイラーが早口でこう言うのが聞こえた。

「ただちにこちらの論文を発表せねば！」

わたしは注意を引くようなまねはやめておくことにして、いま耳にした話をスティーヴンに報告した。夫は陽気に肩をすくめてみせたが、ケンブリッジに帰るとすぐに《ネイチャー》に自分の論文を送った。掲載の可否を決めるにあたって原稿を読んだのが、ほかならぬJ・G・テイラーだったので、不採用になったのも不思議ではなかった。そこでスティーヴンは、無関係な審査員に読ませるべきだと要請して、二度目の依頼では掲載が認められた。J・G・テイラーの論文も採用されたが、自然と埋もれていった。いっぽうスティーヴンは、ブラックホールを通して、宇宙の大域的な構造と原子の小規模な構造の調和、物理学の統一へと続く道に最初の足跡を残した。このラザフォードでの経験は間違いなく、身体的にも物理学においても、どんな不利な戦いにも挑むというスティーヴンの決意を強めることになった。わたしは誇らしく思いながらも、隠れていた数々のことが明らかになったことで、不安も感じていた。

　ブラックホール放射理論によって、その春にスティーヴンは三十二歳という異例の若さで、王立協会の会員に選ばれた。十七世紀には十二歳という若さでも会員に選出されることはあったが、それは優秀さよりも特権が決め手になった時代の話だ。もっと近い過去だと、会員の栄誉に浴するのはキャリアをスタートさせたばかりの科学者ではなく、終わりに近づいている科学者たちで、普通はそこに至るまでにいくつか名誉博士号を取得して、科学諮問委員として務めたあとのことだった。これは科学者としての経歴において、ノーベル賞の威信に次ぐこのうえない栄誉だ。

　この選出を知らされたのは三月半ばで、公式発表の二週間ほど前だったので、わたしはサプライズ祝賀会の準備をする時間があった。スティーヴンの家族、友人、同僚を招く計画を立て、キーズ・カレッジの風格ある上級評議員用（シニア）の談話室（パーラー）でシャンパン・レセプションを催して、そのあと家に帰ってから特に親しい家族や友人たちと少人数のビュッフェ・ディナーを楽しむ準備を整えた。

　一九七四年三月二十二日の夜、スティーヴンは研究生たちにカレッジへと巧みに誘導されて、そこで家族や友人、学生や同僚たちに、勝利を収めた英雄として拍手喝采で迎えられた。キーズ・カレッジのケータリング名物、アスパラガスロールやカナッペ、キャビアトースト、ボローバン、小さなスモークサーモンのお皿を、子どもたちは一生懸命、招待客に勧めて回った。デニス・サイアマが乾杯の音頭を取り、スティーヴンがこれまでに成し遂げた科学的功績をすべて挙げて、とても温かい挨拶をしてくれた。これらの功績は、たとえ王立協会の会員に選ばれるという最高の栄誉がなくても、スティーヴンを信じたのは正しかったと十二分に証明するものだ、と彼は言った。子どもたちとわたしは、誇らしさでいっぱいだった。

今度はスティーヴンが挨拶する番だ。最近では人前でスピーチをすることにすっかり慣れていて、そこは結婚してから変わったところだが、もちろん今回の場合は、サプライズで開かれたパーティーなので、何を話すか準備しておく時間はなかった。スティーヴンは、弱々しい声ではあるけれど、ゆっくりはっきり話し、かなり長いスピーチをした。ケンブリッジに来てから約十年間にわたって歩んできた研究の道のりと、思わぬ形で進展してきたことについて話した。いつものように、決まって〝ぼくたち〟ではなく〝ぼく〟という一人称を使い、デニス・サイアマの支援と着想に感謝して、パーティーに来てくれた友人たちにお礼を言った。わたしは部屋の端で子どもたちの肩を抱きながら、夫がこっちを向いてほほえみかけ、小さくうなずき、九年間の結婚生活で家族が成し遂げてきたことを認める言葉を、たったひと言でいいからかけてくれるのを待っていた。興奮のあまりうっかり忘れてしまっただけかもしれないが、スティーヴンはわたしたちのことは何も触れなかった。夫がスピーチを終えてみんなの拍手喝采を受けているあいだ、わたしは唇を噛んでがっかりしているのを隠した。

王立協会の会員名簿が発表されるのと同じ週に、スティーヴンはある申し出を——キップ・

ソーンが手を回したに違いない――カリフォルニア工科大学（カルテック）から受けた。パサデナにあるカルテックが、一年間の客員特別研究員として招待したいというのだ。非常に気前の良い申し出だった。アメリカ規模のお給料に加えて、家具完備の広い家を無料で借りられ、スティーヴンが最大限自由に動き回れるように電動車椅子も含めた器具やあらゆる支援が整えられ、車も使わせてもらえることになっていた。スティーヴンのための理学療法や医療に、子どもたちの通う学校も手配してもらえる。スティーヴンの指導する研究生、バーナード・カーとピーター・デアスもいっしょに招かれていた。わたしたちには変化が必要だった。お互いに対する向き合い方を一新し、新たな見通しと新鮮な刺激をもたらしてくれる変化が。子どもたちにも良い影響を与えるだろうし、変化を起こすには絶好のタイミングだ。ルーシーはまだ学校に通いはじめていないし、ロバートは今年度までで公立学校をやめることになっている。わたしたちの大義に理解を示し、寛大な対応で支持してくれるアメリカからのオファーは――それに、ケンブリッジで置かれている不安定な状況からすると――わたしたちが思っている以上にタイミングが良かった。一九七〇年代前半のその頃にケンブリッジで開かれた、冷ややかな雰囲気のディナーパーティーで起きたある出来事を、数年後に親しい友人が話してくれた。出席していたその友人が驚いたことに、スティーヴンの身に起こりうる運命について、上級特別研究員の学監が、このうえもなく冷淡な口調でこう表明したとらしい。

「スティーヴン・ホーキングが自らの職分を果たしている限り、彼はこの大学にとどまることができる。しかし、そうすることができなくなればすぐに、去ってもらうしかあるまい……」

将来がどうなるかはわからなかったが、幸いわたしたちは自らの意志で大学を離れることができ、結果的には一年後にまたケンブリッジに呼び寄せられることになった。

湿原の凍えるような冷たい風と、南カリフォルニアの暖かい砂漠を交換するチャンスは歓迎しても、こうした計画に付随する障害を簡単に片付けるわけにはいかない。わたしはメリットとデメリットを秤（はかり）にかけることで頭がいっぱいになった。スティーヴンが一五〇億年の宇宙の歴史を極めたと言ってもおかしくないのに対し、わたしの将来の見通しは、予測可能な数日先までに限られている。もっと遠い未来について考えたり、二年、五年、十年、二十年先の計画を立てたりはしないようにしていた。しかしながら、これからの十八か月間については、じっくり考えてみる必要がある。以前にアメリカ西海岸で過ごした大混乱の経験を思えば、なおのこと。わたしは個人的な問題、飛行機に乗ることへの恐怖と向き合う覚悟をした。ともかくも、今回は当然、家族みんなで行くわけだから、子どもたちを残していかずにすむ。けれど、別の見方をすれば、それは不安の一部でしかない。もっと不安なのは、ひどく弱っているスティーヴンをたったひとりで世話することに加えて、子どもたちの面倒も見ながら、どうすれば世界を三分の一周できるのかということだ。ピンチのときに助けてくれる両親も隣人もそばにいない。完全にひとりきりで、丸一年もやっていけるのだろうか？　ここ二年ほどよくあったことだが、わたしが風邪や頭痛、腰痛、さらには胸膜炎で寝込んでしまったときには、母やサッチャー家の人たちに来てもらって、力を借りることができた。カリフォルニアでは、そんな助けは来てくれないだろう。

さらに、ここしばらくずっと、何よりも厄介なつまずきの石になっているのは、スティーヴンが外部の人間に自分の世話をさせるのを断固として拒絶することだ。健康状態を本質的に認めるか、病状が悪化していることを示す、父親からの断片的なアドバイスのほかは、どんな助けもかたくなに受け入れようとしなかった。こうした姿勢と、病気について言及しないことは、スティーヴンにとって勇気を保つための支えのひとつであり、自衛手段の一部でもあった。ひとたび病状の深刻さを認めてしまったら、勇気がくじけてしまうという気持ちは、じゅうぶん理解できる。自らの窮状について少しでも考えてしまえば、朝になってベッドから出るのに苦労するだけでも、打ちのめされてしまいそうになることも、じゅうぶん理解できた。それでも、本来は楽観的なわたしでさえ心がくじけそうになる、骨の折れる身体的な重い負担を、いくらか軽くしてくれる助けをほんの少しでも借りることができれば、夫婦としてもっとうまくやっていけるかもしれない。そのことをスティーヴンがわかってくれたら、どんなにありがたいか。

わたしの担当医がこの悩みを聞いて、スティーヴンの担当医に相談してくれた。ふたりの医師は話し合って、最低でも週に二回、スティーヴンの入浴を手伝わせるため、男性の訪問看護師を当番制で派遣しようとした。誕生したばかりのこの計画は、始まってすぐに頓挫した。感じが良いけど高齢の男性看護師は、午後五時にしか来られず、そんな時間にいきなり研究を中断したり終わらせたりするのを、無理もないことだが、スティーヴンはひどくいやがった。わたしたちが直面している問題は、奇跡でも起きなければ解決できなかった。ところが、その年の復活祭(イースター)のこと、アザミの綿毛がふわりと地面に落ちるみたいに、奇跡のアイデアがふと頭に浮かんだ。そのアイデアは、環境を変えるありがたい機会なのに、世界の反対側からの善意の申し出を受けられそうにないという不安を取り除き、足取りを軽くしてくれた。思いついたのは、極めて単純なことだ。カリフォルニアの広い家に、スティーヴンの研究生もいっしょに住んでもらえばいい。スティーヴンの身体を抱えたり、着替えや入浴といった仕事を手伝ってもらう代わりに、無料で泊まれる場所を提供するのだ。夫はもう自分で食事もできなくなっているし、常に目を配っておく必要があるので、前にも増して誰かの助けが必要だった。バーナードに手伝ってもらうのなら、看護師の介助――夫はそれを不利益な方法で、病状の悪化を認めることだと思っている――による言いようのない屈辱を味わわずにすむ。家族ではないにしても、同じ家に住む仲間である友人に手伝ってもらうのであれば。このアイデアを話したとき、スティーヴンが最初に示した反応は、反射的な拒絶だった。だけど、じっくり考えてみたときに、この決断にカリフォルニア行きがかかっているのかもしれないことに気づいて、考えを変えた。バーナード・カーに、それからピーター・デアスにこの思いつきを話してみると、よく考えたうえで、みんなにとって好都合だと同意してくれた。

その夏に果たすべき大きな役目がもうひとつ残っていた。五月二日の木曜日に執り行われる、スティーヴンの王立協会会員の任命式だ。十八世紀に建てられた立派な建物で、ザ・マル[*1]を見晴

＊1：ロンドンのセント・ジェームズ公園の北側、バッキンガム宮殿へと通じる木々の並んだ街路

らす王立協会の本部、カールトン・ハウス・テラスでのランチの時間に間に合うように、わたしたちはケンブリッジを出発した。ロンドン北部に近づいていくうちに、車がガタガタと傾きはじめて言うことをきかず、ハンドルがどんどん重くなってきた。目的地に無事にたどり着けるようにと、はかない希望を持ちつづけ、どうすることもできず、そのまま車を走らせた。力を込めて重いハンドルを回して、わたしはホッとしながら、ついにカールトン・ハウス・テラスの前庭に車を乗り入れた。そこからは、すっかり慣れたものになったいつもの流れで、年配のポーターたちが集まっている場所を探した。ポーターは車の中からさまざまな部品を運びだし、車椅子を組み立てて、助手席の横に車椅子を置き、スティーヴンの脇の下を抱えて助手席から車椅子に乗せかえた。それから、ポーターはわたしの指導のもと、慎重に車椅子を持ちあげて、正面玄関を通るには避けられない階段をあがった。今回、一連の作業はいつもより複雑になった。スティーヴンだけではなく、車も対処が必要だったからだ。左側の前輪がパンクしていた。

これまでにも何度もあったように、助けは思いがけないところからやってきた。洒落たダークグレーのスーツといういでたちで、両手両足を地面についてタイヤを直々に交換してくれたのは、王立協会の事務局長だった。口数の少ない男性で、責任を一手に担い、大事な場面を取り仕切り、重要な招待客たちの要望に応えるべく大わらわだった。そんなこととはつゆ知らず、その頃わたしたちは、王立協会の会長でケンブリッジの科学者であるサー・アラン・ホジキンによって、公式午餐会で王者のようにもてなされていた。午後の早い時間に、儀式ばった厳かな雰囲気の中、講堂で任命式が行われた。新しく選ばれた会員ひとりひとりが紹介され、その会員は演壇にあがって会員名簿に署名することになっていた。スティーヴンの番が来ると、観衆は静まり返り、演壇から会員名簿が夫のもとへ運ばれた。張りつめた静寂のもと、スティーヴンはゆっくりと慎重に名前を書いた。署名を終えると、拍手喝采がわき起こり、夫は喜びに満ちた笑顔を見せ、わたしは涙を浮かべた。

第三部

1　アメリカからの手紙

「ハーイ！　わたしはメアリー・ルー、シエラ・マドレに住んでるの。あなたたちは？」

スリムで日焼けしたその女性は、大きな笑みを浮かべて、こちらの返事を待っている。わたしたちは、イギリス人の移住者が開いたパーティーに着いたばかりだった。ロサンゼルスにやってきたのは一週間ほど前のことで、こういう率直な物言いにも、まだ慣れていない。長い間のあとで、わたしたちはようやく驚きから覚めて、同じように自然な返事が求められていることに気づいた。なにしろケンブリッジにいた頃は、パーティーで話しかけてもらえるようになるまでに十年近くかかっていたし、それでも相手はどこか遠慮がちだった。最近では、何人かの上級特別研究員も――特にその妻たちが――わたしたちに好意的な関心を示してくれるようになっていたが、長い歳月を経て、わたしたちはテーブルの端っこか、片隅にあるふたりだけのテーブルにじっと座っていることに慣れてしまっていた。誰かが話しかけてくれるなんて期待もしていないので、たまにパーティーで愛想の良い顔を向けられると、いつも嬉しい驚きを感じた。実際、誰もいっしょに座りたがらないから、カレッジの祝宴でわたしたちの席を決めるのは難しいのだと、食堂担当者のひとりに打ち明けられたことがある。そんなわけで、メアリー・ルーが自分から話しかけてきてくれたことに対し、心の準備ができていなかったのも、驚くには当たらない。彼女の元気いっぱいな様子は、こちらまで元気にしてくれた。わたしは家族や友だちに宛てた手紙の中で、カリフォルニアのあらゆるものにわくわくしていることを伝えようとした。定期的に電話することがまだ経済的に厳しかった頃、両親に書いた一通目の手紙は、こんな内容だった。

535サウス・ウィルソン・アヴェニュー
パサデナ、カリフォルニア91106
アメリカ

一九七四年八月三〇日

親愛なるママとパパ

興奮で胸がいっぱいよ！　飛行機で過ごす時間は長かったけど、まだ赤ちゃんのロバートを連れてポーランドに行ったときに比べれば、なんてことはなかった。来た道をたどり直している生まれながらの旅人みたいに、ロバートは景色に夢中だったわ。雪原から顔をだしている黒い山頂、凍てついた洋上に隆起する山脈、氷面のところどころにあいた深いエメラルドグリーンに輝く穴、ハドソン湾に点々と浮かぶ氷山、アメリカの砂漠、塩水湖、そしていよいよ沿岸の山地が見えてきた。ロバートとは対照的に、ルーシーのほうはこの冒険をなんとも思っていないらしくて、大西洋上を高く飛んでいるときに、もう地面におりたの？　ですって……

着陸したのは午前二時頃（イギリス時間で）だったのに、みんな元気を回復してて、新しくて見慣れないものだらけの光景に目を丸くしていた。ヤシの木、大きな車、キップが乗って迎えに来てくれた、わたしたちのピカピカのステーションワゴン、町のあらゆる方向へ曲がりくねって通じているフリーウェイ、超高層ビル群、それから最後に、写真で見るよりずっと素敵な白い下見板の付いた家。到着したのは夕暮れどきで、どの窓にも明かりがともっていた――まさにディズニーのファンタジーの世界よ！　外観も素敵だったけど、家の中も洗練されていた。それに、すごく快適！　身体が沈むほどの大きなソファ、いくつものバスルーム、もちろんすべてカラーコーディネートされてるの！　アンティーク調の家具も、タオルも、磁器も、お鍋まで、何もかもが新品！　きっとわたしたち、天文学的な生活基準の高さに慣れているものと思われたんじゃないかしら。実情を知ったら、びっくりするわね！　台所の流しからは山並みが見晴らせるんだけど、この家はキャンパスのすぐ向かいにあるから、スティーヴンはケンブリッジにいた頃よりもオフィスが近くなったのよ。新しいおもちゃをもらった小さな男の子みたいに、夢中になって電動車椅子の操作を練習してる。研究所で使ってるのと同じ車椅子だけど、こっちのほうがずっとスピードが出るの。あんなに自由に動き回れるのは何年ぶりかしら。とはいっても、縁石や段差では車椅子を持ちあげなきゃいけなくて、そこがちょっと問題。縁石はすごく高いのに、通りを歩いている人も全然いないし、車椅子はひどく重いから。乗っている人の重さはもちろん、それぞれ一トンはありそうな中身の詰まったゲルバッテリーがふたつ付属してるのよ。車椅子に不具合がないか調べたり、あらゆる器具を調整したりするのに、ここでは一日じゅう整備工が対応してくれる。別に面倒だとも思わないみたい。

お庭はそれほど草木が生えていないけど、造園師が数人で手入れしてくれている。とにかくエキゾチックなの！　最初の朝、パティオに出たら、とげのあるオレンジと青の花を咲かせている変わった植物があって、その上をハチドリが飛び回ってた。家の周りは成長したツバキの茂みに囲まれ、パティオのそばにはものすごく大きくて乾燥したカリフォルニアのオークが一本立っていて、のぼってくれと言わんばかり。庭の縁には、花を咲かせて実もつけているオレンジの木が一本、アボカドの木が二本、モミの木が一本、小さなヤシの木が一本、ぐるっと立っている。いまのところ、すごく暑いけど、食事はいつもパティオで取ってるの――ダイニングルームはフラシ天の赤い絨毯にマホガニー材のテーブルがあまりに立派すぎて、中に入るのも畏れ多いんだから、食事をするなんてもってのほかよ。

今日の午後、子どもたちとわたしはカルテックのプールに泳ぎに行ってきた。ルーシーはプールに落ちて、ちっとも好きじゃないって。あの子が三歳なのに泳げないのは、遅れてるみたいだけど、ロバートのほうは今週中に泳げるようになりそう。目下のところ、水中に沈みかけながら泳いでる。みんな心地よい疲れでぼうっとしてて、ルーシーはテレビ（目新しい物ではあるけど、宣伝がだらだら続くせいで、ほとんど観ていない）の前で寝ちゃったし、ロバートもうとうとしているわ。そう言いながら、わたしのほうがロバートより先に寝ちゃうかも。

たくさんの愛を込めて、ジェーン

一九七四年十二月に六十歳の誕生日を迎えると、父は長年にわたって献身的に勤めてきた農業省を退職することになっていて、その記念に母とふたりでカリフォルニアのわたしたちのところへ遊びに来る計画を立てていた。それまでのあいだ、わが家には途絶えることなく次から次へとお客さんが来ていて、週末に泊まっていく人もいれば、博士号を取得しようとしているスティーヴンの生徒、ピーター・デアスのように、住まいが見つかるまで寄宿して、バーナードを手伝って夫の世話をしてくれる人もいた。わたしは運転に自信が持てるようになってきたし、大勢のお客さんを迎えるための買い物も苦にならなくなっていた。ここでは、買い物した品は（ビニール袋ではなく）茶色の紙袋にきちんと詰めてもらえて、笑顔のアシスタントが車まで運んでくれた。おまけに、七歳のロバートは、優秀なナビゲーターだった。頭の中にフリーウェイの地図が入っているみたいで、父親とは違って、どこで曲がるかじゅうぶんな余裕を持って教えてくれた。

子どもたちの学校初日の朝、わたしはいくぶん心配しながらも、ふたりをパサデナ・タウン・

アンド・カントリー・スクールの校門まで送っていった。正午になると、保育部にルーシーを迎えに戻り、学校のあるブロックを車でぐるりと取り囲んでいるお迎えの母親たちの列に加わった。校門に近づき、歩道に立って警備している教師に娘の名前を伝えると、その先生は拡声器を通して大きな声で呼びかけた。

「ロースィー・ホッキング、ロースィー・ホッキング！」

校門に出てくる子の姿はなく、中でじっと待っている幼い子どもたちの中にもロースィー・ホッキングは見当たらない。そのあとはたいへんな騒ぎになった。まさかロースィー・ホッキングは——学校側が最も恐れる事態——学校初日に誘拐された？　あたりは大混乱だ。わたしは車を停めて、校舎の中に入った。校長先生がオフィスから飛びだしてきて、中年女性の一団があちこちに散らばって、行方不明の子どもを必死に捜索した。ロースィー・ホッキングはあっけなく見つかった。あまりにも学校が気に入ったので、昼食を取りに行き、二時半まで学校で過ごすつもりでいたのだ。三歳児には長い一日だったので、そのあと学校から出てきたルーシーは、時々ぐずって、少し疲れた様子だった。

子どもたちは、日本人の隣人の息子で八歳のシュウと友だちになった。ケンとヒロコのナカ夫妻は、アメリカに越してくる前はしばらくケンブリッジに住んでいた。ケンは生物学者で、科学的に奇妙な事実だが、人間の目によく似ているというナマズの目の研究をしていた。ナカ夫妻は、初日のあとは毎朝ロバートとルーシーを学校に連れていってくれたうえ、三人の子どものために遊園地やビーチといったさまざまなお出かけを計画してくれた。午後に子どもたちを迎えに行ったときに気づいたことだが、シュウの話にはコンピューター用語が散りばめられていた。ルーシーがとめどなくおしゃべりを続けるあいだも、シュウはシュウで自分の話を続け、ロバートは訳知り顔でうなずいていた。こうして初めて情報技術というものに触れ、間違いなく魅了されて、ロバートはやがてこの分野の道に進むことになった。スティーヴンは新たに手に入れた自立を大いに楽しみ、一日じゅう冷房の入ったオフィスで過ごしながら、キャンパスの人気者になっていることも内心では喜んでいた。家に通じるドライブウェイに加えて、キャンパスの至るところにもスロープができていた。スティーヴンにはポニー・グランモンターニュという個人秘書と、シルヴィー・テシィケという専任の理学療法士がついていた。シルヴィーの夫はスイス人の時計職人で、クォーツ時計の出現によって、生計が立てられなくなるのではないかと気を揉んでいた。スティーヴンの研究生のバーナード・カーは、わが家の日常になじんできていて、不規則な生活をしながらも、いつも陽気だった。彼は夜にわたしを手伝ってスティーヴンをベッドに寝かせてからパーティーに出かけ、帰ってきてからは不眠症だという理由で明け方までホラー映画を観ていて、あとは昼食時まで寝ていた。一度、バーナードを起こそうと午前中に二階にあがったら、身体はベッドの中、頭は床につけた状態で、ぐっすり眠っていた！

その年の秋にはメアリー・サッチャーが、インドにおけるイギリス人の暮らしの映像をまとめた最新作について講演を行うため、アメリカを周遊しにやってきた。お客さんが訪ねてくるといつもそうしているように、彼女を地元の名所であるハンティントン・ライブラリーに案内した。もともとここは、鉄道で成した財を親族間で分け合うべく叔母と結婚した、ミスター・ハンティントンの邸宅だった。ミスター・ハンティントンの妻の肖像画から察するに、彼はこの特権のためになかなかの代償を支払ったようだが、豊かな財産のおかげでコンスタブルの『ストゥール川の風景』や、チョーサーのさまざまな写本、グーテンベルク聖書などの貴重な作品を所蔵し、美しい庭園を造ることもできた。この庭園は、地理学や植物学的なエリアごとに興味深く分けられている。恐ろしく棘だらけの砂漠のサボテンの庭、カンガルーはいないけれどユーカリの木が生えたオーストラリアの庭、ジャングルの庭、何列ものツバキが並ぶ庭、シェイクスピア風の装飾庭園、橋や茶室、銅鑼（どら）、熊手でならした砂利にぽつぽつと意味ありげに岩が配置された、神秘的で哲学的な禅の庭から成る、古い日本庭園。いくつかのヨーロッパ芸術の傑作が、すぐ手の届く場所にあった。ハンティントン・ライブラリーになければ、パサデナ・ミュージアム・オブ・カリフォルニア・アートか、マリブのJ・ポール・ゲティ美術館か、サンフランシスコへ向かう途中のハースト・キャッスルにあった。カリフォルニアの無遠慮な明るさの中でヨーロッパのアート、特にコンスタブルの風景画を眺めていると、ちょっとしたホームシックとまではいかなくても、どこか感傷的になることがあった。灰色の空、卑しからぬわびしさ、崩れかけた建物、控えめな態度と紳士気取りといった、わたしたちがよく知っている暮らしの繊細な趣というものが、アメリカではほとんど入り込む余地もなかった。カリフォルニアの空、色、景色、人々とその態度や言葉遣いは、明確そのもので、率直で、微妙な差違というものがないのだ。食べ物もやたらと大きくて、添加物たっぷりだったので、自宅で果実を栽培できるのはありがたかった。十月のある週末、わたしたちがサンタバーバラに行っていて留守のあいだに、アボカドの木から五十二個の実が落ちていた。帰宅すると、毎週行われている造園師による庭の手入れで片付けられる前に、わたしたちはアボカドを急いでぜんぶ拾い集めて、冷蔵庫の奥にしまった。

十二月の初めに、スティーヴンは会議に出席するため同僚たちとダラスに行った。家にいるのはわたしと子どもたちだけという夜、ベッドと床が揺れているのに気づいて目を覚ました。地震が来たらポーチに逃げるようにと言われていたのに、怖すぎて動くこともできず、文字どおり固まっていた。ハッと我に返り、子どもたちの無事を確かめるため二階に駆けあがると、驚いたことにふたりともすやすや眠っていた。ベッドに戻って電気を消したあと、また揺れた。余震でさえもかなり大きく、午後にしょっちゅう窓をガタガタいわせている小さな揺れとは全然違っていた。とはいえ、もしもクリスマスに地震が起きていたとしても、きっとわたしたちは気づかなかったはずだ（一九六二年にイランで大地震が起きたとき、ちょうどバスに乗って移動中で、赤痢に苦しんでいたスティーヴンが気づかなかったように）。わたしの両親、ダラスから帰ってきたジョージ・エリスとスティーヴン、スティーヴンの妹のフィリッパが夜に続々と到着して、わたしたちは四十人ほどの友だちや同僚を招いてパーティーを開いた。パーティーは大いに盛りあがって、みんな午前二時を過ぎるまで帰らなかった。その証拠に、高名な年配の物理学者、ウィリー・ファウラーが、午前二時きっかりにリビングの床でヨガをしている写真がある！

クリスマスのディナーには十六人が集まり、それはつまり子どもたちにとって、手品を披露するのにおあつらえ向きの観客がいるということだ。ロバートは手品セットをプレゼントされていて、やる気にあふれたアシスタントと共に、初めての試みとなる手先の早業を得意げな様子で無邪気に披露して、わたしたちを楽しませた。これまでの定番だった、大人を考え込ませ子どもを大笑いさせていたクイズやジョークからの移行だ。歯の抜けた笑みは言わずもがな、なかなか本格的な前置きの言葉――「質問があれば、ショーが始まる前ではなく終わってからにしてください」――と、箱を使った手品の混乱、手品が成功したときの嬉しそうな顔、見せ場を奪うアシスタントに対していらだちを抑えている様子など、見ていて本当に可愛らしかった。

新年早々に、北東へ五百キロ近く行ったところにある砂漠の公園、デスヴァレーを車で訪れた。運転を交代したり、車にスティーヴンを乗せたり、車椅子を――もちろんバッテリーも――積むのを手伝ったり、わたしがスティーヴンの世話をしているあいだ子どもたちを楽しませてくれたりしたので、両親がいっしょでとても助かった。巨人の遊び場となっている谷間の平地は、そっちに砂丘、あっちに噴火口、そこらじゅうに小石と砂色の岩の突起が見られ、わたしたちは自然が創りだした奇妙な風景に畏怖の念を抱いた。氷河時代の深い湖のあとに残されたのは、海面より低い広大な塩類平原だけだ。この谷は、山頂に雪を頂いたでこぼこの山脈に周囲をぐるっと取り囲まれていて、さまざまな色合いの地層が、太古の昔に起きた地質学的な大変動を証明している。夏のデスヴァレーは、世界一暑い砂漠だと言われていて、ほとんど草木が生えない。岩と石だらけの厳しい環境で、サボテンやデザートホリー、ハマビシ科の低木だけが生き延びていて、有史以前から存在する小さなメダカ科の魚だけが、塩分濃度の極めて高いいくつかの浅い小川で耐え抜いている。太陽の動きに伴って絶えず色を変える景色は、壮大ではあるけれど、美しくはない。一八四九年にこの谷を渡ろうとした開拓者たちの気の毒な話や、金の採掘者たちの夢の名残であるゴーストタウンといったものが、この地の不毛と静寂とあいまって、不穏で不気味な雰囲気を漂わせていた。

家に帰ると、嬉しいサプライズが待っていた。スティーヴンとロジャー・ペンローズが、王立天文学会からエディントン・メダルを授与されることになったのだ。両親のためにささやかなお別れパーティーの準備をしてあったので、いっしょにお祝いできたのは、幸運な偶然だった。たいへん名誉なことだったが、まったく予想外の受賞だったので、わたしたちはこれがどういう意味の賞なのかよくわかっていなかった。とはいえ、滞納していた会費の支払いをスティーヴンに思いださせる効果は確かにあった。

この時期、スティーヴンはいたずらめいたことをあれこれ企てていた。夫はある種の保険として、はくちょう座X‐1にブラックホールが存在するか、キップ・ソーンと賭けをした。スティーヴンはどちらに転んでも満足できるような賭け方をして、もし勝ったら、《プライベート・アイ》を四年間、定期購読させてもらえることになっていた。キップはというと、どちらかといえばその可能性が高そうだったが、はくちょう座X-1にブラックホールが存在しないほうに賭けて、《ペントハウス》一年分の定期購読だけで良いとした。また、スティーヴンは粒子物理学者たちと交流していた。これはつまり、夫の関心が事象の地平線を遥かに越えて、ブラックホールの中心部に入ったということだ。スティーヴンはリチャード・ファインマンとマレー・ゲルマンというふたりの卓越した粒子物理学者の講義に出席していたが、このふたりは表向きは紳士的な態度を取っていたものの、実際はお互いをいちばんのライバルとみなして張り合っていた。ゲルマンが行った最初の講義にファインマンが出席したとき、スティーヴンもその場にいた。ゲルマンは聴衆の中にファインマンの姿を認めると、この講義では粒子物理学における最新の研究を概説すると言って、一本調子に研究ノートを読みあげはじめた。十分後、ファインマンは席を立ち、出て行った。スティーヴンは大いに面白がっていたが、ゲルマンはひとつため息をついて、こう言い放ったという。

「やれやれ、これで本題に入れるぞ!」

そうして、ゲルマンは粒子物理学の最前線を行く研究について話しはじめたのだ。

冬は冬らしさがほとんどなかったけれど、雨が激しく降り、時には二、三日降りつづくこともあった。そのあと青く澄んだ空に太陽が再び顔をだし、山にかかっていた雲が晴れ、積もったばかりの雪できらきら輝いている山頂が現れた。雨は峡谷に突然春をもたらし、わたしたちがこっちにやってきた頃には茶色かった峡谷は、いまや青々と草を茂らせ、海のそばの崖や路傍では、野生の花がさざ波を立てていた。オレンジ色のケシの花、青色のルピナス、ヒマワリにヒナギク。わたしたちは雨にも邪魔をさせずに動き回った。二月のジョージ・ワシントンの誕生日にはドライブに出かけ、数時間後に約五百六十キロの距離を走行して戻ってきた。これはわたしが一日で運転した最長距離だ。渦を描く冷たい薄霧の中を通り抜けてパロマー・マウンテンを登り、世界最大の望遠鏡を見に行ったあと、焼けつくように乾いたアンザ・ボレゴ砂漠を渡ると、たくさんの花が盛りを迎えようとしていた。

四月にスティーヴンは、ローマ教皇庁科学アカデミーからピウス十一世メダルを授与された。ビッグバンを天地創造の瞬間とする概念がヴァチカンにアピールしたらしく、スティーヴンは教皇庁科学アカデミーに特別な嘆願をして、ガリレオの死後三百三十三年を経て、ついにその名誉を回復したのだ。

カリフォルニアで過ごした年が終わりに近づくにつれ、ここでの暮らしはさまざまな点において有益で刺激的ではあったものの、世間から見たわたしたちの輝かしいイメージと、だんだん暗くなっていくプライベートの顔の差がくっきり広がりはじめているのが感じ取れた。また、わたし自身の限界にも真っ向から直面させられることになった。三歳のルーシーは泳ぎを覚えるのが遅いというのなら、わたしはどうやら発達の遅い母親らしかった。ウーマンリブが始まって間もないアメリカでは、子どもが二歳になるまでに仕事をしていない女性は、必然的に〝自己実現〟が欠けている惨めな落伍者とみなされた。だからわたしは猛然と精力的に活動した。途絶えることのない訪問客、必死の人づきあい、図書館で借りた本、それにもちろん子どもたちに、多かれ少なかれ時間を費やすことで、カルテックという旋風の縁で暮らす者として、国際的な科学の天才でなければ意気消沈してしまうのを防ぐことができた。信奉者たちが科学の祭壇、特に物理の祭壇を拝みに来る神殿であるカルテックは、ほかのすべてを排除した。夫人会は、J・ポール・ゲティ美術館といった場所や、時にはコンサートや観劇へのお出かけを企画して、配偶者を楽しませようと懸命に努力していたが、夫が科学にばかり夢中になっていることで自信をなくし、不満を抱いた不幸な妻たちが大勢いた。

わたしはどうにかカルテックの奈落の底に呑み込まれることを免れたものの、それでも自分の置かれている状況に疑問を抱かずにはいられなかった。サンタバーバラで過ごしたある週末、スティーヴンが同僚のジム・ハートルを相手に延々と議論を続けて、子どもたちが遊んでいるあいだ、わたしはビーチに腰をおろし、身体を抱いて冷たい風を避け、海を眺めていた。指のあいだからサラサラと砂を滑らせ、わたしの人生はどこへ向かっているのだろうかと自分に問いかけた。わたしの生きてきた三十年間を表すものは何がある? わたしには、親愛なるセルマ・サッチャーなら〝祝福〟と呼ぶであろう子どもたちがいて、スティーヴンがいる。夫の成し遂げた並外れた偉業を誇りに思っているのは確かだけど、その成功を共有しているとは思えない――とはいえ、名声や栄光に照らされた名誉であれ、不意打ちを食らわせる命に関わる窒息の発作であれ、夫の身に起きるすべてのことが、わたしにとっても極めて重要な意味を持っていた。わたしはスティーヴンの勇気、ウィット、ユーモアのセンス、ばかげたところ、これまでも、そしていまも、わたしを含め大半の人を意のままに操ってしまう邪悪なカリスマ性という点で、夫を愛していた。だからわたしは、目指したことを達成していた——天才としての資質を存分に発揮できるよう、スティーヴンのためにこの身を捧げるということを。しかし、その過程で、自分自身のアイデンティティを失いはじめていた。もはや自分のことをスペイン文学研究者とも、語学に通じているとさえも思えなくなっていて、カリフォルニアでもケンブリッジでも、どこにいても敬意を払われている気がしなかった。人づきあいやお客の歓待に躍起になっていたのは、フロイト派の解釈をすれば「お願いだから、わたしにも気づいて！」と訴えようとしていただけなのかもしれない。

カリフォルニアにいるあいだに、わたしたちと同じような境遇の家族に初めて出会った。デヴィッド、ジョイス、ジョンのアイアランド一家は、パサデナからほんの数キロのところに位置するアルカディアに住んでいた。スティーヴンと同じく、デヴィッドは科学者として教育を受けていて、数学を研究し、教えていた。彼も神経に重い障害を患っており、自分でできることはほとんどなく、車椅子に乗っていた。ジョイスはとても前向きな思考の持ち主で、てきぱきしていてエネルギッシュで、デヴィッドの病気のことをすべて承知したうえで結婚していた。スティーヴンはアイアランド一家と会うことに対してひどくナーバスになっていて、わたしは夫の不安を感じ取り、守ってあげたかった——けれど、デヴィッドの状態に明らかに動揺しながらも、スティーヴンはなんとか陽気な笑みを浮かべ、わたしたち夫婦は普通だという明るいうわべを保ちつづけた。アイアランド夫妻のほうは、わたしたちをどう思っていたのだろうか。わたしたちの決意の固さには感心していたかもしれないが、うわべには決してだまされていなかっただろう。彼らはこの病気との戦いと奮闘を嫌というほどわかっていたのだから。

多くの点で、彼らの戦いはわたしたちの戦いをそっくり映しだしていたが、基本的な違いが一点あった。その違いとは、彼らはデヴィッドの病気をかなりオープンにしていたことだ——自分たちに対しても、外の世界に対しても、勇敢な笑顔の裏にある痛みや困難を隠そうとしなかった。デヴィッドは息子のジョンが生まれる前か、ジョンが父親のことを知る前に死んでしまった場合に備えて、息子に自分のことを教えるために、その正直な気持ちを本に書いた。『生れ来る子への手紙』は、とても率直なセルフポートレートであり、デヴィッドとジョイスが経験した戦いの感動的な物語だ。陽気な人気者の外面に本当の自分を隠してしまうという大きな失敗にデヴィッドが直面したときの、自己認識の道のりについても詳細に語られている。デヴィッドの本は、わたしが疲れすぎて我慢の限界を越えて、挫折に涙を流すことも、思慮を欠き無分別にカッとなることさえも、すべてまっとうな感情なのだと教えてくれた。デヴィッドの言葉を借りれば、「そういう感情が、心をむしばみ命を奪う毒を吐きださせてくれる」のだ。逆に言えば、デヴィッドによると、強い感情を隠し、他者の感情を抑圧する、何事にも動じない自制心は、不健全で危険なものだ。これらの真実を、むしろスティーヴンよりも障害の重い相手、苦難を通じて他人に救いの手を差し伸べることを学んだ相手から教えられるとは、なんとも皮肉な話だった。

2 確立

一九七四年の夏にケンブリッジを離れてカリフォルニアへ向かう前から、リトル・セント・メアリーズ・レーン六番地の家は、増えてきた家族にとって狭すぎるし、あの階段はスティーヴンにとって危険すぎるから、もうあそこには戻らないだろうとわかっていた。だが、ケンブリッジには町の中心にすぐに出られる住居の数が非常に少ないので、どこに引っ越すかということは簡単に解決できる問題ではなかった。とはいえ今回は、ゴンヴィル・アンド・キーズ・カレッジに相談することへの不安はなかった。カレッジはスティーヴンの度重なる成功がもたらす栄誉に浴していたので、わたしたちがまだ若く、名も知られておらず、やりくりに苦労していた六〇年代のように、冷淡で無情な対応をするとは思えなかったのだ。

いまでは、カレッジの地所の賃貸を扱っているのは、会計担当責任者ではないことがわかった。ありがたいことに、その仕事はジョン・スターディー司祭が引き継いでいた。一九六五年の十月にスティーヴンが特別研究員として就任する直前に、ジョンは学生監に任命されていて、それからというもの、奥さん共々、わたしたちの友人として助けてくれて、いつも支えとなり、子どもたちを気にかけ、心から気遣ってくれていた。ジョンは勉強家で超然としていて、見たところ聖人のようなヘブライ語学者で、現実的でにぎやかな妻のジルとは、お似合いの夫婦だった。出会ったばかりの頃に、スターディー家にはもう子どもがふたりいて、わたしがロバートを妊娠中にジルは三人目を身ごもっていた。それから十五年間にわたってスターディー夫妻は、背景や肌の色、宗教もばらばらな子どもたちを九人、養子として迎えた。ジルは英語の学位を取得して、教職課程を修了し、家族を支えて教育を授けるため、自分の学校を設立した。クリスマスにスターディー一家は、特別研究員も厨房のスタッフも清掃係も分け隔てなく、すべてのメンバーと従業員の子どもたちのために、カレッジでパーティーを開いた。ジョン・スターディーか長男のジョン・クリスチャンが、サンタクロースの格好をして、子どもたちはハイ・テーブルを囲んで騒々しく椅子取りゲームに興じ、楽しいひとときを過ごした。

ジョンならきっと親身になってくれるはずだと信じていた。とはいえ、あまりにも対応が早くてびっくりした。

「どのあたりに住みたいか、希望はあるのかい？」

一九七四年の六月に、今後の見通しについて相談しに行ったとき、まるで選びたい放題だとでもいうみたいに、ジョンはそう尋ねた。さすがに希望は通らないだろうと思い、わたしはため息をついた。

「グランジ・ロード界隈とか」

「そうか。じゃあ、きみたちに良さそうな家があるか、そのあたりを見に行ってみよう」ジョンは穏やかに返事をした。

　わたしたちは五、六軒の家を見に行った。ケンブリッジの西側に位置する、ヴィクトリア朝のニューナムという村のはずれにある、前は家族向けの住居だったが、いまではカレッジが所有している家だ。スティーヴンが研究室に通うには遠すぎる家もあれば、騒がしい大通りに近すぎる家もあり、車椅子で動くには一階に充分な広さがない家もあった。けれど、一軒だけ、バックスのすぐはずれのウエスト・ロードに、すぐさま心を引かれた家があった。しっかりした造りで広々していて、ヴィクトリア朝の落ち着きがあり、ハーヴェイ・コートの隣の大きな庭に立っていた。ハーヴェイ・コートは、六〇年代に刊行された『ケンブリッジ・ニュー・アーキテクチャー』で取りあげられていた巨大な住宅団地だ。毎年、夏になるとここでロバートの誕生パーティーを開いていたので、この庭のことはよく知っていた。

　ほんの少し手を加えれば、ウエスト・ロード五番地の家の一階は、わたしたちにぴったりの住まいになりそうだった。なんといっても、家族で暮らすには充分な数の広々した明るい部屋があり、加えてそのほかの必要な設備もすべて揃っていて、なおかつあらゆる年代向けのパーティーを開けるだけのスペースが残っている。リトル・セント・メアリーズ・レーンよりは研究室までの距離があっても、不便なほど遠くはなく、ルーシーが通うことになっている初等学校までの距離はほとんど同じだ。庭ではあらゆる種類のパーティーやゲームができそうだった――特にクリケットが。わたしはセント・オールバンズ中等学校でクリケットをいやいや練習させられたが、いまとなっては息子に教えてあげるのに大いに役立った。この家は、新しくできるロビンソン・カレッジの建設候補地に立っていたため、七〇年代初めに取り壊されそうになっていた。しかし、敷地が狭すぎたので家は残された。そしてたった五年ほど前まで、ウエスト・ロード五番地は、ウエスト・ハウス・ホテルという繁盛しているファミリーホテルだった。けれど、賃貸契約が切れると、カレッジが学部生の宿泊施設として借りることになった。学生は好きなように壁を塗り替えることができて、かつては素敵なヴィクトリア朝のダイニングルームだった部屋は、いまでは黒い天井と緋色の壁になっていた。ペンキの色は表面的なものであり、簡単に変えることができるので、その点についてはあまり気にならなかった。それよりも、家の広さのほうがずっと好印象だったので、ひととおり見て回ると、迷わずウエスト・ハウスに決めた。ついでながら、この家も含めて一九六〇年より前に建てられた建造物をすべて取り壊したがっているカレッジ内の派閥を、事実上黙らせることもできた。交渉は滞りなく行われ、一九七五年にカリフォルニアから帰ってくると、わたしたちはこの家の一階に住むことになった。カレッジは特別研究員が宿泊施設を賃借することに対する規則を緩めていたので、家賃の一部と引き換えに、リトル・セント・メアリーズ・レーンにあるわたしたちの家は、カレッジを通して特別研究員に貸すことになった。

わたしたちの不在中に、二階の学生たちの住居と一階を隔てるため、間仕切りが立てられた。新しくなったこの共同住宅は、隅から隅まで改装され、玄関と庭へ通じるドアのところにスロープが造られた。カリフォルニアからこうした計画を指示するにあたって、トビー・チャーチルという勇気ある青年の協力を取りつけた。トビーは学生の頃に身体が麻痺する病気を患い、話すことと脚を動かす力を奪われた。トビーは、看護師の助けを少し借りることはあっても、自分の面倒を見られるよう、工学の知識を活かして不便さを解消し、さらに話したいことをタイプできるデジタル表示画面を搭載した小さなラップトップ型のキーボード、ライトライターを開発した。残念ながら、キーボードを操作するには手先を器用に動かす必要があったので、ライトライターはスティーヴンの助けにはならなかったし、トビーは自力で動き回ることで腕の筋肉を保とうと務めていたから、電動車椅子には特に興味を持っていなかった。けれど、トビーは仲介人として一九七五年の夏に何度もウエスト・ロードを訪れてくれた。カリフォルニアから帰ると、こんなに素敵な環境の家に引っ越せて嬉しかった。この家に住むことができて幸運だと、わたしたちは十六年間ずっと思いつづけることになった。

一九七五年の秋に住みはじめてから、庭と同じくこの家でも何度となくパーティーを開いた。家族のお祝い事、バースデーパーティー、クリスマスディナー。務めとしてのパーティーもあった——わたしが慈善活動に携わるようになってからは、寄付金集めのイベント、朝のコーヒーパーティー、音楽の夕べ、研究室のパーティー、学年度の始まりと終わりのパーティー、会議の歓迎会と晩餐会。夏には、芝生の上でクローケーとキュウリのサンドイッチのティーパーティー(これもたいていは会議のためのパーティーで、アメリカ人とロシア人の科学者たちが参加した)、フォークダンスの夕べ、バーベキューの夕食会、花火大会があった。こういうイベントは楽しくて、いつも喜んでもらえたが、何年もあとになるまでケータリングを頼めなかったので、忙しくて大変だった。時には公式な招待客の非公式な連れや腰巾着が、作業用のエプロンを身に着けたわたしをカレッジの使用人と勘違いして、パーティーの女主人だと気づかずに、見下した態度でワインのおかわりやサンドイッチをぞんざいに要求することがあるのも、不思議ではなかった。

　恵まれた環境で暮らしているように見えただろうが、不都合な点もあった。わたしたちが住んでいても、この家は依然として取り壊される恐れがあった。わたしたちが住むための改修工事が完了したあとは、最小限のメンテナンス作業しか認められなかった。立て付けの悪いドアと窓の隙間から北風が雪を吹きつける冬には、最初からあったヴィクトリア朝のラジエーターを基にしたセントラル・ヒーティング・システムでは、ちっとも暖かくならなかった。

　何よりも困ったのは、恐ろしくしょっちゅう天井が崩れ落ちてきたことだ。数々の天井の重力崩壊を引き起こしてきたという悲惨な経歴を持つ、わたしの父がそばにいたわけではないのだが。神のお恵みで、被害を被るのは物だけで済んだ。一九七八年七月のある夜、リビングルームの天井が抜けて、ものすごい音を立てて落下し、しっくいの塵と埃を濛々と舞いあがらせた。下にあったステレオは木っ端微塵になり、シャンデリアはくるくる回転していた。幸い、わたしたちはベッドに入ったばかりで、子どもたちは自室で無事に眠っていた。その少しあと、バスルームの天井が落ちてきたときに誰も入浴中ではなかったのも、同じく幸いだった。

家の外では、定期的に屋根から瓦が落ちてきていた。ケンブリッジ大学総長のエディンバラ公フィリップ殿下が折良く訪問してくださったおかげで、こちらの危険は取り除かれた。一九八二年の六月、殿下はスティーヴンを個人的に訪ねてきたのだ。殿下が玄関をくぐるときに、高貴な頭に屋根瓦が落下するのではないかと不安でたまらず、わたしは樋の周りに保護ネットを張ってほしいと頼んだ。この言い分は認められ、数か月後には屋根が葺き替えられた。王族の訪問のおかげで、バスルームの付属器具類も新しくなった。

わたしたちは一階部分だけを占有していたので、この家にはほかにも住人がいた。別の入り口がある二階には学生たちが住み、大学の洞窟探検クラブの装備が置かれた暗い地下室の奥深くにはネズミが住んでいた。ルーシーが捕食性の猫を飼いはじめてからは、ネズミは近づかなくなったものの、学生たちと満足のいくような折り合いをつけることは、そう簡単にはいかなかった。二階の学生たちを階下に招いて一杯やったり、真夜中にわけもなく火災警報が鳴り響いて庭で顔を合わせることがあったりして、個人としては、みんな文句なしに感じが良くて楽しい若者たちだとわかった。けれど、仕方がないことだが、学生のライフスタイルや日課、習慣というものは、わたしたちのそれとは一致しないことがしばしばあった。時々、夜中のうるさい騒ぎや音にとどまらず、もっと具体的な形で彼らの存在を感じることがあった。だいたい年に一度は、わが家のキッチンの真上に位置する、二階の学生用のバスルームで、誰かがお湯を流しっぱなしにした。前回お湯が流れっぱなしだったのは、ニュージーランドからスティーヴンの従兄弟が訪ねてくることになっていた日で、わたしは彼らが到着する予定のランチタイムの十五分前に家に帰り着いた。玄関の鍵を回した瞬間に、勢いよく流れる水の音が聞こえ、廊下を通ってキッチンに入ろうとすると、じめじめとかび臭い匂いがした。床はもう水浸しになっていて、調理台に準備しておいた上等なお皿とボウルには、汚い水たまりができていた。チーズにトマト、レタス、パンが、生ぬるい灰色のプールで泳ぎ、天井からはさらに水が降り注ぎ、照明器具をしたたり落ちて……。

　しかし、一九七五年九月には、こういう難点があるとはまだ気づいていなかった。カレッジに引き渡す前に、わたしと母はリトル・セント・メアリーズ・レーン六番地の家を片付け、ウエスト・ロード五番地に荷物を移す手配をした。カリフォルニアから帰国したあと、わたしたちの置かれている状況は劇的に変化した。イギリスに戻ると、学長館（マスターズ・ロッジ）か大邸宅かといった感じの家に住み、スティーヴンは大学の準教授として初めて公式なポストを確約された。カリフォルニアに行っているあいだに、ケンブリッジではわたしたちが向こうに永住する気だという噂が広まっていたからだ。預言者は故郷で尊敬されないという古い聖書の格言が直ちに証明され、のちに教授職に取って代わられることになる準教授の職が実現した。かつて上級特別研究員の学監が予言したように、大学はスティーヴンを断じて手放したくなくて、戻ってくるのをじりじりしながら待っていた。

　準教授になると、待望の秘書がついた。秘書のジュディ・フェラは、応用数学および理論物理学研究室のくすんだ世界に、フレッシュな活気とこれまでにない魅力を吹き入れた。何年にもわたって、ジュディはスティーヴンのために、絶えず誠実にてきぱきと働いてくれた。ヒエログリフのような読みにくい文字が混じった論文をタイプし、手紙のやりとりに対処し、会議の準備をし、旅行の手配をしてビザを申請した。いまやスティーヴンは有名人として引っ張りだこになっていたので、すべてをこなすにはフルタイムで働かなければならなかった。

成功に対する大いなる称賛は、アメリカだけのものではなかった。もっと控えめなやり方で、遠慮がちな評価に覆い隠されていたものの、イギリスでも同様の姿勢が取られた。地平線に輝く科学界の華々しいスターを認めることとの競争に負けまいと、科学協会が次から次へ我先にと率先して最も名誉あるメダルをスティーヴンに授与した。それから数年間にわたってことあるごとに、ケンブリッジに来てくれた両親に学校から帰ってくる子どもたちを迎えてもらい、わたしはスティーヴンを研究所に迎えに行き、車椅子と夫を車に乗せて、授与式の晩餐会が開かれるロンドンの洒落たホテル――サヴォイ、ドーチェスター、あるいはグローヴナー――に向かって出発した。時には一泊させてもらえることもあり、同伴の妻であるのと同時に、運転手、看護師、従者、酌取り、通訳者も務めているわたしとしては助かった。ケンブリッジでのいつもの生活の流れと、ロンドンの派手な社交の場とのあいだに存在する障害をすべて乗り越えたあと、わたしたちはいつも遅刻して、イブニングドレスで着飾って――スティーヴンの希望どおり、ちゃんと手で結んだ蝶ネクタイで仕上げをして――キラキラした舞踏室かダイニングルームに登場し、集まった科学界の知識人や仲間たち、さまざまな要人に迎えられるのだった。彼らはみんなとてもチャーミングで、奥さんたちはたいてい親切だったけど、わたしからすると年がいきすぎているようで、親よりも高齢なほどだった。わたしの本当の友だちとは違い、通りや校門で会うようなタイプの人たちではなかった。

こうした式典の作り物の魅力は、面白くもあり、同時に腹立たしくもあった。わたしは楽しく過ごしていても、どうしたって時間が気になってしまった。真夜中過ぎにロンドンから家まで送り届けてくれる御者も、スティーヴンの就寝準備を手伝ってくれる人もなく、翌朝にはいつもの日課に戻ることになっていた。わたしはスティーヴンを着替えさせ、朝食を食べさせ、薬とお茶を飲ませてから、家を掃除して、洗濯機を二、三回まわし、タマネギとジャガイモの皮を剝いて次の食事の準備をする。一日か二日もすれば、授与されたメダルまでもが消えてしまう。この家では隙あらばちょっとした窃盗――玄関ホールからハンドバッグが盗まれたり、ポーチから自転車が盗まれたり――が時々あったので、メダルは銀行の金庫室に預けておくことになり、再び目にする機会は滅多になかった。

3　埋もれた宝

日々の暮らしの現実は、いつも前夜から始まっていた。スティーヴンに薬を飲ませ、ベッドに寝かせると、わたしは子どもたちのために朝食を用意しておく。ついにロバートの早起きに対する熱意は、その意義を見出した。ロバートは自分で朝食をしっかり取り、ルーシーのことも面倒を見てくれたのだ。朝になると、わたしはスティーヴンをベッドから起こし、服を着させて、お茶と早朝のビタミン剤を飲ませ、そのあとルーシーを自転車の後ろに乗せて学校へ送っていく。たいていは買い物も済ませて帰ってくると、スティーヴンに朝食を取らせ、身の回りの世話をしてから、仕事に送りだす。カリフォルニアで自由を謳歌(おうか)したあとで、スティーヴンは車椅子のもどかしさに耐えるつもりはさらさらなく、こうした医療器具は無料で使用できると宣伝されていたので、スピードの出る車椅子を保健省に申請した。ところが、宣伝されていた約束と事実は違った。スティーヴンがどんなに根気強く粘っても、保健省の灰色の役人に申請を認めさせることはできなかった。先例を作ると、同じような申請の歯止めがきかなくなることを恐れているのだ。電池式三輪自動車の申請を提出すれば良いと言われたけれど、スティーヴンはもう操作する力がなくなっていた。あるいは、確かに電動車椅子の申請もできるが、スティーヴンが慈善基金で購入してもらって既に研究所で使用していたもののように、屋内用のスピードの出ないモデルだった。もっとスピードの出る車椅子が必要なのだと説き伏せようとしても、時間の無駄だった。社会保障制度はそんなものだ。福祉援助などあってないようなもので、実は障害者が全力を尽くして働くことの邪魔をして、結果的に彼らが納税者として国庫に貢献するのを妨げようとしているのではないかと思うほどだった。身体、実用、精神、財政面での支援は最小限で、あとは処方されたひと握りのビタミン剤を提供するだけで精一杯のようだった。

わたしたちは家族として機能するための日々の戦いの中で、ますます家族や友人、研究生たちに頼るようになった。スティーヴンは望みどおりの車椅子を手に入れて——国民健康保険ではなく、慈善基金のおかげで——、研究生に慎重に付き添われながら、毎朝その電動車椅子に乗って出かけていった。冬にはトリカブトやユキノハナ、春にはラッパズイセンが咲くキングス・カレッジの小道を通り抜けて、太鼓橋を越えて川を渡り、通用口からカレッジの外に出ると、シルバー・ストリートの反対側にある研究室にたどり着く。スティーヴンがようやく、いつでもどこへでも自由に動き回れるという基本的人権を享受することになったのは、政府の支援や対策のおかげなどではない。ひとえに夫が懸命に努力し、物理学で成功を収めたおかげだった。

子どもたちの送り迎えは、もうひとつの問題だった。わたしは毎朝ルーシーを自転車の後ろに乗せて学校に送り届けていたが、ロバートの学校はちょっと遠かった。ケンブリッジに比較的最近やってきたジョン・スタークのおかげで、ロバートは学校に遅刻せずに済んだ。ジーンとジョンのスターク夫妻と、ふたりの子どもたちは、七〇年代初めにジョンがアデンブルック病院で胸部顧問医として働くことになり、ロンドンからケンブリッジにやってきた。スターク一家は、十年前にフレッド・ホイルが建てて住んでいた家に入居した。ジョンは親切に出勤途中にロバートを拾って、自分の息子のダンといっしょにパース・プレパラトリー・スクールまで送り届けてくれた。わたしはそのお返しとして、午後には子どもたちを学校に迎えに行き、ダンを家まで送っていった。時々、子どもたちが遊んでいるあいだに、ジーンとおしゃべりをした。ジーンはロンドン・スクール・オブ・エコノミクスの卒業生で、ケンブリッジでは男尊女卑の風潮が蔓延し、大学によってすべての職業が支配されていることに、窮屈さを覚えて落胆していた。わたしもジーンも、二十一、二歳までは女性に男性と競い合うよう教育を受けさせておきながら、そのあとは即座に二流の立場に追いやるシステムに対し、フラストレーションを感じていた。妻と母親としての役割を後悔したことは一瞬もなかったとはいえ、社会が、特にケンブリッジの社会が、この欠くことのできない役割を軽視していることに憤慨していた。

ジーンは、もう一度論文に取り組むべきだと言ってくれたが、そんな見込みのない計画は考えるだけでも無茶だとわたしは思った。十年近くにわたって、論文は時にありがたく、時にひどく恨めしい存在として、わたしの人生にありつづけた。大量の資料を集めてはいたものの、全体の三分の一しか完成しておらず、書きあげられる気がしなかった。わたしが自由に遣えるのは、正午にスティーヴンが出かけてから、午後の早い時間に急いで買い物を済ませたあと、三時十五分過ぎにルーシーを学校に迎えに行くまでのわずかな時間だけで、長くても二時間半ほどしかなかった。それでも、ジーンに力説されて、論文を完成させるのがそれほど無謀なことではなさそうに思えてきた。父の公務員時代の古い同僚で、一九三四年に中世ドイツの抒情詩人に関する研究を始めて、四十年後に退職してから完成させた、ヘンリー・バトンという素晴らしい前例も励みになった。

わたしの研究する三つの地域と時代は明確に限定されていたので、論文に戻るのは心配していたほど大変ではなかった。いちばん古い時代の叙情詩、モサラベのハルチャについては、既に考えを立証してあったので、今度は中世叙情詩が花開いた二番目の地域——イベリア半島の北西の隅に位置するガリシア——に取りかかることができた。その地域の言語はポルトガル語よりもカスティーリャ語に似ていて、サンティアゴ・デ・コンポステーラ市は、地元の伝説によると八二四年にガリシアの海岸に棺が打ちあげられたという聖ヤコブの大聖堂のおかげで、世界的に有名になり、商業的成功を収めていた。十三世紀になる頃には、ガリシアの抒情詩人(トルバドゥール)の歌は、カスティーリャの宮廷で人気の娯楽として、衰退しつつあったプロヴァンスの叙情詩に取って代わり、彼らの詩はあの非凡な賢王、アルフォンソ十世の本格的な研究のひとつに発展した。大きく異なるさまざまな詩の中に、カンティーガ・デ・アミーゴというひとつの大きなグループがあり、女性が表明する愛の歌から成り、ハルチャのテーマと特徴が多数含まれている——恋人たちがたいていは夜明けに落ち合ったり、娘が理想化された母親や姉妹に秘密を打ちあけたり、恋人がしばしばしば不在であったり。その形式と文体には民間伝承の要素も示されていて、伝統的な先例に立ち戻っているようだ。わたしは毎日、自由になる数時間を費やして、五百十二篇のカンティーガ・デ・アミーゴの中から伝統的な要素を選り分けていった。ハルチャと共通する文体と言語の顕著な特徴を評価し、その文体を学習された古典あるいは聖書の先例と比較し、もっと一般的なヨーロッパの背景に対して位置づけるのだ。

多くの詩は、ハルチャの明るい直接性とは異なる、憂いともの悲しさを伝えていた。ここでは真実の愛を妨げるものは、争いや社会的慣習といった日常の現実に加えて、移り気と不貞、拒絶であり、木々や鳥、泉などを媒体として表現された。感情の荒れ地となった自らの人生を見つめ、恋に悩む娘は無関心な恋人に呼びかけ、かつてはどんなふうに鳥たちがふたりの愛を歌っていたか思いださせようとする。娘は、ふたりの愛の風景を残酷に壊してしまった恋人を責めている。くり返される〝leda m'and'eu〟という反復句が、失ってしまった幸福への切望を表している。

Vos lhi tolhestes os ramos en que siian
e lhi secastes as fontes en que bevian;
leda m'and'eu.

あの子たち（鳥たち）が止まっていた枝をあなたは奪い去り

水を飲んでいた泉を干上がらせてしまった
わたしを幸せにしてよ

　また論文に取り組むようになって、知的な意欲は甦(よみがえ)ったが、黄ばんだ本に囲まれて図書館の机の前に座り、これらの詩の構成に与えられた多くの影響が持つそれぞれの重要性を比較して評価するのは、孤独な作業だった。歳月を経ても、中世研究に対するスティーヴンの姿勢は変わらなかった。夫に言わせると、やっぱり海岸で小石を集めるのと同じぐらい価値のないことだった。以前はあれほど熱中して励みになっていた中世セミナーは、解散してしまっていた。ケンブリッジのスペイン語学部とのつながりは乏しく、わたしの母はいまでも律儀に金曜の午後には子どもたちの面倒を見に来てくれていたのだが、ロンドンのセミナーからは取り残されたような気がしていた。

　頌歌(カンティーガ)の哀調を帯びた声がわたしの内なる世界を満たし、孤独な活動につきまとった。家事をしていても離れず、時間をかけてスティーヴンに食事を──小さなひと口大に切ったものを、ひとさじずつ、ひと口ずつ──食べさせているあいだも、頭の中がいっぱいだった。どんなに短くても、都合の良い時間があればいつも、わたしはリビングルームの張りだし窓のところにあるテーブルにダッシュして、いくつかのメモやアイデア、参照事項を書き留めた。けれど、これらの歌を研究し、注釈をつけ、分析するだけでは足りなかった。わたしはどんな時代の歌であれ、歌を通して、自分自身で感情を表現できるようになりたいと強く願っていた。カリフォルニアで声楽曲に触れてから、上手に歌えるようになりたいと熱望していた。ピアノとは違って、声の技術は持ち運びが可能で、いつでもどこでも、キッチンの流しの前に立っていたって練習できた。

スティーヴンの中世研究に対する軽蔑の念は和らがず、グランドオペラ、特にワーグナーへの情熱は変わらなかったが、それでも夫はわたしの新たな興味を奨励してくれた。週に一度、スティーヴンと研究生は子どもの世話をするため早く帰宅してくれたので、わたしは一時間だけ出かけて声楽の夜間クラスを受けることができた。このクラスを担当するのは、卓越したバリトン歌手のナイジェル・ウィッキンスで、彼は歌の講師でもあり、歌手でもあった。背が高く直立した姿は、ドーム型の頭のおかげでますます貫禄が備わり、特に発声法について過度なまでに正確さにこだわるところから、知り合ったばかりの頃は少なからず威圧的な印象を受けた。しかし、これはさまざまな面を持つナイジェルの人柄のひとつの側面に過ぎなかった。パフォーマンスの技術に精通し、さっきまでクラスの生徒を畏怖の念で征服していたかと思えば、次の瞬間には大爆笑させているのだった。ナイジェルは紛れもない音楽の魔術師で、毎週トリックの箱を開き、感情のスペクトルのあらゆる色合いを示した。シューベルト、シューマン、ブラームス、フォーレ、モーツァルト……内なる自分に触れ、魂の奥底をノックし、言葉だけでは伝えきれない希望と恐怖、哀切と悲劇を表現する音楽を生みだしてきた天才たち、その音楽の天才たちが残した豊かな遺産を封じ込めている、光り輝く宝石を見せてくれた。時には、歌の悲しみと、それらが呼び覚ます曖昧な切望に、耐えがたいほど胸が苦しくなった。わたしは二回受講したあとで、ちゃんと歌えるようになりたい、一から声を鍛えて自分だけの楽器を創りだしたい、と願っていることに気づいた。

4 ボードゲーム

新しい環境にすっかり落ち着き、大学での仕事を保証されて、スティーヴンは物理学における方向を転換し、一般相対性理論という大宇宙の法則に背を向けて、量子力学――素粒子という小宇宙レベルで働く法則、量子の物理学、物質の基礎単位――にますますのめり込んでいった。この変化は、ブラックホール研究と、カリフォルニアで粒子物理学者たちと交流したことの両方による結果で、量子重量理論を追い求めるというさらなる探索にスティーヴンを誘い込んだ。量子重量理論によって、アインシュタインの一般相対性理論と量子力学の物理的現象を両立できるのではないか、と夫は期待していた。アインシュタインは、一九二〇年代にヴェルナー・ハイゼンベルクとニールス・ボーアが発展させた量子力学の理論にひどく懐疑的だった。美しく秩序立った宇宙の理法に対する彼の信念を傷つけるものだったので、この科学的躍進に含意された不確定な任意の要素を信用しなかったのだ。アインシュタインはニールス・ボーアに「神は宇宙でサイコロを振らない」と言い、嫌悪を強く表明した。

わたしは結婚する前からずっと、宇宙の起源に興味を抱いていた。母は弟のクリスとわたしが幼かった頃、明るく清らかに澄んだノーフォークの夜空を眺めて、きらめく星座を良く指し示していたものだ。七〇年代にはまだ地上の明かりは弱く、ロバートとルーシーとわたしは夜空を見あげ、暗闇の中にきらきら光る遠い星の美しさに目を丸くした。わたしたちは計り知れない距離と理解できない時間の長さに思いを巡らせ、その無限の時空を数式に変換し、それらの方程式を頭に入れておくことができる――ウェルナー・イスラエルいわく、頭の中でモーツァルトの交響曲を作曲しているようなものだ――、子どもたちの父親でありわたしの夫である天才に、驚かされるばかりだった。これらの方程式は、人間の起源と宇宙における位置付けに関する多くの問題、とりわけ、平凡な銀河のはずれでありふれた星の周りを公転している、小さな惑星のちっぽけな住人として、わたしたちがどんな役割を担っているのか、その重要な問題の鍵を握っていた。物理学と数学の基礎的な知識しか持ち合わせていなくても、これらの疑問には想像力をかきたてられた。それとは対照的に、目に見えない粒子の衝突は、特に粒子が目に見えないばかりか想像上のものであっては、何十億光年にもわたる時空の始まりへの素晴らしい心の旅ほど情熱的に興味をかきたててはくれなかった。それに正直なところ、いまスティーヴンが関わっている科学者たちにも、少しも魅力を感じなかった。粒子物理学者は総じて無味乾燥で、強迫観念に取りつかれたような科学者の集まりで、個人的なつき合いには少しも関心がなく、自らの科学的な名声ばかりを気にしている。これまでつき合ってきた友好的でのんびりした相対性理論学者たちに比べると、ずっと競争心が激しかった。彼らは会議に出席し、自分たちのために準備された社交の場に顔をだしたが、ひと握りの熱意にあふれた陽気なロシア人を除いては、その人柄はほとんど印象に残らなかった。そんな灰色の泥沼の中で、洗練されていて、はきはき物を言う、相対性理論時代の魅力的な古い友人――イスラエル夫妻、ハートル夫妻、キップ・ソーン、ジョージ・エリス、カーター夫妻にバーディーン夫妻――の顔を時々見られることが嬉しかった。

誰よりも有名な量子物理学者だけは、確かに無口ではあったものの、いつまでも忘れられない印象を残した。ケンブリッジの物理学者で、一九二〇年代に量子力学とアインシュタインの特殊相対性理論を両立させ、一九三三年にノーベル賞を受賞したポール・ディラックは、物理学の伝説的な人物と目されていた。スティーヴンとブランドンは、自分たちを科学界におけるディラックの孫だとみなしていた。というのも、ふたりの指導教員のデニス・サイアマが、ディラックに指導を受けていたのだ。一九七一年にトリエステで、わたしはディラックと、彼の妻でありハンガリーの高名な物理学者の妹でもあるマーギット・ウィグナーに紹介された。結婚した直後、ディラックはある同僚に、「これが私の妻だ」とは言わずに、「これがウィグナーの妹だ」とマーギットを紹介したと言われている。

ある日の午後、ディラック夫妻がケンブリッジのわたしたちのもとを訪ねてきた。マーギットの貴族的なふるまいは、セルマ・サッチャーに似たところがあった。とはいえ、流れるような豊かな鳶（とび）色の髪をしたマーギットは、さらに抑えきれない個性があり、気取りがなく、寡黙な夫とはまったく対照的に、自然に気楽な会話をする才能に恵まれていた。芝生に座ってお茶を飲みながら、マーギットが旅行のこと、家族のこと、フロリダにある家のことを話し、子どもたちを褒めて、気さくにおしゃべりをしているあいだ、ポールは耳を傾けて見守っていた。物理に関係ない話のときは特に、わたしが気づけばスティーヴンの代弁者を務めているのと同じように、マーギットはしばしば夫の代わりに話をした。スティーヴンとポール・ディラックは、どちらも口数が少なく、物理学に関することであれ、とりとめのない話であれ、じっくり考えたうえで発言したがるという点で似ていた。

スティーヴンの新しい研究生で、プリンストンから来たアラン・ラペデスが、わが家のあいている部屋に住み、カリフォルニアでのバーナードみたいに厄介な仕事を、特にスティーヴンを抱えあげることを手伝ってくれることになり、家庭での日課の負担は軽くなった。無口で控えめなアランは我慢強いヘルパーであり、よくほかの研究者たちといっしょに、研究室でもスティーヴンの日常的な世話をしていたので、わたしは彼に甘えすぎないよう気をつけていた。

スティーヴンの身体を楽にすることは、いまでは大きな問題になっていた。というのも、例のごとく、夫は苦痛を自ら緩和させようとはせず、わたしたちは週末に家から出られなくなることもしばしばあった。コンスタンス・ウィリスの最近の助手、スー・スミスの頑張りも虚しく、わたしたちは一週間ずっと不安といらだちを抱えて過ごしていた。スーはスティーヴンの身体をまっすぐ伸ばし、両側にひとりずつ補助者がついて支えながら廊下を歩かせることで、もっと定期的に運動させようとした。北部の人間らしい人を惹きつけるユーモアのセンスで、スーが最新のゴシップを面白おかしく聞かせてどんなに楽しませても、毎週彼女が訪ねてくる二時間以上はスティーヴンを運動させることはできなかった。

「ね、わたしのためにやってみてくれない？」スーがそう訴えても、スティーヴンはスフィンクスのようなとびきり魅力的なほほえみを浮かべてみせるだけだった。

　起きているあいだずっと座りっぱなしなので、スティーヴンの手足は病気と運動不足ですっかり痩せ細ってしまっていた。よく知らない人が見れば、電動車椅子という便利な機械を駆使している姿からは、運動ニューロン疾患が本当はどれほどダメージを与えているのかわからないだろう。スティーヴンはすいすい川を越え、研究室を往復し、かなり自由に動き回ることができている。けれど、この革命的な乗り物で進む途中に障害物があれば、重さ百二十キログラムの車椅子を持ちあげて高い段差や階段をのぼるため、たくましい男性ひとりでは足りず、ふたりか三人の補助が必要だ。わたしとスティーヴンが夜のお出かけをするときに、途中で一段でも段差にぶつかれば、困ったことになった。

　わたしとは違って、驚いたことにスティーヴンは、子どもたちが学校でもらってくるさまざまな軽い病気にかかることが滅多になかった。旺盛な食欲と強い体質を維持し、一日も研究を休まないことを誇りにしていた。でも、スティーヴンの身体がどんなに痛々しいほど痩せ衰えているか、外部の人たちは知る由もなく、あの恐ろしい窒息の発作を見ることも普通はなかった。咳は夕飯時に始まって、夜までずっと続き、喘鳴（ぜいめい）が治まって穏やかな寝息に変わるまで、わたしはおびえた子どものような夫を腕に抱いていた。発作を起こさないよう、いろいろな食事を試した。

まずは砂糖をなくし、次に乳製品、最後にパンやケーキのつなぎの役割を果たしている、小麦粉に含まれるねばねばしたタンパク質、グルテンを取るのをやめてみた。どれも喉の過敏な粘膜を刺激すると考えられていた。子どもたちとわたしはパンもケーキも食べるのをやめず、砂糖抜きで料理をするのは難しくはなかったが、一九七〇年代にグルテンフリーの料理にチャレンジするとなると、キッチンの大変革が必要だった。〝〇〇フリー〟を謳った商品がスーパーの棚に並ぶずっと前の時代で、グルテンフリーの小麦粉なんて当時の料理法としては悪夢のようなものだったのだ。そうはいっても、命に関わる恐ろしい窒息の発作に比べれば、グルテンフリーの料理に挑戦するほうがずっとマシだった。

その年の冬の病気については最悪の事態を脱したと思っていたら、一九七六年の春には残酷ないたずらが次々と仕掛けられていた。三月二十日に最初の小さな蛇が現れて噛みつき、ルーシーが水疱瘡になった。不快だけどありふれたこの病気は、学生の頃にバレンシアで発症した経験からすると、二十歳でかかるよりは子どものうちに済ませておいたほうが確かに良かった。三月二十二日の月曜日になる頃には、かわいそうなルーシーは発疹で悲惨なほど赤くなっていて、昼夜を問わずわたしにそばにいて欲しくて泣いていた。水疱瘡だけの問題なら、わが家は幼い子どものいるほかの家庭となんら変わりはなかったものの、同じだと言えるのはそこまでだった。その週のうちに、ルーシーがみるみる回復してくれたのは幸いだった。次に振られたサイコロの目は、わたしたちをもっとせっかちな蛇の前に飛びださせることになったのだから。

その週末の土曜の朝に、わたしたちはみんな起きると喉が痛くなっていて、次の日にはアランもスティーヴンも本格的に具合が悪くなっていた。喉の炎症と共に、高熱が出た。本質的に医療を信用せず、一九六三年に診断を受けたときのお粗末な治療をいまだ恨んでいて、わたしの飛行機恐怖症と同じぐらいに病院恐怖症なので、スティーヴンは医者を呼ばせなかった。食べることも飲むこともできず、呼吸するたびに息を詰まらせているというのに。翌日遅くに、切羽詰まったわたしは電話で当直医と話をしたが、スティーヴンは症状を緩和する医師の提案すべてに首を振って猛然と拒絶した。咳止めシロップなど咳を抑えるどんな処置も、スティーヴンに言わせると、自然な反応を抑制することであり、むせぶよりも危険になりうるとのことだった。事実上、スティーヴンは自身の担当医となり、どんな医療従事者よりも自分の健康状態がわかっていると確信していた。日曜の午後にお茶を飲みに来ていた義母がそのまま残ってくれて、心配でたまらない夜をふたりで交互に看病して過ごした。次の日――わたしの誕生日――には、スティーヴンはひどく具合が悪く、青ざめてげっそりして、咳に苦しんで疲れ果てていたのに、それでも助けを呼びに行かせようとしなかった。その日も遅くなってから――わたしの誕生日に免じて大きく譲歩して――、やっと医者を呼ばせてくれた。午後七時半にようやくわが家に足を踏み入れることを許されたドクター・スワンは、迷わず即断した。二、三日で帰ってこられるはずだからとスティーヴンに約束して、ただちに救急車を呼んだのだ。

入院病棟に着いた最悪の瞬間に――スティーヴンは死刑囚監房に閉じ込められるのを覚悟し、

わたしは不安で苦悩しながら、どうすることもできず夫の腕をさすっているとき――、医師のオフィスから聞きおぼえのある自信と威厳に満ちた声がしたのは、まったくの幸運だった。毎日ロバートを学校まで送ってくれている、胸部顧問医のジョン・スタークの声だ。一般的な医師に対する評価がどうであれ、スティーヴンはジョンを友人として敬っていた。わたしは、長々と説明しなくても状況を理解してくれて、ひどく具合の悪い患者をひとりで世話するという重圧から解放してくれる医療の専門家に出会えたことが、本当に嬉しかった。それでも、スティーヴンは限られた相手としか意思の疎通ができず、悪影響をもたらすかもしれない食事や薬を与えられることにおびえていたので、わたしは病院に残ってひと晩じゅう枕元につきそっていた。翌日には、夫の病状――急性肺感染症と診断されていた――はわずかに改善し、回復へのはしごの一段目をゆっくりとのぼりはじめた。二日後にはずいぶん元気になっていて、もう家に帰っても大丈夫そうだった。

そのあいだ、わが家の生活はいつもと同じようなペースを取り戻していた。わたしの両親が子どもたちの世話をしに来てくれていて、ルーシーは登校し、ロバートは学校の日帰り旅行でヨークに行っていた。四月一日にわたしとアランでスティーヴンを病院から連れ帰ると、すぐに普通の生活に戻れるものと、愚かな甘い希望を抱いていた。ところが、家に着いたとたん、スティーヴンは激しく咳き込みはじめた。咳はいつまでも治まらず、たちまち絶望的な状態に逆戻りしてしまった。医師たちのアドバイスをすべて試しても、スティーヴンの苦しみを和らげることはできなかった。座っても横になっても、どんな体勢を取っても息を詰まらせてしまう。食べることも飲むこともできず、理学療法にも耐えられないほど弱っていた。わたしの母、バーナード・カー、アランとわたしで、当番制で看病した。昼も夜も一日じゅう、ひとりかふたりがスティーヴンにつきそい、そのあいだにほかの人は睡眠を取る。極めて危険な状態にあるのは間違いなかった。最悪の事態を覚悟しておかなければならないことは、医者に言われなくてもわかった。

医学が敗北を認めたとき、友人の心遣いは思いがけない力を与え、自然と希望を取り戻させてくれた。ある晩、キーズ・カレッジの学生監のジョン・スターディーと、奥さんのジルが訪ねてきて、静かに慎み深く、祈りを捧げたいと申し出てくれた。スティーヴンの研究生と同僚の献身的な態度は揺るぎなく、たびたび夜に訪ねてきて看病を手伝ってくれた。まだひどく弱っていて窒息の発作に襲われてはいるものの、スティーヴンは少しずつ回復していき、やがて四月四日の日曜日にはまったくむせぶことなく一日過ごし、ピューレにした食べ物を少しだけ口にすることができた。ところが、夜にまた体調が悪化し、翌日にはふりだしに戻っていた。その日の朝、目覚めたロバートは高熱があり、全身に水疱瘡（みずぼうそう）の発疹（ほっしん）が出ていて、昼には意識が朦朧（もうろう）としてきた。

わたしの父も手術を受ける予定があり、セント・オールバンズの病院に入院するため、スティーヴンが最初の回復の兆しを見せはじめた頃には、自宅に帰ってしまっていた。両親がいなくなり、わたしは親切な友人に子どもの世話を頼るしかなかった。特にジョイ・キャドベリーは、何年ものあいだ陰で見守りつづけ、必要なときはいつもこのうえない思いやりをもって助けようとしてくれた。一九七三年にわたしとスティーヴンがロシアに行っているあいだも、ロバートはキャドベリー家で預かってもらっていた。息子もルーシーも、キャドベリー家の子どもたち、トマスとルーシー・グレースといつも仲良くつるいで過ごしていた。スティーヴンが集中治療室に入っていて、わたしが病院につきそっていたとき、子どもたちはもうキャドベリー家に二晩泊めてもらっていた。赤い発疹が出ているロバートを看病するとジョイが言ってくれたのは、いくら友だちでもそこまでは望めないほど寛大な行為だった。三週間以内にジョイの子どもたちふたりとも水疱瘡を発症するのは、目に見えている。それでも、あまりに切羽詰まった状況に置かれ、頼れる相手も限られていて、わたしは自分たちの身に何が起きているのか理解できないほどだったので、ロバートを行かせるよりほかに選択の余地はなかった。

ジョイの行き届いた看病のおかげで、ロバートは元気になった。もちろん、彼女の子どもたちは水疱瘡にかかってしまったが。父の手術も無事に終わり、一日遅れでわたしは午後の時間をなんとか見つけてセント・オールバンズに急いでお見舞いに行き、ベッドから起きあがって病棟を歩きまわっている父を見てホッとした。スティーヴンの回復には時間がかかり、いつ治るのか見通しがつかなかった。処方されたペニシリンを飲もうとしないのが主な原因だった。夫は、手で頭を支えながら静かに椅子に座り、六〇年代からするようになった物思いに沈んだ姿勢を取っていた。口をきかず、しょっちゅう息を詰まらせて、ちびちびと慎重に飲み食いした。外出する体力がなかったので、研究室の場所をわが家に移して、リビングルームでセミナーを開いた。

イースターの日曜日が終わる頃、スティーヴンはついに元気を取り戻しはじめた。わたしたちはやっと夜に眠れるようになり、少しだけ肩の力を抜くことができた。子どもたちは家に戻ってきて、学校が休みの残り一週間に、これまでの分まで休暇を堪能しようと楽しみにしていた。

ところが、スティーヴンにはほかに考えがあった。イースターの月曜日に、まだ回復しはじめたばかりだというのに、夫は研究生たちを呼びだすと、車に乗ってオックスフォードで開かれる五日間の会議に出かけていった。わたしは戸口に立って見送りながら、夫の向こう見ずな行為に対する不信感を募らせ、逃げだしたくてたまらなくなった――できるだけ遠くへ。デニスとリディア・サイアマは、スティーヴンの無鉄砲さに仰天していて、わたしにコーンウォールのセント・アイヴスにあるホテルを勧めてくれた。惨めで何がなんだか理解できず呆然(ぼうぜん)としながら、どこへなぜ向かっているのかもよくわからないまま、ケンブリッジから離れたいという強い思いに突き動かされて、わたしと子どもたちはロンドンへ逃げて、パディントン駅で西部地方へ向かう列車に乗った。列車はわたしたちを乗せてどんどん南へ走った。エクセターを過ぎると減速して、カタツムリの歩みでのろのろ進み、曲がりくねった分岐した線路をくねくね走った。時間がなかなか過ぎないことにも、子どもたちの遊びにも、笑い声やおしゃべりの声にも気づかず、わたしはぼんやりと窓の外に目をやり、サクラソウの咲き誇るコーンウォールの野原を見るともなく見やり、疲れ切って落胆した放心状態に陥っていた。

5 ケルトの森

疑う余地はない――わたしたちは危機に瀕していた。それでも、岩や石を貫く根をおろすことは可能だった。すっかり痩せた土に少しずつ根を張り、上にある枝のために安全な土台を築いた。ただし、発育は妨げられ、葉っぱや花や実をつけることはできない。四月の終わりに、わたしたちはコーンウォールから、スティーヴンはオックスフォードから帰ってきて、まるでイースター休暇の悪夢なんてなかったみたいに、子どもたちはまた学校に通いはじめた。

夏の盛りに、BBCのテレビクルーが、宇宙の起源に関する二時間のドキュメンタリー番組の一環として、スティーヴンを撮影しに来た。偶然にも、プロデューサーのヴィヴィアン・キングは、わたしと同時期にウェストフィールドの学生だった。彼女は数学を勉強していたが、科学的な硬いアプローチで撮影するのではなく、家族の暮らしを背景にスティーヴンを人間味あふれる人物として捉え、共感できる姿で映しだしたいと考えていた。わたしはこのイメージを気に入った。科学的な硬いアプローチだと、スタンリー・キューブリック監督の映画に出てくる悪意ある車椅子のストレンジラヴ博士のように、スティーヴンが邪悪なキャラクターとして映しだされかねないと心配だったのだ。完成した作品は、同様の映像制作物の中で最初にして最高の出来で、科学的な内容でありながらも、詩的で牧歌的な要素も含まれていた。もちろん、スティーヴンが研究所で仕事に取り組み、研究生たちとやりとりし、セミナーを開き、最新の理論について解説するところが捉えられていた。また、花の咲き乱れる庭で夏の日射しを浴びながら、ふたりの子どもたちが遊んでいるところを背景に、家でもインタビューを受けていた。

これは確かにわたしたちがめざしつづけている自立したイメージだったが、そんなイメージと成功の甘い幻想を維持するのは、簡単なことではなくなってきていた。イースターのあと、オックスフォードの会議から帰ってきたアラン・ラペデスは疲れきっていて、体力が回復するまで二週間ほど留守にすることになった。なにしろ、アランも肺感染症を患っていたのに、スティーヴンを看護するのに助けが必要だったため、誰も彼の健康状態に気が回らなかったのだ。

元気を装うスティーヴンの勇気ある試みは、研究室では役に立ったのかもしれないが、家では心配になるほど元気がなく、危険なまでに身体が弱っていた。しゃべるのは用事があるときだけで、ひとつ用が済んだら、またすぐに別の用を言いつけ、わたしは我慢の限界までこき使われた。とにかく助けが必要だったというのに、医師たちが申し合わせて国民健康保険に懇請してくれても、助けは得られずにいた。いずれにしても、スティーヴンは相変わらず外部の人間による看護を一切受け入れようとしなかった。収入の残りはすべてロバートの学費のために積み立てていて、通いのお手伝いさんを頼む余裕などなかったので、わたしの医師が家庭の雑事を手伝ってくれるホームヘルパーを派遣するよう、地元当局に申請してくれた。けれど、それも実現しなかった。

査定しに来たソーシャルワーカーは、わが家の環境をひと目見ただけで、一切の援助を受ける資格はないと判断した。彼女もまた、わたしたちが必死に保ちつづけてきた金メッキをかぶせた幻想と、わたしたちが置かれている状況の核にある厳しい現実を見分けることができない、大勢の人々のひとりに過ぎなかった。

純真な助けはとても尊く、身体的な疲労を和らげてくれたものの、わたしだけで対処できないことへの罪悪感は百倍になった。もうすぐ九歳のロバートは、子ども時代から抜けだして、何かを取ってきたり運んだり、抱えたり持ちあげたり、食べさせたり洗ったりしてくれた。わたしがほかの雑務で手いっぱいだったり、疲れすぎて反応できずにいるときには、父親をトイレに連れていくことさえあった。生き延びるためのスティーヴンの実用主義の哲学において、ロバートの手足はほかの誰のものよりも理想的な代替品で、たとえ一時的なことだったとしても、家に看護師がいるよりも良いに違いなかった。ロバートの子ども時代が、二度とは訪れない自由な時代が、こんなふうに突然の終わりを迎えようとしていることに、わたしはひどく心を乱された。

どうしようもなく助けが必要で、どうすれば見つけられるのかしょっちゅう自問していたけれど、打つ手はなかった。いよいよ切羽詰まって、わたしはスティーヴンの両親に救いを求めた。頼れる相手は、ほかにいなかった。わたしの両親は、わたしたちが結婚してからずっと、本当によく助けてくれて、子どもたちにとって素晴らしい祖父母だったが、医学的な対応がしばしば求められるこの非常事態にできることはほとんどなかったし、ふたりにそこまで求めるわけにはいかないとも感じていた。一九六五年にわたしたちが結婚する前の幸せな時期に、スティーヴンの父親はできるだけのことはすると約束してくれていた。確かにフランク・ホーキングは、わたしたちが最初にリトル・セント・メアリーズ・レーンに引っ越したとき、バスルームの壁をペンキで塗ってくれた。ロバートが生まれたときには、義父と義母のイゾベルは産院の入院費を負担し、ロバートがまだ赤ちゃんだった頃は、週に一度お掃除の人に来てもらう代金も支払ってくれていた。家の購入費用もかなり援助して、リビングルームに飾る家族に伝わるアンティークもいくつか気前よく譲ってくれた。子どもたちが生まれたとき、イゾベルはスティーヴンの世話をしに来て、幼い子どもたちと飛行機恐怖症のためにわたしが行けないとき、世界じゅうで開かれる会議についていけるよう準備した。年に一度のウェールズにあるコテージへの旅行の際は、イゾベルとフランクがスティーヴンの世話を手伝ってくれた。冷静で温厚なイゾベルは、しばしば短気な夫をなだめていた。スティーヴンの重い障害のため、何事もスムーズに運ばず時間がかかるのを受け入れるのに、フランクはかなり感情を抑えて我慢することを強いられたのだ。

ふたりがケンブリッジに訪ねてくるときはいつも、わたしの両親が来るときよりも、ずっと堅苦しさがあった。わたしの親は感情を露わにする情熱的な祖父母であり、子どもともとわたしたちの暮らしにあらゆる面で関わっていたが、スティーヴンの両親は近しい親戚というよりはお客さんのようにふるまっていた――それに最近では、ふたりの態度に距離を感じはじめていた。まるで、わたしたちが必死に保とうとしている表面的な普通さにすっかり納得して、ふたりが関わる必要はもうないのだと思っているみたいに。わたしは義父母にすがるような手紙を書き、わたしたちが直面している甚だしい困難を軽減し、この状況を乗り切るための知恵と医学的知識を貸してほしいと頼んだ。

ホーキング家の人々は、個人的な性質の問題について話し合うことを嫌がるため、ウェールズでこれらの問題について話し合う機会はほとんどなかった。午後のにわか雨を避けながら、イゾベルは精一杯がんばって、わたしたちのために楽しそうな遠足を計画してくれた——テディベアのピクニック、グッドリッチ城の見学、四つ葉のクローバー探し——どれも楽しく和やかな家族のお出かけで、潜在する問題と緊張状態についてはまったく触れられなかった。ある朝、義母がわたしに近づいてきて、せかせかと挑戦的な口調で言った。

「お義父さんと話がしたいなら、いまになさい」

義母は土砂降りの雨の中に立っている義父を指さした。わたしはレインコートを着て、雨だれの落ちる木の下にいる義父のもとへ行った。わたしたちは無言のまま道に沿って歩き、丘から勢いよく流れ落ちて谷間にある川を増水させている細流を、ジャブジャブ水をはね散らしながらわたった。わたしの思考と感情は混沌とした渦になってぐるぐる回っていて、筋の通った流れに向けるのは、そう簡単なことではなかった。スティーヴンに対して不誠実だと思われるのではないかと不安だったが、それでも問題は山積みで、何か方法や手段を見つける必要があることを夫の家族にわかってもらい、負担を軽くするためには無理も言うしかなかった。少なくとも、重くのしかかっている務めから、何がなんでもロバートを解放しなくてはならない。

わたしの狙いは不首尾に終わった。家族の置かれている状況に対する不満をほんの少しほのめかしただけで、すぐさまスティーヴンに対する背信行為だとみなされて、わたしの力量不足の表れだと暗に伝えられ、話し合いはただちに打ち切られた。ともかくも、義父はこの状況についてスティーヴンと話してみるとは言ってくれたものの、話したところでどうにもならないだろうと思っていた。いずれにしても、これ以上の助けをスティーヴンに受け入れさせようとするのは不可能だ、と義父は断言した。あとは、息子は実に勇敢で、その強い意志から勇気を引きだしていて、家族のために最善を尽くしているはずだ、と言っただけだった。家族を立派に養い、ふたりの可愛い子どもがいて、とても恵まれた立場にある。こうした事実に異論を唱えるつもりはないし、障害を抱えた多くの家族に比べれば、わたしたちは間違いなく恵まれているけれど、そんなわかりきったことをくり返されたところで、少しの慰めにもならなかった。こうした幸運についてては、長年にわたって感謝しつづけてきた。スティーヴンの固い意志が、病気に対する防御手段だということは、重々承知しているけれど、それを自分の家族に対する武器として使う理由が理解できなかった。

議論しても無駄だった。いくらたくましくて健康そのものであっても、義父は年で、わたしの父親よりも十歳は上だ。わたしの気持ちを理解するにも、自分に求められていることに対処するにも、年がいきすぎているのかもしれない。スティーヴンを心から心配するあまり、目の前にあるものが見えなくなっているのだろう。

あとになって、空は晴れた。わたしがテラスに座ってエンドウマメのさやを剝いていると、義母がやってきて隣に座った。

「お義父さんと話はできたんでしょう？」義母はわたしをまっすぐ見つめて問いかけた。

「それが、あんまり」わたしは答えた。

義母は唇をすぼめると、さっきと同じ挑戦的な態度になり、強い口調で宣言した。

「わかっているでしょうけど、スティーヴンを介護施設に入れるなんて、お義父さんは決して許しませんからね」

そう言って立ちあがると、義母は背中を向けて家に入っていった。その言葉は、胸にひどくこたえた。スティーヴンを介護施設に入れようなんて考えたこともなかったし、ましてやそんなばかげた考えを口にしたこともなかった。幼いロバートの身体にまで負担をかけているスティーヴンの障害が、息子の心を壊してしまわないよう、助けてほしいと頼んだだけだ。屈辱と、それ以上に失望を覚えて、わたしは立ちあがった。エンドウマメが半分まで入った鍋をほったらかしにして、のろのろと家から離れてクレドンの森に入り、完全な孤独の中で、広々した平たい岩に腰かけた。耳に鳴り響く滝の音にもほとんど気づかなかった。こんなに孤独なのは初めてだ——勢いよく流れ落ちる川のそば、山腹の森にひとりきり。自然は人間には与えられない思いやりを示してくれるが、合理的な思考を唯一の判断基準とし、目の前で助けを求めている現実を受け入れようとしない知性ある存在に対しては、なすすべもなかった。

　休暇の二週目、空は晴れわたり太陽が力強く照りつけて、わたしはスティーヴンの母親を誤解していたのかもしれないと思った。義母はわたしたちを海辺のホテルへ連れていき、多くの時間を費やしてスティーヴンの世話を分担してくれた。時には食事を取らせ、着替えを手伝い、海を見おろす小道に息子といっしょに座り、おかげでわたしは浜辺で子どもたちと遊び、海で泳ぐことができた。わたしは元気を取り戻しはじめ、気分が明るくなってきた。なんだかんだいって、義母はわたしの訴えに応えてくれて、力になろうと誠実に努力してくれているようだ。わたしは感謝していたけれど、義母の言葉にとまどいの笑みを浮かべることもあった。

「スティーヴンの世話をするのは、それほど大変なことじゃないわね」義母はのんびりした口調でそう言った。

「ロバートだって、父親を助けることを全然嫌がっていないようだし。むしろ、そうすることがお互いのためになっているんじゃないかしら」そんな上機嫌の言葉が続いた。

　義母は良かれと思って言っているのだ、とわたしは受け止めることにした。義母が手厚くもてなしてくれたその休暇は本当に楽しく、わたしたちみんなにとってありがたいものだったから。とはいえ、わたしが負っている責任は難なく達成できることだと、くどくどとくり返され、助けを求める訴えを真剣に受け止めてもらえていないのが伝わり、義母に対して新たに抱いていた信頼はくじかれた。わたしの幼い頃の天真爛漫(らんまん)さはとうの昔に失われ、若い頃の生来の楽観主義は消え去っていたが、まだ十歳にもならないロバートにもう同じことが起こりはじめていると思うと耐えがたかった。その点を義母は理解していないようだった。

八月の終わりに、ケンブリッジでは悲しいニュースが待ち受けていた。わたしたちが留守のあいだに、セルマ・サッチャーが病院に搬送されて、手術を受けたが回復しなかったのだ。セルマと知り合って十年、わたしたちの人生にとっては長い時間を占めていても、彼女にとっては短い時間だったはずだが、まるで家族の一員のように扱ってもらった。大きな心ですべてを包み込み、実際的で面倒見が良く、困ったときはいつでも助けに来てくれて、自分よりも苦しんでいる人たちにいつでも手を差し伸べ、ばかげたことや不条理なことをいつでも鋭いユーモアのセンスでずばりと指摘した。子どもたちはセルマが大好きで、セルマもおばあちゃんみたいに子どもたちをかわいがってくれた。わたしにとってセルマは本当の友だちで、頼もしい味方で、時に受け入れがたいことであっても、彼女の意見は常に信頼できた。わたしはウェールズに行く直前に、セルマと会っていた。その頃にはもう、身体の具合がひどく悪いことがわかっていたはずなのに、自分の健康状態は取るに足らないことだとして、冷静な態度だった。彼女らしいが、自分よりもわたしたちのことを気にかけてくれていたのだ。

「この老いぼれサッチャーがもっと強くて、勇敢な女の子をもっと助けてあげられたらねえ」

最後にセルマはそう言って、わたしを抱きしめた。

6 回顧

その年の秋には、しょっちゅう科学者たちをわが家に招いて食事した。食事会の前には、子どもたちの学校、クラブ、放課後の活動に加えて、スティーヴンの用事をあれこれ済ませるという、いつもどおりの長い一日を忙しく過ごしていた。家族の置かれている状況はあまり変わっておらず、家ではいまもロバートの助けをたびたび必要としていたけれど、ウェールズでの休暇の二週目、海辺で過ごしたあの週のおかげで、わたしは体力も決意も新たにし、もう少しうまく対処できるようになっていた。スティーヴンも健康と気力を回復していた。とはいえ、春にかかった肺炎から回復したからといって、運動ニューロン疾患が治ったわけではない。筋肉の衰え、食事の大変さ、窒息の発作、呼吸器の問題といった無慈悲な代償は、強いられつづけていた。

最近、学部で人気のある催しといえば、シンポジウムだった。丸一年にわたって開催される、長い会議のようなものだ。このシンポジウムにスティーヴンは興味津々だった。いまでは自由に遣える財源が増えており、世界じゅうから科学者たちを呼び寄せて、本や論文の執筆など時間のかかるプロジェクト――四、五日で終わってしまう通常の会議の慌ただしい雰囲気では、取りかかることができない――にじっくり取り組むことができるのだ。いまでも一般相対性理論と量子力学のあいだで興味が揺れていたが、学年度の初めの頃に相対性理論の研究グループを訪れた人々の大半は、古い顔なじみで、ほとんどが北米から来ていた。

その学期の半ばに、ケンブリッジの研究仲間たちは揃ってオックスフォードに滞在することになった。デニス・サイアマがオックスフォードに移り、オール・ソウルズ・カレッジで特別研究員の職に就いていたのだ。ロジャー・ペンローズもオックスフォードの数学教授に任命されていて、デニスとふたりで、一日か二日か三日の会議を定期的に企画していた。スティーヴンはオックスフォードに戻ることを喜んでいた。この街の地図が頭の中に入っていて、どこか得意そうな様子で、自信たっぷりに裏通りや小道を通り抜け、どんな場所へも間違いなくわたしを案内してみせた。かつて乗り越え、警官の腕の中に落っこちるはめになった塀や、真夜中に仲間たちとペンキで〝核武装反対〟のスローガンを書いているとき、警官が仲間を逮捕し、スティーヴンは橋の下にぶらさがったケージの中に置き去りにされてしまったという橋を、懐かしそうに指さした。こういった話は作り話のように聞こえてしまうらしいけれど、川の上での悲惨ながら滑稽な行為を証明する写真が山ほどあった。それに、スティーヴンがビール一気飲みの熱心な参加者だったことも、疑う余地はない。オックスフォードの伝統で、マナーに反した者は罰としてビールを一気飲みさせられるのだ。スティーヴンがそういう思い出に嬉しそうに浸っているのを見ると、胸にこみあげるものがあった。わたしが恋に落ちた、あの屈託のない反逆児だった頃の姿が甦るようだった。もちろん、これらの思い出は、スティーヴンが快楽主義的な若者だった頃に結びついているもので、運動ニューロン疾患の診断が下されたのは、時系列でいうと、そのあとのケンブリッジ時代の出来事だ。

会議や遠方への旅となると、高名な物理学者に会えるチャンスを喜ぶ同僚や研究生が、いままでは大勢いた。わたしは飛行機に乗るのも、子どもたちを置いていくのも、いまでもひどく不安だったので、大いに助かった。わたしはふたりの子どもにとって、父親と母親の両方であろうと努め、もちろん子どもたちが父親を愛し尊敬するよう励ましていたけれど、重い障害を抱える父親を持つことでつらい思いをさせたくはなかった。スティーヴンは知らないことだが、わたしは運動場で子どもたちがからかわれずに済むようにと、はかない望みからそれぞれの担任教師に相談していた。一九七六年の十二月にスティーヴンがクリスマス前の会議に出席するため、研究生を連れてボストンに旅立ったときもそうだったが、わたしはときどき母親としての役割に専心する機会を得て、キリスト降誕劇やバレエ、学校のキャロルサービスに出席し、子どもたちをカレッジのクリスマス・パーティーに連れていった。

その年の十二月、危機的状況にあったあの時期に静かに支えて助けてくれた、研究生のアラン・ラペデスが、故郷のプリンストンに帰ってしまった。わたしは家の二階に一室ある空き部屋を大掃除して、新たに入居する物理学者のドン・ペイジの到着に備えた。ドンはキップ・ソーンの教え子だった大学院生で、わたしたちとはカリフォルニアで知り合った。以前、ドンと母親は下見のためケンブリッジに来ていた。当然のことだが、ふたりはわたしたちが申し出ている取り決めが妥当なものか、確かめたがっていた——それと、わたしが立派な女主人かどうか判断しようともしていたのだろう。どうやらわたしたちは試験に合格したらしい、ドンはA・A・ミルンの作品に出てくるティガーみたいに、元気いっぱいな様子で弾むようにわが家に入ってきた。彼は十二月十八日にボストンから帰ってきたスティーヴンといっしょに到着して、クリスマスのイベントすべてに熱心に参加した。

長いこと物理学者たちと関わってきて、彼らの多くはちょっと変わった背景を持っていることに気づいていた。とはいえ、ドン・ページの背景はあまりにも特殊で、物理学者たちの中でも際立っていた。ドンは宣教師の夫婦のもとに生まれ、アラスカの辺境の地で育ち、両親から初等教育を受けた。のちに両親の故郷であるミズーリ州のクリスチャンカレッジに入学し、卒業するとカルテックの大学院生としてキップ・ソーンの研究室に加わった。根っからの原理主義者の固い信念を持ち、重力物理学と宇宙の起源という研究分野は、明らかにその信念と衝突しているはずで、傍から見ると矛盾して映ったが、本人はあまり気にしていないようだった。それはそれ、これはこれ、と割り切ることができていたのだ。いっぽうで、キリスト教への信仰心は深く、絶対的な価値に基づいた信念であり、頑なに譲らないという点で、感受性に欠けているように思われた。他方では、そうした福音主義の信念によって、目標に向かって努力する飽くなき熱意を求められていた。

ドンの熱意——週半ばの聖書の勉強会に加え、日曜日には二度、礼拝に出席していた——は尊重していたし、わが家の暮らしにもたらしてくれた、心の支えになってくれる信仰の影響は喜んで受け入れていたものの、特に朝食時に福音を説かれるのはお断りだというスティーヴンの意見には、わたしも賛成だった。善意による行動なのは間違いないが、ドンは早朝に聖書を読んで祈りを捧げることを通して、ダマスカスへ向かうサウルにも匹敵する、劇的な改宗への希望を抱いていた。その試みが失敗する運命にあることを、先に話しておけば良かったかもしれない。信仰と善行を頼りとするだけの、飾りのない曲がりくねった静かな小道を敷いて、ゆっくり歩かせようとしてもだめだったのに、ドンの聖書に対する確信は照明で照らされた広々したハイウェイのようなもので、スティーヴンを導けそうにはなかった。スティーヴンは物理学の持つ合理的な力以外には我慢がならなかったので、ドンが熱心に聖書を朗読し、お説教したところで――わたしがルーシーを学校に連れていき、帰宅する朝の八時半に――、先の道を照らせるとは思えなかった。いずれにしても、朝食時にスティーヴンはいつも、電動ページめくり機がないので木枠に立てかけた新聞の後ろに隠れていた。直立した新聞紙は、錠剤、便秘薬、ゆで卵、ポークチョップ、お米、お茶という栄養たっぷりな朝食をのせたスプーンを運ぶのに、乗り越えなければならない障壁となり、会話をするのにも障壁となった。

　カルテックから来たアメリカ人が同居していることの最大の利点は、スティーヴンが科学研究のためロサンゼルスに――それを言うなら、アメリカのどこへでもだが――行きたがったときはいつも、いっしょに行きたいと言ってくれることだ。そんなわけで、次の夏にスティーヴンは三週間アメリカに滞在することになり、わたしを同行させたがったけれど、代わりにドンが行く気満々だった。これまでの厄介な問題が思いがけずあっさり解決したおかげで、何年ものあいだ抑えていた願いが叶えられることになった。スペイン本土を最後に訪れてから十三年間が過ぎていて、あの国と文明に新たに触れたいと切望していたのだ。

いつものように、わたしの両親は孫と過ごす休暇なら、どんな提案にも飛びついてくれた。わたしと父は、あちこちでサンティアゴ・デ・コンポステーラへの古い巡礼路、カミノ・フランセスと重なる、スペイン北部とポルトガルの広範囲を巡る旅の計画を立てた。計画を立てているだけでも、かつてヨーロッパで過ごしたあの素晴らしい休暇の記憶が甦った――歴史学者の嗅覚を持った父の才能は健在で、普通の旅行者なら通り過ぎてしまうような歴史的秘宝をひとつも逃さなかった。

スティーヴンがカリフォルニアへ旅立ち、わたしたちはついにビルバオへと出発した。スペイン北部の沿岸にあるこのすすで汚れた工業都市に、じめじめした曇り空で迎えられたが、再びスペインの地を踏んだことに、わたしは胸を躍らせた。そして旅のあいだずっと、胸は躍りっぱなしだった。ファシズムが死に、ためらいがちに民主主義が確立されつつある、解放された国となったスペインを再発見したこともそうだが、かつての自分の姿がちらちらと認められたことにも、心を昂ぶらせていた。希望に満ち、冒険心にあふれたティーンエイジャーだった自分。厳しい責任と、差し迫った優先すべき物事が山と積まれ、その下にずっと葬り去られていた自分。スペイン語、文法、構文、語彙についても、徐々に思いだしていき、それもまた再発見の一部だった。

堂々たる名前の都市――ブルゴス、サラマンカ、サンティアゴ、レオン、コインブラ、オポルト――、華美な大聖堂、中世の修道院、モサラベの礼拝堂、巡礼の行列、日に焼けた平野、節くれだったオリーブの木立が、冷え冷えしてくすんでいた北部の暮らしに、焼けつくような暑さとまばゆい光の道を輝かせた。岩だらけの入り江に、小川に、マツの木に、山脈に、わたしはカンティガ・デ・アミーゴの風景と暮らしの伝統を見いだした。わたしが論文として形作ろうとしている学問の重みには、現実に基づいた論拠があり、中世研究は海岸で小石を集めることよりも生産的で社会的な意味があるのだと実感したことで、俄然やる気が湧いてきた。何かにつながるわけではなくても、ただ終わりを迎えるだけだとしても、何があろうと論文は完成させようと心に誓った。見たものすべてを記録して、原文と関連づけたくてうずうずしていたけれど、スペインとポルトガルで過ごす数週間の休暇を存分に楽しまずに、急いでケンブリッジに戻りたいとまでは思わなかった。なんといっても、子どもたちは文句を言わずに何時間も車の後部座席に座っていたのだから、海辺で数日間を過ごして、埋め合わせしないといけない。どんな長旅になっても、どんなに暑さが厳しくても、自分自身もみんなもその豊かな想像力で楽しませることができるルーシーは、聖ヤコブの墓へと向かう巡礼路に見られるホタテ貝の殻のモチーフに夢中になっていた。建物や彫像、標識に目を凝らし、ホタテ貝を見つけるといつも勝ち誇った叫び声をあげた。

あれだけ多くの宗教的な記念碑を見たあとでは当然かもしれないが、ルーシーとロバートの頭の中では聖人の人生がごっちゃになってしまっていて、その結果、ポルトガルのオフィールの海にやってきたとき、ふたりはとんでもない遊びを思いついた。ルーシーは洗礼者ヨハネの役を演じ、兄を海水に浸そうとしていた——いっぽうロバートはタオルで身を包み、聖ヤコブの墓へ向かう途中の禁欲的な巡礼者を演じていた。この遊びの宗教的なニュアンスは、言うまでもなく、すべてが見せかけに過ぎなかった。

7 袋小路

一九七七年の秋、イベリア半島の鮮やかなイメージで再び心を燃え立たせ、わたしは気力も洞察力も新たに、論文に取りかかろうと決心していた。資料を整理してまとめあげるのは相変わらず気の遠くなるような作業で、時間との戦いでもあったが。カリフォルニアから帰ってきたスティーヴンは、昇進した。重力物理学の教授職を与えられたのだ。教授に昇進することには、ささやかなお給料が増えること以上の意味があった。教授の肩書きと役職のおかげで、どこへ行ってもこれまでよりも敬意を払われ、知名度も上がったのだ——ただし、自身の学部内でも、まだ蔑ろにされることもあった。スティーヴンの昇進は、学部の改装の時期とたまたま重なっていて、夫はしばらくのあいだ、オフィスにカーペット——教授には敷く権利が与えられるのだ——が敷かれるのを待っていた。何もないまま数か月が過ぎ、スティーヴンが学部長にそのことを切りだしてみると、不機嫌そうに舌打ちされた。

「カーペットの権利が与えられるのは、教授だけだ」と学部長は言った。

「でも、ぼくは教授です！」スティーヴンは抗議した。やがて、遅ればせながら地位が確認されたらしく、教授のカーペットが届いた。

カーペットの件はあったものの、スティーヴンは教授職に就くことで、研究生たちとのあいだに距離ができてしまうのではないかと不安だった。しかし、研究生たちに身体的な助けを必要とすることで、高い名声による遠慮は薄れることを慰めとしていた。スティーヴンは明らかに知的な権力者でありながら、研究生や研究者仲間たちと隔たりのあるお偉い教授の型にはまることを忌み嫌った。夫は、いまや自らも権力者のひとりだというのに、そういう人間をおちょくりながら、少年じみた笑みを浮かべる永遠の若者というイメージを好んでいた。

身体が不自由だからこそ、学部での身分とちょうどいいバランスが取れているのかもしれない。しかし、スティーヴンの昇進はありがたいことではあったが、わたしたちの世間一般との関わり方に繊細な問題を生じさせていた。特に、夫の評判がますます高まり、わたしたちの置かれている状況を遥かに上回っていることが問題だった。家庭内では相変わらず日々の奮闘が続き、少しも楽になっていないのに、それをわかっているのは親しい友人たちだけだ。運動ニューロン疾患の無慈悲な攻撃を受けながらも、スティーヴンは全国的な有名人になった。王立協会の最年少フェロー、多数の賞やメダルの受賞者、アインシュタインの後継者、ケンブリッジ大学教授。この境遇のパラドックスこそが、スティーヴンをマスコミ受けさせていた。一般大衆だけではなく、スティーヴンの家族さえも、彼の成功は運動ニューロン疾患を克服し、戦いに勝ったことの証明だと捉えているのではないかと、わたしは疑いはじめていた。助けなど必要ないと思っているのではないか。成功したがために、その罪のない犠牲者になるなんて、これほど残酷な矛盾はない。

表向きとプライベートの姿にギャップが生じているだけではなく、このふたつのイメージは衝突していた。確かに、公的な面では――スティーヴンがオックスフォード大学の名誉博士号を授与された、一九七八年夏の忘れられない出来事みたいに――、満足のいく喜ばしい作用があったが、そんなふうに脚光を浴びたからといって、肉体的にも精神的にも少しの助けにもならなかった。わたしたちはますます助けを必要としていた。運動ニューロン疾患は治ったわけではなく、ゆっくりではあるが容赦なく進行している。この病気の進行によって、家族は苦痛に苛まれ、疲弊していた。わたしはもう、この人生の現実がただの不便な背景だというふりを続けられなくなっていた。普通だというわべを必死に取り繕おうとしてきたけれど、運動ニューロン疾患はわたしたちの人生を、そして子どもたちの人生を支配していた。

　初めは快活で、やがて無口になったロバートは、いまではすっかり内にこもっていて、わたしは抑うつ症ではないかと心配だった。医師の話によると、抑うつ症は子どもでも患うことがあるらしい。ロバートはほかの遊びには脇目もふらず、コンピューターのマニュアル書に没頭していた。違う学校に行っているイニゴのほかは、友だちがほとんどおらず、新しい友だちを進んで作ろうともしていないようだった。明らかにロバートにはお手本になる男性が必要だ。いっしょにふざけ回って、取っ組み合いをする相手が。既に思春期に突入してしまった子ども時代から抜けださせる相手が。どんな見返りも求めず、特に身体的な助けを必要としない相手が。

　はつらつとして社交的なルーシーは、幼い自立心を育んで、どんどん友だちを増やしていき、家庭生活に足りないものを埋め合わせていた。置かれている状況に依然としてひどく敏感になっているのは確かだが、膨大なぬいぐるみのコレクションと、スヌーピーの指人形のためにルーシー・グレース・キャドベリーとふたりで創作している空想の世界も、普通ではない環境と折り合いをつける無意識の方法として役立っているのは間違いなかった。ルーシーは年齢と性別の両方のおかげで、ロバートの肩にのしかかっている重荷を背負わずにすんでいた。

わたしの両親は、ロンドンへの旅行や、リッツでのお茶、観劇などで、子どもたちの生活の隙間をたくさん埋めてくれていた。けれど、わたし自身の暮らしには深い穴があいていて、両親に切りだすこともできなかった。鋭くて率直なセルマ・サッチャーは、一九七六年の夏に亡くなる前に、それを見抜き最後の言葉のひとつとして言い残した。彼女はぴかぴかに磨きあげられたテーブル越しに身を乗りだし、わたしの目をまっすぐ見つめて言った。

「ねえ、あなた。ちゃんとした性生活なしに、どうして耐えられているのか、わたしには想像がつかないわ」

八十代の相手からそんなふうにズバリと言われて、わたしはびっくりして肩をすくめることしかできなかった。質問の答えは自分でもわからなかったし、その話題についてあけっぴろげに話し合うことは、スティーヴンへの忠誠心が許さなかった。スティーヴンにとって、病気のことと同じくこの話題もタブーだった。そのときセルマ・サッチャーに打ち明けることができず、二度とそんな機会は訪れなかった。それでもわたしは、賢明で年を重ねた信頼できる友人を切実に求めていた。肉体的なことはさておき、わたしたちの夫婦関係には妥協しがたい秘めた感情が膨らんでいた。知性の面では、スティーヴンはそびえ立つ巨人で、常に自分の言うことが絶対確実であり、その非凡な才能にわたしはいつも従っていた。身体的には、生まれたばかりの子どもと同じぐらい無力で、人を頼るしかなかった。わたしがスティーヴンのために果たしている役割は、幼い子どもの面倒を見る母親のそれだった。外見も含めて、彼という存在の何から何まで責任を負っていた――注射を打ったり、訓練を受けていない医学的な処置をしたりという、看護師の役割だけは別だが。こうしたことについて話し合えないせいで、問題は悪化した。これは夫の病との戦いに内在する問題で、もっとコミュニケーションが取れれば、夫婦で協力して戦うことができるはずだった。お互いを支え合い、問題に対処する方法を考えながら。しかし、わたしたちはばらばらの部隊になり、苦悩のバリアで隔てられていた。

とうとう、気まずくてもすがる思いで、朝の診療の落ち着いた雰囲気の中、わたしはドクター・スワンに悩みを打ち明けた。ドクター・スワンの口調は淡々とした中に気遣いが聞き取れたが、その言葉はセルマ・サッチャーにも劣らない率直なものだった。

「ジェーン、きみが直面している問題は、年配者によくある問題だよ。きみは普通の欲求と期待を抱く若い女性だという点が皮肉なわけだが」ドクター・スワンはそこでいったん口をつぐみ、金縁眼鏡を通してこちらを上目で見て言った。「私から言えるのは、きみは自分の人生を生きるべきだということだけだよ」

同じ年の秋、珍しくフィリッパと親しくつき合えていると思っていたのだが、彼女はわたしがスティーヴンを見捨てるときが来たと冷ややかにアドバイスしてきた。

「真面目な話、誰もあなたを責めないわよ」

見下すような口調で、そうつけ加えた。こんな安易なアドバイスで、すべての問題が解決するとでもいうみたいだった。フィリッパの目的がなんであれ――わたしがそれを信じる理由は少しもないわけだが――、彼女のアドバイスは無分別に思われた。確かにその解決策なら、わたしをホーキング家から速やかに追いだすことになるだろう。けれど、わたしが子どもを見捨てられないのと同じく、スティーヴンと別れられるはずがないことを、フィリッパはわかっていなかった。わたしには、家族をばらばらにすることはできない。わたし自身の楽観的な考えのもとに作りあげた家族を。そんなことをすれば、わたしが人生で達成したことを壊し、それに伴って自分自身をも壊してしまうことになるだろう。

ほかの男性に魅力を感じたことがないといえば、それは嘘になる。それでも、浮気をしたことは一度もなかったし、関係を持った相手はスティーヴンだけだった。ふと誰かに惹かれることがあっても、ほんの一瞬、目を合わせるぐらいの短い出会いに過ぎなかった。実際、わたしは個人としての自覚も、魅力ある若い女性だという自覚も、とうの昔に失っていた。自分を結婚の一部として捉えていて、その婚姻関係は、最初はふたりの人間の結びつきだったものが、まるで種類の異なる植物や花であふれた庭みたいに、両親と子どもに加え、祖父母、誠実な友人、生徒や同僚をも含む、広いネットワークに発展していた。その庭の中央にある木が、リトル・セント・メアリーズ・レーンであれ、パサディナであれ、ウエスト・ロードであれ、わたしが何年もかけて作りあげてきたわが家だ。そこから生まれた関係は、いまや複雑な多様性を備えたひとつの側面となり、めざましく変化した。結婚生活そのものはずっと大きな意味を持つものになり、夫婦の個人的な欲求を超越していた。孤独で傷つきやすく、もろい抜け殻となったわたしが、川に身を投げるのを思いとどまらせているのは、子どもたちの存在だけだ。絶望して死にたくなる衝動に駆られながら、わたしは助けを求めて祈っていた。わたしの祈りが聞こえていても、こんな状況では、誰であろうとどこにいようと、神様にだって解決策は見つけられないのではないか、とわたしは思っていた——けれど、わたしたち家族が生き延びるためには、スティーヴンが家での暮らしと仕事を続けるためには、わたしが正気を保ち子どもたちにとって立派な母親でありつづけるためには、なんらかの解決策を見つけなければならなかった。

特別な友人、キャロライン・チェンバレン——スティーヴンの元理学療法士——は、繊細でありながら実際的でもあり、地元の聖歌隊に入って歌うとか、気晴らしを見つけてみてはどうかと、わたしに提案してくれた。

「セント・マークス教会で歌いましょうよ。キャロルサービスのソプラノが足りないの」

十二月半ばのある午後遅く、わたしたちはキャロラインの夫ピーターに子どもたちを預けると、最終リハーサルに出かけた。パサディナでの合唱のクラスとは違い、本物の聖歌隊で歌うのは、わたしにとってそのときが初めてだった。発声は良くなってきているものの、楽譜を初見で歌ったり、拍子を取ったりする技術は明らかに欠けていて、ティーンエイジャーだった頃の、絶望的に役立たずの秘書としての経験を思いださせられた。ソプラノのみんなは、楽譜が読めないわたしのために忍耐強くリズムを取ってくれて、若くて青白い痩せた指揮者は、キャロラインが自分の聖歌隊に連れてきた、音楽版の醜いアヒルの子に対する失望を、礼儀正しく心の中にとどめていた。練習することで努力は報われ、キャロルサービスの日がやってきたとき、わたしの歌は指揮者が恐れていたほどひどくはなく、その週の後半に聖歌隊で教区を回るキャロルシンギングにも参加するよう誘われた。

ルーシーもわたしといっしょにキャロルシンギングに参加し、通りから通りへ、家から家へ、小走りに回っていった。たくさんの家を訪ねたが、聖歌隊のメンバーと指揮者は良く知られていて、歓迎もされているようだった。ケンブリッジのこのあたりは、ルーシーが学校に通っている地域だが、学校やお店からは少し離れていて、わたしはほとんど知らなかった。ここには親密に結びついた友人と隣人、年配者と家族のコミュニティーがあり、彼らにとってエドワード朝時代の赤レンガ造りの教会は、定期的に出席していようといまいと、核となっているようだった。

暗い冬の夜、聖歌隊の指揮者であるジョナサン・ヘリヤー・ジョーンズは、通り過ぎていく車からわたしたちを守ろうと、舗道の縁でバランスを取りながら、ルーシーとわたしと並んで歩き、おしゃべりを始めた。わたしはここ何年もなかったように話し、昔から知っている親しい友だちに会ったみたいな不思議な感覚を抱いた。ぼんやりした記憶が鮮やかに甦（よみがえ）り、この良く知らない相手によって形作られたかのようだ。わたしたちは、歌うこと、音楽、何人かの共通の知り合い、旅のこと、特にポーランドについて話した。ジョナサンは一九七六年の夏に、ポーランドの大学室内合唱団で歌っていた。彼はセント・マークス教会と、献身的で心の暖かい教区牧師のビル・ラヴレスについて話してくれた。ジョナサンがとてもつらい時期を過ごしていたとき、ビルは親身になって支え、信仰心を強くしてくれた。ジョナサンはそのつらい時期について話さなかったけれど、十八か月前に結婚一年目の妻ジャネットを白血病で亡くしたのだということを、わたしはキャロラインから聞いていた。

それから何週間かジョナサンとは会わなかったが、次に会ったのはまったくの偶然だった。一九七八年一月、スティーヴンが仲間たちと三週間アメリカに行っているとき、わたしはナイジェル・ウィッキンスと声楽のクラスの人々といっしょに、バリトンソリストのベンジャミン・ラクソンによってギルドホールで開催される、ヴィクトリア朝時代の音楽の夕べに出かけた。混雑したホールの中で、わたしはジョナサンをすぐに見つけた。ホールの反対側に、ひげを生やし、巻き毛で背の高い、人目を引く特徴的な姿があった。驚いたことに、幕間に向こうも気づき、わたしはナイジェルに彼を紹介した。

「感じのいい男だ！」

キングス・カレッジを通って車を駐車してあるウエスト・ロードに戻る途中で、ナイジェルは言った。わたしは慎重にそれを認めながら、もうひとつの主な話題、才能あるアメリカ人歌手のエイミー・クローアとナイジェルの間近に迫った結婚の話に、意識を集中しようとした。

その偶然の出会いから、ジョナサンは都合次第で土曜か日曜の午後、ルーシーにピアノを教えに来るようになった。ルーシーはたちまちジョナサンになつき、娘の元気の良さに、生真面目な彼の遠慮もすぐになくなった。最初のうちは、きっちりレッスンの時間だけ来ていたのが、やがて少し長く残り、わたしが練習中のシューベルトの歌につき合ってくれるようになった――そのあいだスティーヴンは、ロバートの部屋で鉄道模型の運転を監督することと、わたしたちが内輪のシューベルティエイドと呼んでいる演奏会のただひとりの聴衆になることを、交互にくり返した。数週間こんな感じで過ごしたあと、ジョナサンはレッスン前の昼食かレッスン後の夕食にも加わりはじめ、スティーヴンを手助けし、長いこと重荷になっていたつらい仕事からロバートを解放した。ジョナサンの人となりがもっと良くわかってくると、ロバートは玄関で待つようになり、彼がやってくると飛びつき、床に押し倒して取っ組み合いをした。この型破りな歓迎をジョナサンは快く受け入れ、育ち盛りの少年に必要な良い意味での荒っぽさで応じ、ありあまるエネルギーを発散させてあげていた。

毎週のように、一週間のどこかでわたしたちはばったり出会い、まるでふたりを引き合わせようとしているみたいな奇妙な偶然に驚いた。自分たちが何をしようとしているのかも、どこへ向かおうとしているのかも気づかずに、わたしたちは道ばたで立ち話をした。話すことが山ほどあった。話題の半分は、ジョナサンの奥さんとの死別、孤独、彼の音楽に対する野望で、もう半分は、スティーヴンと子どもたちに対するわたしの懸念と、自分に求められるすべてに忍耐と根気を持って取り組むことの難しさへの絶望だった。わたしより若くても、ジョナサンはとても賢明で、人生に対する見方が広く、わたしの狭い視野を広げ、信仰心の強さと精神性の輝きで、わたしの暗い地平線を照らしてくれた。オスカー・ワイルドの言葉を借りれば、悲しみのあるところに存在する聖なる土地を、わたしたちは真に踏みしめて歩いた。わたしは死と向かい合わせの人生の激しさと緊張状態を知っている相手に出会ったのだ。

だからといって、この友情を秘密にしたり、罪悪感を覚えたりする明確な理由は、ひとつもなかった。この友情は、共通の趣味、お互いの置かれている状況への気遣い、支え合うこと、そして何より、音楽に基づいていた。わたしたちは手も触れ合わず、長いあいだずっとそんな関係が続いていたが、肉体的な関係になる可能性は認めていて、後ろめたい思いを密かに抱えていた。お互いに惹かれる気持ちは強かったけれど、不倫というのは醜悪な言葉で、わたしたちが人生を築きあげた道徳的な基盤に反した。これは情熱的な魂を再び燃えあがらせるために、払うべき代償なのだろうか？　本当にジョナサンに支払わせられる代償なのだろうか？　わたしが十九世紀に不義を犯したヒロインのひとりなら、代償はさらに高くつくかもしれない。待ち受ける結末は、星を感動させる音楽ではなく、フローベールのひび割れた鍋の耳障りな音に過ぎないのかもしれない。

8 救いの手

次の学期中に、聖歌隊に参加してはどうかとジョナサンに提案された。聖歌隊では、イースターのオーケストラ演奏会に向けて、『メサイア』の抜粋曲をリハーサルしていた。夕方の早い時間に一時間ほどであれば、ロバートとルーシーはテレビの前に置いていける年頃になっていたので、わたしはひと握りの教会区民の合唱隊と、教会で行われる木曜日のリハーサルに参加した。まだ初心者のわたしにとって、ヘンデルの合唱曲の絵画的な複雑さ――この曲の中では、道に迷った羊が驚くほどの速さで走り、〝みんながそれぞれの道に向かう〟――は、夢中になって取り組みたくなる挑戦だった。聖歌隊に参加するにあたって、教会にも出席した。この教会の礼拝は、わたしが子どもの頃から知っている英国国教会の形式の範疇にだいたい収まっていた。しかし、この英国国教会の教義は、教区牧師であるビル・ラヴレスの先見性のあるダイナミズムのおかげで、神聖ぶった教理や息が詰まるような杓子定規の教えとは無縁だった。ビルの人柄には、ラヴレス（愛のない）という姓ほど不釣り合いなものはない。かつては《ピクチャー・ポスト》のジャーナリスト、役者、軍人、実業家だったビルは、中年になってから聖職位を授与された。幸い、いままでも驚くほど活力にあふれ、これまで歩んできたほかの人生で得たすべての経験を――そして、すべての人との繋がりも――、牧師としての仕事と、お説教のための関連したテーマ探しという終わりのない作業に活かしていた。月一回の時事問題を扱った討論会には、医師、警察官、ソーシャルワーカー、政治活動家など、ゲストの話者を次々招いた。

ビルにとって、真のキリスト教信仰とは、神との契約や天罰に絶対的に従うものではない。基本理念は、人類への情熱的な愛だった。それが誰であろうと、どんな欠点を備えていようと関係なく、すべての人間に対して神は無条件の愛を与えるとしていた。この愛の教義が命じているのは、汝の隣人を愛せよということだけだ。この領域の中では、疲労や重荷から心を休めることができ、慰めを見いだせた。ついに、しわくちゃのぼろきれだったわたしの霊的存在は甦りはじめた。けれど、教会にまた通いはじめて慰めを得ることで、判断のつかない疑問も生じていた。わたしに求められているものは何？　どれだけ身を捧げる必要があるのだろう？　ジョナサンと出会ったとき、わたしは極限状態にあった。あまりにも不思議な――なおかつ、あまりにもありきたりの――状況だったので、わたしたちの出会いは、親切で思いやりのある共通の友人を通して、意図的な善意の力が働いてもたらされた気がした。奇妙で、うぶとも言えるかもしれないが、そんな印象を抱かずにはいられなかった。わたしたちはふたりとも孤独で、ひどく不幸な人間で、切実に救いを求めていた。あの出会いは本当に、極めて型破りな神の計画の一部だったのだろうか？　それとも、わたしの考えは突拍子もなく、異端で偽善的ですらあるのだろうか？

根本となる疑問は、この天からの賜り物をどう扱うかということだ。うっかりすると、破壊的で人を傷つけることになりかねない。ジョナサンとわたしが駆け落ちして所帯を持つことを一瞬でも夢想したら、多大な努力をして築きあげた家庭を壊してしまうかもしれなかった。相当の長い期間、ひどく困難な状況でスティーヴンに対する約束を果たしてきたと主張しても、それでは不充分だろう。わたしたちの教会の教えからすると、これは見込みある理由にはならない。わたしもジョナサンも信じている教えだけが、人間の暮らしにとって本当の根本原理だった。わたしたちが選べるのは、もうひとつの道だけだ。それならば、この特別な賜り物を家族全員のために活かすことができる。子どもたちのためにも、スティーヴンのためにも。賜り物として受け入れる心づもりが夫にあれば。こちらの道は、厳しい自制が必要とされるので、簡単ではないだろう。スティーヴンの世話をするにあたっては、お互いに距離を保ち、離れて暮らし、人前ではお互いに好意を抱いているそぶりを少しも見せるわけにはいかない。原則として、わたしたちの社会生活は、五人ではないとしても、ふたりだけということは絶対になく、少なくとも常に三人に焦点が当てられるだろう。スティーヴンと子どもたちの幸せは、未来を求めないわたしとジョナサンの関係を正当化するはずだ。実質的に、わたしと関わるどんな相手にとっても、明白な未来というものは存在しなかった。もう充分すぎるほどつらい目に遭って苦しんでいる青年の人生を独占してしまうのが、わたしのわがままになるのなら、答えはいつも同じだ。彼の助けがあれば、わたしたちは家族として生き延びられ、それがなければ、わたしたちは破滅の運命にあった。

ためらいながらも、お互いに惹かれ合う気持ちを認めはじめると、ジョナサンはこうした迷いを払い去ってくれた。彼はわたしたちを通して——わたしたちみんなを通して——、喪失によるうつろな心の痛みを和らげてくれる目的を見つけたのだと言った。何があろうと、わたしとわたしの家族にすべてを捧げる覚悟ができたとジョナサンが告げたのは、珍しくロンドンを訪れ、ウェストミンスター寺院の静かな付属礼拝堂に座っているときのことだった。その心を打つ無償の誓いは、暗い虚空に成り果てていた人生から、わたしを抜けださせてくれた。気高く自由な関係だった。プラトニックのままで、その後もしばらくその関係が続いた。惹かれ合う気持ちと、抑えきれなくなりそうな手に負えない感情は、たいていスティーヴンのいる週末か、時には平日の夕方にも、いっしょに練習して演奏する音楽に昇華させた。絶対的に頼れる相手がわたしの人生に現れただけでも、充分だった。

初めのうち、スティーヴンは男としての敵意を持ってジョナサンに接し、新しい研究生と向き合うときにするのと同じように、まさにホーキング家の人間らしいやり方で、自分の知性のほうが優れていることを主張しようとしていた。けれど、ジョナサンは生まれつき競争を好まない性質なので、このやり方には効果がないことに気づき、すぐに敵意を和らげた。ジョナサンは人が求めていることにすぐ気がつき、困っているスティーヴンへの素早い対応も、その魅力的な笑顔も、評判を遥かにしのぐものだった。スティーヴンは穏やかになり、優しくなり、感謝するようになり、肩の力を抜くようになった。わたしはいままでにないやり方で、真夜中に夫に相談事までできるほどになった。わたしたちみんなに、とりわけ彼自身に助けが必要なことを、スティーヴンは広い心で穏やかに認めた。わたしを助けようという人がいるのであれば、わたしが夫を愛しつづける限り、反対はしないと言った。こんなふうにいとわず理解を示し、何よりも重要なことに、わたしにちゃんと伝えてくれるようなとき、夫を愛さずにはいられなかった。時々、ジョナサンが憂鬱な気分に襲われてふさぎ込んでしまう日があったけれど、あいつは決してきみを失望させないよ、と励ましてくれるのはスティーヴンだった。それ以外では、ひとたび認めてしまうと、この状況について話すことは滅多になかった。スティーヴンを全面的に信頼できることは、とにかく心強かった。

みんなで協力して、わたしたち三人は極めて有意義な時間を過ごした。わたしの疲労とスティーヴンの生来の意固地さが組み合わさったとき、崩れてしまいそうになることはいまでもあったが、いつもはかなり安定した状態を保てていた。王立協会の会員に選ばれたり、ローマ教皇からメダルを授与されたりと、スティーヴンを尊重する賞が与えられると、ほかのさまざまな賞も自動的に授与されることになったかのようだった。夫が宇宙への理解を深めていくあいだ、あらゆる権威ある団体が我先にとメダルや賞、名誉ある身分を与えようと必死になっていた。

一九七八年三月、キーズ・カレッジも負けまいとして、デイヴィッド・ホックニーに線画によるスティーヴンの肖像画の製作を依頼した。ホックニーがスケッチして線を描いているあいだ、ルーシーはリビングの片隅に置かれたアームチェアに身を丸めて、読書をしたりお絵かきをしたりしていた。キーズ・カレッジのフェローは間違いなく驚いたはずだが、ホックニーの完成させた絵には、ルーシーの姿も描かれていた。スティーヴンの家族的な背景を穏やかに捉えることで、肖像画の形式張った堅苦しさを補っていた。肖像画のモデルになった二日目に、ルーシーはホックニーに敬意を表した。わたしたちが芝生に座り、束の間の春の日射しを楽しみながらコーヒーを飲んでいると、ルーシーが家から飛びだしてきて、丈夫なゴム製の大きな風船、ホッパーにまたがって、芝生の上を跳ねまわった。ルーシーはオーバーオールの裾を膝までまくりあげ、片方は白で片方は茶色という、ホックニーみたいにおかしな靴下を履いているのを、あえて見せつけていた。

その年の二月、ある寒い冬の夜に、スティーヴンとわたしは、チャールズ皇太子を名誉フェローに任命する威厳ある集会に出席するため、馬車に乗って王立協会へ向かった（馬車の前には車椅子の昇降機が取りつけられていて、スティーヴンのことはわたしと御者で身体ごと馬車に引っぱりあげた。それでも、ロンドンで車を運転して駐車するよりはずっと楽だった）。この機会にスティーヴンは、協会による表彰という重苦しい虚飾に隠れてしまっていた、不敬な学生だった頃の思い出を懐かしく甦らせ、大いに浮かれ騒いだ。式典では、王立協会の新しい会長が、チャールズ皇太子の熱心な協会への支援に敬意を表した。同協会は皇太子が名前をもらったチャールズ二世が設立し、「その息子であるジェームズ二世によって存続された」と会長は言った。スティーヴンは高笑いして、聞こえよがしに大声で嬉しそうに言い放った。「間違えてるぞ！ジェームズ二世はチャールズ二世の弟なのに！」式典のあとのパーティーでスティーヴンはさらに楽しみ、チャールズ皇太子の前で車椅子をくるくる回転させて、ピカピカに磨きあげられた王族の履き物を危うく踏みつけるところだった——あるいは、踏みつけてしまったかもしれない。のちにスティーヴンは、ケンブリッジのセント・ジョンズ・カレッジの晩餐会で、カンタベリー大主教も同じ目に遭わせることになった。

その頃、わたしの知性の巡礼はようやく終盤に差しかかり、やきもきしつづけてきた終わりの兆しがちらりと見えてきていた。そこに至るまでどれだけの歳月を費やしたか、あまり大声では言いたくなかった。全部で十二年かかり、そのあいだに子どもがふたり生まれていたのだから。指導教官のアラン・デイヤーモンドの言うとおり、ロンドン大学の学籍簿に登録しておいて正解だった。ほかの大学にしていたら、どこであれとっくに放りだされていただろう。ジョナサンは論文のテーマに興味を示して、わたしを激励してくれた。毎日の終わりに、どれだけ進んだか尋ねて、詩を数行聞いただけで、カード式索引や紙片に書き殴った大量のメモを整理するのを手伝ってくれた。興味を持ってもらえることと、実際的なちょっとした手助けがあれば、最後のハードル、中世後期カスティーリャで人気のあった詩の分析という論文の最終章に挑むには、充分だった。

カスティーリャの抒情詩は生き生きとして多彩だ。庭園、植物、果物、鳥、動物といった中世の図像が満載で、愛の在り方の多様性を表していた。多くの詩には、宗教的な意味もあり、ヨーロッパのほかの地域と共通していた。聖母マリアが貞淑の典型であるように、庭園は愛する人と惹かれ合う思いの典型だ。中央にある泉は、生命の躍動と多産の象徴でもある。リンゴは堕落の果実で、洋梨は神の救いだけれど、非宗教的な文脈では、どちらも肉欲の効果的な隠喩になっている。バラは殉教者と聖母の象徴だが、最愛の人の官能的な美しさを強く訴える表象でもある。スペインはそのまばゆい風景から描かれた鮮やかなイメージを伝えている。不幸な修道女が味わう果実は苦いレモンで、幸せな恋人たちは甘いオレンジの果樹園の木陰を歩く。オリーブの果樹園も同様に、恋人たちの出会いの舞台になっている。テーマとしては、これらの詩はガリシアとモサラベの先祖の詩、カンティガとハルチャの伝統を崩さず表している。歌い手はたいてい若い女性で、恋人の不在という主題がここでもくり返され、恋人たちは夜明けに落ち合い、母親の姿が絶えず存在する。

平日の三十分や数分の空き時間に、論文の執筆は不思議なほどすらすらはかどりはじめた。週末、土曜と日曜の午後には、歌もすらすらはかどりはじめた。わたしだけのスヴェンガーリ、ナイジェルが目の前に差しだすものなら、シューベルトであれ、シューマンであれ、ブラームスであれ、モーツァルトであれ、ブリテンであれ、バッハであれ、パーセルであれ、貪欲に挑戦していった。スティーヴンが誕生日やクリスマスに次々と大量にプレゼントしてくれたおかげで、わたしのコレクションはどんどん増えていた。時には、教会で独唱を頼まれることもあった。初めはステージに立つのが恐ろしくてたまらなかったが、練習を重ねるうちに緊張は和らぎ、ナイジェルが苦労して楽器として作りあげてくれた声に、自分でも驚かされた。わたしは音を生みだしていたけれど、そこにはいつも話すときの自信なげで静かな声の調子は、ほとんど聞き取れなかった。力強く落ち着いていて、威厳があって、自信にあふれ、断固としていて、まるで別人の声だった。

その春のある週末、弟のクリスと奥さんのペネロペが、赤ちゃんの娘を連れて泊まりに来て、わたしは新しい友だちとしてジョナサンを紹介した。わたしにもちゃんとは説明できない状況について、どういうことなのかとふたりは尋ねてこなかった。受容力と鑑賞力のある聴衆として、何曲か歌も聴いてくれた。あとでペネロペは、日曜の午後のリビングルームに漂っていた雰囲気について、感想を話してくれた。まるで大きな平和と穏やかさがわが家に降りてきたみたいで、魔法のようだったと彼女は言っていた。その意見のおかげで、わたしは励まされ、新しい友情に対する自信をますます深めた。クリスはジョナサンをすっかり気に入り、帰る前にわざわざわたしを脇に引っ張っていって、ジョナサンはすばらしい人だと話し、特に見事なビザンティンの目を褒めた。あとで弟はデヴォンから電話してきた。わたしたちは長電話をして、わたしの置かれている状況と、それがどう変わりつつあるかについて話し合った。わたしはクリスのアドバイスを真剣に受け止めた。

「何年ものあいだ、姉さんは小舟の舵をひとりで取って、海図にない荒れ狂う海を渡ってきたんだ」クリスはそう言って、さらに続けた。「もしも乗船して安全な港まで導いてくれるという人がそばにいるなら、その相手が申し出てくれるどんな助けも受け入れるべきだよ」

その年の夏に、わたしの両親もジョナサンに会った。いつものように、自分たちの意見は口にしたがらず、昔ながらのやり方で、言葉よりも態度で示した。このとき両親は、思いだせる限りずっと昔からジョナサンがわたしたちの人生に存在していたかのようにふるまっていた。堅苦しい態度を取るわけでもなく、わが家に彼がいつもいることに対して、何か意見を言うわけでもなかった。ジョナサンはと言えば、そつなくピアノの前の場所を父に譲り渡していた。わたしの音楽に対する愛をかきたてたのは、父のベートーヴェンへの情熱だった。父が『熱情』を弾き、母がこの前来たときからほどけてしまっていた袖口と継ぎ目を修繕し、ボタンをつけ直しているあいだ、ジョナサンは母と古楽器の価値について話し合い、本物の演奏のための活動について語り聞かせていた。ジョナサンの両親と会ったあとで、わたしは母に、彼らがどんなにすばらしい人たちかを話した。すると、母は驚いたような顔をしてみせた。

「あら、おばかさんね、なんだと思っていたの？　ジョナサンみたいな息子がいるんだもの、すばらしい人たちに決まっているじゃない。そうとしか考えられないでしょう？」

夏の終わりに、わたしたちは離れることになり、秋に再会するのをもう楽しみにしていた。ジョナサンはオーストリアで開かれるバロック音楽のサマースクールで教えるため、イギリスを発ち、わたしたちはドンを付き添いに、コルシカへ出発した。いまでは子どもたちも大きくなり、わたしは自信を取り戻しつつあったので、飛行機への恐怖は少し和らぎはじめていた。飛行機旅には、わたしを頼りにしている幼い子どもと離ればなれになることの脅威はもうなかった。それよりも、地中海に浮かぶフランス語圏の島で過ごす休暇への期待があった。この休暇は物理学の会議を兼ねているという事実も、楽しみを妨げはしなかった。スティーヴンと同僚たちは、何よりも好きなこと――物理学――に取り組める。家族は会議場のすぐそばにいながら、最高の海辺の休暇を楽しめるはずなので、むしろ完璧な折衷案だった。わたしはカーター一家にまた会えるのを特に楽しみにしていた。リュセットに秘密を打ち明けるつもりだった。人間関係に対する直観的な理解力を備えた彼女なら、きっと信頼できる有効なアドバイスをくれるだろう。

9 予想外の出来事

コルシカ島の西岸、会議場があるカルジェーズは、脇目もふらない物理学者とその若い家族にとって、これまで考えられてきた中で最高の折衷案と言える場所なのは間違いなかった。スティーヴンが物理学の研究にふけるあいだ、子どもたちとわたしは明るい日射し、砂浜、きらめく海を楽しんだ。コルシカ島は、時々爆弾テロが起きていたことと、物価が高く観光客がどっと押し寄せるということがなかったため、かつてのマヨルカ島みたいに、人でごった返していない美しい海と入り江が保たれていた。カルジェーズは、十八世紀にトルコの迫害から逃れようとしたギリシャ人たちの居住地としてできた町だ。通りの名前、人の姓、わたしたちのホテルの名前であるタラッサ――海という意味だ――にも、ギリシャ人の存在がいまも色濃く残っている。町を見晴らす岬には、ふたつの教会が誇らしげに立っている。ひとつはローマカトリック教会、もうひとつはギリシャ正教会だ。同じ人が両方の司祭を務め、日曜日はふたつの教会を交互に行き来していた。リュセットとわたしはギリシャ正教会の典礼に出席し、ほかの点では分裂していてもおかしくないコミュニティーにあって、見事な調和が示されていることに魅了された。どちらの教会にも洗礼者ヨハネの像があった。ギリシャ正教会の聖像には、ビザンティンの鋭い鮮明さが押しだされ、特に聖人の切れ長の目の印象的な描写は、ジョナサンの目を思いださせた。その像を見ても、リュセットにジョナサンとの友情について打ち明ける勇気は湧いてこなかった。英語でもフランス語でも、言葉を口にしようとすると、ごくわずかであってもスティーヴンを裏切っているような罪の意識に苛(さいな)まれ、言葉は喉の奥につかえた。計り知れないほど多くのことを約束してくれる、新しく築いた輝かしい関係は、疑念を喚起しはじめていた。この関係を続ければ、偽りの人生を生き、二重生活へと導かれることになるのだろうか？

子どもたちの大声に邪魔されない静かな入り江で、わたしは岩の片隅にはまり込んで、思考を整理し、うしろめたさの意味を理解しようと、ジョナサン宛に長い手紙を書いた。会いたくてたまらないこと、緑色になった海の深い場所を探り当てるコルシカの陽光みたいに、彼がわたしの人生にもたらしてくれた光に感謝してもしきれないことを、手紙にしたためた。緊張を和らげ、多くの重荷を引き受けて、与えてくれた惜しみない助けと、わが家にもたらしてくれた変化に、どんなに感謝しているか伝えた――けれど、家族を傷つけるようなことはできず、わたしはスティーヴンと子どもたちのことを第一に考えなければならないし、夫とふたりで数々の苦難を共に乗り越えてきたから、幼い子どもよりも無力な夫がこれまで以上にわたしを必要としているときに、結婚の誓いを破るわけにはいかないのだということも伝えた。暖かい岩に身体をもたれて、足に波しぶきを浴びながら、わたしは最悪の事態を覚悟していた。ジョナサンがオーストリアに滞在中にじっくり考えてみたあとで、ホーキング家と関わっていると、あまりにも肉体的な苦労を強いられ、あまりにも感情的な困難を強いられてしまうと結論を下したとしても、決して不思議ではないと、心の奥底ではわかっていた。そう決断しても、無理はない。

家に帰ると、コルシカの記憶はたちまち色あせていったが、そこで過ごした数週間は、あとあとまで残る思い出の品をわたしたちにくれた。秋になって、ケンブリッジの日常の手綱を取っているうちに、ジョナサンがわたしたちとまた関わりたがるとはますます思えなくなってきて、幸せな再会への期待は、九月の太陽の弱々しい光と共に霧散した。日が短くなり、風が冷たくなってきた頃、わたしはそわそわとカレンダーの日付を確認し、混乱した驚きを抱えながら、妊娠の可能性を疑いはじめていた。自分にはもう関係なさそうだし、面倒が増えるだけだからと、わたしはしばらく前から避妊することを考えていなかった。起きている時間にも、眠れない夜の長い時間にも、じわじわと実感が湧いてきた。地中海気候の気楽さに任せて、わたしは間違いを犯してしまったのだ。子どもは可愛くてたまらないけれど、ジョナサンの助けも借りられず、耐えがたい厳しい状況の中で、わたしにすべてを頼り切りの赤ちゃんをもうひとり産むことを考えると、恐ろしかった。ジョナサンは、いまの家族を支えていくことについて、考えてみたはずだ。一年近くそうしてきただけでも、驚くべきことだった。さらにもうひとり小さなホーキングの世話をしてもらおうなんて、あり得ない話だ。なんといっても、ジョナサンには自分の子どもはいなくて、わたしたちと関わりつづける限り、この先もわが子を持てる見込みはないのだから。ジョナサンを失い、彼を失ったことで、未来へのすべての希望も失うことになるが、諦めるしかない。

わたしはまたひとりぼっちになるだろう。

　妊娠がはっきりわかったのは、スティーヴンがモスクワの会議に出発する頃だった。わたしはもう、ひどいつわりに苦しんでいたので、わたしの代わりに義母がスティーヴンに付き添ってくれることになった。さまざまな務めをいつも誠実に果たしてくれているドンも、仕事から解放されて、父親と久々の休暇中だった。氷のかぎ爪を持つ暗い冬がケンブリッジに近づき、かろうじて逃れたはずの心の冬にも、再び捕らえられそうになっていた。わたしはジョナサンに赤ちゃんのことを知らせる手紙を書いた。この手紙がこれまでの関係を終わらせるはずだと確信し、みじめな思いで。満ち足りたプラトニックな幸福と癒やしの数か月間は、突然の終わりを迎えるのだ。ジョナサンがオーストリアのサマースクールから帰ってきているのかどうかも知らず、返事をもらえることも期待しなかった。しばらくはなんの音沙汰もなかったけれど、やがて返事が来た。この知らせについてじっくり考え、折り合いをつけるのに時間がかかったことを、彼は詫びていた。そして、わたしたちにすべてを捧げることに変わりはないと宣言した。赤ちゃんの世話についてはなんの知識もないが、わたしはこれまで以上に彼の助けが必要になるはずだし、手助けするつもりだと言ってくれた。

　スティーヴンの用事や子どもたちの世話、家事、買い物まで、ジョナサンはたくさんのことを手伝ってくれたので、論文を完成させることは可能なはずだった。音楽と病院の診察にも時間を取られてしまうので、執筆は細切れにしか進まなかったが。十一月に病院で最初の診察を受けたとき、十四週間の胎児の存在を急に実感した。この世のものとは思えない謎めいた生き物が、超音波検査という病院の新しい科学発明を媒介にして、その存在を伝えようとささやきかけてきたのだ。立てつづけに通常の検査を受けさせられたあと、医師はわたしのお腹にマイクを押しあて、音が聞こえたことに満足すると、聞いてみますかと尋ねてきた。小さな心臓がシュッシュッとリズミカルに立てる音——もっとゆっくりと大きな音を立てているわたしの心音に重なって、すばやく鼓動している——は、胸が苦しくなるほど感動的で、目には見えないけれど音は聞こえる新しい命との深い絆が呼び起こされた。まるでこの子は、鼓動という音楽を通して、わたしに呼びかけているみたいだ。おかげで、生まれるずっと前から、わたしはこの目に見えない存在を慈しみはじめ、ロバートとルーシーを愛するのと同じぐらい、この子を愛していた。

冬を通して、この妊娠期間には、音楽がいつもそばにあった。自称エンターテインメント係のジョナサンは、コンサートのチケットをしょっちゅう持ってきた。その多くはわが家からたった五分のところにある、大学に新しくできたコンサートホールで開催されるものだった。車椅子用の設備がほかになかったので、わたしたちは演奏者と並んで聴衆をすっかり見渡せるステージの上に座ることになった。メニューインからシュヴァルツコップまで、主役を務める高名な音楽家であるたいていの演奏者は、カーテンコールが終わって出て行く前に、こっちへやってきてスティーヴンに挨拶をした。わたしは家にいるとき、歌えるときはいつでも歌い、初めて人前で披露するのに向けてレパートリーの練習をしていた。赤ちゃんは元気いっぱいに嬉しそうに反応して、音楽に合わせて力強くお腹を蹴ってきた。わたしたちはいま、ふたつの音楽の目標に向けてリハーサル中だった。ひとつは、三月に開催されるケンブリッジ音楽大会への出場で、もうひとつは、二月にジョナサンの仲間たちといっしょにわが家で開くチャリティ・コンサートだ。リビングルームに収まりきるだけ大勢の人を招待し、わが家で開催してきた数々のパーティーの伝統に則って、休憩時間に食べ物と飲み物を提供した。そのあと、妊娠もそろそろピーク、緊張状態はそれ以上のピークを迎えているわたしは、立ちあがって初めて人前で歌を披露した――ときどき教会で独唱しているのは別として。レパートリーには、ベンジャミン・ブリテンの二曲のフォークソングと、フォーレの曲が数曲含まれていて、大会でも歌うことになっていた。聴衆は思いやりを示し楽しんでくれて、帰り際にはわたしたちが参加しているふたつのチャリティ運動、白血病研究と運動ニューロン疾患協会に気前よく寄付を弾んでくれた。運動ニューロン疾患協会は最近設立されたばかりで、スティーヴンは患者にして支援者になっていた。ずっと昔、スティーヴンが病状を診断されたとき、この病気はとても珍しく、ほとんどのことが解明されておらず、ごく少数の患者しかいないため、支援団体の基盤もないと聞かされた。どれも正しくなかった。協会を通じて、この病気――アメリカでは、三〇年代にこれを患ったスポーツマンの名前にちなんで、ルー・ゲーリッグ病とも呼ばれている――が実際はかなり蔓延（まんえん）していることを知った。どの時点においても、多発性硬化症の患者と同じだけ運動ニューロン疾患の症例はあったが、多発性硬化症患者のほうが生存率が高いため、こちらはかなり広く知れ渡っていたのだ。

運動ニューロン疾患は進行がずっと早く――通常は余命二、三年以内――、患者と家族を危機に陥らせ、時間もなく、支援団体や自助グループを設立する機会も与えず、統計をゆがめていた。協会の設立によって、ようやくいくつかの情報が手に入った。運動ニューロン疾患はふたつのタイプの症例に分かれることがわかった。急性のタイプだと、患者の喉の筋肉を麻痺させ、早すぎる死をもたらす。稀なほうのケースだと、スティーヴンもこちらに当てはまるが、五年、あるいは多く見積もって十年ほどの長い期間をかけて、全身の随意筋――ゆくゆくは喉の筋肉も――を徐々に麻痺させていく。一九六三年一月に診断されてから、スティーヴンが十六年間生き延びてきたことは、稀な医学的事象であり、病気そのものと同様に説明がつかなかった。

それから数年にわたって、ジョナサンとわたしは設立されたばかりの運動ニューロン疾患協会のために、イーストアングリアのあちこちの教会でバロック音楽のジョイント・リサイタルを開き、少なからぬ額の寄付を集めた。たいていの場合、聴衆の中にいるスティーヴンの姿にスポットが当てられたので、この病気と協会の存在は広く知られていった。ボランティア活動として、わたしはリサイタルを開く町に住んでいる、病気に苦しむ家族のもとを訪れた。十数年前にわたしたちが経験したように、診断によって彼らの人生は粉々に打ち砕かれ、家族全員がショックを受けて混乱していた。わたしは自分たちの経験を活かし、手助けする義務があると感じていた。症状にうまく対処するために編みだした実際的なノウハウを伝え、戦う意志さえあれば、この病気は必ずしも死刑宣告にはならず、生存者であるスティーヴンがその生きた見本だという事実をこの病示すのだ。運動、食事、注射あるいはビタミンについて、善意からの有望な提案で彼らのプライバシーを侵害しないよう、わたしは慎重に話を進めた。彼らの人生にはわたしたちにはない要素があるらしく、わたしはつい羨ましくなった。それは敗北主義的行為ではなく、心の平穏だった。

協会の支援者であるスティーヴンの立場と、基金調達者兼ボランティアとして力になろうとするわたしの試みによって、またもや自分たちの置かれている状況の皮肉に直面することになった。今回もわたしたちは奉られ、気づけば遠い存在になっていた。みんなと同じようにアドバイスが欲しくても、求めることはできなかった。わたしたちに足りないものがあることを認めてしまうと、ほかの人々が士気を高める拠り所としている、自信に満ちたうわべを否定することになるのだ。仮面の裏側を見抜ける人の数は多くなかった。わたしの家族、ジョナサンと彼の両親、そして数人の特別な友人ぐらいのものだった。

出産直前、わたしたちは幸運にも、音楽会に来てくれたスティーヴンのオーストラリア人の同僚、バーナード・ホワイティングと奥さんのメアリーという、同じような感受性の持ち主である新しい友人ができた。穏やかで気取らない性格のバーナードは、かつてジョージ・エリスがしてくれたのと同じようなやり方で、スティーヴンに手を貸してくれた。古典考古学者のメアリーは、博士号の論文を執筆中で、フィッツウィリアム博物館で膨大な宝石コレクションの目録を作成する仕事をしていた。彼女は時代遅れの過去の遺物などではなかった。早くも白髪まじりの流れるような髪が、美しく刻み込まれた若々しい顔立ちを縁取り、ラファエルの聖母のような優雅な特徴を与えている。メアリーの外見は、内面がそのまま表れたものだった。博学でエネルギッシュで、その好奇心は考古学にとどまらず、美術、文学、音楽、特にバロック音楽に興味があり、ジョナサンと知り合うと、ふたりはすぐにあれこれ話し合いはじめた。

　わたしはケンブリッジ音楽大会でコンサートの初舞台を踏み、ジョナサンの熟練したピアノの伴奏に合わせてフォーレとブリテンの曲を歌い、スティーヴンは聴衆の中から励ますように明るく微笑みかけてきた。審査員は礼儀正しく声の響きを褒めてくれて、あとは息継ぎがどうも妨げられているようだとコメントするにとどめた。

　論文は完成目前まで来ていた。残っているのは、指導教官に言われたように、引用文献をアルファベット順に整理して、細かな点を注意して見るという、気が遠くなりそうな退屈な作業だけだ。コンマ、ピリオド、括弧がすべて正しい位置に入っていなければ、論文の提出を認めてもらえないはずだった。洗足木曜日に、麗々しく最後の引用文献の記入にピリオドを打って、セミナー、研究、注釈付け、カード索引作成、整理、資料収集、執筆、編集、脚注付け、参考文献の引用という、根気を要した十三年間を終わらせた。

　翌日の聖金曜日、祈禱を捧げているとき、気持ちが沈んで涙がこぼれそうになった。宗教的な式典と流れている音楽に感極まったのかもしれないし、論文を完成したことで気が抜けてしまったのかもしれないし、子どもたちに会えないのが寂しいからかもしれない。一、二週間以内に赤ちゃんが生まれるまで、子どもたちは祖父母のもとで過ごすことになっていた。次の日には、憂鬱な気分は晴れていた。代わりに、とても強い身体的な徴候が表れていて、もうすぐ赤ちゃんが生まれるのは間違いなさそうだった。午後のほとんどの時間は、スティーヴンといっしょに庭に出て、日射しを浴びながらスミレの花を摘んでリラックスして過ごした。夕方早くに、ドンが車で産院に連れていってくれたが、お決まりの診察では、はっきりした動きはほとんど見られなかったので、また帰された。帰り道にジョナサンの家に寄り、楽器の置かれたリビングルームの限られた空間に身体を押し込み、テイクアウトのカレーを食べた。ジョナサンとスティーヴンはカレーが好物なので、よくジョナサンはテイクアウトをしていた。特に、来客みんなに三品コースの食事をだしつづけて一週間が過ぎ、あとはスクランブルエッグしか作れなくなっている日曜の夜に。珍しくこの日は土曜の夜のカレーで、珍しく辛いドピアジャというカレーだった。

　帰宅すると、なんとも落ち着かない夜を過ごし、明け方にドンを起こして、また病院に連れていってほしいと頼んだ。スティーヴンは三人目の子どもの出産に立ち会いたがっていたので、分娩室に夫が入れるよう、特別な準備が整えられた。フレンズ・オブ・マタニティ・ホスピタルの管理者であるジョイ・キャドベリーが婦長と相談し、車椅子でも立ち会えるよう便宜を図ってくれた。スティーヴンと、彼の世話をするためにやってきた理学療法士のスー・スミス、さらに医療班と、言うまでもなくわたしが入れるだけの広い部屋は、分娩室しかなかったので、わたしは分娩が始まるのを待ちながら、固い分娩台に横たわって残りの時間を過ごした。ドンは廊下で待っていて、ときどきドアの向こうから覗き込んできたけれど、ジョナサンは賢明にも病院には来ないで、暖かく晴れた復活祭日を田舎にある両親の牧師館で過ごした。苦しい状況の中で、出産は遅々として進まず、停滞していた。廊下で待っている必要はないので、教会の朝の礼拝に出席するようにとドンに伝えてもらい、わたしはなんとか楽な体勢を取ろうとぎこちなく横たわりながら、慌てて病院に来なければ良かったと後悔していた。教会で歌っていられたかもしれないのに、と気づいたときには、なおさらだ。おかげでビル・ラヴレスは、歌い手が取り込み中で出席できなくなったため、礼拝の合間の音楽は中止だと発表することになった。

分娩を促進するためさまざまなことを試してみたが、わたしが人間の針山になっただけで、朝が昼になり、昼が夜になった。ドンは戻ってきて、また出かけていった——今度は夕べの祈りのために。ドンがいないあいだに、危険な展開になった。何か月も前に、わたしに自己紹介してきた赤ちゃんの鼓動が、胎児の心臓が、弱ってきて気がかりな徴候を示していた。医療班が背中を向けて、速やかに赤ちゃんをこの世に送りだすため拷問のような道具を準備しているあいだ、わたしは残っているすべての力をふりしぼって思い切りいきみ、そうして復活祭の赤ちゃんが誕生した。赤ちゃんを抱かせてもらうと、かわいそうになった。使い古された緑色のブランケットに包まれて、痛手を受けた赤ちゃんの顔は青白くなっていた。ロバートやルーシーが生まれたときよりも身体は大きいのに、ふたりが世界に挨拶したときのような元気がなく、わたしの腕の中でぐったりして、弱々しい泣き声をあげている。少しのあいだ、わたしは周りで行われている片付けの騒がしさにも気づかず、もう良く知っているこの小さな命に心を奪われていた。

10 不協和音

ティモシー・スティーヴン（赤ちゃんのフルネーム）とわたしが入院している週に、ルーシーは弟に会うためケンブリッジに連れ戻された——けれど、はっきりとは説明してもらえない理由によって、ロバートはセント・オールバンズに残された。どうやら、ロバートはウェールズの小川で裸足になって遊んでいて、風邪を引いたらしい。また咳をくり返しはじめていて、お茶を飲むためにセント・オールバンズの両親のもとを訪ねたときには、あまりにひどく咳き込んでいたので、母がベッドに寝かしつけた。ロバートは翌週もセント・オールバンズに滞在していたが、やがてスティーヴンの妹で医者のメアリーが、もうケンブリッジに戻れるぐらい回復したと判断した。ロバートの帰宅は、わたしたちの退院とたまたま重なった。ロバートはリビングのアームチェアに座り、弟を膝にのせてあやしていたけれど、まだ顔が赤くてどうも具合が悪そうに見えた。ルーシーの友だちの母親で、評判の高い小児科医のヴァレリー・ブロードベント＝キーブルが、友人としてティモシーとわたしに会いに来てくれた。偶然にも、彼女はかかりつけ医師のドクター・ウィルソンと同時に到着した。ふたりの医師は、この世界になじもうとして元気いっぱいに顔を輝かせているティモシーのことは、チラリと見ただけだった。ふたりの注目を一身に集めていたのは、ロバートだった。ふたりとも明らかにロバートの健康状態を案じていて、ウイルス性肺炎に感染しているのはまず間違いないだろうと判断した。ヴァレリーはロバートがアデンブルック病院の小児病棟にすぐ入院できるよう手配して、ドクター・ウィルソンはペニシリンの処方箋を書いてくれた。

生まれたばかりの赤ちゃんが、誕生したときの苦しい試練のためにまだ疲れていて、昼も、そして驚いたことに夜も、長時間眠りつづけてくれたのは幸いだった。さもなければ、ティモシー誕生後の数週間は、実際よりもさらにひどい悪夢になっていただろう。わたしはみんなから一度に必要とされた。スティーヴンに必要とされるのはもちろんのことで、赤ちゃんも当然、ルーシーは家族で最年少の座を奪ったライバルができたことで、安心を求めていた。何よりも、入院しているロバートはひどく具合が悪く、誰よりもわたしを必要としていた。小児病棟に入院した翌日、ロバートは目覚めると全身がミミズ腫れになっていた。感染症のせいか、ペニシリンのアレルギー反応のどちらかだった。どちらが原因なのか判別つかず、小児病棟のほかの重篤患者に感染させる恐れがあるので、ロバートは病院の最上階にある隔離病棟に移された。隔離病棟では、食事はハッチを通して差し入れられ、医療スタッフが病室に入るときは、手術着、手袋、マスクを着用していた。面会者は限定され、看護師と同じ防護服を着用しなければならなかった。具合が悪く、孤独で、退屈で、ロバートはベッドに横たわりながら、熱い頬に涙を流していた。

病院の面会には、生後一週間の赤ちゃんの授乳と授乳のあいだに時間をうまく合わせる必要があった。お乳をあげて、おしめを交換して落ち着かせると、わたしは急いで病院に行き、本を読んだりゲームをしたりして、ロバートのベッドの傍らで数時間を過ごしてから、次の授乳のためにまた急いで家に帰った。ロバートが退院するまで、これがわたしの日課になった。義母のイゾベルは最大限の努力をしてわが家を切り盛りし、買い物したり、健康に良い料理を作ったりしてくれていたが、ひとりでは手が回りきらなかった。ジョナサンの助けがこれほど必要だったことはない。彼はスティーヴンの世話をして、重い買い物をし、ルーシーを学校に送り届け、ロバートに会いに来て、びっしり詰まった日課の中で休む時間をわたしにくれた。あいにく、この危機が訪れる前に、義母にはジョナサンのことを簡単にしか紹介できていなかった。わたしの両親に比べ、義母がケンブリッジに訪ねてくる機会は少なかったので、紹介するタイミングがなかったのだ。気配りのできる親しい友人たちとは違って、ホーキング家の人々は誰ひとりとして、わが家にジョナサンがいることの意味を理解してくれそうにもなかった。それでも、わたしが何年ものあいだスティーヴンの介護をしてきたのを見て、この過酷な状況の中で夫と子どもたちのために精一杯の努力をしていることぐらいは、信じて尊重してもらえるのではないかと期待していた。それに、義父母もいくらか同情するか、控えめに容認してくれるのではないかと信じていた。何よりも、わたしはスティーヴンを見放したり、家庭を壊そうとしたりするつもりはなく、ジョナサンにもそんなことはそそのかされていないのだと、安心させたかった。

義母に事情を話したくても、ちょうど良いタイミングがなかった。ある日の午後、ようやく家にわたしとイゾベルと赤ちゃんだけになったとき、義母が先手を打ち、わたしに不意打ちを食らわせた。義母はわたしの目をまっすぐ見て言った。

「ジェーン」義母は大きな声になっていた。「ティモシーが誰の子どもなのか、わたしには知る権利があります。スティーヴンの子なの、それともジョナサンの子？」

　その険しい目つきを見て、義母が結論に飛びつこうとしていることに愕然とした――このうえなく無慈悲な結論に。ジョナサンとわたしは欲望を昇華させ、慎み深い関係を保ってきたのに、その自制心は完全に踏みにじられた。単純な事実を言うと、ティモシーがスティーヴン以外の相手の子どものはずがなかった。義母はこの真実を聞いても、納得しなかった。代わりに、まるで波に乗っているみたいに、さらに続けた。

「いいこと、わたしたちはあなたを本当に好きだと思ったことは一度もないのよ、ジェーン。あなたは家族にふさわしくない」

　あとになって、義母はカッとなって言ってしまったと謝ってきたけれど、わたしにしてみれば、もう遅かった。

　翌日の早朝、妻に緊急で呼びだされたフランク・ホーキングがケンブリッジにやってきた。義父母が庭に出ていき、低木の茂みの中に姿を消して内緒話をするのを、わたしは家の中から見つめていた。ほどなくふたりは、不機嫌そうな傲然とした態度で、わたしにはろくに挨拶もせずに帰ってしまった。出産から間もない時期に、心を傷つけられる出来事がこんなに重なり、精神的にがっくりきてしまって、予想どおりわたしは生後二週間の赤ちゃんにあげるお乳があまり出なくなってしまった。赤ちゃんは生まれたばかりの頃のぼうっとした状態を抜けだし、ライオンのような肺と声帯を元気いっぱいに激しく鍛えていた。スティーヴンは彼なりのやり方でこの状況を解決しようとし、どんな反対も聞き入れなかった。夫は八歳のルーシーに付き添わせて町に出かけ、ドラッグストアでの買い物を手伝わせ、大量の哺乳瓶、哺乳瓶の乳首、殺菌液、粉ミルクを買った。こうして、三人目の子どもを母乳で育てるというわたしの試みは惨めに終わり、ジョナサンには新しい仕事が増えることになった。毎晩、ウエスト・ロードから自宅に帰る前に、ジョナサンは翌日分の赤ちゃんのミルクを用意して、いつでも飲ませられるように冷蔵庫にしまっておいてくれた。

数週間が過ぎ、わたしが六月初旬に行われるティモシーの洗礼式の準備をしている頃、スティーヴンは父親から手紙を受け取った。その手紙には、義父がアメリカのテキサス州ダラスの医師団と連絡を取っていたことが書かれていた。この医師たちは、新薬で運動ニューロン疾患の治療を行っていて、スティーヴンを最初の患者として臨床試験に参加させたいと言っていた。まるで、もう決まった話みたいだった。スティーヴン、ロバート、ルーシー、ティモシー、わたしは、杖のほんのひと振りで、一家全員テキサスに運ばれてしまい、何年とまでは言わなくても、何か月にもわたってスティーヴンは延々と治療を受けさせられることになるのだ。わたしにはなんの言葉も、なんの説明もなく、その手紙は送りつけられ、暗黙のうちに決断はわたしに委ねられていた。

委ねられた責任の複雑さに、頭がくらくらして、心が沈んだ。第一に、もしもスティーヴンの病気を治せるチャンスがあるのだとしたら、そのチャンスを与えないわけにはいかない。けれど、子どもたちとわたしに要求されるものは途方もなく大きく、これまでに経験してきたどんなことよりも大変だということも、考えずにはいられなかった。子どもたちはすぐに転校しなければならず、安心して幸せに暮らしているこの家と環境を離れて、なじみのない巨大なアメリカの町に放りだされてしまうのだ。パサディナとはわけが違う。どうやって収入を得るのかも、住居や移動手段をどうするのかも不明だ。生後六週間の赤ちゃんの母親であるわたしは、三人の子どもと身体が麻痺している夫という家族全員の生活を替えさせ、地球を三分の一周させて、無期限に居を構えることが求められていた。そんな目的を達成するにはどうすれば良いのかも書かれておらず、これほど大きな仕事を幼いロバート以外にも誰かが手伝ってくれる約束もなく、治療が成功するという確実性もなかった。

ティモシーの洗礼式が迫り、わたしは苦痛このうえない選択について、両親に隠しておけなくなった。洗礼式のパーティーは、対立する陣営がまっぷたつに分かれることになった。四方八方に極めて如才なくふるまうことが求められる状況で、ホーキング家の面々はリビングルームの片隅に集まり、集まっている残りの人々——わたしの両親、ティムの教父母とその家族、数名の友人——を疎外していた。あまりの雰囲気に我慢できなくなり、ある時点でわたしはその場を離れ、寝室に避難した。わたしがさらされている耐えがたいプレッシャーをはっきり感じ取っていた父も、あとからやってきた。知性ではホーキング家の人々に引けを取らないが、お高くとまったり威張ったりしたところのまったくない父は、ポケットから一枚の紙を取りだした。

「ジェーン、ちょっとこれを読んでくれないか？　おまえがいいと言ったら、私はこれをフランク・ホーキングに送るつもりだよ」

読み進めるうちに、仲裁に入ってくれようとする父への感謝の念がどっと押し寄せてきた。その手紙は、スティーヴンに対するわたしの忠誠心を少しも損なうことなく、ジレンマを見事に解決するものだった。その手紙には、わたしたちみんなはスティーヴンのためを思っているけれど、スティーヴンの介護という重責に加えて、ふたりの幼い子どもと生まれたばかりの赤ん坊――彼らの孫――の世話もするとなれば、わたしがテキサスまで旅するのは無理な話だということを、ホーキング夫婦に理解してもらいたいという内容が、かなりシンプルに書かれていた。その治療に効果があると確信しているのなら、ホーキング夫婦が自らスティーヴンに付き添ってテキサスに行くことを考えてみるべきだ、と父は提案していた。やっぱりわたしの父は、時には厳しく、常に気取りがなく、尊敬すべき人で、静かで理性的なやり方で、そっと助け船をだしてくれた。その手紙はホーキング夫婦に送られたが、返事は来なかった。

義父母は、何年間もかろうじて我慢してきたと言いながら、わたしが三人目の子どもを出産した直後で、長男は重い病気を患っているという、いちばんつらい時期に、遠慮も何もない辛辣さで、わたしへの嫌悪を露わにした。わたしへの嫌悪感は、あからさまな敵意に発展した。嫌われていることに気づかず、もっと早く諦めなかったわたしがばかだった。無邪気な希望を抱いて、物事を良いほうに考えて生きてきたわたしがばかだったのだ。

その冬、テキサスの医療班がケンブリッジに治療薬を送ると言ってきた。しかし、アデンブルック病院の神経科の顧問医は、その治療薬は試験前で、効果が立証されておらず、運動ニューロン疾患には適していないときっぱり言った。顧問医はスティーヴンが実験台に利用されるのではないかと疑っていた。その研究者たちは、スティーヴンの名前を使って科学界の尊敬と注目を集めて、あわよくば財政的支援を受けようとしているのではないか、と。この治療は病院で受けなければならず、かなりの時間が必要とされ、短期間でも効果が出る可能性はごくわずかしかなさそうだった。運動ニューロン疾患によって、スティーヴンはもう限界まで苦しめられていた。これ以上は悪化できないところまで来ていて、損傷を受けた神経組織が修復不可能だということは、良く知られた医学的事実だ。今日(こんにち)では、何よりもスティーヴンの命を危険にさらすものは、運動ニューロン疾患そのものではなく、肺炎だった。提案されている治療は、スティーヴンの貴重な時間を無駄にするもので、六〇年代にフランク・ホーキング自身があれほど断固として警告していた荒唐無稽な話に過ぎなかった。

11

乱気流

ジョナサンの家族がどれほど頼りになるのか気づいていたら、義父母のふるまいに対して、あそこまで苦しまずに済んでいたかもしれない。控えめな優しさで、相手が誰であろうと、どんな出自であろうと関係なく、ジョナサンの家族は人のために懸命に尽くした。家族でも、友人でも、教会区民でも、赤の他人でも、分け隔てをしなかった。お金持ちでも貧しくても、困っている人は誰でも、昼夜を問わず彼らの家に迎え入れられ、親身になって話を聞いてもらえ、救いの手を差し伸べられて、おまけに食事までごちそうしてもらえた。どんなに善意を持っていても、自分たちの長男が関わっているわたしたちのような家族を、歓迎してくれる親がいるとは思えなかった。けれど、その考えは間違っていた。初めて牧師館を訪ねたとき、ジョナサンの両親は、待ちわびていたお客を迎えるように、会えたことを心から喜んでいるように、スティーヴンと子どもたちとわたしを歓迎してくれた。わたしたちやこの状況について、批判めいたことは決して言わなかった。

彼らはわたしたちとなんの繋がりもないのに、どうしてわたしと家族を歓迎できるのか、信じられない思いだった。なぜわたしたちに心から興味を示し、こんなに気にかけてくれるのかも、理解できなかった。彼らは優しさと思いやり、無私の光で暗闇を照らしてくれた。わたしたちを温かく受け入れてくれたのは、ジョナサンの両親だけではなく、どういうわけか、家族全員だった。伯父さんや伯母さん、従兄弟たち、きょうだいのティムとサラも。

こうして、わたしはもうホーキング家の人々の支えをあてにしなくても良くなった。代わりに、彼らが長年にわたって示してきた冷たい無関心さを、こちらも心に抱きはじめた。驚いたことに、スティーヴンのもっと遠い親戚が、ホーキング家の人々が残した穴を埋めた。六〇年代後半、ロバートがまだ生まれたばかりの頃に、ケンブリッジの学生だったスティーヴンの従兄弟、マイケル・メイアーが、アデンブルック病院の眼科で働くために戻ってきていた。マイケルと、南アフリカ人のフィアンセでX線技師のサロメは、料理が好きだった。ふたりはしょっちゅう、美味しくて高カロリーであとは食べるだけになった料理を、家族全員分持ってきてくれた。ティモシーが生まれてからの数か月ほど、この食事の宅配がありがたかったことはない。荒れ狂う海で小舟の舵を取ろうと奮闘して疲れ切り、落ち着いた状態を取り戻そうと必死になっていたのだ。

本当のところ、家族の中で助けがいる人間ひとりにつき大人の世話係がひとり、フルタイムで付き添わなければならなかった。自分だけでは何もできないほど無力で――車椅子に取りつけられたジョイスティックの簡単な操作と、ティモシーの誕生を祝って買ったコンピューターの操作は別として――、スティーヴンは良く知っている相手、わたしかドン、あるいはジョナサンの付き添いを常に必要とした。それまで扱いやすかった赤ちゃんは、自己主張を始めていて、惜しみなく注がれる注目に対して、うっとりするような満面の笑みを返し、あまりの笑顔に呑み込まれてしまいそうになるほどだが、わたしたちの関心がよそに向いていると、大声で反抗した。こういうときわたしの母は、この子はお父さんにそっくりねと笑って指摘していた。確かにティモシーは、天使みたいな顔に浮かぶえくぼをスティーヴンから受け継いでいて、怒りを表現するとき、特にお腹がすいているときは、口の端が下がるというおかしな癖も似ていた。それ以外の点では、ティモシーのほうが赤ちゃんとしては大きかったが、兄のロバートにうり二つだった。わたしはこの子たちを双子と呼んでいた――十二歳近く年の離れた双子だ。実際、通りすがりに出会った知人がティムをひと目見て「こんにちは、ロバート！」と陽気に声をかけてきたことは、一度ではなかった。それから、彼らは困惑して、時間のゆがみに落ちてしまったのかと思ったあとで、間違いに気づくのだった。

ロバートもルーシーも、新しい環境になかなか慣れることができずにいた。ルーシーはいまや最年長でも最年少でもなく、きょうだいの真ん中という落ち着かない立場に置かれ、夏の後半にロバートがまたボーイスカウトのキャンプに行ってしまうまで、赤ちゃんになんの興味も示さなかった。そのあと、ルーシーは急に哺乳瓶やオムツ、安全ピンやパウダーを取ってこさせられるようになった――それまではロバートが引き受けていた仕事だ。最初のうち、ルーシーはふてくされて反抗していたけれど、やがてわっと泣きだした。そのとき、小さなティムがやってきてから、わたしたちと同じように、ルーシーもたいへんな思いをしてきたのだと気づいた。みんなと同じように、本当は安心させてほしいのに、自分ひとりでなんとかするしかなかったのだ。わたしは娘を抱きしめ、大事な家族がもうひとり増えたからといって、あなたを愛するのをやめたわけじゃないのよ、と言い聞かせた。本当の気持ちを伝えたいのに、どうすればいいのかわからず、何週間もみじめに過ごしてきたみたいで、ルーシーはすぐに弟に優しく接するようになった。ロバートがしてきたように、進んであれこれ取りに行ってくれて、それ以来、誰よりもティムに夢中になり、その愛嬌のあるふるまいに影響を受けていた。

ロバートは重い病気を患ったせいか、体調がすっかり回復して学校に戻ってからも、元気がなくぼんやりしていることが多かった。学校の授業では、失読症は相変わらず厳しいハンディキャップとなっていた。学校は教育心理学者との面談を何度か手配して、失読症に対処する方法を教え込もうとしたが、本当はもっと大きな問題があるということに、教育心理学者は気づけずにいた。わたしは何年もあとになってから、失読症の原因の根っこには、圧倒的な不全感があったことを知った。ひどく幼い頃から、ロバートは父親が科学の天才であることを意識するようになり、周りの人々、特に両親よりも先生たちに期待をかけられていたけれど、それに応えられないことが自分ではわかっていた。自己疑念で自信を失い、どんなに努力したところで、世間の人々の前で失敗する運命なのだと思っていたため、勉強しても無駄だと決めつけていた。何よりも悲しいのは、たった七歳という若さで、父親が天才だと気づき、劣等感を抱いたことだ。ロバートには科学的な鋭い思考力が備わっているようだったが、科学の道に進んでも、父親の名声を越えられないと思っていた。ルーシーとティムについて言えば、ふたりが科学的なタイプではないことに苦しむのはもっとあとになってからで、失望したと教師たちに言われて、どちらもひどく傷ついていた。子どもたちは三人共、絶望的な状況に置かれていた。それでも、教師たちの先入観が影を落としても、ルーシーとティムはロバートほどには苦しまずにすんだ。ロバートには、世間一般の期待がかかり、父親の名声という長い影を落としていた。

一九七九年の秋、スティーヴンは名誉あるルーカス記念講座教授職に就任することになり、ケンブリッジでの名声はさらに高まった。一六六三年にヘンリー・ルーカスが百ポンドを寄付して設立されたこの教授職の椅子は、どこよりも威信ある大学の、何よりも威信ある教授職で、ニュートンも務めたことがある。いまやスティーヴンは、ニュートンとはっきり並んだのだ。夫は学問的に極めて高い地位までのぼりつめたことを祝い、この機会に乗じて、科学者たちのあいだでは廃れてしまっていた就任公開講義を開いた。スティーヴンはバベッジ・レクチャー・シアターの壇上にあがり、横に学生を立たせて、スピーチの内容をくり返させた。スティーヴンの声はひどくか細く聞き取りづらくなり、ひと握りの学生、同僚、家族さえも、何を言っているのか理解できなくなってきていた。夢中になっている聴衆の多くは、若くて有望な科学者で、スティーヴンの言葉を必死に聞き取ろうとしていた。夫の話は、保証された未来への気楽な見通しを伝えるものではなかった。スティーヴンは上機嫌で、物理学の終わりが見えていると予言していた。ますます計算が速く高性能なコンピューターの出現によって、あとほんの二十年しかない二十世紀が終わる頃には、統一場理論を含む物理学の大きな問題はすべて解けていて、物理学者がすることは何も残っていないだろう。ぼく自身は、二〇〇九年には引退しているはずだから問題はないよ、とスティーヴンは楽しそうに宣言した。聴衆はこのジョークを大いに楽しんでいたけれど、本当に笑っている場合だったのかどうか……。

実際のところ、スティーヴンだって、笑ってばかりもいられなかった。物理学の終わりをざっと予想するあいだ、すっかり運命の人質になり、彼にとってのネメシスである物理学という憤慨した女神に、たちまち捕らえられていた。そのわずか数週間後、わたしたちみんなにとって、中でもスティーヴンにとって、ひどく不吉なものになる十年間が始まった。クリスマスのあと、赤ちゃんも含めて、みんな揃ってひどい風邪をひいて寝込んでしまった。年が明ける頃には、風邪はスティーヴンの胸に居座り、水をひと口飲んだり、スプーンに載せた細かく刻んだ食べ物を食べたりするたびに、あるいは呼吸をするだけでも、夫はひどい咳の発作に苦しんでいた。こうした発作は一日の終わりにたびたび起こり、夜中まで続いた。わたしはヨガで習得したテクニックを使い、心を落ち着かせる言葉を単調で静かな声でくり返すことによって、喉の筋肉を緩めさせようとした。うまくいくこともあり、ゼエゼエ言ってパニックを起こしていたのが安定した呼吸になり、苦しんでいた惨めな身体に眠りが訪れた。ときには、隣にいるスティーヴンが早朝までずっとむせて咳き込みつづけているのに、単調なくり返しのせいで気が抜けて、こちらがうつらうつらしてしまうこともあった。翌日にはふたりともへとへとになっていても、本当に勇敢なスティーヴンは、決してそれを認めようとせず、前夜の出来事をものともせずに、いつもどおりの予定をこなした。一九七六年の肺炎の発作がくり返されるのではないかと、みんなが恐れていたのに、スティーヴンはやっぱり医者を呼ばせてくれず、市販薬も一切飲もうとしなかった。咳止めシロップに含まれている甘味料——砂糖不使用のシロップでも——は喉の粘膜を刺激して、咳止め成分は脳を混乱させるか、無気力状態に陥らせるのではないかと、いまでも危惧していたのだ。そんなわけで、夫は昼も夜も咳き込んで息を詰まらせ、息を詰まらせて咳き込み、赤ちゃんは鼻づまりでフンフン言って泣き、わたし自身も体調があまり良くなくて、ゼエゼエ言っていた。

いつものように、わたしの母が家事をするためセント・オールバンズにすぐ来てくれて、ジョナサンとドンとわたしは、治る見込みのなさそうな病人の看病をした。母は、せめて山のような仕事の合間だけでも休みなさいと、わたしをベッドに寝かしつけた。次の土曜日の午後には、ビル・ラヴレスがお見舞いに来てくれた。わたしは疲労と息苦しさでぐったりとベッドに横たわっていたというのに、本物の病人であるスティーヴンは、決然としてこの危機を受け入れず、キッチンに座って新聞を読んでいた。わたしはビルに問題を打ち明けた。いまでもスティーヴンの世話をしたかったたし、幸せな家庭生活を送らせて、どんなことでも可能にしてあげたかった。けれど、いまのようなとき、夫の要求は完全に度を超していて、その頑固さの壁のせいで人生が耐えがたいものになることがあった。結果的に、わたしは正気を保ち、重荷を分かち合い、愛されていると感じるために、ますますジョナサンに頼るようになっていた。そうして依存することで、なおさら罪の意識が大きくなった。

ビルはわたしの手を取ると、思いやり深いけれどきっぱりした口調で言った。

「ジェーン、きみに知っておいてほしいことがある」

厳しく非難されるのではないかと不安に思っていたら、それは大きな間違いだった。

「神にとっては、すべての魂が平等だ。きみはスティーヴンと同じぐらい、神にとって大切な存在だよ」

ビルはそう言うと、この驚くべき事実について考え込むわたしを残し、今度はスティーヴンと話しに行った。その日の遅くに、ドクター・スワンから電話があり、地元の介護施設への短期入院をスティーヴンに勧めた。夫は怒りくるっていたが、しぶしぶ助言を受け入れた。わたしはある意味、スティーヴンが正しいとわかっていた。介護施設では、誰も夫のことをわかってくれない。看護師たちは、夫が何を言っているのか理解できないし、介護するのに必要とされる正確なやり方にも慣れていなかった。ルーカス教授職に就くスティーヴンが介護施設に入院したという噂が広まるやいなや、支援の申し出が続々とあった。またもや、スティーヴンの忠実な生徒と同僚は、特に元研究生のゲイリー・ギボンズは、当番制で付き添いをして、スティーヴンが看護師に要求を伝えられないということが起きないようにした。ロバートの校長のアントニー・メルヴィルは、自身の家族も同じような悲劇的状況を経験したことがあり、必要であればロバートを家で預かると自ら申し出てくれた。キーズ・カレッジの特別研究員のジョン・ケイシーは、表面的には澄ましていても、本当は思いやり深く、スティーヴンの入院にかかる費用はカレッジが支払うべきだとして、理事会と会計担当責任者の説得にあたってくれた。

翌週、スティーヴンが介護施設に入院中に、わたしは一九七三年から天文学と実験哲学のプルミアン教授を務めているマーティン・リースに呼びだされて、天文学研究所を訪れた。頑固な科学者に見せようとしても愛嬌に邪魔されるマーティンは、オフィスにわたしを座らせて、力強い口調で言った。

「ジェーン、どんなことになろうと、決してくじけてはいけないよ」

この言葉に含まれる意図しない皮肉に、わたしは困惑したが、あまりにも疲れて取り乱していたため、何も言う気にはなれず、黙ってじっと話の続きを待った。マーティンは同じ言葉をくり返すと、スティーヴンにそろそろ在宅介護を受けさせたほうが良いのではないかと提案した。そちらで看護師を見つけられたら、色々な慈善団体をあたって、費用をだしてくれそうな基金を探してみよう、と彼は申し出た。わたしはマーティンの気遣いと、思慮深く慎重に考えられた実際的な申し出に、心から感謝した。助けそのものも嬉しかったけれど、わたしたちが助けを必要としていることに気づいてくれていたという事実が、同じぐらい嬉しかった。

家に看護師を連れてくるには三つの要素が絡んでいて、マーティンの善意の申し出は、そのひとつである金銭的な問題を解決してくれるはずだった。残りのふたつにはどうやって取り組めばいいのか、見当もつかなかった。どこで適任の看護師を見つけられるのか、そしてそれ以上に大変なのは、どうすればスティーヴンに認めさせることができるのだろうか？　わたしが赤ちゃんを連れて会いに行くたびに、夫は一時的に監禁されていることへの怒りに歯を食いしばり、目の前に置かれたテレビ画面から目をそらさず、わたしたちのほうを見ようとしなかった。スティーヴンを慰めることもできず、むしろわたしの存在が夫を逆上させているようだった。だからといって、定期的に訪ねていかなければ、怠慢だとすぐに非難されるだろう。

二日後、わたしたちは診療所を訪れることになった。同じくひどい風邪をひいていたルーシーの鼻の血管が切れて、鼻血を流しはじめ、わたしたちも娘自身も恐ろしい思いをしたのだ。大量の鼻血が乾いたかと思ったら、またすぐ鼻血を流しはじめるのだ。診療所では、初めての当直医が担当だった。中年の医師なのに、意外なことに研修医と名乗った。ドクター・チェスター・ホワイトは、中年になってから第二のキャリアとして医学の道を選び、資格を取ったばかりだった。彼はルーシーの検査をすると、何も心配するようなことはないと言って、わたしたちを安心させた。

出て行く前に、彼はわたしに注意を向けて、驚いたことにこう言った。

「あなたはどうですか？　具合は大丈夫？　かなり疲れているように見えるけど」

わたしがスティーヴンのことと、家族の置かれている危機的状況について話すのを、ドクター・ホワイトはじっと聞いていた。スティーヴンの評判は聞いていて、通りで見かけたこともあったので、大して説明する必要はなかった。それでも、国民健康保険からは最低限の支援しか受けられないまま、何年も戦ってきたことは知らず、在宅看護は週に二日の朝だけで、地区看護師がやってきて、スティーヴンをベッドから起きあがらせ、入浴させて、ヒドロキソコバラミンの注射を打つのだと聞くと、啞然としていた。わたしが妊娠してお腹が大きくなり、バスルームが狭くて思うように動けなくなったときに、スティーヴンは地区看護師に入浴を手伝わせるしかなくなっていた。

前に進みつづけるために必死にもがき、わたしたちの人生が成り果てた障害物コースをどうにか通り抜けてきたという、おなじみの話を語り聞かせていくうちに、心の迷いが晴れていった。ドクター・ホワイトはこのうえない同情を示しながら話を聞いてくれたが、事態を改善することはできないだろう。マーティン・リースが約束してくれた基金があっても、できそうにもない。これまでも大勢の人たちに言われてきたように、きっとドクター・ホワイトもこう言うのだろうと思った。

「なるほど、それはお気の毒に、でも私の手には負えそうにない」

だから、彼が慎重に考えて、ふたつの行動を思いがけず提案してきたとき、わたしは真剣に受け止めようとしていなかった。まずは、あなたに薬を処方しましょう、とドクター・ホワイトは言った。次に、訪問看護をしている看護師のリストの中から、男性看護師に連絡を取ってみて、スティーヴンの介護を定期的に担当できないか手配してみよう、と。

この提案がもたらそうとしている希望は、考えるまでもなくあまりにも魅力的で、にわかには信じられなくても心を惹かれるものだった。この偶然の出会いによって、適任の看護師を見つけるというハードルはクリアできる可能性が出てきたが、最後の――しかも間違いなく最大の――ハードルであるスティーヴンの抵抗は、この取り組みと直面したときにも引き起こされるかもしれなかった。スティーヴンにとって好ましくないこのやり方は、外部の機関に押しつけられたものだとして、わたしだけが責められることにはならないだろう。数日以内にマーティン・リースは、スティーヴンが帰宅するにあたって、介護を受けるのに必要となる暫定的な財源を確保してくれた――けれど、危惧していたとおり、ドクター・ホワイトが看護師の知人に連絡を取るのには、もう少し時間がかかった。

一月も終わりに近づいたある日の朝、ドクター・ホワイトのつてである看護師のニッキ・マナトゥンガが、ふいに姿を現した。ニッキは物静かで勤勉なスリランカ人で、妻とふたりの子どもとケンブリッジ郊外の村に住んでいる。彼は、わたしが説明する困難な事情や要求に対して、少しも不安そうなそぶりは見せなかった。それどころか、勤務先である地元の精神科病院、フルボーン病院の同僚である看護師たちとチームを組めるだろうと、自信を持っていた。一週間後、最初の当番でニッキがやってくると、スティーヴンは断固として彼を見ようとせず、どんな形でもコミュニケーションを取ろうともしなかった。車椅子でニッキのつま先を轢いたこと以外は。わたしが謝ると、笑顔で耐えているニッキは、落ち着いた様子で言った。

「大丈夫。気難しい患者さんの相手は慣れてるから」

翌週、彼は交替制で担当する別の看護師を連れてきて、さらに別の看護師を連れてきた。定着した看護師がそれぞれ新しい看護師を連れてきて、日課の詳細を引き継いでいくので、スムーズな交替ができ、住み込みの世話係であるわたしたちがあいだに入ることは最低限で済んだ。この献身的で忍耐強い人たちの存在を受け入れるにつれて、スティーヴンのいらだちは徐々に和らいでいき、やがては決められた勤務時間外にもこの看護師たちをあてにできると気づいた。夫は看護師たちを海外まで付き添わせることで、研究生や同僚、家族からも独立することができた。個人的な用事のために、少数の親しい人たちを頼る必要がなくなったのだ。宇宙の大家にとって、さらにはわたしたちにとっても、新しい時代が始まろうとしていた。

12

星へ（アド・アストラ）

ニッキのチームのおかげでスティーヴンの介護という負担が軽くなり、わたしたちは日々をただもがき進むのではなく、家族としての人生を歩みはじめた。これまでの日課に比べると、スティーヴンの世話は楽になっていた。ほとんどの夜と、週末は終日、ジョナサンがいっしょにいて、スティーヴンに食事をさせたり、トイレに連れていったり、身体を抱えて車の乗り降りをさせたりしてくれるようになってからは特に。彼もまた、食事のたびに犠牲者の肺から最後の息を吐き切らせるような、あの恐ろしい窒息の発作をなすすべもなく見ていた。わたしたちはいつでも救急サービスに電話する心づもりで、発作が治まることを願って待っていた。こういう危険な状態のとき、スティーヴンがしがみついている命の糸がひどく細くなっているのがわかった。やがて発作が治まると、スティーヴンは白湯を少し飲んでからまた食事を始め、喉を刺激しそうな食材はすべて避けた。そうして、みんながリラックスしはじめた頃、スティーヴンはまた発作に襲われるのだった。

八〇年代前半を通して、スティーヴンの野心と成功はとどまるところを知らなかった。さまざまな協会、大学、科学団体が競い合って、堂々たる名前のメダル――アルベルト・アインシュタイン賞、アインシュタイン・メダル、フランクリン・メダル、ジェームズ・クラーク・マクスウェル・メダル――、そのほかの勲章、著名な名誉学位をスティーヴンに次々に与えた。まるでモーツァルトのオペラの中で、レポレッロが披露するドン・ジョヴァンニに口説き落とされた女性のリストみたいだった。ただし、ドン・ジョヴァンニとは違って、スティーヴンが勝ち取ったものは、ヨーロッパに限定されていなかった。もちろん英国での授賞式も数多く、会場が家から近いときには、わたしがスティーヴンを連れていった。思い出深い、こんな出来事がある。わたしたちは大学の学位授与式に出席するため、車でレスターに向かった。ケンブリッジ大学トリニティ・カレッジ学寮長のサー・アラン・ホジキンが、大学総長を務めていた。一九七四年にスティーヴンがフェローに任命されたとき、彼は王立協会の会長だった。黒と金色のきらびやかな衣装を身にまとって壇上に立っていても、サー・アラン・ホジキンは優しくて気取りがなく、にこやかな笑顔を浮かべて、スティーヴンを名誉博士として迎え入れ、固い握手を交わそうとした――スティーヴンが車椅子を操縦するのに使っている手と。力が加わったことで、スティーヴンと車椅子、そしてサー・アラン・ホジキン――車椅子にくっついたままのような状態――は、式典のローブ、角帽、身体と車椅子のアンサンブルで、くるくるとバレエのパ・ド・ドゥを踊り、舞台の縁すれすれまで近づいた。わたしは慌てて立ちあがり、操縦桿のスイッチを切ると、ギリギリのところで恐ろしい大惨事を防いだ。

授賞式の多くはアメリカで開催されたが、幸いニッキと彼のチームが喜んで旅のお供をしてくれた。彼らのおかげで、スティーヴンは大西洋の向こう側で開かれるどの授賞式も、うまく利用することができた――スティーヴンと付添人の旅費は、向こうが負担してくれたのだ。授賞式のあとには、夫は旅の大事な目的を果たしに行き、どこかもっと面白い場所で、科学者仲間たちと議論をするのだった。当時、スティーヴンは特に、相対性理論と量子物理学を両立させようと試みる会議の議事録や評論書の制作――たいていはワーナー・イスラエルを共編者として――に関わっていた。これらの書物に記録された会議――あるいは〝ワークショップ〟と呼ぶべきか――に、スティーヴンは新たな情熱を傾けていた。というのも、いまだにスティーヴンが不満に思っていることのひとつは、科学に費やす資金の不足だったが、国際的な名声と、ルーカス教授職という威厳ある地位によって、学部に資金を集めやすくなっていたのだ。長年にわたって、わたしたちは控えめな規模で、定期的なセミナーや会議に招かれたり主催したりしてきた。この頃になると、スティーヴンはケンブリッジに同僚を――ライバルさえも――もっと大勢招くことができ、最高権威者として討議の議長を務めた。ワークショップはどんどん大きくなり、その威信はますます高まっていき、高名な演説者や代表者を招くだけではなく、晩餐会やパーティーを開けるほど資金に余裕があった。

新たなプレッシャーの波は、家よりも学部に押し寄せ、まずは世界のメディアという形を取って、その姿を現した。しばらく前から、スティーヴンの発見はイギリスとアメリカの科学誌に詳細に報道されてきていた。その報道は科学的なコンテクストに限られていて、常に敬意が示され、夫の身体の状態についてはほとんど、あるいは一切の言及がなかった。八〇年代初頭になると、大衆紙がスティーヴン自身の非凡さにもっと積極的に関心を寄せはじめた。萎縮した身体にしわがれ声という制限がありながら、宇宙の果てまで行ける知力を持つことのギャップが、さまざまな想像力に富んだ散文を生みださせた。おまけに、取材対象であるスティーヴン自身が、マスコミに注目されることを少しも嫌がらなかった。それどころか、既にびっしり詰まったスケジュールにインタビューが割り込んできても、喜んで答えていた。

スティーヴンは、訪れる記者たちを困惑させて楽しんでいた。理論を証明する宇宙の四次元模型を持ってこられなくて申し訳ないと詫びたり、無限について尋ねられると、それはずいぶん遠くにあるから話すのは難しいと答えたりしていた。いまのところブラックホールが発見されていないのは残念だ、その存在が証明されればノーベル賞が取れるのに、と公然と認めていた。こうした機知に富み、しばしば謎めいた答えを引きだすと、記者たちは不可解なメモからうやうやしい記事をまとめた。バランスの取れた報道ができる者はほとんどいなかった。たいてい、スティーヴンの身体的特徴に関する描写は感受性に欠けていて、科学的な内容については、無理もないことかもしれないが、スティーヴンの生徒や同僚の解説に頼っていた。

誰よりも無神経だったジャーナリストは、BBCテレビのドキュメンタリー番組、『ホライゾン』のプロデューサーだった。六年ほど前に、わたしと同じカレッジだった友人のヴィヴィアン・キングが撮影した短い映像作品は、大成功を収めた。彼女はスティーヴンを自然な流れの中に捉え、ストレンジラヴ博士みたいに映しだすという落とし穴——あるいは誘惑——を避けていた。悪質なプロデューサーの手にかかり、スティーヴンが、頭脳も身体もゆがんでいて、科学の研究のためにはどんな犠牲も厭わないという破壊的な意図を持った、奇怪な車椅子の科学者として描写されてしまうことを、わたしは何より恐れていたが、『ホライゾン』のふたつめの映像作品は、そんな仕上がりになっていた。映像の中で家族についても少しは触れるつもりなのかと尋ねると、わたしと子どもたちはスティーヴンの人生の壁紙に過ぎないとプロデューサーは蔑んだ。半年後に番組が放送されると、幼いティムとわたしが同席しているユニバーシティ・センターでのランチの場面には、スティーヴンの生徒のひとりによるナレーションがかぶせられていた。

「ミセス・ホーキングも息子のティミーも、数学にはあまり興味がないので、彼女たちがランチに来るときには、ぼくたちは研究の話をしないようにしています」

　あとになってわかったことだが、ナレーションの生徒はひどくきまり悪いことに、プロデューサーの指示でこの台詞を読んでいたのだった。わたしの元指導教官のアラン・デイヤーモンドは、こんなふうに人を不当に扱う意図的な侮辱に対して、BBCに勇ましく抗議書を送りつけた。皮肉の中の皮肉で、『ホーキング博士の宇宙』はわたしたちの結婚写真を映すことから始まっていた。それをふざけ半分で楽しんだのはわたしの両親だけで、その結婚写真にはふたりの姿があった。一夜にして、ふたりはテレビに出たセント・オールバンズの有名人になったのだ。

『ホライゾン』の放送前から、スティーヴンの名前は知れ渡っていた。一九八一年の夏に、ケンブリッジ大学総長のフィリップ殿下が大学の学部を視察して回る途中に、スティーヴンに会いたいと表明された。周囲の雑音を気にせずスティーヴンと話し合えるよう、個人的にわが家に来ていただくのがいちばん良さそうだった。十四歳にして科学者の卵となっていたロバートが、宇宙ができてからの年数やブラックホールの性質に関する殿下の質問に対し、父親の答えを伝えた。六月十日の訪問日は、ちょうどフィリップ殿下の誕生日だったので、わたしはフルーツケーキを作って冷やしておいた。キャンドルを六本飾りつけると、ティミーと殿下がいっしょに吹き消し、王室からのお客様は次の約束のため慌ただしく行ってしまった。

大英帝国勲章の受賞者として、一九八二年の新年の叙勲者リストにスティーヴンの名前が掲載されると、車椅子の操作に関わる惨事の可能性を鑑みて、わたしたちは女王との謁見にスティーヴンをひとりで行かせるのではなく、ロバートに付き添わせることに決めた。バッキンガム宮殿での叙勲式は二月二十三日に行われる予定だった。これに備えて、家族みんなの服を新調しなければならなかった。招待を受けるには幼すぎるので、わたしの両親と留守番することになっているティミーは別として。ロバートは初めてのスーツを着た——けれど、別の改まった機会が訪れたときには、そのスーツはもう小さくなっていたので、二度と着ることはなかった。おてんばな時期に入っていたルーシーは、いつものジーンズとTシャツをやめてドレスとコートを着るのは、今回限りだとはっきり宣言していた。

間際にバタバタしたものの、宮殿に向かって出発したときは、まだスケジュールどおりの時間だった。だが、ザ・マルのひどい交通渋滞に巻き込まれることは、計算していなかった。まるで全人口がバッキンガム宮殿に集中しているようで、ザ・マルはヒースロー空港に向かう道みたいに、人々が焦って先を急いでいる感じだった。到着した人々の大半は門のところで車から降ろされていたが、わたしたちはしょっちゅうテレビに出てくるあの豪華な正門から別世界へと車で通り抜けることを許可された。ここはわたしたちが生きている世界とは違う時間で動いているようで、すべてが時間にぴったり正確に動いていて、なおかつ誰も慌てる気配を少しも見せず、出会う人みんなが穏やかな礼儀とおっとりした魅力を備えていた。

中庭の真ん中で車を降りると、わたしたちの車は急に恥ずかしいほどオンボロで汚れて見えた。わたしたちは到着したほかの人々とは別の入り口に案内され、古めかしいエレベーターで数フロアあがった。貴族的なきびきびした足取りの従僕に導かれて、入り組んだ通路を通り抜けていく。家具、絵画、磁器の花瓶、壁に並んだガラスケースに収められた繊細な象牙を、立ち止まってじっくり眺める時間はなかった。主廊下に出ると、わたしたちは引き離された。ロバートとスティーヴンは国民的英雄たちが待機している列に加わり、ルーシーとわたしは壮大な舞踏室の端に置かれたピンク色のビロード張りの椅子を勧められた。

叙勲式が始まるのを待つあいだ、目を奪われるものは山ほどあった。巨大なクリスタルのシャンデリアが、白と金色の装飾に輝いている。広大な部屋の片端は、柔らかい金色の光を浴びた赤いビロードの聖堂みたいになっていて、ロンドン塔の年配の護衛兵が、女王が立つことになっている台座の上で警護にあたっている。反対側のバルコニーでは、軍楽隊がお祝いにふさわしいレパートリーを演奏していて、女王の到着にあわせて国歌の演奏を始めた。朝の行事はきびきびと進行し、叙勲式は驚くほどありふれた形式で行われた。由緒あるイギリスの伝統に則った学校の授賞式や学位授与式を、スケールアップして国民的な式典にしたようなものだ。それぞれの受賞者は、果てしなく続く列に並んで、女王陛下に謁見する栄誉ある瞬間を待ち、呼ばれると前に進み出た。女王の後ろに立っている年配の護衛兵が卒倒するのを見て、ルーシーがハッとしてわたしを肘でつついた。衣装の重さと、長時間立ちっぱなしでいたことと、暑さにやられたのだ。式の進行を少しも妨げず、護衛兵は目立たないようすみやかに運びだされた。

式が半分ほど過ぎた頃、ロバートとスティーヴンの順番が近づき、ふたりが脇の入り口に姿を現すと、わたしは愛と誇らしさで背中がうずくのを感じた。中央に進み出たあと、進路を曲げて女王のほうに向かうふたりの姿は、劇的な印象を与えた——か細い身体に不屈の魂を持つ科学者が、満面の笑みを浮かべながら前屈みになって車椅子に座り、背が高く内気な金髪の息子に付き添われている。スティーヴンが成し遂げたことを思えば、喜びの笑みを浮かべるのは当然だ。あるいは、夫は皮肉な事実についても笑っていたのかもしれない。因習打破主義の怒れる若き社会主義者だった夫が、トーリー党政権の推薦によって、君主から最高の栄誉を賜ることになり、あれほど忌み嫌っていた体制に取り込まれようとしているのだから。

受勲式のあと、ロンドン中心部にある高級ホテルでランチを取りながら、わたしたちは勲章をまじまじと眺めた。灰色のストライプで縁取られた赤いリボンから、赤と青の琺瑯(ほうろう)細工がぶら下がっていて、繊細な十字架が施されている。宮殿そのものと同じく、「神と帝国のために」という銘は、別の時代の謎と神話のものだ。正式な呼び方をするなら、この〝バッジ〟と、いっしょにわたされた小冊子に目を通してみたが、わたしたちに少しでも関係のありそうな特典は、大英帝国三等勲爵士(CBE)の娘として、ルーシーがセント・ポール大聖堂の地下にある勲爵師団の教会で結婚式が挙げられることぐらいだった。

スティーヴンを子弟の一員にしたがっているのは、イギリスの体制だけではなかった。一九七五年に既にローマ教皇からメダルを授与されていたが、一九八一年の秋には、ヴァチカンのローマ教皇庁科学アカデミーでイエズス会士が主催する会議に招待された。ローマ教皇庁科学アカデミーは、科学的な問題についてローマ教皇に意見を述べるのに申し分のない立場にある、卓越した科学者たちの緊密な集団である。この会議は、宇宙のありさまについてローマ教皇に新しい情報を与えるべく招集された。スティーヴンの看護師たちが海外旅行に付き添うということはまだ始めていなかったので、スティーヴンといっしょに研究をしてきた、博士課程修了後の研究者であるオーストラリア人のバーナード・ホワイティングが、会議に付き添うことに同意し、聴衆に向かってスティーヴンの講義を伝え、全般的な世話も手伝ってくれることになった。

ティモシーが生まれてから、子どもたちと離ればなれになることへの不安がぶり返していて、ローマに行くなら子どもたち全員か、ひとりでもいっしょに連れていけないと嫌だった——学業に真剣に取り組まなければならない時期になっているロバートは無理でも、せめてルーシーとティミーだけでも。幸い、ローマに詳しいメアリー・ホワイティング夫妻がいなければ、この旅行は悲惨そのものになっていただろう。ヴァチカンにいちばん近いとされるホテル・ミケランジェロは、わたしたちからすると、会議場まで優に二十分はかかり、食事は朝食さえ付いていなかった。エレベーターは一機あったものの、それに乗る前にまずは階段をのぼらなければならない。それだけでは足りないというみたいに、ローマは大雨に苦しめられていた。夜明けは明るく晴れていて、わたしたちはうきうきとスティーヴンに付き添ってヴァチカンへ行き、門番に立っているスイス人衛兵の横をすっと通り過ぎ、素朴で美しいルネサンス様式の建物、ピウス四世宮殿に入った。この宮殿は十六世紀にローマ教皇のために建設され、のちにヴァチカンを訪れる女性の入場も認められるようになり、一九三六年からローマ教皇庁科学アカデミーの本部が置かれている。わたしたちは、ガリラヤ人側と戦い、ローマ教皇の宇宙論学者たちに、始まりも終わりもなく、創造主である神がなんの役割も果たしていない宇宙の新たな見方を教授する気満々で上機嫌のスティーヴンとは、そこで別れた。

一日のうちそれだけはまともな食事をあてにできる、アカデミーでの昼食の時間になるまで、わたしは月桂樹の森の中を散歩し、子どもたちは山腹をちょろちょろと流れ落ちる観賞用の小川で遊んだ。けれど、気持ちの良い朝は、午後には曇って蒸し暑くなり、ミケランジェロの絵にも匹敵する堂々たる雲がふくらんで、サン・ピエトロ大聖堂のドームの上を覆った。雲はまぶしい稲妻と恐ろしい雷鳴に派手に引き裂かれ、夜になるまで土砂降りが続くのだった。

ヴァチカン——これまで知られてきた中で、最も強力で教義的で裕福な都市国家のひとつ——は、神聖さと勇気を確かに持ち合わせていながらも、思想の自由を制限しようとする、ひとりの人間によって統轄されていた。〝なぜ〟宇宙は存在するのかと問いかける権利に異論を唱える、無神論の科学者たちと同じぐらい強情な人物だ。〝なぜ〟という疑問と取り組むべきその人は、創造が具体的には〝どのようにして〟為されたのか、問いかける権利もないと科学者たちに言い聞かせるのに忙しかった。会議の終わりに、ローマ教皇は一同に挨拶をして、科学者が宇宙の進化を研究するのはかまわないが、ビッグバンとそれより前の創造の瞬間に何があったのかを問いかけるべきではない、なぜならそれは神の領域なのだから、と話した。スティーヴンもわたしも、このようなお達しには感心しなかった。三百年前にガリレオが有罪判決を受けて抑留されたときと同じ姿勢だ。ローマ教皇庁はいまになってようやく、ガリレオの発見の歴史をたどりはじめていた。そこには、これほど長いあいだ、ガリレオの理論が禁止されていたことへのきまり悪さが見て取れた。ガリレオの運命に関する書類は厳重に保管されていたが、スティーヴンが精査を求めた際には、即座に、ほとんど弁解がましく提示された——もっと早くガリレオの名誉を回復しようと誰も考えなかったのは、単なる見落としに過ぎなかったことを意味していた。とはいえ、ローマ教皇の宣言は、教皇庁がいまだに思想を制限しようとしていることの表れであり、この三百年間の教訓から何も学んでいないという否定しがたい印象を与えるものだった。

13 復活したハーモニー

わたしは音楽を通じて英国国教会に再び通うようになり、音楽は魂の再生と成長への門口となっていた。メアリー・ホワイティングのおかげで、ティモシーが生まれてすぐに、わたしはまた歌のレッスンを受けに行くことができた。メアリーは、赤ちゃんといっしょに過ごすことで、自分も赤ちゃんができやすくなるのではないかと期待して、週に一回、ティモシーを散歩に連れていかせてほしいと積極的に頼んできたのだ。そういうわけで、水曜の午後、わたしはたいてい疲れていたけれど、ナイジェル・ウィッキンスによるレッスンを再開させた。ナイジェルにもローラという娘がいたので、親が必要とされることについて経験から知っていた。ナイジェルの指導と、ジョナサンが教えられるときは彼の繊細な伴奏のもと、わたしはシューベルト、シューマン、ブラームス、モーツァルトの喜びに復帰した。さまざまなやり方で、彼らの音楽はわたしの心の奥底で競い合っている感情を昂(たか)ぶらせ、そのあと落ち着かせた。そのあいだ、メアリーとティムはアヒルに餌をやりに行き、公園を散歩して、ぶらんこに乗り、アイスクリームに顔を埋めていた。

スティーヴンとわたしが支持する大義のための、寄付金集めのコンサートで独唱する機会は数多く、ほかのプログラムの穴埋めに駆りだされることもあった。一九八二年の夏にキングス・カレッジ・チャペルの医学会議で、ジョナサンが開催していたオルガンリサイタルの合間に短い一曲を歌ったことで、わたしの歌のキャリアは頂点を極めた。自分の声と、音楽をすぐに覚える能力への自信が深まり、そろそろ幅を広げて、合唱団に参加してみようと思えるほどになっていた。そんなことを考えられるようになったのも、最近ではこれまでにないほど自由を謳歌（おうか）しているおかげだ。一九八〇年代初めは、スティーヴンが受けるに値する世界的な賞賛に浴しているあいだに、わたしにも変化が起きていた。ひとつに、看護師たちが来てくれるおかげで、それまでエネルギーを使い果たしていたきつい仕事が減り、身体の疲れが和らいでいた。もうひとつに、ジョナサンが変わらず支えてくれて、家族全員に尽くしてくれるおかげで、日々もがき苦しみながら暗い片隅に長らく抑え込まれていた自分が、光の下に現れていた。もう不完全な人生を生きる必要はなくなっていた。わたしは自分のために人生を思い切り生きはじめていて、何年か前にサンタバーバラのビーチで手からこぼれ落ちていった砂は、これまでの歳月を経て、ひとりの人間としての強い願いまで尽きさせたわけではなかったと気づいた。

　大学のグレート・セント・メアリー教会でのコンサートで、わたしは探し求めていた聖歌隊に出会った。あらゆる年齢の、あらゆる人生を歩んできた人たちの集まりで、幅広いレパートリーを演奏し、志を高く持っている。ケンブリッジを卒業したばかりのエネルギッシュな若い指揮者、スティーヴン・アームストロングに加入を認められ、それからは週に一回のリハーサルに参加することになり、長い一日の終わりにみっちり二時間、集中して練習し、週の合間にもたっぷり練習に励んだ。たいていは土曜日に行われる公演の本番は、慌ただしい一日になった。コンサートがあろうとなかろうと、家族にはご飯を食べさせて世話をしなければならず、最終リハーサルはいつもくたくたになった。そして、コンサート本番はあっという間に終わってしまい、八週間の努力がたったひと晩で消えてしまう。とびきりうまく歌えて幸福感に浸ることもあれば、思うようにいかなくてちょっとへこんでしまうこともあった。コンサートに次ぐコンサートは、バロック音楽から古典とロマン派を経て近代音楽まで、音楽の性質や様式がめまぐるしく変化した。バッハからベンジャミン・ブリテンまで、公演でうまく歌えたときの高揚感はたまらなかった。わたしは曲にはこだわらなかった。次々と変わる作品、次々と変わる作曲家のそれぞれが、リハーサルとコンサート期間中に情熱を注ぐお気に入りとなり、人生のはかない哀愁を時間を超越して抽出し、痛いほどの激しさを精神の慰めに変えた。

日の出の勢いだったこの頃に、母が重病を患った。最近、母とただひとり存命の従兄弟のジャックは、九十歳を越えているエフィー叔母さんを心配して、負担を抱え込んでいた。長いあいだ心配かけっぱなしだったわが家の問題だけでも、母の病気を悪化させる原因としては充分だった。ともかくも、ニッキの看護師チームが来てくれるようになったおかげで、わが家の状況は大きく変わっていた。わたしは両親が最も苦しんでいる時期に心の支えになり、これまでずっとふたりに世話してもらってきたお返しをすることができた。家庭内の体制が変わったことで、悩まされたり憔悴したりすることも減り、子どもたちにもっと注意を向けられるようにもなった。赤ちゃんだったティモシーは、たまらなく愉快で、観察力が鋭く、質問をくり返し、腕白で元気いっぱいに跳ねまわる幼児に成長していた。生後十八か月ぐらいの頃、ティモシーは早くも天文学への興味を芽生えさせはじめた。宵の口に、ティモシーはキッチンで子ども用の椅子に座って月を眺め、夕飯を食べるという大事な仕事もそっちのけで、月の進路を目で追っていた。月が空を渡ると——そして窓を横切ると——、食事どころではなくなり、椅子のベルトを外してほしがって、わめきはじめた。月が視界から消えると、興奮しながらリビングルームに駆け込み、そっちにある出窓から白い光が再び現れるのを待った。ティモシーにとっては、毎晩が待望の勝利だった——月が欠けて、暗い中で不思議に思いながらがっかりするまで。生後二十二か月になると、ティモシーはほかの自然現象に対し、詩的だけど非科学的な意識を表明した。一九八〇年二月のある寒い午後、大きな雪片がゆっくりと舞い落ちてきた。鉛色の空を背景にした白く繊細な幾何学模様を見ると、ティモシーはリビングの窓のところに走っていって、「おおし、みえる！おおし、みえる！」と叫んだ。〝おおし〟というのは、〝お星〟のことだ。ティモシーは部屋の中を踊りまわって、そっと落ちてくる星座のような雪が奏でる静かな音楽に合わせて、わくわくしながらこの短い歌詞をくり返し歌っていた。

元気いっぱいなのは良いのだが、わたしがほんの一瞬でも目を離すと、ティモシーは兄や姉を真似てひとりで危険なことをしようとした。ティミーが二歳の誕生日を迎える二週間前、キッチンで夕飯の準備をしていると、家の中が急に不自然なほど静かになった気がした。子どもの遊ぶ音がしない——床の上でおもちゃの車を動かす音も、ブリキの太鼓を叩く音も、おしゃべりや笑い声も。恐ろしい静けさに、血が凍った。玄関へ走ると、ドアが大きく開いている。ティミーは外に出て行ってしまったのだ。

　わたしは混乱して開いた戸口に呆然と立ち尽くした。どちらへ向かえばいいのかもわからない。ティミーは道路に出て川へ向かったのだろうか、それとも、家の周りをぐるっと回って庭園へ？　わたしが半狂乱で息子の名前を呼んでいるのを聞きつけて、その日の仕事を終えようとしていたカレッジのスタッフが助けに来てくれた。やがて、メンテナンススタッフのひとりであるパットが、警察に電話したほうが良いと落ち着いた口調で勧めてきた。彼はそばについていてくれて、わたしは耳の中で鼓動が響いて手が震えるのを感じながら、999に電話した。応答した警官があまり大きな反応をしないことに、わたしは動揺した。どれだけの緊急事態なのか、わかっていないみたいだ。

「少々お待ちください」警官は陽気な声で言った。少しして、また応答があった。

「お子さんの特徴と、今日の服装を教えてもらえますか？」相変わらず、腹立たしいほど陽気な口調で尋ねた。

「金髪碧眼で、青いトップスに緑色のズボンです」わたしは不安で取り乱しながら答えた。

「だったら、大丈夫ですよ。パトカーに小さな男の子を乗せているんですが、どこに住んでいるのか答えられなくて、警官がお母さんを探そうと巡回しているところです」
警官と、道路に飛びだそうとしたところを捕まえてくれた親切な人に付き添われて、ティミーは家に帰ってきた。息子はどうやら、教母であるジョイ・キャドベリーのところに行こうとしていたらしい。その親切な人は、ティミーを膝に載せてパトカーに乗り、ブロンドと青と緑のじっとりした小包をわたしの震える手に届けてくれた。

上の子ふたりは、あまり手はかからなくなっていたものの、理解されることを大いに必要としていた。ロバートは気の合う友だちが少ない孤独な子どもになりそうだったし、ルーシーは中等学校に通いはじめて、生まれたばかりの頃から知っている地元の大切な友だちと離ればなれになってしまった。ロバートが私教育を受けていたので、それを受け継いで、ルーシーにも同じ教育を受けさせようと思ったのだが、初等学校からパース・プレパラトリー・スクールの女子部に入学したのは、同級生の中でルーシーひとりだけだった。わたしたちはルーシーを慰めて気を紛らわせるため、子猫を飼わせてあげた。スティーヴンは娘の学費の足しになればと思い、そろそろ一般向けの本を書いてみようと決意した。自分の取り組んでいる科学――宇宙の起源の研究――について、専門用語や方程式という障壁を取っ払った、誰でもわかる言葉で書かれた本を。わたしは夫に、自分の研究について説明することに挑戦してみるべきだ、とたびたび勧めてきた。その本を読むことは、特にわたしにとってためになるだろうし、政府の財政支援を通じて研究に資金を提供している、一般の納税者のためにもなるだろう。

ロバートもルーシーも、時々わたしといっしょにセント・マークス教会を訪れていた。創意工夫に富むビル・ラヴレスは、あらゆる年代のあらゆる好みを持つ人々を楽しませつづけていた。毎月、国家情勢の批評でニューナムの信徒たちを道徳的にも知的にも目覚めさせておくことに加えて、並外れた努力をして、家族揃って教会に来てもらえるようにと、家族向けの礼拝を行っていた。この礼拝はいつも楽しくて、時には思いがけない反応を引きだすこともあり、宗教離れが加速してきている世代の子どもたちみんなに影響を与えた。祭壇のキャンドルに火を灯したり、その火を消したり、聖書の日課を読みあげたり、クイズに参加したり、色々なお芝居で役を演じたりと、いつも何かしらの役割を与えられているルーシーは、この礼拝が大好きだった。ある日曜日、ゴロゴロしている子どもたちを家に残して教会に行くと、ビルは地元の神学校の聖職授任候補者が率いる新しいユースクラブの発足を発表した。ユースクラブでは、ゲームやお楽しみに加えて、真剣な討論もすることになっている。わたしがその話をしたとき、ロバートはほとんど興味を示さなかったけれど、わたしを喜ばせるためだけに、最初の会にしぶしぶ行ってみることにした。午後七時に車で牧師館に送っていき、気に入らなかったときのために、外で十分間待っていると約束した。ロバートはユースクラブを大いに気に入って、十分後にわたしは家に帰り、それからというもの、息子は一度も欠かさず参加した。初等学校の昔なじみと再会し、男女共に新しい友だちもできた。それ以後、彼らは団結した誠実な仲間たちとなり、おかげでロバートはそれまで苦労していた自信と社交性を身に着けていった。そのわずか二週間後、ロバートは学校から自転車で帰宅する途中でビル・ラヴレスに出会い、堅信式を受けたいと話した。ビルはロバートとルーシーのどちらにとっても、信頼できる友人で良き指導者だった。子どもたちの置かれている環境が普通ではないこと――スティーヴンの病気による苦悩や、家族の中にジョナサンがいるという異例の事態――によって、家族生活や両親とはこうあるべきだという理想化された先入観が揺らいだとき、ビルはいつもふたりを励まし、大人の人生の複雑さを穏やかに説明していた。

比較的調和の取れていたその時期に、わたしとスティーヴンの関係は、主人と奴隷という役割になりがちだったのが回避され、新しい局面を迎えていた。わたしたちは同等な立場の仲間に戻った――六〇年代と七〇年代に、いっしょにキャンペーン運動をしていた頃みたいに。テレビ番組に出演するとき、スティーヴンがいつも襟に留めている核兵器廃絶運動（CND）のバッジは、わたしたちが共に戦ってきたいくつもの大義のひとつを表しているに過ぎない。七〇年代初めにロブ・ドノヴァンが恐ろしい警告をしていたが、核兵器の容赦ない増加は、本格的な軍備拡大戦争に発展し、東西が暴走して競い合っていた。いまにもアルマゲドンが起こり、この惑星の生きとし生けるものを全滅させてもおかしくはなかった。核兵器廃絶運動が国内で再び高まり、地域のグループが全国的に広がっていった。

わたしたちの参加グループ、ニューナム・アゲンスト・ザ・ボムは、引退した医師のアリス・ラフトンの家に月一回集まっていた。あふれんばかりのエネルギーと鋭い説得力、伝説的な奇抜さを備えたアリスは、ディナーパーティーでリスとイラクサのシチューをだすという評判があった。彼女の夫は、家よりも庭の物置小屋を好むとして知られていた。十二人ほどのニューナム・アゲンスト・ザ・ボムのメンバーは、ホットワインで手を温めながら、煙をあげているたき火を囲んで座り、見識はあっても悲観的な話者による説明に耳を傾けた。そのあと、みんなで戦略を練り、この軍備拡大戦争を止めるために、わたしたちに何ができるのか話し合った。見通しは甘くなかった。なにしろ、わたしたちが対抗しようとしている相手は、ふたつの超大国の軍産複合体なのだ。ともかく努力はしているという事実が、せめてもの慰めだった——いずれにせよ、スティーヴンとわたしは、ゴリアテという巨人と戦うダビデを演じることには慣れていた。

わたしとスティーヴンはいっしょに手紙を書いて、世界じゅうの友人たち、特にアメリカとロシアにいる友人みんなに送った。北半球の人口を全滅させて、大量の放射性物質を放出して残った生命も一掃してしまう、核兵器の拡大に反対するよう彼らを促した。地球上の男性、女性、子どもひとりに対し、四トン分の爆薬が存在し、計算違いやコンピューターの誤作動によって核攻撃の応酬が引き起こされる危険性は容認しがたいほど高いことを、わたしたちは指摘した。スティーヴンは一九八一年にフランクリン・メダルを受賞したとき、フィラデルフィアのフランクリン協会でこのテーマについて演説をした。哺乳動物が進化するのに四十億年、人類が進化するのに四百万年、科学技術文明が発展するのに四百年を要した。この四十年間で、物理学の四つの相互作用への理解が深まり、宇宙のすべてを説明する統一場理論が完成する可能性が現実味を帯びてきた。それなのに、核攻撃が起きれば、ものの四十分でそのすべてが消し去られかねないのだ。意図的にせよ事故にせよ、そんな惨事が起こる可能性は恐ろしく高い。これは我々の社会が直面している根本的な問題であり、どんなイデオロギーの問題や領土問題よりもずっと重要だとして、スティーヴンは演説を締めくくった。

それとだいたい同じ頃に、元ローズ奨学金受給者で欧州連合軍の最高司令官を務めた陸軍大将のバーナード・ロジャースと、オックスフォード大学の祝宴で知り合った。食事のあと、テーブルから離れようとしていた将軍の進路を、スティーヴンは車椅子で塞いだ。わたしがニューナム・アゲンスト・ザ・ボムの大義のためのスピーチをするあいだ、将軍はどこか気まずそうに、思いやり深く耳を傾けてくれた。そのあと将軍は、自分としてもこの現状を大いに懸念していて、実際ロシア側の将軍と話し合いも重ねているのだ、と礼儀正しく認めた。それから数年以内に、鉄のカーテンの向こう側では経済・政治状況が急速に変化して、こちらの地域の奮闘に追いつくことになった。ちっぽけな一個人やグループとしてのわたしたちの抗議が、歴史の流れにごくわずかでも影響を与えたのか、手紙が一通でも目的の相手に届いたのか、わたしたちのメッセージが東か西の政治体制の中枢に伝わったのか、知る術はない。

もっと身近なキャンペーン運動については、そこまでの大惨事に関わる問題ではないけれど、同じぐらい情熱を傾けて取り組んだ。特に障害者の権利に関わる問題については。ケンブリッジ大学は、障害者法――一九七〇年に最初の形式が法律として制定された――を履行するのが驚くほど遅く、一九八〇年代に入っても、障害者のための設備がない建物がまだ新たに建設されていた。そのうちのひとつで、わが家から百メートル足らずのところにあるクレア・カレッジは、公共の場だと宣伝しておきながら、障害者向けの設備が整えられていない図書館とリサイタル室を含む建物を建築するため、資金を集めていた。わたしたちがこの偽善的な姿勢に対し、メディアに向けて猛然と反対運動を行うと、こんなコメントが返ってきた。

「スティーヴン・ホーキングが障害者用のエレベーターを欲しいと言うのなら、自費で支払うべきだ」

高級誌に掲載するスティーヴンの写真を撮影しにきたスノードン卿が、わたしたちの大義をラジオで取りあげてくれると、カレッジはついに降伏することになった。

スティーヴンとわたし――それにジョナサン――は、一九七九年の発足以来、運動ニューロン疾患協会の基金調達を支援してきた。かなりの期間、患者兼支援者のスティーヴンとわたしは、集会や会議に出席してきた。八〇年代初めには、スティーヴンはレオナルド・チェシャー財団の副会長への就任を求められ、一九八二年十月には、わたしはハンティンドン近郊のブランプトンにあるヴィクトリア朝様式の家、ヒンチンブルック・ハウスを、身障者のためのチェシャーホームに改修する基金集めのため、請願委員会に招聘（しょうへい）された。ハンティンドンでの月例会議に出席すると、わたしの基金集めの担当地区は、ほかならぬケンブリッジ大学だということがわかった――大学内の各カレッジと、各カレッジ内の評議員ひとりひとりが対象だ。わたしの仕事は、一九八四年の夏に一般に向けて寄付を募る準備段階として、大学名簿を準備して、何百人もの中から寄贈者になってくれそうな相手をふるい分け、ひとりひとりに寄付をお願いする手紙を書くことだった。ヒンチンブルック・ハウスの寄付金要請の立ちあがりは上々だったが、不運なことに、このチャリティは六週間の郵便ストと重なってしまった。さらに、国民の意識は地元の慈善事業ではなく、毎日テレビに映しだされるアフリカの飢餓の痛ましい写真に向いていた。結果的に、このチェシャーホームを開業するまでに、寄付金集めに何年もかかることになった。それでも、スティーヴンとわたしにとって、これらは前向きに一体となって取り組める運動であり、物理学を離れて二人三脚でやっていける活動だった。

14 やり残していたこと

八〇年代初め、わたしには片付けなければならないやり残した仕事が二種類あった。まず何よりも、論文が残っていた。一九八〇年六月、キングス・カレッジのスペイン語教授であるスティーヴン・ハーヴィーと、指導教官のアラン・デイヤーモンドの立ち会いのもと、口述試験を受けるため、ウェストフィールドに呼びだされた。

緊張していて、ロンドンに向かう途中でコンタクトレンズを落としてしまったせいで目がよく見えない状態にありながら、わたしはいたずらっぽい笑みを浮かべて手探りで試験を切り抜けようとしていたのだが、やがてスティーヴン・ハーヴィーに、デイヴィッド・ロッジの作品を読んだことはあるかと質問された。ちょっと不意を突かれて、わたしは相手の意図を読み取ろうとまじまじ顔を見つめた。まさか、ラミッジ大学（別名バーミンガム大学）のフィリップ・スワローと、ユーフォリア州立大学（別名カリフォルニア大学バークレー校）のモリス・ザップが大学を入れ替わるという、リアルな題材を面白おかしく描いた、『交換教授』のことを言っているわけじゃないでしょう？　わたしには『交換教授』と中世スペインの叙情詩に、少しの共通点も見いだせなかった。それでも、デイヴィッド・ロッジの小説の話でしょうか、と勇気をだして尋ねてみた。

「いや、いや。私が言っているのは、『現代作品の様式』のことだよ」

わたしが読んでいない評論のことだった。それからは、試験はもっと和やかな雰囲気で進んだ。あとになって、アラン・デイヤーモンドは『交換教授』を読んでいなかったことを白状した。

翌年の春、ジョナサンとスティーヴン——博士が着る流れるような赤いローブを買ってくれた——は、わたしといっしょにアルバート・ホールに来てくれて、長い学位授与式のあいだ忍耐強く座っていた。長くて困難な旅の終わりだった。ここで行き止まりであっても、それは大したことではない。ケンブリッジ大学で教職に就いたり、時給制の仕事にさえも就けることは期待していなかった。スペイン語学部で教職にあきはないかと、ダメ元で尋ねてみたが、礼儀正しく無視されていたのだ。

仕事ではないにしても、活動を始めるチャンスが思いがけずやってきた。わたしが学んだもうひとつの言語、三歳か四歳の頃、HPソースの瓶の脇に書かれているのを不思議な思いで見たのが初めての出会いだった、フランス語に関わる活動だ。幸い、HPソースがきっかけとなったフランス語への興味は、幼い頃の優しい先生の教え方も相まって、尽きることがなかった。お気に入りの罰として定期的に〝フランス語の五十の動詞〟の書き取りをさせていた、痩せぎすで陰険な上級フランス語の女教師、ミス・レザーという強烈に意欲を削ぐ相手の存在をもしのいだ。ミス・レザーの死亡記事には、彼女は教室にいないときでも、生徒たちを完全に静まり返らせることができたと書かれていたという。

八〇年代の初め、ちょうどわたしが論文を終えて、ルーシーと同級生たちが初等学校でフランス語を勉強するのを楽しみにしていた頃、トーリー党政権の経済政策の犠牲になって、カリキュラムから語学の授業がいきなり外されてしまった。校門で子どもを待っているときにできた大切な友人のひとりで、賢い子どもたちを持つオーストラリア人の大家族の母親、クリスティーン・プトニスは、放課後に子どもたちを集めてフランス語を教えようと、わたしともうひとりの母親、ロス・メイズを説き伏せた。わたしたちはおっかなびっくりプロジェクトに取り組んで、それが十年続くことになった。毎週月曜日の午後、わたしたちは飲み物とビスケットを用意して生徒たちを迎えて、パズル、ゲーム、歌、お絵かき、物語にフランス語を巧みに絡めて、一時間集中して授業を行った。

フランス語でもスペイン語でも、もっと正式に教えられるだけの自信がつきはじめた頃、またもや校門の出会いから、絶好のチャンスが訪れた。母親のひとりが、勤め先である最近できたばかりの私立のシックス・フォーム・カレッジ、ケンブリッジ・センター・フォー・シックス・フォーム・スタディーズ（別名CCSS）に紹介してくれたのだ。校長との略式の面接のあと、驚くべき結果になり、わたしはオックスブリッジへの入学を目指す生徒に教えるという手強い仕事を引き受けた。これはお試し採用みたいなものではないかと思った。生徒をオックスブリッジに入学させることができれば、わたしも認めてもらえるのだろう。好都合だったのは、好きな時間を選べることと、学校の施設が限られていたため、家で教えられるという点だ。

わたしは時間をかけて、大学図書館で過去の入試問題を確認し、授業の内容を考えた。一般試験にありそうな道徳と哲学の問題について熟考していると、巡り巡って、特に人気のバートランド・ラッセルあたりの哲学と言語学の難問にたどり着く。たとえば、「アテネに、自分の髭を剃らない者全員の髭を剃る、ひとりの理髪師がいる。誰がその理髪師の髭を剃るのか？」とか、「あらゆる一般論は間違っている」といったものなど。エピグラムの引用も試験官のお気に入りで、オスカー・ワイルドの作品は問題の宝庫だ。「真実が純粋であることは滅多になく、単純であることは決してない」など。このような系統的論述は、核抑止力の倫理や、科学の持つプラスとマイナスの価値について、議論を促す小論の表題も関わっていた。たとえば、「アインシュタインの非凡な才能がヒロシマへと導いた」というような。こういった論題の数々は、わたしの飢えた脳の栄養になった。

大学入試試験に食欲を刺激され、次にわたしはAレベル試験の教科科目を貪り食べた。文法、翻訳、読解、文学のテキスト——どれもじっくり考え、準備し、見直す時間が必要だったが、飢えた知力には贅沢なごちそうになった。そのうえ、教えるのは楽しくて、わたしに預けられた十六歳から十八歳の生徒たちが好きだった。生徒たちはわたしの子どもたちの誰かしらと同じ年頃にあたり、このティーンエイジャーたちに自然と親近感が湧いた。かなり難しい生徒でも、親しみを込めて接すると、それに応えてくれることがすぐにわかった。彼らの多くは六歳で寄宿学校に入れられていて、十六歳になる頃には、劇的なやり方でいらだちを表し、その結果、退学処分を受けていた。いま、彼らは二度目のチャンスをもらい、慎重に受け取ろうとしていた。多言語使用者である海外からの生徒たちもいて、彼らの親は安心して子どもたちを預けられる管理された施設で、イギリスの教育の恩恵を受けさせたがっていた。こういう生徒たちは、ひときわモチベーションが高くやる気に満ちあふれていたものの、多国籍の背景を持つためか、自分が本当はどの国に属するのか迷っていて、母国語をすらすら書けなくなっている場合が多かった。Aレベルコースの良いところは、生徒に自分の頭で分析的かつ批判的に考えさせ、人生で本を読むということがなかったかもしれない相手に文学を紹介できることだ。二年間の勉強のあとで、読書の喜びに目覚めさせたことに対して、生徒がお礼を言いに来てくれると、特に嬉しかった。

そんなふうに感謝してくれる生徒が失読症だったときは、喜びはさらに大きかった。自分自身の家族を通して、わたしはさまざまな状況に関連した問題を幅広く経験してきたので、人とは違った励まし方ができるはずだとわかっていた。公立であろうと私立であろうと、理解のない教育制度では、クラスに失読症の生徒がいたとしても、わたしの息子のように、覚えが悪いか、頭が悪いか、怠け者として扱われ、教室の後ろのほうに座らされるのが普通だった。失読症は、頭が悪いわけではない。一般的に、失読症の人の知能指数は平均より高いのだが、脳が発達しすぎてどこかしらの才能が押しつぶされることになり、それはたいてい言語や短期記憶と関係する部分だった。聡明だがコミュニケーション能力が限られていて、教室の後ろのほうに追いやられてしまった子どもは、挫折感を味わい、自尊心を取り戻して潜在的な知性を表出させるには、忍耐と思慮深い教育を必要とする。

自分の都合に合わせて一日に数時間、家で勉強を教えるというのは、申し分のない取り決めだった。午前中にわたしが教えているあいだは、穏やかで頼りになる少女、リー・ピアソンが、ティミーの面倒を見てくれた。生徒たちはスティーヴンが仕事に出かける頃にやってきて、呼び鈴が鳴ったときには、わたしはエプロンを外して玄関のドアをあけるだけになっていた。自分の能力を活かせていることが、嬉しくてたまらなかった。わたしは生徒たちに敬われ、知性の昏睡状態から目覚めて、次第に自らの職業上のアイデンティティを発見していった。

15 出発

最初は初等学校の、次にAレベルの勉強を教えることで、わたしは自分の価値を見つけはじめていたけれど、別の分野にやり残していることがもうひとつあった。本当の自分を取り戻すのを妨げている大きな障壁、空を飛ぶことへの恐怖心の克服だ。飛行恐怖症のせいで、スティーヴンに同行して旅をする数々の刺激的な機会を奪われてきた——真冬のカリフォルニア、春のクレタ島、ニューヨークやコンコルド広場。空の旅を提案されるたびに、背筋がぞくりとして、すぐに守りに入ってしまい、説得力に欠ける弁解をするしかなくなった。そのせいで家庭内がピリピリして、ひどくつらい思いをさせられた。どうにかして治したかった。

その年の冬、歯医者の待合室で雑誌をパラパラめくっているときに、飛行恐怖症という症例を認めて、治療可能な症状だとしているクリニックを紹介する記事を見つけ、すっかり興奮してしまった。わたしの担当医の問い合わせと紹介状によって、わたしはガイ病院のヨーク・クリニックを訪れることになった。上級心理学者のミスター・モーリス・ヤッフェは、国民健康保険を適用し、さまざまなテクニックを駆使して、個別あるいはグループで患者の治療を行っていた。モーリス・ヤッフェには臨床的なところがまったくなかった。彼の人柄と態度は、医師と言うよりはぼんやりした学者のそれだった。〝恐怖症〟という言葉は決して口にせず、〝困難〟とだけ言っていた。彼が安い航空運賃について嬉しそうに語るうちに、患者であるわたしたちは、目的地に到着するまでの苦しみの代わりに、パリやローマ、ニューヨークの喜びに意識を集中させる思考に順応していった。それから、空気力学の基礎講座によって、飛行機は空を飛べるようにできているのだということを疑う気持ちがなくなった。最後に、モーリス・ヤッフェは、ガイ病院の地下の小部屋に設置した、自らの発明品のベールを取った。そこには、飛行機の客室が模造されていた。シミュレーターの席に座って数分と経たずに、わたしたちはマンチェスターを目指して高く舞いあがっていた——客室の窓に映しだされているビデオ映像が、マンチェスター行きの便のもので、離陸と飛行に合わせた音と振動も付いているのだ。最初はパニックになっていたのが、マンチェスターへ十二回ほど飛んでからは、すべてに飽き飽きしてしまって、怖がるのも忘れてリラックスしはじめた。パリの週末でコースは最高潮に達した。もちろんこれは国民健康保険の適用外だったが、モーリス・ヤッフェは詳細まで作り込んでいた。

　もう西側に加えて東側にも飛ぶ準備はできていた。就職の見込みを慎重に検討して、ルーシーはOレベル[*1]に向けてロシア語の勉強を始めていた。あとから考えると、良い選択とは言えなかった。時代は変わりつつあったものの、ロシア語は華々しいキャリアには繋がらず、挫折感ばかりを生みだすことになった。とはいえ、オックスフォード大学で十七世紀ロシア正教を学ぶ厳しさも、一九九二年に窮乏のただ中にあるモスクワで過ごす冬も、一九八四年の十月にルーシーが父親と看護師たち、そしてわたしといっしょに会議のため同市を訪れたときには、まだまだ先の話だった。ロシア語を話そうとするルーシーの試みは大いに喜ばれ、会議の閉会を祝した晩餐会の席で、ルーシーが立ちあがって短く乾杯の挨拶をし、「ミール・イ・ドゥルージブ」——「平和と友情」——と言ったときは、特に盛りあがった。ロシアの晩餐会らしい晩餐会で、豪華なオードブル——キャビア、魚と肉の燻製（くんせい）、ナッツ、ピクルス、そしてもちろん、どこにでもあるキュウリ——が並び、乾杯やスピーチをあいだに挟みつつ、何時間も続いた。なんだかわからない肉の塊とマッシュポテトのメイン料理が運ばれてきたのは、みんなが帰ろうとしている頃だった。

その十一年前、ロシアの知人たちは、わたしたちとつき合うのに最大限の警戒を怠らなかった。それがいまでは、官僚なんてどうでも良さそうだ。わたしとルーシーの〝世話をする〟ためにあてがわれた若いガイドは、わたしたちの行動を管理することよりも、服を買うため外貨ショップに同行することのほうに、ずっと興味を持っていた。スティーヴンの特に親しいふたりの同僚、レナータ・ガロッシュと夫のアンドレイ・リンデは、モスクワ郊外にある小さなアパートでの夕食に、わたしたちを公然と招いてくれた。レストランか何かの支配人と友好な関係を結んでいて、レナータが田舎にある別荘（ダーチャ）で作った保存食品や、瓶詰めにした貴重な果物から作った自家製いちごジュースもあり、夫婦は美味しい料理でもてなしてくれた。

飛行恐怖症はほとんど抑えるようになったからといって、スティーヴンの海外遠征のすべてについて行くのは、実際的ではなかった。夫は旅に取りつかれていて、地上よりも空の上で過ごし

＊1：英国の教育制度で義務教育終了時に受ける認定試験

ている時間のほうが長そうだった。一九八五年の春にスティーヴンが中国への長期旅行を計画していた頃は、ルーシーとティムは別として、Aレベル試験を控えたロバートと教え子たちをほったらかしにするわけにはいかなかったのだが、夫はなかなか受け入れようとしなかった。バーナード・カーと、看護師のひとりであるイオランタが、この責任を果敢に引き受けてくれ、スティーヴンを飛行機と列車に乗り降りさせて、車椅子で万里の長城にまでのぼらせた。ふたりは、へとへとになって帰ってきた――スティーヴンも、自分の成し遂げたことに意気揚々としていたものの、体調が良いとは言えなかった。しょっちゅう咳き込んでいて、これまで以上に食べ物の刺激に敏感になっているようだった。わたしはいくつもの夜を、夫を腕に抱いて過ごした。窒息の発作よりも突然やってくるパニックをなだめようとしながら。

それでも、夏の休暇にはゆっくりできるはずだった。八月はずっとジュネーヴで過ごすことになっていた。スティーヴンは欧州原子核共同研究所（セルン）で粒子物理学者たちと討議し、わたしたちはジュネーヴ湖の周辺を楽しむつもりだった。セルンでスティーヴンは、量子論の時間の矢が示す方向と、粒子加速器の観測の関係について研究する予定だ。これは、夫がロバートの助けを借りて、パース・スクールの天文学会で詳細に説いた論題だった。この講義を通して、わたしには物理学がひどく難解なものになり、イラストを使って説明されても、理解しきれないのを諦めて認めるしかなかった。割れたカップとソーサーがテーブルにジャンプして返ってきて、元通りに戻る映像をどれだけ流されても、時間を逆戻りさせられるということが、どうしても納得できなかったのだ。未来からの訪問者が過去に介入できるのだとしたら、この仮説には人類の歴史を変える可能性がある。とはいえ、光より早く旅ができるものは存在しないと立証されるので、これが数学的にあり得ないことを証明するのは不可欠なようだった。

スティーヴンの時空の旅はそれとして、楽しい夏になった。ルーシーは、ボートの漕ぎ手をしている父親が宝くじに当たってパーティーを開いたブルターニュ人の女の子と、初めてフランス語でまともに会話した。ロバートは試験が始まる直前の時期に、十八歳の誕生日を自分のやり方で祝い、満月が出ている空の澄んだ暖かい夜に、芝生で歌とダンスの夕べを開いた。合唱に器楽曲、リサイタルなど、さまざまなコンサートもあり、ティムの六歳の誕生日には、アルバート・ホールでのポップスのコンサートにまで行った。ティムはバンドのＳｋｙの大ファンで、朝から晩までずっと、彼らの長々続く激しいドラムロールを熱心に真似していた。七月初めの日曜日には、性質の違う予定外のコンサートがわが家の裏庭で開かれた。夏の物理学会の代表者たちとスティーヴンとわたしが、中世サフォークへの旅からちょうど帰ってきたとき、通りの先にあるユニバーシティ・コンサート・ホールが停電になった。その夜のコンサートで、ジョナサンはハープシコードを演奏する予定で、この惨事を知らせに来た。晴れて気持ちの良い天気だったので、解決策は明らかだった。演奏者たちは芝生に楽器を設置し、聴衆はその周りに集まって、わたしたちがかき集めてきたクッションやラグに座って、戸外で演奏を聴くことになった。

ジョナサンは、わが家で演奏したような現代音楽やアマチュア楽団の演奏を定期的に頼まれていたが、大勢の若くて有望なピアニストたちが数少ないチャンスを競い合っているケンブリッジでは、本物のバロック音楽の演奏ができないことをずっと嘆いていた。また一方で、可能性のありそうなロンドンの音楽シーンからは遠ざかりすぎていた。わたしたちのために、特にわたしのために献身していなければ、ジョナサンはロンドンに移っていてもおかしくなく、向こうでならもっと簡単にキャリアアップできていたはずだ。唯一の道は、自分のオーケストラを発足させることだったが、それには時間と労力とお金が必要で、実行するのは厳しそうだった。ジョナサンは音楽的に孤立してしまったことに失意を抱き、アンサンブルの一員として演奏したいと切望していた。一九八四年の春に、彼が入院して手術を受けることになると、わたしはこの状況をなんとかしようと決意した。まずは電話をかけて、ユニバーシティ・コンサート・ホールを予約し、次にさまざまなつてに連絡を取りまくって、小さいけれど完成しているバロック演奏家のオーケストラと契約した。麻酔から醒めたジョナサンは、一時的に意識を失っているあいだに、自分が新しく創設されたケンブリッジ・バロック・カメラータの指揮者に就任し、六月二十四日にコンサートを初開催することになっていると知らされた。コンサートまでの数週間に、大慌てで企画して、プログラムを組み、宣伝をしたけれど、ジョナサンにとっては身体を回復させる時期でもあった。

コンサート当日の夜は、ロバートがチケット売り場を担当し、ルーシーがプログラムを販売し、たくさんの友人が案内係を務めてくれた。わたしは右往左往して、ホールの玄関口と舞台裏の連携を取りながら、壇上の脇に座っているスティーヴンの世話をしていた。驚いたことに、チケット売り場の列は前庭まで続いていた。その六月の夜、わたしたちはコンサートホールを埋めていく聴衆ひとりひとりの数を数えた。財政的な成功を収めるには、満席になってもらわないといけなかった。〝財政的な成功〟というのは、利益が出るという意味ではない。トントンになるというだけだ。すべての席が埋まり、〝トランペットは鳴り響く〟と題された演奏は、拍手喝采を受けた。一九八四年のコンサートの成功に勇気づけられて、ケンブリッジ・バロック・カメラータは一九八五年にまたコンサートを自費開催することになり、バッハ、ヘンデル、スカルラッティの生誕三百年を記念するプログラムを組んだ。幸い、この二度目の賭けも成功した——その後の開催では、サッカー決勝戦のテレビ中継と日程が重なるなど、思いがけないライバルによって、がっかりするほど聴衆が少なくなることもあったのだが。一九八五年十月にクイーン・エリザベス・ホールでロンドンデビューを果たしたときは、未来への投資のつもりだったので、赤字になるのは間違いなかったが、ケンブリッジ・バロック・カメラータにもっと大きな注目を集めることになるはずだった。

わが家はかなり安定を取り戻したようだった。宇宙の起源と宇宙論に関する一般書の初稿を書きあげたスティーヴンは、誰よりも満足していた。この本は、初期の宇宙論から、粒子物理学や時間の矢といった現代の理論まで、幅広い内容を扱っている——ブラックホールの意味に関する言及はもちろんのこと。著者は本の結びに、そう遠くない未来に、完成した宇宙の統一理論、万物の理論の方程式を通して、人類が〝神の意図を知る〟日が来るのを楽しみにしていると綴っていた。スティーヴンは本を出版社に売り込むニューヨークのエージェントの名前を伝えられ、そのあいだにわたしたちはイングランドで、節税効果のある印税の受け取り方について話し合った。ベストセラーよりロングセラーのほうがずっとあてにできると言われている教科書みたいに、何年にもわたってささやかな額の収入が定期的に見込めることを期待していた。ルーシーはとっくに中等教育を受けていたので、娘の学費に充てるという当初の狙いからは外れていた。

七月の終わりに、スティーヴンと新しい秘書のローラ・ワード、数名の研究生と看護師は、わたしたちより数日早くジュネーヴに出発した。わたしはケンブリッジを発つ前に、ベンチャースカウトの遠征でアイスランドに旅立つロバートをどうしても見送りたかった。その週のうちに、わたしたちはワーグナー崇拝者の聖地、ドイツのバイロイトでスティーヴンたちと落ち合い、『ニーベルングの指輪』の演奏を聴いたあと、休暇中ジュネーヴに借りてある家にみんなで戻る予定だった。わたしはついに人生の幸せなバランスを取りつつあり、パーセル、バッハ、ヘンデルのおかげで、ワーグナーの不吉な転調がもたらす効果を明るく耐えられるようになっていた。

七月二十九日にスティーヴンが出発するとき、わたしは深く考えず気楽に手をふって送りだした。なんといっても、中国に比べればジュネーヴは近いもので、衛生的な基準が高いことで知られている。わたしたちはスティーヴンの父親のことばかりを心配していた。義父は慢性病に苦しんでいて、わたしたちがいないあいだに亡くなってしまうのではないかと不安だった。どんなときでも、痛みや困惑を隠すときにもしてきたように、義父はぶっきらぼうで実際的な平然とした態度で病気にも耐えていた。ホーキング家の人々とわたしの関係の変転を経ても、わたしは変わらず義父を尊敬していた。あとになって、スティーヴンと子どもたちの世話や、家の賃貸管理のことでわたしを褒めて、心からの感謝を綴った手紙をくれるようになってからは、なおさらだ。

けれど、このときわたしがいちばん心配していたのは、長男ロバートのことで、スティーヴンの出発から三日後に、息子はベンチャースカウトの仲間たちと旅立っていった。彼らの計画――氷河を徒歩で渡り、アイスランドの北岸をカヌーで回ること――に、わたしは密かに不吉な予感を抱いていた。

第四部

1
闇夜

　ジョナサンとわたしが短時間でもふたりきりになることは、滅多になかった。わたしたちは行動規範に従って、スティーヴンと子どもたちの前では、ただの良い友だちとしてふるまった。時には難しいこともあったが、誰も傷つけたくなくて、必要以上にお互いへの好意を示さないようにしていた。一般的とは言えないこのやり方で家庭生活を続けていくにあたって、わたしたちは大勢の人たちに支えてもらってきており、中でも年配のホームヘルパーのイヴ・サックリングには助けられた。彼らはわが家の事情を内側から見ていて、性急に結論をだそうとしない賢明な人々だった。ドンでさえも、一九七八年の春、ティムが生まれる直前に、わたしとジョナサンがソファでお互いにもたれながらくつろいでいるのを見て、絶対的な価値観を揺るがされたという。この状況は思っていた以上に受け入れがたく、時には受け入れられないこともあり――間違いなく、いつまでも目をつぶっていられるものではなかったと認めていた。彼は長いことといっしょに生活してきたので、わたしたちの生き方の果てしない過酷さによって、いつも良心の葛藤に苦しめられていた。ビル・ラヴレスは常にわたしたちの弱さを温かく見守ってくれていた。心を強く持ち、規律を守りつづけていくうえで、わたしたちは彼の教えを拠り所にしていた。わたしたちの置かれている状況はあまりに特殊で、どうすれば対処できるのかわからない、と一度ならず言われたこともある。

スティーヴンが海外に行っているときや、ヨーロッパで合流するため、わたしとジョナサンが車で向かうとき、わたしたちはためらいがちに仲を深めることがあった。けれど、まっとうな関係ではないことを気にするあまり、こうした経験はしばしば罪悪感の涙に濡れた。子どもたちがふいに発した言葉や、ビーチやキャンプ場での思いがけない遭遇によって、自由だという束の間の浮かれた幻想はたちまち破壊され、たたき落とされた良心が絶望に変わった。分別と欺瞞は紙一重で、自分たちがどちら側にいるのか、簡単に判断することなどできなかった。重い障害を抱えている世間に知られた有名人はほかにもいて、彼らが愛情と責任を持って配偶者の看護を続けながらも、別のパートナーに慰めを求めていることは、周知の事実だった。障害者の伴侶を持つこの人たちは、妻ではなく夫だから、わたしに比べると新しいパートナーとの関係を公にしやすかったのかもしれない。

それでも、たとえ吹き荒れる風を受けたテントの中にいても、時には子どものふたりか三人と外国の狭いホテルの部屋に泊まっていても、こうやって息抜きできる短い時間に、わたしたちは絶えることのない心労や、つきまとって離れない不安から、自由になることができた——こういう時間のおかげで、低下しつつあったわたしたちの士気は高まり、逆説的に、スティーヴンに対する忠誠心が強化されることになった。わたしたちの旅は、フランスを通ることが多く、いまはパリ郊外に住んでいるブランドンとリュセットや、魔法のようなパリという街にふたりの幼い子どもと住んでいるメアリーとバーナード・ホワイティングに、ジョナサンを紹介する機会があった。みんなは、わたしたち家族の暮らしに欠かせない一員として、ジョナサンを心から歓迎してくれた。だが、一九八五年は、フランスではなくベルギーとドイツを通るルートを取っていた。スティーヴンがヨーロッパの魅力的な都市で開かれるサマースクールに参加し、研究生や看護師たちと飛行機で一足先に向かい、ジョナサンとわたしと子どもたちは、休暇を楽しみながらのんびりと数日間かけて車で現地に向かうというのが、家族のお決まりになっていた。そんなわけで、一九八五年八月一日の金曜日、ロバートがベンチャースカウトの仲間たちといっしょにアイスランドに旅立ったあと、ジョナサン、ルーシー、ティム、そしてわたしは、ベルギーのゼーブルージュにひと晩かけて渡るフェリーに乗るため、フェリクストウを目指して出発した。

ベルギー沿岸の海のそばで週末を過ごしてから、車でベルギーとドイツを回ったあとで、八月八日にスティーヴンと落ち合うことになっているバイロイトに向かい、『ニーベルングの指輪』の演奏会に行く予定だった。

車の旅の締めくくりに、わたしたちはジョナサンの友人に会うためマンハイムを経由して、ワーグナー崇拝者の聖地からほど近い、中世の名所であるローテンブルクを訪れた。夕方のうちにテントを張り、情緒ある居心地の良いレストランで食事とワインをのんびり楽しんだ。キャンプ場に戻る途中で、明日バイロイトでスティーヴンと合流する計画の確認をするため、公衆電話からジュネーヴに電話をかけた。応答したのは、ジュディ・フェラの後任の秘書、ローラ・ワードだった。ジュディは、夫と南アフリカへ長期旅行するために辞めてしまったのだ。ローラの声には、思いがけない切羽詰まった緊張感がにじんでいた。

「ああ、ジェーン、電話をもらえて良かった!」ローラは叫ぶように言った。「すぐに来て。スティーヴンがジュネーヴの病院で昏睡状態に陥ってて、いつまで持ちこたえられるかわからないの!」

衝撃だった。わたしは悲痛の黒い穴に突き落とされた。わたしがいなくてもスティーヴンは遠方への旅行を問題なくこなしてきたことなど、すべて理不尽に忘れ去り、なぜスティーヴンを付き添いの人々に任せて行かせてしまったのかと自分に問いかけた。夫の健康状態、必要なこと、薬、好きなもの、嫌いなもの、アレルギー、恐怖について、誰よりも詳しく知っているわたしが守ってあげずに。どうして不安も感じずに夫を送りだし、自分は――ジョナサンと休暇旅行に出かけるなんてことができたのだろう?

わたしたちがケンブリッジを発つ前に、スティーヴンから電話をもらっていた。目的地に到着すると、すべて順調だと伝えるため、いつも電話してくれるのだ。夫は、研究所からは少し離れているものの、フェルネ＝ヴォルテールにある立地の良い素敵な家で過ごしていた。スティーヴンはわたしたちの旅の無事を祈り、一週間以内にバイロイトで会えるのを楽しみにしていると言った。そのあとわたしは、ほかのいろいろな問題に気を取られ、特にアイスランドの北岸をカヌーで回るロバートのことが心配で、夫のことまで気が回らなかった。信頼できる人たちに任せてあるからと、安心しきっていたのだ。スティーヴンは中国から持ち帰った厄介な咳をしてはいたが、家を出るときは元気だった。スティーヴンで昏睡状態に陥ったなんて、信じられない話だ。わたしたちは呆然(ぼうぜん)としながら、車の中でこの知らせについて話し合った。いますぐテントをたたんでジュネーヴに出発しようとしたけれど、キャンプ場に戻ってみると、夜間のためすべてが閉鎖されていた。正門は閉じられ、開いているのは歩行者用の小門だけだ。早朝になるまで、出発する手だてはなかった。わたしは眠れないまま寝袋に横たわりながら、闇夜のどこか遠くから聞こえてくる家畜の鳴き声と、狼の遠吠えに耳を傾けていた。

「神様お願いです、スティーヴンを死なせないで！」

夜明けが来るのをもどかしい思いで待ちながら、わたしはささやいた。

キャンプ場の門が開くとすぐに、車に荷物を積み込んで出発し、ジュネーヴを目指して激走した。ほとんど話はせず、各々が混乱したつらい物思いに沈んでいた。子どもたちまでもが、後部座席におとなしく座っていた。ジュネーヴに近づいたとき、街は遅い午後の日射しに輝いていたが、わたしたちの向かう先はひとつだけだった。ジュネーヴ州立病院。そこに、生か死か、恐ろしい真実が待ち受けている。ジョナサンの地図を読む技術と、わたしの道を尋ねるフランス語の能力を駆使して、目的地にたどり着いた——病院の建物は清潔感があり、外壁は真っ白で、中に入るとそこらじゅうに磨きあげられたピカピカのステンレスが使われている。わたしたちは集中治療室に直行させられた。スティーヴンは昏睡状態にあり、目を閉じてじっと静かに横たわっている。口と鼻はマスクで覆われ、身体のさまざまな場所に装着されたチューブとワイヤーが、あちこちに垂れている。モニターには、緑と白に光る波打つ線が延々と踊り、スティーヴンの生命力が死という旧敵に屈しないよう戦っているさまが、リズミカルなパターンとなって映しだされている。夫は生きていた。

病棟の医療スタッフからは、ぶっきらぼうな対応を受けた。

「最後にご主人と会ったのは、何年前ですか？」

冷淡な口調で、そう質問された。スティーヴンとわたしが別居していて、病気が進行したのは最後に会ったあとだと思われているのだ。最後に会ったのは先週だと答えると、スタッフは困惑していた。

「だったら、なぜご主人はこんな健康状態で旅行を？」

スタッフは持ち前の医学的な警戒心から、まったく理解できないというように言った。彼らと同じで、わたしにもその質問に答えることはできなかったけれど、スティーヴンが科学の天才で、不屈の勇気を持っていて、などなど、いつもの話をして、なんとかわかってもらおうとした。わたしの弱り切った精神状態で伝えるには、あまりに長く複雑すぎて、誰にも信じてもらえない、いつもくり返している話をした。相手は相手で、何があったのか、要領を得ない説明をした。

どうやら、ジュネーヴに着いてから、スティーヴンの咳が悪化したらしい。おそらく、付き添いの人たちは毎日毎晩スティーヴンと暮らしてきたわけではないので、いつもどおりの状態だということに気づかなかったのだろう。夫にしてみればひどく迷惑なことに、彼らは医師を呼ぶと言い張った。何時間も言い争った末に、今度は医師がスティーヴンを入院させると言い張った。病院で肺炎と診断され、さらに話し合ったあとで、スティーヴンは生命維持装置に繋がれてしまった。秘書の話によると、実際のところ夫は昏睡状態に陥っているわけではなく、さまざまな点滴を通して効果の高い抗生物質と栄養分の混合薬を投入され、人工呼吸器に繋がれているということだった。身体のすべての機能を医療装置で管理されているため、いまのところ危険な状態ではない。スティーヴンが最も恐れていた悪夢が現実になったことが、わたしには容易に想像できた。スティーヴンが自ら医療ケアをして管理していた運命は、彼のことを何も知らず、何者かさえも知らない相手に奪い取られてしまった。

この知らせはスティーヴンの家族にとって、特に母親にとってつらい一撃となった。夫が病身で、いまでは息子まで危篤状態にあるのだ。わたしたちは毎日、電話で連絡を取り合い、義母はいつも冷静に支えてくれた。義母は感情を抑えながら、既にスティーヴンの死を覚悟しているようだった。遠く離れたところにいながら、ホーキング家の三世代の男たちが同時に危険にさらされているなんて、残酷だった。最近になってベッドフォードシャーの小さくて管理しやすい家に義母と引っ越した、義父のフランクは、高齢で病身だ。スティーヴンは、ジュネーヴで重態に陥っている。ロバートの身に起こったことは、神のみぞ知る。アイスランドの沖の北海で息子のカヌーが転覆したことを、そのときわたしが知らなかったのは、かえって幸いだった。

ホーキング家の四人目にして最年少のティムの健康状態については、何も心配いらなかった。しかし、近い将来には問題があった。この息子は、イギリスにいるわたしの両親の元へ、なんとかして帰らなければならなかった。わたしはジュネーヴで手いっぱいのため、ティムの面倒を見ることができず、付き添いの看護師たちはもうすぐ帰ってしまう。ルーシーは自分のパスポートを持っていたが、ティムはわたしのパスポートに登録してあったので、息子を帰国させるため英国領事館に助けを求めにいった。領事館員があえてわたしたちを妨害しているのだと思っても無理はない。面談までたっぷり待たされたあとで、この異例の事態を詳細に説明したというのに、領事館のデスクについていた黒髪に険しい顔つきの女性は、すぐさまわたしを追い払おうとした。パスポートがなければ、お子さんがイギリスに帰国することはできません、と彼女は言った。帰国させるには、ティムの出生証明書を提出する必要があるとのことだった。ティムの出生証明書は、わが家のリビングルームにある。スティーヴンの祖母から受け継いだ、ウィリアム・アンド・メアリー様式のデスクの中に。

誰も出ないだろうと思いながらも、万が一の可能性にかけて、自宅に電話してみた。すると、驚いたことに、受話器の向こうからホームヘルパーのイヴの声が聞こえてきた。神のはからいによって、彼女はわが家の大掃除をしているところだったのだ。イヴはデスクを調べ、出生証明書を見つけて、ジュネーヴに速達で送ってくれた。二日後、わたしはあの領事館員に意気揚々と出生証明書を振りかざしてみせたが、彼女は動じなかった。

「それではだめです。その出生証明書は簡易版ですが、必要なのは詳細な証明書です――サマセットハウスが発行する」

領事館員は例のごとく、とげとげしい口調で言った。信じられない思いで見つめていると、彼女はさらに続けた。

「いずれにしても、記入していただく書類がありますが、それにはご主人のサインが必要です」

「だから言ったでしょう、夫は身体が麻痺（まひ）していて、州立病院の集中治療室で人工呼吸器に繋がれて意識不明だって。サインなんて、できるはずがありません」

わたしは食いしばった歯の隙間から押しだすように言い返した。

「あなたが息子さんを国外に連れだそうとしていることをご主人が知らないのなら、お子さんのパスポートを取得することは不可能です」

領事館員は、鈍い返事をした。

いらだちで泣きそうになりながら、最後の試みとして、誠心誠意訴えた。

「子どもを家に帰らせたいだけなんです」

領事館員はしばし考え込み、ほんの少し態度を軟化させた。そのときになって、やっとわたしの言葉が理解できたというみたいに。

「イギリス人で教師か何かの資格を持った人を見つけて、書類にサインしてもらい、写真を持ってさせられれば、便宜をはかりましょう」

彼女はそう言った。わたしたちは密かに喜んだ。というのも、ジョナサンが領事館員の要求する条件を満たしていたのだ。彼は書類に記入し、サインをしてくれた。スピード写真でティムの写真を撮り、サインを練習させた。八月十三日、ついにミスター・T・S・ホーキングの名前でイギリスの正式なパスポートが発行された。無邪気で可愛い写真と、六歳児の書き慣れていないサインが細く長い筆跡で記されている。こうして準備が整い、ミスター・T・S・ホーキングは、ルーシーと看護師たちといっしょに――エコノミーの席が足りなかったため、ビジネスクラスで――イギリスに帰国し、わたしの両親の元で過ごすことになった。

その夏は、不在だったロバートだけが、良いニュースの出所になった。苦境に立たされているときに、いつも誠実な味方でいてくれるバーナード・カーは、状況が変わりはじめると、研究生たちを引き受けるため、ジュネーヴに飛んできてくれた。彼はロバートのAレベル試験の結果を届けてくれたが、それは素晴らしい成績で、暗雲から射し込む唯一の細い光となった。この結果によって、ロバートはケンブリッジへの入学を確約され、わたしの父と同じカレッジ、コーパス・クリスティ・カレッジで自然科学を勉強することになった。

2 か細い糸

ジュネーヴに到着した二日後に、緊急で話し合うことがあるからと、わたしはスティーヴンの担当医師に呼ばれた。医師は、がらんとした灰色の部屋にわたしを通した。スティーヴンが驚くほど長く生き、自己管理していることについて、あれこれ詳細を確認したあとで、医師はずばりと本題に入った。問題は、薬を投与した状態でスティーヴンの人工呼吸器を外すべきか、それとも昏睡状態から目覚めさせるべきかということだった。わたしはショックを受けた。生命維持装置を外すなんて、考えられない。スティーヴンの命をかけた勇敢な戦いが、そんな不名誉な終わりを迎え、わたしも共に戦ってきた人生が、こんなふうにすべて否定されるなんて、とんでもない話だ！　わたしは迷わずすぐに返事をした。考える必要も、誰かと話し合う必要もなかった。答えはひとつしかない。

「スティーヴンは生きなければなりません。夫を昏睡(こんすい)から目覚めさせてください」

医師はこの処置に伴って起こる合併症について説明を続けた。スティーヴンは自力で呼吸できなくなり、体力がついたら、気管切開手術を受けなければならない。これが人工呼吸器を外す唯一の方法だった。スティーヴンを大いに苦しめてきた喉の過敏な部分にバイパスを形成するのだ。

声帯の下の気管に穴を開けるという気管切開手術を受ければ、生涯にわたって専門的な介護が必要とされることになる。現実的な問題ではあるが、この暗い予後については、大して気にしていなかった。わたしは必要な決断をくだしたのだ。重要な事実は、スティーヴンが生きていて、わたしの力が及ぶ限り、これからも生きつづけるということだ。

面談を終えて部屋から出ると、わたしは驚かされた。ゴンヴィル・アンド・キーズ・カレッジの特別研究員が、廊下で待っていたのだ。しかも、お互いに良く知らない相手だった。ジェームズ・フィッツサイモンズと、フランス人の妻のオードは、ジュネーヴに住むオードの家族と休暇を過ごしていたところ、この病院にスティーヴンが入院しているとカレッジから知らせを受け、力になろうと来てくれたのだ。これ以上は望めない絶好のタイミングで。わたしはこの一週間の出来事に深く動揺し、面談の内容に反発はしていたものの、心を乱されていた。決して危機を脱したわけではなく、実際にはさらに恐ろしい危機が立ちはだかっているかもしれないことに気づいたのだ。スティーヴンが薬物による眠りから無事に意識を回復するかさえも、確実ではなかった。

ジェームズとオードは新しいエネルギーをもたらし、繊細ながら明るくわたしたちを支えてくれた。スティーヴンが少しずつ回復してくると、バーナード、ジョナサン、残っている研究生、そしてわたしが交替で担当している、いつまでも続く徹夜の看病に、ジェームズも加わった。わたしたちは看護師の仕事をするためにいたわけではなく——看護師なら病院に大勢いた——、かろうじて持ちこたえているスティーヴンを励まし、これまでにない無気力な状態から興味と好奇心を呼び起こさせようとしていた。ジェームズは流ちょうなフランス語を話し、看護スタッフに対してスティーヴンの漠然とした要求を伝えることの難しさから、わたしを助けてくれた。スティーヴンが要求を伝えようとしても、顔を覆うマスクとチューブに邪魔をされた。親しいわたしたちは、スティーヴンが何を求めているのか予想して、それが正しいか質問した。夫はいままでは開いている表情豊かな目を苦しげに動かすか、眉を上げるかひそめるかして、正しいか間違っているかを伝えるのだった。

キーズ・カレッジが費用を負担してくれた救急輸送機で、至急わたしたちはケンブリッジに戻ることになった。スティーヴンとわたしが――医師、救急医療士、携帯式人工呼吸器やその他の機器と共に――救急車に慎重に乗せられ、空港へ連れていかれて、小さな赤いジェット機に乗り換えて、ハッチが閉じた瞬間に勢いよく空に舞いあがったのと同じ日に、ジョナサンは大量の荷物を積んだ車で帰路についた。こんな状況でなければ、わたしはこのフライトを楽しんでいたかもしれない――雲の上に高く舞いあがると、スティーヴンさえもが目を覚まして窓の外を見つめていた。わたしたちはこんなふうにして空を飛んだ。救急飛行機は、滑走路に並んで順番待ちをしているどの飛行機よりも優先された。不安に思う暇もなければ、いつもの面倒な手順や遅延もない。ケンブリッジ空港に着くと、アデンブルック病院の集中治療室長を務めるジョン・ファルマンが、アスファルト舗装の滑走路に救急車を停めて待ち構えていた。

ジュネーヴでスティーヴンは文句なしの優れた治療を受けていたものの、わたしたちの置かれている状況が良く知られているイギリスに帰ってくると、やはりホッとせずにはいられなかった。その日、集中治療室にはおなじみの人々が大勢来てくれて、その中にはスティーヴンの元秘書のジュディ・フェラの姿もあった。彼女はもうスティーヴンのために動きはじめていて、どんなことでも力になろうとしてくれていた。アデンブルック病院のスタッフは、スティーヴンの野心的な旅のスケジュールにも驚かず、夫が運動ニューロン疾患に打ち克ってきたことを疑うそぶりも示さなかった。全体的な説明は最小限で済んだ。とはいえ、症状への対処法、スティーヴン自身が発展させてきたルーティーン、飲んでいる薬の正確な量と頻度、ベッドに横たわるときに取りたがる姿勢、点滴で栄養を摂っている状態でありながらもグルテンフリーの食事にこだわっていることなどについては、詳細な説明が必要とされた。こうしたことのひとつひとつと、そのほかのさまざまなことについて、長々と話し合い、調べてみなければならなかった。

帰国して三日が過ぎ、その頃には集中治療を受けているスティーヴンの容態も安定しており、ジョン・ファルマンはスティーヴンの人工呼吸器を外せるかもしれないと判断した。迫られている気管切開手術を行わずに済むことを期待しながら、自力で呼吸するよう、ファルマンはスティーヴンを熱心に励ました。八月二十日の火曜日には、人工呼吸器を外してみても良さそうなほど、スティーヴンは順調に回復して見えた。容態は安定し、体力を回復しつつあり、わたしたち――集められるだけの大勢の友人や親族――は当番制で昼も夜もスティーヴンを見守っていた。

たいていは、辛抱強い研究生か、スー・スミスやキャロライン・チェンバレンを含む理学療法士と看護師のチームが夜に付き添い、日中は家族やほかの友人たちが交替した。その夜、看護師はもしもスティーヴンがわたしを必要としたら電話すると約束し、極めて慎重な手際で人工呼吸器を外した。

早朝にわたしの寝室の電話が鳴った。病棟看護師は言葉少なく、とにかくいますぐ病院に来るようにとだけ言った。なんの説明もない。両親がティムの面倒を見ていてくれたので、わたしは着替えてメモだけを残して、明け方にそっと家を抜けだした。スティーヴンの容態はひどく悪かった。青白い顔に灰色のしみが浮かび、飛びだした目からは生気が失われている。手足は硬直して痙攣（けいれん）を起こし、激しい咳がぶり返し、喉を痛めつけている。咳の発作は、ネズミをいたぶるネコみたいに、一度は逃がしてやったかと思うと、鋭いかぎ爪で再びつかみかかったのだ。発作の合間に、スティーヴンは顔いっぱいに恐怖を浮かべて、必死に息を吸い込もうとしていた。

看護師の表情から、スティーヴンのためにできることはほとんどなく、最期が近づいていると思っているのがわかった。わたしはそうは思わなかった。昔なじみの悪魔が戻ってきて、いまは優位に立っているのは間違いないが、わたしはこの窒息の発作の中に、覚えのある要素を見て取った。スティーヴンが陥るのも無理もない、パニックの傾向だ。けれど、それならこれまでコントロールできていたし、かつてわが家で危機に陥ったときには、わたしがヨガのクラスで習得したシンプルなリラクゼーションのテクニックが効果を発揮していたので、今回も治せるわずかな見込みはあった。わたしはベッドの頭のほうに座り、片手でスティーヴンの首の後ろを支えた。顔をなで、反対の手で肩と腕をさすり、ぐずっている赤ちゃんを相手にするみたいに、なだめる言葉を耳元でゆっくりとくり返す。慎重に言葉を選び、パニックを和らげるよう、穏やかに心を静めるリズムを創りだそうとした。凪いだ青い湖、うららかに澄みきった空、波打つ緑の丘、暖かい金色の砂浜の光景を思い描く。何時間かかけて、少しずつ緊張がほぐれていき、スティーヴンの身体から力が抜け、発作は静かな一定の呼吸のパターンに変わっていった。そしてついに、夫はうとうとしはじめた。わたしは疲れ切っていたけれど、嬉しかった。わたしのありふれた催眠術が効果を発揮したのだ！ とはいえ、スティーヴンが危篤状態にあるという事実からは逃れようがなかった。

わたしは身体を休めるため、病院の近くに住んでいる良き友人、ジョンとメアリー・テイラーの家の電話番号を残して、その場を離れた。テイラー夫妻は、しょっちゅうスティーヴンのお見舞いに来てくれて、おまけに家を使うと良いと申し出てくれていた。その朝、わたしは午前七時に、彼らの言葉に甘えることにした。メアリーがベッドを用意してくれたが、わたしはしばらく庭で新鮮な朝の空気を吸っておきたかった。無菌で乾いた病院の空気を吸ったあとで、外の空気は心地よく、くたびれ果てた身体に早朝の日射しを浴びたかった。メアリーが朝食を運んできてくれて、わたしたちは座って話をした。わたしは疲労で支離滅裂になっていたけれど、ひとつだけ圧倒的な願いがあった。ロバートと話がしたい。息子と最後に会ったのは、もうずいぶん前のことで、その間にいろいろなことが起きていた。ロバートはきっと元気にしていて、便りがないのは良い便りだとわたしは思い込んでいた。予定では、ロバートはベースキャンプに戻ってから、最後の遠征に出発することになっていて、そのあとは連絡が取れなくなるはずだった。父親が重態だと息子に知らせるべきときが来たと思ってはいたが、帰ってきてと言うつもりはなかった。

「ここからロバートに電話すればいいわ」

メアリーがいつものように親切に言ってくれた。わたしには断る意志がなかった。言われたとおりに従って、動揺しながらアイスランドに電話をかけた。ロバートの声を耳にしたとたんに、決意は砕け散り、わたしは泣き崩れた。それまで考えていたことは、抑える間もなくこぼれ出た心からの叫びによって覆された。

「お願い、帰ってきて！」

電話に向かって、そう懇願していた。

「わかった！」

ロバートは少しもためらわずに答えた。息子は翌日には帰国して、テイラー夫妻がヒースロー空港に迎えに行ってくれた。もしも遠征を無事に終了させていたら、ロバートはクイーンズ・スカウト章を与えられていたはずだということに、わたしは気づいていなかった。あとになって、息子はカヌーが転覆した話をして、大したことじゃないと笑い飛ばした。

病院に戻ると、この長い二週間でおなじみとなった疾患のさまざまな変種が明らかになった。

スティーヴンの命は、いまも細い一本の糸でかろうじて繋がれていた。肺の中に新たな細菌が広がっており、投与される薬物が変えられていた。夫はまた人工呼吸器を使って呼吸していたが、ロバートが帰ってきたことを知ると、大いに喜んだ。わたしはスティーヴンのパニック発作を和らげ、呼吸しようとすると痙攣を起こす筋肉を緩めるために、プロの催眠療法士を呼ぶのはどうかと、ジョン・ファルマンと話し合った。ジョンはすぐに賛成し、訓練された催眠療法士でもある知り合いの一般医を呼び寄せた。催眠療法士の女性は、わたしと同じテクニックを使って、それなりの成果をあげたけれど、スティーヴンの人工呼吸器を長時間外しても問題ないと言えるほどではなかった。もう気管切開手術のほかに選択肢はなさそうだった。この手術をすれば、問題を起こす喉の粘膜と筋肉を回避して、気管にあけた穴から呼吸できるようになる。

八月はいつしか過ぎて九月になり、ようやく肺感染症の治療の効果が現れて、スティーヴンの体力が回復してくると、医師は手術について真剣に話しはじめた。医師たちが次の段階を踏むことへのどんなリスクを感じていようと、わたしはスティーヴンが生き延びるはずだと確信していた。夫の回復のために、思いつく限りのやり方で、これほど多くの人たちが尽くしてくれているのだから、生き延びられないはずがない。実際に病床に付き添って、介護したり、コミュニケーションを取ったりと、計り知れないほど支えてくれている人もいた。日々の雑務を処理することや、わが家の切り盛りを手伝ってくれる人もいた。もっと遠くにいる人たちは、精神的な支えになってくれていた。祈ってくれる人もいた。ジュネーヴから戻ってきたジョナサンや、彼の両親とわたしの両親のように、多くの人たちは、ここに挙げたすべてのことをしてくれていた。

手術は成功し、スティーヴンはみるみる回復していき、四週間の集中治療を受けたあとで、ベッドを出て車椅子に乗れるまでになった。まだ自分で車椅子を操縦できるほどの力はなかったが。予後は日々改善していき、やがて集中治療室から神経科病棟に移しても問題なさそうだと診断された。とはいえ、回復には代償を支払うことになった。この手術によって、スティーヴンは話す力を完全に奪われたのだ。

3 責任という重荷

ジュネーヴでは、広い世界の騒ぎから守られていた。おかげでスティーヴンと病気に集中することができ、行動範囲は病院からフェルネ＝ヴォルテールのあいだに限定されていた。ケンブリッジに戻ってくると、守ってくれるものはなくなった。一方では、わが家で日常を過ごすうえで、対処しなければならないさまざまなことがある。子どもたちにご飯を食べさせ、世話をして、請求書の支払いを済ませ、毎朝ティムを学校に送り、夕方には迎えに行き、学校行事に参加し、教師としての務めも果たさなければならない。他方で、スティーヴンの体調の変化に気を配りつづけているのにも、神経をすり減らした。

わたしが責任を負っているのは、病院にいるスティーヴンの世話をしながら、家を切り盛りすることだけではなかった。片付けなければならないさまざまな事柄があり、特にスティーヴンの本をどうするかは問題だった。出版社は初稿を受け取っていて、一九八五年の夏に契約書が交わされるとすぐに、ニューヨークの編集者が原稿に取りかかっていた。わたしたちがイギリスに戻ってきたときには、全体をざっと批評した手紙が届いていたけれど、スティーヴンは読めるような健康状態ではなかった。一般の読者を対象とするには、書かれているいくつもの概念が難解すぎて、初稿のままでは出版できないのも無理はなかった。わたしも原稿を読んで、科学的に理解できない箇所には赤字を入れてあった。出版社は、方程式のひとつひとつが売り上げを半減させると指摘していた。現在の状況では、求められている基本的な変更をスティーヴンが加えることはできそうにない。ゴーストライターに原稿を修正させなければ、夏休みが始まる前に受け取ってあった前金を返さなければいけないかもしれない。わたしはスティーヴンの元研究生のひとり、ブライアン・ウィットに声をかけて、原稿を修正するにあたって協力を求めたが、それ以外のことに関しては、ひとまず頭の片隅に置いておくことにした。もっと差し迫った問題があったからだ。

スティーヴンが回復しはじめて、神経科病棟に移されると、いずれ帰宅するのが実現可能なこととして話し合われた。しかし、二十四時間体制で専門家による介護が必要になるのは明らかで、どうすれば実現できるのかわからなかった。限られた特定の時間に精神医学看護師に来てもらうという、従来ののんびりしたやり方ではもう不充分で、本質的に危険な医学的状況についても、精神医学の訓練では対処しきれない。スティーヴンの命を救った気管切開手術には、リスクも付随した。喉に通した気管切開管は、絶えず肺に蓄積される分泌物を排出するため、小型の吸引装置で定期的に掃除する必要があり、この装置自体が損害を与える危険な感染症の原因になりかねないのだ。スティーヴンは怖いぐらいに脆（もろ）くて弱々しかった。これ以上は想像できないほど、重い障害を負っていた。

三百六十五日、二十四時間体制の看護となると、驚異的な費用がかかるはずだ。どう考えても、国民健康保険では、この支出のごくわずかしか負担してもらえないだろう。財政支援も、看護師も、個人的に見つけるしかない。一日二時間の看護に資金を提供してくれている慈善財団は、年間で最低でも三万から四万ポンドはかかる、いつまで続くかわからない二十四時間体制の看護費用を支払ってくれそうにはなかった。すると、追いつめられたそのタイミングで、カリフォルニアのキップ・ソーンから連絡があった。ジュディ・フェラの気遣いのおかげで、スティーヴンの病気のニュースは遠くまでたちまち伝わっていた。それに応じて、キップは急を要する事態として、シカゴに本部があるアメリカの慈善団体、マッカーサー基金に申請するようにとアドバイスをくれた。キップの考えだと、スティーヴンの症例についてしっかりした申し立てをすれば、マッカーサー基金から多額の補助金を受けられるかもしれないとのことだった。カルテックの粒子物理学者、マレー・ゲルマンが基金の理事を務めているので、マレーがほかの理事たちに口添えして、わたしたちの事例が公平な審理を受けられるよう取り計らってくれるはずだとキップは考えていた。ただし、基金がアメリカ国外の人間に対して補助金を認めるかどうかは不確実だ。数週間後には基金の次の理事会があるので、素早い行動が重要だった。

寄付を要請する手紙なんて書き慣れていなかったが、たとえ気が進まなくても、どうしようもない難局に立たされていては、そうも言っていられなかった。わたしは理事会を動かすのにふさわしい情報をすべて書き記した。スティーヴンがしょっちゅうアメリカを訪れていて、向こうでいくつもの名誉学位を授与されていることも、漏らさず書き綴った。幸せな時期に撮った笑顔の家族写真も同封しておいた。助成金はすべて職業会計士のチームによって管理されると保証することが不可欠なので、わたしが次にやるべき仕事は、大学当局と交渉して、わたしたちに代わって基金を管理してくれるよう説得することだった。善意の表明は励みになったが、交渉は複雑で時間がかかった。

個人負担の看護計画を立てることは、さらに差し迫った問題だった。病院でスティーヴンが受けている待遇は、いくつかの面で満足とは言いがたいものだった。集中治療室では、専門看護師が細心の注意を払ってくれていたのだが、神経科病棟に移ってからは、事情が変わった。病棟看護師は陽気で有能でも、スタッフの中にはひどい者もいるようだった。集中治療室に比べると、患者の数に比例して看護師の数もぐっと少なくなっていたが、彼らは献身的ではなく、患者への理解も示さず、同じ人が看護を継続してくれず、不安を感じることがしばしばあった。なんといっても、患者の多くは植物状態にあり、自分では抗議することも考えることも、話すことさえできないのだ。特にひとりの看護師は、そんな状況をいいことに、人間とは思えないような対応をしていた。ある日の午後、わたしが病院に着くと、その看護師が当番をしていた。車椅子に座っているスティーヴンが、不快そうに顔をしかめて身体をもぞもぞさせているのに、その若い看護師の女性は、完全に無表情で、わざと――わからないけど、そう見えた――スティーヴンが用を足したくて我慢できずにいるのを無視して、忙しそうに部屋の中を動き回っていた。わたしは自分でスティーヴンを介護して、その看護師を部屋から追いだした。あの看護師はいつもそうなんだ、とスティーヴンは怒りに震えながら説明した。当直のとき、彼女はいつも夫の用を無視しているらしい。スティーヴンは彼女を信頼できず、何をされるか、あるいは何をしてもらえないか、おびえていた。わたしには夫の言いたいことがよくわかった。その看護師の無表情な顔と、感情の見えない青い目には、ぞっとするようなサディズムが見て取れ、わたし自身もひどく不安を煽（あお）られた。何がなんでもスティーヴンを家に連れて帰るほかに選択肢はなく、そのためには、二十四時間看護に関する問題を、できるだけ早くすべて片付けなくてはならない。

　スティーヴンが看護師の態度について抗議できたのは、にわかに届いた驚くべき装置のおかげだった。わたしたち家族、研究生、そして友人たちは、スティーヴンが快適に過ごせるよう、最善を尽くしてきた。数分と間を置かずに絶えず付き添えるよう当番を組み、わたしは病室に置くテレビを買った。それでも、話せなくなるという大きな喪失はどんなものでも埋め合わせられず、どうにもできないと絶望したそのとき、なんの前触れもなく、新しいコミュニケーションの手段が届いたのだ。実際には、飽くことなく陰でがんばってくれていたジュディのおかげだった。彼女はＢＢＣの科学番組『トゥモローズ・ワールド』で、重い障害を持つ患者のためのコミュニケーション手段について特集されていたのを思いだし、情報を求めて広範囲の調査をした結果、この装置を開発したイギリス人を突き止めた。ジュディは彼とその発明品――頭に装着すると、目の素早い動きを読み取る電極がついた装置――を病院に届け、ケンブリッジに拠点を置くコンピューター会社を説得して、必要なコンピューターを無償で提供してくれるよう取りつけた。スティーヴンは、こめかみに装着する電極が邪魔で不快なことに渋っていたが、研究生のひとりが改良を加えて、手で操作するコントローラーにすると、もっと意欲的に装置を試そうとした。

このコンピューターには、辞書と慣用句集を合わせたプログラムが搭載されていて、コントローラーを操作すれば、使いたい言葉を画面から選びだすことができるようになっている。一語ずつクリックしていくと、文章として繫がって画面の最下部に表示され、見ている人は相手が何を伝えたがっているのか読み取ることができるのだ。よく使うフレーズは丸ごと組み込んでおくことができ、必要に応じて動詞で終わる不定詞をつけ加えることもできる。初めのうちは時間がかかり、骨の折れる静かなコミュニケーション方法だったため、操作するほうも見ているほうも、集中力と忍耐を必要とされた。正しいやり方で一語か二語を示してもらえば、わたしはたいていスティーヴンの考えをテレパシーみたいに汲み取ることができ、すべてを打ちだしてもらう手間が省けたけれど、夫は練習のため全文を完成させたがることが多かった。手と指の筋肉がある程度また動かせるようになると、この新しい装置は病院で過ごす最後のほうの退屈な時間を消費した。苦労しながらも、スティーヴンはこの斬新な技術に熟達していき、くすんだ病院の環境から再び外の世界と繫がれるようになった。研究生たちとまた物理学の話ができるようになり、医療に関する指示をだすことに加えて、執筆も試みはじめた。

資金調達に取り組みながら、わたしとローラ・ワードは看護師探しに着手した。ローラは地元新聞に何度も広告をだし、まずは応募に対応して、推薦状を提出させて内容を調査した。

もうひとつの選択肢として、派遣の看護師を雇うという手もあった。派遣看護師の大きなデメリットは、継続という重要な要素が欠けている点だ。当番を交替するたびに、違う看護師がやってくるのでは、スティーヴンもわたしたちも、かなりのフラストレーションを抱えることにしかならない。派遣看護師を雇うことを同じく思いとどまらせている理由に、金銭的な問題がある。看護師の給与に加えて派遣会社の取り分も必要となると、マッカーサー基金による補助金をあっという間に使い果たしてしまうだろう。英国が誇る国民健康保険の役割について、基金の理事たちはもっともな疑問を抱いてはいたものの、補助金の申請は認められていた。なぜスティーヴンの看護費用は国民健康保険でカバーされないのか、理事たちは理由を知りたがった。わたしは慎重に言葉を選びながら、アメリカに影響を与えたサッチャー政権――ティムが生まれてからずっと政権を握っている――のマネタリスト的な金融政策が、いかにして既に負担のかかりすぎていた無料の国民健康保険制度を駄目にしているのか、説明しなければならなかった。利己的な実利主義を新たに奨励することで、これらの政策は健康保険や教育制度を駄目にしているばかりか、社会構造そのものまで破壊しているのが実情だった。ミセス・サッチャーは間違いなく社会の存在を否定していた。彼女にとって社会とは、共通の目的など持たない個人の集合体に過ぎなかった。病人や失業者、かなりの若者や高齢者といった、社会的に不利な立場にある人々には、不遇の時代だった。

二か月後、ローラ・ワードが体調を崩し、仕事を辞めることになった。幸いにも、既に惜しみない支援を与えてくれていたジュディ・フェラが、常勤の代わりが見つかるまで、またスティーヴンの秘書として働いてくれることになった。ジュディはわたしよりも看護師選びに慎重で、スティーヴンを早く家に連れて帰りたがっているわたしに忠告した。彼女は、非の打ち所のなさそうな信用証明書を提出している看護師にさえも、用心深く向き合っていた。

十月中は、毎週日曜日の午後、わたしはスティーヴンを──病院の看護師の付き添いと共に──病院から家に連れて帰った。この一時帰宅には神経を使い、細心の注意を要した。スティーヴンは空気が変わることにおびえて、急に窒息の発作を起こすこともあった。夫はまだ弱々しく、咳がひどかった。小型の吸引装置をたびたび使い、胸に溜まった痰を吸いあげた。時には、スティーヴンが過労に耐えきれず、午後の時間が終わる前に、病院に戻らなければならなかった。リラックスして家で過ごすのを楽しんでいることもあったが、三か月間の入院生活のあとで、夫は外の世界を怖がっているのが感じ取れた。三か月間の危機的状況の中で、生きるための不屈の本能が、生への執着を頑強に維持していた。いまのスティーヴンには、目に見えているものが信じられないみたいに、何もかもが奇妙でなじみなく感じられていた。スティーヴンの中で、予測できない慌ただしい日常に戻りたいという気持ちと、予測可能で安全な入院生活を求める気持ちが、せめぎ合っていた。ともあれ、十一月四日の月曜日が退院日に決まった。

八月初旬からのこの三か月間に、わたしはつらい日常からひと晩だけ休みをもらって、十月一日にケンブリッジ・バロック・カメラータのロンドンデビュー公演に出席した。日中は晴れて暑かったため、夜も暖かく、ロンドンには浮かれた雰囲気が漂い、その中でわたしはよそ者の居心地の悪さを感じていた。コンサートにはかなりの聴衆が集まり、成功を収めたけれど、ケンブリッジで満員になったときほどの熱狂的な興奮はなかった。ジョナサンがどうやって無事にコンサートを公演にこぎつけたのか、不思議だった。あいている時間はすべて、スティーヴンの介護のため病院で過ごすか、家族の面倒を見るためウエスト・ロードで過ごしていたというのに。ジョナサンは冷静さを保ち、自宅で密かに夜遅くまで静かに活動——編成、管理、練習、リハーサル——を続けていた。ライトを浴びながらクイーン・エリザベス・ホールのステージに立ち、演奏と指揮をしているジョナサンは、常に気取らず純真で控えめな優雅さがあり、それまでの数週間のプレッシャーなど微塵も感じさせなかった。彼の成功を見届けることができて嬉しかったものの、秋の日射しを浴びながら、婉曲的に庭と称している草木の生えない一画に座っているスティーヴンを、ひとり寂しく病院に残してきたことへの罪悪感に苛まれていた。

十月の終わりには、状況は変わっていた。スティーヴンはずいぶん体力を回復していたが、わたしはすっかりくたびれ果てていた。慢性の喘息を発症し、よく眠れず、次第に睡眠薬に頼るようになり、みみず腫れが出やすくなって、手のひらや口の中がヒリヒリと痛んだ。言わずもがな、これらはすべて大きなストレスによる症状にほかならない。スティーヴンが帰宅する前に、週末だけでも休みを取るようにと医師に勧められた。九月に、ロバートはギャップ・イヤー[*1]をスコッ

＊1：大学進学前に一年間の休みを取って旅行などをする制度

トランドで過ごすため、ケンブリッジを発っていた。一時的にエディンバラ郊外のドノヴァン家に下宿して、電子機器製造会社であるフェランティ社の工場の作業現場で働きはじめ、現場監督の厳しい監視の下で、基本的な工学技術を学んだ。やがて、ロバートはエディンバラに部屋を借りて、そちらに移った。十八歳にとっては楽な生活ではなく、わたしは息子がちゃんと自活できているのか心配だった。スティーヴンが帰宅する前の最後の週末――たまたま中間休暇の最初の週末でもあった――は、休みを取るのに絶好のタイミングだった。空気を変えて、日常から離れ、過敏になっている神経をなだめ、ロバートの生活環境をこの目で見るのは、わたしにとって有益な時間になった。ロバートが元気そうにやっているのを確かめられて、ホッとした――それに、エディンバラは秋のいちばん良いシーズンだった。けれど、どんなに明るく晴れわたっていても、空気が新鮮で澄んでいても、新しい光景と音に刺激を受けても、三日間の休みでは、それまで三か月間にわたって経験してきた絶え間ない極度の緊張を消し去るには足りなかった。

わたしでもほかの誰でも、三日や三か月や三年あったとしても、来たるべき事態に備えることはできそうになかった。

4 反乱

十一月四日の午後の早い時間に、スティーヴンは家に帰ってきた。まるで病院から新生児を連れ帰るみたいだった。家に入った瞬間に、この無力でか弱い存在が急に呼吸を止めてしまったらどうしようかと心配で、興奮にかすかな不安が入り交じっていた。スティーヴンもまた、緊張と不安を覚えていて、世話をしてくれる看護師の能力を疑い、呼吸を乱しかねない空気中の埃(ほこり)を気にしていた。夫は絶好調のときでも、他人の知性にほとんど敬意を払わなかった。絶不調のいまは、みんなを愚かだと見下しがちだった。スティーヴンは確かにおびえていたが、人々が考えているような理由のためではなかった。

初日の午後にやってきた看護師は、彼女自身も体調が優れなかった。高齢のホームレスと大差ない女性で、それでも立派に職務を果たしてくれたのだが、あとになって電話をかけてきて、自分には荷が重すぎるので辞めさせてほしいと言ってきた。これは手痛い打撃だった。週に二十一回の交替勤務制で、その多くをこの看護師が担当する予定になっていたのだ。彼女みたいな看護師はほかにもいて、感じの良い善意の人々だけれど重圧に耐えきれなかった。どんなに高くついても、派遣会社を頼るしかなかった。それから数週間にわたって、わたしとジュディが募集広告をだし、面接をして、見込みある候補者に仕事の説明をして、崩れかけた当番制を立て直そうとバタバタしているあいだ、派遣会社は力量に差のあるさまざまな看護師を派遣してきた。公平を期して言うなら、この看護師たちは、自分たちに求められる仕事について、前もってほとんど知らされていなかったのかもしれない。スティーヴンの——そしてわたしの——最も恐れていることが、まさに現実になった。派遣会社は毎回、違う看護師を送り込んできたのだ。たいていは立派な資格のある善意の人たちだったが、求められていることをすんなり理解できる人はいなかった。当番のあいだ、ジョナサンかわたしがずっとつきっきりで、何度も同じ指示をくり返すことになった。

看護師の中には、お茶がスティーヴンの身体の前をしたたり落ちて、洋服や気管切開管の中に入らないよう、カップの角度を調整することをどうしても覚えられない者もいた。食べ物を充分な細かさに刻めない者もいれば、食べる気になれないピューレ状に潰してしまう者も。間違った順番で薬を与えようとする者も。スティーヴンの手で車椅子の操縦桿をつかませて、くるくる回転させてしまう者も。用を足させるのに大失敗する者も。医療経験があるにもかかわらず、みんながスティーヴンの喉の気管切開管を怖がって、吸引装置を使うのにビクビクしていた。同じ看護師が二度やってくることは滅多になかった。わたしは辛抱強く安心させようと必死に努力したが、神経をすり減らし、疲労と不安と失意でいっぱいになっていた。当然、スティーヴンがいらだつのも無理はなく、夫はそれを隠そうともしなかった。

昼間の担当業務が限界まで来ていたとしても、夜の当番は問題の程度が違った。ベッドに入ると、スティーヴンはコンピューターを使ったコミュニケーション手段が使えなくなり、再び話すことができなくなった。夫が頼れるのは、ふたつの道具だけだ。ひとつは、アルファベット・フレームで、暗黒時代の作業療法士が使っていたものに違いなかった。透明な枠組みの周りに、大きな文字のアルファベットがグループに分かれて示されている。スティーヴンはまず、目的の文字のあるグループに目線を据えて、次にそのグループの中から個別に文字を選び、伝えたいことを一文字ずつ綴っていく。付き添い人は、スティーヴンの目の動きを追い、何を伝えようとしているのか組み立てていくのだ。この道具を使うには、関わる全員の大きな忍耐力と優れた推理力が必要とされた。わたしは符号を簡略化することで、この手順を単純にして、ひとつの文字でもスティーヴンの意志が伝わるようにした。わたしの考案した符号が部屋の中で紛失したのか、看護師がもっとうまくやれると思ったのか、なんにせよ、この発明は長くは続かなかった。

やがてアルファベット・フレームに取って代わり、技術的にかなり向上したと言えるもうひとつの道具は、ブザーだった。日中にコンピューターのコントローラーを持っているのと同じように、スティーヴンはひと晩じゅうブザーを手に持っていた。ぐっと力を込めると、小さな箱が点灯し、いくつかの指示を示す計器板に、なんの用なのか表示される。長いあいだ、元気だった頃でさえも、スティーヴンのこわばった手足をベッドに心地よく収めるのは難しく、症状が重くなっているいまでは、寝かしつけるのに夜の多くの時間を取られた。退院したばかりの数か月間、わたしは夫が心地よく横になれたと確信するまで、ずっと付き添っていた。なじみない看護師とふたりきりにされるのを、夫が恐れているのはわかっていた。午前二時か三時になってから、わたしも就寝したが、ひとりでは対処できないという夜勤看護師に、すぐにたびたび起こされた。

日ごと夜ごとの問題とは別に、スティーヴンが帰宅してからの数か月間に、生命を危うくする数々の危険な出来事があった。こうした出来事はたいてい深夜に起こり、気管切開管が塞がるか外れるかのどちらかだった。看護師が管の詰まりを解消しようとしたり、装着し直そうとしたりしているあいだに、わたしは集中治療室に電話をかけて、管を交換する技術に精通している医師を探した。そのあとは、病院に駆け込み、新しい管が装着されて、スティーヴンがまた呼吸できるようになるまで、救急医療病棟で長いあいだ待っていた。研究生として最後にヘルパーをしてくれていた、陽気なオーストラリア人のニック・ワーナーが夏に出て行ってしまい、代わりの研究生は見つかっていなかったので、ジョナサンが二階の部屋に寝泊まりし、わたしが前夜の騒動の疲れを取っているあいだに、ティムの面倒を見て、朝一番で学校に連れていってくれた。

ロバートが出て行ってから、家の正面に位置する広々した風通しの良い部屋は、すぐにスティーヴンの部屋になった。この部屋には洗面台と、看護に使う医療器具——定期的に膨大な量を受け取っていた——を収納できる戸棚があったので、まさにうってつけだった。矯正ベッド、ごみ箱、コンピューター、デスク、アームチェアなど、あらゆる備品と、もちろん車椅子も置くのに充分なスペースがあった。車椅子はこれまでにないほど場所を取り、重くなっていた。スティーヴンの入院中にジュディが手に入れたコンピューター装置は、カリフォルニアから送られてきたもっと洗練されたタイプのものに取り替えられていた。この新しいコンピューターには、ボイスシンセサイザーがつけ加えられていて、スティーヴンがスクリーンにタイプした文章が音声として再生された。合成された音声は、ぞっとするほどダーレク[*1]に似ていたとはいえ、スティーヴンはまた話す力を授けられたのだ。ひとりの看護師の夫で、熟練したコンピューター技師のデイヴィッド・メイソンが、コンピューターを改良していくつかの部品を車椅子に取りつけてくれたので、スティーヴンはデスクに縛りつけられることなく、車椅子と共にどこへでも自分の声を持ち運ぶことができるようになった。重量のあるコンピューターと音声装置は車椅子の後ろに取りつけられ、スクリーンはスティーヴンに見えるようフレームに取りつけられた。しばらくあとの話だが、たまたま産業用計量器を使える機会があり、わたしたちはスティーヴンと車椅子の装置を載せてみた。車椅子、バッテリー、コンピューター、スクリーン、さまざまなクッションと、本人の体重を合わせると、百三十キログラムの重さがあった。

新しく発明された装置は、使い始めのうちはたびたび問題が発生しており、同じくスティーヴン自身の健康状態にも度重なる危機が訪れていた。緊急事態として、デイヴィッド・メイソンを日中に呼びださずに済んだとしても、胸部の専門医師で誠実な友人であるジョン・スタークか、辛抱強いドクター・スワンか、診療所の当直医を夜中に呼びだすことになった。週末には理学療法士に来てもらい、営業終了後に地元の薬剤師を起こすこともあった。要するに、十一月と十二

*1：BBCのテレビドラマ『ドクター・フー』に登場するロボットのような宇宙人

月いっぱいは、いつもどおりのクリスマスに向けたさまざまな準備や、学校のキャロルサービスに加えて、延々とくり返される危機的状況に四苦八苦していた。わたしたちは、荒れた海にまたボートを漕ぎだしたのだ。海図にないこの海は闇に覆い隠され、わたしたちはいまにも反乱を起こしかねない船員を乗せていた。

わたしは時間とエネルギーの大半をスティーヴンに捧げた。水の一滴も、食事のひと口も、空気を吸うのも、夫と共にした。わたしが力尽きると、いつでも頼りにできるよう静かに寄り添ってくれているジョナサンが、重荷を引き受けてくれた。残されたわずかな時間とエネルギーは、子どもたちと生徒たちのために費やした。教えることは、一日のうち数時間だけ別のことに意識を向けられる、唯一の機会だった——語学と文学が、失意と圧倒的な疲労によって生みだされた虚しさを埋めて、元気をもらえる時間だった。その年に受け持った生徒たちは、わたしにとって特別な存在になった。生徒たちは概してティーンエイジャーらしからぬ成熟した理解を示した。わたしは彼らから惜しみない感謝を受け、たとえ何があろうとも、職務を全うできる限りは、教師の仕事を続けようという決意を新たにした。ボロボロになった心の健康を保つのに、この仕事は欠くことのできないものになっていた。

知的好奇心を維持しようというささやかな試みを、スティーヴンは同じ観点から見てくれなかった。夫は恐ろしい試練に苦しんできて、いまも苦しみつづけ、まだひどくおびえていた。リア王みたいに、スティーヴンは子どもになってしまった——手に負えないエゴの塊である子どもに。痛ましい身体の状態は、愛されているという保証を絶えず必要とすることを、はっきり表していた。そのいっぽうで、スティーヴンは心を閉ざし、公然とした反抗と憤懣で身を守っていた。これまでも独裁的だったが、数々のことをいっしょに乗り越えてきたわたしたちに対して、さらに——あるいは、特に——独裁主義的にふるまうようになった。スティーヴンの入院中に決断せざるを得なかったいくつかの問題について、夫は憤慨し、信条に基づいて自らの権利を主張するのだった。意見を主張するのは当然としても、スティーヴンが宇宙の王になり、わが家の主君になることに、誰も異論を唱えてはいなかった。そのため、スティーヴンが思いやりのない行動を取って、ただでさえストレスに満ちた日課を、なぜさらに大変なものにさせようとするのか、理解に苦しんだ。夫は、邪魔で仕方ない場所にわざと車椅子を止めたり、ほかの人たちのプライバシーを、特にルーシーのプライバシーの権利を侵害したりした。娘はおおらかな性格で、熱意に満ちあふれていて、絶望のどん底にあるときも、その独立心は尽きることのない力と勇気の源だった。ルーシーとわたしは、あらゆる問題について遠慮なく長々と話し合った。普通とは言えないわが家で、娘にはひとりになれる空間が必要だった。ルーシーの部屋は自分だけの聖域として尊重されるべきで、看護師や車椅子の絶え間ない騒ぎに邪魔をさせてはならなかった。ルーシーはわたしに対するのと同じぐらい、父親に対しても忠実だったが、看護スタッフに覗き見されたり、聞き耳を立てられたり、あれこれ噂されたりしないで済む、プライバシーを求めていたけれど、そのプライバシーはたびたび奪われた。

無分別に思えるスティーヴンの態度に失望していることを医師の友人に話すと、こんな言葉が返ってきた。

「ジェーン、ちょっと考えてみなさいよ、スティーヴンがどれだけの経験をしたと思ってるの！　死にかけて、機械と薬で命を繋ぎ止められていたのよ。それだけのことがあって、脳になんの影響もないと思う？　脳の酸素が不足した時間があったはずでしょう。きっとその酸素不足のせいで、気づかないほど小さな障害がもたらされていて、いまはそれが彼の態度や感情的な反応に影響しているのよ。幸い、知力は損なわれなかったようだけど」

不治の変性疾患患者のホスピスでベテラン看護師として働いている別の友だちは、高齢になってからではなく、壮年に発症した運動ニューロン疾患患者の家族は、最もつらい思いをするものだと確信していた。ある意味で、こうした見解とアドバイスには励まされた。スティーヴンが取っている行動は、本人の意図によるものではなく、思いやりに欠けるのは、生来の過剰な利己主義のせいだけではなく、運動ニューロン疾患と先だっての障害が組み合わさった影響だと、彼女たちは言おうとしていた。しかし、これらの意見は、ほかのどこでも、医学界においてさえも、重きを置かれなかった。というのも、誰がどう見ても、スティーヴンは知力の面では無傷で苦難を乗り切っていたからだ。

献身的で洞察力のある看護師もいたことを、ちゃんと言っておかなければならない。その最たる模範は、わたしたちがミスター・ジョーと呼ぶ看護師で、彼は看護師の務めを立派に果たしているばかりか、日曜の夜には時々、なんともかぐわしいカレーを持ってきてくれた。一般的に、献身的な看護師は、もっと厳しかった時代に訓練を受けた高齢の女性——あるいは男性——か、平均よりレベルの高い教育を受けた人々か、自身もこれらの問題に関わりのある人々だった。同じく頼りになりそうな人たちはほかにもいたけれど、彼らは結局、身体の負担が大きすぎることに気づいた。大半の人々にとっては、〝職業上の規律〟や〝理解〟といった言葉は意味を持たず、自分の利益が第一だった。この看護師たちがやってくるまで、わたしたちがどんなに苦しい歳月を過ごしてきたかは、彼らにとってどうでもいいことで、わたしたちがずっとどんなストレスのもとで生活してきたかについても、少しも顧みなかった。七、八時間の勤務はストレスの多いものかもしれないが、当番を終えた看護師は自宅に戻って元気を回復することができた。わたしたち家族には、そんな選択肢はなかった。

共通する問題のひとつは、わが家の環境のせいで、これまでにやってきたソーシャル・ワーカーたちと同じく、看護師たちもすぐに思い違いをすることだった。大きな家に住んでいるからと、彼らはわたしたちを大金持ちだと思い込んだ。この家はカレッジから借りているのだと説明しようとしても、相手は聞く耳を持たなかった。わが家の表向きの環境と、スティーヴンの教授職を、富と権力の証だと勘違いした看護師ほど、人の話を聞こうとしない者はなかった。ある晩遅く、わたしがキッチンで朝食の下準備をしていると、看護師がやってきて、住宅ローンを受けられるよう大学に掛け合ってほしいと図々しく要求してきた。聞き間違いかもしれないと思い、もう床に就いていたスティーヴンの前でいまの要求をもう一度くり返してもらえないかと頼んだ。スティーヴンの部屋に入ると、彼女はベッドの脇に立ち、さっきと同じ言葉をくり返した。何か誤解しているようだけれど、わたしは大学に対してなんの影響力も持っていないし、彼女のために住宅ローンを申請できるような立場にはない、と説明した。すると、真夜中に、彼女は身もだえしながら大声でわめき、足を踏みならして胸を叩き、やがてスティーヴンのベッドの周りをぐるぐる回って、戦勝の踊りを激しく踊りはじめた。あわててジュディに電話をかけると、すぐに来てくれた。代わりの看護師を寄越してもらえるよう、わたしが派遣会社に電話しているあいだに、ジュディは泣き妖精(バンシー)のようにわめいている看護師をすばやく巧みに連れだした。看護師は車道に立ち、訴えてやると金切り声で脅し文句を叫んでいた。

別の看護師は、孤独な寂しい女性で、わたしは彼女を助けていたが、すぐにアル中だとわかった。わが家のキッチンの戸棚の下にしまってある少しばかりのお酒を、ばれないぐらい少量ずつ勝手に飲んでいただけではなく、そのへんにあった小銭もすべてくすねていた。その看護師が唐突に出て行ってしまったとき、たまたま彼女をヒースロー空港まで乗せていったタクシー運転手は、ジュディの知人だった。タクシー運転手の報告によると、その看護師は乗車賃——四十五ポンドほど——を、二ペンスと五ペンス玉で支払ったうえ、車中でずっとわが家の暮らしぶりについて詳細に語り聞かせていたという。この看護師はきっと、わが家で起きていることを何から何まで楽しんでいたのだろう。プライバシーなど存在しなかった。まずは面会を取りつけて、当番の看護師に五分間だけ席を外してもらえるようお願いしないことには、スティーヴンと――それを言うなら、ほかの誰が相手でも――内緒話はおろか、内輪の話をすることは実質的に不可能だった。

　時間が足りないのと、意思の疎通に時間がかかるため、わたしはスティーヴンに言いたいことを前もって準備しておくのが習慣になった。簡潔で論理的に意見を伝えることで、話し合うのがお金のことであれ、家族のことであれ、問題をシンプルにできるのではないかと期待していた。スティーヴンはこれにも不服で、わたしが夫の権利をまた否定していると仄めかした。スティーヴンは自分の主張が優位にあると確信しながら、最初の方針に戻るべきだと言って聞かず、あらゆる段階でわたしの理論に異議を唱えた。こうして、些細なことが大きな問題になり、部屋に入ったときには明るく楽観的だったわたしの思考は、たちまち敗北と幻滅に成り下がるのだった。スティーヴンが話す力を取り戻すと、わたしはまたビクビクして内向的になり、自分に自信が持てず、意見が正しいのかわからないせいで発言できなくなった。スティーヴンが病気の犠牲者であるのと同じく、わたしは精神的重圧の犠牲者だった。わたしはこの過程をあるがままに見ていたが、どうにかしようとしてできることではなかった。わたしは罠に捕らわれて、週に二、三度は悪夢を見るようになった。悪夢の内容はいつも同じだった。わたしは生き埋めにされて、地面の下からどうしても逃れられないのだ。

　Oレベルの学年のルーシーは、登校前の朝食中に読んでいた新聞を、当番の看護師からさっとに、うやうやしく準備された。新聞は、十分ほどあとに席に着くスティーヴンのために、すぐ慣れた。新聞は、十分ほどあとに席に着くスティーヴンのために、うやうやしく準備された。スティーヴン以外の家族は、たちまち下等な住民に成り下がった。わたしたちは最底辺にいて、はしごの最下段で卑屈に縮こまっているかのようだった。はしごのてっぺんでは、フローレンス・ナイチンゲールたちが、宇宙の支配者に尽くしていた。はしごのあいだの段には、さまざまなレベルの研究生、科学者、コンピューター技師がいて、その誰もが明らかにわたしたちより重要な存在だった。看護師のひとり、エレイン・メイソンに、なぜ教師の仕事を辞めて看護に従事し、自分でスティーヴンの世話ができるよう吸引装置の使い方を覚えないのか、と尋ねられたとき、医療資格を持たないわたしたちは、蔑むべき名もない人間として扱われているのだとはっきりわかった。深遠な問題を神の意志として巧みに言いつくろい、福音書の確実さを利用するエレイン・メイソンの腕前には、面食らわされた。

こんなふうに神聖ぶった偽りの哲学に直面して、わたしはセント・マークス教会を訪れることで、さらに大きな慰めを得ていた。ビル・ラヴレスや、科学者で元伝道師の牧師、セシル・ギボンズのお説教に熱心に耳を傾けた。セシル・ギボンズは高齢だが、科学の進歩に関する最新情報に遅れないよう努めていて、それらの情報を宗教的なコンテクストに置き換えていた。ふたりとも、苦しみについてであれ、創造における人間の立場についてであれ、善と悪についてであれ、いつもわたし個人にとって当を得た、慎重に考慮された話をした。彼らの導きのもと、自由意志は人間の条件として欠かせないものだという理解を主として、信仰に対するつまずきの石について、わたしは自分なりのシンプルな哲学を形成しはじめていた。神への信仰が創造主によって自然と定められているのだとしたら、人類は思考の発達も発見への熱意もない、ただの自動人形ということになるだろう。わたしが思うに、遠くて漠然としていても、悪はたいてい人間の欲と身勝手さに変換される——高度な知能を発達させ、良心が芽生えるずっと前の、進化の過程を生き延びてきた性質に定められた、捕食動物の本能だ。本能的な反応であり、悪の根源となる身勝手さは、神の力の及ばないところにある。自由意志が神の介入を妨げるからだ。神は苦しみを防ぐことはできないが、希望と平穏、調和を回復させることで、苦しみを軽減することはできる。病気、変性、不治、麻痺、破壊といった障害はそれでもあり、このシステムには適応しない——ただし、間接的であったとしても、病気は研究や処置の失敗、生活様式や環境の選択という、人間の過ちの結果だという場合もある。スティーヴンの病気の原因が、本当に一九六〇年代初頭に受けた非殺菌の天然痘ワクチンだとしたら、このケースに当てはまる。現在の混乱についても、人は信仰を保ち、諦めず最善を尽くすことで、いつか明るく穏やかな日が訪れると願うしかない。

マッカーサー基金からの補助金は、半年に一回支給された。半年ごとに、大学の会計士はこの資金がどうやって使われたか、バランスシートを作成して基金の理事に提出し、わたしはスティーヴンの健康状態と看護に関する報告と併せて、次の半年間も補助金の継続をお願いしたいと申請した。一九八六年三月、基金に宛てて送付した二通目の手紙の中で、わたしは地元紙に定期的に募集広告を掲載することで看護師たちを雇おうとしてきたことを説明した。この方法による〝名状しがたい問題〟と、結果的にしばしば派遣会社に頼らざるを得なくなること、派遣看護師を雇うにはかなりのお金がかかることについて、言及した。多額の補助金を受け取ってはいるものの、支払いをするにはぎりぎりの金額だった。人の中傷をする看護師が要求しようと画策し、ジュディがミーティングを開いて返答しようとしている金額を支払うには、どうしたって足りない。惜しみない支援に感謝を伝えながらも、わたしたちが経験している困難についてもっと良く知ってもらえればと、資金をどう集めてやりくりしているのか説明した。介護費用は少なく見積もっても年間で三万六千ポンドになり、アメリカから資金を調達していることを指摘した。そして、契約が更新されるという保証はどこにもないことも強調した。そのため、パートタイムの時給制でしか看護師を雇うことができず、募集をかけるときにも、そう明言していた。看護師たちが訴えはじめている、疾病手当、有給休暇、年金といった福利まで整える余裕はなかった。

その後、もっとおとなしい追従者たちは、洗濯かご、タオル掛け、充分な照明、棚など、さらには車道にあいている穴の修理といった、実際的な要求に意識を向けた。ジュディとわたしは、機会を捉えて英国看護師協会の行動規範を配布して、集まった看護師たちに、そこに書かれた十四箇条に留意するよう促した。これらの勧告は、スティーヴンと子どもたちにとって平等に幸せでバランスの取れた環境であるわが家を守るために、わたしが前から表明していたことと同じぐらい、大きな影響を与えた。

5 灰の中から

外野の干渉を受けることで、家庭内はごたついていたものの、スティーヴンは不死鳥のごとく甦り、一九八五年の十二月初めには、学部への短時間の訪問を試みるほど元気になっていた。最初のうちはわたしが車で送り届けていたが、天気が悪くなければ、ほどなく車椅子に乗ってバックスを通るいつものルートを行くようになった。唯一の違いは、付き添うのが忠実な研究生ではなく、看護師のひとりになったことだ。出かけるのには前よりも時間がかかり、出発前にはこれまで以上に慎重な準備が必要だった。山のような必需品を車椅子の背にくくりつけなければならず、ひどく不格好な全体像になった。まるでホームレスの手押し車みたいに、風変わりな装置をあれこれと結びつけられて、車椅子に乗っているスティーヴンは小さく見えた。小柄で弱々しい姿の夫は、知性の領土の支配権を奪還しようと、勇猛果敢に車椅子で乗り込んでいった。

スティーヴンの脆弱さについて、いつまでも気にしているのは賢明ではないが、つい感情に流されて過保護になりがちだった。わたしたちは、極めて小さく弱々しい身体を心から気遣いつつ、並外れた精神力と知力をいたずらっぽく茶化すことで、バランスを保とうと努力してきた。誰かひとりがほかのみんなよりも重要だと主張することのない、健全な家族生活に不可欠なこの繊細なバランスは、もはや維持できなくなっていた。スティーヴンを看護するうえで、あらゆる細かな点にまで神経をすり減らして気を配りながら、ますます常軌を逸した奇妙な意見に対して、健全な疑念を抱くのがせいぜいだった。たとえば、日曜の夜にジョナサンが、いつものテイクアウトのカレーを持ってくることがあった。スティーヴンはわたしが慎重に準備したグルテンフリーの家庭料理の材料については、神経質にあれこれ疑うのに、日曜日には材料なんて少しも気にせず、大量のカレーを美味しそうに平らげるのだ。子どもたちとわたしは、誰が見ても矛盾しているこのふるまいを、ちょっとばかりからかうのに格好の的だとみなしていた。

こうした食事時は、幅広い話題について議論するのにもちょうど良かった。内輪での会話はできなくなっていたが、こういう日曜の夜のくつろいだ雰囲気の中で——時には、一九八七年にケンブリッジで学ぶため帰ってきていたロバートが、学部生の友人にまともな食事を取らせようと家に連れてくる日曜日の昼食時にも——、科学と信仰の問題は、穏やかにじっくり続けられる議論の土台となった。セシル・ギボンズはあるお説教の中で、科学研究は取り組む仮説を選ぶにあたって、宗教上の信仰と同じく、思い切って信じることが必要とされると指摘したことがある。宗教上の信仰という話になると、スティーヴンはいつもはニヤニヤ笑っているけれど、自分の宇宙の科学も、宗教みたいに思い切って信じることが必要だと、驚くべき譲歩をしてみせるという、歴史に残る出来事が一度あった。スティーヴンの科学の分野では、思い切って信じること——あるいは、直観的な当て推量——とは、どの宇宙論を、どの仮説を、どの方程式を研究の最も適切な対象として選ぶのかということだ。そして実験段階になると、この信念を観察に照らし合わせて評価する必要があった。運が良ければ、この考え――あるいは盲信――は、リチャード・ファインマンの言葉を借りれば、〝仮に間違っていない〟と証明されるかもしれない。科学者は自分の選択が正しいという直感に頼るしかなく、さもなければ、完全な間違いだったという最終結果にたどり着く、無意味な研究に何年も無駄に費やすことになるかもしれなかった。スティーヴンを相手に、科学と宗教についてこれ以上深い話をしようとしても、謎めいたほほえみしか返ってこなかった。

わたしたちの繊細な関係に鈍感で、心と身体を切り離して考えることができない看護師たちは、スティーヴンを感傷的な毛布で包もうとする傾向にあった。こうした姿勢は、夫の心の強さを覆い隠し、正しいバランスを保とうとするわたしの試みを傷つけた。彼女たちにとってスティーヴンは、批判や精神医学看護師が生じさせた健全な疑念さえも受けつけない、アイドルになっていた。病気に打ち克つことよりも、不幸にばかり意識を向けて、患者のどんな気まぐれにもこびへつらっていた。わたしたちの悪気のないおふざけも、彼女たちのアイドルへの侮辱として受け止められた。

もっと前、一九八五年にカレッジと国立肖像画美術館からスティーヴンの肖像画の製作を依頼されたある画家も、同じ感傷的な過ちを犯していた。その年の夏に披露された肖像画には、関節がばらばらになったように前屈みで椅子に座る夫の、痛ましい身体がありありと描写されていたが、顔つきと目の光にはっきりと表れているはずの意志力と非凡な才能は、どこにも描かれていなかった。わたしはこの肖像画を滑稽な模倣だと思い、そう伝えた——そんな絵を製作させた組織に対し、腹を立てていた。しかしながら、一九八六年の前半には、また動き回れるようになって、学部での揺るぎない立場を回復すると、スティーヴンの目には決意の光が戻ってきた。夫が病気をしていた時期の影響は、一六六五年に疫病のため大学が閉鎖され、ニュートンがケンブリッジから追いだされたときの影響とは違っていた。グランサム近郊のウールスソープにあるマナーハウスに隔離されているあいだ、ニュートンは重力論を展開するのに必要な計算と熟考に時間を費やした。身体が衰弱しすぎて出かけられなかった数か月間に、スティーヴンはひとつの目的に向かう熱意を持って、新しいコンピューターの使い方を習得した。一九六〇年代後半に文字を書けなくなったときに、長ったらしい方程式を暗記してみせたのと同じように。

声を失ったことで、スティーヴンはより高度なコミュニケーション手段を獲得したことに気づいた。これまでのように、家族や研究生の限られた相手だけではなく、誰とでも会話できるようになり、生徒をあいだに立てて講義内容を説明してもらう必要もなくなったのだ。スピーカーの音量を上げれば、誰にも勝るとも劣らないほど効果的に、聴衆に向かって演説することができた。語彙を選ぶのに時間がかかるので、合成された音声による話はゆっくりだったけれど、それまでもスティーヴンはいつも言葉を吟味してから口にしていたから、少しも珍しいことではなかった。陳腐な言い回しや無意味な言葉を避けるため、常にじっくり考えてから発言し、どんな話題であっても最後に口にするのは、必ず自分の言葉であり、自分だけの言葉だった。

スティーヴンは、直接考えを表明し、講義を行い、文字を綴る力を与えられたばかりか、本の執筆に再び取り組めるようになった。元研究生のブライアン・ウィットは、それまでの数か月間に原稿を整然と構成するのを手伝いはじめていて、特に図表の作成や研究資料を探すのを引き続き手伝っていた。いまではこのプロジェクトは、スティーヴンがしっかり摑み直していた。この本のために、コンピューターの性能を最大限に活用しようと意欲的に取り組み、コンピューターのおかげで、アメリカの編集者から提案されたことを受け入れつつ、原稿を修正することができた。この本は、無事に完成しそうに思えてきた。前金を返す必要がなくなるばかりか、ついに経済的な安定を得られることが見込めそうだった。この本でひと財産築くことはなくても、安定した収入がもたらされるかもしれず、そうすれば四半世紀近くの節約の日々に終止符が打たれることになる。

家でわたしは、言うことを聞いてくれない看護師の厄介な要求に対処しつつ、自分の興味あること、教師の仕事、音楽、子どもたちに関わる時間をやりくりした。頼もしいジュディの助けを借りながら、新しい看護師の候補者との面接を毎週行い、既にシフトに入っている看護師たちからの改善を求める声に対応することで、大混乱を回避した。わたしたちは、看護師がスティーヴン本人にはぶつけられないいらだちを、身代わりとして向けられているのを感じ取った。

そうこうするあいだにも、スティーヴンは通常の生活に戻れたことを祝っていた。直近の短い期間で言うと、誕生日にパントマイムを観に行ったり、その二日後にカレッジのレディース・ナイトに行ったりしていた。長い期間で言うと、ジュネーヴでの経験に懲りずに、もう来年の旅行を計画していた。秋の旅行先はパリとローマで、その前の六月にはお試しの海外旅行をすることになっている――粒子物理学の会議に出席するため、スウェーデン沖の島に。どうやって実現するのかということは、また別の問題だった。特にスウェーデンの会議の日程は、ルーシーの最初のOレベル試験と重なっていて、わたしはそんな大事なときに娘を置いて行く気にはなれなかった。

実は、一九八六年の春には、注意の対象はスティーヴンからルーシーへと劇的に移っていた。三月に、娘は学校の仲間たちとモスクワへ出発したのだが、みんなの予想を裏切って、頼りになるロシア語教師が同伴しなかった。毎年、ヴェラ・ペトロヴナは、古着屋やバザーで手に入れた洋服を何枚も重ね着して、ミシュランマンのように正装するのがお決まりの習慣だった。モスクワに着くと、少女たちは街を巡り、ヴェラの友人や親戚全員を訪ねて、一軒ごとに洋服を脱いで惜しみなく与えるのだった。ところが、一九八六年には、ヴェラは初めてビザの申請が通らず、ロシア語を話せない別の教師が、モスクワとレニングラードへ同伴することになった。そのため、ルーシーがモスクワで体調を崩し、頼れるのは自分自身のロシア語の知識だけということになったのが、悲劇の元だった。ロシアのホテルに置き去りにされるのを恐れて、どんなに具合が悪いのか、ルーシーは誰にも言わなかった。十日間、何も食べず、お腹を押さえて耐えた。帰宅すると、高熱と激しい腹痛のせいで、ベッドに直行するのがやっとだった。医師が往診に来て、急性虫垂炎と診断した。そんなわけで、また同じことがくり返された——すっかりおなじみとなったアデンブルック病院の廊下を歩き、同じプラスチック製の椅子に座るはめになったのだ。ただし、今回は危険な呼吸器障害ではなく、危険な虫垂炎のために。翌日には、ルーシーは回復しはじめていたけれど、モスクワで虫垂が破裂しなくて幸いだったと、そのとき聞かされた。

そんなこんなではあったが、暖かくなってくると、冬のせいもあってピリピリいていた空気はいくぶん和らぎ、かろうじてうわべだけでも、苦労して手に入れた以前のような普通の暮らしに戻りはじめた。家庭は家庭らしくあるべきだと心がけ、わたしは二十四時間看護の複雑さを表にださないようにして、これまでにもしょっちゅうしてきたように、ちょっと不便なことに過ぎないというふりをした。わたしたちはまた、訪れた科学者たちのためにディナーとお酒のパーティーを開き、学校や教会で行われる地元の活動に参加した。

スティーヴンが徐々に健康を回復してくると、わたしは思い切って昔の活動を再開し、特に聖歌隊や八〇年代前半に参加していた合唱団で歌いはじめた。学生監であるジョン・スターディーが親切に許可してくれて、週に一度の合唱団のリハーサルはキーズ・カレッジ・チャペルで行われたので、スティーヴンの行動と両立できた。チャペルでわたしが歌っているあいだ——あるいは、風邪を延々とぶり返しながらも、どうにか歌おうとしているあいだ——、スティーヴンは看護師に付き添われて、カレッジで食事をしていた。食事が済むと、スティーヴンはたいていチャペルに立ち寄って、リハーサルの最終ステージに耳を傾け、わたしといっしょに家に帰った。ルーシーはだんだんと自立した生活スタイルを確立させていき、ますます演劇が中心になり、家にいないことが多かった。

スウェーデンへの旅行には、マッカーサー基金の補助金を最大限まで使って、三人の看護師とひとりの医師が同伴した。とはいえ、マッカーサー基金の理事のひとりであるマレー・ゲルマンも会議に参加していたので、有益な投資だった。彼はスティーヴンの置かれている状況がどんなにひどく、生命を維持し、物理学への貢献を続けるのには、どれほどお金のかかる専門家によるケアが必要とされるのか、直に見ることで納得した。次に基金に援助を申請した一九八六年九月に、わたしはマレー・ゲルマンと会ったことに言及し、スティーヴンの健康状態はずいぶん安定してきたが、従来どおりの専門家による看護が引き続き必要だと報告した。わたしは看護が無期限に必要になるだろうと予測した。その後、国民健康保険制度では、補給品を確認するための地区看護師による朝の短い訪問と、週に一度、二十一回の交替当番制の一回分にあたる八時間だけ診療所から人を派遣してもらうことと、週に二日だけ朝に入浴の手伝いを寄越してもらうことしか賄えないのだというわたしの説明を聞き入れて、マッカーサー基金はスティーヴンの看護費用を無期限で援助することを認めた。

スウェーデンの西岸沖にある、車が通らない小さな島、マーストランドは、回復期にある物理学者が脳の筋肉をほぐすには、これ以上ないほどふさわしい魅力的な場所だった。スティーヴンと仲間たちが素粒子の軌道で宇宙を探査するあいだ、わたしは岩だらけの入り江でひとりの穏やかな時間を慈しみ、六月なのにまだラッパズイセンが花を咲かせ、夜遅くまで太陽に照らされた森林地の散歩をして、のんびりくつろいだ。スウェーデンで過ごした自由な数日間は、滅多にない贅沢な時間であり、一九八六年三月にスティーヴンの父親が亡くなったあと、義母が思いがけず手を差し伸べてくれたおかげで持てた時間でもあった。末期の頃、義父は扱いやすい患者ではなくなっていた。若かりし頃には、第二次世界大戦初期に入隊するため迷わずアフリカ大陸を車でひとりで横断し、七十代後半には、ウェールズの山で何週間もキャンプと登山をすることを習慣にしていた義父にとって、身体を動かせないことへのいらだちは、あまりに大きく耐えがたいものだった。義父の葬儀は、熱帯医学において顕著でありながらも充分に認められることのなかった経歴の、悲しい終わりを告げるものだった。義父に対して、明らかに相反する感情を抱いているのは、わたしだけではなさそうだった。フランク・ホーキングは、鋭い感受性を持ち、察しが良く、鑑識眼さえあったので、わたしは義父を賞賛し、尊敬していたけれど、冷淡で無情でよそよそしくもなり得る人だった。

義父の死後、それまで頑なに意志を曲げなかった義母は、態度を軟化させたようで、深い思いやりを示すようになっていた。わたしたちの新たな家庭生活のストレスを気遣い、分かち合おうとしてくれて、その冷笑的なユーモアのセンスと、何も要求しようとしない穏やかな本来の性質のおかげで、子どもたちの人気者になった。わたしとジョナサンの関係についても、義母は驚くほど好意的に容認してくれた。ジョナサンには家族を壊すつもりはなく、スティーヴンを含めわたしたちみんなを純粋に支えようとしてくれているのだということに、ようやく気づいたようだった。わたしは義母の支援と理解に感謝していた。特に、わたしたちがまたヨーロッパでキャンプ休暇を過ごせるよう、家のことは引き受けると申し出てくれたことに。わたしはすべての役割をなんとかこなして、あらゆる務めを果たそうとしていた。最低でも年に四十九週間、週七日間は慌しく過ごしている家庭の重圧から逃れ、二週間の夏休みを得られるのであれば、これらの仕事がどんなに大変でも、続けていく力が湧いてきそうだった。与えられた休暇が終わると、言うまでもなくわたしはスティーヴンのもとへ帰った。

不死鳥のごとく甦り、スウェーデンで問題なく翼を広げると、スティーヴンは何度もその翼を使いたがった。九月には、旅の一団——いまではスティーヴンの個人助手として、若い卒業生の物理学者も含む——は、ブランドン・カーターの勤務する、ムードンにあるパリ天文台での会議に参加するため出発した。わたしはリュセットと過ごせるのが嬉しくて、彼女にこの一年に起きた出来事を話し聞かせた。ここでわたしは新たな役割も見つけた——パーティーでの通訳と運転手の役割を。看護師たちは、わたしだって役に立つことがあるのだと、目には見えなくても、耳には聞こえていたはずだ。

そのたった一か月後には、またローマに来ていた。宇宙には始まりも終わりもないと、相変わらず異端説を説きつづけていたにもかかわらず、スティーヴンはローマ教皇にローマ教皇庁科学アカデミーへの入会を認められたのだ。付き添いの看護師たちや、スティーヴンの講義でコンピューターの作動や技術を担当する若い個人助手に加えて、ティムもいっしょにローマに来ていた。わたしたちは、これを意義ある機会だと喜んでくれる、カトリックの看護師を付き添わせることにした。幸い、当番に入っている中でも、特に頼もしくて感じの良いふたりの看護師、パムとテレサがカトリックで、ふたりとも招待に大喜びしていた。けれど、看護師は三人必要で、みんながみんなパムやテレサみたいに乗り気ではなかった。直前になって、エレイン・メイソンがいっしょに来ることに同意した。

この訪問のクライマックスを飾ったのは、スティーヴンの一行の全員がローマ教皇ヨハネ・パウロ二世に拝謁したときだった。ローマ教皇はティムの頭にそっと手を当てて、スティーヴンとわたしに穏やかに話しかけ、手と手を重ね合わせて、祝福を与えてくださった。そのあとは、ほかのみんなと握手を交わし、誰もがそれを受け入れた。わたしは、教皇の本当に温かい人柄や、大きな手の柔らかさ、明るい青い目に宿る光の神聖さに感動していた。わたしは宗教的な先入観を持たずに、心も頭もオープンにしてローマにやってきた。ローマ教皇はわたしの心と頭に触れた。政治と教義は別として、出会った人々を心から気遣い、その人々のために祈りを捧げてくださっているのが感じられたのだ。

ヨーロッパ内での海外旅行のお試しが成功したことに勢いづいて、スティーヴンの野望はとどまるところを知らなかった。その年の十二月には、国際舞台での地位を立て直すため、いつもクリスマス前にシカゴで開かれる科学会議へと飛び立った。この頃の夫は、お気に入りの人間、看護師、研究生、個人助手、時には同僚に囲まれて、アラブの族長(シャイフ)なみに儀式ばった有様で旅行をしていた。荷物が多すぎて、空港への送迎に来たリムジンは、車道を出て行こうとするのに、よくもたついていた。航空会社は敬意を持ってスティーヴンに対応するようになり、迷惑な客ではなく大切な顧客として、ある種の特別扱いをして手助けしてくれた。わたしがスティーヴンと小さな赤ちゃんの世話をするのに必死だった、二十年前にそういう対応をしてもらえれば、ずいぶんストレスも減っていたかもしれない。皮肉なことに最近では、海外旅行をするのに、わたしはいてもいなくてもいい存在になっていた。大勢の人々の中で孤立して、過ぎ去った日々に小さなロバートが旅の道連れだったのと同じように、わたしはよくティムをいっしょに連れていった。息子はこの役割を立派に果たしてくれた。息子は空の旅が大好きで、離陸前に飛行機が加速すると——わたしにとって、最悪の瞬間だ——、「もっと速く！　もっと速く！」と息を切らしながら言い、おかげでその興奮がこちらにまでうつり、つきまとっている恐怖がどこかへ行ってしまった。これらの旅のあいだに、特にロマンス語の基礎など、ティムに教えたり、興味を持たせたりできることは数多くあった。スペインでは、忍耐強くて競争心のまったくないティムは、わたしにチェスのやり方を教えてくれた。あの子の父親が決して成し得なかったことを、やってのけたのだ。

6 数学と音楽

十八か月前に命の危険にあったことは、取るに足らない出来事として忘れ去られていた。スティーヴンは生き延び、科学研究の最前線に戻り、理論家の頭の中にしか存在しない、逆さまの宇宙で想像上の時間を旅する想像上の粒子について、難解な仮説の理論を立てていた。夫は驚異の復活を遂げ、その結果として見通しを変えたことで、ますます熱心に研究にのめり込んでいった。その気になったらいつでもどこへでも、地球上のあちこちへと、また旅をするようになっていた。何をおいても、苦心しながらコンピューターを使いこなそうと取り組みはじめ、学部に戻ってからわずか一年で、本の第二稿を完成させ、タイトルを検討していた。スティーヴンの健康状態は極めて不安定なままで、絶えず心配させられていたが、二十四時間体制の看護と現代医学のあらゆる助けを借りて、どこへ行くにも自分だけの小さな病院を持ち運んでいるのも同然だった。

想像上の軌道と架空の宇宙のあいだで、スティーヴンと、その軌道に乗っているすべての人々にとって、一九八七年に起こった大きな出来事は、ケンブリッジで開催された国際会議に伴う、ニュートンの『プリンキピア・マテマティカ』の出版三百年記念祭だった。ニュートン信奉者の伝統に則り、ケンブリッジで宇宙論の研究の指揮を執る役割は、ルーカス教授職に就く人間に委ねられることになっていた。スティーヴンの研究は、二十世紀のアインシュタインの相対性理論による影響で修正を加えた、ニュートンの物理学の論理的な延長であり、夫はこのイベントの中心となる立場を確立していた。

アイザック・ニュートンは、一六四二年に生まれた。ガリレオが死んだ年で、スティーヴンが生まれる三百年前にあたる。グランサムの学校に通い、トリニティ・カレッジの〝特待免費生〟、つまりは下働きをする学生として、保守的な教育を受けたが、彼の主要な著作である『プリンキピア・マテマティカ』は、十七世紀のフランス人哲学者、ルネ・デカルトが系統立てた力学と数学の原理に直接影響を受けている。一六六〇年代のケンブリッジにおいて、デカルトの理論は、〝大きな物議を醸し、彼を罵り、まるで福音に異議を唱えたとでもいうように、読むことを禁じる者もあった。それでも、一般的に愛好され、特に大学の活発な一部においては、彼の理論を用いようとしていた〟。疫病の発生で大学が閉鎖されると、ニュートンはウールスソープ・マナーにデカルトの原理を持ち帰った。二十三歳のニュートンは、ウールスソープ・マナーで創造に没頭したこの期間に、三つの主要な発見を発展させた。微分積分学、万有引力の法則、そして光の性質に関する理論を。

ニュートンはデカルトの理論を採用することには〝活発〟だったかもしれないが、それらの理論によって導きだされた結果を出版することについては、まったく活発ではなかった。王立協会の会長であるサミュエル・ピープスと、若き天文学者のエドモンド・ハレーの強い勧めによって、一六八七年にようやく『プリンキピア・マテマティカ』は出版された。この大作の中で、ニュートンは万有引力の法則を提唱し、太陽を取り囲む惑星の楕円形の動きを予測しているだけではなく、そうした動きに関する複雑な計算まで展開した。『プリンキピア・マテマティカ』の中では、数学が物理学のために役立てられ、認識できる宇宙に対し正確に適用されている。ニュートンのもうひとつの偉大な著作である『光学』も、疫病の時期に展開されたものだが、出版されたのは一七〇四年になってからだ。ここでは、光は色のスペクトラムであり、混ざり合うと白い光になるが、七色の帯に分けることができると説明されている。『プリンキピア・マテマティカ』のインスピレーションの源が、ウールスソープ・マナーの庭でリンゴが落ちたことだとしたら、『光学』は商業に影響を受けている――一六〇九年の冬にガリレオが初めて空に向けた道具、望遠鏡に使われるガラスの改良に。ニュートンは自らを自然哲学者と称しているけれど、最初の偉大な現代数学者兼物理学者と言えるかもしれない。

不幸な子ども時代を送ったためか、ニュートンは尊大で、少なからず曲がったところがあった。微分積分学を最初に発見したと主張するドイツ人の哲学者、ゴットフリート・ライプニッツに対する執念深い対応は有名だ。ニュートンの微分積分学、あるいは彼の呼ぶところの導関数の発見は、一六六〇年代半ばに、惑星運動の力学を扱うのに不可欠となる、数学の計算の一般的な方法が必要だったことから、もたらされたものだった。この計算方法はニュートンの重力理論にすぐに取り入れられたが、例のごとくこの成果を出版し損ねていた。一六七六年にライプニッツが自分で発見した内容を出版すると、ニュートンは激怒した。とはいえ、この気難しい天才には、わたしにとって魅力的に見える謙虚な一面もあった。科学における自分の役割について書いたとき、ニュートンは発見したことの意義に確信が持てず、自身の重要性に思いを巡らしている。

「私は自分が世界からどう見られているのかわからない。しかし、自分自身からすると、海辺で遊んでいるただの少年にしか見えない。目の前には何も解き明かされていない真実の大海が広がっているのに、普通よりもすべすべした小石や綺麗な貝殻を時折見つけては楽しんでいるのだ」

〝海辺で小石を集めること〟は、一九六五年にスティーヴンが中世研究を蔑むのに使ったのと、まさに同じイメージだ。

ニュートンは自分だけの海辺で、ひとつ残らず石をひっくり返した。同時代の人々の意見では、彼は音痴だったと言われているが、一六六七年に音楽理論を発表している。『オブ・ミュージック』は、目新しいことは何も書かれていない、至って平凡な学術論文だ。この論文の中で、ニュートンは音階を合わせることの問題について熟考し、対数項で正確な等分平均律を対照した。色の帯の幅と、音階を生じるのに必要な七つの連なった長さの類比に基づき、全音階の七つの音と、スペクトラムの七つの光の帯に、共感覚の類比を示すのにも音楽を用いた。

ニュートンの個人的な趣味と音楽の結びつきは強くはなかったものの、すべてを考慮すると、三百年記念祭に彼の時代の音楽の演奏会を催してもおかしくない程度には、理論的な関心は強かった。もうひとつ考慮すべき事柄の中心にあるのは、ニュートンの非凡な才能を刺激するきっかけとなったのが、フランス発の科学に対する新しいアプローチだったということだ。一六六〇年の王政復古により、チャールズ二世と共にイングランドには、革新的なフランス式の音楽に対する熱狂の波が押し寄せ、同時代に存在するもうひとりのイギリスの天才、ヘンリー・パーセルに影響を与えた。バッハやヘンデルに加えて、ヘンリー・パーセルの音楽もケンブリッジ・バロック・カメラータのレパートリーの基礎を為していたので、ニュートンの三百年記念祭の会議に出席する参加者を楽しませるのに、その時代の音楽の演奏会を開催するのは、これ以上ないふさわしいやり方だった。スティーヴンがどんなに好もうと、『ニーベルングの指輪』を演奏するのは、実現できそうにもなかった。トリニティ・カレッジで開かれる、こうした名誉ある機会による最大の利点は、ついにオーケストラにスポンサーをつけられるということだ。ジョナサンは音楽事業で安定した足場を築けるだけではなく、『プリンキピア・ムジカ』というタイトルで演奏曲をレコーディングすることまでできた。

スティーヴンとジョナサン、そしてわたしは、それぞれが持つ異なる才能と興味をまとめあげようと、また奮闘しはじめた。現代物理学の量子論はわたしにはちんぷんかんぷんでも、ニュートンの物理学については、数学的にはわからなくても、概念としてはある程度まで理解しながら調べることができ、その夏の大きな試みの数学的な面と音楽的な面を連携させるのに、自分を役立てられた。わたしは演奏会の計画を楽しんだ。忙しかったけれど、教師の仕事と同じで、自尊心が芽生えた。演奏会のプロモーション、会場の手配、広告、チケット販売などの実務的な仕事に加えて、パンフレットに記す音楽的な背景を調べることで、知的な刺激も受けられた。十七世紀後半の音楽シーンに関する情報を突き詰めていくうちに、気づけばまた大学図書館に入り浸るようになっていた。そこでは日々の慌ただしさが、ゆったりした静粛な時間となって流れていた。調べていくと、十七世紀の高名な音楽学者であり、ニュートンと同時期に学部学生だったロジャー・ノースが、ニュートンとパーセルの嬉しい繋がりについて書いているのを見つけた。ノースは、自分の人生で最大の〝実用的な気晴らし〟は、〝大きなふたつのことに還元されている。ひとつは数学で、もうひとつは音楽だ〟と結論づけている。〝ミスター・ニュートンの新しい見事な考え〟である光を〝すべての色の混合〟とする仮説によって、ノースの数学への喜びは絶頂を極めた。音楽については、〝聖なるパーセル〟が〝音楽の優れた才能を遺憾なく発揮〟していることに、このうえない喜びを覚えていたのは間違いない。

日々が過ぎるにつれ、大学図書館で過ごせる時間は恐ろしく減っていった。いくつかの点を急いで調べに行き、本の山を抱えて慌ただしく出てくるのがやっとだった。七月に開催されるニュートン記念祭の前には、ほかにも予定が色々と詰まっていて、バタバタしていた。休む暇もなく、肉体的、心的、知的、創造的、精神的な、わたしという存在のあらゆる面を占めている緊張感に駆り立てられていた。わたしはまたもや、スティーヴンの才能に見合う伴侶であることを自分自身に対して証明してみせなければならず、わたしたちはいまでも普通の家族として機能していることを世間一般に対して証明してみせる必要があった。学術活動とは別に、さらにパーティーや晩餐会、慈善活動、演奏会に会議、旅行に名誉学位の授与などがあった。どこの家族も忙しい暮らしを送っていたけれど、比べてみると、わたしたちの暮らしは普通ではなかった。常軌を逸していた。わたしは無数の活動を無事に乗り切るために、家族や友人、ジョナサンの支えを頼りにした。洞察力にも想像力にも欠けているスティーヴンの看護師たちは、坑道の支柱のようなこうした支えを、スティーヴンのためになるものではなく、背くものだと捉えていた。すぐにわたしも家族みんなも、自分たちが存在し、天才と同じ空気を吸っていることさえも、申し訳ないような気分にさせられた。たいてい、常に物事を冷静に見ることの助けになってくれるのはルーシーで、自尊心を持ちつづけられるよう励ましてくれるのはジョナサンだった。けれど、ジョナサンがしばしばそばにいて慰めてくれることで、これらの部外者たちはヒソヒソと噂したり、ハッと息を呑んだりすることが、ますます増えていった。彼女たちは浅はかにも、自分たちでも守れないような基準を他人に押しつけようとしていた。

ルーシーはロシア語の勉強を続けていて、Aレベルの一年目だったので、一九八七年五月にスティーヴンとわたしが科学アカデミーの会議に出席するとき、モスクワまでついてきた。アカデミーは、ほかの多くの機関と同じく、ロシアの社会で起きている劇的な変化を認めて、それまであった〝ソビエト〟の名称をひっそりと外していた。〝ペレストロイカ〟と〝グラスノスチ〟という言葉が、幸福感にも似た感染性の興奮を持って、みんなの唇で踊っていた。

「この国の状況の変化について、どう考えていますか？」

スティーヴンの公開講座のあとで、ジャーナリストたちがわたしとルーシーに問いかけてきた。

「そんな質問を口にできるということ自体が、並外れた変化を充分に証明しているのではないでしょうか」とわたしたちは答えた。

発言の自由、弾圧からの自由、旅の自由——これらは、暗く寒々しい陰鬱な一党独裁国家による制限を受けていた人々にとって、驚くほど貴重な自由だった。

わたしたちも、前にモスクワを訪れたときより、ずっと自由に過ごせた。同伴者やあとをつけてくる者もなく行きたいところに行けて、提供される娯楽はボリショイだけに限定されず、モスクワ郊外の教会で開かれる演奏会もあった。モスクワは宗教的な熱狂に包まれていた。たとえば、ノヴォデヴィチ女子修道院では、何百本も灯されたキャンドルの煙が充満し、失われた時間を取り戻そうとするかのように、忠実な信者たちがひざまずいて詠唱していた。

モスクワにいるあいだに、わたしとジョナサン、子どもたちだけではなく、セント・マークス教会の全信徒にとって大きな意味を持つ、ケンブリッジのある出来事に立ち会いそびれた。教区牧師のビル・ラヴレスが引退したのだ。信徒たちは親愛なる牧師を失うことにひどく打ちのめされて、彼が去ったあとしばらくは、集団で喪に服しているような状態になっていた。その年の春、ルーシーは堅信式の準備として、ビルの最後の講座に出席する機会を捉えた。同じ頃、来たるべき引退を記念して、聖歌隊のコンサートを開き、わたしはビルの好きなシューベルトのリートを『鱒』を含めて二曲歌い、そのあとはウエスト・ロードで盛大なお別れの夕食会を開いた。それでも、ビルの最後の日曜礼拝に出席できないのは悲しかった。彼には豊かな見識があり、わたしはまだその表面を掻き取ることしかできていなかった。平穏な心を求めることをテーマにした、最後のお説教のひとつに、わたしは深い感銘を受けた。このお説教の中で、ビルはわたしの心に不足している平穏について、あらゆる面からあばいてみせた。スティーヴンに、子どもたちに、そして自分自身に対するわたしの不安、恐れ、心が安まらないこと、緊張と気苦労、いらだちと疑いについて。わたしにとってはおなじみの、罪悪感によって引き起こされる、不穏な心に関連するほかの種類の感情の乱れについても、ビルは話をした。自責の念は、恐ろしい幻影のように、わたしにつきまとっていた。わたしはビルがこちらに投げかけてくれる、どんな小さな慰めも聞き逃さなかった。いまを生きなさい、と彼は言った。痛みや恐れ、闇の中にあっても、神を信じなさい、と。そして、聖書のコリント人への手紙から、〝神はあなたがたに耐えられない試練を与えることはありません〟という一節をビルが引用したとき、その言葉はわたしだけに向けられているように感じた。さらに、罪悪感は常に気高く最善を尽くそうと努力することでもたらされるリスクなのだ、と話を続けた。罪悪感に対するただひとつの答えは愛だ。愛の中でだけ、わたしたちはお互いを支え合うことができる。ビルの言葉は、心を苛(さいな)む罪悪感のジレンマへの、新しい解決策を差しだしてくれた。愛はわたしたちの家庭を保つ、何より確かな力だった。その見方からすると、わたしは約束に誠実だった。わたしはみんなを愛してきた。子どもたちひとりひとりに母親としてあふれる愛を、スティーヴンに対しても、ジョナサンに対しても、愛を注いできた。愛にはさまざまな側面がある。アガペーもあればエロスもあり、わたしはスティーヴンに対して最善を尽くすことで、夫への愛を証明しつづけたかったが、看護への責任によって不安でいっぱいになるせいで、その愛はひどくもつれてしまうことがあり、愛情と不安の境目が区別しづらくなった。スティーヴン自身は、思いやりについて口にしようものなら、侮辱されたと感じていた。夫は思いやりを哀れみや宗教的な感傷と等しく考えていたのだ。思いやりを理解しようとせず、断固として拒絶していた。

7
極限

シェイクスピアの助けを少し借りて、スティーヴンは本のタイトルを考案した。原稿は出版社に受諾される形に仕上げられ、一九八八年六月の発売が決まった。イギリス版に先駆けて、アメリカ版が春に出版される予定になっている。ふたりのアメリカ人科学者の品位を非難する文章があったため、訴訟を恐れて、修正のため少し省かれる部分が出てきた。そのせいで、アメリカ版の初版はギリギリに刷り上がることになった。スティーヴンは、感謝の気持ちを公に示そうと『ホーキング、宇宙を語る』をわたしに捧げてくれたのに、この影響でアメリカ版では献辞が省かれてしまった。

本の刊行のためスティーヴンがアメリカにいるあいだ、ティムとわたしは、いまではドイツに住んでいるティムの親友、アーサーと彼の両親のもとで過ごした。ふたりの少年は、最近では滅多に会えなくなっていたけれど、どちらもほかに親友を作らずにいた。ティムとアーサーは再会すると、まるでずっと会えずにいた兄弟みたいに大はしゃぎで、いままでどおりの関係に戻った。黒い森(シュヴァルツヴァルト)には遅い雪が降っていたので、アーサーの父親のケヴィンは、スキーをしに行かないかと、びっくりするようなことを言った。わたしは生まれてから一度もスキーをしたことがなく、やってみようと思ったこともなかったが、スティーヴンは昔はスキーが得意だったという話で、ルーシーは友だちとよくスキーをしに行っていた。実際ルーシーは、ケンブリッジ・ユース・シアターの仲間たちと共に、夏にエディンバラ・フェスティバルで上演する前に、ケンブリッジで四月に上演する芝居の厳しい稽古の疲れを取るため、まさにそのときもアルプスで過ごしていた。ティムとわたしはスキーを覚えるチャンスに飛びついた。ティムはみるみる上達し、危険なほどのスピードでスキー場の斜面を勢いよく滑り降り、いちばん下にある駐車場まで危うく通り越しそうになった。わたしがなすすべもなく見つめているあいだ、アーサーの母親のベリンダは、プルークボーゲン――スキー板を内側に向けてスピードを落とすやり方――の指示をだし、必死に叫んでいた。アイススケートの練習をしていて腕を骨折したときの記憶が甦り、わたしはますます不安を覚え、慎重になった――けれど、雪は冷たく湿ってはいるものの、倒れても柔らかく受け止めてくれることに気づいた。シュヴァルツヴァルトで過ごしたその週末中に、わたしは失っていた虚勢をいくらか取り戻した。小高い丘の中腹に立ち、顔に風を受けて、太陽が白い雪を輝かせているのを眺めながら、くり返される世話と責任から解放され、わが家の暮らしを果てしなく憂鬱な戦いにしている、怒りっぽい看護師たちとのつまらない口論から逃れられたことへの喜びを味わった。スキーには、肉体的にも精神的にも、百パーセントの集中力が必要とされる。目先の目標は斜面のいちばん下であり、脳が問いかけられるのは、どうすればあそこまで無事にたどり着けるのかという疑問だけだった。

スティーヴンは三週間以上アメリカに滞在した。夫が帰国するとすぐに、わたしたちはいっしょにエルサレムへ出発する予定になっていた。物理学での栄誉を讃えられ、ロジャー・ペンローズと共に威信あるウルフ賞を授与されるのだ。

イスラエル旅行に不安を覚えていたのは、家族を置いていくことや、教師の仕事を休むことが嫌だったせいだけではない。ルーシー・キャベンディッシュ・カレッジ時代の友人、ハンナ・スコルニコフに会えるのは楽しみだったけれど、物理学者たちと連れ立って世界最古の神聖な都市を訪れるのは、楽しみとは言えなかった。もっと考えの合う人たちと巡礼したかったが、選択の余地はない。わたしが行きたくないのであれば、アメリカに同行した看護師、エレイン・メイソンが喜んで代わりについてきてくれるだろう、とスティーヴンが言ったとき、明らかに張りつめた空気が漂っていた。

三月にわたしがアメリカに行くのを断ってティムとスキーに行ったことを、スティーヴンは恨んでいて、帰国したとき、わたしたちの会話はピリピリして思いやりに欠けるものになっていた。問題を起こす何人かの看護師をクビにするべきだとわたしが提案しても、「ぼくには良い看護師が必要だ」と、夫はすげなくきっぱり言った。自叙伝の話を持ちかけられ、夫婦の中がもっと近づくかもしれないと期待して、共著を申し出たときには、「きみの意見をありがたがって喜ぶべきなんだろうな」と、蔑むような反応が返ってきた。そのときになってようやく、しばらく前から一部の看護師たちがわたしに伝えようとしていた真実に気づきはじめた。つまり、看護師のひとりがスティーヴンに対して不相応な影響力を働かせ、故意に夫婦仲に亀裂を生じさせ、そこにつけ込もうとしているのだ。当然、ますます大きく編まれていく策略と欺きの網には、わたしとジョナサンの関係が大きく取りあげられ、その点に関しては、自分を守るためにわたしが言えることはほとんどなかった。世間の目から見れば、わたしたちの関係に罪があるのは明らかだった。ロシア人作家のミハイル・ブルガーコフが一九二〇年代に発表した政治風刺文学、『犬の心臓』が力強く生き生きした舞台作品となり、ルーシーが演じるのを、中東に出発する前になんとか観に行くことができた。ブルガーコフはこの中編小説の中で、ロシア社会がプロレタリアートに乗っ取られることへの懸念を表明しており、当時は出版するには不快すぎるとされ、わたしたちが最近訪れた一九八七年までロシアでは刊行されなかった。次の日曜日に、家のことは両親に任せて、わたしたちはイスラエルへと出発した。

ヒースロー空港で遅延はあったものの、空の旅は概ね問題なく過ぎた。ケンブリッジ・バロック・カメラータのツアーに出ているジョナサンは、誕生日プレゼントにウォークマンとバッハの『ロ短調ミサ曲』のカセットテープをくれたので、わたしはそれを聴きながらゆったり過ごし、ときどき窓の外に目をやり、遠くに見える青く深い地中海を眺めた。日が暮れて空も海も暗くなると、遥か下方にひとすじのネオンの光が現れて海岸線をくっきり彩り、テルアビブに着陸するのでシートベルトを着用するようにと言われた。飛行機は下降しはじめ、明かりの灯る建物や道路をかすめるようにして飛ぶのを眺めた。着陸装置がおろされる音が聞こえ、わたしは滑走路に着陸するときの衝撃を待ち構えた。着陸の振動はいつまでも訪れなかった。代わりに、飛行機は夜空へ向かって、重そうに再び上昇していく。意外なことに、わたしはおびえるのではなく、魅せられていた。アナウンスは何もなかった。機内はしんと静まり返り、同じ疑問が乗客全員の脳裏をよぎっているのを感じ取った。この飛行機はハイジャックされて、レバノンに向かっているのだろうか？

十分後、機長の声で機内放送が流れた。急に霧が発生したため、テルアビブに着陸することができないので、ほかに着陸可能な唯一の滑走路、ネゲヴ砂漠にある空軍基地の臨時滑走路へ向かっているとのことだった。ネゲヴ砂漠は、エジプトとヨルダンのあいだの紅海へと先細りになっていく、イスラエルの領土の頸状部（けいじょう）に位置する。飛行機は低いうなりをあげて、夜空を通り抜けて砂漠を目指すと、747型機を想定して作られていない短い滑走路に突然ガタガタと着陸し、そのままそこにとどまった。テルアビブの霧が晴れた頃には、わたしたちの便の客室乗務員の勤務時間が終了し、テルアビブから交替の乗務員が迎えに来るまで待たされることになった。わたしは日よけをおろし、身体を丸めて眠った。翌朝、スティーヴンの助手のニック・フィリップスにつつかれたときには、ちょうどエンジンがかかりはじめたところだった。日よけをあげると、聖地と完璧な対面を果たした。窓の外には、時間を超越した美と平和の光景が広がっていた。金色の砂、なめらかな砂丘と荒野、紫色の丘、すべてが夜明けのピンクがかった柔らかな色合いを帯びている。

この公式訪問の中心となるのは、イスラエルの人々の歴史を描いたシャガールの見事なタペストリーを背景に、国会議事堂（クネセト）で行われるウルフ賞の授与式だ。授与式は、寛大で大いに尊敬を集めているイスラエル大統領、ハイム・ヘルツォーグと、名うての強硬論者である右派の首相、イツハク・シャミルの両者立ち会いのもとで行われた。このふたりは、分別と狂信が同等に共存する国の、政治勢力の両極端の縮図だった。授与式が終わると、スティーヴンとロジャー・ペンローズは、イスラエルの科学者仲間たちとの科学会議、講演、セミナーの予定がぎっしり詰まっていて、わたしはエルサレムを気の向くままに散策して過ごすことが多かった。

「旧市街にあるユダヤ人街はぜひ訪れてみるといいでしょう。でも、アラブ人街には行かないほうがいい。民衆蜂起（インティファーダ）で危険すぎるから」とアドバイスされていた。

関係者のグループからとにかく離れたくて、わたしはそんな忠告には耳を貸さなかった。嬉しいことに、宿泊先となる現代的な建物のホテルは、旧市街のヤッフォ門まで歩いてすぐ行ける距離だとわかった。グラナダのアルハンブラ宮殿の壁と同じく、向かいの丘の飾り気がなく近寄りがたい灰色の城壁は、磁石のようにわたしを引きつけた。ダビデの塔の下にある門を潮の満ち引きのように出入りするカラフルで騒がしい人々の群れに不意をつかれ、わたしは立ち止まってあたりを見回し、右か左か、どちらへ向かおうかと考えた。人混みに流されて左手にある細い道に吸い込まれていきたい気がしたが、アラブ人街には近づくなというアドバイスに留意して右手に向かった。灰色の石造りの聖公会大聖堂を通り過ぎ、城壁の内側に沿った通りに入った。がっかりするほど静かで退屈だった。興味を引かれるものといえば、時々、作業場から聞こえてくるハンマーの音と、日々の用事を済ませるため通りを急いで歩くわずかな人々と、上階の窓から流れてくるピアノの音ぐらいしかなかった。快適な環境ではあっても、特筆すべきものがない。そのまま歩きつづけると、新しい住宅開発地に行き当たったが、さらにがっかりするだけだった。けれど、左側の新しい家のあいだにある路地を通り抜けると、急な階段があり、降りてみると緑豊かな小さな広場に出た。そこでお茶を飲んでひと休みしたあと、次の長い階段をさらに降りていった。階段を降りきったところには、日焼けして風合いの出た石造りの高い壁と、その向こう側に囲われた広々した空間があった。黒衣の人々が壁に祈りを捧げて口づけしていて、壁を背景に結婚式の参加者たちの写真撮影が行われている。わたしは嘆きの壁に来ていた。広場をゆっくり横切りながら、人混みを眺めた。信心深く真剣な顔をしている者もいれば、笑いながらおしゃべりしている者もいる。

広場の片側には短いトンネルがあり、たくさんの建物の下で兵士が警備に立っていた。人々は自由にトンネルを行き来していたので、わたしもそこに加わった。トンネルを通り抜けながら、複雑な数学の方程式の助けを借りなくても、タイムトラベルは実現可能なことに、わたしは気づいた。実質的にも政治的にも、そのトンネルは旧市街のユダヤ人街とアラブ人街を分かつものだった。歴史的には、トンネルは聖書の時代の色や音、伝統を感じさせる遥か昔と現代を隔てていた。別の惑星からやってきたような巡礼者と観光客が、まるで二十世紀ではないみたいな日常を送っている、子どもやロバを連れた地元民たちと混じり合っている。わたしはひとりで歩きつづけ、巡礼者の一団の端っこでたまに足を止めた。それぞれの遺跡に関するガイドの説明に耳を傾け、苦難の道（ヴィア・ドロローサ）を歩き、十字架の道行きの留（りゅう）の二箇所でいっしょに祈りを捧げて賛美歌を歌った。

急にひとりになるのは、不思議な体験だった。自由に発見し、判断を下すことができるのは。敵対する分派と争い、観光客が至聖所を通り抜けようと行列を為している、聖墳墓教会に浸透する陰謀めいた憂鬱な不快感に、わたしは身を震わせた。そのぞっとするような雰囲気から抜けだして、早く明るい日の光を浴びたくてたまらなかった。それでも、塔からの眺めは、それを補うほどの絶景だった。平らな白い屋根のパノラマは、サン・マルコの鐘楼の頂から眺めたヴェネツィアの赤い屋根と同じぐらい、印象的で素晴らしかった。ずっと下のほうから、雄鶏と雌鶏が鳴き、ロバがいななくのが聞こえてきていた。

聖アンナ教会からは、なかなか離れがたかった。この教会は、ベテスダの池の跡地のすぐそば、オリーブ山を望む獅子門からほんの百メートルほどのところにある。わたしが中に入ったとき、丸天井で広々した明るく風通しの良い聖アンナ教会には、ほかに誰もいなかった。指を鳴らしてみると——ジョナサンに教えてもらった、建物の音響を試すやり方だ——、キングス・チャペルよりもさらに音が良く響くことにびっくりした。誰もいない教会の静けさに大胆になって、パーセルの『夕べの賛歌』を何小節かハミングしてみる「いまや、いまや太陽はその光を覆い、世界におやすみと挨拶している……」自分の声が柱に受け止められて、丸天井へと放りあげられるのを、わたしは驚きながら聴いていた。丸天井で歌は命を吹き込まれ、恍惚として旋回し、ささやきとなって地上に滑り降りてきた。

アラブ人街は少しも怖いと思わなかった。だから別の日に、わたしは岩のドームを訪れた。イスラム教の壮大な聖地であり、アブラハムがイサクを生贄として捧げようとした岩の遺跡だ。入り口は閉ざされ、イスラエル人の兵士が警護していた。参拝者は別として、しばらくのあいだ、ここは閉ざされたままなのだろう。がっかりして、来た道を引き返し、ベツレヘムの青いガラスや陶器、革製品など、雑多な土産物の並ぶアラブのバザールを通り抜けた。古代ローマのガラスや銅製品、コインを並べた骨董品の露店や、豊富なフルーツと野菜に加えて、東地中海のさまざまなごちそう、ナッツやオリーブ、ターキッシュ・ディライトにハルヴァといった食べ物であふれんばかりの屋台を眺めてまわった。二十五年前にモロッコのタンジールで出会った露天商のように、ここにいるアラブ人たちも丁寧で親切だった。骨董品の露店のひとつで、素敵なローマガラスのビーズの値段交渉をしていると、別の露店でとんでもなく安く売られている孔雀石とシルバーのネックレスが目に留まった。店主が話をしに出てきたけれど、無理に買わせようとはしなかった。彼は英語が上手で、ミドルセックスにいるという従兄弟の話をしようとしたとき、通りの先に目をやると、慌ててわたしを店の中に追いやった。そして、両手を腰に当てて、戸口に立ち塞がった。彼が警戒するのも無理はない。武装したイスラエル兵の一隊が、騒々しい音を立てながら路地を押し進んできていたのだ。兵士たちは通り道の地所や露店、手押し車などお構いなしのようで、この店の主人や近くの店の商人たちの取っている姿勢から察するに、手癖の悪いことで有名らしい。兵士たちは丸石をブーツで踏みしめ、大声をあげながら通り過ぎていき、その騒々しい音が遠ざかると、店主は中に戻ってため息をついた。わたしを奥に追いやったことを謝り、ただこう言った。

「ほら、とても慎重にならないといけないからさ」

わたしはネックレスと、美しく装飾された手塗りのお皿を買って、また来ることを約束し、別れを告げた。実際、滞在の最終日に再び訪れてみたのだが、どの店も閉まっていた。店には板を打ち付けられていて、通りには野良猫しかいなかった。古代の光と暮らし、音と色であふれた野外劇は、見る影もない。どの通りも、どの街角も、どの広場も、どこもかしこも薄暗く、不気味で、威圧的だった――タイムトラベラーにその扉を閉ざした、幻の街だ。

わたしはアラブ人に同情するのと同じぐらい、ユダヤ人に自然と好感を抱いていた。ユダヤ人の友人は多く、彼らは非常に知的で、理路整然としていて、感受性が鋭く、ホロコーストに家族を奪われていた。けれど、エルサレムのアラブ人街で目にしたイスラエル兵の非人道的行為は理解できなかったし、わたしたちの担当として割り振られていた忌まわしい運転手のことは、それ以上に理解できなかった。その運転手は、中央ヨーロッパ生まれのユダヤ系アメリカ人で、どこへ行ってもやかましく下品に自分の意見を口にした。死海へ向かう曲がりくねった道を車で走りながら、運転手は丘の上に並んだ白い家を示し、得意げに言った。

「あれを見てくださいよ。あれは私たちの居住地のひとつで、あそこにある家は私たちが全部建てているんですよ。アラブ人は二千年ものあいだ、この地を占拠しながら、何もしてこなかった。彼らはチャンスを手に入れたが、今度はわたしたちの番だ。彼らはわたしたちを海に突き落としたがっていますよ」

このうんざりするような言い分は、以前にも同じくアメリカ風の単調な口ぶりで、別の移住者から聞かされたことがあった。道路をずっと進んでいくと、ベドウィンの簡素な野営地に行き当たった。

「ああいう連中はどうしたもんでしょうな？　見てくださいよ！　二千年経っても、何も進歩してないんだ！」運転手はいさめるように言った。

わたしはやっとのことで憤りを抑え、こう言い返した。

「彼らは伝統的な暮らしが気に入っているんでしょう」

お互いに差しだせるものがたくさんあるはずの、同じ民族の祖先を持つふた組の人間のあいだで、平和というものがこれほど手に入れにくいことに、わたしは悲しくなった。

必然として、わたしたちは公式に遠出する予定がいくつも入っていた。どの会議に参加するときも、テレビカメラやレポーターがスティーヴンについてきて、多岐にわたる質問に対する反応をしきりと求めていた。どのインタビューでも、必ずひとつの質問がくり返された。傍から見守っているわたしは、形を変えて同じ質問が何度もくり返されるのを聞きながら、心が沈むのを感じた。

「ホーキング教授、あなたの研究から、神の存在についてどんなことがわかっていますか？」また は、「あなたの描く宇宙に、神の存在する余地はありますか？」あるいはもっと直接的に、「あなたは神を信じていますか？」

答えはいつも同じだった。いいえ、スティーヴンは神を信じていないし、夫の宇宙に神の存在する余地はなかった。ロジャー・ペンローズはもっと如才なかった。同じ質問をされると、神との接し方にはさまざまな方法がある、と彼は認めていた。宗教的な信仰の中に神を見つける者もあれば、音楽の中に見つける者もいて、ことによると数式の美しさの中に神を見いだす者もいるかもしれない、と。けれど、ロジャーの答えも、わたしの悲しみを消してはくれなかった。スティーヴンと過ごしてきた人生は、信仰――夫の勇気と才能への信仰、いっしょに努力することへの信仰、そして最後に宗教的な信仰――の上に築きあげられてきたというのに、こうして世界三大宗教の揺り籠の中にいながら、夫は人類の経験を無視した人間味のない科学的価値観に基づいて、明確な定義もなく神の存在を否定するようなことを説いている。わたしが信じるすべてのものを完全に否定されるのは、つらくてたまらなかった。

ヴァンの運転手が、旧約聖書と新約聖書のあらゆる聖地――ベツレヘムの暗い小さな洞穴、エリコの漂白された石、荒野の乾いた山脈、ヨルダン川とガリラヤ湖のさざ波を立てる緑の流れ――を案内するあいだ、わたしは後部座席に無言で惨めに座っていた。疾走するヴァンの片隅で、この悲劇の地が対立を生みだしていることについて、黙って考え込んでいた。先の見通せない景色に対して、対立の感覚はどこまでも狡猾に浸透していた。スティーヴンとわたしさえもが、その感覚に屈服させられそうになっていた。ふたりの心がひとつになることは、滅多にないようだった。

最終日には、みんなで死海に行き、海水浴をした。わたしの励ましと、付き添いの支えと、塩分の浮力によって、スティーヴンは仰向けになり、温かい水に浮かんだ。スティーヴンが長いあいだ拒絶され、理論としては絶えず交わりつづけてきた自然というものと、束の間ではあっても、また現実に触れ合うことができたのだ。あたり一帯を静寂が包んでいた。スティーヴンの穏やかな海水浴を見ていたのは、彼方にある靄のかかった紫色のヨルダンの山々と、青い空と、ひとりぼっちの猛禽だけだった。ここでは溺れることも、泳ぐことさえもできなかった。

8 赤の女王

中東への旅は、その夏に強いられることの前兆となり、いつも以上の苦労が待っていた。いつまでもくり返される看護師たちの口論から逃れるすべはどこにもなかったが、不平不満の中心は、スティーヴンが一日の大半を過ごす学部に移っていた。わたしは、若い助手のニック・フィリップスから、辞表をだすことへの謝罪の手紙を受け取った。彼はしょっちゅう、看護師のひとりの批判と八つ当たりの対象にされていたため、やむを得ず辞めることになったのだ。その手紙では〝口が悪い〟という表現が使われていた。彼に同情したけれど、わたしにできることはほとんどなかった。看護師たちは思いどおりにふるまい、ジュディ・フェラにもわたしにも、彼女たちに対する影響力は少しもなかった。学部で何が起きていても、わたしの力は及ばない。家庭内の品位を保つことに集中するしかなかった。

Aレベル試験が始まり、その年度の教師の仕事が終わって、わたしはロバートの二十一歳の誕生日パーティーの計画に意識を向けた。誕生日当日は、わが家で家族だけの盛大なディナーで祝い、一週間後にまた別のイブニングパーティーを開く予定だった。庭で開催するバンドの演奏付きの、十八歳の誕生日の再現だ——ただし、今回はジャズバンドで、ロバートは〝マッド・ハッターのファンシー・ドレス・パーティー〟への招待状を送っていた。エルサレムから帰ってきた三週間後、本格的にパーティーの準備に取りかかっている頃、ある朝わたしは割れるような頭痛で目覚め、腰の周りにかゆみを伴う発疹が出ているのに気づいた。思いだせる限り、これほど激しい頭痛は、学生の頃にスペインで水疱瘡を発症する前の頭痛ぐらいのものだった。ルーシーが弟を学校に連れていってくれて、わたしはベッドに戻って休んだ。いつもどおり十時にホームヘルパーのイヴがやってくるまで、誰とも顔を合わせなかった。部屋の外から、イヴの心地良いバーミンガムなまりがはっきり聞こえてきた。

「ジェーンはどこ？」彼女は尋ねた。

エレイン・メイソンが、けだるそうな口調ですぐに返事した。

「ああ、ベッドで休んでるわ……仮病を使って」

イヴは無視して、まっすぐわたしの部屋に入ってきた。ひと目見ただけで充分だった。

「お医者さんを呼ばないと！」

彼女はみんなに聞こえるよう、大声できっぱりと言った。

医師には帯状疱疹だと診断された。水疱瘡のウイルスが再活性化し、ストレスによって悪化したのだ。安静にすることを命じられ、痒みを緩和する新しい薬が処方された。わたしは後悔しながらエルサレムの屋上プールにいた発疹のある子どもを思いだし、片付けなければいけない長いリストがあるのに、ベッドで療養している場合だろうかと考えていた。

自分も腕を骨折していて大変なはずのイヴと、ルーシーとジョナサンのおかげで、どうにか少し休むことができた。幸いジョナサンは、もうわたしが管理しなくてもバロック・オーケストラを運営していけた。いまでは安定した財政基盤が確立されていたので、演奏会のどんな小さなことにも対応してくれる管理者を雇うことができたのだ。いまやカメラータは継続事業になり、辺鄙な土地まで訪れ、定期的に演奏会を行うようになっているため、ジョナサンはケンブリッジを離れることが多かった。熱心に働き、リハーサルと演奏を行い、遠方の演奏会から明け方前に車で戻ってくることもしばしばだった。ジョナサンの不規則なスケジュールは、地方巡業を行う音楽家の典型的な生活だが、看護師たちの理解は得られなかった。その才能を目の当たりにすることも認めることもなく、想像力の乏しい看護師たちは、日中にわが家で過ごすジョナサンを、スティーヴンの気前の良さにたかっている怠け者のごくつぶしだと決めつけていた。彼の存在はあれこれと噂話を引き起こした。

その頃、ルーシーは社交生活とエディンバラ・フェスティバルのリハーサルを夏の試験と両立させようとしていた。わたしの帯状疱疹がなかなか治らなかったせいで、ルーシーはただでさえ慌ただしい日常を送りながら、さらに予想外の責任まで背負わされることになった。六月の第三週に、レニングラードで開かれる会議にスティーヴンが出席するため、わたしも同行する予定だったのだが、スティーヴンと破壊分子の従属者たちを除く誰の目から見ても、旅行できるほどの元気はないことが明らかだった。スティーヴンは超人的な努力をしてすべての障害を乗り越えてきたため、なぜほかの人たちが、とりわけ自分の妻が、同じように強い意志を持って努力できないのか、理解できなかった。なんといっても、運動ニューロン疾患に比べれば、ほかの病気はどれも大したものではないのだからと。スティーヴンの期待に応えることは、もうどうしたってできなかった。いつしか、わたしは何を言うにも、しどろもどろの弁解から始め、こんな自分であることを謝罪しようとするたびに、ますます自分のふがいなさを意識させられた。自分はだめだと思えば思うほど、帯状疱疹はますます悪化した。神経痛とめまいが耐えがたいほどひどくなり、どんなに些細なことでも、家族の問題について自分の考えや感情をわかってもらおうとするたびに、指の先端を何千もの蜂に刺されているみたいに、神経がヒリヒリした。

どんなに体調が悪くても、ひとつだけ絶対に外せないイベントがあった。帯状疱疹を発症した一週間後の六月十六日、王立協会での家族と友人とのランチパーティーで催される予定になっている『ホーキング、宇宙を語る』の刊行祝賀会だ。『ホーキング、宇宙を語る』は、自然の力、病気の力、麻痺と死そのものに対するスティーヴンの勝利を、目に見える形にしたものだ。結婚生活を始めたばかりの頃の、情熱をかけた奮闘と、むこうみずに克服してきたことを忍ばせる、ある意味ではわたしたちふたりにとっての勝利と功績だった。しかし、これは個人的なお祝いではなく、公式のイベントであり、マスコミの注目が大いに集まっていた。この祝宴でわたしが見せた姿は、幽霊と大して変わらなかった。筋の通った会話を続けるだけの体力もなく、ましてやそのあとのマスコミの質問攻勢に自信を持って向き合うなど、できるはずもなかった。

発売の翌日、わたしはまた病床から起きあがり、赤いドレッシングガウンと赤い紙の王冠を身に着けて、頬に真っ赤な口紅で斑点をつけると、赤の女王としてロバートのパーティーに参加した。わたしは赤の女王みたいに、同じ場所にとどまるためにいつも走りつづけていることを、悲しい冗談にしていた。絶えず疲れと倦怠感を感じながら、その年度の最後の授業まで、長い契約期間をなんとか乗り切った。一触即発で激しく張り合っている看護師たちの仲裁に入る気も、そんなエネルギーもなかった。『ホーキング、宇宙を語る』が一気にベストセラーリストのトップに躍り出たことで、看護師たちはますます互いへの敵意をむきだしにしていた。看護師同士の口論が家庭生活のバランスをこれ以上脅かさない限り、わたしは当然の報いとして彼女たちを軽蔑的に扱おうとした。こちらとしては、最小限の時間──理論上は──しか費やさないつもりでいても、看護師たちは募る不満を電話で延々と訴えつづけるのだった。わたしにはもっと大事な用があるかもしれないことに気づきもせずに、そのくせ話を最後まで聞かずに電話を切ったら、ひどく気を悪くした。結局、看護師のひとりで、そのふるまいが問題の元凶となっているらしいエレイン・メイソンを呼びだして、話し合うことになった。看護の当番や、わたしの家や家族をめちゃくちゃにされるのを、黙って見過ごすわけにはいかない、と伝えようとした。けれど、余計なことは言わないほうが良かったみたいだ。エレインは涼しい顔でどんと構えて、そうした悪意ある意図について、見下すようにすべてを否定し、自分は清廉潔白だと夫に保証させると、ツンと顎をそらして颯爽と出ていった。わたしはすべてを包み込む絶望の穴に沈み込んだ。

それに比べれば、時差も構わず真夜中に――たいていはアメリカから――電話してくる変人なんて、まだ可愛いものに思えた。時間に関係なく、彼らはいますぐ〝教授〟と話がしたいと言ってきた。まるでミスター・ジャスティン・ケースとでもいう人みたいに、彼らはひとり残らず、宇宙の謎を解き明かし、〝教授〟の計算はどこで間違ったのか、教えたくてうずうずしていた。午前三時に、ミスター・ジャスティン・ケース[*1]は、定期的に日本からかけてくるミスター・アイザック・ニュートンと、電話回線の取り合いをすることになった。ある男性からの電話で、ルーシーは結婚を申し込まれた。

「美しいルーシー。ぼくと結婚してくれないか？　でも、まずはぼくの論文をお父上のために読んでくれ！」

フロリダからの別の電話では、切羽詰まった様子の相手は、間違いなく三十分以内に世界が爆発するから、スティーヴンと話をさせてくれと言い張った。

「あいにくですけど、スティーヴンは不在です」とわたしたちは答えた。

「だったら、世界はおしまいだ。世界を救うために、ぼくにできることは何もない！」と、絶望的な返事があった。

実際にわが家の玄関にやってきて、スティーヴンが出てくるのを待ち構える者までいたが、必ずしも有効なやり方ではなかった。上半身にはメッシュ地のベストしか身に着けていなかったある男性は、玄関扉が外に向かって開くことに対して無防備な状態だった。ドアが勢いよく開き、

＊1：「ジャスト・イン・ケース」のもじりで「万が一に備えて」の意

車椅子に乗ったスティーヴンが全速力で飛びだしてくると、哀れな男性はバラの茂みに投げだされた。メッシュ地のベストが棘に引っかかり、茂みから抜けだしたときには、スティーヴンはとっくに行ってしまっていた。自分で考えたいい加減で不可思議な宇宙の理論を試したいという、ハリウッドの映画スターの女性もいた。詐欺を働く記者たちもいて、インタビュー料としてチャリティに寄付すると約束しておきながら、決して支払わなかった。わたしたちをだしにして、手っ取り早く一儲けしようというのが見え見えの、非公認の自称伝記作家もいた。ジュネーヴを再び訪れることで、こんなことにもう煩わされなくなるはずの夏休みが待ちきれなかった。ケンブリッジに比べれば、どこでもマシだ。

ハリウッドスターにも家庭の問題はあり、スティーヴンとわたしはどうにか意思を通じ合えたときに、ウルフ賞の賞金の使い途という世俗的な事柄に思いを巡らせた。この賞金と『ホーキング、宇宙を語る』の印税として見込まれる収入を、わたしが何年もかけて貯めてきたささやかな貯金と合わせれば、別荘の購入を検討できるぐらいの金額になった。スティーヴンは投資目的でケンブリッジのアパートを購入することに興味を持っていたけれど、わたしは田舎にコテージを買うことを夢見ていた。絶えずプライバシーを侵害され、気の休まる暇もない騒がしさから逃れられるどこかに。ノーフォーク北部沿岸のコテージが理想だが、そこまでは手が届かなかった。田舎に別荘があれば、スティーヴンが思考に耽り、子どもたちが試験のための復習に取り組める、ずっと欲しかった時間と安らぎが手に入る。人知れず静かに暮らすことができ、わたしは自分の家と庭の女主人になれるのだ。

八月に、ジュネーヴでスティーヴンと落ち合うため、ジョナサンとティムとわたしがフランス北部をのんびり移動していたとき、ある風変わりなイギリス人と出会ったことで、フランスに家を買うことを実現可能な計画として考えるようになった。英語混じりのフランス語を話すこの紳士は、意気揚々と事業を始めて、フランスの田舎の家を購入して改修し、本国に比べると桁外れに安い価格でイギリス人に販売していた。道路沿いのレストランで、熱心に傾聴する不思議そうなフランス人と魅了されたイギリス人を前に、彼が自分の計画を披露するのを聞いて、わたしたちのお金の使い途はこれかもしれない、とわくわくしながら気づきはじめた。国外だけどウェールズよりは近いし、田舎のコテージのあらゆる利点を堪能できる。わたしたちと子どもたちは欧州大陸に足場を築いて、真のヨーロッパ人になり、おまけにうまくすればバイリンガルになれるのだ。

イギリスに帰国した直後に新学年が始まり、あれこれバタバタする中で、そんな考えは忘れ去られ、夢物語に分類されることとなった。ジュネーヴでスティーヴンと過ごした休暇は、空港で会った瞬間から上首尾に運び、仲良くひとときの休みを楽しんで元気を回復したあと、ジョナサンとティムとわたしは、十日間フランス南部でキャンプをして過ごした。リフレッシュして手綱を握り直そうとケンブリッジに戻ったとき、新たな混乱が待ち受けていることに、まったく気づいていなかった。

イギリスとアメリカで有名な科学者だったスティーヴンは、突如として世界的な名声を手に入れた。本の成功によって、熱狂的な人気を誇るようになったのだ。初めてそう実感したのは、一九八八年十月、『ホーキング、宇宙を語る』のスペイン語版の刊行にあたって、わたしとティムがスティーヴンに同行してバルセロナを訪れたときのことだ。どこに行ってもスティーヴンを知らない人はなく、通りでは人々が大勢集まってきて褒めそやした。わたしは記者会見やテレビのインタビューでジャーナリストたちの通訳を頼まれ、わたし自身も、女性誌のインタビューの依頼を受けた。また知的なパートナーとしてスティーヴンといっしょに働けるのは、充実感があった。けれど、スペインのみならず、国内外のどこででも、インタビューの依頼が殺到していた。海外のほうがマスコミへの対応はやりやすかった。というのも、わたしたちは本を売るためにそこを訪れているので、悪魔との契約によって、メディアへの対応を求められるのは当然だからだ。国内では、人目につかずひっそりと日常生活を送りたいのに、マスコミに邪魔されて、家族の暮らしはうんざりするほどめちゃめちゃになっていた。スティーヴンのオフィスにしょっちゅうテレビの機材が据えられ、看護師たちが競い合ってカメラに向かってポーズを取るのは、問題ではなかった。記者たちが、家でもインタビューをしたり写真を撮ったりしたいと言いだしたときが、問題だった。これは絶対に認めるわけにはいかず、子どもたちも声高に反対していた。四六時中、家に看護師たちがいるだけでも、うんざりなのだ。そこにテレビカメラや記者たちまで加わったら、家族のプライバシーなどあったものではないだろう。

スティーヴンが付き添いを引き連れてカリフォルニアで丸一か月を過ごそうと決めたことで、全体的なストレスはいくらか和らいだ。そのあとは、家庭生活の質は劇的に向上し、家族みんなが深々と安堵のため息をつき、比較的ひっそりした穏やかな暮らしに戻った。

慣れない気ままな生活を送りながら、週末にぼんやりと日曜紙をめくっているときに、フランスの購入可能な物件に関する記事が目に留まった。記事の下には、顧客の要望に応えてフランスの家を探すという、イギリスの代理店の小さな広告があった。わたしは代理店の電話番号を確め、数日以内にはフランス北部からポストに写真のコピーが届きはじめた。まるで濃い霧か吹雪の中で撮影されたような写真で、使われている専門用語を調べるのにしょっちゅう辞書を引くことになったけれど、販売価格は驚くほど安かった。イングランド南部にある寝室がふたつのヴィクトリア朝様式のテラスハウスと比べると、どの家も価格はほぼ半額以下で、建物の状態はわからなかったが、土地面積としては明らかにずっと広かった。間違いなく、さらに詳しく見てみる必要がある。ジョナサンとティムとわたしは、十一月半ばのある土曜日にフランスへと向かうことになった。

9 楽園を求めて

十一月のフランスは、どんよりして物寂しく、身を切るような寒さで暗かった。けれど、目的地であるアラスの街は、夜の七時でもまだ活気にあふれていて、商店は最後のお客を煌々と明かりの灯る通りに送りだしていた。クリスマスのごちそうやおもちゃの魅力的なディスプレーがいっぱいで、すぐに買いたくなってうずうずしてしまった。おまけに、思いがけないことに、ボジョレー・ヌーヴォー解禁の案内がそこらじゅうに出ていた！　その週末は、ちょっと違った様相を呈しはじめていた。ルビー色の新着品があれこれの批評と共に歓迎されているペンションのバーで、最高の食事を取ったあとでは、なおのこと。たとえ何もかもがうまくいかなかったとしても、この週末でクリスマスの買い物はあらかた片付きそうだったし、液体の形を取ったある程度の喜びも得られそうだった。

翌日は、みぞれが激しく降りつづき、わたしは風景の中にポツポツと点在する趣のある小さな家々に、どうしても興味を持てずにいたが、感じが良くて親切な代理人と彼の助手は、日曜の大半を費やして、取り扱っている中で最も条件にかなうと思われる家を案内して回るつもりで待っていた。なんという日曜日、そして、わたしたちが代理人の車の後部座席にぎゅうぎゅう詰めで座って眺めたのは、なんという光景だっただろう！　雨は激しく打ちつけ、ときどき吹雪になった。ようやくみぞれも雪も疲れ果て、暗い薄霧が広がる中、わたしたちは雨漏りする倒壊しそうな家や、厚紙でできているようなバンガロー、キッチンとダイニングルームのあいだの通路が実はバスルームだという家を見て回った。わたしたちが探しているのは、古くて趣があるけれど、基本的には状態が良く、あるいは改修のしようがあり、身体が弱かったり高齢だったりする家族、特にスティーヴンのために、一階が広々している家だった。眺めが良いのも望ましく、大通りから離れていることは最も重要だった。最初の日に見て回った家は、どれも希望の条件にかすりもしなかった。

夜が明けて翌日になると、空は明るく晴れわたり、田園は真新しい綺麗な雪に覆われて輝いていた。ブルゴーニュに戻る途中で、小さな市場町に立ち寄り、もうひとりだけ、マダム・マイエという代理人を訪ねた。彼女は町から出て、海岸のほうへとわたしたちを案内した。その道は、町が収まっている窪地からのぼっていき、吹きさらしの広い台地まで続いていた――実際には、ふたつの川谷に挟まれた広々した尾根だ。右手にある簡素な競馬場を通り過ぎ、小さな村のあいだを急ぎ足で通り抜けていく。人が住んでいることを感じさせるものはほとんどなく、時折、教会の尖塔や貯水塔、風車の残骸が見えるぐらいだ。と、マダム・マイエは急に右折した。あとに続くと、そこにお目当てのものがあった。大通りから一キロほど離れたところに、横に長くて高さの低い、白しっくい塗りに赤いタイルの家が立っていた。

「ママ、これがぼくたちのお家だよ」当時九歳だったティムが言った。

確かにそうだ、見ればすぐにわかる昔の友人みたいに、その家は野原の向こうから間違いなくわたしたちを手招いていた。フランス人なら、こう言うだろう。「アン・ヴレ・クー・ドゥ・フードル」――一目惚れだ。そこは、ずいぶん昔に風車が壊れてしまった、かつての風車小屋で、フランス語で風車を表す、ムーランと呼ばれる家だった。家の前の私道に入っても、わたしたちの期待は裏切られなかった。道路のわたしたちにほほえみかけていた背の低い建物の正面は、ローマ建築様式の邸宅のように、中庭を取り囲んで建てられた家の、三つの棟のひとつだとわかった。スティーヴンとわたしが婚約中の黄金期に夢見ていたような家だ。中庭に入ってみると、道路から見ていた外観どおりに魅力的で感じが良かった。キッチンも含め、リビングルームの窓は、どれも中庭に面しているか、裏にある牧草地と庭を見晴らせた。片隅にある昔ながらの菜園を除いては、庭は手入れがされず荒れ果てていて、敵意のあるガチョウの群れが好き放題にしていた。

道路から最初に目を留めて想像力を膨らませた長い棟は、一階に寝室があり、スティーヴンが使うのに理想的だった。その棟の全体にわたる、明るく風通しの良い広々した屋根裏部屋を改修すれば、かなり広げることができる。あまりにも良くて、信じられないぐらいだった。わかっている限り、この家はすべての条件を満たしていた。海岸を車で一時間足らず走ったところにあり、ケンブリッジからは西部地方の田舎と変わらないぐらいの距離で、ウェールズよりは間違いなく近い。野原から森へと見晴らす素敵な眺めを堪能でき、大通りから充分離れていながらも、アクセスはしやすい。古くて趣にあふれているが、見たところ状態はほどほどに良い。もっと良くできる見込みが確かにあり、何よりも大きいのは、この家を買ってもリフォームできるだけの予算が充分残ることだ。

家に帰るまでずっと、ムーランのことばかり考えていた。その印象、興奮、アイデアを頭にプログラムしていた。イギリスに戻ると、それらをすべて書きだし、紙とペン、定規を使って、建物のラフスケッチと、わたしたちの必要に応じた改造計画を描き、南カリフォルニアにいるスティーヴンにまとめてファクスで送信した。スティーヴンからは、肯定的な反応が返ってきた。直接顔を合わせるよりも、大西洋を挟んでファクスを送るほうが、スティーヴンとの意思の疎通はずっとスムーズで、「良さそうだ」という夫の簡潔なコメントを、わたしは同意と解釈した。そのあとは、ムーランの購入に向けて、驚くほどの早さで事が進んだ。当時はフランに対してポンド高で、有利な為替相場の恩恵を受けることができた。同じ金額を払っても、イギリスではこれほどの物件は買えないということも、背中を押してくれた。心の奥深くで、わたしは何年も経験したことのない自信を感じていた。わたしの意見とフランスの知識に基づいたこの計画は、もちろんお金は出ていくけれど、家族の暮らしのためになるはずだ。これまでしてきた家族旅行のほとんどは、科学研究というひとつの目的があった。この計画は、みんなの興味と才能——言語や、フランスへの愛、フランス風の暮らし、くつろぎ、庭いじり、音楽——を科学研究と合わせたものになるだろう。計画表と製図を見れば見るほど、ムーランが最初の見込みよりもさらに大きな可能性を秘めていることを、ますます実感した。二階を宿泊用の部屋に改修する予定の家には、古い納屋がついていて、一階を会議室にすることも可能だろう。そうすればスティーヴンはサマースクールを開いて、科学者仲間とその家族を招待することができる。わたしはあのレ・ズッシュのサマースクールみたいなものを、自分たちも北フランスの起伏した田園地方で開くことを思い描き、一九八五年の出来事が起きるまでは手にしていたのに、それ以来イギリスではわたしたちが手に入れられずにいる、調和とまとまりを取り戻せることを願っていた。

10 帰郷

一九八九年の初め、わたしは『ホーキング、宇宙を語る』のフランス語版の校正で忙しく、ムーランの計画は一時保留になっていた。この作業は、言葉をチェックすれば良いだけの問題ではなく、もっと深く調べないといけないことがわかった。英語版はアメリカ人の科学者、カール・セーガンによる序文で始まっている。それがフランス語には翻訳されておらず、フランスの出版社であるフラマリオンはスティーヴンに知らせずに、フランス人の物理学者による序文に差し替えていたことがわかり、わたしは困惑した。フランス版の序文には蔑むような論調が目につく箇所があり、わたしは責任を持ってそれらの文章を削除した。"Une Breve Histoire du Temps"はパリで三月の初めに刊行される予定で、フランスの家の購入が完了するのとちょうど重なることになる。刊行前の数週間は、フランスの記者やテレビカメラがケンブリッジに続々と押し寄せていて、一方、不動産譲渡手続きの完了によって、わたしの意識はますますイギリス海峡の向こう側に向けられていた。わたしの視野は広がりつつあり、もはやイギリスにある家の四つの壁の内側に圧縮されることはなくなっていた。

三月一日の正式な契約の席で購入契約書にサインをするため、パリに向かっている頃には、リノベーションの計画はもう進行中だった。契約に関わる当事者は全員出席する必要があったのに、スティーヴンは時間がないから出席できないと言いだしたため、契約を成立させるだけでも大変なことだった。結局、スティーヴンはコンコルドに乗って、ニューヨークからギリギリで帰ってきた。イギリスの親族や友人にフランスの家の話が次第に広まっていくと、複雑な気分にさせられる反応も中にはあった。親族と一部の看護師が抱いているスティーヴンのイメージは、煌々と明かりに照らされた街を好むプレイボーイで、田舎暮らしだと退屈してしまうというものだった。このイメージは、わたしが認識しているスティーヴンの性格とは矛盾があり、わたしの思い切った行動への誹謗中傷は、この家に対する夫の興味を徐々に蝕みはじめていた。

　家を購入したあと、パリで過ごした数日間に、明るい光を愛するスティーヴンの傾向は、確かに強まった。夫はメディアの寵児で出版社の貴重な財産でもあり、どこへ行くにも人がついてきて、ちやほやされていた。わたしもパリは大好きなので、同じく明るい光を楽しむのに少しの苦労もなかった。カメラマンたちにどこまでも追いかけられ、記者たちにやかましくインタビューを求められ、わたしかスティーヴンのフランス人の科学者仲間が通訳を務めることになった。ラジオ局《ヨーロッパ1》で、一流のラジオジャーナリスト、ジャン＝ピエール・エルカバシュにインタビューを求められ、わたしは舞いあがった。ラジオ局に到着すると、わたしのインタビュアーは、国家主義政党の党首であるジャン・ル・ペンと長い激論を交わしていた。ジャン＝ピエール・エルカバシュは、すぐに冷静さを取り戻し、フランス的な魅力と敬意を表してわたしに対応してくれた。このインタビューはフランス全土で放送され、結果的にわたしたちの現状について、北部にある村に住む前から、新しい隣人たちに紹介することになった。

それから三週間と経たずに、わたしはまたフランスへ向かった。今回はティムとルーシーもいっしょに、包装した戸棚と本棚一式、リネン、陶磁器類、カトラリー、台所用品、食料を屋根に積んだ車に乗って。まるでわたしたちを祝うように、新しい高速道路が開通したばかりで、カレーからの道のりが二十分ほど短縮でき、予定より早くムーランに到着した。家には職人が大勢いた。彼らは超人的な努力の最後の仕上げ中で、スティーヴンが暮らしやすいよう改造を加え、屋根裏を寝室に作り替える作業を、十七日間で完了させていた。たちまち変貌を遂げた家の中をわたしたちが歩いて回り、喜んでいるのを見て、職人たちはいかにも満足そうな様子だった。

最近、スティーヴンはフォルクスワーゲンのヴァンを買ったが、その車にはスロープと、車椅子が動かないようにする固定具が備えられていた。これは大型の家具を運ぶのにも重宝することがわかった。その夜遅く、さらにたくさんの家具と荷物を載せたヴァンを運転して、ジョナサンがやってきた。翌日、ジョナサンはル・トゥケ――イギリス人に大流行のリゾート地――の空港にスティーヴンとロバート、信頼できる頼もしいふたりの付き添いの看護師を迎えにいった。『ホーキング、宇宙を語る』の数版分の印税と前金が入ってきていたおかげで、スティーヴンは可能な限り最も単純で快適な方法、小型飛行機をチャーターするという滅多にない贅沢をして、ケンブリッジの空港からフランスへやってきた。

イースター休暇中の天候は非常に穏やかで、北フランスではなく地中海沿岸にいるのかと思うほどだった。わたしたちの家の長い白壁と低くて赤い屋根、離れの建物は、青空を背景に明るい日射しを浴びて輝き、草地や低木に落ちる柔らかな雪片のように、白い花の雲がひらひらと舞い降りてきていた。スティーヴンさえも感じ入っていたけれど、この田園地方はケンブリッジシャーと同じぐらい平坦だと文句を言っていた。ロバートが自転車で出かけたときに、この言い分は間違っていることがわかった。この家は、村や水車場、荒廃した大邸宅や修道院、ポプラの木やニジマスの小川のある、曲がりくねった川の谷間に分かたれている、台地の頂に立っていた。スティーヴンは家を気に入ったようだ——とはいえ、もちろん決して認めようとはしないはずだった。田舎暮らしと趣のある古い家をどう思っていたとしても、夫が社交の場を楽しんでいるのは間違いなかった。スティーヴンと子どもたちは、新居披露パーティーのためロゼシャンパンを買いに行き、ご近所さんや、家の購入や改修にあたってお世話になった人たちみんなを招いた。スティーヴンは喜んでみんなの注目の的になった。コンピューターのデモンストレーションをして、アメリカ英語風の不明瞭なフランス語でみんなを楽しませ、本の成功に対する惜しみない祝福に、愛想良く感謝を伝えた。子どもたちはすぐに新しい友だちを作り、ティムまでもが、身振りと短い適切な言葉を使って、フランス語で有効にコミュニケーションを取っていた。わたしはといえば、フランスではフランス人になり、のびのびと自然でありのままの自分でいられて、自分の行動を弁解したり、存在自体を申し訳なく思ったりせずに済んだ。

11 名声の代償

フランス社会の土壌で育まれ、蕾(つぼみ)を持ちはじめた自負心の若枝は、イギリスに戻るとすぐさま押しつぶされてしまった。わたしはいつものように楽観的で、四月の終わりにハリウッドの映像プロデューサーがやってきたのが、次にわたしたちの家庭生活に襲いかかることの口火になるとは、予想もしていなかった。そのプロデューサーは親切そうで、まだ小さい子どものいる家族の話をしてわたしの信頼を勝ち取り、『ホーキング、宇宙を語る』を映像化する計画について、誠実な目的意識を伝えてきた。真面目で教育的な作品になるはずで、子どもの目を通して宇宙と時間の旅をするというわたしのアイデアを、彼は気に入ってくれた。この映像化の話には興味をそそられた。ちゃんとした科学的な内容から外れず、想像力を駆使して、革新的な視覚効果の技術を用いれば、良い作品になりそうだった。

すぐあとに続いてアメリカの撮影班がやってきて、思いやりを示すことでやはりわたしの信頼を得た元気の良い女性が監督を務めた。撮影班は、まず研究所に大混乱をもたらした。ともすれば障害のある天才の謎めいた肖像になりかねないところを、わが家に目を向けることで暖かい雰囲気を添えるというのが、容認された撮影手順となった。知り合ったばかりの頃は、監督たちはみんな感じが良く、思いやりがあり、普通の感覚を持った人たちで、邪魔をするのは必ず最小限に抑えると大げさな約束をしていた。自然な日常の撮影にはほとんど時間をかけず、必要なのはほんの数ショットだけで、わたしたちの普段の生活は少しも邪魔されないはずだった。カメラ、ケーブル、アーク灯、マイクはすべて、目立たないよう距離を保つことになっていた。家具は動かさず、わたしたちは普段着でいつもどおりの日常を過ごすはずだった。

現実には、こんな約束なんて、どこ吹く風だった。社交辞令と撮影の短い合間に、撮影手順は例外なく――ショックを受けるわたしたちの目の前で――とんでもなく立ち入ったものになった。約束を無視して、プロデューサーも監督もみんな、時間や資金が足りないことを言い訳に、カメラが回りはじめたとたんに撮影への取り組み方を変えた。家具はあちこち動かされ、痛んでしまうこともしばしばで、元の位置に戻されることはなかった。冷たい金属の支柱に取りつけられた、目のくらみそうなアーク灯とまぶしいレフ板が、おなじみの使い古したガラクタに取って代わり、家具や本や新聞を覆い隠した。長いケーブルが危険に床を這い回り、部屋という部屋を出入りしていた。使えるフックや棚があれば、どれもマイクが吊された。わが家とは思えない無情に造り替えられた管とスチールだらけの家で、よそ者のようなわたしたちは、自分たちという役を演じることになった。(経験はないが)主演俳優として、二十世紀の崇拝の対象である神聖なカメラの前で、さりげなく自然にふるまうことが求められた。わたしはどうすることもできず、しぶしぶ参加しながらも、心の中では絶望的な声で反抗していた。こんなにずけずけ踏み込んでくるやり方と、数年前のBBCの『ホライゾン』みたいなまったく人間味のないやり方の中間があるはずだ、と、心の声は確かに不平を訴えていた。けれど、想像力に富んだ中間のやり方を取るには、慌ただしく次々とプロジェクトに取り組んでいる監督たちが自由にできる範囲よりも、お金も時間も必要になってしまうのだろう。

感情のはけ口を求めて、心の中でこの余分な負担に対する静かな反抗が巻き起こっていた。子どもたちは不満を漏らし、常にマスコミの注目を浴びてカメラに邪魔をされているという状況は、特に試験が近づいているルーシーにとっては、気が散って仕方なかった。だが、スティーヴンはメディアに取りあげられるのを喜んでいたので、わたしはさらに夫の反感を買うのを恐れて、家にカメラを入れないということができる立場になかった。スティーヴンはまたアメリカへの旅から帰ってきたばかりで、わたしには一時的な休息期間があったとはいえ、花粉がコショウみたいに鼻腔にとどまるこの季節は一年で最悪の時期で、撮影班による侵略と戦えるだけの力は蓄えられていなかった。最初は親切で好感が持てたアメリカ人の監督は、あっという間に独断的になった。

この映像作品は、アメリカのテレビニュース番組向けに、スティーヴンの人物像を捉えることを第一の目的としているはずだった。その後、『ホーキング、宇宙を語る』に基づいた別の科学ドキュメンタリーで略歴として使うという、ふたつの目的を果たすことになった。この一連の撮影でどちらの目的も果たせるのだと考えることで、ひどい週末をどうにか耐えることができた。

土曜日の夜に、洗練されたインタビュアー兼ジャーナリストと彼の妻が飲みに来たときには、これ以上テレビや映画の関係者をわが家に迎え入れる気分ではなかった。こちらがまだまともに自己紹介もしていないというのに、わたしがジャーナリストの妻に飲み物をわたそうとしているとき、彼女は何気なく尋ねた。

「信仰する宗教はあるの？」

平然とした冷静な口調で尋ねられ、すり減った神経が凍りついた。わたしは気の抜けたような質問者に向かって、余計なお世話だという趣旨のことを告げると、すぐに自責の念に襲われて、無作法な態度の埋め合わせとして、愚かにも撮影班みんなを夕食に招待した。

夜遅く、わたしはひとりでベッドに横たわりながら、罠に捕らえられかけていることに気づいた。メディアに露出することへのストレスのせいで、本当の自分らしくないふるまいを強いられていて、逃れる術もない。マスコミを通して、わたしは添え物で見世物になってしまったのは明らかだ――スティーヴンが生き延び、成功してきたことについて、わたしが関わっているのは、遠い昔に彼と結婚して、家庭と三人の子どもをもうけたことだけになっている。

次の土曜日、全国統合失調症財団のためにフラッグを売りに町へ出かける前に、わたしはいつものようにスティーヴンの郵便物を開封した。それはサッチャー首相からの手紙で、来たるべき女王の誕生日の叙勲者名簿に、名誉勲爵士として推薦すると書かれていた。この申し出を受けて、わたしたちは急いで百科事典を調べた。この珍しい叙勲は、この国で最高の栄誉のひとつで、ナイト爵位よりも等級としては上で、名前の前につける称号はなく、名前のうしろに控えめに肩書きをつけられるものだとわかった。スティーヴンはアメリカへ出発するところだったので、わたしが代わりに申し出を受諾することになった。

スティーヴンは既にケンブリッジ大学の科学名誉博士号に推薦されていたので、この夏に夫のキャリアが頂点を極めることは間違いなかった――けれど、そうなるとマスコミの注目を浴びるのは避けられず、安定と調和は言うまでもなく、どうすればルーシーのAレベル試験やロバートの最終試験と折り合いをつけられるのか、さっぱりわからなかった。わたしたちの優先すべきことは、大きく道を逸れていた。わたしにとっての優先事項は、家庭の神聖な義務と家族生活のプライバシーを――看護師たちにこれでもかとばかりに引き裂かれ、マスコミに略奪し尽くされて、ボロボロになってしまった残骸であっても――守ることだった。スティーヴンは、どんなにその名声が広まろうと家族の一員であり、家族というものは、誰かが誰かよりも重要だということにはならない。健康状態については、誰よりも気をつけなければならないが、それでも家族は大人も子どもも平等に、みんなの要求を考慮してしかるべきだ。子どもたちに、生まれた環境を恨ませるようなことがあってはならない。

スティーヴンはといえば、世間に注目されて喜んでいた。世界じゅうに自分の名前を広めてくれたメディアとの関係に、満足していた。懐疑的で時には敵意を示す社会にあって、スティーヴンの名声は、その頭脳が宇宙の秘密に対して勝利を収めたばかりか、その肉体が死と障害に打ち克ったことを表していた。スティーヴンにとっては、どんな宣伝も良い宣伝であり、本の売り上げを伸ばすためだと主張することで常に正当化できた。その夏の終わり頃に、『ホーキング、宇宙を語る』の五十二週連続ベストセラーリスト入りを祝って、出版社のバンタム・プレスからシャンパンひと箱が届いた。五十三週目には、堂々一位に返り咲いた。スティーヴンはこの本に取り組むうえで、対極にあるふたつのことを見事に両立させたようだった。科学のあらゆる分野の中で、最も基礎的で最も捉えどころのない、スティーヴンが専門とする一分野について記述するにあたって、科学の知識人を取り込むのと同時に、一般の読者にも興味を持たせたのだ。

この本が驚異的な成功を収めたことは確かだが、わたしはかなりの額になる印税について、おおっぴらにならないよう努めた。わたしたちが急に裕福になったことが一般に知れわたってしまうと、わたしが家計をやりくりするため節約と貯金にいそしんでいた頃からの本当の友人を失う恐れがあり、お金があるとわかったら、つき合いたくないような人たちが寄ってくるだろうということも、重々承知していた。それまでは、スティーヴンがもっと重要なことに意識を集中するあいだ、わたしが家計を預かっていた。スティーヴンの体調が悪化して働けなくなって、お金がなくなるという不確実な未来を常に不安に思っていた。わたしは家計を慎重にやりくりし、ルーシーの学費や、いざというときの備えとして、当分やっていけるよう、コツコツ貯金してきた。一九八五年に『ホーキング、宇宙を語る』の契約を交わしてからは、ニューヨークのエージェントとの契約に関する連絡も、わたしが対応していた。ところがどういうわけか、印税の取り扱いについて、わたしの知らないところで、急に取り決めがひっくり返されていた。わたしはこの変更を、ニューヨークのエージェントから連絡を受けて知った。これからはもう、本に関する書類はすべて、家のわたし宛ではなく、学部のスティーヴン宛に送るようにと言われたのだという。この変化を引き起こしたものがなんなのか、わたしには見当もつかず、スティーヴンはなんの説明もしてくれなかった。長年にわたってお互いを信頼してきたのに、家計を慎重にうまくやりくりする能力がわたしにあるのか、疑われているようだった。その一方で、臨時のヘルパーでさえも私信を開封して読める状況になっていた。手紙はデスクやテーブルにだしっぱなしで、誰でも読める状態で広げられていたのだ。まるで天才の絶対的な支配権を文書として承認したみたいに。

スティーヴンがその春二度目のアメリカ旅行に出かけると、わたしたちはみんな耐えがたい緊張感からひと息つくことができた。教師の仕事、勉強、文学、音楽といった普段どおりの暮らしに戻り、名声と世間の注目、もめ事の多い看護師たちにうんざりするほど無駄に気をそらされることなく、もっとシンプルでのんびりした生活に落ち着いた。

ムーランは、初めての夏の装いでわたしたちを迎え入れ、新たな身なりで喜びの詰まった扉を開いた。さらなるリノベーションが完了し、スティーヴン専用のバスルームが追加され、納屋の改修に取りかかっているところで、庭は形を取りはじめていた。夢見ていたイギリスのカントリーガーデンが、フランスで見事に実現しつつあり、優れた職人のクロードまでもが、それまでは野菜しか育てていなかった自宅の庭に、花を植えはじめたと打ち明けた。それ以上に重要な意味があることとして、ムーランは別の世界への扉を開いてくれた。ケンブリッジでのありえないめまぐるしさから、空と大地を感じて、聞こえる音といえば、朝日を浴びた緑豊かなトウモロコシ畑の上に広がる青空へ高く舞いあがるヒバリの歌だけという、ゆったりしたペースの暮らしにスローダウンさせてくれる、過ぎ去った時代への扉を。ここでは、記者やカメラ、看護師たち、絶えずあれこれ要求される騒がしさに煩わされることなく、ひとりになることができた。庭の土を掘ることができた。邪魔されるのを心配せず読書に没頭でき、役にも立たない道楽だと非難されるのを恐れず音楽を聴いて学ぶことができた。ここにいると、自然に親しみながら、本来の自分の核となるものを見つけることができた。古くさいかもしれないが、瞑想(めいそう)に耽(ふけ)り、夕暮れには大きく広がる西の空を眺め、野原に立ち並ぶ木々のシルエットの後ろへと沈む夕日の、絶えず変わりゆく壮大な光景に魅せられて立ち尽くす、空想好きな自分を見つけられた。

庭の土を掘り、種をまき、バラの木を植えながら、物思いに耽っているとき、わたしはかつてフランス語の授業で使った指定教材に登場する主人公になったような気がした。ヴォルテールの小説の若き主人公、カンディードは、哲学者であるパングロス博士の教え、「この世のすべては最善である」という楽天主義を信じていたけれど、それを悲惨に覆される経験をして、最後には世界に背を向けて庭に慰めを求める。「自分の庭を耕さなければ……」というのが、正常に機能しない社会に対し、カンディードが最後にたどり着いた、自分なりの厭世的(えんせいてき)な解決策だ。ケンブリッジでの生活には、無情でありながらもしばしば滑稽な論理と、解消されない激しい感情的な問題の衝突が、腐食した根っこのように伸びていて、その根は富と名声という毒に蝕まれてじわじわと死に絶えつつあった。フランスの土壌は新鮮で肥えていて、この庭は未来への約束、不変の自然の摂理に定められた、周期的で予測可能な未来への約束に満ちていた。

12 栄誉を讃(たた)えて

一九八九年の夏は、スティーヴンの数々の功績と、興味を持って押し寄せるマスコミに、すべての注意が集中していた。大学総長であるエディンバラ公によって名誉博士号が授与されるのは、六月十五日の木曜日に決まり、わたしたちだけしか知らされていないことだったが、バッキンガム宮殿から勲章を授与されることは、その翌日に正式に認められ、十七日の土曜日に記事になる予定だった。幸運な偶然で、名誉博士号の授与式の二日後にあたるこの日には、同じく評議員会館で、スティーヴンを讃えてジョナサンとカメラータが演奏会を行うことになっていた。一九八七年のニュートン記念祭の演奏会は、カメラータを後援したいというスポンサーを引きつける良い機会になったものの、スポンサー企業自体がサッチャー政策のイギリスにおいて、激しい浮き沈みを経験し、極めて不安定な状態にあった。気前の良いスポンサー契約に署名したインクがまだ乾かないうちに、とても紳士的だったイギリスの企業は、アメリカのコンピューター会社に買収されてしまった。そのアメリカの会社は、利益を生むために商売をしているのであり、芸術や音楽などの慈善団体を支援するためではないと公言して憚(はばか)らなかった。そしてすぐにスポンサー契約から手を引いた。ジョナサンは、このスポンサー契約を計算に入れて、向こう二年間の演奏会の予定を組んでいたため、自分自身いちばん良いときでも音楽の仕事では、生活するのがやっとの収入しか得られずにいるのに、ことによると多大な負債を負うことになった。ジョナサンとカメラータが大ピンチのこのときに、スティーヴンの成功と名声は救いとなるかもしれなかった。スティーヴンを祝う演奏会には大勢の人々が集まって、夫を称賛するためだけではなく、音楽も聴きにくることが見込まれた。科学的な注目を大いに集めることを、魅力的だと思う新たなスポンサーも引き寄せるかもしれない。スティーヴンはお気に入りのバロック音楽で祝われ、集まった寄付金はわたしたちみんなが支援している慈善事業に分配される。誰にとっても利になる計画であり、スティーヴンも承認した——五月にアメリカに発つ前に、首相からの手紙の内容を承認するのと併せて。

健全な経済的感覚と絶えず衝突しながら、演奏会を計画するという挑戦は、わたしのさまざまな素人仕事に、それまではある種のスパイスと妙技を加えていた。マスコミのしつこい来襲がなければ、この演奏会も例外ではないはずだった。わたしにインタビューしにくる記者たちは、いろいろなタイプの人がいた。分別をわきまえた感じの良い人もいれば、冷静な人もいて、注文の多い人もいた。彼らがどんなうわべを繕ってインタビューするつもりなのか、前もって知ることは不可能だった。フランス人の記者、スペイン人の記者、あらゆる国の代表者がひっきりなしに押し寄せて、誰もが科学とわたしたちの背景に関する異なる見地を求めていた。彼らはこの状況に、上っ面だけのインタビューのテクニックを用いた。そのお返しに、わたしはどの程度の情報を与えるか、あらかじめ決めておくというテクニックを磨いて応じた。わたしに興味を持っているのは、新聞をもっと売るためだけだという他人である記者に、人生の複雑な私事をすべて打ち明ける理由はどこにもない。告白したければ司祭のもとを訪れるし、精神科の治療が必要なら医師に看てもらうし、語るべき話があるならば、いつの日か自分で書くかもしれなかった。とはいえ、プライバシーを守ること——自分自身のも、ほかの人たちのも——のほうが、語りたいという欲望に勝るかもしれない。そんなわけで、もしも記者からの質問が境界線を踏み越えていたら、わたしはインタビューを会話に変えて、自分ではなく相手の意見や反応を求めるようにしていた。必然的に、わたしは不名誉な批評の的になった。たとえば、ある記者はわたしが「結婚後たった二年間しかスティーヴンの世話をしなかった」と報じた。わたしのかつての校長で確固たる支持者のミス・ジェントは、その記事を掲載した新聞、《タイムズ》の編集主任に手紙を書き、間違いを訂正するよう求めた。けれど、傲慢な返事を受け取り、ショックを受けていた。編集主任は訂正や謝罪を申し出るどころか、ミス・ジェントよりも自分のほうが事情に通じていると断言し、記事に書かれている内容は事実だと自信を持っていた。

一度《ガーディアン》のインタビューを受けたときみたいに、天才と暮らすことの恩恵——まるで病気と障害がわたしたちの生活の基本的な要素ではないかのように、富と名声ばかりを力説した、たびたびくり返される自明の理——についての陳腐な決まり文句に対し、わたしが不満を露わにすれば、スティーヴンへの不忠として非難されることになった。しかし、わたしが思うに、苦難について言及もせずに、自分たちだけで楽しくやっていけているという神話を永続させてしまったら、わたしたち自身も初めの頃に経験してきたあらゆる心痛や不安、喪失、ストレスや重圧に苦しんでいるはずの、障害を持つ大勢の人々とその家族を騙すことになるだろう。思いやりのない社会が、障害を持つほかの人たちに対して、「ホーキング教授にできるのなら、あなたにだってできるはずでしょう?」と非難するように言い放つのは、あまりにたやすいことだ。メディアを通じて見せられる、わたしたちの非現実的な暮らしぶりのせいで、追い詰められた介護者は、ますます無理な務めを強いられることになるかもしれない。うわべを取り繕ってのんきににこにこ笑い、ほんのちょっと不便な点があるだけで、わたしたちの生活は安楽で満ち足りているという誤った印象を与えることは、これ以上できなかった。あの《ガーディアン》のインタビューで、わたしは率直にありのままを話した。成功に言及しながらも、困難をなかったことにはしなかった。国民健康保険に対する批判を表明し、介護費用を基金から調達してはいるけれど、スティーヴンの成功は、ひとえに自分たちの努力のたまものだと強調した。華々しい成功の輝く頂点と、命に関わる病気と絶望の暗い泥沼のあいだを上下し、中間の平坦な道を歩むことはほとんどなかったのだと説明した。

こんな単純で明白な真実が、スティーヴンの不死と絶対確実性を信じ、実際の健康状態は都合良く見て見ぬふりをしてきた人たち、つまりスティーヴン側の家族と特定の看護師たちにとっては、不快極まりないこととされた。わたしのコメントは、一切の批判を受けつけない裏切りと解釈された。こうした反応によって、わたしは孤独を募らせるばかりだった。わたしの周りの人たちが何も見えていないのか、それともわたしが正気を失いかけているのだろうか？　この人たちは役割が逆転していて、そこでは彼らが言うように、弱いのはわたしだというこことなのか？　その夏に製作されたＢＢＣの映像作品が放送されると、不忠実だと非難する声がさらに次々と浴びせられた。わたしはその映像の中で、わたしたちの暮らし方の描写と、新たな信仰の基礎としてのスティーヴンの科学理論、この両方について分別あるバランスを取り戻そうと無駄な試みをして、新聞二紙のインタビューに対して発言した懸念をくり返していた。カメラは名誉とお祝いとその後の期間をずっと捉えていて、そこに映っていたわたしの姿は、立て続けに風邪を引いて喉が激しく痛んでいたせいで、良い印象を与えるものではなかった――その十年間ずっと、立て続けにぶり返していた感染症と病気が、そのときも二度続いていたのだ。ひどい風邪のせいで、わたしのインタビューとナレーションの声は、どこかひがんでいるように聞こえ、ユーモアを少しも感じさせず、意図しない苦々しさが表れていた。

わたしの声には、確かに悲しみがこもっていた。心の奥にある寂しさと嫌な予感が、不幸にも表に出ていた。ギリシャ神話の予言者カサンドラにだって、これほど正確に、あるいはこれほど恐れおののきながら、みんなの前途に待ち受けている破滅を予言することはできなかっただろう。若きテレビプロデューサーのニッキ・ストックリーさえも、研究室で撮影しようとしているときに、いかにエレイン・メイソンが撮影の邪魔をしてきたか、話していた。人前でも家にいるときでも、エレインはことあるごとにわたしの座を奪おうとして、時にはわたしを真似て、時にはわたしを卑劣な手段で攻撃して、スティーヴンへの自らの影響力を常に誇示していた。看護師の当番を完全に取り仕切り、スティーヴンに巧みに取り入っていて、どれだけ抗議しても無駄だった。何を言ってもスティーヴンに報告され、わたしは干渉したことを激しく非難されるのだ。王立看護協会の事務局長に看護業務規定を行使したいと助けを求めても、医療過誤の証拠写真が提出されない限り関わることはできないと、にべもなく断られた。そんな物理的混乱と精神的苦痛を背景にして、伝統的な名誉学位の授与式のタペストリーが広げられ、わたしたちは束の間、新調した服に飛ぶ唾、古めかしい儀礼、顔に張りついたほほえみ、礼儀正しいおしゃべり、終わらない握手で、くすぶる現実に空虚な白い層を重ねるようにして、芝居じみた壮麗さとシャンパンのお祝いという幻想の世界へと誘われた。

最も重要なふたつのAレベル試験が行われる六月十五日は、晴れて暑くなった。ルーシーにとっては、ありがたくもなんともないことだ。けれど、スティーヴンの名誉学位の授与式には、理想的な天気だった。家族同士で、最善となることがこれほど食い違うのは、いままでになかったことだ。ルーシーはひどくピリピリしながら早い時間に登校し、残りの家族は、異議を唱える声とストレスから解放される本物の休日、華やかな祝賀の一日を楽しみにしていた。

キーズ・カレッジに着くと、いつにない興奮にざわめいていた。評議員会館のそばにあるルネサンス様式の中庭、キーズ・コートにカレッジのみんなが集まっていて、スティーヴンを拍手で迎えた。礼拝堂の前室で名誉学位取得予定者に礼服を着せるのには数分かかり、真冬なら良くても真夏には耐えがたい暑さになる分厚い赤いガウンをまとわせて、椅子にゆったり座らせるのにも、少し時間がかかった。スティーヴンは金で縁取られた黒いビロードのボンネットをかぶるのを嫌がったので、ティムが代わりにかぶった。チャペルから出ていくと、全員ガウンを身に着けた評議員たちが、わたしたちの先に立って栄誉の門（ゲート・オブ・オナー）に続く道へと導いた。もうひとつの門、美徳の門（ゲート・オブ・ヴァーチュー）から、金管楽器のファンファーレが聞こえてきて、続いて合唱団が祝歌『ラウダーテ・ドミヌム』を歌いはじめた。栄誉の門をフルスピードで通り抜けて、評議員会館への道（セネット・ハウス・パッセージ）を進み、評議員会館の庭に入るスティーヴンを追いかけて、別のファンファーレが中庭の周りに鳴り響いた。

　ロバートは筋骨たくましい学部学生の友人に協力してもらい、車椅子とスティーヴンを持ちあげ、オールド・スクールズの社交室へ続く長いらせん階段をのぼった。そこには、国連事務総長のハビエル・ペレス・デ・クエヤルを含む、ほかの名誉学位取得予定者たちが集まっていた。スティーヴンがリンゴジュースをひと口飲むとすぐに、大学総長であるエディンバラ公フィリップ殿下が到着した。殿下は近づいてきてわたしたちに気さくに話しかけ、一九八一年にウエスト・ロードのわが家を訪れたときの思い出話をした。帽子のことでティムをからかい、スティーヴンがコンピューターの実演をするのを眺めたあとで、ほかの要人たちに挨拶するため連れていかれた。

わたしたちが加わったときにはもう形成されていた行列は、すぐに進みはじめた。わたしたち四人――スティーヴン、ロバート、ティム、わたし――は、柵の外にいる群衆と中にいるカメラに見守られながら、行列の最後尾について、評議員会館の中庭をゆっくり歩いて回った。緊張、衝突、混乱の暗雲は、強い日射しのもとで消え去り、ほんのひととき、そんな雲が存在していたことが信じられないほどだった。評議員会館の中は涼しくて、暗く厳かな雰囲気だった。赤いローブをまとった各カレッジの学寮長と教授、金色の組紐で飾られた黒いローブをまとった大学総長が、それぞれの位置に着いた。この壮麗な式典にふさわしい正装をして集まった家族や友人たちは、期待を胸に静かに座って待っていた。オーク材の大きな扉が閉められ、外に集まっているラフなTシャツ姿の大勢の観光客と昼の明るさを遮断すると、セント・ジョンズ・カレッジとキングス・カレッジの合同合唱団がバードの聖歌で式典の幕を開き、続いて二十世紀の曲を歌い、そのあと授与式が始まった。ドイツ人の神学者、大法官のマッカイ卿、ペレス・デ・クエヤル、そしてスティーヴンが、大学代表弁士によって紹介された。大学代表弁士が堂々たる華麗なしゃべり方で、機知に富んだラテン語を操り、スティーヴンを讃える式辞を締めくくると、ティム――ラテン語に詳しいという話は聞いたことがない――は無意識のうちに拍手喝采していた。ペレス・デ・クエヤルは、「ペルシア人とメソポタミア人に平和をもたらしている」と評され、スティーヴンへの讃辞の大要は、『物の本質について』の中でルクレティウスが説明した、最初の原子論がもとになっていた。

お辞儀に握手、帽子を取ることがくり返される中で、エディンバラ公はひとりひとりに学位を授与し、そのたびに大きな拍手で終わり、スティーヴンの番になると、熱狂的な拍手喝采が送られた。学位取得予定者の中には、小柄で華奢（きゃしゃ）なスー・ライダーなど、若い学生みたいに緊張した様子の人もいた。ほかの人たちは、オペラ歌手のジェシー・ノーマンやスティーヴンみたいに、この手のことには慣れていて、自信を持って自分らしく喝采に応えていた。さらに何曲かの聖歌と、国家の第二節までを歌って、授与式は終了した。ティムを祖父母に預けて、ロバートとわたしはスティーヴンといっしょに外へ出ていき、また中庭を悠然と歩いてまわったあと、燦々（さんさん）と照りつける太陽の下、キングス・パレードを進んだ。群衆は歓声をあげ、ほほえんで手を振り、カメラのシャッターを切っていた。

家には、友人と親族が内輪で集まり、カレッジがスモークサーモンのサンドイッチとイチゴのクリームがけの軽食を庭に用意してくれていて、シャンパンといっしょにすべて食べ尽くされた。ロバートはほかに予定があったため、そのパーティーには参加しなかった。その日の夕方早くに、バンプス[*1]のレースで、コーパス・クリスティ・カレッジのセカンドボートを漕ぐことになっていたのだ。わたしはなかなか帰らないお客のもとをどうにか急いで抜けだし、ギリギリ間に合ってロバートが漕ぐのを見ることができた。けれど、長くて盛りだくさんの一日は、まだ終わっていなかった。Aレベル試験がどちらもうまくいかず、ルーシーは弱り果てて帰ってきた。夜になってお客がみんな帰り、わたしが後片付けをしているときに、電話が鳴った。ロバートからだった。

少しおしゃべりしたあとで、最終試験の結果が出たけれど、期待していたほど良い成績ではなかったとロバートは漏らした。無理もないことだが、ロバートはひどく動揺していて、わたしも息子と同じ屈辱を味わい、この状況の皮肉さをひしひしと感じていた。

いつも変わらず誠実で我慢強いロバートは、評議員会館で恭しく父親を支え、形式張った行進に付き添い、友人たちの助けを借りて、父親を抱えて階段をのぼり、コーパス・クリスティ・カレッジの障害物を越えた。思慮深く控えめに、父親の幸運を見守りながらそれに甘えず、けれども常にその影に覆われていた。父親を祝う式のあいだも、過剰なまでにメディアにさらされているあいだも、祝辞と拍手喝采、称賛の言葉のあいだもずっと、ロバートは同じ日に発表された最終試験の結果が期待外れだったというつらい知らせを、ひとりで抱え込んでいたのだ。この状況の陰には、ひとつの真実が潜んでいる。競うのを無言で拒むことによって、ロバートの深層にある個性は、父親の非凡な才能の圧倒的な影に反抗していたのだ。多くの側面を持つ成功によって、栄誉の頂点を極めた夫への喜びよりも、落胆している息子への深い悲しみを感じずにはいられなかった。わたしはロバートに強く共感し、スティーヴンの成功の傍観者にしかなれなかった。

＊１：ケム川で行われるケンブリッジ大学のカレッジ対抗ボートレース

13 名誉勲爵士

六月十六日、真夜中に行われる女王の誕生記念叙勲の発表を見るため、わたしたちは夜遅くまで起きていた。当番だった看護師のエレイン・メイソンは、どういうわけか不満を示して非難していたけれど、わたしの父は義理の息子が名誉勲爵士として体制の上位にのぼりつめたことに、興奮して飛びあがっていた。スティーヴンの父親みたいに、わたしの父は自分が認めてもらえなかった環境において、近親者が公の成功を収めたのを、我がことのように喜んでいた。翌朝、わたしは目を覚ますと、お祝いにふさわしく一日を始めるにはどうすれば良いのかという、もっと実際的なことを考えなければならなかった。一日の始まりと、スティーヴンにとって最も大切な食事である朝食について、まだ何も考えていなかった。と、冷蔵庫に木曜日のお祝いのシャンパンと、モスクワ旅行で手に入れたキャビアがいくらか残っているかもしれないと思いだした。贅沢な朝食の結果、わたしたちはその朝はみんなほとんど何もできず、よろめく足取りでどうにか湿地をわたり、ランチの予約をしてあったユニバーシティ・センターにたどり着いた。午後の早い時間に、わたしは評議員会館で夜に行われる演奏会の段取りを確認するため、自転車で町へ行くと、ジョナサンの家族が忙しそうに座席と全体の配置を整え、彼はオーケストラのリハーサルをしているところだった。わたしはそっちは彼らに任せて、急いで家に引き返すと、父親を連れて慌ただしく川へ向かった。わたしたちはちょうど間に合い、コーパス・クリスティ・カレッジのセカンドボートが、また追突（バンプ）の勝利を収めた証である柳の枝をつけて、川を進んでいるのが見えた。

暖かく雲のない六月の夕暮れに、わたしたちはまた評議員会館を訪れると、『名誉を讃（たた）えて』とふさわしく題された演奏会のため、じっと並んで待っている友人やファンの長い行列を見て驚いた。わたしは、評議員会館の外に掲示された最終試験の結果、優等試験合格者等級別名簿へのまずい直線コースにスティーヴンを向かわせないようにして、ほんの二日前に練り歩いたのと同じ中庭にとどまらせた。そこでスティーヴンは大勢の著名な招待客――演奏会のスポンサー企業の人間や、大学やカレッジの関係者――と写真を撮り、そのあいだにわたしは、こんなに列の進みが遅い原因を確かめに行った。ルーシーとわたしの父は必死になって聴衆を席に着かせようとしていたが、建物の中でプログラムの販売を担当しているのは十歳のティムだけで、それが列が延びていることの原因の一部だとわかった。ティムの手伝いを増やして、わたしは外にいるスティーヴンとまた合流した。気恥ずかしいことに、評議員会館の管理者は、スティーヴンとわたしに改まった登場を求めて、聴衆みんなが着席するまで、わたしたちを外で待たせた。わたしたちはスタンディングオベーションで迎え入れられた。スティーヴンが聴衆にほほえみかけ、車椅子を旋回させるあいだ、わたしは恥ずかしくてたまらず、ぎくしゃくしてしまい、聴衆に背を向けて座れることにホッとした。

期待したとおり、聴衆はこの夜の催し物が終わる頃には大満足していて、気前よく寄付を弾んでくれた。おかげで、チケットの売り上げで演奏会のコストを賄えたことに加えて、三つの慈善団体――運動ニューロン疾患協会、白血病研究基金、レオナルド・チェシャー財団――にかなりの金額の小切手を送ることができた。表向きには、その夜は素晴らしい成功を収めた。慈善団体は恩恵を受けた。ケンブリッジ・バロック・カメラータは新しいスポンサー契約を獲得し、満員の評議員会館で見事な演奏をした。そして、何よりも重要なことに、スティーヴンは何百人もの支持者から惜しみない称賛と祝福を受けた。それなのに夫は、とげとげしく不機嫌だった。このイベントの捉え方に悪意が加わり、ジョナサンとオーケストラに脚光を奪われたと思っていた。いつものスティーヴンらしくなく、不公平な見方だった。夫ははりきってこのプロジェクトに参加し、アメリカに行っていないときは、熱心に関わって進めていたのだ。ジョナサンは生来の慎み深さで、演奏会の終わりにはスティーヴンが聴衆の称賛を享受できるよう、気遣って脇によけていたし、これが夫のショーであることは疑いようがなかった。この叙勲には肩書きが与えられないのだから、妻であるわたしにはなんの関係もないものだとわざわざ言ってきたのも、ますますスティーヴンらしくなかった。どんなに嫌でも、認めざるを得ない――スティーヴンはうぬぼれの餌食になったのだ。このうぬぼれの源となるおべっか使いには利欲があり、頑固ではあっても寛大だったそれまでの夫なら、思いもしなかった考えを吹き込んでいるらしかった。

その夏の残りはずっと、まぶしいスポットライトはスティーヴンだけに当てられていて、数週間後にバッキンガム宮殿を二度目に訪れたときは特に顕著だった。七年前に初めて訪れたときと比べると、今回の訪問は驚くほど打ち解けたものになった。正面玄関付近の混雑を避けるため、わたしたちは女王の専用口に通され、蒸し暑く息が詰まるようなロンドンの喧噪（けんそう）と渋滞から離れて、静かでカラフルなカントリーガーデンに突如として導かれた。侍従と召使い、女官が、上品な落ち着いたほほえみでわたしたちを迎え、宮殿の中へと案内した。チャールズ皇太子が子どもの頃に遊んでいたピカピカのおもちゃの車と、二台の自転車の脇を通り過ぎ、端から端まで照明に照らされ、赤とピンクのダマスク織りで飾られた、大理石の柱のある大広間へあがった。そこには、宝物を守る華やかな衛兵みたいに見える、大輪のユリの花が活けてあった。

角を曲がり、通路を挟んで超然と押し黙って見つめ合っている、チャールズ一世と家族の肖像画に目をくれる暇もなく、絵画陳列室を反対へ進み、大理石の広間の上階をいそいそと引き返していく。二枚のカナレットの絵画と、一枚のオランダの風俗画と、たくさんのオーガスタ王女の肖像画が目に留まった。使用人部屋に通じていたのかもしれないひどく細い通路に入り、絵画と家具がぎっしり詰まった小さな横の部屋、エンパイア・ルームに通された。侍従からてきぱきと要点の説明を受けたあと、スティーヴンとわたしはせわしなく家族と引き離されて、通路の奥にある部屋で待っている女王に謁見（えっけん）した。例によって、スティーヴンは通路の先にある開いた扉へと突進していった。女王は白い縞の入ったロイヤルブルーのドレスを着て、マントルピースのそばに立っていた。女王はわたしたちのほうへ、親しみのこもった、けれど気遣うような笑みを向けてきた。スティーヴンが接見室へと大急ぎで進み、アメリカの機関車についたカウキャッチャーみたいに車輪で絨毯(じゅうたん)をまくりあげるのを見ると、その笑みは恐怖の表情へとすぐに変わった。車椅子はコーヒー色の絨毯の分厚い縁に乗りあげ、こぶに引っかかり、スティーヴンはガクンと止まって進めなくなった。車椅子の後ろからだと、何が起きているのか良くわからず、王室の絨毯を外すのにわたしができることは何もなかった。部屋の中にいるのは女王だけだ。女王はためらっていたが、一瞬、いまにも自ら進み出て、重い車椅子と乗っている人間を抱えあげて、罠から救いだそうとするようなそぶりを見せた。幸い、わたしたちの到着を取り次いだあの侍従が、車椅子の横をなんとか通り抜けると、前輪を持ちあげて事態を収拾した。

　当然のことながら、女王陛下は少しばかり狼狽(ろうばい)していて――わたしもだ――、わたしたちは握手をしそびれ、女王が形式に則った短い歓迎の挨拶をしたとき、わたしは膝を曲げてお辞儀するのを忘れていた。気まずい沈黙のあと、女王はぐずぐずせずに授与式を進めるのが最善の行動だと判断したらしく、スティーヴンに名誉勲爵士の記章を授けることを嬉しく思うと言った。わたしが代わりにメダルを受け取り、それをスティーヴンに見せ、銘刻が見えるように掲げながら、声にだして読みあげた。「誠実な行動に、曇りなき名誉」[*1]とそこには書かれていた。女王はこれを格別に素晴らしい言葉だと思っていると述べ、スティーヴンは「ありがとうございます、女王陛下」とタイプした。わたしたちがお返しに、親指の拇印(ぼいん)を押した『ホーキング、宇宙を語る』

を贈ると、女王はいくぶん困惑しているようだった。

「この本は、法律家が使うような平易な言葉で、スティーヴンの研究を書き表したものでしょうか？」

女王はわたしにそう問いかけた。今度はわたしが困惑する番だった。法律に関する平易な言葉に少しでも近いものなど、ひとつも思い浮かべられなかった。わたしは落ち着きを取り戻すと、『ホーキング、宇宙を語る』はそれよりも読みやすいはずで、特に初めのほうの章は、素粒子やひも理論、虚時間といったもので物理学が複雑になりすぎる前の宇宙研究の発展について書かれており、魅力的な内容になっていると答えた。そのあと、さらに十分間ほど、スティーヴンが興味を持っていることや科学の基礎的な説明をしたり、コンピューターの実演をしてアメリカ人の声を聞かせたりと、途切れ途切れの会話が続いた。女王は肩につけている大きなサファイアとダイヤモンドのブローチと同じぐらいきらきらした青い目で、鋭い視線をこちらに向けて、質問を投げかけてきた。その視線には、鋭さだけではなく、温かさと思いやりもこもっていたのだが、わたしは釘付けになった。絵画や記念の品で飾られた素敵なターコイズ色の接見室を見まわしたくても、恐ろしさのあまり目をそらすこともできず、その場にぶざまに立ちすくみ、頭を左右に動かそうという気にもなれなかった。

ヒルトンの最上階でランチを取りながら、わたしたちはエンパイア・ルームで待たされていた家族に、謁見の様子を詳しく語り聞かせた。例の絨毯のエピソードも忘れずに話すと、不敬なが

＊1：イギリスの詩人、アレキサンダー・ポープの言葉

ら面白がっていた。そのあとに続いた会話については、厳しいけれど善意の女性校長を前にした面接と口頭試験のあいだみたいなもので、どちらにしても同じぐらい怖かったと説明した。きっと女王にしても、同じぐらいやりにくかったのではないだろうか。ロンドンのスカイラインを眺めながら、わたしたちは正しい答えを返せていたのだろうかと考えた。すぐ下には、謁見を終えて歩いてきたばかりのエリージャン・フィールズに囲まれた、バッキンガム宮殿が見える。スティーヴンは、絨毯の一件でコンピューターのリモコン操作に不具合が生じたせいで、もっと話したかったのにできなかったと不満をこぼしていた。それはそれとして、全体の印象としては、この式典はうまくいき、もう膨大な量になっているスティーヴンのコレクションに、新たにひとつ素晴らしいメダルが加わることになった。

レストランを出ようとしたとき、支配人からオレンジと黄色のユリの大きな花束を贈られて驚いた。ヒルトン・ホテルのチェーンである営利団体から贈られたものではあるが、とても心を打たれた。

14 怒り(ディエス・イレ)の日

一週間後、わたしとティムはまたフランスを訪れていた。家へと向かう道に車を走らせ、門を開いたとき、ムーランは夕日を浴びて眠たそうに瞬きをしていた。喘息(ぜんそく)を患っている肺に、新鮮で爽やかな空気が深く染み渡り、わたしは元気を回復しはじめた。長い旅路で身体が疲れ、最近の浮き沈みによって精神が張りつめていたのだ。中庭は静かで動くものもなく、柔らかい毛布のようにわたしたちを包み込み、外の世界の過酷さから守ってくれている。家の中に入ると、部屋から部屋へと駆けまわり、隅から隅まで確かめて、古い梁のひとつひとつと旧交を温めた。驚いたことに、埃(ほこり)まみれの黒い納屋は、シンデレラなみの変貌を遂げ、いつでもスティーヴンの付き添いの看護師たちを宿泊させられる状態になっていた。瓦礫(がれき)や蜘蛛(くも)の巣、腐りかけていた垂木はなくなり、一階はタイル敷きの床にキチネットがついた広い部屋になっていて、二階には大きな寝室がふたつとバスルームがひとつあった。真新しい頑丈な梁と、まだ使える古い梁が混在し、建物を支えていて、長い歳月を経た伝統を堂々と受け継いでいる。建具の新品の輝きがなければ、遠い昔からある家だと言われても不思議ではないほどだった。そのあと、わたしたちはさらに多くの発見を期待して、庭に飛びだした。わたしたちがいないあいだに、不思議な魔法がかけられていた。

「バッキンガム宮殿そっくりだ！」

ティムがあえぎながら言った。確かに、その言葉のとおりだった。多年生植物の花壇に植えておいた草木や種はすっかり成長し、五月には小さな孤立したやぶと苗木だったのが、いまでは頭を垂れる花が密集して咲き乱れ、踊る色が熱狂的に歓迎の挨拶を叫んでいる。まだやるべきことは残っていて、塗らなければいけない壁も、覆わなければいけない床もあったが、根本的な作業は完了していた。ムーランはわたしたちだけではなく、夏の大勢の来訪客もみんな受け入れる準備ができていた。わたしの弟が四人の子どもを含む家族で訪ねてきて、同じ頃にティムの友だちのアーサーと両親も、週末に滞在する予定だった。ジョナサンはわたしの両親を連れてきて、スティーヴンは、いちばん信頼の厚い看護師のパム・ベンソンと、エレインとデイヴィッド・メイソンとその家族に付き添われて、飛行機でル・トゥケにやってくることになっていた。

母は心配していたのに、わたしは楽観的な考えからメイソン一家を招待し、ケンブリッジよりもくつろいだ環境の同じ家で生活してみたら、わたしたちの日常の基礎にある自制心を、もっと尊重してもらえるのではないかと期待していた。エレインとスティーヴンがお互いになんらかの好意を抱くようになっていたとしても、そのことに干渉するつもりは一切なかったが、彼女はプロの看護師として、わたしたちの務めがうまくいっているのは、絶妙なバランスのチームワークによるものだと理解してくれるかもしれないと思っていた。この状況にトラブルメーカーが入り込む余地はなかった。単純にも、ジョナサンとわたしが当然のことながら同じ部屋で寝ていないことに気づけば、何があろうとも、わたしたちがいつまでもスティーヴンと子どもたちの世話を続けられるこの生き方を、エレインは重んずるようになるだろうと信じていたのだ。

八月の半ばに、スティーヴンとほかのみんなが飛行機でル・トゥケに到着した頃には、この家の新棟は、わたしの両親を含め、続々と訪れる来客に住み心地を試されていた。わたしの両親は、魅力の面でも、使い勝手の面でも、どちらも大満足だと言っていた。けれど、新たにやってきた人々のあいだには、明らかにピリピリした雰囲気が漂っていた。夫と会えたことへの喜びは、冷ややかな反応で迎えられた。スティーヴンはフランスの田舎は嫌いだと、ひそひそささやく人たちがいたために、フランスで、ましてや田舎でなんて、本当は休暇を過ごしたくないのだと夫は思い込まされてしまったのではないか、とわたしは危ぶんだ。太陽の降り注ぐ野原から、遠くに見える青々した丘と森まで、家からの素晴らしい景色で関心を引こうとどんなにがんばっても、夫はうんざりしたような軽蔑的な表情を少しも変えなかった。来る日も来る日も、スティーヴンの笑顔と興味はエレインのためのものなのだという事実を、容赦なく突きつけられた。わたしには欠点があり、夫が絶えず求めていた完璧な姿からはほど遠いため、蔑まれているのは疑いようがなかった。わたしはもはやなんの役にも立たないごくつぶしなのだと、スティーヴンは確信している。エレインは強い立場にあった。最小限の責任しか負わずに、頼まれればなんでもして、スティーヴンのわがままを許していた。甘い言葉でなだめすかして、スティーヴンのどんな気まぐれに応じるのもお手の物だ。スティーヴンにとって何より大事なふたつのことは、研究と健康状態だったので、必然的にわたしの役目は小さくなり、表向きエレインの役目はずっと大きくなった。これまでわたしが大切にしてきて、それを通じて普通の暮らしというわべを維持してきた、家族としての絆と知的な絆は、取るに足らないものになってしまったらしい。エレインとの関係がどの程度のものだとしても、彼女はわたしよりたくましく、スティーヴンにとってはまた肉体関係を持てる相手だったのだろう。わたしにはやめさせることはできなかったし、スティーヴンがわたしとジョナサンの関係を寛大に認めてくれたのと同じように、家族や子どもたち、家庭を脅かさず、大変な苦労をして作りあげた看護当番を運用する妨げにもならない、慎み深い関係であれば、わたしたちのあり方として受け入れる覚悟があった。スティーヴンとわたしの夫婦仲が壊れるようなことも、絶対にあってはならなかった。わたしがいなければ、スティーヴンは迷子の子どものようになってしまうはずだ。強引で手に負えないが、純真で無力な子どものようになるだろう。わたしとスティーヴンの運命は、これほど長いあいだ固く結び合わされていたので、わたしは決して彼に無関心ではいられなかった。障害を持つ天才という特殊な状況によって、どんなに扱いにくくなってしまっていても。スティーヴンの幸せを気遣うことが、わたしの第二の天性になっていた。どんなにわずかな苦痛、不快、不満の徴候であっても、それらを見て取ったら、わたしには無視することはできなかった。本当のところ、わたしはスティーヴンを心から思いやり、いまでも愛していた。いくら心が強くても、あの痩せ衰えた身体に、スティーヴンの苦しみはありありと表れていて、その苦しみを通して、わたしは絶えず夫への思いをかきたてられるのだった。これらの感情は、決して夫を見下すものではなかった。けれど確かに、わたしはしばしば感情の綱渡りへと導かれ、スティーヴンの頑固さと理不尽な要求に対する絶望といらだちを、その威厳への服従と、身体がひどく不自由な相手の権利を尊重するためだとして、いつも折り合いをつけていた。

わたしたちの結婚と、それが成り果てた大きくて複雑な構造は、大人になってからのわたしの人生を定義づけ、達成してきた何より重大なことの数々を総括するものだった。スティーヴンが生きつづけてきたこと、子どもたち、家族と家庭。スティーヴンの病気との力を合わせた戦いの長い歴史であり、困難を乗り越えた成功の物語だ。わたしはそのことにほとんどすべてを捧げてきた——死にたいという衝動に駆られずに、屈することなくやり通すため、助けを借りることはあったとしても。確かに、時にはもっと自由に動きたいと願い、厳しく制限されるのを恨めしく思うことはあったものの、逃げだそうとは決して思わなかった。どうにもならない絶望に追いやられて、川に身を投げようかと思ったのは別だ。この構造は危ういほどバランスを欠いて不安定になっているかもしれないが、この結婚が意味するすべてのことが、急激な熱情の高まりに押し流されそうになるなんて、信じられなかった。エレインには健康で丈夫な夫と家族がいるという事実は、わたしの理解の及ぶところではない。それについては、わたしが関わることのできない、彼女の良心の問題だ。

もしもこの件に関わっている人が違っていて、彼らにもっと思いやりがあり、あんなに頑なでなく、自己中心的でもなく、ほかの一切を排除してまで自らの欲望を満たそうとばかりするのでなければ、穏やかに解決していたのかもしれない。わたしがもっと強くて、これほど混乱していなければ、もっと自信を持って別の対処の仕方ができたかもしれない。現実には、この休暇は散々なものになった。さまざまな災難が組み合わさって、スティーヴンはさらに田舎を嫌い、春にはあんなに夢中になっていたのに、ムーランさえも嫌がり、家族ともうひとりの看護師のパムに対して、一層とげとげしくふるまうようになった。やがて、スティーヴンとエレインがそんな態度では、パムが当番から外れてしまいかねないと、夫に指摘する役目を買って出ると、わたしはうかつにもみんなを焼き尽くす大火事を起こしてしまった。その日も翌晩も、炎は古い家を呑み込み、わたしの周りで燃え盛りながら、大切にしてきた静寂を粉砕し、古びた梁を揺さぶっていた。罵倒と憎悪、報復の炎がわたしに四方から襲いかかり、非難の言葉——不貞な妻、冷淡なパートナー、身勝手なキャリアウーマン、虚弱で無防備な夫の世話よりも歌うことに夢中の浮ついた怠け者——で骨の髄まで焦がしていった。あまりにも長いこと、わたしはやりたい放題にしてきた、と彼らは言っていた。〝スティーヴンを第一に考える〟べきなのに、と。

わたしはひとりで攻撃に立ち向かった。この野蛮な争いにジョナサンを巻き込んで卑しめるつもりはなかったが、炎を鎮火させることもできなかった。病気に絶えず苦労させられて、夫の興味が物理学だけに向けられているあいだもずっと、わたしはスティーヴンにとって良き妻であろうと心から努めていたのだと、いくら訴えかけても無駄だった。薬や医療器具、看護師の当番などの煩雑な手続き、大量の科学論文、方程式や会議、そういったものの中で、自分自身の人生はどんなにゆがんでしまっていても、最善を尽くそうと嘘偽りなく努力してきた。ジョナサンの愛と支えがあったおかげで、家族を続けられ、わたしは立ち直れないほどの絶望から救われたのだということは、正当な弁明として決して認めてもらえなかった。わたしの最善は不充分であり、薄っぺらであてにならない誇張された約束と非現実的な期待を餌にして、病人を手玉に取っている相手のせいで、いまやわたしの存在は退けられている。結婚生活の終わりの始まりだった。

この大失敗のあと、スティーヴンとメイソン一家はイギリスに戻り、ティムとわたしはそのままムーランに残った。フランスの田舎の穏やかさが再び訪れて、素敵な古びた家と庭は、わたしの弱り切った身体と黒焦げにされた心を抱き寄せてくれた。スティーヴンに本当に必要とされていないのなら、わたしはフランスで自分のために幸せな暮らしを送ればいい。英語とスペイン語を教えれば自活できるし、ティムは完全なバイリンガルになれる。九月の初め、ティムはこの村の学校に通いはじめて、言葉の壁に困ることもなく、すぐに友だちを作った。毎朝、自転車で村へ続く道をくだっていき、反対の丘をのぼって木々のあいだに姿を消すまで、わたしは手をふって見送った。家では良くフランス語で会話をした。英語とイギリスはなじみないものになった。イギリスはわたしにとって激しい苦痛——マーガレット・サッチャー政権によってはびこっている政治的不公平は言うまでもなく——を内包し、表出している言語と国になり、いっぽうフランスは新しいライフスタイル、新しい友人、平等だという感覚を与えてくれた。そのうえ、フランスはローマカトリック教徒が多数を占める国であり、三位一体の男性像ではなく、女性の媒介者である聖母マリアを崇拝し、祈りを捧げている。ここでは、神の秩序において、女性の居場所が認められていた。聖母マリアには、痛ましく、愛にあふれ、励ましてくれる人間らしさがあった。フランスの田舎の教会や大聖堂で、わたしはしばしば、苦しみを分かち合い慰めを与えてくれる聖母マリア像――粗雑に色を塗られたしっくいの聖人のこともあった――に引き寄せられた。

ティムとわたしは、すぐに一定のリズムで日常を過ごすようになり、わたしにはこれを継続する自信があった。必要ならば、このままずっとフランスに住んでも良いし、いずれスティーヴンが問題を解決したら、イギリスに戻っても良かった。オルガンリサイタルが続くため、ケンブリッジに戻っていたジョナサンは、定期的に連絡をくれて、フランスにいるほうが気が休まるのなら、そのままとどまったほうがいいと勧めていた。

スティーヴンも毎日のように電話をくれたが、イギリスに戻ってくるようにと促していた。わたしたちがいなくて寂しいし、わたしたちが必要だと言って。そのあまりの説得力に、わたしは夫が本気で家族の暮らしに調和を取り戻し、看護師たちをしっかり管理するつもりなのだと信じた。九月の後半、わたしは迷子の子どもに本当に必要とされているのだと思い込み、対立は避けようと心に決めて、荒れた海を渡ってイギリスに向かった。高速道路で長い足留めを食らわされたあと、夜遅くに家に着くと、家族は、つまりわたしの両親とロバートのことだが、とても喜んで迎えてくれた。ティムへの対応は違ったけれど、わたしを迎えるスティーヴンの態度は、いかにも冷淡だった。わたしたちを迎え入れたのは、迷子の子どもではなく、暴君だった。イギリスに戻ってきたのはとんでもない間違いだったことに、わたしはすぐに気づいた。

15 過酷な現実

次の月曜、ティムは初等学校に戻り、わたしは教師の仕事を再開した。丸一年は無理だとしても、せめてその学期だけでもというつもりだった。わたしたちが帰ってきたちょうど一週間後、エレイン・メイソンといっしょに暮らすつもりだと伝える手紙をスティーヴンからわたされた。その夜は不幸な偶然が重なり、ロバートは帰り道に強盗に襲われて、顎の骨を折っていた。

スティーヴンが決断を実行に移すまでには、かなりの時間がかかった。エレイン・メイソンとふたりで住む場所がないという、素晴らしく実際的な理由で。そのあいだ、わたしたちは混沌と困惑の大きな渦の中で暮らしていた。いつかきっとこの嵐はやみ、スティーヴンはいまは悲しいことに感情的に混乱しているが、家族のもとに残ることを選ぶはずだと信じて、わたしはその考えにすがりついていた。強風に吹かれる枯れ葉みたいに、スティーヴンはなんの予告もなく、行ったり来たりしていた。夫は外部から大きな圧力を受けていて、カッとなって爆発したかと思えば、何事もなかったかのように穏やかな時間が続くのだった。けれど、この穏やかな時間は、台風の目に入っているだけで、ハリケーンによって、予測不能のさらなる問題が吹きつけてくる前兆に過ぎなかった。あの看護師はスティーヴンと結婚することをもう宣言している、という噂がわたしの耳に届いていた。わたしはティムの親権を争うという可能性に常におびえて暮らし、ジョナサンは裁判所命令で脅されてウエスト・ロードの家から締めだされ、自宅にじっとしているしかなかった。スティーヴンとわたしのあいだには、超えられない壁が立ちはだかっていたので、率直な話し合いはできず、夫が自分の置かれている状況を制御できなくなればなるほど、わたしをただの所有物みたいに支配しようとしているのだという思いが強まった。毎日、仕事に出かけるとき、当番の看護師からの不愉快な手紙が車の窓に貼り付けられているのを見つけ、毎晩、あり得ないことを要求された。不快なコメントや間違った動機が、わたしのものとされた。ジョナサンを諦めて、〝スティーヴンを最優先する〟べきだと言われた。不本意ながら、スティーヴンだけではなく、エレイン・メイソンとまで、お金のことでも衝突していた。教師の仕事に必要とされる集中力――知性をくすぐり夢中にさせてくれるガブリエル・ガルシア・マルケスの短編や長編小説を教えているときは特に――のおかげで、わたしはいくらか正気を保つことができ、職員室にいるときは、同僚たちから静かな思いやりと支えを受け取った。家から離れている数時間は、落ち着いて過ごすことができた。それ以外では、傷ついた心を音楽が和らげ、慰めてくれたが、感情を昂(たか)ぶらせるあまり、声が震えてしぼんでしまうこともたびたびあった。残りのすべての時間は、騒々しい混乱に支配されていた。

その月の終わり頃、上の子どもふたりに手をふって立て続けに送りだすと――ロバートは情報技術の大学院課程のためグラスゴーへ、ルーシーはオックスフォードへ――、わたしの存在すべてとその構造が脆(もろ)くも崩れていくように思えた。バラバラのあらゆる断片——日々の暮らしというジグソーパズルのピース——から何年もかけて必死に作りあげようとしてきた、わたしという人間のアイデンティティは、粉々になってしまった。わたしはひとりぼっちで、避難する場所もなく私闘のただなかにいた。どこを向いても、スティーヴンとわたしが築きあげてきた、立派で素晴らしいけれど脆い建築物の瓦礫(がれき)と残骸が見えた。地面には暗くて深い穴があき、それらの建物といっしょに、わたしの二十五年を越える人生——若かりし時期と大人になったばかりのすべての歳月、すべての希望とすべての楽観主義——を呑み込んでいた。それらがあったはずの場所には、日々心を苛(さいな)まれている孤立した亡霊のような、中身のない屍衣(しい)しか残っていなかった。未来について唯一はっきりわかっているのは、最も傷つきやすいいちばん下の子ども、ティムを守らなければならず、わたしはどんなにボロボロで打ちひしがれていても、息子のために戦う勇気と力をふりしぼる必要があるということだ。

　ジョナサンとわたしは、スティーヴン抜きでいっしょになるという未来について、考えてみたこともなかった。わたしたちは夢も幻想も抱いていなかった。変化というのは、わたしたちにはなじみのない考えだった。そんな考えは心から閉めだしてあり、追い求めようともしなかった。かつてわたしは、個人としてはかなりのゆがみや抑制、自己鍛錬を必要とされるにしても、みんなが活躍できるバランスを取れていると思っていた。けれど、どうやらこれはひとりよがりの甘い考えに過ぎなかったらしい。スティーヴンはしばらく前からこの生き方に不満を持っていたことを、いまでは否応なしに思い知らされていた。そのことがわかって、わたしはひどく驚いた。そんなに長いあいだ憤りを抱えていたのなら、どうしてスティーヴンは話してくれなかったのだろう？　本当に不幸せだったというのなら、どうしてこんなにエネルギッシュで創造力に富み、成功を収められたのだろう？　スティーヴンは自分が中心となって奉られてしかるべきなのに、ただの家族の一員として扱われることが気に入らなかったようだ。そこへ、ひざまずいて崇拝し、自分を人生の中心に据えてくれるという相手が現れた。その人物は、自分ひとりで週七日、一日二十四時間つきっきりで看護して、行きたいところはどこでもいっしょに旅をするから、もう看護師を雇う必要はなくなると、スティーヴンに約束していた。

学期が始まり、ティムもわたしもケンブリッジでの日常に身を置くと、フランスには戻れなくなっていたが、わたしは逃げ込める場所を切実に求めていた。ジョナサンの家は論外だ。ジョナサンの家に行くことは、結婚生活を終わらせることを意味し、わたしにはそんなつもりはまったくなかった。逃げ込み場所は、どこであれ中立地帯でなければならない。ウエスト・ロード五番地の家に苦痛に満ちた混沌をもたらしている、争いと緊張状態、悪意と非難から、ティムとわたしが逃れられる場所は。考えられる選択肢がひとつだけあった。何年も前から、リトル・セント・メアリーズ・レーンにあるわたしたちの家はカレッジが所有していたが――カレッジの住居の下取りとして――、あの家は厳密にはいまでもわたしたちのものだった。わたしの知る限り、住んでいる人はいないはずだったので、学寮長に手紙を書き、この争いが終わり、どんな結果になろうと危機が解決するまで、一時的にわたしとティムをあの家に住まわせてほしいと懇願した。学寮長はこのカレッジに来たばかりで、わたしも彼も、お互いのことをほとんど知らなかった。返事は曖昧なものだった。非常に残念だが、このふたつの不動産の交換においては、カレッジとスティーヴンのあいだで正式な契約が交わされているので、スティーヴンがその契約を無効にするまで、わたしはあの家に出入りすることができないという返事だった。

その学期の残りずっと、激しい争いは続き、スペインを訪れるあいだだけ、短い休戦期間となった。オビエドで、王位継承者のアストゥリアス公による威信ある賞の授与式があったのだ。スペインにいると元気が出て、旅も耐えられた。この休戦中は、たびたび公の場に出たり、記者会見やインタビューを受けたりという形で、表面的なちょっとした緊張感はあったけれど、ともかくも、スティーヴンの伴侶と通訳として役割を果たせることを証明し、改めて自分の資格を主張する機会は得られた。最近になってスティーヴンは、エレインのためにアパートを購入することに決めたと宣言し、そのせいでわたしが心の底に感じている不安は、深刻で耐えがたいものだった。宇宙の数学的な秘密を支配してきた頭脳は、感情の激変には太刀打ちできずに呑み込まれていた。スティーヴンの身体的な弱点は喉だが、精神的な第二の弱点もあり、感情的な圧力を受けたとき、それに対する耐性がまったくないという点だ。こういう状態にさらされたことがなく、防護する術を一切持たなかった。圧力をかけられたスティーヴンは、頭から蒸気を噴きだし、容赦ない力を受けて、やがて連続する感情のうねりが火山のように噴火し、怒りと情熱の灼熱した溶岩流ですべての障害を呑み込んでしまう。そして、なんとも不思議なことに、新たな噴火が起こるたびに、同じぐらいあっという間に静まり、わが家の暮らしには再び平和が訪れるのだ。スティーヴンは穏やかになり、素直に悔やみ、この騒動から気持ちを切り替えようと誠実に努力して、これまで育んできた家族との暮らしを再開させるのだった。そして、相反する感情にふりまわされていて、支えと理解、やり直すチャンスが欲しいと認めた。わたしは喜んで差しだそうとした。スティーヴンがどんな悲惨な状況に置かれているか、その気持ちはわかっていたし、乗り越えられるよう助けたかった——けれど、そんな小康状態はいつまでもは続かず、新たな書状、新たな最後通達、新たな召喚状が標的を探しだす、恐ろしい瞬間がまたやってくるのだった。わたしは、スティーヴンが彼女の歓心を買うために食事も社会との関わりもなげうって出ていき、ますます心を奪われていくのを恐れるようになった。クリスマスまでそんな状態が続いた。わたしの両親の金婚式を祝う計画は、そんな潮の満ち引きで散々なものになった。むしろ予想どおりの行き当たりばったりのやり方で、スティーヴンはクリスマス当日を家族に囲まれて過ごしたが、夜遅くなってから家の前にヴァンがやって来て、夫は暗闇の中に消えていった。エレインと出て行き、ホテルに泊まってから、翌日には会議のためイスラエルへと出発したのだ。

スティーヴンと会うことも連絡をもらうこともないまま一月の初旬になり、わたしと子どもたちとジョナサンが、心を乱されず穏やかに過ごせたフランスでの休暇旅行から帰宅すると、いつもどおりの暮らしを再開しようというかのように、夫が待っていた。なんの説明もなく、こちらも尋ねるほどばかじゃなかった。その晩はキャンドルを灯したテーブルを囲み、ローストダックのオレンジソースがけのごちそうでスティーヴンの誕生日をお祝いした。翌朝、わたしはスティーヴンの母親に宛てて、うきうきと手紙を書いた。混乱は過ぎ去ったようなので、創造性に富んだ家庭生活を送れるようまたがんばってみると、喜びを素直に表したのだが、完全に否定的な反応が返ってきた。その返事からすると、義母はわたしが長年にわたってスティーヴンの世話をするためにしてきた努力を軽視し、疑ってさえいるようだった。それどころか、わたしがスティーヴンの成功と名声を享受して、今度は義母が心から認めて気に入っている相手と幸せになるのを邪魔しようとしているのだと考えていた。

安定した生活は長続きせず、状況はまた悪化しはじめた。脅しと非難、暴言がまたもや勢力をふるい、数週間が経過したあと、子どもたちとわたしは中間休暇を利用して、オーストリアのアーサーと両親のもとを訪れ、スキーをして過ごした。ケンブリッジに帰ってくると、スティーヴンの姿はどこにも見当たらなかった。行ってしまったのだ。一九九〇年二月十七日、わたしたちがオーストリアへ出発した当日、スティーヴンはどうやらエレインの夫の助けを借りて、ついにこの家から出て行った。終わりが訪れた。悲しみも安堵もない。わたしは何も感じなかった。

しかし、それで終わりではなかった。その次の日、スティーヴンは『ホーキング、宇宙を語る』の映画版が撮影されているエルストリー・スタジオから電話してきて、映画に使う伝記的な背景のため、家族写真の撮影に参加してほしいと頼んできた。とんでもない要求だ。家族を捨てて出て行ったばかりなのに、わたしたちがカメラの前で操り人形のように演じることをあてにして、過ぎ去った幸せとうわべだけの絆をいまだに伝えさせようとするなんて、信じられなかった。わたしの声には、もう気弱なためらいは少しもなかった。わたしたちを捨てると決断したことで、スティーヴンははからずもわたしに対する力を手放していた。わたしは自分の思いのまま決心し、スティーヴンの横柄な反応にこれ以上おびえることはなかった。わたしはエルストリーに行くのを断った。自分の人生をコントロールする力を手に入れたのだ。

そのあと、悲劇は滑稽な茶番に成りさがった。アメリカ人のプロデューサーや監督から、次々とひっきりなしに電話がかかってきて、わたしを映画に参加させようと、甘い言葉で丸め込み、おだてて説得しようとした。彼らは使われていない教会にスティーヴンのオフィスの完璧なレプリカのセットを組むと、わが家に押し寄せてきて、哀れな言い分を並べ立てた。何百万ドルもかかっているのだと、彼らは両手を揉み合わせて泣き言を言った。わたしがいないと計画がすべて台無しになってしまう。伝記としての実のある要素がなければ、映画のバランスが崩れてしまう、と。わたしは肩をすくめ、この映画の性質に関して正式に記された契約書を持ちだし、最初に保証されていた言葉を引用した――これは純粋な科学ドキュメンタリー作品であり、伝記的な内容はごくわずかにとどめる。そうした約束をすべて否定することで、彼らが誠実さに欠けているのがますます明らかになると、わたしは自分の立場を固守しやすくなった――そして、自分の立場を固守しやすくなればなるほど、わたしはさらに強くなった。

16 無効

いままでになかった独立心を手に入れたことで、小さな慰めを得ていたとはいえ、この激変のせいで実際のところ、わたしは精神的にすっかり参ってしまっていた。敗北の暗闇の中で、自分が自分ではないようで信じられず、アイデンティティを手探りしながら求めていた。まるでこれまでの二十五年間が、跡形もなく消し去られてしまったようだった。確かに、それはただの主観的な感覚ではなかった。それまで熱心に取り組んできたふたつの慈善事業によって、実体を与えられた。自分たちの活動に別居あるいは離婚した夫婦ふたりを関わらせつづけて、世間への信用を危うくするわけにはいかないのだと言って、どちらの慈善団体もわたしを除名したのだ。わたしよりスティーヴンの名前のほうが役に立つのは、当然のことだ。痛烈な一撃だった。薄々感じていたとおり、夫婦ではなくなって、スティーヴンから離れたら、わたしは何者でもなかった。

それでも、どこにいるのかわからない出口のない迷路の中で、感じ取ることができるほどの新しい強い風が、自分の周りに吹きはじめるのがわかった。活力を奪い去られた身体とは関係のない、精神的な力だ。それは、世界じゅうの大勢の友人たちからテレパシーのように届けられる、愛と気遣いの自然な表現として姿を現した。彼らは本当の友だちだった。何年も前から知っていて、わたしたちがもがき苦しんでいるのを見てきて、ピンチのときは良く力を貸してくれて、表には見えない過酷な現実にちゃんと気づいていながら、広い心で成功を喜んでくれた友だちだ。このニュースを知って、彼らの多くは泣いたと言っていた。この人たちのおかげで、わたしは心の平穏を取り戻し、自分の内に秘めた力に目を向けることができた。憤りにとらわれるよりも、それまでスティーヴンの幸せのために捧げてきたエネルギーを、新しい計画、自分自身のプロジェクトに注ぐことにした。本を書くのだ。とはいっても、いくつもの出版社が既に騒ぎ立てている回顧録ではない。書くにはまだつらすぎるし、明確な観点を欠いている。書こうとしているのは、フランスに家を構えるという経験についての本で、面白い逸話や実用的な情報を盛り込み、フランスに家を買おうとしている大勢のイギリス人を読者対象とするつもりだった。

かつては家を切り盛りし、スティーヴンの要求に応えて、看護師たちに配慮し、当番を組み、不満を抱く介護人の電話に応対し、パーティーを開くのに費やしてきた時間の大半を、その本のために使った。原稿を執筆し、辞書を集めるにあたって――重態に陥ったあとのスティーヴンみたいに――、わたしはパソコンの使い方を覚えた。論文に取り組んでいた頃に、パソコンが使えたらどんなに良かったか！　このパソコンとプリンターは、別れるときにスティーヴンがくれた寛大な贈り物だった。彼がなぜこんなものを買ってくれたのか、知る由もないけれど、自尊心が強く自己完結している人なので、例のとおり自分では認めようとしないだろうが、きっと彼も混乱していて、そういうときにいかにもやりそうな意思表示ではないかと思った。それでも、わたしは充分に感謝していた。このパソコンがなければ、役立つ言葉の辞書を集められなかったはずだ。このプロジェクトでフランスの事情を調べたり書いたりするのは、ひたすら面白く刺激的だったが、出版するのには困難が伴った。騙されやすいわたしは、間違った相手の手に落ちてしまったのだ。この本の出版を引き受けた、表面上は思いやりがありそうだった著作権代理人は、実際には、ほかの大勢の人々と同じで、回顧録にしか興味を持っていなかった。

　著作権代理人がよこしまであっても、幸い別居のニュースは数か月間、マスコミに伏せられたままだった。タブロイド紙に取りあげられなかったおかげで、わたしたちは休息するのに有益な期間を得ることができた。この宙ぶらりんの期間に、スティーヴンとわたしはマスコミの注目に邪魔されずに、新しい関係の土台を築こうとした。ふたりの関係を悪化させていた、日々の軋轢のストレスから解放され、わたしたちは昔からの友人として会うことができた。スティーヴンはティムと会うため食事時にウエスト・ロードにやってきて、わたしたちは家族の問題について、分別ある穏やかな話し合いができた。ただひとつ違うのは、彼がほかの誰かとほかのどこかに住んでいるということだけだ。

　まったくの偶然の結果として、マスコミはついにわたしたちの別居を知ることになった。ある晩、スティーヴンはアパートへの帰り道に、付き添いの看護師（エレインではない）といっしょに、猛スピードで飛ばしているタクシーにはねられた。車椅子はひっくり返り、スティーヴンは暗い道路に投げだされた。肩を骨折し、二日間入院しただけで済んだのは、奇跡だった。必然的にこの事故はマスコミの耳に入り、当然のごとく彼らはなぜスティーヴンがもうウエスト・ロードに住んでいないのかを知りたがった。記者とカメラマン、特にタブロイド紙の人間が、獲物を追う猟犬の群れみたいに、スキャンダルの匂いを嗅ぎつけ、わが家の周りに押し寄せて、わたしとティムをおびやかした。わたしたちは追い詰められていた。ハーヴェイ・コートの良識ある管理人のおかげで、マスコミをまくことができ、その存在を気づかれていないジョナサンは、裏口からどうにか逃げだせた。

別居が周知の事実になると、わたしたちがいつ引っ越すつもりなのか問いただすため、カレッジはすぐさま会計担当責任者を送り込んできた。彼はずばり率直に言った。契約を交わした相手であるスティーヴンがもうここに住んでいないのであれば、カレッジとしてはわたしたち家族に住居を提供する義務はないものと考えている、と。事実上の退去通告だ。わたしには異議を申し立てるだけの冷静さも、争うだけの意志もなかった。その前日は——厳密に言えば、本来ならば——わたしたちの結婚二十五周年記念日だった。七月のその月曜の朝、この二十五年間に起きたすべてが、ほかの人たちにとってはなんの意味もないことだったのだと、はっきり思い知らされた。

唯一の譲歩として、わたしたちは生活を立て直すのに一年間の猶予を与えられた。これは極めて重要なことだった。ティムは道路を渡ってすぐのキングス・カレッジ・スクールに入学していて、家から五分足らずの距離にある学校に移ったばかりなのに、引っ越しを余儀なくされたら、皮肉もいいところだ。キングス・カレッジ・スクールに通うことは、ティムにとってさらに大きな利点があった。友だちのアーサーが寄宿通学生として同じ学校に通うことになっていたので、家庭にどんな変化があっても、毎日学校で親友に会えることを楽しみにできた。実はティムはアーサーと学校で会えるだけではなく、家でもいっしょに過ごせた。これから二年間、アーサーはわたしたちと暮らすことになっていたのだ。これは関わっている誰にとっても嬉しい取り決めだった。アーサーはわたしたち家族の一員になり、ティムの置かれている環境が変化する中で、計り知れないほど大切な心の支えになってくれた。

とても幸運なことに、わたしはひとりぼっちではなかった。ジョナサンは相当な敵意の標的になりながらも、思慮深く常に変わらずそばにいてくれた。起きたことについて自分自身も気持ちを整理しながら、同じように思慮深く常に変わらず、さらにはどこまでも我慢強く、かつてわたしの個性だったものの砕けたかけらを集めて、もう一度組み合わせはじめた。ジョナサンは最初から、思い違いなどしていなかった。わたしたちの関係が繊細なバランスとスティーヴンの容認のもとに成り立っていて、家族を続けるためのものであり、壊すためのものではないことをわかっていた。わたしはといえば、彼がいなければ暮らしていけなかったばかりか、生き延びることもできなかった。ジョナサンは物理的な負担を引き受けてくれて、彼の腕の中でわたしは求めていた心の安らぎを得ることができた。わたしたちは共に新たな現実に放りだされたが、喜びも高揚感もまったく感じず、あるのは最善の意図を裏切られたことへの悲しみと、長い試練が終わったことへの控えめな安堵感だけだった。ジョナサンとわたしはいっしょに暮らすようになり、家の購入を検討しはじめていたものの、急いで結婚するつもりはなかった。お互いに身を捧げていたけれど、わたしは物理的にも精神的にも、誰とも結婚できるような状態ではなかった。ましてや、わたしが与えられるよりも、ずっと多くを受けるに値する人が相手となれば。いずれにしても、離婚の話は出ていなかったので、厳密にはわたしはまだスティーヴンの妻だった。

『ホーキング、宇宙を語る』はわたしたちを大混乱に投じたが、おかげで貧窮せずに済んだのは、せめてもの慰めだった。わたしたちは、ケンブリッジの同じ方面にある現代的な土地付き一戸建てを購入し、増築することができた。その家と庭を初めて見たときは、悲しくなるほど落胆した。家は狭く、面白みがなく、パッとしなかった——現代的なレンガとコンクリートでできた箱で、室内の壁は破れて色褪せたヘシアン・クロスで覆われていた。庭は惨めなほど薄暗くて草木が生えておらず、隣家の伸びすぎたレイランディーの陰になっている。わたしはまたもや一から始めて、特徴のない家と、固い灰色の粘土が土として使われている花畑を作り変えることになった。この家の魅力は立地にあった。町の中心とティムの学校まで、まだ自転車で行ける距離だったのだ。偶然、スティーヴンが住んでいる高級アパートにもかなり近く、彼は週に二度はティムに会うことを主張していたので、好都合だとみなすべきだった。アーサーは文句も言わず忠実に、この定期的な面会に行くティムにつき合っていた。この面会は決して予想どおりの結果にはならず、いつも不安を生じさせた。わたしはスティーヴンが急いで離婚を迫らないことに安堵していた。

さらに激しい争いになって、ティムが人質になるのではないかと恐れていたのだ。時折、厳しい要求を迫る手紙が届いたが、これはスティーヴンが家庭内で圧力を受けたためにだした手紙なのは明らかだったので、どんな内容であれ、深刻に受け止める必要はなかった。たいていの場合、わたしたちの話し合いは礼儀正しく理性的で、愛情さえ込められていた。

大学もカレッジも、ウエスト・ロード五番地の家が建っている土地を狙っているのは、秘密でもなんでもなかった。住んでいる最後の年に、物差しを持った測量士が庭をうろつき回り、杭(くい)と竿(さお)を使って距離を測り、ヒイラギの生け垣のそばで、杭打ち機が脆(もろ)い沖積土を深く掘るのを、わたしたちは家の中に静かに立てこもって眺めていた。わたしたちの引っ越しと共に、この土地のすべて——古い家、静かな美しい庭、堂々たる背景を為す木々——の運命が定められることになった。発展という名目で、大学とカレッジは予想どおり、日陰を作る緑地をまた破壊しようとしていた。引っ越しのドタバタの中で、この家と庭を守るためにわたしにできることはほとんどなかったが、樹木が、特に衛兵のようにそびえる立派な二本の木、家のそばのセコイアと、芝生の端に立つベイスギ、学名ツヤ・プリカータが、樹木保護令で守られていることだけは、はっきりさせておいた。樹木管理者を自称する人々が調査を行い、心配はいらないと保証した。この木々は保全地区に生えているので、既に保護されている、と。わたしは市民として環境保全の務めを果たしたことに満足して、家を明け渡した。

庭に対する懸念は、もっと差し迫った問題に取って代わられた。著作権代理人は、わたしが書いたフランスに不動産を購入する手引き書、『フランスの家に住む』の出版社をなかなか見つけられずにいた。著作権代理人がいくつも失敗を重ねたあと、自分で出版社を探したほうが良いのかもしれないと思ったが、彼は契約書のコピーを送りつけてきて、わたしはこの契約を四年ものあいだ守る義務があることを指摘した——スティーヴンについて書き記す伝記の権利を、永久に彼のものとする新たな契約書にサインをしない限りは。

同じ頃、内国歳入庁が『ホーキング、宇宙を語る』の収益に目をつけた。トーリー党政府の政策によって失業率が高くなった結果、大蔵省は財源不足に陥り、収入を増やすため順守調査を行うよう内国歳入庁に指示していた。結婚生活の破綻によって、財政的な混乱が引き起こされているかもしれない場合は、とりわけ入念に。わたしはもうスティーヴンの本の事務処理に関わっていなかったのに、税務調査官は専門家としての好戦的な態度で、わたしの疲れた頭を徹底的にいびった。手紙と電話でしつこく苦しめて、わたしが両手を小麦粉に深々と埋めて、キャロルとプディングとプレゼントのことで頭がいっぱいになっているクリスマスにまで、電話をかけてきた。

そんなこんなで忙しくしていたせいで、ウエスト・ロード五番地の庭の木々のことは考えられずにいた。一九九三年七月のある月曜日になって、ふとあの木々のことを思いだした。不思議なことに、どんどん気になって頭がいっぱいになり、あの庭に行きたくてたまらなくなった。けれど、その月曜日は夏休みの準備やほかのことで忙しかったので、説明のつかないこの感覚を理性が抑えた。週の後半になって、休暇前の最後の買い物から帰る途中に、ようやくウエスト・ロードに立ち寄る時間ができた。家の角を曲がると、恐ろしい光景に出くわした。おなじみの花と緑の大切な避難所があったはずの場所は、すっかり破壊し尽くされていた。庭の奥は引っかき回され、跡形もなくなっている。木々や灌木（かんぼく）、バラやケシ、ハリネズミやリスがいた場所は、地面にあいた大きな黒い穴に過ぎなかった。荒らされて、むきだしになり、草木の生えていない大地にできた、泥だらけのクレーター。頭の中で素早く数えると、四十本もの木々に加えて、ひときわ目を引く存在だったベイスギが切り倒されていた。その木陰にティムの小さなウサギ、カトンテールの小屋があった、あのベイスギが。あまりにも大きな惨害に、信じられない思いで呆然（ぼうぜん）と立ち尽くしながら、その週の初めに感じた、呼ばれているような奇妙な感覚を思いだした。あの木々は、本当に救いを求めて呼びかけてきていたのだろうか？　樹木保護令で守ろうとしたのに、どうしてこんなことに？

　問い合わせたところ、市議会はこの木々に対してわたしが樹木保護令を要請した記録が見つからないと答えた。計画委員会に新しい建築物に関する計画が提出されたときには、わずかな灌木と苗木についてひととおりの言及がなされていただけだったので、計画委員会はそれ以上調べずに計画を進めさせたのだ。保全地区に生えていても、樹木を保護するのには意味がなかった。だが、この悲劇には、詩的な正当性が感じられた。樹木と庭の運命は、わたしたちのたどった運命を映していた。わたしたち家族の暮らしの終焉（しゅうえん）を表すのに、地面にあいた黒い穴（ブラックホール）ほど痛烈で説得力のある比喩はないだろう。

後奏曲

二〇〇七年二月

わたしはこれから九時間半のフライトを経てシアトルに向かおうとしながら、この新しい結びの章を書きはじめている。飛行機が雲の上に向かうと、じきにヒースロー空港はイギリスの緑のパッチワークになって、その姿は見えなくなる。一九六七年に初めて旅をしてから、何度となくくり返してきた空の旅で、地球の反対側に新しい孫が待っていることは、飛行機恐怖症の効果的な治療になっている。雪塵（せつじん）を浴びたスコットランドの山脈を飛び越え、アイスランドとグリーンランドのある北西へ進みながら、わたしは過去をふり返り、まだロバートが小さな赤ちゃんで、父親であるスティーヴンが運動ニューロン疾患の初期症状を示していた頃の、あのフライトを思いだしていた。ロバートが、才能ある彫刻家の妻カトリーナと、赤ちゃんの息子と、シアトルに定住することになったという偶然には、改めて驚いてしまう。一九六三年に余命約二年と宣告されたスティーヴンが、四十四年を過ぎてもまだ生きているばかりか、つい最近には王立協会から特別な名誉ある勲章、コプリ・メダルを授与されたというのも驚きだ。

一九九五年、その半年前からマイクロソフトの仕事に就いたロバートを訪問中に、わたしはスティーヴンとの結婚生活がほとんどずっと、シアトルが描く円の中にあったことに、ある種の詩情を感じていた。わたしの父親にちなんでジョージと名付けられた、幼い孫の一歳の誕生日をシアトルの町で祝おうとしているいま、この偶然による詩情をますます強く感じている。この便に乗っているのは、わたしひとりではない。昨日、わたしの母親の葬儀を終えて、シアトルに戻るロバートがいっしょだった。ほんの一週間前に、母は急病を患い、眠っているあいだにとても静かで安らかな死を迎えた。そのとき、わたしはリハーサル中で、天使の翼がさっとかすめたような、かすかな身震いを覚えて、母の死を感じ取った。帰宅して、介護施設から連絡があったと言われるまでもなく、何が起きたかわかっていた。

スティーヴンとの人生についての長い回顧録を執筆することを考えはじめたのは、離婚が成立した直後で、『フランスの家に住む』がようやく出版された一年後の、一九九五年にシアトルにいるときだった。だから、ケンブリッジに戻ったときに、ある出版社からちょうど回顧録執筆の勧めを受けて驚いた。その九月には、言葉がすらすらと勢いよくあふれ出てきた。あり得ないことを達成して目のくらみそうな頂点に達したかと思えば、悲嘆と絶望のどん底に落ちていた過去から、自分を解放させようとするみたいに。わたしは新しい未来に乗りだす前に、その過去を追い払い、長い一時代をきちんと清算する必要があり、出版社の担当者たちのおかげで、無理なく自然に自分の物語を伝えることができた。この本の初版は、楽天主義と幸福感、悲嘆と落胆のカタルシスをどっとあふれさせたものだった。

初めは伝記を書くのは気が進まなかった——書くことによって、プライバシーが失われてしまうことを懸念していた——けれど、それをいうならわたしには選択の余地はないことに、やがて気づいた。スティーヴンが名声を得た結果、わたしの人生は公共物になっていて、どのみちプライバシーはさらされていたし、伝記作家たちが彼の才能と生存の陰にある個人的な話を調べはじめるのは時間の問題だった。そして、そこにわたしが含まれるのは避けられない。過去にマスコミから受けたよりもまともな扱いをしてもらえるとは、到底思えなかった。そんなわけで、自分のやり方で自分のことを語るほうが、ずっとマシだった。スティーヴンの人生におけるわたしの役割は、大幅に小さくなったとはいえ——スティーヴンが再婚したことで、わたしたちのあいだで扉がピシャリと閉じられたようなもので、いつでも話ができる状態ではなかった——、ブラックホールの縁で生きてきた四半世紀を無視することはできなかった。なんといっても、その二十五年間に成し遂げた素晴らしい成功の、紛れもない生きた証として、スティーヴンが受けてきた称賛に加えて、立派に育った美しく愛しい子どもたちが存在するのだから。この本に書かれているのは、二十世紀後半の、あるイギリス人家族の歴史にまつわるただの思い出話として受け止められたかもしれない。語られていることの多くは、ふたつの要素——運動ニューロン疾患と天才——がなければ、とてもありふれていて、たいていの人たちの人生に共通することだろう。

一九九九年八月に、フローベールの引用から原題をつけた“Music to Move the Stars”のハードカバーが刊行されると、応援の手紙を山ほど受け取った。わたしの置かれた状況に強く共感し、執筆を決断したことを褒めてくれて、自分自身の苦悩に満ちた人生について語りきかせてくれる、女性からの手紙が多かった。自身も介護をしている人や、逆境の中で家族を養おうと奮闘している人もいた。とにかく気持ちがわかって、感情移入したという人もいた。多くの人たちが、この本を読んで涙を流したと認めていた。ケンブリッジの中からは、圧倒的な応援の言葉が届いた。みんなが物語に引き込まれたと言い、九十四歳の女性は、読み終わるまで寝ようとしなかったそうだ！

　一九九七年七月にジョナサンと結婚したとき、過去は完全には追い払えていなかったとしても、その大部分はパソコンに委ねてあった。わたしたちの結婚式の日は、家族や親しい友人たちを苦しめている病気や不幸、事故による動揺から、ひとときの休みを取れる島のような存在となった。わたしたち自身も、申し分のない状態とは言えなかった。ジョナサンはリバプールの舞台で演奏中に腎臓結石で体調を崩し、わたしはスキーの事故で両膝の靱帯（じんたい）を切って、しばらくは松葉杖をついてよろよろ歩いていた。わたしたちと親しい人たちに山のように問題が起きていたせいで、心の準備は言わずもがなで、実際的な計画を立てる時間も足りなかった。

　ジョナサンとわたしは楽観的に、結婚したら比較的普通の暮らしが送れるものと期待していた。そのときから、普通の暮らしなどというものはないのだと、わたしは学んだ。間違いなくわたしたちは、音楽が大きな役割を演じる忙しい暮らしを送っている。わたしはいまでも合唱隊のレパートリーに喜びを見いだし、時々ジョナサンの伴奏でソロリサイタルも続けている。教師の仕事はもうしていない――気を配らなければならないことが、ほかに多すぎるからだ。ジョナサンとわたしはあちこち旅している。異次元にあるようなフランスの田舎もできるだけ頻繁に訪れ、わたしはミレニアムのしるしとして作りあげた庭で作業し、ジョナサンは新しい音楽事業の計画を立てている。

とはいえ、不安や問題に悩まされずに過ごせる時間は滅多にない。わたしたちが結婚した夏には、わたしの母は関節炎でひどく身体が不自由になっていて、セント・オールバンズの自宅での暮らしを続けられたのは、ひとえに父の献身的な介護のおかげだった。わたしは定期的にふたりのもとを訪ねていたが、ひどい難聴の父が、ひとりでは対処しきれなくなる日が来ることは、避けられなかった。またもわたしたちは派遣会社から介護者を個人的に雇わなければならず、またも国民健康保険や社会福祉事業からはなんの助けも得られなかった。有償の介護者はプロフェッショナルだという期待は、ひどく裏切られた。ひと握りの優秀な例外を除いて、多くの介護者は不審で、信用できず、資格があるのか怪しく、充分な訓練を受けていないとわかり、一般公休日に交替の介護者が現れず、父はしょっちゅう助けを求めて電話してきた。たとえばフルーツパイにサラダクリームをかけたりと、介護者の特異性にしばしば困惑しながらも、父は決してユーモアを失わなかった――けれど、とうとうケンブリッジ郊外にある介護施設に、母といっしょに入ることを決意した。

予想に反して、母は父より長生きし、二〇〇六年三月に九十歳の誕生日を祝ったばかりか、母にとっては四人目のひ孫で、わたしたちにとっては二人目の孫の幼いジョージに会うこともできた。

人生で経験する多くの一大事と同じく、親が大きな子どもになってしまい、自分たちが世代のサンドイッチの中身になることへの心構えなどできるはずもない。年齢にかかわらず、親を亡くすことでどれほどショックを受けるかについても、事前に知らされるものではない。無条件にいつもそばにいてくれて、生まれてからずっと必ず頼ることのできたふたりは、もうわたしのそばにいない。まるで自分の一部を失ったみたいで、母の死から一週間しか経っていないいま、わたしは悲しみに呆然としながら、飛行機で世界を半周しようとしている。それまで、子どもや配偶者を亡くすのはどんなにつらいだろうかと想像することはできたけれど、親を失うことでどれほど大きなショックを受けるのかは、少しもわかっていなかった。

この十年間、高齢の両親の世話以外にも、家族には数々の苦難が訪れた。そのことをくよくよ考えるつもりはないが、乗り越えるには、スティーヴンと結婚したばかりの頃にわたしを支えてくれた、堅固な信仰の中にある特別な力が必要だった。今日では、信仰はますます広義になり、危うく、懐疑的なものとなっているが、それでもなおキリスト教の倫理に根付き、その精神は音楽の中に見いだされている。かつての楽観主義は消え去り、おそらくスティーヴンから学んだ、逆境を乗り越えようとする決意が代わりに心を占めている。

家族について言うと、ロバートは一生アメリカに拠点を置くようだが、幸いふたりの子どもはいまもイギリスに暮らしていて、頻繁に会っている。ルーシーは専業の作家であるのと同時に、ウィリアムという素晴らしい息子を持つシングルマザーでもある。ウィリアムは美しいけれど難しい赤ん坊で、二〇〇一年に自閉症と診断された。

ティムは子どもの頃の性質だった自己疑念を捨て去り、洞察力のある鋭い人間に成長した。父親のことを誇りに思いながらも、名声の陰で生きることの問題にひときわ敏感で、背景ではなく自らの才能と努力を尊重されることを望んでいた。わたしと同じく語学が得意で、現代語を勉強したあと、マーケティングの理学修士号を取得することを決めた。

そして、スティーヴンは……二度目の離婚をしてから、自分の人生をコントロールする力を取り戻し、病気の発作を起こしながらも、世界を舞台に地位を保ちつづけている。わたしたちはまた自由につき合えるようになり、数々の家族行事をいっしょに楽しんでいる。スティーヴンが締めくくりの言葉を口にするのを待ちながら、ディナーテーブルを囲んであれこれからかったり茶化したりしていると、まるで昔に戻ったみたいだ。わたしは、王立協会が贈呈する最も歴史の古い勲章、コプリ・メダルの授与式に招かれて嬉しかった。大々的に公表されている、かつての自説を撤回したという話は別として、最近ではスティーヴンがどんな科学を研究をしているのかは良く知らないが、それまでにも幾度となくあった機会と同じように、わたしは彼の成し遂げた偉業に感動し、誇らしく思った。授与式の日に、スティーヴンが宇宙に行くつもりでいることをラジオで聴いたときは、正直言ってあまり嬉しくなかった。それに比べれば野心的ではないけれどより生産的なこととして、二週間後に彼はイスラエルへ旅立った。ラマッラーを訪れてパレスチナ人と話すのを認めることを条件に引き受けた旅だ。《ガーディアン》紙の中央見開きページに掲載された、パレスチナの遊牧民の群れに見守られながら車椅子を走らせているスティーヴンの写真を、わたしたちは驚きを持って見つめた。政治的な事情が許すかはまだわからないが、宇宙へ行く前に、スティーヴンは特別な形の大使としてイランを訪れるつもりでいる。彼はイスラエルから帰ってくると、わたしたちとクリスマスを過ごし、新年を祝った。日曜日のランチをいっしょに取ることも多く、観劇にも良く行っている。スティーヴンと彼の母親は、わたしの母の葬儀に出席し、来てくれたことが本当に嬉しかった。イゾベルは痩せていたがとても元気で、記憶があてにならないことはあっても、活力に満ちあふれている。陽気なユーモアと機知に富み、かつてわたしがお手本にしていた前向きな人物像が思いだされた。二年前、わたしは彼女から手紙を受け取り、そこにはわたしがスティーヴンのためにしてきたすべてのことへの感謝が綴られていた。この崇高な意思表示のおかげで、つらい記憶が和らぎ、礼儀正しい関係が復活した。

わたしたちが素晴らしい家に住み、その美しい庭でくつろいでいたウエスト・ロード五番地には、新しく巨大な寮が立っている。一九九〇年代に、わたしたちが引っ越してから庭が破壊されているのに気づいて、キャンペーン運動を行った結果、特に大きな数本の木はいまでもそびえ立っている。シアトルに向かう飛行機がカナダ北部に影を落とし、後ろに遠のいていく北極の凍りついた荒れ地に煙霧を放つのを眺め、進歩という名目のもとにあの庭をブルドーザーで掘り起こしたことは、これもまた利用できる資源は利用し尽くそうとする、地球を崩壊へと導く血迷った行為の小さな表れではないだろうか、とわたしは自分に問いかけている。あの家と庭みたいに、わたしたちの人生もブルドーザーで掘り起こされていたけれど、家族の本質的な精神――わたしの若かりし歳月のすべてを正しく肯定するもの――はいまも存在し、みんなで集まっていっしょに楽しく過ごすとき、そのことを再び主張している。わたしとスティーヴンが初めて出会った一九六〇年代に遡ると、地球とそこに存在するあらゆる生命体は核戦争によって跡形もなく消し去られる運命なのだろうか、という恐ろしい疑問があったが、それに良く似ていて、地球の精神がやがて回復し、その存在を再び主張できるかどうかは、人類が直面している最大の疑問である。

後記——二〇〇七年五月

わたしが後奏曲を書き終えてから、スティーヴンは無重力飛行をやり遂げ、無事に地球に戻ってきて、勝利の写真でメディアを賑わせた。重力から解放されて浮かんでいるスティーブンのほほえみは、星をも感動させたことだろう。確かにわたしは深く感動し、短い距離ではあっても、彼と無限への旅を共にできたのは、なんと名誉なことだったかとふり返った。

最後に——二〇一四年八月

『宇宙への秘密の鍵』から始まる、ルーシーが書いた子ども向けの空想科学冒険シリーズは、世界的な称賛を受けた。思いやりがあって、とても頼もしく、魅力的な若者に成長した息子のウィリアムを立派に養っていけるよう、ルーシーはたゆまず奮闘している。

ティムはマーケティング部長として成功を収め、仕事で世界じゅうを飛び回っている。

ロバートは、いまでもシアトルで暮らし、マイクロソフト・クラウドのどこかの部門で働いている。ロバートのとてもにぎやかな素晴らしい家族は、ケンブリッジを訪ねてくると、わたしたちをあれこれ楽しませてくれる。

世界一有名な科学者のスティーヴンは、物理学の中心のみならず、いまも家族の中心にいる。

事実、わたしたちはみんなでいっしょに、もうすぐ休暇旅行に行くところだ！

謝辞

回想録の初版本である“Music to Move the Stars”において、わたしはこの本に登場するすべての人たち、友人、家族、同僚、生徒に心からの感謝を表明した。長年にわたる彼らの助けと励ましは、わたしたち家族の人生に前向きな影響を与えてくれた。執筆にあたって言及せざるを得ない、難解で厄介な科学的な内容を明快にするうえで、協力してくれた科学者の友人、キップ・ソーン、ジム・ハートル、ジム・バーディィーン、ブランドン・カーター、バーナード・カーにも感謝している。中世の学問に関して細かな点を説明するのには、ピーター・ドロンケに助言をもらい、大変お世話になった。

最初の回顧録の縮約版となる本書についても、先に述べたすべての人たちに改めて感謝を表し、新版の刊行を実現させてくれた人たちの名前をつけ加えたい。アンソニー・マクカーテンは絶えず激励してくれて、“Music to Move the Stars”に夢中になり、アルマ・ブックスのアレッサンドロ・ガレンツィとエリザベッタ・ミネルヴィニに紹介してくれた。彼らはこの新しいプロジェクトを、熱意を持って迅速に能率良く進めてくれた。わたしの回顧録が再び日の目を見られるようにしてくれて、深く感謝している。作家として大きな成功を収めながら、わたしの冗長な散文を整理するのを助けてくれた、マイク・ストックスにもお世話になった。その鋭い批評は支えとなり、計り知れないほど貴重でありがたいものだった。

最後に、それぞれの人生の物語を深く掘りさげることを許し、その過程で寛容さとユーモアを示してくれた家族に、改めて感謝を捧げたい。

著者　ジェーン・ホーキング（Jane Hawking）

1944年生まれ。スティーヴン・ホーキング博士と25年以上にわたって結婚生活を送り、成人してから大半の時期をケンブリッジで過ごしてきた。1994年に初の著書 "At Home in France" を出版し、1999年には本書の初版である "Music to Move the Stars" を発表した。現代語の教師であり、独唱や合唱の歌手活動にも情熱を注いでいる。

訳者　堀川志野舞（ほりかわ・しのぶ）

横浜市立大学国際文化学部卒。英米文学翻訳家。おもな訳書に『ウィリアム・ウェントン1 世界一の暗号解読者』、『ハリー・ポッター シネマ・ピクチャーガイド』（静山社）、『マーク・トウェイン ショートセレクション 百万ポンド紙幣』（理論社）、『愛は戦渦を駆け抜けて』（角川書店）、『NASA式最強の健康法』（ポプラ社）などがある。

無限の宇宙　ホーキング博士とわたしの旅

2018年10月11日　第1刷発行

著者　ジェーン・ホーキング
訳者　堀川志野舞

発行者　松岡佑子
発行所　株式会社静山社
〒102-0073　東京都千代田区九段北1-15-15
電話・営業　03-5210-7221
https://www.sayzansha.com

ブックデザイン　坂川栄治＋鳴田小夜子（坂川事務所）
組版　アジュール
印刷・製本　中央精版印刷株式会社

Published by Say-zan-sha Publications, Ltd.
ISBN978-4-86389- 452-5 Printed in Japan